国家出版基金项目
NATIONAL PUBLICATION FOUNDATION

科幻之路

The Road to Science Fiction

I

从吉尔伽美什到威尔斯

FROM GILGAMESH TO WELLS

[美国]詹姆斯·冈恩 编著

东方木 等 译

译林出版社

图书在版编目（CIP）数据

从吉尔伽美什到威尔斯 /（美）詹姆斯·冈恩（James Gunn）编著；东方木等译．—南京：译林出版社，2024.5

（科幻之路；I）

书名原文：The Road to Science Fiction Volume 1: From Gilgamesh to Wells

ISBN 978-7-5753-0012-4

I.①从… II.①詹… ②东… III.①幻想小说－小说集－美国－近代 IV.①I712.44

中国国家版本馆 CIP 数据核字（2024）第 006019 号

著作权合同登记号 图字：10-2023-21 号

从吉尔伽美什到威尔斯 ［美国］詹姆斯·冈恩 / 编著 东方木 等 / 译

策　　划	姬少亭　李兆欣
项目统筹	吴莹莹
责任编辑	宗育忍
特约编辑	郭　凯　武甜静　李不撑
装帧设计	韦　枫
封面插画	赵恩哲
校　　对	王　敏
责任印制	闻媛媛

原文出版	The Scarecrow Press, Inc
出版发行	译林出版社
地　　址	南京市湖南路 1 号 A 楼
邮　　箱	yilin@yilin.com
网　　址	www.yilin.com
市场热线	025-86633278
排　　版	南京展望文化发展有限公司
印　　刷	南京爱德印刷有限公司
开　　本	652 毫米 ×960 毫米 1/16
印　　张	30
插　　页	4
版　　次	2024 年 5 月第 1 版
印　　次	2024 年 5 月第 1 次印刷
书　　号	ISBN 978-7-5753-0012-4
定　　价	88.00 元

目录

前言 ［美国］詹姆斯·冈恩 1

月球首航 17

一个真实的故事（节选） ［古罗马］萨摩萨塔的琉善

奇异生物与远途旅行 35

约翰·曼德威尔爵士的旅行游记（节选） 佚名

理想国即乌托邦 47

乌托邦（节选） ［英国］托马斯·莫尔

崭新的科学和古老的宗教 60

太阳城——柏拉图式理想国（节选） ［意大利］托马索·康帕内拉

经验、实验与启迪人类心智的战斗 73

新亚特兰蒂斯（节选） ［英国］弗朗西斯·培根

新宇宙观与另一次月球之旅 100

梦，或曰月球天文学（节选） ［德国］约翰内斯·开普勒

航向月球 121

月球远征记（节选） ［法国］西拉诺·德·贝尔热拉克

理性时代与反对者的呼声 131

勒皮他岛游记（节选） ［英国］乔纳森·斯威夫特

朝向另外一侧的幻想之旅 172

地下世界之旅（节选） ［丹麦］路德维希·霍尔堡

太空来客 183

小大人 ［法国］伏尔泰

科学与文学：世界碰撞之时 202

弗兰肯斯坦（节选） ［英国］玛丽·雪莱

作为象征的科学 220

拉帕西尼医生的女儿 ［美国］纳撒尼尔·霍桑

对未来的预期 256

明日之事 ［美国］埃德加·爱伦·坡

开拓视野 278

钻石透镜 ［爱尔兰］菲茨-詹姆斯·奥布莱恩

不可或缺的法国人 308

海底两万里（节选） ［法国］儒勒·凡尔纳

环绕月球（节选） ［法国］儒勒·凡尔纳

失落的文明与古老的知识 349

她（节选） ［英国］亨利·莱特·哈葛德

新疆界 375

回顾：2000—1887（节选） ［英国］爱德华·贝拉米

新杂志、新读者、新作家 412

该死的东西 ［美国］安布罗斯·比尔斯

飞速起步 425

夜间邮船：发生在公元2000年的故事 ［英国］鲁德亚德·吉卜林

现代科幻小说之父 455

星 ［英国］H. G. 威尔斯

前言

［美国］詹姆斯·冈恩

1

科幻小说是变化的文学。在这套选集的第一版中，我把它称为“文学的一个分支，它研究的是变化对现实世界中人们的影响，因为它可以投射到过去、未来或遥远的地方。它常常与科学或技术的变化有关。它通常涉及比个人或社会更重要的问题——往往整个文明或种族本身处于危险之中。”——但这太长了。传统文学是延续性的文学，因此是过去的文学；科幻小说是变化的文学，因此是现在和未来的文学。作为一种变化的文学，科幻小说最具特色的是：由于灾难性的自然事件，由于时间的更迭，或者由于人类活动，特别是科学技术的发展，读者被带入一个与现实世界有显著不同的世界。它的基本假设是：宇宙是可知的（尽管它可能永远不会完全被人所知），人是有适应性的（也就是说，他们和其他一切事物一样，是因环境和自然选择而进化的）；科幻小说基本上是达尔文主义的，因此也可以被称为“人类物种的文学”。

科幻小说也采用其他类型小说的模式，比如冒险小说和爱情小说，但那些涉及人性的科幻小说最能体现其典型的模式。它不是唯一一种充满灵感的文学，但它一定是一种灵感的文学。汤姆·戈德温（Tom Godwin）的《冷酷的等式》[“The Cold Equations”，刊于《惊异故事》(*Astounding Stories*) 1954 年 8 月号] 可以用来作为检验的标准。小说表明，在宇宙中，事实是无情的。人类关于生活不切实际的幻想对“冷酷的等式”毫无影响。另一个戈德温的故事则说，“机器不在乎”。

几乎每一篇真正的科幻小说都包含着如下核心思想：“使人类成为人类的特质是好奇心”“如果人们每一千年才能看到一次星星，那么当他们看到星星时，他们不会崇拜，而是会发疯”“那颗照耀伯利恒的星，也许正是毁灭了一个智慧种族的超新星”。读者如果不能领会小说的这一知识层面，就无法看清科幻小说与其他小说的本质差别。

科幻作家的技巧体现在他以人的形式和价值表达自己的思想。在将他的思想写成小说的过程中，他会创造出结构——或者称为故事或情节，如果你喜欢的话——这一点与其他类型的小说是一样的。科幻大师罗伯特·A. 海因莱因（Robert A. Heinlein）曾在《远方的世界》(*Of Worlds Beyond*，1947）中写道：“以写人为中心的小说（不同于以写小发明为中心的小说），主要只有三种情节：1）男孩遇到女孩；2）小裁缝；3）受到教益的人。正是这种对情节发展的期望，把读者吸引到故事中去；也正是这种回报，使读者获得满足。我们越是被吸引到一个故事中，越是关心主人公发生了什么，当作者解决他们的问题时，我们获得的满足感就越大。”

但我们读科幻小说并不仅仅是为了这个。最好的科幻小说是那些形式与内容、故事与思想相匹配的故事。例如，在《冷酷的等式》中，一个偷偷乘上紧急运输飞船去看哥哥的女孩引起了我们的担心——他的哥哥是一个开拓新行星的探险队的成员。这艘飞船只有完成此次任务的燃料，而如果女孩留在船上，就会消耗更多的燃料，飞船在着陆时就会坠毁，而这不仅将令女孩和飞行员死亡，还会导致探险队的成员也难逃厄运——因为他们将得不到飞船传输过来的用来对抗瘟疫的血清。这些都是冷酷的等式。于是女孩从气闸出去了。读者对这个女孩的担心，转化为一种比“妇女、儿童优先”更高的宇宙法则的理智的认识——情感代价高昂，心存善意无关紧要，无知将受到与罪恶一样严重的惩罚。

詹姆斯·乔伊斯把短篇小说的“顿悟”定义为一种以新的视角展示事物面貌的认知的闪光：“它（事物）的灵魂，它的一切从外表的外衣上跳到我们面前。”在科幻小说中，顿悟通常不在于揭示人物或事物的本质，而在于揭示人与环境（人为的或自然的）的关系，或人与其他人，或人与其他生物，或人与他自己的造物之间的关系。

2

如此定义，那么直到人们开始以非日常的方式思考之前，科幻小说是不会诞生的。首先，人们应该把自己看成一个种族，而不是一个部落、一个民族，甚至一个国家。科幻小说可能包含无意识的文化或政治偏见，但很少有部落主义，很少会因战胜另一个人类群体而欢欣鼓舞，它们常常对战争行为进行含蓄或公开的批评，民族主义更是少之又少。譬如说，灾难是普遍性的，没有人逃得过——事实上，灾难往往发生在自己家门口，就像 H.G. 威尔斯（H.G.Wells）的《世界大战》（*The War of the Worlds*，1898）或约翰·温德姆（John Wyndham）的《三尖树时代》（*The Day of the Triffids*，1951）中写的一样，使人产生灾难就在眼前的紧迫感。

人们还必须对宇宙的本质——宇宙的起始和结束，以及人类的命运——采取开放的态度。科幻小说的宗教信仰是对信仰的怀疑，尽管也有关于宗教的科幻小说，比如阿瑟·C. 克拉克（Arthur C. Clarke）的《星》[“The Star”，刊于《无限科幻》（*Infinity*）1955 年 11 月号] 和詹姆斯·布利什（James Blish）的《事关良心》[*A Case of Conscience*，1958，同名作品刊于《如果》（*If*）1953 年 9 月号]。原因很明显：宗教回答了所有科幻小说想要提出的问题，而在宗教框架内创作的科幻小说则变成了具有说教意味的寓言

［如 C.S. 刘易斯（C. S. Lewis）的《皮尔兰德拉》（*Perelandra*，1943）］。

人们还必须发现未来。如果未来仅仅是今天的生活在永恒循环中的继续，甚至是从一个早期的黄金时代向下发展，那么，关于未来的小说就毫无意义了。直到工业革命给西方人民带来了一种不安定的感觉，即明天将与今天大不相同，人们才开始思考未来，开始考虑各种选择，例如"我是留在农场呢，还是去伯明翰新开的纺织厂呢？"人们开始把未来想成一个他们将要生活的、跟现在大不一样的地方，在那里，如果他们仔细思考并做了正确的事情，他们也许能够为自己创造更好的生活。

亚当·斯密的《国富论》出版于 1776 年，奥古斯特·孔德大约在 1830 年开始从事社会学的系统化研究，而这两个年代正对应了美国和法国的革命——这一切都不是偶然的巧合。这正是因为人们考虑到了变化，并思考了怎样才能让一切更好。

自文艺复兴以来，科技发现的速度一直在加快，并在 18 世纪中叶达到了爆发的临界点。与此同时，对自然规律的系统性研究和工业革命齐头并进，后来人们将这个时期称为"科学时代"，科幻小说就在此时诞生。电学和药学等科学带来了新的可能性，造就了玛丽·雪莱[1]（Mary Shelley）在 1818 年创作的哥特风格小说《弗兰肯斯坦》（*Frankenstein*）；热气球技术、催眠术等科学发现与全新的科学思想的诞生造就了纳撒尼尔·霍桑（Nathaniel Hawthorne）和埃德加·爱伦·坡（Edgar Allan Poe）的科幻小说；爱伦·坡、地理大发现和技术发明带来的不断增长的潜能造就了儒勒·凡尔纳[2]（Jules Verne）的"非凡航行系列"[3]；查尔斯·达尔文和他的弟子托马斯·H. 赫胥黎，以及科学教育造就了 H. G. 威尔斯的科学传奇故事；爱伦·坡、凡尔纳、威尔斯和电学与无线电波等新鲜事物造就了雨果·根斯巴克（Hugo Gernsback）；他和纸浆杂志[4]的热潮在 1926 年造就了杂志《惊奇

1. 英国小说家，被誉为"科幻小说之母"。——译者注（本书脚注若无特别说明均为译者注。）
2. 法国小说家，被誉为"科幻小说之父"。
3. 凡尔纳在 1863 年到 1905 年间创作的五十四部地理小说的统称。
4. 美国 19 世纪末至 20 世纪 50 年代流行的廉价故事杂志。

故事》(*Amazing Stories*);约翰·W. 坎贝尔[1](John W. Campbell)、物理学、天文学和其他科学领域的突破造就了现代科幻小说……这一切都是大家熟知的故事[参见《或然世界》[2](*Alternate Worlds*,1975)],这里就不一一赘述了。

科技发展带来了社会变革,而对于社会变革的觉醒又促进了科幻小说的诞生。技术提高了农业生产效率,让农民有机会去工厂工作,每天只工作十二小时;技术促进了国家主义的诞生,为国家带来了武器和军队;技术创造了资金(或者说通过让资金散布得更为广泛来让资金具有意义)并给人民提供了可以花钱去购买的产品;技术把原材料转变为能量,增强了人类对环境的控制能力,提高了人们的生活水平,并通过更好的健康条件和药物延长了人的寿命;技术带来了对于进步的信仰,现在这种信仰已经成为西方人的一种宗教。

科幻小说是人类经历了这些变化后的艺术化反响。人类开始前瞻,希望找到一些不同的事情、一些可能会更好的事情。人类前瞻的方式之一就是一种新的小说类型。坎贝尔曾说过:"小说只不过是把梦写了出来。科幻小说由基于技术的社会带来的希望、梦想和恐惧组成(因为有些梦是噩梦)。"[节选自《现代科幻》(*Modern Science Fiction*,1953)]。

人类在基于技术的社会中生活了一百年左右,现代科幻小说诞生不可或缺的环境到了1900年才获得长足的发展,尽管如此,发明的进程在很久之前就开始了。技术进步可以追溯到火的发现,可以追溯到楔子、轮子、马轭、马镫、星盘、算盘、活字印刷术的发明,而科学可以追溯到亚里士多德之前,甚至是德谟克利特之前,直到古埃及、古迦勒底、古中国的那些好奇的头脑中。

在那些基于科技的社会中,最后以科幻小说的形式所表达出的希望、梦想和恐惧,可以回溯至1900年之前,回溯至1750年之前,甚至回溯至耶稣降生之前。在过去的时代,在未来可以被人们认知之前,人们很少有科技

1.《惊异故事》杂志资深主编。
2. 詹姆斯·冈恩编著的科幻史书籍。

进步的概念。人们写下前往地球上遥远区域的旅行游记，记下可能会在那里看到的奇观，甚至会写下前往其他天体的游记，尤其是悬于夜空、似乎触手可及的月球。他们写下了那里可能会有的奇观，思索着人类在宇宙之中的地位。他们把最基础的问题和渴望汇集到想象化的叙事之中，这些叙事并非以短篇小说或长篇小说的体裁写就（当时人们还没有发明这些体裁），而是以史诗、戏剧和传说的形式写成。

本书汇集的就是这一时期的作品，大致为公元前2000年到公元1900年。书中收录的故事是科幻小说的先驱，引领了当今科幻小说的发展。我认为，想要理解科幻小说的今天，就必须知晓科幻小说的过去，这对于科幻小说的读者和研究者们来说是很关键的。

3

人类最初的梦想是控制生存环境（通过安抚神灵，这些神灵或者控制自然，或者就是自然力量本身）、控制其他人（通过征服或者统治，或者二者兼具）和长生不老。人性中最大的恐惧就是担心自己和家人都去世后，他的族人会死亡，文明会被消灭，文化和历史会湮灭。

人类的梦想很少能实现，但人类的恐惧却几乎总会成为现实。人类文明的英雄——他们被称为文化英雄——曾是半神之人，神灵会聆听他们的话语，自然元素受到他们的控制，他们成了人们的王。他们追求永生，他们或者创造了人类，或者拯救了人类。所有这些要素都可以在后世的科幻小说中找到蛛丝马迹。

史上第一部成文的叙事作品，第一篇史诗，包含了几乎所有的梦想和恐惧。《吉尔伽美什》是一部巴比伦史诗，约有三千行，以楔形文字刻于十二块石板上。从19世纪中叶到约1930年间，其残片在八十年内被陆续发现。其部分译文于1872年首次出版，第一版全译本出版于1900年。

史诗从对吉尔伽美什的描述和对他一生功业的概括开始。其开头几行可以大致意译如下：

他能看到一切，直到陆地尽头；
他无所不知，无所不能；
他洞悉了秘密，揭晓了真相；
他带来了信息，关于大洪水前的岁月；
他长途跋涉，已经疲惫不堪；
他在石板之上刻下了全部功业；
他建起乌鲁克的城墙，
他筑造了埃安纳神庙的城垣
……

他三分之二是神，三分之一是人；
没有言语可以形容出他的身形。

如果将这段话用现代用语来表达，你就会看到一篇类似于爱德华·爱默·史密斯（Edward Elmer Smith）的长篇小说一样的文章，尤其类似于他的《透镜人》（*Lensman*）系列。除去长度因素，读者们仍然有很好的理由，可以将史密斯的太空冒险作品称为“史诗”。第二次世界大战后，一家由爱好者组成的出版社打算把史密斯的六卷《透镜人》冠以《文明史》之名出版。

《吉尔伽美什》中所关心的问题正是科幻小说所关心的问题：社会问题（人们需要一个英雄作为国王，但如果国王的统治过于严酷，人民该怎么做呢？）和个人问题（人可以永生吗？如果不可以的话，该怎么面对人必有一死的现实而活着？）。吉尔伽美什不仅仅是一位英雄，他也是一位神祇——一位女神和一位大祭司的儿子——他成了乌鲁克的国王。但他活力四射、身强体壮、精力旺盛、傲慢自大。这些使得他强夺未婚的女子，逼迫年轻人修建城墙和神庙。最后，他的国民向诸神祈求，希望得到解救。

作为回应，诸神创造了一个力大无穷的野蛮男人，名为恩奇都。最终，在一位娼妓的触发下，恩奇都和吉尔伽美什展开了决斗。一场大战过后，吉尔伽美什获胜了，他们两个人成了好朋友。为了获取声名，他们并肩作战，打算杀死一头守卫着一大片雪松林的食人魔。在诸神的帮助下，他们取得了成功。在他们返回乌鲁克的路上，爱情女神伊什塔希望能成为吉尔伽美什的妻子，但是吉尔伽美什拒绝了。愤怒的伊什塔请求她的父亲安努[1]降下一头天堂之牛，以杀死吉尔伽美什，但是恩奇都和吉尔伽美什杀掉了牛。

诸神决定，他们二人之中必须有一人受死。恩奇都抽中了死亡之签。朋友的死让吉尔伽美什悲痛欲绝，同时他也受困于自己同样终将死亡的想法。吉尔伽美什前去拜访乌纳皮施廷，寻求永生之法。乌纳皮施廷是巴比伦神话中的诺亚，诸神将永生赐给了他。在历经艰难险阻后，吉尔伽美什来到了乌纳皮施廷面前，但最后得知只有诸神才可以赐给人永生之法。但是，诸神又有什么理由赐给他呢？

仍然有一线希望：在海底生长的一种多刺植物可以让老年人重获青春。吉尔伽美什得到了一些，但当他回家时，一条蛇在他洗澡的时候吃掉了植物（这也是为什么蛇获得了脱皮然后重获新生的能力）。吉尔伽美什痛哭流涕，但他最终还是回到了乌鲁克，他明白自己应该安享天命，为自己所获得的成就而欢欣。

吉尔伽美什得到的一部分教训来自旅途中的一位圣洁的酒店女招待：“享受你的生活，尽可能做到最好。”不存在永生之法，你必须知足常乐。

这篇史诗甚至还写了一点点技术。不仅吉尔伽美什和恩奇都决斗用的武器涉及了技术，而且用来建造乌鲁克城墙的砖块也用到了技术。当吉尔伽美什和厄尚阿比（乌纳皮施廷的船夫）返回乌鲁克时，吉尔伽美什说：

---

1. 巴比伦神话中的天神。

厄尚阿比，爬上乌鲁克的城墙，四处走走；
仔细看看平台的地基，研究一下砖块，
难道有任何一块砖不是烧成的吗？
难道地基不是七位智者打下的吗？

4

在关于代达罗斯的希腊神话中，技术起着更为重要的作用。代达罗斯是一位工匠，据说他的手艺是雅典娜亲自传授的。他收侄子塔洛斯当学徒，但当他看到这个男孩发明了锯子、陶工旋盘和罗盘时，出于嫉妒，他杀死了这个男孩。代达罗斯不得不逃离雅典，最后到了克里特岛。

米诺斯国王对他来到克诺索斯表示欢迎。代达罗斯在那里生下了伊卡洛斯，并为牛头人米诺陶建立了一座叫拉比尼斯的迷宫，可能还制造了一台牛头青铜仆人（也许可以算第一台机器人？）。这台机器人被命名为塔洛斯，每日环绕克里特岛三次，向一切外来的船只投掷石块。在一支来自撒丁岛的军队入侵时，它把自己在火中烧得红热，用一个拥抱摧毁了这支军队。另外一个版本说塔洛斯是青铜人族的幸存者，这个种族来自白蜡树，还有一个版本说它是赫菲斯托斯在撒丁岛锻造的，由宙斯送给米诺斯。

最后，米洛斯终于发现，在代达罗斯的安排之下，他的妻子才可能和白牛偷情。代达罗斯为帕西法厄造了一头中空的木牛，帕西法厄藏身其中。米洛斯将代达罗斯和伊卡洛斯囚禁在拉比尼斯迷宫中，帕西法厄放了他们。代达罗斯用蜡和羽毛塑成翅膀，然而在这次逃脱行动中，伊卡洛斯忽视了父亲的警告，飞得太靠近太阳，以翅膀融化坠入大海而告终（后来为了纪念他，那片海域被命名为伊卡洛安海）。

据另外一些版本，代达罗斯还发明了船帆、建造了寺庙，塑造了一座活灵活现的赫拉克勒斯雕像，还制造出许多漂亮的玩具，包括关节可活动的组合人偶。但无论如何，故事中最根本的部分包含了很多在后世的科幻小说中出现的要素：发明家被自己的发明囚禁，又凭借聪明才智逃脱，但因为对新发明的不慎使用，失去了亲近的人。

希腊神话是文学创作中丰富的想象力之源，对于科幻小说来说自然也如此。然而对于科幻小说而言，希腊神话中体现出了雄心壮志和它们带来的后果之间的张力，这一点非常有用：珀尔修斯的英勇无畏和他巧妙利用美杜莎之头的故事；柏勒洛丰驯服飞马珀伽索斯并征服奇美拉的故事；“阿尔戈”号的冒险；米达斯的不幸遭遇。但希腊神话中最为科幻的部分是《奥德赛》。

今天，我们在现实和幻想之间划出了明确的分界线（尽管这条分界线一直受到神秘主义者、荒诞主义者和善于说谎之人的攻击）。科学和技术让我们能够做出这种明确的区分。科技带来了测量仪器、实验技术、显微镜和望远镜、试管和粒子加速器、电脑和计数器——这些科学带来的理论和设备让我们产生这样的错觉，我们知道什么是真实、什么不是。

与之类似，小说中的自然主义和现实主义也让我们相信，我们可以察觉到作者的意图，和作者本人一样，看待事物、猜测未来、描述虚构的世界——写出一些俗套的作品（用科幻迷的话来说，不是科幻或奇幻的作品都是俗套的）、科幻小说或奇幻小说。对很多评论者（尽管并不是全部）来说，他们对于一部作品的评价很大程度会被如下的分类方式所影响：一种作品描述的是虚构世界，但它是作为我们身处其中的真实世界的延伸；另一种同样描述的是虚构世界，但是我们被告知这种世界不可能存在。尽管我们也弄不清楚这两种世界在什么情况下可以混为一谈，或者说这条分界线在什么情况下会模糊不清。

巴比伦人和希腊人没有这个问题，真实和虚幻微妙地混在一起。人们相信星辰或者神祇控制着人间的事务；风暴、干旱和好天气都来自精灵或神灵，人们可以通过庆典和献祭来取悦它们；无生命的事物可以自然滋生生灵；即便是真实存在的事物也不过是某个身处别处的完美原型的拙劣仿品。当人们相信这些时，真实和虚幻的差别从任何意义上来说都不重要了。

当奥德修斯知道他注定无法回到伊萨卡和他的妻子佩内洛普身边时，他用了十年时间，在地中海完成了史诗般的航程。在我们看来，这段航程混杂了迷信、神话、地理探索以及自然的（或者非自然的）历史。但是对于荷马的听众来说，这些元素浑然一体，《奥德赛》就像《伊利亚特》中的战斗一样真实。

阿波罗多罗斯推测，《奥德赛》描写的是一次围绕西西里岛的航行，罗伯特·格雷夫斯[1]认同塞缪尔·巴特勒[2]（Samuel Butler）的看法，认为《奥德赛》出自一位女性之手。但《奥德赛》也许可以简单地被解读为一场对于已知宇宙的探险，其中包含了一些推测，推测在那些没有人去过的地方潜藏着未知世界。

《奥德赛》讲述了一个关于命运、死亡、盗贼、冒险和奇迹的故事，其中也包括远航、巫术和迷信，包括居住在世界的遥远角落中的奇异人种和他们的奇特风俗。有趣的章节开始于奥德修斯的船队在忘忧岛上短暂停留的时候，在那里，他派出去的人——

> 忘却了返回，忘记了报告，
> 他们只想永居于此，忘记烦恼，
> 每日享用当地的鲜花，
> 再也想不起家乡和同胞。

随后，奥德修斯遇到了独眼巨人波吕斐摩斯，他因为好奇而被俘获，又利用自己的智谋逃脱，这些智谋包括弄瞎了独眼巨人的眼睛，并自称为“没有人”；他又从风神埃俄罗斯那里拿到了一袋逆风，然后让手下人把这逆风放了出来；他遇到了女巫喀耳刻，在女巫把他变成猪的手下变回人形后，奥德修斯和女巫度过了一段时光；他从冥界召唤了预言家忒瑞西阿斯，让忒瑞西

1. 英国诗人、历史小说家、批评家。
2. 英国小说家，擅长创作反乌托邦作品。

阿斯为他做出预言，并和其他鬼魂交谈；他避开了塞壬的诱惑，塞壬们诱惑他，承诺告诉他关于未来将要发生的一切事情；他还避开了斯库拉和卡律布狄斯两头怪兽。

如果将这样的航程置于星际之间，它就会唤起萨姆·莫斯科维茨[1]（Sam Moskovitz）所说的那种“惊异感”。很多科幻作家［和吉恩·罗登贝瑞[2]（Gene Roddenberry）］也正是这么做的。

5

柏拉图的作品别有趣味——并不是在形式甚至主题上，而是在内容上。柏拉图是最早提出“失落的大陆亚特兰蒂斯”的人，在两篇谈话录——《蒂迈欧篇》和《克利梯阿斯篇》——中。埃及传说中也有类似的记载。这个传说可能有事实依据，即米诺斯文明，这个古文明可能毁于地震或火山爆发，或二者兼而有之。亚特兰蒂斯的传说也可能只是一个神话，虚构了一个曾经繁荣昌盛、高度发达的古文明，但最终毁灭或消失——艾里希·冯·丹尼肯[3]（Erich von Daniken）与其模仿者至今还以写作这类故事赚钱。

柏拉图关于波塞冬的故事来自克利梯阿斯的口述，这个故事讲述了希腊众神是如何分配土地的，还讲了波塞冬如何得到了亚特兰蒂斯岛，并让自己和一位凡人女性所生育的子女居住在那里。他最年长的儿子阿特拉斯（他曾加入巨人族，和奥林匹斯众神作战，最后失败了。他得到的惩罚是用自己的肩膀扛着天空）是那里的国王。

亚特兰蒂斯由波塞冬创立，因此得到了海洋的祝福。这座大岛比亚洲和非

1. 科幻爱好者、科幻史研究者。后来人们以他的名字命名了萨姆·莫斯科维茨科幻档案奖，奖励对科幻收藏有卓越贡献的人。
2. 科幻电影《星际迷航》（*Star Trek*）系列的开创者。
3. 瑞士作者，阴谋论者，写出了一系列伪科学和阴谋论书籍，把一些并不很牢靠的证据牵强附会到自己的理论之中，如远古文明有外星人的帮助等等。曾因为书中夸张而不严谨的理论获得 1991 年的搞笑诺贝尔文学奖。

洲的总面积还要大，坐落于赫拉克勒斯之柱的对岸。在亚特兰蒂斯之外是一连串盛产水果的岛屿，一直通到另外一块大陆。这段叙述就是后世那些故事的灵感来源，它们将亚特兰蒂斯想象为欧洲和美洲中间的一个曾经高度发达的文明。近代的一种说法认为太平洋中也有一个情况类似的岛屿文明：姆。

据克利梯阿斯所言，亚特兰蒂斯人耕出了一大片中央平原，并用一圈圈的陆地和海洋围绕着它。他们建造了宫殿、浴场、赛马场、海港和神庙，他们发动战争，向西征战直到西部大陆，向东征战直到埃及和意大利。但贪婪和残忍最后毁灭了他们，雅典人一举击败了他们。与此同时，诸神降下洪水，一天一夜后，亚特兰蒂斯的一切都被淹没，海港和神庙被压在成吨的污泥之下，海洋变得无法通航。

生活曾经更为美好，或者人类曾经更聪明、更富有、更有能力，或者自然环境曾经更为宜居，这些想法一直以各种各样的形式表现出来。犹太基督宗教中有关伊甸园，人类堕落并失去庇护的故事和希腊神话中黄金时代的故事是两个最为知名的版本。托马斯·布尔芬奇在他的著作《神话学》中这样描述黄金时代：

> 人类开始在世界各地居住，第一个时代是一个纯洁、欢快的时代，叫作**黄金时代**。尽管没有法律或者任何官员作为威胁或惩罚措施，那个时代仍然盛行公理和正义。树林中的树木还没有被乱砍滥伐，被制作成木料，制造船舰。人们也没有在他们的城镇周围修筑城防。没有刀剑、长矛或盔甲这种东西。土地会生长出人们所需的一切，不需要费力耕地或播种。气候终年如春，不需要撒下种子，花朵也会盛放，河流中流淌着牛奶和甜酒，金黄的蜂蜜从橡树中流淌出来。
>
> 随后到来的是**白银时代**，比黄金时代要差一些，但是也比黄铜时代要好。朱庇特缩短了春天，把一年分为四季。人们不得不忍受炎热和酷寒，房屋成为必需品。山洞成了第一批居所，随后是木头

> 搭成的、满是树叶的遮蔽处，再之后是枝条交织而成的小屋。不去耕种的话，作物再也不会长出来。农民必须要播下种子，牛也要辛苦地拖着犁。
>
> 再下面是**黄铜时代**，人们更为暴躁易怒，更容易拿起武器打斗，但也不是完全一无是处。最困难、最糟糕的是**黑铁时代**。犯罪就像洪水一样在四处涌现。谦逊、诚实和信用都不复存在，取而代之的是欺骗、狡诈、暴力和贪得无厌。水手扬帆起航，人们从山上砍伐树木，制成船的龙骨，扰乱了海面的平静。此前土地都是大家共同耕种，现在却被分成了私有领地。人们不再满足于地表长出的作物，而是要深挖进地底，从那里挖出金属矿物。人们冶炼出可恶的**铁**和更可恶的**金**。战争在各地爆发，铁和金都被用作武器。在朋友家中做客不再安全。女婿和丈人、哥哥和弟弟、姐姐和妹妹、丈夫和妻子，他们不再信任对方。儿子希望父亲去世，这样才好继承遗产，家人之爱在遗产面前让位。屠杀的鲜血润湿了大地，众神也遗弃了这里，他们一一离开，直到只剩下正义女神阿斯特莱雅，而她也终将离开这里。

人类堕落、黄金时代的概念和进步的观念背道而驰。进步的观念认为，人类的生存条件可以逐渐提高，而且也确实是通过人类的努力正在稳步提高。进步的可能性首先以乌托邦的形式出现在柏拉图的《理想国》中。在这篇谈话录中，柏拉图构造了一个模范国家，这个国家并不为某一位公民的利益、而是为了全体公民的利益而运作。

"我们的目的是建立这样一个国家，"柏拉图的谈话对象苏格拉底说，"这个国家并不是为了满足任何一个阶层的那种不成比例的幸福，而是为了全体国民的最高幸福。"

柏拉图的理想国并不以其幸福而著称。为了这个理想国能够运作，每个人都必须相对痛苦，并且完全满足于自己的条件和处境，否则这个国家就会失序，而当国家失序，所有的公民就会遭受痛苦。

柏拉图的理想国中，所有的公民都必须属于三个阶层之一：工人、士兵、守护者。每一位公民都必须清楚他的阶层，完成他的工作，并且对此满意。没有人可以拥有金银，也不能致富。国家抚育孩子，分配他们的社会角色，调节一切经济工作和社会活动。因为国家将会稳固强大，所以国家的公民一定会快乐。

后世的作家构想出了其他种类的乌托邦——这个词由托马斯·莫尔爵士（Sir Thomas More）在1516年发明，他把两个希腊语单词结合在一起，这个词的意思是“没有这样的地方”——在乌托邦中，人类终将找到完美的幸福。

6

讽刺则是另外一回事。

讽刺利用幽默和智慧来批判社会，这样可能会给人类和人类社会的制度带来改善。它的效果要取决于读者对于现实和幻想之间差异的辨别能力。讽刺将真实的人或真实的制度置于一个虚幻的设定或者被虚幻地夸张了的背景中。读者和听众需要将其中的幻想要素转化到现实中，讽刺作品的价值就在于这种转化。

因此，希腊作家埃斯库罗斯、索福克勒斯和欧里庇德斯的悲剧被认为与真实的历史人物大相径庭，某些戏剧性改编是为了强调或复现某种特质。戏剧中对公民权利的信奉使得幻想的空间很小。

然而，喜剧作家阿里斯托芬的作品很明显是幻想性质的，如果这些喜剧作品想要获得成功，它们与现实之间的偏差必须能被听众识别出来。比如说，在《云》之中，阿里斯托芬批判了强调诡辩的教育系统，批评这种系统让雅典人为了胜利而辩论，而不是为了真理而辩论，这种制度让那些糟糕的借口压过了真理。为了体现这一点，阿里斯托芬把苏格拉底放在了一个篮子中，挂在了天地之间。

在《鸟》中，阿里斯托芬滑稽地讽刺了雅典人远征西西里的阴谋和野心。他描述了两个雅典人，他们跑过去和鸟住在一起，说服了鸟在半空中筑起一堵巨墙，挡在了人类和诸神之间，这样任何祭品都无法到达诸神那里，让诸神饥饿难耐，被迫投降。在《蛙》中，戏剧的保护神狄奥尼索斯前去拜访哈迪斯，希望他把欧里庇德斯放回人间，以振兴希腊的戏剧，但在文学比赛之中，埃斯库罗斯战胜了欧里庇德斯，于是埃斯库罗斯被哈迪斯释放，和狄奥尼索斯一起回到人间。

我要强调一下这一点：我并不是说上面这些例子中的任何一部作品是科幻小说。在玛丽·雪莱于1818年创作《弗兰肯斯坦》之前，甚至也许应该说在儒勒·凡尔纳于1864年创作《地心游记》之前，人类并未创作出真正意义上的科幻小说。我也并不是在说上面这些作品和科幻小说有什么特殊的亲缘关系，在某种意义上，它们是所有西方文学的始祖。我想要说的是这些作品中的某些要素，后世的科幻小说同样具备。而人们必须要为科幻小说找到某个文学上的源头，否则就等于在说科幻小说是在没有任何始祖或根源的情况之下被难以置信地生造出来的。

这些例子具有科幻小说的一些特点，它们对很多观念的处理方式在不同的条件之下可能会发展为科幻小说中的内容。这些作品中展现的一连串的文学要素最终在时机到来时成为科幻小说。它们反映出的人文关怀也对后世的科幻小说有着巨大的影响。

（东方木、赵佳铭　译）

月球首航

萨摩萨塔的琉善[1]（Lucian of Samosata）所著的长篇小说《一个真实的故事》（*A True Story*）具有足够的科幻特质，是第一篇可以收入本选集的作品。

罗马的兴盛结束了战乱纷纷的希腊城邦时代。罗马征服了世界，带来了和平、富足、效率和技术，人们开始关心世间万物的价值，也开始有时间用来思考。

爱德华·吉本[2]用如下陈述作为《罗马帝国衰亡史》的开篇：

> 公元2世纪，罗马帝国占据世上最美丽的土地，拥有世间最开化的人民。久负盛誉、军纪严明的勇士们守护着这个雄伟帝国的边境。法规和习俗的影响温和但有力，逐步把各个省份统一为一个联邦。安居乐业的居民们享受着、挥霍着富足和奢华的生活带来的优势。

1. 古罗马作家，作品以希腊语写成，擅长创作讽刺作品。
2. 英国作家、历史学家，欧洲启蒙时代历史学研究领域的代表人物。

在罗马帝国的统治下，人们有机会发家致富、成就事业，并看到自己的子女同样事业有成。人们安享着西方历史中最长久的和平。每座大城市都有大学，许多市民去课堂听课，或者听街头演说家们的演讲。

就在这个时期，琉善出生在萨摩萨塔，那是一座位于帝国边陲的小镇，坐落于叙利亚的幼发拉底河河畔。他出身寒微，曾当过石匠学徒，但后来远赴爱奥尼亚[1]学习希腊语，并沉醉于希腊文学，掌握了高超的演说术。后来他成了一名律师，但很快就在希腊、意大利和高卢[2]游历讲学，并在高卢被政府聘为教授。随后他定居雅典，成了一名讽刺作家，之后又重返讲坛。他在晚年接受了帝国皇帝康茂德[3]的任命，在埃及担任政府公职，薪酬颇丰。

琉善创作了两篇关于月球之旅的讽刺小说。他在第一篇《伊卡罗墨尼波斯》中写到了一位决心要证明地球是球形的哲学家，他用一只秃鹫的翅膀和一只老鹰的翅膀飞向月球。琉善更为伟大的作品是《一个真实的故事》。这篇小说著于公元165年至公元175年间，此时正是琉善创作的巅峰期，后人将这篇小说归为荒诞类型的作品。这篇小说讽刺了荷马的作品，还在几处对荷马的作品做了夸张的演绎（比《奥德赛》更胜一筹，不是仅环绕地中海的航行，而是飞往月球的旅程）。小说还讽刺并滑稽地模仿了其他作家的作品，包括希罗多德、色诺芬、修昔底德，以及一些著作已经散佚的作家，比如亚姆布鲁斯[4]。

琉善的帆船不是宇宙飞船，他笔下的冒险家也并不想去月球。

1. 古希腊人对小亚细亚半岛西南岸地区的称呼，位于现在的土耳其。
2. 罗马人对欧洲西部的统称。
3. 罗马帝国安敦尼王朝的最后一任皇帝，180—192年在位。
4. 古希腊作家，生卒年不详，完整作品均已散佚，只在希腊历史学家西西里的迪奥多罗斯的作品中有少量引用片段传世。

琉善的创作目的不是将这样一场旅行写得真实可信，也不是要推测如果人们真的可以实现这样的旅程的话，会发现什么。他是在创作讽刺小说。然而帆船和爱伦·坡的气球[1]或者凡尔纳的炮弹[2]没有多大的区别，这篇小说被人传颂的原因更可能是因为其中的冒险经历和创新性。

《一个真实的故事》启发了后世诸多作家，包括约翰内斯·开普勒（Johannes Kepler）、弗朗西斯·戈德温[3]（Francis Godwin）、西拉诺·德·贝尔热拉克（Cyrano de Bergerac）、乔纳森·斯威夫特（Jonathan Swift）、伏尔泰（Voltaire）和坡。

（赵佳铭　译）

---

1. 爱伦·坡所著短篇小说《汉斯·普法尔历险记》（"The Unparalled Adventure of One Hans Pfaall"，1835）中有地球人乘坐气球前往月球的情节。
2. 凡尔纳作品《从地球到月球》（1865）中有地球人坐在炮弹之中前往月球的情节。
3. 英国主教、历史学家。著有《月中人》（*The Man in the Moone*，1638），这是现存最早以英文书写的月球旅行故事。

一个真实的故事[1]（节选）

［古罗马］萨摩萨塔的琉善

竞技的人和注意于他们身体的人，并不单考虑那健康与操练，但是还有适当的休息，其实他们还是以为这是训练的主要部分。同样的在弄学问的人，我想在热心用功之后，应当休息，以备其后更有力的去做艰苦的工作。

这样的休息将最是愉快，假如他们去拿这么样的一种读物，这不单是靠了文句的巧妙与轻松觉得可以消遣，但是也要有文化的人士感觉有意义，我想有如本编里所讲的，可以满足他们的意思。他们将不单是因为这里题材的奇怪，叙述的轻松的关系，或是我讲那种种诳话，说的像煞有介事的似乎很真实，所以觉得好玩，却是因为我这故事里所说的各种事情，全是那些古代的诗人，历史家以及哲学家，写过那些奇迹和异事，我来一一的仿造，里边不是没有一点的讽刺。我本来想要写出他们的姓名来，要不是想到你们读下去的时候会得自己知道的。

一个是克忒西阿斯[1]，克忒西俄斯的儿子，克尼狄俄斯人，他

1. 本篇正文与文后注均出自周作人，除明显讹误外，其余文字尽量不做修改，保留时代特色与创作原貌。

写了好些关于印度的各地方和他们的事情，都是自己没有看到也不曾听人说过的。还有伊安部罗斯[2]，也写了许多关于那在大海之中的地方的异闻，大家都知道所讲的是些诳话，但是说来却也不是没有趣味。许多别的人也用了同样的意思，来写他们的漫游谈和旅行记，讲些巨大的野兽，野蛮人以及奇异的生活。他们的先辈和讲这种帮闲的趣话的教师，乃是荷马的俄底修斯[3]，他给阿尔喀诺俄斯宫廷里的人讲那服役的风，一只眼睛的吃人的野人们，以及有许多头的生物，和他的伴当们被法术变形的事情。他用了这种还有别的许多材料，给那简单的淮阿喀亚人消遣。

我读着他们这些人的著作，倒并不怎么批评他们，说他们是说诳，因为我看见这个似乎已经成为一个习惯，就是那自称是搞哲学的[4]也是如此。但是我却觉得奇怪，他们以为说了假话，可以不会叫人识破。为此我也因了我的虚荣心，热心想留下什么东西给我们的后人，那么我不至于是唯一没有造神话的自由的人，只是我没有什么真事可说，因为我的经历是没甚值得记录的，所以我只好回过来说诳。但是我的说诳却比他们更为老实，因为我在里边至少是说了一句真话，这便是我在说诳。我想我可以避免人家的谴责，因了我自己承认所说的没有一句真话。所以我这所写的是关于那些事情，我不曾见到，也不曾遇着过，或是从别人听来的，那些事情实在是全不存在，也是事实上所不可能有的。所以凡是读到这故事的人，请万不可以相信它们。

有一个时候，我们从“赫剌克勒斯的双柱”[5]出发，趁着顺风向西方的大洋进行，开始做旅行去了。我这旅行的目的与计划乃是由于我的好奇心，想接触新奇的事物，要知道那大洋的终极，和在对面住着什么样的人。为了这个缘故，我积存了许多食粮，装上足够的水，召集了五十个和我的年纪与性情思想相似的青年，又预备了许多兵器，用巨大的工资募得了最好的舵工，就把那船——这是一只大渔船——准备好，作那长期也很困难的航行了。

我们开始航海，趁着顺风走了一昼夜，还没有走得很远，因为那陆地还是隐约可以看得见，但是在第二天太阳才出来的时候，风势增加，波浪很大，天色也变成阴暗了，我们还没有来得及收下船帆。所以我们只好把自己托付给了风暴，任凭它漂泊了七十九天。到得第八十天，太阳忽然升上来了，我们看见在不很远的地方有一个岛，高而多树，周围仍是响着波浪的声音，可是并不很厉害，因为那时候暴风已经减退不少了。我们将船靠岸，登了陆，因了长期的受苦的缘故所以在地上躺了许多时间，随后却终于起来了，叫三十个人留下来看守船只，二十个人同我进内地去，察看岛上的情形。

我们从海边走去，通过树林才有三斯塔狄翁[6]的远近，看见一个青铜做的柱子，上边刻着希腊文字，但是不很清楚，有点磨灭了，说道：

“赫剌克勒斯与狄俄倪索斯[7]到此。”那里有两个脚印，在近地岩石上边，一个有一百尺长[8]，一个略为小一点。——据我想来，这较小的属于狄俄倪索斯，那一个则是赫剌克勒斯的。我们礼拜了，再往前走，但走得不很远，就来到一条河边，流着蒲桃酒，这简直同喀俄斯[9]的酒是一样的。河流很大而且多，所以有些地方简直可以行船。我们看到狄俄倪索斯到过此地的证据，就更加相信那柱子上刻着的话了。我便决意去寻找那河水起源的地方，沿着河流上去。但是我找不着它的源泉，只见有许多棵大的蒲桃藤，满生着蒲桃，在每棵的根旁边流出一股泉水，这乃是透明的酒，从那里就变成那条河。河里有许多鱼可以看见，颜色非常像那酒，味道也是一样。实在是我们捕了些鱼，拿来吃了，却都弄得泥醉了，在我们把它剖开来的时候，只看见里面满是酒糟。随后我们想了一个法子，便是把它们和别的淡水里的鱼混和了来吃，这样子将那酒味缓和一下。

后来在一处可以徒涉的地方走过了那条河，却发见了一种奇怪的蒲桃藤。那地上的一部分，是粗壮长得很好的树干，但那上部全是女人，从腰以上完全一样。她们正像我们画的达佛涅[10]，正要变成一棵树的样子，在阿波隆刚要抓住她的时候。从她们的手指尖里长出枝杈来，满生着蒲桃，而且她们头上长着头发，都是些卷须，叶子和果实！我们走近前去的时候，她们招呼和用右手欢迎我们，有些说吕狄亚话，有些说印度话，但多数说的是希腊话。她们还同我们在嘴上亲吻[11]，被亲的人立即要蹒跚醉倒了。但是她们却不许我们摘她的果子，在被摘的时候似乎因疼痛而叫唤起来，她们有的希望同我们交合，有我的两个伴当接近了她们，但是他们再也不能离开了，因为在那私处[12]地方被关锁住了。他们就长在一起，生了根了。枝叶已经在手指上长出来，卷须也围绕着他们，不久就要同别的一样将结果实了。

我们离开了他们，逃往船上，到了那里之后便把一切的事情，告诉了留守的人们，连同与那蒲桃藤搞在一起的同伴的事。随后拿了几只水缸，给我们汲取淡水，还同时从河水取了酒来，那天就在近地海边过了夜，等到早晨趁着微风便出发了。到了中午时光，已经看不见岛影了，忽然起了大旋风，把船卷起在空中，大约有三百斯塔狄翁[13]高，不再落到海面上来，可是悬挂在半空中间，有风吹在它的帆上，它便饱张着往前行驶。我们在空中走了七天七夜，第八天我们看见在那里有一大片土地，像是一个岛，明亮而且是圆形的，有极大的一个光明照着。我们驶上去，放下了锚，上得岸来检视一番，却发见这里是有人住，经过耕种的。在白天里那里是什么都看不见，但是等到夜里到来，我们却见近处有许多的岛，有的稍大，有的略小，它们的颜色都像是火光。我们又看见在下面有别的国土，上边有些城市，河川海洋，树林以及山岳。这个我们猜想便是我们所居住的世界。

我们正想还要前进的时候，但是遇着他们所谓大鹫骑兵队，我们就被逮捕了。那是人骑在大鹫上，将鸟当作马用。那些鹫都很大，并且大抵有三个头。那鸟的大，你可以想象得来，即是它那翅膀上的每根羽毛都比普通大货船的桅杆还要长大粗壮。那些大鹫骑兵队受命在那地方飞行巡视，发见有什么生客，便带了去见国王，因此他们逮捕了我们，带到他的面前来。他看见我们，从我们的服装便猜想到了，他说道：

"客人们，你们是希腊人吧？"我们答说是的，他又说道：

"那么，你们是怎么来的，要走过这许多空路？"我们把一切告诉了他，他也开始将他自己的事情对我们说了，说他原来也是人，名叫恩底弥翁[14]，在我们的地上睡着的时候被抢走了，来到这里做着国王。他说他这国土就是那照着我们的月亮。他叫我们放心，不必怀疑有什么危险，因为我们可以得到凡是所需要的东西。他并且说：

"假如我这回同那太阳住民的打仗得胜了，你们将与我们一起过着最幸福的生活。"我们问敌人是谁，以及冲突的原因是什么。他说道：

"法厄同[15]，是太阳住人的王，——因为那里也有居民，正同月亮一样，——很久以前就同我们打仗。这事是这样起头的。从前有一回，我召集了我们国内顶穷苦的人民，想送往启明星去移住，那地方原是虚空，没有人居住的。但是法厄同心怀妒忌，阻止这次移殖，率领他的蚂蚁骑兵队，在中途碰到了。那时我们被打败了，因为那时我们的力量敌不过他们，所以只好撤退了。现在我想从新开始作战，派遣这拓殖团前去。你若是愿意，可以同去出征，我将给你们每人一只御军的大鹫以及别的那些军装。我们将于明天出发了。”我答说：

“既然你觉得这么好，那么就这样办吧。”

那一天的夜里，我们就停留下来受国王的招待，但是到了天亮我们起来，就排了队伍，因为斥候兵举起信号来，说敌人已经近来了。我们军队的数目是十万人，除了那些从卒，工兵，步兵以及外国的同盟军，在这总数里有八万是大鹫骑兵队，二万是菜叶羽毛队。菜叶羽毛乃是一种很大的鸟，身上的羽毛全都是蓬松的菜叶，它的翅膀很像是那莴苣叶子。在它们旁边，排列着小米掷弹兵和大蒜战士的部队。此外国王也有同盟军从大熊星到来，是三万名的跳蚤弓兵和五万名的乘风队。这跳蚤弓兵是骑在大的跳蚤上，因此得名，跳蚤的大小有十二头象那么大。乘风队虽是步兵，可是在空中飞行，却并没有翅膀。他们前进的方法是这样的，穿着拖到脚边的长袍，束上带子，让风吹了鼓起来，像风帆一样，便帆船似的带了他们前进。在战争上他们是多当作轻装步兵用的。据说从那在卡帕多喀亚地方上面的星里也将派兵来，有七万名麻雀皂斗队[16]，和五千名鹤骑兵队。但是那些我都没有看见，因为他们不曾来到，所以关于他们的特征我也不敢来描写，那些他们的故事都是说得很奇怪，不能相信的。

这些便是恩底弥翁的兵力。他们都有同样的装备，蚕豆做的盔，他们的蚕豆大而坚软，羽扇豆[17]的鱼鳞状的胸甲，这乃是缝合羽扇豆的皮而做成的，在那里的羽扇豆皮是坚不可破的，有如明角一样。盾和剑都是与希腊的同样。

时候到来了，军队是这样排列。在右侧是大鹫骑兵团和那国王，以及在他身边的最勇敢的人们，我们也便在这里边，左边是菜叶鸟兵团，中央是那些同盟军，列成各自的阵势。步兵约有六千万名，排列如下所记。在那地方蜘蛛是多而且大，它们都要比那圆形列岛[18]的每一个岛更是巨大。它们受命在月亮与启明星之间的空中去结网，这个就完成了，成为一个平原，于是就这上面列上步兵。率领他们的是小夜鸟儿，好天气主的儿子，以及别的两个人。

至于敌人的方面，左边是蚂蚁骑兵队，同他们一起的是法厄同。那些是有翅膀的大动物，和我们的蚂蚁正是相像，除了个子的大小，那些大的有两亩[19]长。不单是骑在上边的人打仗，它们也会打，特别是用了它们的触角。据说他们共有五万名。在右边是天蚊队，也是五万名，全是弓箭手，骑在大蚊子上头。旁边是天蹦跳队，是一种轻装的步兵，可是也同其余的一样善战，因为他们很远的抛掷一种极大的辣萝卜，被打着的人没有多少工夫能支持，就得死亡，伤口变得臭烂了。据说他们的家伙是用了锦葵的毒汁[20]擦过的。在他们的近旁，排列着干蕈队，是接近战用的重装步兵[21]，总数是一万名。他们被叫做茎蕈队，因为他们用香蕈做盾，用龙须菜的茎做长枪用。在他们近旁的是狗子皂斗队，是从天狗星的住民那里派来帮他的，五千名的狗脸人[22]骑在有翅膀的皂斗上战斗。听说在那边也有迟到的同盟军，那便是从银河调来的掷弹兵，和那云中马[23]。那马人是总算到了，正在战事已要结束的时候，（这如是不来是多么好呢，）但是那掷弹兵却是不见到来。为此据说法厄同对于他们大为生气，把火烧了那地方。

法厄同排列这样的军列前来。到得两军接触，旗帜高举，两边的驴子都吼叫起来，——因为他们都把驴子当作吹号手，——就开始交战了。太阳人的左翼立即逃走了，还不曾和大鹫骑兵团交手，我们就追杀了一阵。但是他们的右翼却对于我们的左翼占了胜利，那天蚊队冲上前来，一直到了步兵前面。随后步兵增援来救，他们却就溃走了，特别是见了他们在左边的部队已经败了的缘故吧。这是一个辉煌的胜利，许多人都被生擒，也有许多人被杀死了，有那么多的血流在云上面，所以它们也都染了，变成红色，很像是我们在日没的时候所看见一般，也有些滴到地面上去，我猜想是不是从前在上头曾经有过这样的事情，所以荷马以为是宙斯落下一阵血雨，为了萨耳珀冬[24]死亡的缘故。

我们追了一阵之后随即回去，建立了两个纪功碑[25]，一个在蛛网上纪念那步兵战役，一个是为那空中之战，建在云的上边。我们正在做这事的时候，斥候兵报告说那云中马人到来了，他们来帮助法厄同，本来应该在交战之前来的。他们已经快到前面了，看上去样子非常奇怪，是有翅膀的马和人在一起的混合物。那人的大小是同罗多斯的巨像[26]从腰以上这样大，马就正同大的货船一样。他们的人数我却没有记下，因为是那么的多，有人会以为是不可信的。带领他们的人是黄道十二宫的那射手[27]。他们看见了友军败退了的时候，便送信给法厄同叫他再次前进，他们自己却以齐整的队伍向那凌乱的月亮军进攻，这边却是忙于追赶抢夺，散乱不整了。因此大家都溃走了，他们紧追国王直到他的城下，把他的鸟队伍杀死了不少。他们把我们的纪功碑都毁掉了，又毁灭了那蜘蛛所织的全个平原，捉去我和两个伴当做俘虏。在这时候法厄同也到来了，他们另外建立了那边的纪功碑。

至于我们就在那一天里被带到太阳国去了，我们的两手被用了蛛网的碎片反绑着。他们决定不来围攻国都，只在回去的时候，在空中造了一堵墙，使得太阳的光线不能再到月亮上来。这墙是双重的，用云所做成，所以那就成了一个真正的月蚀，月亮完全被包在永远的夜里了。恩底弥翁因此被逼，差人去请求毁除那建筑物，不要让他们在黑暗中过这一生。他答应给予贡品，结为同盟，不再打仗，并且愿意遣送人质作为这一切的担保。法厄同和周围的人开了两次会议，在第一天没有减少一点他们的怒气，但到了第二天他们改变了意思，于是和约就这样的结成了。

“太阳国及其同盟军与月亮国及其同盟军成立和议，根据下列条款：

——太阳国毁去隔墙，不复进攻月亮，彼此交还战俘，各自按照一定的偿金。

——月亮国允许各星星自治，并不和太阳国作战。

——两国互相帮助，如或有被攻击的事。

——月亮国王每年给予太阳国王贡品，为露水一万缸，并其人民十万人作为人质。

——启明星上的移殖作为公共的，凡有愿意的人悉可参加。

——条约刻在一个琥珀[28]柱子上，立在空中交界的地方。

立誓者太阳国方面代表：火花，夏热，火焰氏。

月亮国方面代表：夜游人，月氏，大光明。”

和议告成了，那墙就立即拆除，我们俘虏也都送还了。在来到月亮的时候，我们遇到恩底弥翁和同伴，接受他们流着眼泪的欢迎。他要我停留下来，和他经营那殖民事业，答应把他自己的儿子嫁给我——因为在他们那里是没有女人的。但是我无论如何不肯应允，只是请求他把我们放下海里去。后来他看出不能够说服我，他留我们宴飨七天之后再打发我们走路。

我在这中间住在月亮的时候，看见了许多新奇的事情，我想来说一说。第一件是他们并不是女人所产生，乃是出自男子的，他们和男子结婚，并且连女人这名字也没有听见过呢！在二十五岁以前，各人都嫁给人，自此以后这是他婚娶了。他们怀孕不是在腹内而是在腿肚子里边。妊娠开始的时候，小腿就肿胀了。随后时期已到，他们把腿割开，取出那小孩来，却是死了的，张开了口放在风中，随即活了过来。我想这腿肚子的名称大约就是从那边来到希腊的，因为在他们那里这是那腿替代了肚子怀孕的[29]。但是我要告诉你别的事情，那更为奇怪。在他们中间有一处叫作果树人的，是用这种方法生下来的。将一个人右边的睾丸摘了出来，种在地上面，从这里便长出一棵很大的树，乃是皮肉生成的，正同男根一样，它有枝叶，果实是一种皂斗，有一肘[30]那么大小。果子熟了的时候，他们采集了，那里便剖出人来。另外他们有那假造的男根，有用象牙做的，有时候在穷人们则用木头，他们用了这些来和他们的配偶交接。

他们年老的时候，并不就死了，但是消散成烟一样，变成了空气。他们都吃同一的食物：他们生起火来，在炭火上边烤上许多的蛙，那里有很多的蛙，在空中飞着。一面把蛙烤着，他们都围着坐了，如同围绕着食桌一样，便嗅那升上来的烟气，各自饱吃一顿。这是他们所吃的食物，至于他们的饮料乃是空气，这在一只杯子内压缩起来，便成了一种像露水的液体。他们没有排泄的方便，却是与我们不同，没有什么孔窍，便是在幼小的时候后边也不可能供交接[31]，但这只是在腿肚子上边膝盖的底下，那地方是开口的。

在他们那里，凡是秃顶没有头发的人算是顶美，他们便很讨厌那有长头发的人。但是在彗星上却正是相反，他们则说有长头发的是美丽[32]，有些那边的人来到月亮里的，把这些事情告诉了我们。他们还在膝盖上边一点的地方，长着些胡子，他们没有脚指甲，并且全只脚只是一个大拇指。在各人的臂后都长着一个很长的甘蓝叶，像是一根尾巴，这永远是鲜绿的，而且就是他仰跌了也不会折断。

他们鼻子里流着一种有非常辛辣气味的蜜，在劳作或运动的时候，遍身出牛奶似的汗，所以这的确是可以制成干酪，只要里边滴下一点蜜去。他们从洋葱头制油，这很是浓厚而且气味甚好，有如没药一般。那里有许多含水的蒲桃，它的核有如雹子这样，所以我想在我们那里下雹子，当是由于风吹动这里的蒲桃藤，使得蒲桃都掉下来了。他们用那肚子当作口袋，安放应用的东西，因为这是可以打开又可以关闭的。那里边不见内脏什么东西，只是毛茸茸的生着一层毛，所以婴孩们在天冷的时候，便爬到那里边去。

富人们的衣服是用柔软的玻璃做的，穷人的则是纺织成的青铜，因为在那地方青铜很多，那工人们用水浸湿了，同羊毛一样的做法。关于他们的眼睛是怎么样的，我实在有点不敢说，因为你们有人要说我是说诳，故事是那么的不可信，但是我还是告诉你吧。他们所有的眼睛是可以移动的，在他们愿意的时候，就把它拿出，收了起来，等到什么时候他要看了，随后放进去就可以看[33]。有许多人失掉了自己的眼睛，就只可借用别人的来看，那些富人们也有积蓄着好些的。他们的耳朵乃是阔叶树的叶子，除了那些从皂斗里生下来的，他们乃是木头的耳朵。

在王宫里头我又看到一件奇异的东西，这是一面大的镜子，装在不很深的一口井上面。假如有一个人走下井去，就可听到地上在我们周围所说的事，或是他看镜里，可以看见各个都市，各个国家，正如他亲自站在那里一样。我去看了，见了我的家庭和整个故乡，但是至于他们看见我没有，我这就不能确说了。谁要是不相信这是如此的，假如他到了那里，就会知道我是说的真话了。

随后我们和国王与他近旁的人们告别，上了船就出发了。恩底弥翁还送给我礼物，有玻璃长袍两件，青铜的五件，羽扇豆的甲胄一套，但是这些我都留下在鲸鱼肚里了。他又差了一千个大鹫骑兵团护送我们，到五百斯塔狄翁远。

我们驶过了许多国家，在启明星进了港，那正是移殖中间，我们上陆去取了水。上船向黄道进发，左边对着太阳，紧靠着海岸驶去。我们没有上岸去，虽然有许多伴当极想上去，可是风向不许可这样做。但是我们看去那地方很是繁茂，肥沃，雨水充足，充满着许多物资。云中马人队这时被佣雇给法厄同服役，见了我们就飞向船里来了，但是他们随即回去，知道我们是在那和约之内的。

这时候大鹫骑兵团早已离开我们了。在第二天航行了一夜又一日，我们在傍晚时分到了灯火市，这时已在下向航行的途中了。那个城市位置在空中，正在昴星与雨星的中间，虽然比黄带要低许多。我们上陆之后，却找不到什么人，只看见有许多灯火走来走去的，和在市场及海港那里逛荡。有些很小，这就说是穷人吧，少数的却是大而有力，那便很是光明而且著目了。各个都有他们的家屋即是烛台，他们也有名字和人一样，我们又听见他们会发出声音说话。他们对于我们一点不加什么危害，却还叫到他们家里去做客。可是我们总有点害怕，没有一个人敢吃东西或是睡觉的。他们在城市中间有一所市政厅，那里长官整夜的坐着，点呼各人的名字。谁有不到的就以擅离职守论，判处死刑。这里死刑就是将灯熄灭了。我们也到那里看事件的进行，听那些灯火的辩解，说为什么迟到的缘故。我在那里认得我自己的灯火，我对他说话，问家里什么样子，他把这些都对我说了。那天夜里我们就住下了，但在第二天我们出发继续航行。这时候我们已经行近云层了。在那里我们看见了云中鹁鸪市[34]，这很令我惊异，但是没有上岸去，因为风不允许（我们停泊）。那里的王可是听说是弯嘴鸟，是黑鸟氏的儿子。我就想起那诗人阿里斯托法涅斯来，他是一个聪明而诚实的人，可是人家不相信他所写的东西，其实是徒然的事。在从那一天起的第三天里，大洋已经清楚地可以看见了，但是还不见陆地，只有那空中的各国，它们都显得火似的，特别明亮。到第四天的中午时候，风力渐转微弱，随即停息，我们落到海面上了……

（周作人　译）

注释

[1] 克忒西阿斯（Ktêsias）公元前四世纪时人，在波斯国王处做侍医，曾著有书讲印度的事情，多极奇异，今原书已不存在，只有在别人书中所引的碎片罢了。

[2] 伊安部罗斯（Iambulos）为古代史家，所著今已不传，但一世纪时狄俄多洛斯（Diodôros）所编《历史综览》第二卷中，有与本文第二节所记航海情形相同者，云是根据伊安部罗斯。

[3] 荷马的《俄底塞亚》记述俄底修斯的漂流，他漂到淮阿喀亚海岸，为居民所救，他见到国王阿尔喀诺俄斯，给他们讲他自己所经历的奇怪的事情。他遇见埃俄罗斯（Aiolos），给他一只口袋，把逆风都关在里面，只留顺风好送他回去，后来口袋被别的伴当偷偷打开，以为里边是什么好东西，风就一拥而出，把船吹走了。他又遇见圆目巨人，是一种一只眼睛的吃人的野人，又曾见到女神喀耳刻（Kirkê），用法术把他的几个伴当变成了猪。那有许多头的生物当是指斯库拉（Skylla），它本是女人，为海神所爱，但是因了海的女神的妒忌，使她变成怪物，吠声如狗，有六个头十二只脚，颈子很长，蹲在海边，看见有船只经过，便伸首出去，一下子叼去了六个人。

[4] “搞哲学的”是在讽刺柏拉图，因为他在他的《理想国》里边，大谈他的理想计划。

[5] “赫剌克勒斯的双柱”（Heraklus Stêlai）是在西班牙直布罗陀海峡的两旁的山，一名阿皮拉，一名卡尔珀，希腊人极西的探险就至此为止了，过此以往乃是异境，中多怪兽奇人，传说所谓福人岛即在这个地方。

[6] 斯塔狄翁（Stadion）是古希腊计算距离的单位，等于中国的六百尺。

[7] 狄俄倪索斯（Dionysos）为希腊的酒神，曾巡行各地推广他的教义，因酒可以解忧，亦可以进于“入神”（entheos）的状态，即是与神合而为一也。

[8] 此系讽刺赫罗多德的话，《史记》卷四中说，在斯库提亚的一处岩石上面，留有赫剌克勒斯的脚印，样式悉与常人不异，但长有两肘，即是三尺半左右。

[9] 喀俄斯（Khios）为靠近小亚细亚的一个大岛，其地产蒲桃酒，甚有名。

[10] 达佛涅（Daphnê）是河神的一个女儿，为阿波隆所爱，可是达佛涅不愿意，而他追求不止，她不得已乃请求神救她，把她变成一株树，她被化为桂树，这就叫作达佛涅。

[11] “亲吻”（philein）原来是表示亲爱尊敬等种种意义，所以接触的地方也就不同，如手足颜面都可以亲，这里特别说亲在嘴上。

[12] 原文云 aidoia，原义是可羞，转为敬畏，后来乃作为生殖器用了。

[13] 这就是说十万八千丈。

[14] 恩底弥翁（Endymion）是卡里亚地方的一个牧羊人，因为生的美丽，为月亮的女神塞勒涅（Selênê）所爱，遂使他终年沉睡，每夜前来访问他。这里利用这神话的关系，便叫他做月亮上的国王了。

[15] 法厄同（Phaethôn）是太阳神赫利俄斯（Hêlios）的儿子，他出去代太阳巡行，但是驾不住太阳的马，因此出了轨道，到处乱跑，使得天上地下都烧了起来。宙斯看见他闯了大祸，因把一个霹雳，将他打下了。他因为这个关系，所以作为那里的国王。

[16] 麻雀皂斗队（Struthobalanoi）系照原文直译，但是 struthos 一语亦可作鸵鸟解，唯麻雀似更有诙谐的意思，故译语从之。

[17] 羽扇豆系日本名称，中国植物学上亦加沿用，原语云“忒耳摩斯”（thermos），为豆科多年生植物，状如藤萝，作花碧色或白色，可供赏玩。

[18] 圆形列岛（Kyklades Nêsoi）在多岛海的南部，系是一列群岛，排作圆形，故有此名。

[19] 两亩（diplethros）系直译原语，亦即二百尺长。赫罗多德《史记》卷三曾说印度某地，有蚂蚁比狐狸还要大些。

[20] 锦葵（malakhos）因为古来以为可以医病，故今反说它有毒。

[21] 重装步兵（hoplitai）是着甲的兵，遍身都有盔甲，带着盾牌，和两支长枪，一把短剑。轻装兵则只拿一个小盾牌，穿着胸甲而已。

[22] 狗脸人（Kynoprosôpoi）见赫罗多德《史记》卷四，说在利彼亚（Libya）这地方有狗脸人，以及无头的人，那利彼亚人以为他们是以乳为眼睛的。这与《山海经》里所说的刑天，很是相像了。

[23] 云中马人（Nephelo Kentauroi）意思是说马人之在天上者，马人（Kentauroi）是希腊神话中的一种怪物，他的上半身是人而下半身是马，但是又长得特别，下边是一匹有四条腿的马，从颈子以上接长着半个身子，却是壮健的男子。这样子倒并不奇怪，比一个人生着两只马蹄，有如《山海经》图上画的“丁零国”人，要好看多了。

[24] 萨耳珀冬（Sarpedon）是宙斯的一个儿子，从征特洛亚，被敌将所杀，据说宙斯甚为感伤，当时为之下血雨云。

[25] 纪功碑（Tropaia）是得胜者纪念敌军败退的事情，收集败军的兵械，堆聚起来，表示胜利，与用了文字表达者不相同。

[26] 巨像（Kolossos）是太阳神的铜像，立在罗多斯（Rhodos）的港口，高凡七十肘，约十丈有余。

[27] 射手是黄道十二宫里的一个星座，即人马座，所谓人马就是我们译的“马人”（Kentaurus），因为觉得“人马”是一句熟语，容易认作人和马讲，所以不如用较为生硬的“马人”，正如半人半羊的小神我们译为“羊人”一样。

[28] 琥珀是平常的解释，但这里或有解作金子与银的一种贵重合金的，称为琥珀金，古代曾以铸造货币云。

[29] 腿肚里怀孕系讽刺宙斯的事，宙斯曾两次怀孕，第一次是在头里，生出来的乃是雅典娜，第二次则在腿里，产生的是狄俄倪索斯。神话里说宙斯爱上了塞墨勒（Semelê），给赫拉知道了，阴谋害死她，乃化作老妪去游说，说要证明她的爱人真是宙斯，最好叫他现出真身给她一看。她要求宙斯许可她一件事，宙斯应允了，及至说了出来，欲待不做，可是神人不二言，做了便一定有危险，因为他的那全副神光不是凡人所受得了的。果然塞墨勒给神火烧为灰烬了，但是她的胞胎乃是神的种子没有烧坏，宙斯收了起来，割开腿肚子将它收藏在内，后来长大了又复取出，这就是狄俄倪索斯。腿肚子一语系原文（gastroknêmia）直译，碰巧在中国话里也有这样的一句话。

[30] 一肘（pêkhys）长约二尺弱。

[31] 希腊古代喜剧常有粗俗言语，不加忌讳，且男风流行，亦多说及，此种讽刺文字出于喜剧流派，多有相同之处。英日各国译本率出于删节，兹为保存古典原有面目起见，照样翻译，但于词句之间略加修改而已。

[32] 彗星原文出于希腊语，意云长发星（Komêtês），所以这样说。

[33] 活动的眼睛系借用神话中三个衰老女神格赖埃（Graiai）的故事，她们三人共有一只眼睛和一个牙齿，交互使用，保护那戈耳工（Gorgôn）的。珀耳修斯（Perseus）奉命去杀戈耳工，他得到诸神的帮助，先到格赖埃的地方，向她们骗得了那唯一的眼睛，查到戈耳工的踪迹，达到了他的目的。

[34] 云中鹁鸪市（Nephelokokkygia）乃是阿里斯托法涅斯（Aristophanês）所作喜剧《鸟》（Ornithes）里的都市名，这是戴胜等鸟类在空中建造起来的一个国家。

奇异生物与远途旅行

正如罗马众神一样，许多罗马文学作品似乎都在仿效希腊模式。比如维吉尔的《埃涅阿斯纪》，又被称为“拉丁语的《奥德赛》”。埃涅阿斯是神话中的特洛伊王子，在特洛伊城陷落后和他的追随者们一同流亡，从地中海地区前往意大利。在那里，他的后人建立了罗马城。这篇史诗中包含了一段著名的情节：埃涅阿斯下到地狱，向他已故的父亲安喀塞斯请求赐教。这段情节为但丁的《神曲》提供了灵感。

幻想作品的基本要素不断出现在罗马人形形色色的故事中。阿普列乌斯[1]的《金驴记》（又名《变形记》）中，一位英雄被变成了一头驴子，经历了各式各样的不幸遭遇。《吉尔伽美什》和《奥德赛》是游记文学的原型。古希腊“历史学之父”希罗多德继承了这一传统。他不仅描述了他亲身经历的真实旅程，还描绘了人类所知的疆界之外的虚构国家和那里奇特的居民：黑面人居住在尼罗河之源的山脉

1. 古罗马哲学家、作家。

背后，斯基泰人居住在黑海的另外一边，北境人居住在比北风还要遥远的地方。

后世的幻想作家继承了这些经典的幻想素材，尤其是罗伯特·E. 霍华德（Robert Ervin Howard）开创的英雄奇幻流派。霍华德用下面这段源自《奈迈地人编年史》（*The Nemedian Chronicles*）的文字作为《征服者柯南》（*Conan the Conqueror*，1950）的序言：

> 你要知道，我的王子。在亚特兰蒂斯和其上光鲜耀眼的城市被大洋淹没的时代和雅利斯之子[1]在世上崛起的时代之间，曾经有过这样一个梦幻时代：光彩夺目的王国在世界上星罗棋布，如同星辰之下的蓝色斗篷——奈迈地、俄斐、布吕涂尼亚、希柏里尔；还有扎拉玛，那里生活着黑发的女人，耸立着蜘蛛栖息的神秘高塔；经加拉，那里盛行骑士制度；寇斯，毗邻田园牧歌一般的舍姆；斯泰吉亚，那里经年不散的阴影笼罩着墓地；赫卡尼亚，那里的骑士们身着钢甲、丝绸和黄金。但世界上最值得夸耀的王国是亚奎隆尼亚，西方梦幻之土的最高统治者。[2]柯南来自那里，他是西米里族人，头发乌黑、目光阴郁、手握宝剑。他是盗贼，是掠夺者，是杀手。他时而抑郁，时而狂喜，世间金碧辉煌的宝座被他踩在脚下。

从另外一个角度来看，黑面人、斯基泰人和北境人其实都是异

1. 霍华德在他的奇幻世界之中虚构的名词，书中只是提到这个词，并未详细解释，根据书中的说法，这个词可能指的是一个人或者隐喻一个种族。书中提到“雅利斯之子”崛起并征服了世界，并可能成了雅利安人的祖先。
2. 前段地名均为霍华德创作的奇幻世界之中的王国。这些名称中的一部分在西方文化中有相应的典故，如俄斐为《圣经》中盛产宝石和黄金的土地，希柏里尔为希腊神话中位于极北之地气候温暖、四季如春的乐土。

种人——一些奇异的生物，并不完全是人类。他们很有趣但也可能很危险，居住在很难找到、很难到达的地方。罗马人重新拾起古老的希腊故事，加入了自己的修饰。他们的作家讲述了这样的故事：有一座幸运之岛，那里的居民长着有弹性的骨头和分叉的舌头；潘查阿岛，那里香气缭绕；伊斯穆斯山谷，那里的野人双足向内；阿尔巴尼亚，阿尔巴尼人居住于此，那里还有雌雄同体的人。罗马人讲了阿里玛斯波伊人[1]的传说，为了获取黄金，他们终身都在和黑暗中的狮鹫战斗；还讲了珀西里人的故事，他们的躯体能让蛇中毒；还有能使用咒语的魅魔、能用目光杀人的女人……

后来，科幻小说继承了异种人题材的部分魅力。当时的作家们讨论了很多可能性：不同的生物、不同的行为方式、不同的外表。这些又引发了更为重要的问题：人们该怎么和异种人相处，它们和人类又会怎样相互影响？理性的疑问最终取代了奇妙的想象。

罗马帝国灭亡后，人们更关心如何活下去，对文学的关注不复存在。在文学上，唯一有意义的努力就是将经典文稿保存并抄录下来。但是口述文学复兴了，它们主要以史诗的形式讲述英雄们的功绩，比如 8 世纪的《贝奥武夫》和 12 世纪的《尼伯龙根之歌》；口述文学的另一种形式是查理曼大帝时期以《罗兰之歌》为代表的法国传奇故事。12 世纪同样诞生了第一批文学巨著：克雷蒂安·德·特鲁瓦的亚瑟王传奇和沃尔夫拉姆·冯·埃申巴赫的《珀西瓦里》。这些作品大都涉及危险的旅程和主人公与其他人、怪物或者龙的战争。有时，这些作品中的故事也会谈及追寻更为抽象的事物，这些元素也同样出现在了后世的科幻小说中。

与此同时，给欧洲带来丰富数学知识的阿拉伯文明正在蓬勃发

1. 古希腊神话中居住在北方的单眼种族。

展。其他类型的传奇故事在阿拉伯世界流传，直到19世纪时，这些故事才以《一千零一夜》为题被译为英文，此前它们并未被翻译。后世的作家从这本书中了解到了阿里巴巴、阿拉丁和他的神灯、辛巴德和他的传奇航海故事、飞毯、巨鸟等幻想故事。

但丁在他的著作《神曲》之中总结了中世纪的基督徒对自然和超自然事物的态度。在书中，维吉尔陪同诗人游览了地狱和炼狱，比阿特丽斯[1]陪同诗人游览了天堂。此时，马可·波罗在1295年从中国返回威尼斯，并且带来了关于东方之地神奇文明的信息，这些信息和希腊人、罗马人在他们的旅行故事之中想象的情节一样丰富多彩，也几乎一样离奇。欧洲人脑海中的小世界突然扩大了。

14世纪，薄伽丘创作了《十日谈》。随后，黑死病在欧洲暴发，薄伽丘的作品《十日谈》和中世纪末期伟大的旅行游记《约翰·曼德威尔爵士的旅行游记》流行于整个欧洲。

表面看来，这本书是一位名为约翰·曼德威尔（或茂德威尔[2]）的爵士所著的旅行记录，但其实它很可能是一位佚名的编者编纂的新老旅行故事选集。本书的副标题是这样的："通往耶路撒冷之途，印度及诸岛、诸国之奇闻。"本书最早的英文版本之一包含了下文这些信息：

> 约翰·茂德威尔所著之书自此始。茂德威尔者，英格兰之骑士也。生于圣阿尔本斯镇，游历世间诸国，多见杂闻趣事、各地民风、纷繁诸族、奇人异兽。所见之物、所历之事，尽载于此书。

1. 但丁在《神曲》中塑造的完美女性的形象，原型来自其儿时倾慕的对象。
2. 因为本书成书时间久远，语言和单词会产生流变。在有的版本之中"曼德威尔"（Mandeville）写作"茂德威尔"（Maundeville）。

从后文节选的章节之中，可以一窥本书的感染力和书中将事实和幻想融合在一起的写作手法。

（赵佳铭　译）

约翰·曼德威尔爵士的旅行游记（节选）

佚名

第十八章

关于爪哇岛国王的宫殿，关于能产出粮食、蜜、酒和毒液的树木，以及关于周围岛屿的其他奇迹和风俗。

除了我提到的那座岛，还有另外一座大岛，名叫苏莫博，该岛的国王十分强大。岛民不论男女，都用滚烫的铁在脸上烙下印记，以示身份高贵，好叫其他人知晓。因为他们自诩全世界最高贵、最可敬。他们总是与赤身裸体之民开战。紧靠此岛另有一座富裕的岛屿，名叫贝特因加，在那儿附近还有许多其他岛屿。

紧靠那座岛、需要渡海抵达的，是另一座大岛，也是一个地大物博之国，叫作爪哇，周长将近有两千英里。此国之君是一位伟大的国王，他财势雄厚，统领七国，即环绕爪哇的七座岛屿。爪哇岛上人口众多，种植各种香料作物，比其他任何一国都丰富，譬如生姜、丁香、肉桂、肉豆蔻和肉豆蔻皮。敬请知悉，肉豆蔻皮是肉豆蔻的产物。咱们知道榛子外面有一层皮，榛果就封闭在其中，直至成熟；肉豆蔻和肉豆蔻皮之间也是这种关系。岛上还种有许多其他香料和作物，那里一切物产都很丰富，唯独酒例外。金银也很丰富。

该国的国王有一座非常宏伟壮观的宫殿，比世上任何一处都更华贵；通往各处厅堂的台阶都是用金和银交替砌成的；厅堂内的地面也用金银方砖铺就；所有内墙上都裹着金箔、银箔，上面镶嵌着各种故事和骑士的战斗场面，其中骑士们头上的冠冕和饰物都由珍贵的宝石和硕大的珍珠制成。此外，宫殿的所有厅堂也都用金银包裹，若非亲眼所见，没有人会相信宫殿之华贵。要知道爪哇岛的国王勇武非凡，他曾多次在战场上击败契丹的大可汗——大可汗是苍穹之下最伟大的皇帝，不论是在大海彼方还是这一边。契丹与爪哇之间战事频繁，因为大可汗想将这块土地占为己有，而另一方始终防御严密。

那座岛之后又是一座大岛，名叫帕坦，这也是一个伟大的王国，满是赏心悦目的城镇。那块土地上有一种树，树上能结出粮食，人们用它来做雪白的面包，味道很好。虽然看起来像小麦做的，但尝起来不是那种味道。还有其他品种的树，有的能产出甜美的蜜，有的产出毒液。这种毒只有一种办法可以解，就是摘下毒树的叶子，捣烂之后与水混合，然后喝下去，除此之外无药可救。犹太人曾委托他们的一个朋友去获取这种毒液，试图谋害所有基督徒，我曾听见他们在临终忏悔时说过这件事；但是，感谢全能的上帝，他们的计划失败了，尽管已经导致了大量人口的死亡。还有另外一些树能产出美酒。

诸位或许想知道粮食是如何从树上产出来的，我便说说。岛民用短柄小斧劈开树干，劈到靠近地面，直到树皮裂成许多块，有浓稠的液体流出来。他们用器皿盛接液体，放在日头下晒干，然后拿到磨坊研磨，便得到雪白的杂粮粉。蜜糖、美酒和毒液也都用类似的方法从树木中获取，在器皿中保存。岛上有一片死海，或者是湖，这片水域没有底，任何东西掉进去都不会再浮起来。湖里长着一种芦苇，有三十英寻[1]长，岛民称之为萨稗。人们利用这些芦苇建造漂亮的屋舍。那里还有另一种芦苇，生长在靠近岸边的地方，茎叶不太长，但是它的根部有四分之一弗隆[2]甚至更长。在根节交错处能找到一些蕴含巨大能力的宝石，佩戴这种宝石的人不会受到铁和钢的伤害。因此，拥有这些宝石的人，不论在海上还是陆地上，都会非常英勇地战斗。当他们的敌人意识到这一点后，就改用钢铁之外的材料制作箭矢和标枪，这样便能击伤并杀死他们。此外，他们还用这些芦苇建设房屋、船只等等，正如咱们用橡树或其他木材盖屋建船。诸位可千万不要以为我开玩笑，我曾多次亲眼见过这些芦苇，就躺在那片湖泊的支流里。若想要搬到岸上，咱们二十个人也扛不动一根。

越过这座岛继续渡海，便到达另一座丰裕的岛屿，名叫卡洛纳坷。此处的国王可以随心所欲地迎娶妻妾。他派人在国内遍寻美貌少女。这些姑娘被呈献到他面前，他每晚娶一个，从不间断。于是他有一千名夫人，甚至更多。国王的子嗣也数目众多，有时一百个，有时两百个，有时更多。他还拥有至少一千四百头大象，这些象与他所有城池中的奴隶一同养大，它们的背上设有木制象舆。一旦周围的国家要与该国打仗，国王就命令一队特殊的士兵骑上象背，与敌人作战。周围的那些王国也这么做。人们称这些大象为战象。

这岛上还有一大奇观。每年一度，海中的各种鱼儿都会聚集到岸边，一群接一群，数量之大，你若放眼望去，除了鱼什么都看不见。一群鱼会停留三天，该国的每个人都可以随意捕捞。第三天后，这一种鱼就会散去，游回大海中。接着，另一种鱼又会大量聚集，同样停

1. 英制水深单位，1 英寻约合 1.6 米。
2. 长度单位，1 弗隆约合 200 米。

留三天；如此往复，直到所有种类的鱼都来过，所有人都捞得心满意足。没有人知道其中的原因，但岛民都说这是鱼类在向国王致敬。岛民说，他们的国王是全世界最可敬的王，因为他实践了上帝对亚当和夏娃的训诫“要生养众多，遍满地面”。因为他生养众多，上帝赠予他各种鱼，叫他和他的子民随意取用；因此海中所有的鱼都来到这里，礼敬世上最高贵最杰出的国王，上帝最宠爱的人，岛民如是说。

该国还有一种巨大的蜗牛，大到许多人都住在它们的壳里，就像住小房子一样。还有其他种类的蜗牛，也非常高大，但都不如那一种大。除了大蜗牛，还有黑头白身的大蛇。有些头部和人的大腿一样大，有些稍逊。它们的肉专门献给国王和其他大领主享用。该国若有已婚的男子死亡，妻子要活埋陪葬。因为他们说既然妻子在凡世陪伴丈夫，那也应当在另一个世界陪伴他。

从该国出发，渡过海洋，就抵达一座名叫卡弗罗斯的岛屿。岛上的土著会把重病的朋友吊在树上。他们说，鸟是上帝的天使，尸体被鸟吃掉，要强于被地上污秽的蠕虫蚕食。然后我们到了另一座岛，岛上尽是恶毒可憎之人。他们豢养巨犬，一旦有朋友重病，他们就教唆恶犬扼死病人。他们不愿意让朋友自然死亡，因为他们说如果任其自生自灭，他们会遭受巨大的痛苦。当病人被扼死后，岛民吃他们的肉，好像吃的是野味一般。

之后我们渡海经过许多岛屿，抵达一座名叫米尔克的岛。岛上有许多恶毒可憎之人，他们最喜爱做的事是斗殴杀人。他们喝起人血来欢天喜地，还称之为“神”。一个人杀的人越多，就越受尊敬。接着，我们继续渡海，经过一座又一座岛屿，抵达一座名叫特拉科达的岛。岛上的居民都像野兽一般不可理喻。他们在地上挖出洞穴，住在其中，因为他们不知道要盖房子。一看到任何人途经此国，他们就会躲进洞穴中。他们吃蛇肉，且不会说话，只会像蛇一样发出“嗞嗞”声。

离开这座岛之后，我们渡过海洋，途经许多岛屿，来到一座漂亮的大岛。该岛名叫纳库梅拉，周长超过一千英里。岛上的男男女女都长着狗的脑袋。他们通情达理，理解力也很强，不过他们崇拜的神明是一头公牛。每个人的额头上都饰有一头金质或银质的公牛，以表示他们对神的热爱。他们只穿一小点儿破布，几乎赤身裸体。他们体格高大，非常好战，用一面巨大的圆盾遮住整个身体，另一只手持矛作战。如果他们在战斗中俘虏了敌人，就将之吃掉。该岛的国王富裕而强大，并且非常坚定地信仰自己的律法。他的脖子上戴着一串东方珍珠，有三百颗，中间打着绳结，就像咱们这里用琥珀做的念珠一样。正如咱们诵念《主祷文》和《圣母经》的时候，会一边念一边数念珠，这位国王也每天虔诚地向他的神祷告三百遍，然后再用餐。国王的脖子上还挂着一块东方红宝石，名贵而精美，有一英尺长、五指宽。

岛民选出了他们的国王之后，就会把这块红宝石交到他手上，然后带领他在全城巡游。而国王应当始终把红宝石戴在脖子上，如果他没了宝石，岛民就不再奉他为王。契丹的大可汗觊觎那块宝石，但始终无法得到它，不论是发动战争还是用任何财物交换。这位国王刚正不阿，决断公平，人们可以安全地在他的国土上活动，随身携带任何物品，没人敢抢劫。

离开此地，我们去往另一座岛，名叫席尔哈，周长足有八百英里。岛上十分荒凉，因为这里满是蛇、龙和鳄鱼，很少有人敢在此处定居。鳄鱼与蛇相近，后背发黄且有条纹，长有四足，大腿粗短，爪子像巨大的钉子。有些鳄鱼身长五英寻，有些能长到六、八甚至十英寻。当它们爬过遍布沙砾的地面后，地上像是有人拖着一棵巨树走过一般。这里还有许多其他野兽，尤其是大象。

岛上有一座高山，山的正中央是一片秀丽的平原，中间是一大片湖水，水量十分充沛。据此国的居民说，亚当和夏娃被逐出乐园后，在这座山上哭了一百年。他们说，那水就是二人的眼泪；二人哭出了太多的泪水，形成了上述湖泊。人们在湖底发现了许多宝石和硕大的珍珠。湖里长了很多芦苇和高大的甘蔗，水里有许多鳄鱼、蛇和巨大的水蛭。该国的国王每年给贫民放一次假，允许他们去湖里收集宝石和珍珠，这是一种救济，以纪念上帝创造亚当之爱。为了抵御毒虫害兽，他们往胳膊、大腿、小腿上抹油膏，那种药剂是用一种叫作柠檬的东西制作的。柠檬是一种水果，像小豌豆。这样一来他们就不怕鳄鱼和其他毒物了。湖水涨涨落落，从山的一侧流出，在这条河里，人们发现了大量的宝石和珍珠。岛民们都说该国的蛇和野兽从不伤害来到该国的外国人，而只针对出生在这里的本地人。

第十九章

人们如何通过一座神像来判断病人会不会死亡。关于体态各异和容貌奇妙之民，关于救济狒狒、无尾猿、长尾猴和其他野兽的僧侣。

从那座岛渡海向南，有另一座大岛，名叫洞敦。此处的岛民都十分邪恶，父子相食，夫妻互噬。如果某家的父母或亲友病了，儿子就去找律法规定的祭司。他恳求祭司去拜祭神像，问问他的父母亲友会不会病死。祭司便与这家的儿子来到神像面前，虔诚地跪下，向神像询问。如果附在神像中的恶魔回答说病人能活下去，那他们就好好地照顾病人；如果附在神像中的恶魔回答说病人会死，那么祭司和这家的儿子就去找病人的妻子，他们一起把手捂在病人的嘴上不让他呼吸，这样便杀死了他。之后，他们把尸体劈成小块，请他们的朋友都来享用，并且派人请来全国所有的吟游乐师，举办一场肃穆的宴会。等他们吃完了肉，便把骨头拿去埋葬，并且唱歌，奏响美妙的旋律。

该岛的国王是一位强大的领主，统领五十四座大岛，收取贡奉。这些岛屿也各自有王，他们都服从那位国王。其中一座岛上的居民身材高大，像巨人一般，但容貌丑陋，令人无法直视。这些岛民只有一只眼睛，长在额头正中间。他们只吃生肉和生鱼。靠南边的另一座岛上的居民则形貌污秽，生来受到诅咒。他们没有脑袋，眼睛长在肩膀上……

（陶凌寅　译）

理想国即乌托邦

乔叟在 1387 年前后创作了《坎特伯雷故事集》，马洛里在 1469 年创作了《亚瑟王之死》。这两部作品是中世纪的最后杰作。两部作品中都有幻想和超自然元素，同时也都表达了这样的世界观：超自然力量应该在世界上扮演必不可少的角色。然而，即便在乔叟之前，种种迹象都表明这样一个世界正在逐渐分崩离析，世界中责任和义务的制度、等级观念和宗教的干预都在崩塌。

文艺复兴始于约 14 世纪初期的意大利。正是在这一时期，火药传入欧洲，武士开始转型为士兵。在英格兰，罗杰・培根带来了文艺复兴的前兆。培根是一位方济各会修士，他相信自然、实践和直接观察的益处，而在他的时代，无知比知识还要被人高看。圣・奥古斯丁[1]写道："没有任何事物能挑战《圣经》的权威，因为《圣经》的权威大于全人类思想的力量。"关于罗杰・培根的唯一一部历史小说《奇异博士》（*Doctor Mirabalis*，1964）是科幻作家詹姆斯・布利

1. 罗马神学家、哲学家。

什创作的。

培根和很多社会名流发生过争执，还曾因魔法和占星术而被指控，并在 1277 年入狱，在狱中度过了十五年。有说法称，他曾在临终前说道：“为了消灭无知，我自找了这么多麻烦，我真后悔。”但他对人类在未来能够取得何种成就的预见，是中世纪科幻小说的先兆，而且这些预见很多都实现了。在一封有名的信件中，他曾预言：

> 人们可能会造出巨大的船只和海船，只需要一个人驾驶，速度比载满了桨手的船还要快。
>
> 人们可能会造出速度奇快无比的车辆，而且不需要任何活物就可以移动。
>
> 人们可能会造出飞行装置，一个人可以坐在其中，转动曲柄，人工制造的机翼就会拍动空气，就像鸟儿飞翔那样。
>
> 人们可能很轻易地造出一种机器，一个人可以利用这台机器强制性地把一千个人朝着自己拉过来，而不是被拉到对面去，或者拉动其他容易驾驭的东西。
>
> 人们可能会造出一种设备，人可以借助这种设备在海底或者河底行走，身体不会受伤。
>
> 许许多多其他的事物都可能被人们制造出来，河上的桥梁可以没有桥墩或者其他支撑结构，各种机械、各种闻所未闻的动力设备。

在《坎特伯雷故事集》和《亚瑟王之死》成书的时代之间，人们发明了古登堡印刷机。这项发明带来了大众可以负担得起的廉价书籍，开启了文学流行化的进程。随着公众识字率的提高，文学流行化在 19 世纪得以完成。文学作品变得简单易得，这也同时导致了文学作品的庸俗化，因为大量公众有能力购买书籍，作者们要为了他们而创作。很多批评家认为，18 世纪出现的中产阶级发明了长篇小说，而且长篇小说也是为了这个阶层的人而创作出来的。

1492 年，哥伦布在他探索世界的旅途中第一次发现了美洲，西欧人心中的世界观念从此不同——世界不仅仅从平面变成了球形，其范围和景象也改变了。在正被探索发掘的新大陆上居住着新的人种和生物，与中世纪旅行书籍中记载的幻想生物一样怪异、一样奇妙。那里就像中国和传说中祭司王约翰的王国一样富饶，土地、河川、山峦、林地，比欧洲人曾经探索过的所有地域都要广袤。

自此以后，那些发生在与世隔绝的地方的冒险故事和更理想的社会就被作家置于尚未被发现的小岛上——直到人类的探索让地球上不再有未被发现的地方。即便是 20 世纪 30 年代（以及 50 年代的电影中），人们还是会想象在非洲或两极仍存在被遗忘的文明，但在 20 世纪早期，作家们就已经开始把目光转向行星或其他星系，在天空中寻找新的岛屿了。

弗朗索瓦·拉伯雷是一位本笃会僧侣和学者，曾在两部批判性小说《庞大固埃》和《高康大》[1] 中讽刺社会,这两部作品中富含幻想和怪诞要素。人们以他的名字命名一种粗野的幽默文风，此种文风后来被称为“拉伯雷式”。

此前几年，一篇在科幻小说史上更为重要的作品面世，其作者是一位学者、律师和人文学家，他曾任议员，并在后来成为亨利八世治下的英格兰首席大法官，他反对亨利八世与阿拉贡的凯瑟琳离婚，后被处以死刑。他的事迹在近些年被改写为戏剧，以《永远走红的人》为题在舞台和电影银幕上演出。在 1514 年到 1516 年间，

1. 这两部小说合称《高康大和庞大固埃》，又译为《巨人传》。

托马斯·莫尔爵士写了一篇关于完美社会的故事，小说中的社会位于一座遥远的小岛上，莫尔将这座岛和这篇小说都命名为“乌托邦”。他把希腊语中代表“不”的词根“ou”和代表“地点”的词根“topos”结合在一起，发明了“乌托邦”（Utopia）这个词。

乌托邦的意思是“不存在这样的地方”，但是因为它描述了构建社会更好的方案，因此这个词的意思也开始有了“好地方”或者“美丽的地方”的含义——理想国即乌托邦（理想国不存在），每一个乌托邦式的想象都含有这样的隐晦反语。当然，这样的反语是叙述故事所必需的一部分：乌托邦必须坐落在遥远或几乎无法到达的地方，否则读者就可能听说过它，人们也可能已经开始践行乌托邦的某些优越之处。

虽然莫尔受启发于柏拉图的哲学和阿美利哥·韦斯普奇[1]等旅行家的发现，但他开创了一种半虚构式的叙事手法，让作家们组织并戏剧化阐述自己在提高人类生存条件方面的思想。莫尔的《乌托邦》引出了一系列后续作品：托马索·康帕内拉（Tommaso Campanella）的《太阳城——柏拉图式理想国》（1623）、弗朗西斯·培根（Francis Bacon）的《新亚特兰蒂斯》（*The New Atlantis*，1624）、斯威夫特的《格列佛游记》（*Gulliver's Travels*，1726 这部作品也开创了反乌托邦——意为“不好的地方”——的类型）、巴特勒的《邦托乌》（*Erewhon*，1872）[2]、爱德华·贝拉米（Edward Bellamy）的《回顾：2000—1887》（*Looking Backward, 2000—1887*，1888）、威尔斯的《新乌托邦》（*A Modern Utopia*，1905）以及他的许多其他小说。很大程度上，科幻小说是社会小说，因此直到今日，乌托邦和反乌

1. 意大利商人、航海家、旅行家。美洲（America）这个词就是以他的名字（Amerigo）命名的，1507 年第一次出现在人类记录中。
2. “Erewhon”是乌托邦“no where”倒写并调整字序后构造的。

托邦（又叫敌托邦）仍是科幻小说中经久不衰的主题。

在人类改变自己生活方式的过程中，生活越变越好是大势所趋，同时，有意或无意地让生活变糟的可能性也终究是存在的。第二卷是《乌托邦》中较为有趣的一卷，这一卷的故事是故事人物拉斐尔·希斯拉德在安特卫普向莫尔讲述的。据莫尔所述，拉斐尔·希斯拉德是一位海员，他随同韦斯普奇进行了前三次远航，在第四次航行中，他自愿落在了后面。他和他的同伴开始了一场探险之旅，最后到达了乌托邦岛。

（赵佳铭　译）

乌托邦（节选）

［英国］托马斯·莫尔

第二卷

乌托邦岛的中段宽约两百英里，全岛大部分几乎都是这么宽，但在两端逐渐变窄。它的形状很像新月：在它的两个尖角之间，海面有十一英里宽，形成了一个大海湾。这个海湾被五百英里长的陆地环绕，不受大风侵袭。在这个海湾里没有大的水流，整个海岸就像是一个连绵不断的港口，为岛上所有居民进行对外贸易提供了极大的便利。

但是，布满浅滩与暗礁的港口出入处却相当险要。在它的正中间，有一块岩石矗立于水面之上，倒是很容易避开，其上筑有一座塔楼，由一支守卫部队据守，而其他完全在水下的暗礁则非常危险。只有当地人才知道这条航道，因此，如果有外人在没有当地人领航的情况下进入海湾，他们就会面临遭遇海难的危险。如果没有岸上那些指示的标志，即使是当地人也无法安全通过。如果这些标志稍微改变一下，那么，假使任何一支舰队前来作战，无论它有多强大，都一定会一败涂地。

岛的另一边也有许多港口。海岸防御如此坚固——无论是自然形成的还是人工建造的——所以只需要很少的人就可以抵御一支强大军队的袭击。

但是他们报告说（而且也有有力的证据表明该报告是可信的）这里本来不是一座岛屿，而是大陆的一部分。它的征服者乌托普斯（“乌托邦”这个名字就是来自他——这里本来叫作“阿布拉克萨岛”）把野蛮而未开化的居民调教得如此文明且有教养，甚至超过了世上所有的其他人。在乌托普斯制服他们的时候，他打算把他们从大陆上分开，让大海环绕着他们。为了达到这一目的，他下令挖了一条十五英里长的深沟。为了使当地人不因此觉得自己是被当成奴隶一样地奴役，他同时命令自己的士兵也参加劳动。由于他指派了大量的人去劳动，出乎所有人意料，这项工作很快就完成了。一开始嘲笑这项事业愚蠢的邻国，一看到它的完美竣工，也只能感到钦佩和恐惧了。

岛上共有五十四座城市，全都巨大而又壮丽，有着相同的风俗、习惯和法律。在地势许可的情况下，各城市都被设计建造得近乎相同。两座城市的距离，最近有二十四英里，最远也不远，可以在一天之内步行到达。每座城市每年都会派三位本市最聪明的参议员到阿马罗去商讨关系全岛利益的问题。阿马罗是岛上的主城，它坐落于全岛的中心部位，是人们集会最方便去的地方。

每座城市的管辖范围至少有二十英里，而范围更大一些的城镇，拥有多得多的土地——没有一个城镇愿意扩大自己的疆域，因为乌托邦人认为自己是土地的耕种者，而不是占有者。

他们在全国各地为农民建造了农舍，这些农舍设计精良，配备了充足的农具。城市里的居民轮流到这些农舍中居住，没有一个农舍中的男女成员少于四十人，此外还有农奴二人。每户都有一对男女主人，在三十个以上的农舍中有一个治安官。

每年，每个农舍里有二十人在农村住满两年，返回城市。他们的位置将由二十个新从城市里来的人填补。新来的人从本农舍里另外二十人那里学习如何进行农务劳作，因为那另外的二十人已经干了一年了；同样，他们到第二年也得再教下一批城市里来的人。通过这种方法，那些住在乡下农场的人就不会不懂农业，就不会犯错误，不然的话可能会带来重大危机，导致玉米短缺。这种每年一次的农民换班方式是为了防止任何人被迫从事艰难的工作而制定，但是事实上许多人喜欢做这件事，以至于希望加长年限。

这些农民耕种土地、养牛、伐木，并将木材送到城镇——至于走水路还是陆路，要看哪种最方便。他们以非常特别的方式繁殖了无数的鸡。他们不用母鸡坐着孵化，而是将大量的鸡蛋放在适宜的恒温环境中孵化，小鸡很快就会脱壳而出，但是它们似乎认为喂养它们的人是它们的母亲，就跟从着他们，好像小鸡跟从着孵化它们的母鸡那样。

他们只培育很少的马。他们养的那些马都是好马。它们是用来给年轻人练习骑马用的，而不是用来做耕作或运输那样的工作。他们用牛耕作和运输，虽然他们的马比牛更强壮，但是他们发现牛更耐用，而且它们更不易得病，所以养牛更省钱，麻烦也更少。而且，当牛已经老得用不了了，不能充当劳力了，它们的肉至少还是好的食物。

他们不播种谷物，而是播种一些他们用来当作主粮的其他作物。他们喝红酒、苹果酒或珀利酒，经常喝水，有时还加入蜂蜜或当地盛产的甘草一起煮。尽管他们确切地知道每个城镇以及属于该城镇的所有乡村需要多少玉米，但他们播种得更多，所饲养的牲畜也超出了其消费所需的数量。他们把多余的钱都给了邻居。

当在农村工作的人需要他们并不生产的物资时，他们就去城市获取，并且不需要提供任何物资作为交换。城市中的治安官会负责给他们提供物资。基本上每个月的节庆期间他们都要在城市里见一次面。当收获的时节到来之际，农村的治安官会送信给城里的治安官，让他们知道他们需要多少人手来完成收获。农村治安官要求的人会被如数派遣过来，需要的人手在一天内就可以聚齐。

我已经尽可能准确地向你描述这个共和国的组织架构了。我不仅认为这是世界上最好的共和国，还认为这是唯一一个足以称得上是“共和国”的国家。在我们所能见到的所有国家之中，当人们谈起共和制度，每个人只不过是在寻求自己的利益。但是在那里，没有人保有任何私有财产，每个人都热心追求公众整体的利益。实际上，人们的行为如此大相径庭也不奇怪，因为在其他国家，每个人都知道要是他不寻求自己的利益的话，无论共和国有多么繁荣富强，他也一定会因饥饿而死。所以他就会看到将自己的利益置于公众利益之上的必要性。但是在乌托邦，每个人都有处置任何物资的权力，他们都知道如果他们用心让自己的国家仓廪充实，也就不会有任何人急需任何物资，因为他们之间完全平等，所以没有穷人，没有人忍饥挨饿。虽然没有人拥有任何物资，他们仍然都是富人，因为每个人都过着平静喜乐的生活，不会因为什么事情而忧心，不会被逮捕，不会受困于妻子无休止的抱怨，还有什么生活能比这更富足呢？他不会担心他的孩子遭受贫困，也不会担心如何为女儿准备嫁妆。他反而会很确信自己和妻子、子女、孙辈，以及他能想得到的后代都可以富足喜乐地生活下去。

在这个国家的人民之中，那些曾经参与劳动，但是后来无法继续从事劳动的人，和仍然在从事劳动的人一样受到了良好的照顾。我很乐意听到有人能把那里的公正平等与其他国家做个比较，在那些国家之中，要是能找到一丁点像是公正或平等的东西，我都可以去死。贵族、金铺老板、银行家或者其他一些要么什么事情都不做、要么最多做一些对公众毫无价值的事情的人享受着豪奢糜烂的生活。这是多么病态啊！而出身卑微的人、车夫、铁匠，或者农夫，他们辛勤工作，比牲畜还要辛苦，他们的工作相当必要，如果没有他们，任何国家都不可能撑过一年，为什么他们却忍受着贫困的生活，过着卑贱低微、牛马不如的一生？牲畜都不需要那么频繁地工作，它们被饲喂得也不错，而且还更快乐，也不会为了即将到来的事情而焦虑，但那些贫苦的人却因为无趣又无望的工作而绝望，为自己年老之时的需求而忧心，因为他们每天的工作只能维持他们现在的生活，几乎入不敷出，无法为自己年老之时积累余财。

这样的政府难道不是不公不义的吗？这样的政府将他们的利益慷慨地给予所谓的绅士、那些金铺老板、那些不事生产的人、那些以巴结奉承或虚头八脑为生的人；相反，对于那些出身卑微的人，诸如农夫、矿工、铁匠，国家没有他们就不可能继续存在，但是政府却完全不在意他们。当公权力榨取了他们的所有工作产出之后，他们就会受困于年迈、疾病和生活必需品，他们所做的一切都已经被遗忘，他们得到的全部回报就是在穷困之中等待死亡。那些富人常常试图将工资压低，不仅凭借欺诈性的手段，还会通过法律，那些法律本就是为了这种目的而设立的。因此，尽管让那些本该得到公众的丰厚回报之人只得到极少的回报已经很不公平了，但他们还将这种不公饰以公正之名，通过制定法律来让这种不公合理化。

因此，请容我一定要说出这样的话：我能得到的全部观点就是，我所见、所知的其他所有政府都不过是富人的阴谋，他们所谓的公共管理只不过是为了实现自己私人目的的借口，找出他们所能找到的全部方式来达到这一目的。首先，他们会将自己贪婪掠夺的资产安全地保存起来；然后，他们会用尽可能低廉的工资来让穷人为自己工作，尽一切可能来压榨穷人。一旦他们能够把他们的这些阴谋诡计披上公权力的外衣，他们就可以制定法律了，这些法律往往还声称自己代表着全体人民的利益。然而即便这些邪恶的人费尽心机地把可以让全体人民过得很好的财富瓜分干净，他们也远远没有乌托邦的国民幸福，因为一旦对金钱的需求和渴望都被消除，许多烦恼和罪恶也随之而消失了。如果世人不再看重金钱，那么欺诈、偷窃、抢劫、不和、骚乱、争吵、煽动、谋杀、背叛和巫术——这些不仅应当被法律所禁止，而且还应当受到法律严惩的行为——都会消失殆尽，谁又看不出这一点呢？人们的恐惧、焦虑、烦恼、劳苦和欲求，都将在金钱的价值消失之时消亡殆尽。即使是贫穷这个概念本身也来源于一种信仰，即金钱乃不可或缺之物，因此贫穷也会消失。但为了正确理解这一点，请看一个例子。

想想那些闹饥荒的年份，成千上万的人死于饥饿。而如果我们在年底对所有富人囤积谷物的粮仓做做调查就会发现，粮仓中的食物足够所有在饥困交加之中死亡的人所用。如果将这些粮食平均分配给所有人，就没有人会遭受粮食稀缺的可怕影响，如果所谓的金钱——人们假装是为了获得生活必需品而发明出来的东西——并不是阻碍人们获得生活必需品的唯一因素的话，那么一切生活必需品本应该很容易获取。

我毫不怀疑富人们也已经意识到了这一点，他们也很清楚地知道，不缺少任何必需品比拥有多余的奢侈品更幸福，从困境之中获得解脱比拥有多余的财富更幸福。同样，我毫不怀疑人们对于自己利益的关注和人们对耶稣基督权威的信奉。他拥有无上智慧，知道什么是最好的，也不会在告诉我们这一点时有所保留。骄狂是一种人性中的瘟疫，也是诸多困苦的源头，如果没有它从中作梗的话，世间的一切法律早就应该模仿乌托邦的法律而制定。

人们一旦染上骄狂这种恶习，他就不会以自身的便利——而是会拿他人的痛苦——来衡量幸福。即便一个人被尊为女神，如果没有其他人受到苦难、可以被她讥讽，她也不会感觉满足。骄狂让人觉得当有别人的不幸作为对比时，自己的幸福才会更为耀眼。展示出自己的富有，那些穷人才会更清晰地意识到自己的贫穷。骄狂就是那条地狱爬出的毒蛇，钻进人们的胸中，已经并不容易拉出来了。

因此我很高兴地看到乌托邦的居民建立起了这样的政府，我也很希望世间所有人都可以有足够的智慧来模仿他们。因为他们确实建立起了一种良好政策的蓝图和基础，人们可以在这里安居乐业，而且此种政策看上去还非常具有可持续性。因为他们已经拔出了人们思维深处野心和争斗的种子，所以国内从不会有任何骚乱的风险。骚乱已经摧毁了很多看上去非常稳固的国家了。只要人们和平地在乌托邦安居，受到如此优秀的法律的管理，即便那些嫉妒他们的邻国统治者常常想要摧毁这个国家，也从来没有成功地让这里陷入过骚乱或失序。

拉斐尔如此讲完了他的经历。尽管我想了很多，诸如乌托邦居民的习俗与法律、他们发动战争的方式、他们对宗教和神圣事物的观念，以及一些其他事情，这些都显得非常荒谬，但最为重要的是这一切奇怪特点所赖以生存的基础，即他们共同生活，不使用金钱——在这一基础上，在大众概念中为一个国家增光的一切高贵、壮丽、奢靡和庄严之物都将不复存在。我也注意到拉斐尔已经很累了，而且我不确定他是否可以容忍不同意见，因为我记得他曾经提及有些人热衷于证明自己拥有智慧，因此就对其他人的任何发现都吹毛求疵、横加指责。我只是赞扬了他们的体制，赞扬了他对于乌托邦体制的总体描述。然后我就拉起他的手，带着他用了晚餐，并和他说我会找些时间和他更详细地谈一谈这个话题，以便对这个话题有更为深入的了解。实话说，我也确实乐于找一个机会去这样做。同时，虽然我的确承认他是一个学识渊博的人，一个对于世间的知识有着深入了解的人，但我也不能完全认同他提到的每件事。然而，对于乌托邦共和国的很多特点，我还是希望我们的政府去模仿——但也许这只是奢望罢了。

（东方木、赵佳铭　译）

崭新的科学和古老的宗教

在《乌托邦》问世后的第二年，马丁·路德将他的《九十五条论纲》钉在了维滕贝格城堡教堂大门口，发起了宗教改革运动。但其他方面的革新也同样有革命性：人们发明了来复枪；哥白尼对天体力学的研究达到巅峰并宣称地球环绕太阳运行；格奥尔格·阿格里柯拉提出了矿物分类方法；墨卡托提出了科学制图法；李发明了针织机；伽利略发现了运动定律；詹森发明了显微镜；吉尔伯特对磁场进行了研究；李普希发明了望远镜；开普勒发现了行星运动的定律；纳皮尔提出了对数的概念；笛卡尔创立了解析几何。

科学发现开始达到关键性的规模——一个发现会引出另一个发现。技术不仅显示出它有能力改变人类的生活状态，还为科学研究提供了基本的数据。借此，科学可以改变人类对于自身的认知，也可以改变人类对自己在宇宙中地位的看法。人类在两个方向扩展了自己对世界的认识——小至微末，大至星辰。比较之下，人类所占的空间是大大地变小了。

对科幻小说来说，人类丈量世界的尺度和方式一直都非常重要。

在文学方面，卢多维科·阿里奥斯托创作了被誉为文艺复兴时期最伟大的诗篇的《疯狂的奥兰多》，其定稿版本出版于 1532 年。这部作品将罗兰的故事做了史诗化的描绘，艾斯托佛乘坐曾经载着以利亚的战车飞向月球，这样他才可能找回奥兰多丢失的智慧，因为月球上有城市和小镇，有地球上丢失的一切。1605 年，米格尔·德·塞万提斯的作品《堂吉诃德》出版，这部作品不仅获得了诸如“世界上第一部长篇小说”的荣誉，还凭借其对生活在幻想世界中所带来的现实后果的处理，在科幻文学史上占有一席之地。

但是，彼时和科幻小说相关的重要作品仍然是乌托邦小说。其中有一篇是一位名为托马索·康帕内拉的多明我会僧侣所著。他是意大利哲学家兼诗人，坚持忠诚信仰的至高地位，尽管他的作品强调的是理性、科学以及对人们在地球上生活条件的关切。因为康帕内拉与南意大利的统治者们（西班牙人）意见不合[1]，他在狱中度过了二十八年的时光。在狱中，他创作了他的八十八部作品中的很大一部分（塞万提斯的情况也类似，他称自己是在狱中构思《堂吉诃德》的），其中就包括《太阳城——柏拉图式理想国》。小说以对话体写就，一方是医院骑士团[2]大团长，另一方是他的客人——一位热那亚船长。

（赵佳铭　译）

1. 康帕内拉的宗教思想极为激进，反对宗教改革，希望推翻现存的君主政府，建立教宗领导下的宗教国家，因此多次被捕。
2. 创建于 1099 年，最初的职能是为病人和受伤的朝圣者提供医疗服务，随后慢慢发展为护送朝圣者的军事武装，至今仍然存在。其领导者称为“大团长”。

太阳城——柏拉图式理想国（节选）

［意大利］托马索·康帕内拉

大团长：我请求你告诉我，你在这次航行中有些什么样的遭遇？

船长：我已经向你介绍过我的环球之旅。在旅程中，我到了塔普洛班厄，不得不在某处上岸。由于害怕那里的居民，我一直待在一片树林里。当我走出去的时候，我发现自己身处位于赤道的一片大平原。

大团长：你在那里又遇到了什么事情？

船长：我遇见一大群男人和带兵器的妇女，当中有许多人不懂我们的语言。他们引我前往太阳城。

大团长：请告诉我，那座城市是怎样规划的，又是被如何治理的？

船长：城市的大部分修建在一座高山上，而高山在广阔的平原上拔地而起。不过城市的几道环形城区伸展到了山脚以外一段距离。山的规模决定了城市的直径超过两英里，所以它的周长大约为七英里。然而，考虑到山峰的起伏，城市的真实直径要更长一些。

它分为七道环状城区，或者说由七大行星名字命名的巨大圆圈。相邻的两道环之间，经由四条大街，通过四扇面朝罗盘四个方向的大门相互连通。此外，它的结构是这样的，好比说第一道环被攻占了，要想攻占第二道环，就要动用两倍的力量，攻占第三道环则需要更多的力量。在之后的每一道环上，攻击者需要投入的力量都必须加倍。因此，想要占领那座城市的人必须向它发起七次袭击。然而，在我看来，即使是第一道墙也无法被占领，因为它的土木工事是那么厚实，在胸墙、城楼、大炮和壕沟的加持下，防御是那么坚固。

当我被带入北门道的时候（它是靠一扇铁门封闭的。凭借一部绝妙的设备，铁门可以沿着粗大门柱上的凹槽滑动，被提起、放下，还可以被轻松而牢靠地锁上），我看到在第一道和第二道墙之间有一片七十步宽的平地。从这个地方，我可以看到一座座巨大的宫殿，全都连接到第二道城区的城墙上，看上去仿佛都连成了一座。宫殿的中部建有拱桥，贯通了整个环。拱桥上有散步用的长廊。粗大而形状优美的柱子从下面支撑着。柱子由连拱相接，仿佛修道院里的列柱廊或者回廊。

除了在内部或者内凹隔墙上，宫殿的下部没有设置其他的入口。从那些地方可以直接进入建筑物较低的部分。不过，要想去较高的位置，可以走大理石阶梯，阶梯通往供散步之用的内部长廊，和外面的长廊差不多。从这里可以继续前往高层的房间。那些房间非常漂亮，内凹或者突出的隔板上都开了窗户。房间之间由装饰华美的墙壁相隔。环的外壁厚度约为八拃，内壁则为三拃，中间的隔墙是一拃，或者一个半拃。离开这道环，就到了第二片平地，它比第一片平地窄了将近三步。第二道环的第一面墙在上方和下方都修建了差不多的走廊，内部还有一面内墙围住宫殿。它的下部也是列柱围廊式的风格，不过上方有一幅幅精美的图画，围绕着通往上层房屋的道路。继续走下去，我又经过了与此类似的空地和双层围墙，围墙环绕着宫殿，外侧装饰着供行走的长廊，由圆柱支撑。直到抵达最后一圈，道路仍然是在一片平坦的原野上。

但是等到经过了两道门关，也就是最外和最内两面墙上的门关，我就要拾级而上了。因为是朝着一个歪斜的方向前进，阶梯的坡度并不明显，每一级的高度几乎觉察不到。山顶上是一片相当宽阔的空场，中间矗立着一座精美绝伦的庙宇。

大团长：说下去，我求你了！接着说吧！我渴望接着听下去。

船长：这座庙宇被建成了环形。它没有围墙，而是矗立在被优雅地分组的粗大圆柱上。一座非常大的圆顶被非常用心地建在了中央，或者说极点上。还有一个小穹窿仿佛又从它上面拱了起来，它当中有一个气孔，刚好位于祭坛的正上方。庙宇中间只有一个祭坛，四周围着一圈圆柱。庙宇本身的空间超过三百五十步。在它的外面，从柱子的头部向外延伸出大约八步长的拱桥，拱桥另一端的柱子则距离厚实、坚固、挺拔的墙壁大约三步。在这两列柱子之间有散步的长廊，路面铺设得很漂亮。墙上的内凹处装饰着许多大门，在内圈支撑着庙宇的立柱之间放置了不可移动的座椅。便携式的椅子毫不缺乏，数量众多，而且装饰精美。在祭坛上只有一个巨大的球体，上面绘有天体，还有另一个球体代表地球。此外，在圆顶的拱顶壁上，可以看到从第一到第六星等的所有星星，每颗星星标注着三行短诗，说明其专有名称和对地面事物的影响力。上面绘制了极点，以及依据该位置的正确纬度绘制的大小圆圈，但是这些并不完美，因为下面没有墙壁了。它们的绘制似乎也与祭坛上的球体构成了呼应。庙宇的人行道上铺满了闪闪发亮的宝石。它的七盏永不熄灭的金灯被赋予了七大行星的名字。

在建筑物的顶部，几间漂亮的小室建造在小穹顶周围。外部和内部柱子的拱梁上面的水平空间后面，还有很多大大小小的房间，在其中居住的牧师和宗教官员有四十九位。

较小的圆顶上立着一面旗帜，用来显示风向。旗帜上标记着多达三十六个数字，祭司们知道不同类型的风会带来什么样的年景，以及陆地和海上的天气将会有怎样的变化。此外，在旗帜下，总是放着一本用金色字母书写的书。

大团长：我请求你，值得尊敬的英雄，向我阐释一下他们整个的政府体系，因为我非常想要了解。

船长：他们当中的首要统治者是一位牧师，他们称其为“呼”，不过我们应该叫他“形而上学”。他掌管一切世俗和宗教事务，所有的生意和诉讼都由他作为最高权力机构做出裁决。三位权力平等的王子——庞、辛和莫——予以他协助，而在我们的语言里，这三位的名字应该译作“力”“智”和“爱”。力负责所有跟战争与和平有关的事务。他致力于研究军事技艺，对于任何具有战争性质的事务，他是仅次于呼的裁决者。他管理着军事裁判官和士兵，并负责弹药、防御工事、对其他地方的突袭行动、战事的实施、军械库，以及与军事有关的铁匠和工人的管理。

智管理文科、手工业及各个科学部门的裁判官和博士，还有学校里的科目。无论博士有多少位，全都归他掌控。有一位博士名叫占星家，还有一位名叫星源学家，第三位算学家，第四位几何学家，第五位历史学家，第六位诗人，第七位逻辑学家，第八位修辞学家，第九位文法学家，第十位医学家，第十一位物理学家，第十二位政治家，第十三位道德学家。他们只有一部名为《智慧》的书，里面非常扼要而通俗地介绍了各种科学常识。他们会按照毕达哥拉斯派的仪式，向人民宣讲这部书。遵照智的命令，城墙里里外外、上上下下都悬挂着最精美的图片，以令人尊崇的方式描绘出各种科学知识。在庙宇的墙壁上，以及一到牧师讲道时就会被放下来，以免声音分散而无法被听众听闻的圆顶上，画着不同星等的星辰，并在每颗星下题有三行诗，来说明它的力量和运行规律。

第一道城区的内墙上绘制了引人注目的数学图表，数量远超阿基米德和欧几里德的发现。图表的标绘反映了其所在的知识体系，而且每个图表都由一首短诗来做解释。图表的内容包括定义和定理等。在外侧的凸墙上，画着一张巨大的全球地图，接着是介绍各个国家的牌匾，内容包括它们的社会风俗、个人习惯、法律，以及居民的起源和力量。太阳城文字的上面写着不同民族自己的文字。

在第二道城区的城墙里边，或者说在第二排建筑物的内侧，可以看到各种宝石和普通石头、矿产和金属的图形，以及其小块标本，在每种东西的下面用两行诗加以解说。墙的外边画着地表所有的海洋、河流、湖泊和溪流，也画着酒、油和各种液体，并标明它们的提取之源、性质和特性。城墙的拱桥上面砌入了一些器皿，里面装满了有一百至三百年历史的、用来治疗各种疾病的液体。雹、雪、风暴、雷电，以及天空的各种现象，都被逼真地描绘出来，并以短诗加以说明。居民甚至拥有用石头表现各种大气现象的艺能，比如风、雷、彩虹等等。

第三道城区的城墙里边画着各种花草树木。每种植物都有一株活体标本种植在瓦盆里，摆在拱桥向外突出的部分。每株标本都附带着说明，解释了它们最初被发现于什么地方，具有什么功效和性质，它们与天体、金属、人体部位及海洋中的事物有何相似之处，也指出了它们在医药上的用途，等等。这道城墙的外面画着各种鱼类——河鱼、湖鱼和海鱼，并说明每种鱼的习性和特点，它们繁殖、培养和生活的方式，它们存在于世间的目的以及对于人类的好处。此外，它们与天地之间，各种天然的或者人造的事物有何相似之处，也得到了介绍。所以当我看到一条鱼像是主教，还有一条像链条，以及像大衣、像钉子、像星星，还有像我们日常生活中的事物的，而且相像程度都很高，不禁大为惊奇。还有各种海胆、紫色的贝类、牡蛎，以及水里所有值得人们知晓的东西，都以鲜明的图画形式得到了全面的呈现。

第四道城区的城墙里边画着各种鸟类，并标明它们的天性、大小、习性、颜色和生活方式等，而且这座城市的居民拥有唯一真正的凤凰。城墙的外边画着各种爬虫：蛇、龙、蠕虫；也画着各种昆虫：苍蝇、蠓虫和甲虫等，并说明它们的不同状态、毒性、用途等等。这类动物数量远超我们的想象。

第五道城区的城墙里边画着所有体型较大的地上动物，数量多得惊人。我们真正认识的，还不到其中的千分之一，因为外墙也有很大的面积被用来描画它们了。只就马类来说，品种就有那么多，其形态被描绘得那么美妙！

第六道城区的城墙内侧画着各种手工业及其用到的多种工具，以及不同国家人民的使用方式。旁边标注着这些手工业者的社会地位，还列出了发明者的名字。外墙上画着科学界和军工界的发明者以及某些立法者。我在那里看到了摩西、奥西里斯、朱庇特、墨丘里、李库尔赫、庞皮利、毕达哥拉斯、扎莫尔克西、棱伦、卡戎达斯、甫洛纽斯，以及其他许多人的画像。他们甚至还画了穆罕默德，但是太阳城的人民看不起他，认为他是一个虚伪的立法者。他们对耶稣和十二使徒极其敬慕，把这些人画在最尊贵的位置上。我也看到恺撒、亚历山大、皮洛士、汉尼拔和其他一些和平时期与战争中的杰出人物（尤其是罗马人）。他们的像画在了长廊的下面。当我很惊奇地问道，他们是从哪里了解到我们的历史的，他们告诉我他们掌握着各种语言的知识，他们经常向世界各地派出自己的观察员和使者，去了解各国的风俗习惯、实力、政治制度和历史，以及它们的优点和缺点，然后再向自己的国家汇报。他们对所有这一切特别感兴趣。我在那里了解到，中国人早在我们知道他们以前就发明了大炮和印刷术。太阳城有许多教师负责讲授这些绘画的意义。儿童们在10岁以前就能毫不费力地、轻松地通过直观教学法来掌握各种科学知识了。

爱首先掌管人种相关的事务，监督两性的结合，以便他们生出最优秀的后代。事实上，他们嘲笑我们对于犬种和马种的改良表现得兢兢业业，而对于人类的繁育却不重视。接下来儿童的教育也归他掌管，另外还有药品销售、庄稼的播种与收获、树木的栽培、畜牧业、四季的安排、炊事，以及一切与衣、食和两性结合相关的工作。爱本人是管理者，不过许多男女基层官员得到了处理这些事务的授权。

形而上学者在这三个领导人的协助下，主持上述所有事务，而如果仅仅凭他自己，什么工作都无法进行。一切都要由这四个人一起讨论，不过形而上学者的意见，其余三人肯定都会同意。

大团长：请你讲一讲行政官员，他们的服务和职责，他们受到的教育和生活方式，以及政府是君主制、共和制还是贵族政体？

船长：这个民族来自印度，他们的祖国遭到了波斯劫匪和暴君的破坏。他们逃了出来，决定过一种彼此间互为伙伴的达观生活。生活在他们那个地区的其他居民并未设立公妻制度，但是他们采用了这种制度。一切事物都是公有的，由公职人员来进行分配。艺术、荣誉和娱乐也是公有的，任何人都不能独自享用。

他们说，私有制之所以能够形成并得到改进，是由于每个人都有自己单独的住房，自己的妻子和儿女。自私自利就是由此产生的。因为如果我们都想着把儿子培养成有钱有地位的人，都想把大批的遗产留给自己的后代，有钱有权的人就会开始有恃无恐地掠夺国家的财产，而无钱无势或者生性刻薄的人就会成为吝啬鬼、骗子和伪君子。但是，如果能够摆脱自私自利的心理，我们就会只剩下对国家的爱了。

大团长：在这样的情况下，就会没人愿意劳动了，因为每个人都想靠别人的劳动来生活。关于这一点，亚里士多德就曾经反驳过柏拉图。

船长：我不知道是如何看到这个观点的，但我可以告诉你，他们对祖国的爱是那么的热烈，令我难以置信。根据历史记载，罗马人是甘愿为祖国牺牲生命的，可是太阳城的人民比罗马人更加热爱祖国，也比罗马人更加蔑视私有财产。我深信，如果我们国家的法师、僧侣和教士没有溺于对亲人和朋友的私爱或者升职进阶的野心，他们就不会那么贪恋钱财，而会对大众充满仁爱之心，就像在十二门徒的时代那样，或者如今很多人所表现出来的那样。

大团长：这仿佛是圣奥古斯丁才会说的话。但是我认为，既然在他们之间不可能有互助关系，那么友谊也就没什么价值了。

船长：其实不是这样的。我们应该注意这样一个事实：他们彼此没有什么馈赠。公社可以满足他们的任何需求。负责人员严密地监视着，不让任何人获取超过他所应得的东西，但是也不会有人被拒绝获得必需品，他们之间的友谊体现在战争和生病的时候，以及科学竞赛当中，那时他们通过教学的方式互相帮助。有的时候，出于需要，他们通过颂扬、交谈和行动相互提高。一切同岁的人彼此称为兄弟，称比自己年长 22 岁的人为父亲，称比自己小 22 岁的人为儿子。而且因为行政人员治理得很有效，在这个集体中谁也不能伤害别人。

大团长：那么他们是怎样治理的呢？

船长：我们有多少美德的名目，他们就有多少行政人员。有一位行政人员叫作大度，另一位叫作坚毅，另外还有忠贞、慷慨、刑事与民事的公正、慰藉、真实、仁慈、感激、愉悦、锻炼、持重等等。他们都是在孩童时期就被认为最适合担当相应的职责，然后得到推举。这就是为什么在他们当中，没有抢劫、杀人，也没有猥亵、乱伦和淫乱，以及我们的人民会犯的其他罪行。只要有人对他人图谋不轨，他们便会谴责其忘恩负义、懒散、沮丧、狂暴、下流、诽谤和撒谎，或者其他他们痛恨的恶行。遭到定罪的人接受的惩罚包括剥夺在公共食堂用饭的权利或者其他荣誉，直到法官认为他们的行为已经得到了修正。

他们根据太阳而非星星的运行划分季节，而且他们每年都在关注季节的更替比前一年提前了多少时间。他们认为，太阳不断地往下降，它的轨迹不断缩小，抵达回归线和赤道的时间每年都要提前一点。他们根据月亮的运行来计算月份，根据太阳的运行来计算年份。他们颂扬托勒密，景仰哥白尼，但又将亚里斯达克和斐洛莱置于比他们更高的位置。他们付出艰苦的努力，去理解世界的结构，搞清楚它是否会灭亡，以及何时会灭亡。他们相信耶稣基督真正的启示是通过太阳、月亮和星辰的征兆体现的，而我们当中很多愚人是看不出来那些征兆的。因此他们等待着时代的更替，或者它的终结。他们认为，世界到底是从虚无中创造的，还是从别的世界的废墟中，抑或是从混沌中产生的，是个很难有定论的问题，但是他们坚信世界是被创造的，而不是向来就存在的。因此他们不相信亚里士多德，认为他是一个逻辑学家，而不是一个哲学家。根据一些反常的现象，他们提出了许多证据来反对世界永恒存在的说法。他们把太阳和星辰当作上帝活生生的代表和征兆，当作神殿和神圣的祭坛，向它们致以尊敬而非崇拜。最受他们敬仰的是太阳，但是他们又认为一切造物都不值得被崇拜。他们将崇拜仅仅奉献给上帝，并因此侍奉上帝，以免被独裁的力量诱惑并遭到复仇者的惩戒。经过思虑，他们认为上帝就在太阳中，太阳就是神的征兆、面容和生动形象，太阳给了他们光、热、生命，令一切良善和丑恶的事物得以生发。因此，他们的神坛建立得像太阳一样，他们的神职人员把太阳和星辰当作神来崇拜，他们以太阳和星辰为上帝的祭坛，以苍天为上帝的殿堂。他们也敬奉善良的天使，认为这些天使是居住在群星——他们坚固的居所——当中的仲裁者。因为上帝早就在天上显示了他们的美好，在太阳中显示了他的光荣。他们说只有一个天堂，行星在接近太阳或者与它的轨迹相交的时候就会移动、升起。

他们认为地球上的事物遵循两条物理法则，即太阳是父，大地是母。空气是天的不纯部分，一切火的来源是太阳。海是地的汗水，或者是地下所包含的物质因燃烧或者融化而产生的液体，但又是空气和大地之间联系的纽带，就像血液是动物灵魂和肉体之间的纽带一样。世界是一头庞大的动物，我们生存在它的腹内，就像蛔虫生存在我们的腹内一样。所以我们并不属于星辰、太阳和地球的系统，而是只属于上帝，因为就我们与只追求阐发自己的前者的关系来说，我们的出生和生命只是偶然的；而从身为上帝工具的我们对上帝的关系来说，我们是上帝根据他的预见和安排，为了他的伟大目的而创造的。因此上帝是我们唯一应当忠于的父，我们应当接受他给予的一切。他们认为灵魂无疑是不灭的，人们死了之后，灵魂就会根据他们在尘世的行为而加入善天使或者恶天使之群。这是因为万物皆以类聚。他们对于赏罚之地的看法和我们几乎完全相同。他们怀疑在我们的世界之外，是否还存在着其他世界，但又认为世界之外空无一物的说法是疯狂的。虚无的概念与上帝是不相容的。他们定下了两条形而上学的观念：作为最高上帝的存在和缺乏存在性的空虚。恶与罪都来自缺乏的倾向，罪并没有足够的理由，而是原子缺乏。他们所谓的缺乏，是指缺乏力量、智慧或者意志。他们认为罪正是由此产生的，懂得行善和能够行善的人，应当有行善的意志，因为意志是由力量和智慧产生的。他们也崇拜三位一体的上帝，认为上帝是最高的威力，这种威力产生了最高的智慧，这种智慧就是上帝。爱从这些当中产生，而爱也就是威力和智慧。然而和我们的基督教教义不同，他们不承认上帝有三种不同的人格，而且也不曾有人向他们宣讲过我们的教义。等到恶行都被清除之后，这种宗教将成为世界未来的主宰，就像神学家所教导和所期望的那样。因此西班牙才会发现新大陆（虽然首先发现它的是最伟大的热那亚英雄哥伦布），而一切国家都应当被联合在统一的律法之下。我们自己并不知道自己在做什么，但是上帝知道，我们都是他的工具。他们出于对黄金和财富的渴望去探寻新的地域，而上帝的功业有着更崇高的目的。太阳虽然照热了地球，并不是为了创造植物和人类，而上帝却能够引导达成伟业的斗争。赞美属于上帝！荣誉属于上帝！

大团长：哦，如果你知道，对于即将到来的时代以及我们这个时代，我们的占星家们有着怎样的评价，一百年内的历史要比四千年前全世界所拥有的都丰富！印刷术和枪支的奇妙发明，以及磁铁的使用，以及这一切如何发源于水星、火星、月球和天蝎座的变化！

船长：啊，这个嘛！上帝在合适的时候自会赋予我们这一切。他们太依赖占星了。

（秦鹏　译）

经验、实验与启迪人类心智的战斗

启迪人类认知的战斗由罗杰·培根在13世纪发起，一直方兴未艾，直到17世纪时，另外一位培根开始消除错误的认知，建立起一套新的系统方法来认识世界，这套方法基于观察和实验。

弗朗西斯·培根研修法律，在伊丽莎白女王统治时期进入政府的法律部门，并步入所在行业的顶峰（正如他的那位创作乌托邦小说的前辈托马斯·莫尔那样），成为詹姆斯一世的大法官。然而就在三年后，他被指控收受贿赂。他承认了自己的贪腐和失职，在退休生活中度过了人生的最后五年。

他在思想领域的成就更为经久不衰。经验主义——一切知识都来自经验——这种哲学观点并非培根提出的新概念。16世纪的瑞士炼金术师帕拉塞尔苏斯针对盖伦[1]和其他传统医学家对权威的依赖，已经强调过经验主义的重要性。培根的贡献在于强调了如下几点：控制并重复实验、仔细调节实验条件、由理论指导并聚焦于理论。

1. 古罗马医学家。

在培根的著作《新工具》中，他开始彻底重建人们的学习方法。他首先攻击了那些欺骗人类、误导人类、迷惑人类的观点，并把这些观点称作“假象”[1]，他随后提出了自己心目中通向真理的途径。《新亚特兰蒂斯》是他未完成的一部乌托邦式幻想作品，讲述了一座科学方法已经发展完善的岛屿，在那里，人们建立了实验室来探索自然现象，科学发现也已经被用来为人们带来更美好的生活。但科学家们需要负责判断哪些科学发现可以公之于众，而哪些必须保密。

《新亚特兰蒂斯》的精彩部分是培根对所罗门研究院的描写（所罗门有“古代最有智慧的人”之称）。这个机构看起来非常像一座现代研究型大学，追求建立这样的机构似乎是未来三个世纪的科学蓝图。或许是因为培根在有益于人类的科学方面提出的见解没有被政治倾向所影响，他的观念比那些社会学家的观念更快地被付诸实施了。不出三十年，哲学学会[2]在英格兰建立，旨在研究自然现象并讨论科学数据及理论。1662年，英国皇家学会获得特许，这座科学机构至今仍然存在，而且仍然致力于追求培根当初提出的目标。

培根被誉为“科学方法之父”。

（赵佳铭　译）

1. 培根提出的哲学概念。详见《新工具》一书，在该书中培根提出了四种假象，统称“四假象说”。
2. 指一众受到《新亚特兰蒂斯》影响的科学家和哲学家在牛津成立的牛津哲学学会，是英国皇家学会的前身。

新亚特兰蒂斯（节选）

［英国］弗朗西斯·培根

我们从秘鲁乘船出发航行了一整年，途经南海[1]驶向中国和日本，随船携带的给养足够使用十二个月。一开始的五个多月都刮着和顺的东风。之后风向有了变化，连刮几天的西风让行进变得极为困难，甚至完全不可能，有时候还得故意掉头往回走。不过接着又刮起了强劲的南风，稍为有点偏东，带着我们向北驶去，我们也只能如此了。尽管我们一直吃喝得很节省，但等到那时，我们的给养已经不够用了。我们置身于世界上最为广袤的一片水域之中，没有食物，没有希望，只能等死。不过，我们还是虔诚地向上帝高声祈祷：乞求他在这茫茫大海中展现奇迹，乞求他大发慈悲，像创世之初他望见深渊的水面，创造出陆地时一样，也为我们带来陆地，让我们免遭灭顶之灾。

我们的祈祷应验了。第二天傍晚前后，我们发现在前方某处，偏北的方向，有一片仿佛乌云一般的东西，让我们升起了几分希望，希望那是一块陆地：我们知道南海的那一片区域完全不为人所知，

1. 欧洲对太平洋的旧称。

或许真有迄今为止尚未被发现的海岛或大陆也说不定。因此，我们调整航向，向那个可能是陆地的地方驶去，整整航行了一夜。第二天黎明的时候，我们已经可以在眼前清楚地辨认出一片平坦的土地，上面长满灌木，让它显得更加阴暗。又经过一个半小时的航行，我们进入了一片不错的避风港，坐落在一座美丽的城市中，谈不上雄伟壮丽，但建得不错，从海上看景色优美。我们一直在期盼着能够登上陆地，现在终于靠近了岸边，接近了陆地。但奇怪的是，我们看到不少人手中拿着棍棒，好像是要禁止我们上岸：他们没有喊叫，也没有露出凶相，只是发出信号，示意我们停止前进。因此，我们并没有感到什么不适，只是按照他们的指示采取行动。

在此期间，一条小船朝我们驶来，船上大约有八个人，其中一人手握一根细长的黄色金属手杖，手杖两端涂成蓝色。那人上了我们的船，没有显出一丝不信任的样子。看到我们之中有一人向前几步站到了所有人的最前面，他取出一小卷羊皮纸（颜色比我们的羊皮纸更黄一些，像写字台的金属合页一样闪闪发亮，但很薄，又有弹性），递给了我们站在最前面的那个人。那纸卷上用古希伯来文、古希腊文、学校教授的正宗拉丁文和西班牙文写着这样一段话：

> 任何人均不得上岸，限期十六日内离开本海岸，获得延时许可另当别论；在此期间，如若需要淡水、给养，或有伤病员需要救助、船只需要修理，写下你们的需求，出于人道，我们将满足你们的需求。

卷轴的花押是一个印章，上面有一对小天使的翅膀，翅膀没有张开，而是下垂着的；中间还有一个十字架。递交公文后，那个官员就回去了，只留下一个仆从等候我们的答复。我们在内部进行了商议，但感觉颇为不解。不准我们上岸，催促我们离开，这让我们很为难；但另一方面，发现这里的人也使用我们的语言，且富于人道主义精神，也让我们深感欣慰。最最重要的是，那公文上的十字架标记，让我们欣喜异常，这也一定是个好兆头。我们用西班牙语做了回答："我们的船，状况良好，因为我们一路上只遇到了无风和逆风天气，未曾遇上风暴。至于病人，数量很多，且病得不轻；如果不能获准上岸，恐有生命之虞。"我们把我们其他方面的需求也一一列明，并补充道："我们有一小部分商品，如果他们乐于交易，可用来交换我们所需之物，而不必让你们花钱。"我们准备了几皮斯托尔[1]的奖赏给这位仆从，并请他将一块深红色天鹅绒转交给那位官员，但仆从一样都没有收；甚至连看都没多看一眼就离我们而去，乘上派来接他的另一艘小船回去了。

大约在我们答复之后三个小时，一个（看上去）颇有地位的人来到了我们这里。他穿着一件宽袖长袍，应该是水波纹羽纱的，有着美妙的天空般的蓝色，比我们的衣服要有光泽得多。他的下装是绿色的，帽子也是，样式比较像缠头，做工极为考究，没有土耳其缠头那么大；几缕头发从他的帽檐下方露了出来。这人一看就是一位值得尊敬的人物。

他是乘船过来的，这艘船船体的一部分镀了金，除他本人外船上还有四个人；而且船后面还跟着另一艘船，那艘船上少说也有二十人。在他距离我们的船还有一箭之遥时，他们发出了信号，示意我们派员到水上迎接他，我们立即照办。我们派出船上的小艇，由我们主要成员中的一人带领四名随员前去迎候。距离他们的船还有六码时，他们叫我们停住，我们遵从指示。随后我前面描述过的

1. 一种西班牙旧金币，多见于中世纪小说。

那个人便站了起来，用西班牙语高声问道：“你们是基督教徒吗?”我们回答：“是的。”对这个问题我们并不感到担心，因为之前我们已经在他们的公文上看到过十字架的标记了。听到我们的回答，那人举起右手，指向天空，又慢慢把手放到嘴边（这是他们感谢上帝时所用的动作），然后说：“如果你们能发誓，所有人，都以救世主功绩的名义发誓，发誓你们不是海盗；而且没有流过血——在过去的四十天内，不论是合法的还是非法的——那么你们就可以取得上岸的许可。”我们说：“我们大家都愿意发誓。”接着，与他同来的一个人，（看上去好像）是个公证员，便将这一切都记录了下来。记完之后，那位大人物向他的另一名随员（也跟他在同一条船上）耳语了几句，那随员便高声说：“我的主人让我告诉你们，他不上你们的船不是因为傲慢，也不是因为自大，而是因为你们在复函中声称你们中间有许多病人，本城的卫生监督告诫他要与你们保持距离。”我们向他鞠了一躬，回答说：“我们是他谦卑的仆人；他为我们所做的一切给我们带来了无上的荣光，展现了罕见的人道主义；而且幸运的是，我们的人所得的病也并不传染。”于是他就回去了。过了一会儿，那名公证员来到了我们的船上，其中一只手里拿着一个他们国家出产的水果，形状像橙子，颜色介于橙黄色与猩红色之间，散发着一种极为出挑的香气，（应该是）作为消毒剂起预防感染的作用。他把誓词教给了我们：“以耶稣及其功绩的名义。”之后他告诉我们，第二天早上六点钟，他们会派人来接我们，把我们接去“异客院”（他是这么叫的）。在那里，我们会获得必要的救济，不论是健全者还是伤病员。说完他便离开了我们。我们主动提出要送他一些皮斯托尔金币，他笑了笑，说：“一份差不拿两份钱。”那意思（据我猜测）是他的国家已经为他所提供的服务支付给他足够的报酬了。因为（我后来才了解到）他们把给官员好处费称为拿两份钱。

第二天清晨，之前来过我们这里的那位官员就拿着手杖早早地来到了我们这里，他对我们说：他是来带我们去异客院的。而且这么早来是因为这样我们接下来的一整天时间就都可以去办我们自己的事了。“因为（他是这么说的）要是你们愿意听我的建议，就先派几个人来同我一起去看看地方，考虑一下怎样把那地方弄得对你们更方便一些，然后再来将伤病员，以及你们的其他人接上岸。”我们对他表示了感谢，并说，上帝会奖赏他，因为他对我们这些可怜的陌生人所展现出的关怀。于是我们有六个人跟他上了岸。上岸后，他走在最前面，并转过身来对我们说：他只是我们的仆从、我们的向导而已。他带领我们穿过三条不错的街道。一路上，两旁聚集了不少人。他们站成一排，态度非常礼貌友好，就好像根本不是来围观的，而是在列队欢迎我们。而且在我们从他们身旁经过的时候，他们中的一些人就将手臂微微向前伸出，这是他们用来表示欢迎的姿势。异客院的建筑漂亮而宽敞，砖瓦结构，砖块的颜色比我们的显得更蓝一些，窗户的造型也很漂亮，有些装着玻璃，有些糊着油麻纱。他先带我们到楼上一间漂亮的客厅，并问我们共有多少人，多少伤病员。我们回答说：“我们共有五十一人，其中伤病员十七人。”他让我们耐心在原地等待，他去去就回。大约半个小时后，他带我们去看了为我们准备的房间，一共十九间。他们分配的房间中的四间（看起来）比其他的要好一些，应该是用来接待我们当中的四位要人的，每人一个单间，其余十五间给我们剩下的人住，两人一间。那些房间都很漂亮舒适，布置得井井有条。接着，他带我们来到一条长廊，那里的布置有点像学生宿舍，他给我们看了走廊的一侧（另一侧只有墙和窗户），那一侧有十七间小间，非常整洁，中间用柏木板隔开。整条走廊共有四十间小间（远超我们的需要），是一间为患病者设立的诊所。他还跟我们补充说明，我们的伤病员只要康复，就可以离开这里住进客房。为此，除了之前提到的那些房间外，他们还多预备了十间客房。做完这些，他带我们回到客厅，微微举起他的手杖（这是他们发布命令时的惯用动作），对我们说："你们应该了解这里的习俗，今明两天之后（这两天时间给你们用来转移船上的人员），你们应该在室内待三天，不要出门。不过不要担心，也别以为自己遭到了软禁，这是为了让你们好好休息调养。你们的一切需求都会被满足，我们还派了六个人，帮助你们处理各种必要的事务。"我们满怀敬意诚心实意地向他表示感谢，并说："上帝果然在这片土地上显灵了。"我们表示要送他二十皮斯托尔，但他只是笑了笑，说："怎么？两份钱吗？"说完就离开了我们。不一会儿，我们的晚餐就送来了，有面包有肉，制作精良，比我知道的任何一所欧洲大学的伙食都要好。我们还品尝了三种不同的饮料，全都健康而美味：一种是葡萄酒；一种是粮食酿造的酒，有点像我们的麦芽啤酒，不过更清冽；还有一种果酒，是用他们本地产的一种水果酿制的，口感清新美妙。此外，他们还给我们送来了大量猩红色的橙子供我们的伤病员食用。这种水果（据他们说）对治疗在海上得的病有奇效。他们还给了我们一盒灰白色的药片，让我们的伤病员服用，每晚睡前一粒，（据他们说）能够加快康复的速度。第二天，经过一番劳顿，我们将人员和货物从船上搬了下来，稍作安置。我觉得有必要把大家都召集到一起谈一谈。集合好后，我对大家说："亲爱的朋友们，我们来看看我们自己，看看我们的处境吧。我们是流落在外的人，就像从鲸鱼肚子里逃出来的约拿，我们也差点葬身海底。现在我们虽然踏上了陆地，但仍是生死未卜，因为我们既远离旧世界，也远离新世界；能否再看到欧洲，只有上帝知道。能来到这里完全是个奇迹，只有更大的奇迹才能带领我们到达彼岸。因此，考虑到我们这一次的获救，考虑到眼下及今后所面临的危险，让我们仰望上帝，检点自身吧。再者，我们周围的这些人都是基督徒，虔诚而慈悲。我们千万不能表现出自己不好的一面，绝不能在他们面前表现出任何恶习或不义之举。还有，他们已要求我们（尽管话说得很客气）在室内隔离三天。谁知道是不是要看看我们的举止行为呢？如果觉得我们表现不好，就立即驱逐我们；如果表现好，就给我们更多时间。那些派来给我们帮忙的人，可能也是在监视我们。因而，为了回馈上帝对我们的爱，也因为我们爱惜自己的灵魂和肉体，请大家好自为之，只要我们对得起上帝，就能赢得这个地方人们的尊重。”所有人都齐声对我的善意告诫表示感谢，并向我保证要头脑清醒、文明礼貌，绝不会做出任何无礼的行为。所以，我们愉快地度过了这三天，也不担心三天过后他们会怎样对待我们。让我们高兴的是，在这三天里，我们伤病员的病情每个小时都在好转，他们觉得自己仿佛是置身于某种神圣的治愈池中，身体恢复得又好又快。

第四天上午，新出现了一个我们之前没见过的人，他也穿着一身蓝衣，与之前的那个人一样，只不过他的帽子是白色的，顶上有个小小的红十字。他也披着一件细麻布的披肩。他走进房间，对我们微微鞠了一躬，然后张开双臂。我们这边则恭顺谦卑地向他行礼致意，因为我们觉得自己将从他那里获得生死的判决。他要求同我们中间的一小部分人交谈，因此我们只留下六人，其余都离开了房间。他说：“论职务，我是这所异客院的总管；论职业，我是名基督教牧师。我此番前来，是为了向你们提供服务，一方面是因为你们人生地不熟，更主要的是因为大家都是基督教徒。有些事必须先告诉你们，我想你们是不会不愿意听的。我们的政府已批准你们在此居留六个星期，如果你们的情况需要更长的时间，我们的法律在这方面也不死板。我毫不怀疑，我本人就可以替你们申请到更长的时间，只要对你们方便。同样需要你们明白的是，异客院眼下很富足，准备也很充分。因为这三十七年间的财政收入都积存了下来：已经有这么多年没有异乡客到来了。所以你们不用担心，你们在此居留期间的一切费用都由国家承担。我们也不会因此而提早赶你们走。至于你们带来的货物，会得到很好的利用，我们可以用货物交换，也可以付给你们金银，反正对我们来说都一样。如果你们还有别的要求，请一定直说，我们的答复一定不会使你们感到难堪。只有一件事我必须向你们说明：如无特别许可，你们所有人都不得离开城墙外一卡兰（相当于我们的一英里半）远的范围。”我们几人用目光交换了一下意见，称赞了一番这慈父般周到的安排，然后回答说，我们不知道该说什么好，因为我们无法用语言来表达我们的谢意；他那崇高而又无偿的援助已让我们别无他求。在我们看来，摆在我们面前的就是一幅在天堂中获得救赎的画面，因为我们刚刚才死里逃生，马上就被带到了一个满是安慰的所在。至于对我们的要求，我们一定严加遵守，尽管我们的心如燃烧般地渴望着要在这幸福而神圣的国度游历一番。我们又补充说，我们一定不会忘记这位可敬的人，更不会忘记这个国家，否则就让我们在祈祷时舌头黏在嘴巴顶上下不来。我们也以最最谦卑的态度，全心全意地拜倒在他的脚下，请求他接受我们作为他真正的仆人，任何一个承担下如此义务的人都有这样的权力。他说，他是一名牧师，只企求获得属于牧师的奖赏——那就是我们兄弟般的爱，以及我们身心的健康。说完他就离开了，眼眶中还饱含着情真意切的热泪，只留下因为他的仁慈而欣悦到不知所措的我们。大家纷纷喃喃自语，说我们就是来到了天使的国度。而天使也确实天天降临在我们身边，给我们送来慰藉，这一切我们根本没有想到，更不敢有奢望。

第二天，大概十点，总管又来到我们这里，一阵寒暄过后，他亲切地对我们说，他是来看望我们的，并要了把椅子坐了下来。我们大概有十个人（其余人要么级别太低，要么就是外出了），也都坐了下来。大家落座之后，他以这段话作为开场：“本萨勒姆岛（用他们的语言是这样发音的）是这样的：由于我们孤悬在外，也由于我们对旅行者实行的保密法规，再加上极少接待异乡客，我们对这个世界上有人类居住的大部分地方都颇为了解，但外界对我们却一无所知。知道得越少想问的就越多；另外也是为了消磨时光，所以还是由你们来向我提问吧，这比我问你们问题更为合适。”我们回答说，我们对他表示衷心的感谢，感谢他给了我们这么做的许可。再加上根据我们目前的所见所感，我们觉得在这个世界上没有什么别的东西能比这个幸福国度更值得我们去了解的。不过，除去这些（我们刚刚说过的），考虑到我们来自天南海北，并且都衷心地希望有朝一日能在天国相聚（因为我们双方都是基督徒），我们想要知道的是（考虑到这片土地孤悬海外，与救世主所在的大陆远隔千山万水），来到这里的是哪位使徒，这里又是如何归于基督的？从他脸上的表情来看，他对我们提出的第一个问题极为满意。他说：“你们首先提出这个问题，便把我的心与你们紧紧连接在了一起：因为这个问题表明，你们在追寻的首先是天国，因此我很高兴，能先用简要的回答来满足你们。

“大约在我主升天二十年后，伦弗萨（我们这个岛东海岸上的一座城市）的人民（在一个多云而沉静的夜晚）在离岛数英里的海面上看到一个巨大的光柱；不是锥形的，而是柱形，或者说是圆筒型，从海面上升起，一路通向天国。而在圆柱的顶部，人们看到一道巨大的十字光，比光柱本身更加明亮，更加辉煌。面对这样的奇观，城中居民迅速聚集到了海滩上，好奇心让他们乘上一艘艘小船，靠近那奇妙的景象。但当船只驶到距离光柱差不多不到六十码的地方时，他们发现所有船只仿佛都被拦截了一般，不能前进。也就是说，尽管船只可以左右绕行，但就是不能靠近光柱。于是，所有船只都停了下来，仿佛是在剧院中一样，仰望着这奇景，觉得这是天国的讯号。结果呢，其中一艘船上有个智者，来自萨罗门院，这所研究院或者说是学院，我的好兄弟们，就相当于这个王国的眼睛。这个人全神贯注、满怀虔诚地观察着光柱和十字架，又沉思了一会儿，然后就匍匐在地，又跪立起来，举手向天，作了这样的祈祷：'主啊，天空与大地之神，请赐予我们恩典，向我们明示您的造化，与这造化中的秘密；让我们能够明辨（因为这事关人类的世世代代！）神的奇迹、自然的造化、艺术的创作、骗人的把戏或是别的虚幻之物。我在我的人民面前承认并做出证言：此刻我们眼前所见的景象，就是您的手指，是一个真正的奇迹。而根据我们从书本中学到的知识，您从不创造奇迹，除非是为了一个神圣卓越的目的（因为自然的法则便是您的法则，若非为了崇高的目的，你不会逾越这法则），因此我们以最谦卑的心情请求您将这一伟大的预示发扬光大，我们请求您的怜悯，请求您为我们明示这一预示的含义与用途，您既然向我们展示这一奇迹，那就已经是做出了某种暗示。'

"说完这一段祷文，他立刻觉察到，他所乘坐的小船动了起来，不再受到阻拦；而其他船只仍然被牢牢地限制着。他相信这是容许他上前的许可，便轻轻荡起小船，默默驶向光柱。但就在他距离光柱还有一段距离时，光柱和十字光便解体了，光线四散开来，化作满天繁星，很快便消失不见，除了一叶方舟，或者说是一段浮木外，什么都没有留下。那段浮木漂在水中，但却是干的，一点水都没沾；在浮木的前端，也就是朝向他的方向，长着一小节绿色的棕榈枝[1]。智

1. 殉道者和胜利的象征。

者带着万分的崇敬，将浮木拿到船上，那段浮木在他面前打开，露出了一本书和一封信，均写在精制的羊皮纸上，用亚麻布包裹着。书里包含了《新约》和《旧约》的全部典籍，同你们的版本一样（我们很了解你们的教堂里所用的版本），还有《启示录》，另外还有《新约》中的其他一些‘书’，《圣经》成书时还没有写就的，在这本书里也有。至于那封信，是这么说的：‘我，巴多罗买，至高者的奴仆，耶稣基督的使徒。曾有天使带着万分荣光前来告诉我，我应将这一方舟置于奔流入海的河流中。因而我在此做证并宣告：此方舟在我主的意使之下到达陆地之时，那片土地上的人民将即刻获得拯救与和平，获得天父及我主基督的善意。’

“这两份文字材料，不论是书还是信，都还蕴含着一大奇迹，与使徒之言相符，那就是它的语言。因为那个时候，这座岛上除了本地土著外，还居住着希伯来人、波斯人和印度人。不管是谁捧读这书这信，都会觉得就是用他们自己的语言文字所写就的。就这样，这片土地被一叶方舟通过使徒圣巴多罗买所传递的奇迹福音从错误信仰的历史中拯救了出来（正如旧世界的孑遗被方舟从洪水中拯救了出来一样）。”说到这里，他停了下来。一个信使进来把他叫走了。所以那天会面的谈话内容便是这些。

第二天，就在我们刚吃完晚饭的时候，那位总管又来到了我们这里。他先向我们表示了歉意，说昨天他突然被人叫走，但现在可以补偿我们，与我们共度一段时光，如果我们愿意有他的陪伴，觉得这种会面令人满意的话。我们回答说，我们对此非常满意，也感觉非常愉快。因为在听他说话的时候，我们既忘却了曾经经历的危险，也忘却了对未来的担忧；我们觉得，与他相处一小时胜过以往数年的生活经历。他向我们微微鞠了一躬，等我们大家都坐好之后，他说：“那么，还是由你们来提问吧。”一阵停顿之后，我们之中的一人说，有一件事我们很想知道，但又不太敢问，因为害怕显得太过放肆。不过由于他对我们是如此的仁厚（几乎让我们感觉不到自己是外乡人，是他忠诚谦卑的奴仆），我们就斗胆提出这个问题，并在此谦卑地恳求，如果他认为这个问题不适合回答，那尽可以拒绝，但还请原谅我们的鲁莽。我们说，我们认真聆听了他之前所说的每一句话。他说过，我们所在的这方乐土不为世人所知，却很了解世界上的大多数国家。我们确信这是事实，因为他们也通晓多种欧洲语言，并对我们的国情和事务有诸多了解。但是，我们在欧洲（尽管在近代远航四海，也有众多发现）对这座岛屿的蛛丝马迹却没有一丝耳闻……[1]

“大约一千九百年前，统治这座岛的是位国王，他比起任何其他国王都深受我们崇拜；并非出于迷信，而是出于对一个凡人所拥有的超凡能力的崇敬。他的名字是萨罗门纳，我们尊崇他为我们国家的立法者。这位国王心胸宽广、高深莫测，全心全意地要让他的王国和臣民过得幸福。因此，他开始考虑，这片土地要有多富足，才能自给自足，无须外国人的任何援助。这座岛周长五千英里，绝大多数地区土壤肥力十足；航运也十分发达，不论是捕捞业还是港口之间的交通，还有通往距离不远处的几个小岛的航运，那些小岛也处在同一位国王的统治之下，遵守同样的律法；他还想到了这片国土当时所处的幸福、兴盛的状态。因此，让局面变坏的路子可能有千万条，但让局面变得更好的路却极为鲜见。所以要实现他那崇高的英雄主义目标，别的都不需要，只要（在人类远见所能达到的范围内）尽可能地延续他业已建构起的长治久安就行。于是他在王国的各种基本法规中制定了禁止外国人入境的相关法令，这些法令我

1. 此处后面若干段落在节选时被从略。

们现在还在执行。当时（尽管是在美洲的灾难[1]发生之后）与外国人的接触还是很频繁的，我们对于他们古怪的行为举止持怀疑态度。不错，禁止外国人未经许可入境的类似法规在一些国家的古代法律中早就有了，而且一直沿用至今。但这么做并不好，结果就是把他们变成了一个奇怪的、无知的、可怕的愚蠢国家。我们的立法者制定法规则是出于另一种倾向。首先，一切人道主义的要点都被保留，以便进行交易和救助遇险的外国人；这一点你们已经有所体验了。”听到这里（如人之常情），我们大家全体起立，向他鞠躬致意。他继续道：“那位国王还想把人道主义与政策统一起来。他认为，不考虑外国人的意愿就将他们扣留是违反人道主义的；而让他们回去，告诉别人他们所发现的这个国家的情况又违反政策，于是他制定了这样的措施。他规定，对那些被准许登陆的外国人，不论在任何时候只要他们想离开就让他们离开；但只要他们愿意留下来，就提供给他们非常好的条件，以及在这片国土生存下去的手段。正如他所预见，规定出台至今已过去了这么久，在我们的记忆中，没有一条船返回；至于人，前前后后只有十三个，选择乘我们的货船回了母国。这些人回去之后说了什么，我不知道。不过，你们肯定会觉得，不论他们说了什么，都只会被人当作天方夜谭而已。至于我国的人到世界其他地方旅行，我们的立法者认为还是禁止为好。所以这里不像之前提到的那些国家。他们的船想去哪儿，或者说能去哪儿，就去哪儿。这只能说明，他们禁止外国人入境的法律是出于胆怯和恐惧。不过我们的限制有一种例外情况，这一点值得称道；能获得同外国人交往的好处而又避免损害，我这就给你们详述。在此之前我先说几句题外话，不过你们随后就会发现这些话也不是毫不相干的。

1. 该英文版节选时跳过了这部分内容。大致说美洲即传说中的大西洲，原有众多人口和国家，被上帝降下洪水消灭。

你们应该理解，我亲爱的朋友们，在我们那位国王的所有英明决策之中，有一条最为杰出，那就是建立起了一个机构，或者说一个会社，一个社团，我们称之为‘萨罗门院’，我们认为，在地球上出现过的所有组织中，这是最为崇高的一个，是我们这个王国的指路明灯。萨罗门院致力于研究上帝的功业与造物。有的人认为，这个机构的冠名人姓氏似乎有点错误，应该叫所罗门院才对。不过文献记载的读音就是这样。我认为，那些人指的应该是那位希伯来国王。这个人物你们都熟悉，我们也不陌生；因为我们有一些他的著作，在你们那里已经失传了；主要是他所著的关于各种植物的博物史，从利巴努斯雪松到墙上长的苔藓，以及所有具有生命和运动的事物。这让我觉得，我们的国王认为，自己在诸多方面与这位希伯来王具有可比性，虽然这位希伯来王生活在他之前的很多很多年。于是他用这位希伯来王的名字命名了这个机构，借以表达对前者的敬意。另有一种观点我也颇为赞成：因为我曾在一些古籍中发现，这个会社，或者说社团，有时候也被称作所罗门院，有时候还被称作六日功绩院。因此，我颇为满意地发现，我们那位贤明的君主从希伯来人那里了解到，是上帝创造了这个世界，以及世上的万物，所有一切功绩都在六日内完成；因此他创建了这个机构，去探索万物的本质，以进一步彰显上帝造物中的荣耀，也让人类能更好地利用大自然的果实。这也就是第二个院名的由来吧。不过，先回到我们之前的话题。国王禁止他的人民航行到任何不在他统治之下的区域后，又制定了一条法令：每隔十二年，本王国将派出两艘船，作数次远航；每艘船上都应当有一个使团，由三名萨罗门院的同人或者说是兄弟组成，他们的使命就是前往所派的国家，收集有关这些国家国情与各项事务的情报，尤其是各地在科学、艺术、生产、发明等方面的情况；并为我们带回各种书籍、工具、模型等等。至于船，把人送到后就要返航，而萨罗门院的兄弟则需要留在海外，直到新的任务下达。船上除了给兄弟们的给养外，没有什么别的东西，里面有供他们使用的大量财宝，方便他们购买前面提到的东西，奖赏他们认为应当奖赏的人。现在，我该告诉你们那些粗俗的水手要如何在陆地上避免被人发现了吧？他们要如何准备好随时上岸，用其他国家的名字来伪装自己，航程都规划了什么路线，接受新任务的集合点都在哪儿，以及诸如此类情况的应对练习。这些我是不会说的，你们应该也不想听。不过你们应该已经可以明白，我们还是维持了对外贸易，不为金银，不为珍宝，不为绸缎，不为香料，也不为其他类似的物质商品，只是为了上帝最初的创造——神圣之光[1]；我要说，有了光，才有了世界各个部分的发展。"……[2]

三天后，那位犹太人又来到我们这里，他说："你们真是有福之人。萨罗门院的长老知道你们来了，命令我来告诉你们，他准备接见你们全体人员，并同你们中的一位进行私下会晤，人选由你们自己选定。时间就定在后天。因为要向你们传达他的祝福，他就将时间定在了午前。"我们按照定好的时间前去赴约，我本人也被我的同胞们选为私下会晤的代表。我们在一间装饰得不错的房间内见到了长老。房间里有很多挂饰，脚下还铺着地毯，但并没有很彰显阶级。他的宝座不高，但装饰精美，头顶上还悬着花式富丽的蓝缎幔帐。他没有随从，只有两名仪仗，分立在他的左右，穿着精致的白衣。他的内衬衣与他上次在战车上穿的那件类似，只不过他没穿长袍，而是将一件带斗篷的披风系在身上，也同样是那种质地精良的黑色面料。进去后，我们按照事先被告知的那样，首先深鞠一躬。等我们走近他的座椅，他站了起来，脱去手套，向我们伸出手，摆出祝

1. 指真理。包括理性和感性认识，以及信仰（良知）。
2. 此处后面若干段落在节选时被从略，包括下文"犹太人"的出场。

福的姿势。我们每个人都弯下腰，去亲吻他的披风下摆。这一切都结束后，其他人便离开了，只留下我一个。接着，他示意仪仗离开，让我在他身旁坐下，然后用西班牙语说了下面的话：

“上帝保佑你，孩子。我将把我拥有的最伟大的珍宝给你。为了上帝和人类之爱，我要把萨罗门院的真实情况告诉你。孩子，为了让你了解萨罗门院的真实情况，我将按顺序来说明。第一，我将向你介绍我们建院的目的。第二，我们为完成工作所准备的装备和设施。第三，分配给我们研究人员的工作职能。第四，我们所遵循的法规与惯例。

“我们建院的目的是要探寻万物的因由，了解事物隐藏的动机，尽可能地扩大人类王国所能影响的范围。

“装备设施有这些。我们有几种深度不同的大型深穴，最深的挖到了地下六千英寻；还有一些从大山丘下挖了进去；这样，如果你同时计算山高和洞深，那么，两者相加，其中有些洞穴的深度就超过了三英里。因为我们发现，山的高度与从地平面算起的洞的深度其实是一回事，两者都同样远离太阳和天上的光束，远离露天的环境。我们把这些洞穴称为低洼区，并把它们用于冷凝、硬化、冷藏和尸体储藏。我们也用这些洞穴来模拟天然矿藏，按成分将原料埋藏在地下，生产新的人造金属。有时候（你们可能会觉得很奇怪），我们还用这些洞穴来治疗一些疾病，延长人的寿命。有一些自愿居住进去的隐士，携带充足的生活必需品，确实在那里活了非常长的时间；通过对他们的研究，我们也学到了很多东西。

“我们有几个洞穴用来埋葬死者，里面用水泥加固，就像中国人筑的瓷窑那样。不过我们的式样更多，其中有些也更为美观。我们还有多种堆肥和土壤，能让土地结出更丰硕的果实。

“我们也建筑了高塔，最高的有半英里高，有些也建在高山上，这样山的高度加上塔高，最高的至少有三英里。我们把这些地方称为高耸区。高耸区与低洼区中间的部分，我们称为中间区。我们根据这些高塔不同的高度和所处的环境，将它们分别用于隔离、冷藏、储藏以及观察天象，比如风、雨、雪、雹；有时候还有火流星。这些高塔之上的某些地方也有隐士的居所，我们也不时地去看望他们一下，指导他们要观察什么。

“我们有几个大湖，咸水、淡水都有，用来饲养鱼禽。我们也用这些湖来埋葬一些自然物。因为我们发现，埋葬在土中、地下的空气中和水中的事物是不同的。我们还有池塘，有些能从咸水中滤出淡水，也有些用人工方法把淡水变成咸水。我们在海洋中有一些岩岛，在海边还有一些海湾，用来进行某些工作，需要空气和海水蒸气的那种。我们还有急流飞瀑，可以做多种用途；同样也有用来成倍放大风力的引擎，可做多种用途。

“我们也有人造水井与泉水，用来模仿天然矿泉水和浴场，水中含有矾、硫、铁、铜、铅、硝等多种矿物质；同样，我们也有用作注射的小型水井，这些井中的水比普通容器中的水流速更快、水质更好。其中一处水源，我们称之为‘天堂之水’，之所以起这个名字，就是因为那泉水特别有益健康，可以延年益寿。

“我们建有特别宽敞的场馆，用于模拟演示天象，如雪、雹、雨，还有一些人造的东西，不光是水、雷、电，还有其他凭空创造的东西，比如青蛙、苍蝇以及其他东西。

“我们也有一些小厅，称为康复室，那里的空气按照我们的想法经过处理，更适合治疗各种疾病，维护身体健康。

“我们还有漂亮的大浴池，混合多种材料，用来治疗各种疾病，消除身体疲劳，另有一些浴池用来强健筋骨、增强身体关键部位，维持体液和身体物质平衡。

“我们还有不同的大型果园跟花园，主要不是用来欣赏美景，而是试验不同的土壤土质，与种植不同的树木药材相匹配；除了葡萄园外，还有一些园子占地特别宽广，种植有树木浆果，用来制作各种饮品。在那里，我们实验各种嫁接、移植方法，也把野生树木培育成果树，取得了不错的成效。我们还使用人工方法，在这些果园和花园中，让树木和花草提前或推迟花期，果实结得比自然状态下更多更快，更大更甜，口味、气味、颜色、特性与自然状态更加不同。而且其中很多经过我们的处理还具有了药用价值。

“我们还有办法让多种不同植物在混合土壤中不用种子就能生长，并培育出新品种，与普通的物种不同，能从一种树木或植物变成另一种。

“我们还有许多公园和围场，豢养着各种野兽和鸟类；我们不仅可以观赏这些动物，也能保护它们，同时也能对它们进行解剖和实验，揭示人类身体的奥秘。我们从中发现了许多奇妙的现象：比如摘除或拿走你认为的一些关键部分，生命仍然可以延续；复活某些看起来已经死亡的动物，诸如此类。我们还在他们身上试验了各种毒物及药物，同时也试验了外科手术等物理手段。我们使用人工手段使它们变得比正常水平更大或更小，或者使它们侏儒化并停止生长；我们让它们变得比正常水平更多产，后代更多；或者让它们绝育，失去传代能力。同样，我们也让它们在颜色、外观、行为等诸多方面发生改变。我们发现了让不同种类进行混合杂交的方法，并以此生产出许多新物种，并且这些新物种并没有像传统观念认为的那样，会不孕不育。

“我们造出了数量不少的各种蛇类、虫类、蝇类和鱼类，其中一些（事实上）已发展到近乎完美，与兽类和禽类一样，有性别、能繁殖。我们能做到这些并非出于偶然，我们事先就知道该混合哪些物质，能制造出什么样的生物。

“我们也有专门的池子，用来做鱼类的实验，就跟前面说的兽类和鸟类实验一样。

“我们也有专门的地方用来培育繁殖那些虫类和鱼类，它们有特殊用途，就像蚕和蜜蜂对你们有特殊的用途一样。

“我们不想占你们太多的时间来一一叙述我们的酒厂、面包房和厨房。在那些地方，我们制造各种饮料、面包和肉食，各种稀有品种都有。我们有葡萄酒，还有其他水果、粮食、根块酿造的酒，混合着蜂蜜、糖、甘露、干果的饮料，以及加了树脂和甘蔗汁的饮料。这些饮品可储存很多年，有些酿造年代久远，有些就是过去四十年间造的。我们在一些饮品中加入了数种草药、根块和香料；还有些饮品加入了红肉，有的加入了白肉，这类饮品兼具肉味和酒味，所以有些人，尤其是上了年纪的人，很喜欢饮用这种饮料，很少或干脆不吃肉和面包。除此之外，我们还设法酿造出了含有极微小颗粒的饮品，那些颗粒可以被身体吸收，不用穿刺或划破肌肤。取一些滴在手背上，稍过一会儿就会渗透进去，而喝起来口感又极为温和。我们还有各种水，用特殊的方法让水成熟，增加营养，变成极美味的饮料，很多人就再也不想喝别的了。面包由多种谷物、根块和果仁制成，有些还加了肉干和鱼干，有的加了各种辅料，有些面包能使人食欲大增，有些面包营养丰富。所以有些人就靠吃面包活着，也不用吃其他肉，而且还能活得非常久。说到肉类，有些肉我们反复捶打，做得非常嫩，经过陈化，但不完全腐败，很好消化。当然也有些用高温烹煮的肉。我们还有一些肉、面包及饮品，只要吃下去，就能很长时间不用吃东西；还有另外一些，只要吃下去，就能让身体变得更加结实强健，力量也比普通人明显大出一截。

“我们有药房，就是卖药的地方。在那里，你们很容易就能想到，既然我们有那么多种类的植物和动物，比你们欧洲的还要多（就我们所了解的情况），那我们的草药、成药及成分药一定也更丰富。我们的药物也有各种不同年份的，有些经过了长时间的发酵。至于药物的制备，我们不仅有各种精制、蒸馏和分离方法，还有特别的文火加热法，以及使用不同滤器和不同组分的渗滤法。我们还能合成化合物，成分几乎与天然形成的药物完全一致。

“我们还有各种你们没有的机械设施；还有用这些机械制造出来的东西，比如纸、麻、丝、绢、光泽耀眼的精制羽制品、优质染料以及其他很多东西；还有各种店铺，有些出售日常用品，有些出售非日用的物品。因为你们一定也知道，前面列举的这些东西，很多都已经在我们的王国外流行了起来，不过凡是从我们这里流传出去的，我们都会保有样本和制造方法。

“我们也有各种用途的熔炉，能维持不同的温度，有快速猛烈加温的，有持续保持高温的，有始终保持文火的，有剧烈爆发的，有没有噪声的，有干热的，有湿热的，诸如此类不一而足。不过，最重要的是，我们能模拟太阳的热能，以及其他天体所发出的那种热能，这种热能可以穿过不同的物体，随着能量的环绕、扩展，可以产生非常令人艳羡的效果。

“此外，我们还用粪便，用动物的胃肠食管、血液尸体，用草料湿堆，用生石灰加水等等方法产生热能。我们还有依靠运动就能产生热能的设施。而且，还有隔热性能极好的地方。还有位于地下，通过天然或人工方式就能产生热能的地方。我们有这么多不同形式的热能，可以根据需要进行不同的选择。

“我们也有透视馆，在那里我们演示各种光线与辐射，各种颜色都有。我们可以将无色、透明的东西变成多种颜色展示给你看，不是宝石或棱镜中那种彩虹型的混合七色，而是一个个单色。我们还能把光线聚焦，传送很远的距离，并让光变得非常锐利，用来分辨细小的点和线条。我们还掌握了光线的着色法，利用视觉错觉，在外形、大小、运动，还是颜色等方面能做到以假乱真，用影子演示各种东西。我们还发现了多种你们还不知道的手段，从各种物体中制造出光线。我们找到了办法，能看到距离很远的物体，比如在天上或遥远地方的东西；并把远的东西变近，近的东西变远，制造虚假的距离。我们还有辅助视力的手段，比现在的眼镜要好用得多。我们还有用来观察非常细小物体的眼镜，效果完美而清晰；小苍蝇、小虫子、谷粒的形状颜色，宝石上的瑕疵等等平时看不见的东西都能看清；小便、血液这种平时观察不了的东西都可以观察。我们还能制造出人工彩虹、光晕和光环，也能把物体的可视光线进行各种反射、折射和聚焦。

“我们还有珍贵的宝石，各种各样的都有，其中很多都非常美，而且你们从未见过；还有水晶之类和各种不同种类的玻璃；这当中除了你们制作的那种玻璃，还有玻璃化的金属，以及其他材质制成的玻璃。还有很多种化石，以及发育不完整的矿藏，这些你们都没有。同样还有品质惊人的磁石，以及其他稀有石料，有天然的，也有人造的。

“我们也有音响馆，在那里我们练习演示各种音响，研究声音的生成。我们有你们没有的和声，四分音和声或者滑音更少的和声。很多种乐器也是你们没有的，有些能比你们的乐器奏出更动听的声音，铃声钟声清脆而甜美。我们能将细小的声音变得洪亮低沉，也能反其道而行之。我们能制造各种颤音和抖音，其本源本身就是完整的。我们制造各种禽类和兽类的鸣啼吼叫。我们还有辅助设备，戴到耳朵上就能听到更远处的声音。我们还能制造出各种奇妙的人工回声，让声音多次反射，循环往复，有些让返回的声音变得比原来更响亮，有些则更尖锐或更深沉。嗯，有些还能渲染声音，让接收到的声音在发音吐字上产生变化。我们还有手段，能将声音用各种管道和奇异的线路传送到远方。

“我们也有香味馆，在那里我们还进行调味试验。我们增强那些可能会让人感觉奇怪的气味。我们模拟气味，将几种气味混合起来，产生新的气味。我们也模拟各种不同的味道，能够欺骗人的味觉。这座馆里还有间果酱室，我们在里面制造各种蜜饯，干的、湿的都有，还有各种不同的葡萄酒、牛奶、肉羹和沙拉，比你们拥有的种类要多得多。

“我们还有引擎馆，在那里我们制造各种引擎和动力机械。我们不断模拟、实践，实现了你们都望尘莫及的运动速度，不论是你们的滑膛枪还是你们的引擎都达不到。我们制造动能，增强动能，使用转轮与其他手段，施加一点点力，很容易地就能让设备运转起来。我们的设备比你们的力量更强、输出更猛烈，远超你们最大的加农炮和蜥炮[1]。我们也制造战争装备和各种用途的引擎，还有新型的合成火药，能在水里燃烧，无法扑灭，以及各种烟花，可供娱乐也可作实际应用。我们还能模仿鸟类，在空中完成一段飞行。我们有各种船舶，能在水下行驶或在水面上漂流，还有辅助游泳的背带和其他设施。我们有各种奇异的时钟和其他类似的锤摆物，其中有些是永动的。我们还能模拟多种生物的运动，比如人、兽、鸟、鱼、蛇。我们还有大量其他类型的运动物，精妙无比，巧妙绝伦。

“我们还有一间数学馆，里面有各种仪器，天文的地理的都有，都制作精良。

“我们还有专门制造各种假象的场馆，在那里我们展示各种奇

1. 欧洲近代的一种大型长管火炮，后一段时间也被用来泛指大型加农炮。

妙的戏法，展示幻像、错觉与骗术。当然你们不难想象，既然我们拥有如此之多引人钦佩的自然之物，我们也能制作出鱼目混珠、以假乱真的假象。不过我们确实憎恶欺骗和谎言，因此我们严厉禁止同胞之间不诚实的行为，违者需承受名誉和金钱上的损失，所以大家在展示天然之物时都不会加以修饰夸大，而是以其天然本色示于人前。

“孩子，这些就是萨罗门院的财富。

“为了我们各部门、各办公室同人的需要，我们选派了十二个人以他国的名义（隐藏了我们自己的面目）远航去外国，为我们带回各种书籍、摘要或其他地方的实验设计。我们称他们为光之商人。

“我们有三人专门去搜集书本中谈到的各种实验，我们称他们为掠夺者。

“我们有三人专门去搜集机械制造技术、人文科学以及尚未投入应用的各种实验成果，我们称他们为奥秘之人。

“我们有三人专门尝试新实验，只要他们认为合适就可以，我们称他们为开拓人或采矿人。

“我们有三人专门负责把前面提到的四组人所做的实验分类制表，以便更好地观察，从中得出原理，我们称他们为编辑。

“我们有三人专门负责伏案研究同事们已经做过的实验，研究如何从中总结出东西，应用到人类生活上，增进人类知识；他们也探究事物的因果，研究预测自然的手段，探究人体的特性与结构。我们称他们为捐赠人或施恩人。

“然后经过全体成员多次会议讨论，研究前述已取得的成果和资料，我们再委派三人专门负责进行总结并筹划新的、更高层次的实验，比原先的探索更为深入，我们称他们为掌灯人。

“我们另有三人专门负责执行上述新筹划的实验，并报告实验结果，我们称他们为接种人。

“最后，我们有三人专门负责通过实验把前面提到的各种发现再进行提升，得出观察结论，形成箴言警语，我们称他们为自然诠释人。

“你们一定会想到，我们还有助手和学徒，协助前述人员取得成功，除此之外还有大批侍从帮工，男女都有。我们还做这些事：进行会商，研究哪个新发明新发现可以发表，哪个不可以，并发誓绝不透露我们认为应该保密的那些：其中一些内容我们会在合适的时候向全国公布，而另一些则不会。

“按照条令和礼节规定，我们有两条漂亮的长廊，其中一条长廊展示那些特别难得和杰出的发明创造；另一条展示重要发明发现人的雕像。那里有哥伦布的雕像，他发现了西印度群岛；有船的发明人的雕像；有发明了火器和火药的修道士[1]；有音乐的发明人；有字母的发明人；有印刷术的发明人；有天文观测的发明人；有金属加工的发明人；有玻璃的发明人；有丝绸的发明人；有葡萄酒的发明人；有谷物和面包的发明人；有糖的发明人……所有这些，我们这里的传承记述要比你们的可靠得多。而且，我们还有很多只有我们有的东西的发明人，这些卓越之物你们都没见过，因而也不好向你们描述；再说，就算正确描述了你们也很容易错误理解。对于每一种有价值的发明，我们都为发明者塑像，给他精神和物质上的奖励。这些雕像有铜的，有大理石的，有试金石的，有杉木或其他特殊木材并加以装饰的，有铁的，有银的，还有金的。

“我们还有一些赞美诗和祷文，我们天天吟诵，大声赞美上帝并感谢他的杰作。我们还有其他祈祷仪式，请求上帝的帮助，乞求他

1. 欧洲当时认为火药是约 13 世纪由欧洲一些从事炼金术研究的修道士们发明的。

的祝福，让他启发我们的工作，将其转化为更美好、更神圣的用途。

“最后，我们有巡回团和访问团，来自本王国各主要城市。我们将一些我们认为有益的新发明在其中公布。我们还预告自然灾难，如疾病、瘟疫、虫害、旱情、雨情、地震、洪水、彗星、当年的温度，以及其他许多事情；我们还据此提供咨询意见，告诉人们如何防灾救灾。”

说完这些，他站起身；而我，在虚心聆听后，跪倒在地。他把右手放在我的头上，说：“上帝保佑你，我的孩子，保佑我与你之间建立的关系。我授权你，为了他国的需求，可以公布我所说的话，因为我们处在上帝的心脏之地，外人未知之地。”说完他就离开了，并给我和我的同胞们留下了大约两千杜卡特[1]金币。这是因为他们在各种场合都会进行大笔的施舍。

（其余部分尚未完成。[2]）

（Leonaries　译）

1. 欧洲古代流行的一种金币。
2. 培根于1626年去世，次年本书前面的部分由他的遗嘱执行人出版。

新宇宙观与另一次月球之旅

公元1世纪，希腊天文学家托勒密[1]按照亚里士多德和柏拉图一直坚持的说法，将地球放在宇宙的中心，其他行星、太阳甚至是恒星都围绕地球运转。英文中的“宇宙”一词就是由此而来。托勒密的宇宙观让地球和人类显得非常重要。因为这一点，也因为这种宇宙观契合《圣经》中关于创世的概念，还因为数学上精巧的本轮和均轮系统[2]让这种宇宙观可以足够精确地预测行星的运动，天主教教会接纳了托勒密的宇宙观，千年间一直强有力地捍卫着它。

但是这种宇宙观需要一个假设出来的复杂结构才能保持微妙的平衡。波兰天文学家哥白尼首先向这种学说发起了进攻。他提出，如果地球和行星都围绕太阳运行，系统不就更简洁了吗？他的理论以手稿的形式流传了许多年，直到去世前才被允许出版。直到1835

1. 希腊数学家、天文学家、地理学家、占星术士。其著作《天文学大成》系统地论述了截至他所生活的时代，人们所获得的天文学知识。

2. 在地心说之中，地球位于宇宙中心，其他天体都围绕地球运行。但这和在地球上观测到的行星运动规律不符（因为其他行星实际上是绕着太阳运行的）。为了解决这个问题，古希腊学者们提出了本轮均轮系统，认为在宇宙模型之中行星并不是直接围绕地球运转，而是处在一个“本轮”之上，围绕着本轮的圆心运转，而本轮的圆心围绕地球运转（本轮圆心的运行轨迹被称为“均轮”）。

年，《天体运行论》一直被天主教教会查禁。在某种意义上，科学革命正始于哥白尼。人类和地球不再处于万物的中心，它们不再重要，其独特性也不复存在。作为补偿，科学赋予了人类一种新的力量，人类可以控制自身的命运，控制自己所处的世俗环境。

哥白尼从未通过望远镜进行观察。伽利略制造了一台望远镜，并报告了他观察到的结果。宗教法庭逼迫伽利略宣称他放弃了地球围绕太阳运行的异端邪说。伽利略的研究工作由德国的约翰内斯·开普勒继续进行。

开普勒接受的是神职教育，但在他职业生涯的早期，就被公认为一名杰出的数学家。很快，他就转而从事科学教育和天文学研究。他接受了哥白尼的观点，在年迈的丹麦天文学家第谷·布拉赫手下工作，并继承了布拉赫对行星视运动的天文观测资料，最后，他用知名的行星运动三定律对这些资料做出了解释[1]。

文艺复兴时代的科学家大多需要贵族的保护和支持，开普勒为两位神圣罗马帝国皇帝担任过宫廷天文学家。尽管如此，他还是经常遇到财政上和其他方面的困难。和许多与他同时代的人一样，他的观念之中常常会有中世纪的神秘主义和现代科学的奇异结合。比如说，作为宫廷天文学家，他常常为皇帝和其他人占卜星相，而且他相信天体之音[2]理论。但是他发现行星的公转轨道是椭圆，太阳处在椭圆的一个焦点上，这个发现宣告了古希腊天文学的终结，并动摇了占星术的理论基础。

---

1. 在此之前，天文学家普遍认为行星绕太阳运行的轨道是正圆。因为主要行星绕日运行的轨道确实非常接近正圆，人们一直没有注意到这个理论的问题。第谷·布拉赫对行星进行了非常细致和精密的观测，并积累了巨量的观测数据。在布拉赫去世后，开普勒整理了老师的观测数据，从这些精确翔实的观测数据之中察觉了正圆轨道理论的问题，最后发现了行星以椭圆轨道绕日运行的事实，并总结出了开普勒行星运动三定律。
2. 古希腊数学家、哲学家毕达哥拉斯提出的理论。他认为，各个星球和太阳都沿着圆形轨道围绕地球运行，各个轨道之间的距离暗合音乐理论，这些星球和太阳围绕地球运行的频率会组成和谐完美的乐章。

开普勒对科幻小说的发展也做出了贡献。《梦，或曰月球天文学》(以下简称《梦》) 看起来像是迷信和科学的奇怪混合体，但是其中提到的魔鬼和巫术很大程度上只是隐喻。开普勒还可能想到过，比起其他手段，通过魔鬼的帮助前往月球只是稍微更不现实一些，而从神学的角度来说，这种手段比其他严肃的物理手段还要安全。

然而，开普勒塑造的主角在登上月球之后，所遇到的是开普勒的设想中确实存在于月球之上的各种状况。开普勒承认他受启发于琉善，但除了都涉及月球，他们的故事没有什么共同点。开普勒和琉善都不是为了讲述一个精彩的故事而把他们笔下的人物送上月球的，但在这些人物抵达月球之后，琉善开始讽刺，开普勒则是开始描写他心目中一位真实的太空旅者的遭遇。

《梦》一书仍然很少有惊险刺激的情节，但书的创作目的却越来越接近科幻小说。

《梦》，即“一场梦境”，著于1610年前后，只在非公开的渠道传阅。这本书可能是开普勒的母亲在1620年因巫术而被逮捕的原因（尽管她确实有涉足神秘学的名声）。在开普勒设法让母亲获释后不久，母亲就去世了。也许依靠魔鬼作为推动力终究还是不太安全。本书直到1634年才正式出版，此时开普勒已经去世四年。

（赵佳铭　译）

梦，或曰月球天文学（节选）

［德国］约翰内斯·开普勒

1608 年皇帝鲁道夫[1]与其弟马蒂亚斯大公[2]有过一次激烈的冲突，他们的行为勾起了人们对波希米亚历史上此类先例的记忆。在广泛传播的公众兴趣的刺激下，我将注意力转移到阅读波希米亚的相关内容上，由此偶然读到关于一位女中豪杰莉布丝公主[3]的事迹，她以法力超群而闻名。故事发生的那天晚上，我观测完群星与月亮后，回到床榻就寝。我陷入了深深的沉睡，在睡梦里，我似乎正在阅览一本仙子携来的图书，书中内容叙述如下。

我的名字叫德拉库特斯，家乡位于冰岛，古人们也把那儿称作“极北之地”。我的母亲是菲欧克斯希尔德。她不久前的仙逝使我终获写作的自由，这是我长久以来希冀去做的事。她活着的那阵儿，总小心翼翼地阻止我去写作。其原因，就她所述，是因为艺术总会遭到歹

1. 即鲁道夫二世，神圣罗马帝国皇帝。——原注
2. 奥地利大公。——原注
3. 正如皇帝鲁道夫的统治受到其弟马蒂亚斯的挑战，莉布丝，这位波希米亚的女统治者，面临着男性领导叛乱风险。莉布丝公主是捷克人建立的普瑞米斯王朝传说中的先祖，在三个姐妹中她最年幼也最聪慧。父皇死后，她继任为女王，之后嫁给了农夫普瑞米斯，建立了普瑞米斯王朝。传说她能看见未来。

人的记恨，他们会恶意中伤自己的愚钝头脑无法理解的东西，并制定有害于人类的律法。有不少被这些律法定罪的人，都葬身在赫克拉山的火山坑里。我母亲从未道明我父亲的姓名。但她提过他是一名渔夫，大约在婚姻的第七十个年头死于 150 岁的高龄（当时我 3 岁）。

在我童年的最初几年，我母亲时常带我登上赫克拉山低处的山坡，她牵着我的手领路，有时也让我高高骑在肩头。这类郊游尤其发生在圣约翰日[1]前后，那时太阳二十四小时全天可见，没有黑夜。母亲遵循一系列繁复的仪式采摘药草，带回家煎煮。她用山羊皮制作小口袋，将其装满再带到附近的港口，售卖给船长们。这是她谋生的方式。

有一次，在好奇心的驱使下，我划破了一只口袋。毫不知情的母亲正准备将它卖掉时，从里面漏出了草药和绣有各式符号的亚麻布。因为我叫她丧失了这一点收入，她怒火中烧地让我替代口袋成为船长的私人物品，好保住钱财。第二天，船长出人意料地驾船驶出港口，借着一股顺风，掉头向挪威的卑尔根市的大致方位驶去。几天之后，北风骤起，船长将船驱往挪威与英国所夹的水域。由于必须将冰岛一位主教的信件递交给居于汶岛的一位丹麦人第谷・布拉赫，他便横渡海峡向丹麦进发。船只的颠簸和对高温的不习惯使我害上了严重的晕船症，要知道我只是个 14 岁的少年。船只抵岸时，船长把我和信件一起交到岛上一个渔夫的手中。表达完将来会返还此地的意愿后，他驾船远去。

我去送信时，布拉赫心情极佳，问了我许多问题。我不理解这些问题，因为除了个别单词，我对这门语言一窍不通。于是他要求自己的学生经常来找我聊天，他赞助的学生数量非常庞大。结果就

1. 人们在圣约翰日庆祝施洗者圣约翰的诞辰，基于开普勒家族的路德宗背景，此处应指 6 月 24 日。

是，在布拉赫的慷慨支持下，经过几周的练习，我的丹麦语说得还算差强人意。我张嘴的意愿可不比他们开口询问的次数少。因为我惊叹于琳琅满目的稀奇事物，他们也好奇我提到家乡时讲述的新奇内容。

最后，船长回来要带我走，但是没有成功，我感到异常开心。

我被天文学研究弄得欣喜到了极点，布拉赫和他的学生们整晚都在用神奇的仪器观测月球和群星。这项研究实践使我想到了母亲，因为她也时常与月球交谈。

通过这个机遇，我这样一个来自半开化国家的穷苦子弟，接触到了最神圣的科学知识，这门学科进一步为我铺就了通往更伟大事物的康庄大道。

在这座岛屿上度过了几年光阴后，我最终屈服于重见故土的渴望。依靠掌握的知识，要从那些落后民众中出人头地，我想这对我已不再是难事了。于是我郑重地拜访了我的恩主，后者给予我离开的许可后，我就去往哥本哈根。我找到了旅伴，由于我对这里的语言和地域都很熟悉，他们很乐意将我置于他们的庇护之下。离开五年之后，我回到了自己的国土。

归家后头一件使我开心的事是母亲依然生龙活虎，还在过着跟原来毫无二致的生活。而我活着且获得了地位，也为她久久不息的悲伤画上了句号，她以为自己因为一时冲动已经失去了这个儿子。那时已临近秋季，我们这儿的漫漫长夜即将到来，因为在耶稣降生的那个月，太阳仅仅在中午露一露面，继而再次西沉。母亲的工作因此中断了一阵，于是她黏上了我，无论我带着推荐信去到哪里，她都寸步不离地守在我左右。她有时询问我到过的国家的情况，有时打听天上的事。她因为我通晓那门学科而高兴得发狂。她将我的论述与自己所学做了比对，然后感叹现在自己死而无憾了，因为她留下一个继承了自己学问的儿子，这门学问是她唯一的所有物。

由于天生对新的知识充满好奇，我反过来向她探问起她的手艺和将手艺传授给她们这群离群索居的人的老师的情况。然后有一天，她为自己的叙述择定良辰，将整个故事从头道来，大体如下：

德拉库特斯，我的儿子，不仅你去过的其他地区拥有种种优越之处，我们的国土也有得天独厚的优势。诚然，我们为严寒、黑暗和其他不便所累，这是在我了解了你所叙其他土地的有益健康的气候之后，现在才有的感受。但我辈不乏聪颖伶俐之人。非常贤明的精灵们也听候我们差遣。他们憎恶他方的阳光普照和人声鼎沸，渴望我们这里的阴暗，与我们亲密交谈。它们中有九位精灵之长，其中一位与我尤其熟络，他是其中最温柔、最无害的，一段二十一个字符的咒语就能将其召唤。在他的协助下，瞬间飞临到我向它提过的其他海岸的事并非罕有；甚或当我被距离的遥远吓跑时，也能通过询问收获身临其境才能获得的信息。你亲眼所见的，听传言所述的，看书本吸收的绝大部分知识，他都讲给我听，就像你此前做的那样。我应该让你作我的旅伴，具体来说，就是去拜访他时常对我说起的那个地方。他谈到它时说了些十分了不起的事。她说出的名字是“纳维尼亚”[1]。

没有片刻耽搁，我同意她召唤她的老师。我坐下来，准备倾听旅行的整个计划和那个地方的介绍。此时已经步入春季，太阳落到地平线下后，一弯新月就开始发光，它连同土星一起落在了金牛座的位置。我母亲离开我的身侧，走到最近的一个十字路口。伴着一声呼喊，她说出了一串单词，她的请求就寄托在这几个词里。完成仪式后，她返回原地，伸出右手掌要求我保持沉默，然后挨着我坐下。我们刚用布料将头部遮蔽起来（依照誓言的要求），就听到一个

1. 希伯来语的“月亮”。

沙哑又模糊的嗓音，用冰岛语滔滔不绝地讲起了下面的故事。

来自纳维尼亚的守护灵

五万德里之上的以太之中横亘着孤岛纳维尼亚。由此而去或由它通往地球的通道很少开启。一旦打开，对我们这一族类是一条通途，但要运输人类却是再困难不过了，恐有性命之虞。我们认可的旅伴绝不会是暮气沉沉、大腹便便、软弱怯懦之辈，相反，我们选择那些勤于磨炼马术，时常远航印度，惯于用硬面包、大蒜、鱼干等糙食充饥的人。我们格外喜欢早年有在夜间骑着公山羊、草耙或破斗篷，熟练地穿梭于地球广袤土地之上的干瘪老妪。德国人一个也不欢迎，身体强健的西班牙人我们不讨厌。

虽说距离遥远，整个旅程至多只需四个小时。由于我们一直诸事缠身，并一致同意只有等月球的东面开始出现月食后再动身，要是我们还在旅行途中月球就恢复了满月，我们的出行就毫无意义了，所以机会转瞬即逝，我们只带少数人类同行，而且只限于对我们最为心悦诚服的那些。选定一个人后，我们就抱成一团，从后面助推，把他送入天空。每次飞升时，被带者都会感到剧烈的冲撞，因为他正如同被火药推向高空般被射入空中，飞越山河大海。因此，旅途之初需要马上用鸦片和麻醉剂来哄他入睡。他的四肢必须被好好安置，防止躯干从臀部撕裂开来或是身首异处，保证冲击力分配至全身。接着就是一个新难题：极寒和窒息的危险。寒冷可以由我们与生俱来的一种能力缓解，呼吸问题就用湿海绵封住鼻腔的方法解决。旅行第一阶段结束后就容易得多了。我们会移开双手，将人类的躯体暴露于外界空间。他们的身体会像蜘蛛那样团成一团，我们就全靠意志来携其同行，所以在最后阶段里这些身体就自动朝着目的地而去。不过这种向前驱动对我们意义不大，因为旅行即将结束了。我之前说过，我们是用意志力敏捷地移动那个身体，从这一阶段开始我们就需要在它前方操控，防止它硬生生撞到月球上而受伤。当这些人类苏醒时，时常抱怨四肢莫名地疲软无力，一段时间后就能恢复行走的能力。

其他重重困难也接连涌现，但要一一列出不免过于冗长。另一方面，我们都毫发无损。我们成群地栖息在地球投下的阴影里，阴影到哪里我们就到哪里。当阴影抵达纳维尼亚时，我们就仿佛一群下船靠岸的人。在那儿的我们会迅速退入洞穴和黑暗的处所，否则一小会儿后太阳的力量就会让室外的我们承受不住，将我们从原先选定的居所中驱赶出来，强迫我们追随后撤的阴影。在那儿的我们有闲暇依照自己的喜好来训练头脑。我们与那个地方的守护灵商议，然后组成了联盟。一旦某个地点开始脱离太阳的掌控，我们就集结好队伍，搬进阴影里。如果阴影的顶点像通常发生的那样抵达了地球，我们就集合力量朝地球飞奔。只有在人类见到日食时，我们才可以这么做。这也是为何日食发生时人心惶惶的原因。

有关前往纳维尼亚的旅程，我已经谈得够多了。接下来我想学地理学家那样，从对于天空的认知开始，说一说那个地方的自然环境。

纳维尼亚人看到的恒星，跟我们眼中的一模一样。只是他们看到的行星的大小和运动方式与我们在这里观测到的迥然不同。因此纳维尼亚的整个天文学体系就显得奇异古怪。

我们的地理学家依据不同的天象，将地球划分为五个区域。纳维尼亚人也一样，他们划分出两块半球。一半叫作“下沃尔瓦[1]”，永

1. 月亮是永远正对地球的那个半球。——原注

远能欣赏到沃尔瓦[1]，这在他们那里相当于我们的月亮。另一半称为“上沃尔瓦[2]”，被永远地剥夺了见到沃尔瓦的机会。分割两个半球的环线跟我们的二至圈[3]一样通过天极[4]，被叫作分割线。

我首先要解释的就是对两个半球区域来说最为普通的现象。整个纳维尼亚都和地球一样，有白天与黑夜的交替，却没有昼夜时长的变化。因为在纳维尼亚全境，白天几乎跟夜晚一样长，只是对上沃尔瓦的居民来说，每个白天都极其一致地比黑夜短暂；而对下沃尔瓦的居民来说，正好相反。关于每八年一个周期的变化，我会在之后讲到。太阳在围绕群山转动的时候，有一半的时间隐去身影，一半的时间普照大地，结果在两极恰好造成同样长的黑夜。至于纳维尼亚，它的居民感觉它在运动的群星间保持静止，就像地球给我们的感觉。一个黑夜加一个白天，时长等于我们的一个月，因为在任何一天的清晨日出之时，都会比前一天额外多出几乎一整个新的黄道宫。而对我们来说，一年里太阳有三百六十五次升落，恒星转了三百六十六圈，或者更精确地来说，在四年的时间里，太阳转动一千四百六十一圈，而恒星转了一千四百六十五圈之多。与此类似，它们的太阳一年旋转十二圈，恒星是十三圈，或更准确地说，在八年的时间里，太阳旋转了九十九圈，而恒星是一百零七圈。不过它们对为期十九年的循环更为熟悉，在那段时间里，太阳升起二百三十五次，而恒星是二百五十四次。

当我们见到下弦之月时，太阳正好照亮下沃尔瓦的中部，而当我们的上弦之月出现之际，太阳照耀着上沃尔瓦的中部。我所说的中部应该这么理解，它对应于贯穿天极并且与分割线形成直角的半

1. 指地球，纳维尼亚人对地球的称呼。
2. 月亮永远背离地球的那个半球。——原注
3. 在天球上通过夏至点和冬至点的时圈。
4. 地球的自转轴向天球延伸后，在无穷远处与天球交会的两个假想点。

圆的中部。这些半圆可以被称作沃尔瓦中圈。

两个天极的中间有一个环线，对应我们地球的赤道，你也可以用这个名字指代它。赤道分别与分割线、沃尔瓦中圈两次相交，两对交点处于对称的位置。在位于赤道的所有地方，正午的太阳每日几乎从头顶经过，一年里有对称的两天恰好高悬头顶之上。对其他人，也就是住在从赤道往两极走的两边的居民来说，正午的太阳偏离了最高点。

纳维尼亚也有冬夏的交替，不过不能与我们的季节类比，也不像我们这样，变化都发生在一年里固定的时间与地点。在一个十年的周期内，某个给定的区域里，他们的夏季会从一个恒星年的某一段转向对立的另一段时间。形成这一现象的原因在于，在十九个恒星年的循环周期内，或者说二百三十五个纳维尼亚日里，夏季跟冬季一样，会在两极附近降临二十次，但在赤道上，夏季会出现四十次之多。每年他们有六个夏日，剩下的就是冬日，与我们的月份类似。赤道周围很难感受到这样的变化，因为在这些地区，太阳前后偏离不过五度。季节的交替在靠近极点的地方越发明显，那里的太阳在六个季节变化之月里，不是长久出席，就是隐而不现，跟我们住在两极的情况一样。因此，与我们地球的区域划分相对应，纳维尼亚同样被划分为五个区域，不过它们的热带地区与北极区一样，气温很少高于十摄氏度。余下的区域类似于我们的温带。热带地区贯穿于半球的中部，它的一半经线处于下沃尔瓦，另一半经线穿过上沃尔瓦。

赤道带与黄道带相交形成四个基本点，就像是我们的昼夜平分点与二至点，所有相交处标识出黄道带的起始点。不过从这些起始点开始，依黄道十二宫为序依次排列的恒星移动得十分迅速，因为它们要在二十个回归年（一个回归年包括一个夏季与一个冬季）内移动过整个黄道带。而对我们来说，移动过整个黄道带需要两万六千年。有关第一运动[1]就讲到这里。

他们的第二运动理论与我们的依旧不同，也比我们的复杂得多。原因在于六大行星（土星、木星、火星、太阳、金星、水星）运行所展示出的均差，除了与我们共有的那些，还额外多出了三个不规则的数值。其中两个出现在经向上，一个的周期是一天，另一个的周期是八年半。第三个出现在纬向上，周期长达十九年。在其他条件一致时，中部上沃尔瓦正午时分的太阳比初升时要大，同时下沃尔瓦的正午太阳显得更小。所以他们均认同一点，就是太阳偏离了黄道带，一会儿偏向这边的恒星，一会儿偏向那边的恒星。就像我说过的，这些偏离的幅度会在十九年之后回复到原来的位置。只不过对上沃尔瓦的居民来说，这段时间相对长一点，而对下沃尔瓦的居民来说短一点儿。尽管人们认为太阳和其他恒星同步围绕纳维尼亚做第一运动，但对上沃尔瓦人来说，正午的太阳几乎不会随着恒星一起运动，相反，对下沃尔瓦人来说，太阳在中午移动得很迅速。到了午夜时分，情况正好相反。可以这么说，太阳似乎相对于恒星在做固定的跳跃运动，每天都要跳跃好几次。

同样的现象也出现于金星、水星、火星；至于木星和土星，这些现象几乎无法察觉。

不仅如此，即使是每天的同一个小时里，周日运动[2]也并非匀速。有时太阳或恒星反而会减速，而在相对季节的同一个时刻里，它们运行得更快。不仅如此，还有贯穿了一整年的延迟现象，它时而会出现在夏季的某天，时而会出现在冬季的某天，但在另一年里，却会出现加速现象——不到九年就运行完一圈。因此有时白天会更长

1. 中世纪欧洲天文学认为日月星辰是镶嵌在天球上的，这个天球的运动被称为第一运动。星体在天球上的运动被称为第二运动或者附加运动、次要运动。
2. 因地球自转引起的、以一天为周期的天体视运动。

（由于自然原因的延迟，而非我们地球上由于对自然天数划分不均造成的延迟），反过来，夜晚有时会更长。

不过，如果延迟在上沃尔瓦的夜晚发生，会造成夜晚与白昼的时间差进一步加大；另一方面，如果延迟降临在白天，那么它们的昼夜时长将趋于相等，这种昼夜等时九年才出现一次。对下沃尔瓦人来说，情况正好相反。

两个半球在一定程度上共有的现象就讲到这里。

上沃尔瓦半球

现在，让我们分别专注于两个半球的情况，它们之间差异悬殊。沃尔瓦出现和隐没都将引发千差万别的自然奇观。不仅如此，就算是普通的现象本身，都会对两个半球造成截然不同的影响。由此造成的结果，便是上沃尔瓦半球更适合被称为失温带，而下沃尔瓦则是温带。上沃尔瓦的黑夜持续时间相当于我们的十五或十六个自然日。它的夜晚极其可怕，那浓得化不开的黑暗正如我们在没有月亮的夜晚所经历的，因为它接收不到任何光亮，即使是沃尔瓦的光线。于是所有一切都被冰霜冻结，承受着强劲的烈风。接下来便是白昼，长度相当于我们的十四天，或稍微短一点。在这期间，太阳硕大无朋，与恒星一道缓慢移动。没有一丝风，因此酷热难当。所以在我们的一个月或者说纳维尼亚的一天里，同一个地点既暴露于比我们的非洲炎热十五倍的地方，又暴露于比奎维纳[1]更加寒冷难耐的环境。

特别值得一提的是，上沃尔瓦居民看到的火星要比我们见到的大

1. 西班牙人科罗纳多于1540年发现的一处地方，地处现在的美国堪萨斯州中部。

一倍；对上沃尔瓦中部的居民来说，这样的火星出现在午夜，而对上沃尔瓦其他地方的居民来说，只有在夜晚的某些时刻才会出现。

下沃尔瓦半球

为了向这个话题过渡，我首先谈一谈居住在分割环上的边境居民。他们那儿特有的现象是，在他们眼里，金星和水星与太阳之间的距角比我们眼里看到的大得多。不仅如此，在一些特定时间里，金星看起来要比我们见到的大一倍，对那些靠近北极点居住的尤其如此。

不过在纳维尼亚上，最优美的景观就是沃尔瓦。这一视觉享受弥补了没有月亮的缺憾，那是他们和上沃尔瓦人一样，被彻底剥夺的一大美景。由于沃尔瓦终年常在，这个区域被命名为下沃尔瓦区，正如同沃尔瓦的缺席使得另一区域被命名为上沃尔瓦一样。

对栖居地球的我们来说，在远方屋脊上爬升的满月，也不过是跟小桶桶箍一般大小；当其升入中天[1]时，也不及人类面庞的宽度。但对下沃尔瓦人来说，他们处于中天（这个位置覆盖到生活在这个半球中心或中央的居民）的沃尔瓦的直径，看起来比我们看到的月球直径的四倍稍短一点。由此，如果比较这两个圆盘，他们的沃尔瓦是我们月亮的十六倍大。然而对那些只能在天边看见它的居民来说，沃尔瓦宛如远处一座熊熊燃起的山头。

结果，正如我们就算无法亲眼看到天极，却仍能通过区分不同地区与天极间的高度差异来定位一个地点一样，他们也能通过沃尔瓦的高度来进行定位，沃尔瓦时时可见且在各处的高度都不相同。

---

1. 指行星、恒星或星座等天体在周日运动的过程中所经过的一个点，是该天体运动过程中的最高点，也是它最接近天顶的时刻。

正如我说过的，这是由于沃尔瓦对他们有些人来说正好高悬于头顶，而在有些地区是贴近地平线的，对剩下那些居民来说，它的高度从天顶到地平线不等，恒定地悬挂在特定地方。

不过他们同样也有自己的极点，其所处的位置，并不是正对我们的两个天极所对着的那些恒星，而是在标志我们的黄极的那些星星的附近。月球居民的这些极点，会在十九年的周期里，围绕天龙座的黄极，以及在其他极端情况下，围绕剑鱼座、飞鱼座甚至大星云[1]的黄极做小圆周运动。由于这些月球居民的极点到沃尔瓦有差不多一个象限的距离，他们的地域划分既可以根据极点，也可以根据沃尔瓦。所以说他们这方面的情况比我们简便得多。因为他们是参考静止不动的沃尔瓦来确定地区的经度，再同时参考沃尔瓦和极点来确定纬度。而我们要确定经度却别无他法，只能求诸磁极那刚刚能够为人所察觉的细微偏离。

他们的沃尔瓦总是出现在同一个位置，如同被钉子钉在了天幕上。在它之上的其他天体，包括太阳，都是由东向西运动。没有哪一个夜晚，黄道带上的一些恒星不从沃尔瓦的身后经过，然后从另一边重新出现。只不过同一颗恒星不会每晚如此。所有那些距离黄道六七度的恒星会轮流重复这个过程，等第一颗星星回到原位，就完成了一个十九年的循环。

他们的沃尔瓦与我们的月亮相仿，也有盈亏。形成两者的原因也一样：太阳的出现和背离。如果你注意到其形成的本质，会发现牵涉到的盈亏时间也是相同的。不过他们测量时间用的是另一种方式，与我们的不同。他们所认为的一天一夜，是沃尔瓦经历它所有盈亏的时间总和。这段时间被我们称为一个月。由于它的大小与亮

1. 指大麦哲伦星云。

度，沃尔瓦从没有真正地隐没在下沃尔瓦人面前，即使在新沃尔瓦[1]时也一样。特别是对居住在极点附近、在那期间见不到太阳的居民来说，这一点更是千真万确。对他们来说，中沃尔瓦期间的沃尔瓦，两只尖角在正午时分向上翘起。总的来说，对于栖居于沃尔瓦和中沃尔瓦圈的极点之间的人来说，新沃尔瓦象征着正午的到来；上弦沃尔瓦则象征夜晚；满沃尔瓦则是午夜；下弦沃尔瓦出现时，第一道曙光回归。对于生活在沃尔瓦和极点都处于地平线的地区居民，还有那些住在赤道与分割线的交点的居民来说，白昼或是夜晚在新沃尔瓦和满沃尔瓦到来，正午和午夜在上下弦沃尔瓦时到来。若要总结那些住在其他地方的居民的情况，这段论述可以作为推断基础。

同样的，他们在白天依据沃尔瓦的不同相位来判断时辰；举个例子，太阳和沃尔瓦相互越来越靠近，对中部沃尔瓦人来说，就意味着越来越接近正午，对赤道那片的居民来说，则越来越接近夜晚或是日落。不过，在那些持续时长达到我们的十四个地球日的夜晚，他们测算时间比我们更容易些。因为除了沃尔瓦的一系列相位——我们已经说过，满沃尔瓦对生活在中部沃尔瓦圈的居民来说正是午夜到来的标志——沃尔瓦本身就可以为他们报时。即使它与我们的月亮不同，好像没有任何空间上的移动，却在固定的位置上自转，依次展示出一连串各式各样的神奇光点，这些光点一刻不停地由东向西运动。由于同一个光点会再次出现，这样的一个循环被下沃尔瓦人视为一个小时。这一个小时比我们一个白天加上一个夜晚再多一点点的时间。只有这一种时间测算方法是通用的。原因在于，我之前也提出过，太阳与群星每天在月球定居者周围的运动并不均匀。如果比较一下沃尔瓦到月球的距离与恒星到月球的距离，这种不均

1. 对应于月亮的新月状态，作者自创的叫法。

匀的运动就会由沃尔瓦的自转很清晰地揭示出来。

沃尔瓦，就其上半、北半部分而言，似乎可以分成两半。其中一部分更为暗淡，被几乎连成一片的暗点覆盖。另一半则明亮不少，被一条靠近北部的光带贯穿，这条光带是两部分之间一个明显的差别。很难用语言描绘暗淡半球的那片暗点，不过其东面看起来像一张从肩部以上截取的人脸，正俯身亲吻一位身着长裙的少女，后者的手在背后伸展开来，引逗着一只跃起的猫咪。往西边延伸的一片暗点大得多、宽得多，不过看不出什么显著的形态来。在沃尔瓦的另一个半球，明亮地区的分布比暗淡斑点广阔得多。你可以说它的轮廓像是一只拴在绳子上往西摆动的铃铛。上述之外的部分，无论上部还是下部，都毫无形态可言。

除了以这样的方式为他们区别每天的时刻，对任何一个善于观察的人，或是对恒星的位置不甚了解的人来说，沃尔瓦同样能明确地为一年里的季节变化提供指示。就算当太阳落在巨蟹座时，沃尔瓦也清楚显示出它的自转北极，因为有一小块暗点正好卡在少女形象上方明亮区块的中间位置。这个暗点从沃尔瓦最高、最远的一端向东移动，然后落到圆盘背后朝西运动，到了这边以后，它再次东行，向着沃尔瓦的顶端而去，这一时段它一直处于可见状态。不过，当太阳进入山羊座时，无论从哪个地方都无法看到这个暗点，这是因为它整个运行圈带和极点都消失在了沃尔瓦的球体背后。一年的两个季节里，暗点向西做直线运动，而在季节交替的时节，也就是太阳进入公羊座或天平座时，暗点们或是下降或在反方向爬升，画出歪歪扭扭的路径。这些事实向我们展示，当沃尔瓦的球体中央保持静止时，其自转的两极每年绕着月球居民的天极划过的轨迹就是极圈。

更加细心的观察者也会注意到，沃尔瓦的大小并非恒定不变。当一天之中天上的星体运行得更快的时段，沃尔瓦的直径也相应变大，于是它膨胀为我们月球直径的四倍。

现在，我该如何谈论日食和沃尔瓦食的情况呢？“食”这种现象在纳维尼亚也会发生，而且日食与月食发生的时刻同地球一样，只不过发生的原理正好相反。当我们能看到一个完整日食时，他们看到的却是沃尔瓦食。反过来，当我们的月球发生月食时，他们的太阳发生了日食。然而这种情况并非一一对应。因为当我们这边的月亮没有一处隐入黑影之下时，他们却时常看到日偏食。另一方面，当我们这儿出现日偏食时，没有发生沃尔瓦食的情况也不在少数。对他们来说，当沃尔瓦盈满时会发生食的现象，正如对我们来说，只有当满月时才会有月食；但日食却发生在新沃尔瓦出现时，正如我们的发生在新月时。由于白昼与黑夜那么漫长，他们经常性地经历两个天球的食现象。然而，我们这儿发生的日月食很大比例上都在两个对跖点[1]间传递，他们的对跖点因为在上沃尔瓦，自然而然看不到这类现象，因此只能被下沃尔瓦人目击到。

他们从未见过沃尔瓦全食，他们只能看到有一个红色镶边、中间呈黑色的小点在穿越沃尔瓦的球体。它从沃尔瓦的东面进入，西边离开，运行的路径与沃尔瓦上自然形成的暗点一模一样，只不过速度快得多。它的时间会持续六分之一个纳维尼亚小时，也就是我们的四小时。

他们的日食是由沃尔瓦引起的，正如我们的是由月球引起的。这种现象是无法避免的，因为沃尔瓦的视直径比太阳的大了四倍。当太阳自东经南跨越原地不动的沃尔瓦到西方时，它十分频繁地从沃尔瓦的背后穿过，于是部分或全部地被沃尔瓦所遮蔽。即使遮挡住太阳整个球体的情况时常发生，却依然引人瞩目，这一景象的持

1. 地球同一直径的两个端点。

续时间长达我们的数个小时，期间太阳与沃尔瓦的光芒同时熄灭，对下沃尔瓦的居民来说蔚为壮观。因为在其他时候，在巨大的、永不缺席的沃尔瓦的光辉下，他们的黑夜并不比白天昏暗多少，但发生日食时，两个发光体——太阳与沃尔瓦——都会猝然熄灭。

其中的日食有以下一些特点。太阳刚刚消失在沃尔瓦的球体之后，就像时常发生的那样，会有明亮的光线从另一面升起，就好像太阳扩张开来，并拥抱住沃尔瓦的整个球体。而在其他时候，太阳看起来好像比沃尔瓦小好几圈。因此，绝对的黑暗并不总是会出现，除非天体的中心几乎排成一线，并且其间的透明介质也正处于合适状态。另一方面，就算太阳整个隐没在背后时，沃尔瓦也不会突然熄灭，变成漆黑一团；唯一的例外出现在全食的中点时刻。在全食的初始阶段，沃尔瓦的光亮依然照耀着分割线上的一些特定地区，就如同被扑灭的火焰的余烬继续发光。当沃尔瓦也停止发光时，就意味着全食的中点时刻已经到来（因为如果并非全食，沃尔瓦就不会熄灭）。等沃尔瓦（在分割圈上的相对地区）恢复其光芒，太阳也将变得可见。因此，在一定程度上，两个发光体都是在一个全食的中点时刻同时熄灭了光芒。

关于纳维尼亚的两个半球下沃尔瓦和上沃尔瓦的天文现象就说到这里。即使我只字不提，从这些现象也不难推断，下沃尔瓦与上沃尔瓦在其他方面的差异也十分显著。

下沃尔瓦的黑夜长达我们的十四个日夜，但沃尔瓦照亮了土地，使其免受严寒的侵蚀。话说回来，如此这般的庞然大物，如此这般的耀眼光辉，当然会给予大陆温暖。

另一方面，即使下沃尔瓦区的一天里，太阳会持续照耀十五或十六个地球日，十分惹人厌烦，但那却是颗小得多的太阳，并不十分危险。所有的发光天体合力将一切水分引到这个半球，使陆地沉入水中，只留下极小的一块露出个尖。相比之下，上沃尔瓦半球却是又干又冷，因为所有水分都被吸干了。然而，当夜晚降临下沃尔瓦、白昼光临上沃尔瓦时，两个半球分摊了发光天体，因此水分也被平分了；下沃尔瓦的土地干涸，与此同时，上沃尔瓦稍稍从热浪中解脱出来，享受到一丝潮湿气息。

整个纳维尼亚的周长不超过一千四百德里，也就是说，只有我们地球的四分之一。不过它的山岭极高，峡谷又深又宽；从这个角度来看，相比我们的地球，它绝非一个完美的球体。它上面布满孔洞。可以这么说，它被四处存在的洞穴和岩洞穿得千疮百孔，特别是在上沃尔瓦地区。定居者们主要靠这些深渊的保护来远离酷暑与严寒。

生长于这片土地或是在上面游走的一切，都具有庞大的体型。它们的生长是极其迅速的。但因为体型巨大，万物的生命都很短暂。上沃尔瓦区的居民没有固定住所，没有建立居住区。在他们的一天时间内，他们成群结队在整个星球迁移，移动方式依照各自的生理特点：有些用腿脚，速度比我们的骆驼快得多；有些用翅膀；有些乘船追随不断缩小的水源；有些在必要时拖延个好几天，然后爬进洞穴里。他们中绝大多数都会潜水；由于这种顺应自然的生存方式，他们的呼吸节奏都很缓慢，因此，他们靠着一些技术辅以天生的能力，可以深深地潜在水底。他们说，在水底这么深的地方，凉爽尚在，而顶上的浪花都被太阳晒热了。所有接近水表的生物都会在正午时分被太阳煮熟，继而成为迁移队伍的食物。一般而言，下沃尔瓦半球相当于我们的州、镇、花园区；上沃尔瓦区就是我们开阔的乡野、森林和沙漠。那些对呼吸的需要更迫切的居民，将热水通过狭窄的管道引入洞穴里，这样一来水要很久才会流到洞穴内部，在这过程中逐渐冷却下来。一天的大部分时间里，他们把自己关在洞里，用这些水解渴；到了夜里，他们外出觅食，吃植物的皮层、动物的皮肤，或者某种替代皮肤的东西，那是动物海绵状的多孔身体中占据大部分重量的组成部分。白天，任何暴露在外的东西，其上部都会被晒硬、烤焦；等到黑夜降临，它们的外壳会就脱落下来。生长于地下的植物——它们零星分布于山脊上——大多在同一天里开始和结束其生命。第二个白昼来临，新的一代将重新萌发。

总体而言，蛇类的天性在他们身上十分突出。有时候他们会以优雅的姿态沐浴正午的阳光，似乎是在取乐。但他们只会藏在洞穴口的后面，确保自己能安全、迅速地后撤。

他们在白天因为炎热消耗的精力和失去的生命必定能在夜晚获得补偿，其模式与我们这边飞蝇的模式正好相反。地上到处分布着一种长着松果外形的物体，它们的外壳在白天被炙烤，到了夜晚，可以这么说，当它们展露出自己的秘密时，就会诞出活的生物体。

下沃尔瓦半球主要靠不断形成的云层和雨水来减轻酷热，其覆盖面有时能达到整个地区的一半甚或更多。

当我的梦境进行到这里时，一阵风刮起，伴随雨点的滴答声，将我的睡眠搅扰。与此同时，从法兰克福获得的这本书的结尾也被擦去了。因此，我扔下讲故事的守护灵和他的倾听者——儿子德拉库特斯和母亲菲欧克斯希尔德，他们还蒙着自己的脑袋——清醒过来，发现我的脑袋也真的被枕头盖住，而身体也被毛毯盖着了。

（爱德华·罗森　英译）

（龚诗琦　中译）

航向月球

月球在人类的幻想世界中一直占有重要地位。如今，人们已经登上月球，并至少对其中的一小部分进行了探测，地球这颗大得不成比例[1]的卫星已经失去了大部分神秘色彩和一部分浪漫魅力。但纵观人类的历史，月球就如同在影响潮汐涨落一样，影响着人们的生活。许多文明都崇拜月球，他们认为阴历月和阳历年一样神圣，相信月球会影响人们的心智、运气和身体。在他们的目光中，月球悬于天空，似乎近得触手可及。

新兴的天文学将人类的目光引向夜空。人类利用荷兰眼镜制造商汉斯·李普希在1608年发明的望远镜观测恒星、行星和月球。特别是月球看起来如此之近，又和地球如此相像。通过某种方式——或者说通过任何方式——前往月球的想法似乎不仅可行，而且必将实现。

英格兰主教弗朗西斯·戈德温撰写了幻想小说《月中人》一书，

1. 月球相对于地球的直径比例约为27%，远高于太阳系中其他卫星相对主行星的比例。

讲述了一位名叫多米尼哥·冈萨勒斯的小流浪汉前往月球的旅程。他登上圣赫勒拿岛[1]，训练了一群类似于天鹅的、名为甘萨斯的鸟，拉动“引擎”在空中飞翔。在逃离野蛮人时，甘萨斯载着他飞向月球。戈德温用充满现实感的词汇来描述月球上的环境，尽管月球上的居民都是虚构的，其社会也是空想。最后，冈萨勒斯和他的甘萨斯安全地回到地球，降落在中国。

另一位英国主教、英国皇家学会的创建者之一兼首任秘书约翰·威尔金斯[2]（John Wilkins）出版了《墨丘利，或名隐秘与快捷之信使》（*Mercury; or the Secret and Swift Messenger*，1641）一书。这本书以非虚构的体裁探讨了一些新发明的可能性，诸如“飞天战车”、可以将声音保存几小时到几天的“箱子或中空管道”、某种通过炮击或者其他响亮的噪声来远距离传输信息的方法，或是利用“磁性技术”让信号穿墙。他在1638年出版了《关于新世界的论述》（*A Discourse Concerning a New World*），这也是部非虚构作品，探讨了月球上的生存条件，对月球是否宜居做出推测，并相信人类会前往月球旅行。

直到爱伦·坡的时代到来之前，其他关于月球旅行的故事都不及西拉诺·德·贝尔热拉克的《月球远征记》（1657）那么新奇有趣。西拉诺是一名冒险家、剑客和才子，并在爱德蒙·罗斯坦的浪漫戏剧[3]之中流芳百世，但他同时也以作家的身份闻名于世。在短暂的一生中，他没有任何作品出版，但他的部分手稿在世间流传。西拉诺还创作了另外一篇未完成的地外航行主题的幻想作品《太阳远征记》（1662）。这篇作品描述了西拉诺通过一个装有透镜组的盒子

1. 南太平洋岛屿，现属英国。
2. 自然哲学家、政治家，曾在剑桥大学、牛津大学等顶级学府任职。
3. 指法国浪漫主义剧作家爱德蒙·罗斯坦所著英雄喜剧《西拉诺·德·贝尔热拉克》（又译为《大鼻子情圣》或《风流剑客》）。

逃离监狱的故事，透镜聚焦阳光，制造了一阵旋风，他被这阵旋风带到了太阳上，在那里看到了鸟类的文明，并和康帕内拉讨论了乌托邦的话题。

这两部作品都讽刺了西拉诺所处时代的制度，嘲笑了对《旧约》的教条式信仰，表现出对人类的悲悯态度，并描述了一些科学和哲学观点，在当时发布或传播这些观点是很危险的。

地外旅行，尤其是前往月球的传统题材在文学作品中持续传承，直到 1969 年，第一艘载人飞船抵达月球为止。其中值得关注的例子包括：加布里埃尔·丹尼尔的《航向笛卡尔的世界》（1691）、拉尔夫·莫里斯的《约翰·丹尼尔》（1751）、阿拉图斯的《月球游记》（1793）、乔治·富勒的《月球航行记》（1831）、乔治·塔克的《月球游记》（1827）、爱伦·坡的《汉斯·普法尔历险记》、儒勒·凡尔纳的《从地球到月球》、H.G. 威尔斯的《月球上的首批人类》（1901）和罗伯特·A. 海因莱因的《卖出月亮的人》（1950）。

到 19 世纪 90 年代，俄罗斯科学家康斯坦丁·齐奥尔科夫斯基开始以严谨的态度撰写关于太空飞行的文章，并提及了使用液体燃料火箭的必要性。1914 年，罗伯特·戈达德[1]开始取得关于火箭装置的专利，自从 20 年代开始，他不断尝试火箭实验，直到去世。

宇宙航行的时代就此开始。

（赵佳铭　译）

1. 美国工程师、发明家，液体火箭的发明者，被誉为“现代火箭之父”。

月球远征记（节选）

［法国］西拉诺·德·贝尔热拉克

克拉马的德奎尼大人曾在这个离巴黎不远的地方热情地招待过我与几位好友。那天晚上大约九点，回家时天上有一轮满月，空气轻盈。我们对这个黄色的星球展开各种想象，仿佛让回家的路途都变短了。大家都抬头看着这颗巨大的星星，一位朋友说这是一扇天窗，从中可以窥见真福者的荣光；另一位朋友对那些久远的神话故事深信不疑，他想这也许是巴克斯要在天上举办酒会，所以挂上一轮满月告知众神；还有一位朋友断言，这种淡黄色正是披着阿波罗胸巾的戴安娜身上所透过的颜色；当然，也有一位朋友说，这是夜晚失去了光芒的太阳，正透过天上的窟窿观察着没有它的世界。“至于我，”我对他们说，“我也想向你们分享我对月亮的兴趣，不过可别把它也当成供你们打发时间的玩笑话。我相信，月亮上有和我们相似的另一个世界，并且对那个世界的人们而言，地球才是他们的月亮。”听到我的话，几位好友报以清脆响亮的大笑。“说不定，”我说，“月球上那些认为地球上有另一个世界的人，也在受人嘲笑呢！”尽管我试图向他们证明，毕达哥拉斯、伊壁鸠鲁、德谟克利特，以及我们这个时代的哥白尼和开普勒也都有着和我一样的观点，但结果只是换来了更响亮的笑声。然而，这个大胆的想象随后一直萦绕在我的心上，经历各种纠结与怀疑，最终深深地扎根在我的脑海中。之后的路上，我一直没有为月亮上的世界找到什么合理的解释。理性让我几乎要相信这个猜想只是个玩笑，但随后发生的一件事，不管是奇迹、意外、天意、命运或者说是白日梦、臆想、幻想，甚至胡说八道也好，又让我重新审视起那个念头。回到家，我走进书房，发现桌上有一本摊开的书，但我之前从来没有在那儿放过书。这是一本卡尔达诺[1]的作品，尽管没有打算去读，但我的视线像被某种力量牵引着一样，正好停在这位哲学家所讲述的故事上：某天夜里，他正在蜡烛边读书，却突然看见两位高大的老人穿过紧闭的房门走了进来。他问了很多问题，而老人们在回答说自己是月球居民后就消失了。

我非常惊讶，在这个时候突然凭空出现这样一本书，还恰好让我看见那一页。这一连串的事件就像是在告诉我，这是要让所有人知道，月亮上还有另一个世界。

“到底是怎么回事呢？”我对自己说。今天刚聊过的话题，竟然就让一本书——而且可能是世界上唯一一本专门记叙了这件事的书——从书架飞到我的书桌上，还恰好翻开在提到那次奇特经历的地方。书页好像具有某种力量，牵引着我的视线，让我继续思考自己的想象，而且更为坚定。“毫无疑问，”我继续自言自语，“那两位出现在卡尔达诺面前的老人，就是把书翻到这页并且放在桌上的人。只是他们没像对卡尔达诺那样出现在我面前，并且再对我解释一通。”

“但是，”我又想，“如果要完全消除疑惑，是不是只有亲自到月

1. 意大利文艺复兴时期百科全书式的学者，主要成就在数学、物理、医学方面。

亮上看一看才行呢？”

“为什么不呢！”我立刻给了自己一个回答，“普罗米修斯曾经从天上偷来火种，难道我比他胆小吗？难道我就不能成功吗？”

虽然在别人看来这些像是烧坏了脑子的心血来潮的念头，但我已经开始真正期待起这趟奇妙的旅行：我甚至把自己关进了一幢偏僻的乡间别墅来确保计划最终成功。为了实现旅月计划，我在那儿进行了一次又一次实验设计，最终采用以下方式登上天空：一个晴天，我将很多装满露水的玻璃瓶紧紧拴在身上，太阳的光线十分猛烈，热量牵引着玻璃瓶就像在拉着一大片厚重的云，我就这么被带着上升，直冲云霄。然而这升高的速度有些快过头了，我也并没有像预想的那样朝月亮飞去，而是越来越偏离出发时的路线，离它越来越远。我敲碎了几个玻璃瓶，却又发现自己正因重力向地球坠去。

我的意识一直都很清醒，坠落虽然花了些时间，但从我离开地面时算起，现在应该是午夜才对。然而我却发现太阳出现在地平线的最高处，现在正是中午。你们可想而知当时我有多么震惊：我不知该怎么解释这样一个奇迹，于是甚至用我那放肆的想象力大胆猜测是上帝再次将太阳召回天空，好为我的宏大计划投射光亮。

同样令我惊讶的是，我不知道自己此刻身处哪个国家。看起来我是笔直升空的，那么理应落回出发点才对。我看见一座正飘着烟的茅草屋，于是就这么穿着瓶子朝那儿走去。但当我离它还有好一段距离的时候，我发现自己被一群赤身裸体的人包围了。

他们看起来非常惊讶，我也许是他们见过的第一个穿着瓶子的人。而且他们看到我走路时几乎没有接触地面，同样也一定没有理解我是怎么让自己飘起来的。正午阳光的热量使瓶中的水又一次汽化，要不是因为身上的瓶子数量不够，我就可以让他们见识一下飘浮在空中的样子了。

为了消除他们对我这一身装备的疑虑，我打算过去和他们交谈。然而这群人就像受了惊的小鸟，迅速消失在树林里。不过我还是抓住了一个人，虽然他一直想找机会逃走。我很艰难地（因为我已经是气喘吁吁的了）问他这里离巴黎有多远，法国人从什么时候开始不穿衣服了，而且为什么他们都这么惊恐地逃走了。

被我询问的那人是一个黄褐色皮肤的老头。他跪在地上，将双手抱在脑后，张开嘴，还闭上了眼睛。他嘟囔了很久，但我一个词都没听清，也就只好把这当成哑巴自创的嘶哑噪声。

过了一会儿，我看见一队敲着鼓的士兵，其中有两个人离开队伍向我走来。等离我足够近了，我便问他们自己现在在哪儿。

“你在法国，”他们回答说，“不过是什么魔鬼把你变成了这样？为什么我们不认识你？是舰队到了，还是你有什么消息要通报给总督？而且，你为什么要把白兰地装在这么多瓶子里？”

我只好一一作答：“并没有什么魔鬼；你们不认识我是因为你们无法认识所有人；我对塞纳河上那些开往巴黎的船一无所知；也没有任何要通报的消息。而且，瓶子里装的也并不是白兰地。”

“嗬，嗬，”他们边说边拽着我的胳膊，“你看起来也是个好小伙儿。来吧，总督一定也想认识你。”

他们把我拉进了队伍，在那儿我确定了自己的确身处法国，不过是在新法兰西[1]。不一会儿，我就被带去面见了总督。他问了我的国家、名字和是否具有什么才能，我的回答令他相当满意。在向他讲起自己这趟旅行的成功之后，不管是否真的相信，他都非常慷慨地在住所里分了我一间卧房。能和这样一位德高望重的人交谈让我非常高兴，而且当我告诉他在我升空时地球依然在转动，他也没有丝

1. 法国位于北美洲的殖民地。

毫惊讶。因为我在巴黎差不多升高了八千米，但坠落时却几乎垂直于加拿大。

接下来的几天我们一直在谈论相似的话题。不过随后由于一些琐事，我们的哲学探讨被搁置了一段时间，而这时我想到月亮上去的愿望又变得更加强烈了。

每当月亮升起，我都会在树林中漫步，想着如何实现旅月计划。终于在圣约翰节的前夜，当所有人都在要塞里商讨是否要对本国的野蛮人予以援助，来共同抵抗易洛魁人[1]时，我独自一人待在住所后面的小山顶上，实施了新的计划：

我做了一台机器，按照预想它可以让我升到极高的地方。在看起来一切都准备妥当之后，我便爬进机器，在岩石的最高处把自己弹射到空中。然而，由于没有准确计算自己的重量，我最终还是重重地跌进了山谷。

尽管带着一身伤痕回到房间，但我还没有失去勇气。由于从头到脚都摔得伤痕累累，我在身上涂满了牛骨髓。在用了一瓶强心的滋补精油后，我又回到后山去寻找那台机器，然而一无所获。那些奉命在树林里为圣约翰节砍伐木材的士兵们碰巧发现了它，还把它带回了要塞。人们对这台机器究竟会是什么进行了很多猜想，在他们发现了上面的弹簧后，有人说应该给它绑上些烟火，这样就能让它飞向高空，而且弹簧还能带动机器的双翼摇动。所有人都把它当成了一条火龙。

与此同时，我仍然在寻找机器。最后终于在魁北克广场发现了它，但人们正要将它点燃。看到自己精心制作的机器受到这样的对待，我的心中充满了悲伤和愤怒。我冲向那个正在点火的士兵，紧

1. 北美的印第安人。

紧抓住他的手臂，扔掉他手中的火柴，发疯一样地钻进机器，想要卸下它周围的烟火。然而还是晚了一步，当我回过神来时，发现自己的双脚已经在云层之上了。

惊慌并没有让我完全丧失理智，我还能记得那一刻发生的一切：火苗吞噬着一串烟火，它们被六个一组地排好，用导火线连在一起，只要有一层着了火，另一层就会被顺势点燃，这样所有火药都能燃烧起来，这个危险品就可以自己飞走。终于燃料被烧完了，当我祈祷着千万别撞到山头时，却感到自己仍然在上升（我没有随意动弹），直到我脱离了机器，看着它向地面坠去。

这趟奇异的旅程让我心中充满了一种非同寻常的喜悦，看到自己脱离了已知的危险后，我就开始十分不谨慎地在空中分析发生了什么。为了找到原因，我搜寻着脑海中和目之所及的一切，这时我注意到自己肿痛的身体和为了治疗瘀伤而涂抹的油腻的牛骨髓。我知道每当月亏时，这四分之一的月亮就会汲取动物骨髓。它啜饮着我身上的那些牛骨髓。月亮离我越近，这种力量就越强，即使隔着厚厚的云层也丝毫没有减弱。

根据我的计算，当我穿破云层时，上升的距离已经超过了地月距离的四分之三。我突然发现自己不知何时变成了头朝下脚朝上的姿势，但是我自己并没有翻过身。而且如果真的颠倒过来，我应该能感受到身体的重量。我很清楚自己实际上并没有坠回原先的世界，因为我正飘浮在两颗行星之间，离其中一颗行星越来越近，同时也离另一颗越来越远。我确定那颗更大一些的是我们的星球。经过了一两天的旅程，远方太阳的折射让我难以判断星体与气候，那颗更大的星球看起来就像一个巨大的金块，这些都让我猜想自己正在朝着月亮的方向坠落。特别是当我想起自己在地月距离的四分之三处才开始坠落时，我更加确定了这个念头。“因为，”我对自己说道，

“月球的质量比地球小得多，所以它的影响范围也要更小。正是因为这样，我才不会那么快就感受到它的引力。”

最终，我经历了一段长时间的坠落，正如我推断的那样（下落时的冲击可能让我的印象没有那么准确），我记得的第一件事是，发现自己落在一棵树下，脸上还沾有压碎的果实。我在坠落时弄断了三四根巨大的树枝，发出了巨大的声响。

令人高兴的是，正如你们很快就会知道的那样，这里就是所谓的天堂，而我坠落处的树正是生命之树。如果没有这棵树，我可能早已经死了上千次了。我曾多次思索这一流行的观点，即如果一个普通人从这么高的地方坠落，在接触到地面之前他可能就已经停止呼吸了。而根据我的经历来说，这是不成立的，或者说是这棵树神奇的果实汁液流进了我的嘴里，召回了游荡在尸体附近的灵魂，让我的身体仍然温暖，仍然具有生命特征。

实际上，我刚一落地，还来不及细想，之前的痛苦和惊慌就消失了。而让我在旅途中饱受折磨的饥饿感也消失了。

（刘书林、余维阳　译）

理性时代与反对者的呼声

罗杰·培根预言了科学革命的出现，印刷机的发明让科学革命成为可能。科学革命由哥白尼开启，并在 17 世纪达到巅峰。几乎每一年，都会有新的发现或发明出现。其中，威廉·哈维发现了血液循环；威廉·加斯科因发明了千分尺；托里拆利发明了气压计；波义耳在气体压力和体积领域有了发现；惠更斯提出了光的波动学说。

这一切似乎都聚焦于艾萨克·牛顿爵士一人之身。很多人都认为，牛顿是人类有史以来最伟大的人，他在光学方面做出了许多惊人的发现，发明了一种叫作微积分的数学方法（与德国哲学家、数学家戈特弗里德·威廉·莱布尼茨男爵分别独立发明），架设起第一架反射望远镜，建立了引力理论和运动学三定律，并在人生中的最后二十四年担任英国皇家学会会长。

论及自己的成就，牛顿写道："我不知道，我在世人眼中是什么样的人，但对我自己来说，我似乎只是一个在海滩玩耍的小男孩，在玩耍之时发现了一块更为光滑的卵石，但与此同时，真理的大海就在我面前，我却对它一无所知。"面对牛顿的半身像，华兹华斯吟出这样的诗篇：

> 大理石雕塑出卓越的头脑，
> 永远在奇异的思想之海中独自远航。

牛顿的主要著作《自然哲学的数学原理》（1687）成为了新世界观的基石。这本书展示出对世界的优雅解读，介绍了一个建立在简单易懂的力学基础之上的宇宙模型，并认为困扰科学家的其他问题都可以轻松地通过仔细观察和理智而严谨的态度加以解决。实际情况并没有这么简单，但这本书引领了一段科学乐观主义盛行的时代，后世称之为理性时代。但颇为讽刺的是，牛顿也相信炼金术和神秘学。

并非所有人都对科学抱有乐观态度。都柏林有一位名为乔纳森·斯威夫特的圣公会牧师，后来还当上了圣帕特里克大教堂的教长，但他并不热衷于自己的神职，却发现自己倾心的职业其实是讽刺作家。他先是在《木桶传》（1704）和《书籍之战》（1704）中攻击了宗教和学术研究，最终在小说《格列佛游记》中展开了对政治、科学和人性本身的攻击。

虽然斯威夫特撰写《格列佛游记》的本意是讽刺，但这本书却因其叙事出色、细节翔实、想象瑰丽、笔法精准而流传至今（很多时候作为儿童读物），其本身的讽刺性目的早已被人忘却。作为一本记述前往未知之地旅行的作品，这本书的四篇都含有科幻小说色彩。不仅如此，每一篇都有一些不寻常的元素，以和人类社会作为对比——在大小尺度、社会体系或物种方面的对比。斯威夫特笔下的这些对比令人印象深刻。

最著名的是前两篇：在《小人国游记》（“A Voyage to Lilliput”）

中，格列佛如同一位巨人，他一开始认为那些小人们勇敢能干，但最后发现他们卑鄙无耻；在《大人国游记》（“A Voyage to Brobdingnag”）中，他是一位生活在巨人中的小人，一开始，那些巨人们的粗野行为让他不悦，但后来他却被巨人们的仁慈和开明而折服。《格列佛游记》的最后一篇被称为“愤世嫉俗的人在接近癫狂时的作品”，在这一篇中，格列佛发现慧骃[1]如此令人钦佩，以至于他发自内心地认为自己和其他所有人都只不过是卑鄙的野人。这最后一段冒险经历实际上是作为第三篇发表的，但在出版为合集时被放到了最后，以作为一个更合适的结尾。

第三段冒险［最初是在《慧骃国游记》（“A Voyage to Houyhnhnms”）之后发表的］是《勒皮他岛游记》（“A Voyage to Laputa”）。人们普遍认为这一篇相较于其他三篇要差一些，但这一篇的科幻小说特征最为明显，其原因主要在于这一篇展示了科技对于人性的影响。这种影响首先体现在一座漂浮的城市上，这座漂浮的城市带来了社会结构的重大改变；还体现在围绕着科学研究所构建的社会上，尽管斯威夫特讽刺了这些研究。它们不但荒唐可笑，而且毫无价值，因为这些研究把人们的注意力从人类应该关心的基本问题上转移开了。

斯威夫特不信任科学，也不关心科学家，尤其是那些试图为他们的发现找到特殊应用的科学家。他把这些科学家称为“计划机器”。也许他反对科学的主要理由在于科学无法把人性囊括其中，从而让人类获得的经验遭到篡改。他所谓的愤世嫉俗是因为他反对当时的普遍看法，即认为人性大体上是善良的。在他眼中，人类并不是一种理性的动物，而只是一种能进行理性思考的动物，人类无法

1. 斯威夫特笔下的虚构生物，外形类似马匹，拥有智慧。

完全施展自己的能力，因此有着深远而永恒的缺陷。

斯威夫特受到了琉善的影响，可能还受到西拉诺的影响。后来，他影响了 H.G. 威尔斯，又通过威尔斯及其作品影响了后世诸多科幻小说。

在《勒皮他岛游记》中，斯威夫特特别讽刺了因弗朗西斯·培根的愿景而成立的英国皇家学会。直到斯威夫特生活的时代，这个科学家成立的组织一直在英国乃至全世界的科学发展中起着至关重要的作用。

（赵佳铭　译）

勒皮他岛游记（节选）

[英国] 乔纳森·斯威夫特

第一章

作者开始他的第三次航行。被海盗抓获。荷兰人的恶意。到达一座岛屿。进入勒皮他岛。

我回到家里还不到十天，威廉姆·罗宾逊船长就登门拜访。这位康沃尔[1]出身的船长是吨位三百、坚实牢固的“霍普维尔”号的指挥官。我之前曾在另一艘开往黎凡特[2]的船上担任随船医生一职，他当时是那艘船的船长，也是四位船主之一。他那时没有把我当成下级军官，反而一直像对待兄弟一样照顾我。如今他听说我回来了就来拜访我，我认为这不是出于友谊的缘故，毕竟我们很长一段时间内互无往来。然而他时不时就来看看我，他会为我的身体健康表示高兴，也会问我的生活是不是已经安定下来，还会说到他打算在两个月后出航去东印度群岛。最后他终于略带歉意地明确提出邀约，请我出任船医，并向我保证：我手下还会有另外一名医生和两个助

1. 英格兰西南部一郡。
2. 地中海东部地区。

手；我的薪水是平常的两倍；而且由于他在之前和我的相处中已经知晓我处理海上事务的能力至少不比他差，所以不论什么事情他都会听取我的建议，有如我和他共享指挥权。

他还给了我很多其他的承诺，而且我知道他是个相当诚实的人，因此我无法拒绝他的提议；尽管我经历过许多不幸，然而想要见识世界的渴求依然强烈，一如既往。唯一的难题在于如何劝说我的妻子，不过当我承诺这趟行程能给她的儿女带来美好前景之后，我最终得到了她的许可。

我们于1706年8月5日出发，并于1707年4月11日抵达圣乔治堡[1]。我们在那里停留了三周，替换下很多生病的船员。随后我们来到东京[2]，由于船长打算在此地购买的很多货物都没货，未来几个月内也看不到有货的希望，他决定在这里停留一段时间。为了能够支付必要的费用，船长购买了一艘单桅帆船，并在船上装载了几种本地人经常用来和周边岛屿交易的货物，又派出十四名船员，其中包括三名本地人。他任命我为这艘船的船长，授权我在两个月内主管这艘船的贸易事宜，而他则留在东京处理他的事务。

我们航行了不到三天就遇上一场猛烈的暴风雨，我们被迫向东北偏北航行了五天，然后又向东航行；之后我们迎来了好天气，但依然刮着强劲的西风。到了第十天，我们被两艘海盗船追击，很快就被他们追上了；我的帆船装货过重，吃水太深，行驶得非常缓慢；而且我们也没有抵御袭击的条件。

两方海盗几乎同时登上我们的船，海盗头子们率领手下气势汹汹而来，却发现我们全都脸朝下趴在甲板上（基于我的命令），他们用结实的绳子捆住我们，派一个人做看守，然后开始搜船。

---

1. 英国东印度公司在今印度金奈市建立的一座堡垒。
2. 越南城市河内的旧名。法国人控制越南北方以后，便用这个名字称呼整个越南北方地区。

我发现他们之中有一个荷兰人看上去很有话语权，虽然他不是任何一艘海盗船的首领。他通过我们的面容认出我们是英国人，用他的语言对着我们叽里呱啦地说了一通，咒骂我们应该被背靠背地绑在一起，然后丢进海里。我的荷兰语讲得还过得去，我告诉他我们是谁，我向他乞求，看在我们都是基督徒和新教徒的分上，看在我们两国互为邻里、是紧密同盟的分上，希望他能说动船长们对我们发发慈悲。这让他更加愤怒。他说了一遍威胁我们的话，然后对着他的同伴情绪激烈地说起日语，我猜他说的是日语，因为他多次用到“基督教徒”这个词。

较大的那艘海盗船的船长是一名日本人，他能说几句蹩脚的荷兰语。他来到我面前，问了我几个问题，我非常谦恭地给出答复，他说我们不会死。我向这位船长深深鞠了一躬，然后转身对那名荷兰人说我很遗憾，竟然从异教徒那里得到了比基督教兄弟还要多的仁慈。但是很快我就为说出这句愚蠢的话而感到懊悔。这个歹毒的恶棍一直努力劝说两位船长把我扔进海里（他们没有同意，因为他们已经向我承诺不会处死我），虽然劝说未果，但他成功地说服了船长们，要让我遭受一种比死亡本身更恶劣的惩罚。我的船员们被均分成两组，分别被带上那两艘海盗船，我的单桅帆船则由海盗们接手。至于我，他们决定给我一艘只有几把桨和一面帆的小船，再加上四天的口粮，让我在海上漂荡。最后那名日本船长好心地从自己的补给中又匀出一倍的口粮给我，还禁止别人搜我的身。我从单桅帆船上下到小船的过程中，那名荷兰人一直站在甲板上，不断地把他能想到的所有咒骂和伤人的词语都砸在我身上。

我在看到海盗一小时之前做过一次观测，发现我们位于北纬四十六度，经纬一百八十三度。当我们和海盗还有一段距离时，我通过小型望远镜看到东南方有几座小岛。风向正好，我升起船帆，顺风朝向最近的小岛航行，三小时之后就登上了小岛。岛上全是岩石，但我找到不少鸟蛋。我用杂草和干海藻点了一堆火，煨熟鸟蛋。我没吃晚饭，尽量省下更多的口粮。我在一块岩石形成的遮蔽下铺上干草，美美地睡了一夜。

第二天，我航行至另一座小岛，接着去了第三座和第四座，时而靠帆，时而靠桨。不过还是不麻烦读者和我一起细数我的这番窘迫经历了。简而言之，在第五天我登上了目力所及的最后一座岛，它位于前一座岛的东南偏南方向。

这座岛和前一座之间的距离远超我的预期，我足足用了五个小时才抵达。我几乎围绕这座岛航行了一周才找到便于登陆的地点——一条比我的小船宽三倍的小溪。我发现岛上遍布岩石，只有少许杂草零星分布于岛上，其中混杂着散发甜味的香草。我拿出所剩不多的口粮补充体力，然后把剩下的食物存放在一个洞穴里——这种洞穴岛上有很多。我在岩石上收集到很多鸟蛋，我还收集了大量的干海藻和晒干的野草，准备在第二天点起一个火堆，竭尽所能地煨熟这些蛋。（我随身带着燧石、小刀、火柴和点火镜。）我在寄存口粮的洞穴里躺了一整夜，床就是我打算用作燃料的那堆干草和海藻。我几乎没怎么睡，心中的不安压制住身体的疲惫，让我保持清醒。我认为自己不可能在这种荒无人烟的地方生存，我的结局一定很悲惨。我越想越绝望，根本不想起身。等我重新打起精神从洞穴中爬出来，外面早已日上三竿。我在岩石中走了一会儿。天空十分清澈，炽热的太阳让我不得不把脸转向一边。突然，阳光被遮住了，我感觉这跟云层导致的遮蔽大不相同。我转过脸，发现一个巨大的不透明物体挡在我和太阳之间，正在向着这座岛行进。它在离地面两英里左右的空中，已经把太阳挡住了六七分钟，但我却没有站在山峰投下的阴影中的那种感觉——空气没有变得寒冷，天空也没有变得阴暗。它距离我的位置越来越近，看上去是个坚实的物体，底部平整、光滑，被下方海面反射的光线照得异常明亮。我站在高于海岸大约两百码的位置，看着这个体型庞大的家伙降至几乎与我平行的高度，和我的距离不到一英里。我掏出小型望远镜，通过它清楚地看见那个物体的侧面呈斜坡状，有人沿着坡面上下移动，但是我看不出这些人在做什么。

出于对生命那本能的热爱，我的内心生出喜悦之情并充满希望，这次奇遇也许能助我脱离当前的困境。但同时，我内心的震惊读者们也很难想象：我竟然目睹了一座空中岛屿，有人居于其上，只要他们愿意，他们就能够（看上去应该是）操纵岛屿升降或行进。不过当时我可没有心情对这种现象展开思考，我更在意这座岛屿接下来的行动路线，因为它停在原地已经有一段时间了。不过它很快就开始向我这边行进，我能够看到它的四周围绕着一层层的长廊，每隔一段距离就有阶梯连通邻近的长廊。在最下层的长廊上，我看到有人持着长长的鱼竿在垂钓，其他人在旁观。我朝那座岛屿挥舞鸭舌帽（我的软呢帽早已破烂不堪）和手绢。随着它离我越来越近，我用尽全力大声呼叫。仔细观察后，我发现在我所见的这一面聚起了一群人，他们相互交谈、对我指指点点。虽然他们没有对我的喊叫做出回应，但显然他们清楚地看到了我。我看到四五个人以极快的速度沿着阶梯向岛的上层跑去，然后消失不见了。我产生了一个合理的推测，这些人是被派去向官员寻求指示，该如何应对当前的状况。

人越聚越多，不到半个小时这座岛屿就动了起来，它向上升起，让最下层的长廊和我所在的高地平行，距离我不到一百码。我做出最真诚的恳求姿态，说出最谦恭的话语，却没得到回应。有几个人站在离我最近的上方，我根据他们的举止猜测，他们应该不是普通人。他们彼此认真交流，时不时地看我几眼。最后他们中的一人彬彬有礼地对我说出了清晰、流畅的话语，音调听起来和意大利语类似。因此我用意大利语回复他，希望这种语言的腔调至少能让他听着顺耳一点。虽然我们听不懂彼此的话语，但是他们看到了我所处的困境，因此相互理解对方的意思并不是什么难事。

他们做手势让我走下岩石到海边去，我一一照办。这座飞岛升到了合适的高度，岛的边缘位于我的正上方，从最底层的长廊上放下一根铁链，铁链下端系着一个座椅，我把自己固定在座椅中，然后被他们用滑轮拉了上去。

第二章

勒皮他人的情绪和性格。对他们的学问的说明。国王和他的王廷。作者在那里受到的接待。当地人的恐惧和忧虑。对女人的说明。

就在我兴奋不已的时候，一群人围住了我，站得离我最近的那些人看上去地位相对较高。他们看着我，一举一动无不表现出他们的好奇。他们这么做倒不是因为我的确欠了他们很大一个人情，只是因为他们从未见过如此奇特的种族，无论是外形、穿戴还是面容，都和他们不同。他们的头要么歪向右边，要么歪向左边；他们的眼睛一只向内翻转，一只直指天顶；他们的外套上饰有太阳、月亮和星星的形状，中间还交织着小提琴、长笛、竖琴、小号、吉他、羽管键琴和其他很多我们欧洲人没见过的乐器图案。我看见到处都有穿着仆人长袍的人，他们每人手里都拿着一根短棍，短棍的一端系有一个充气皮囊，看上去就像一个连枷。每个皮囊里都装有一小撮干豌豆或小石子（这是我后来才知道的）。他们时不时就用这种气囊拍打站在他们旁边的人的嘴和耳朵，我当时还不知道他们这么做的用意。这些人的脑子似乎一直在不停地思考和推测，以至于如果不通过外力击打他们讲话和聆听的器官，把他们唤醒，他们就无法自己讲话，也无法专心听别人讲话。出于这个原因，有经济能力的人都会在家里添置一个拍仆（当地的原话叫“克莱门诺”），出门和访友时都要带着这个仆人。这名仆人的职责是：在两人或多人的场合中，用气囊轻轻拍打想要说话的人的嘴，以及听此人说话的那些人的右耳。这名仆人还要勤勉地陪同他的主人一起散步，并时不时轻拍他的眼睛，因为他的主人总是沉浸在深思中，对眼前的危险视而不见，很可能会跌落悬崖、头撞在柱子上、在街道上被人撞倒，或是自己一跤跌进阴沟里。

有必要向读者说明这一点，这样他才能理解这些人的后续行为，否则他会和我一样茫然无措。他们引领我拾阶而上，去岛的上层，去王宫。在我们向上行进的途中，他们有几次忘了要做什么，就那么把我丢在一边，直到被拍仆唤醒记忆才又想起我。对于我这个异邦人的穿着、相貌他们全都表现得无动于衷，对平民们的叫喊也充耳不闻，后者的思维和心绪没有那么忙碌。

最终我们抵达王宫并进入接见厅，我看到国王坐在王座上，王座两侧站立着这个国家的高官显贵。王座前有一张巨大的桌子，桌子上面摆满了地球仪、球体和各种数学仪器。由于我们的到来，大厅里的宫廷人员弄出了不小的响动，然而国王陛下根本就没注意到我们。他正沉浸在一个难题之中。我们至少等了一个小时，国王才解决这个问题。他的两侧各站有一名手持拍打气囊的年轻侍从，每当他们发现他在走神，就会有一个人轻轻拍打他的嘴，另一个则拍打他的耳朵，他就像被猛然惊醒一样看向我和我的陪同者们，想起已经有人通报了我们的到来。他说了几句话，立刻就有拿着拍打气囊的年轻人来到我身边，轻轻拍打我的右耳。我尽力用肢体语言表明我不需要这种工具。后来我才知道，我的行为让国王陛下和全体王室人员以为我的理解能力非常差。根据我的猜测，国王在向我提问，我用我掌握的各种语言向他介绍我自己。当我们发现无法相互理解之后，国王命人将我安置在宫殿的某个房间中（这位国王有个超出所有前任的优点，那就是他很好客），并指派两名仆人跟随我。我的晚饭被呈上来，我荣幸地由四名贵人陪同用餐，我还记得他们站在离国王非常近的位置。我们吃了两道菜，每道菜都有三盘食物。第一道包括：切成等边三角形的羊前腿连肩肉，一片切成长菱形的牛肉，以及一个摆线形的布丁；第二道包括：被捆扎成小提琴形状的两只鸭子，长笛和双簧管形状的香肠和布丁，以及竖琴形状的小牛胸肉。仆人们将面包切成圆锥形、圆柱形、平行四边形和其他几种几何形状。

吃晚餐时，我冒昧地询问如何用他们的语言称呼其中几种食物；这些高贵的人在他们拍仆的帮助下愉快地为我做出解答，他们认为如果我能同他们交谈，就会对他们强大的能力生出崇敬之情。没过多久，我就能够自己让仆人呈上面包、饮品，以及其他任何我想吃的东西了。

晚饭后陪我吃饭的几位纷纷告辞，国王另外派来一个人和一个拍仆。那人带着笔、墨水、纸和三四本书，他用手势示意他被派来教授我语言。我们一起坐了四个小时，在此期间我写下大量单词，把它们排成几列，并在单词旁边写下对应的翻译。我还学了几个短句。我的老师让我的一个仆人做出各种动作，比如：拿东西、转身、鞠躬、坐下、站立、行走等等。我就把句子写下来。他还通过一本书中的图画向我展示了太阳、月亮、星星、黄道带、回归线、极圈，以及很多几何平面和立体图形的名称。他教给我所有乐器的名称和描述，以及演奏这些乐器时常用的艺术方面的术语。他离开后，我把所有的单词和它们的说明按照字母表的顺序排列。几天之后凭借着强大的记忆力，我对他们的语言有了一定的了解。

被我翻译成“飞岛”或“浮岛”的那个单词源自古勒皮他语，不过我怎么都找不出它的真正词源。在这种已被废弃的古语中，“勒”代表“高”，“皮荼”是一种控制器，飞岛人认为“勒皮他”就是“勒皮荼”的变体。但我不认同这种说法，看上去太牵强。我谨慎地向岛上的饱学之士提出了我的推测：“勒皮他”与“勒奥提德”近似；“勒”应该表示海面上翩翩起舞的阳光，“奥提德”是“翅膀”的意思。不过我不会强迫别人认可这种说法，还请审慎的读者自行判断。

被国王指派来照顾我的人看到我的穿着实在是不体面，就在第二天上午叫来裁缝为我量体裁衣。这名裁缝的工作方式和他在欧洲的同行们有所不同。他先用四分仪测量出我的身高，然后用直尺和指南针描绘出我的身体轮廓和各部位的尺寸，他把所有的测量结果都记录在纸上，六天后给我送来了做好的衣服。不巧的是，由于在计算中弄错了数字，这些衣服简直做得乱七八糟，看不出形状。不过当我看到这种事故发生的频率相当高，而且没人在意，也就心平气和地接受了。

因为要等待衣服制成以及偶染小恙，我趁着没有出现在人前的这段时间，将我的词汇量大大地扩充了一番。当我第二次觐见国王时，我已经能听懂他说的大部分话语，也能给出部分应答。国王陛下命令岛屿向东北偏东方向移动，去往拉格多的正上方，那里是王国在坚实土地上的首府。这段路程有九十里格[1]，用了四天半的时间。

1. 长度单位，1 里格约等于 4 000 米。

我一点都感觉不到岛屿正在空中行进。在第二天上午大约十一点钟的时候，国王本人在他的贵族、侍臣和官员们的陪同下，演奏起早已准备好的各种乐器，演奏无休无止地进行了三个小时。这声音震得我头晕脑胀；在我的老师为我解释之前，我完全不明白这么做的意义。岛上的人习惯在某些特定的时刻让他们的耳朵得到音乐的熏陶，王庭中人也就惯于用各自擅长的乐器承担起这一责任。

在去往首府拉格多的途中，国王陛下命令飞岛在某些城镇和村庄上方暂停，以便他接收来自臣民的祈愿书。收取方法就是从岛的底部把系着小重物的细绳垂放下去。地面上的人把他们的祈愿书系在细绳上，然后这些祈愿书就像男学生们放的风筝那样向上飞升。有时我们会从下方收到酒和食物，人们就用滑轮把它们拉上来。

在学习他们遣词造句的方式时，我的数学知识对我助益良多：他们的措辞在很大程度上依循科学和音乐，而我对音乐也略知一二。他们惯于并善于用线条和图形进行思考。比如，如果要称赞女性或其他动物很美丽，他们会用各种几何术语来描述：菱形、圆形、平行四边形、椭圆形等等；或者使用来自音乐的艺术性词语，此处不再赘述。我去参观了一下御厨房，那里面有各种数学仪器和乐器，厨师照着它们的形状切好肉块，然后呈献到国王的餐桌上。

他们的房屋建造得非常不规整，墙壁倾斜，任何房间内都找不出一个直角，而这一缺陷源自他们对实用几何学的轻视，他们轻蔑地认为这是粗俗、匠气的学问，他们给出的建造说明过于精练，让工人们难以理解，这就导致建造过程中总是出错。虽然他们能够在纸上娴熟地使用直尺、铅笔和圆规，但是在生活中的普通行为举止上，我还没见过比他们更笨手笨脚的人。除了数学和音乐，他们对任何问题都会感到困惑茫然，反应迟缓。他们不会摆事实讲道理，遇到相反的意见只会强烈地反对回去，除非他们恰好意见相同，但这种情况甚为少见。奇思妙想、异想天开和发明创造对他们来说完全无法想象，他们的语言中也不存在任何表示这种意思的词语。他们的头脑和思维完全被限制在如前所述的两门学问中。

他们中的大多数人，尤其是研究天文学的人，非常相信决疑占星术[1]，虽然他们羞于公开承认这一点。我观察到他们对待新闻和政治的狂热态度，这是最让我敬佩却又完全无法理解的方面。他们孜孜不倦地打探公共事件，对国家事务发表他们的看法，激情洋溢地为党派舆论逐字进行争论。我的确在我认识的绝大多数欧洲数学家身上见到过同样的行为倾向，虽然我找不出这两种学科之间有丝毫相似之处；除非这些人认为：因为最小的圆形和最大的圆形具有相同的度数，所以管理和控制世界不需要额外的能力，只要能看懂并转动地球仪就够了。不过我更愿意相信这种特性源自人类本性的一个常见缺陷：我们总是对与我们无关的事务感兴趣，并自大地认为有权对其指指点点。不论是出于天性还是后天习得，我们都无法改变这一特性。

这些人时刻处于焦虑之中，头脑一刻也停不下来。他们的困扰则来源于和贩夫走卒们的生活毫无关联的事情。他们因极为担心天体的某些变化而产生恐惧。举例来说，地球不停地向着太阳运行，总有一天它会被太阳吸收或吞噬；太阳燃烧的残渣会逐渐将它的表面包裹起来，它将无法再向我们的世界挥洒阳光；地球以毫厘之差躲过了上一颗彗星的彗尾，如果被它扫过，地球必定灰飞烟灭……他们通过计算得出结论：三十一年之后的下一颗彗星很可能会置我们于死地。当彗星到达近日点，它会和太阳非常接近，（通过他们的计算，他们有理由惧怕）它将获得比被烧红的铁块还要高出一万倍的温度，然后它离开太阳，拖曳着一百万零十四英里长的炽热彗尾。

1. 欧洲占星术的两大流派之一。根据占卜时的天象来决定所提具体问题的答案。另一种是吉时占星术，认为星象决定的是大事走向。

如果地球从距离彗核或彗头一百万英里之内路过，那它一定会被彗尾扫过，燃起大火，烧成灰烬。太阳每天都向外发射光线，却从来得不到能量补充，最终会完全消耗殆尽，进而毁灭，而这一定会导致地球和其他所有接受太阳光线的行星因此灭亡。

他们对上述以及类似的迫在眉睫之事如此担忧并时刻保持警惕，以至于他们既不能安然入睡，也无法体会生活中的欢欣与乐趣。当他们在早晨遇到一位熟人，他们首先会询问太阳的健康状况，在降落与升起时它看起来怎样，有没有希望能避免与那颗即将临近的彗星相撞。他们不停谈论此类事情的心情就像喜欢听恐怖故事的小男孩们一样，小男孩们总是不厌其烦地听人讲关于小精灵和小妖精的故事，又总是被吓得不敢上床睡觉。

岛上的女子精力充沛、大方活泼：她们看不上自己的丈夫，格外青睐外人。这里总是有很多来自下面陆地上的人，他们或是为了城镇和公司的事务，或是为了特别的理由来到岛上的王庭觐见，但是他们总是遭到鄙视，因为他们没有王室要求的天赋。女士们就在这些人中选择她们的心之所属：让人恼火的是，她们这样做是如此轻而易举且安全无虞，因为她们的丈夫总是在专心思考，只要他的手边有纸和工具，而拍仆又不在身边，那他的妻子和她的情人就可以当着他的面肆意亲昵。

被困在岛上的妻子和女儿们心中充满哀伤，虽然我认为这里是世界上最美妙的地方。尽管她们在岛上的生活富裕充实、多姿多彩，可以做任何想做的事情，但她们还是渴望去看看外面的世界，去享受地上首府中的种种娱乐，可这需要国王的特别批准。很少有人能拿到这种批准，因为上层人士们通过以往常有的经验教训发现，一旦他们的女人到了下面，就很难劝说她们再返回岛上。有人告诉我，曾经有一位宫廷女官嫁给了首相，育有子女；首相是这个国家最富有的人，举止优雅，深爱着她；他们住在这个岛上最好的地段。这位贵女以健康为由下到拉格多，并在那里藏身数月。后来国王派人去搜寻她，搜寻人员在一家不起眼的小餐馆里找到了衣衫褴褛的她。她典当了自己的衣服用以供养一个又老又丑的侍者，他们生活在一起，他让她对他唯命是从，还天天殴打她。尽管她的丈夫极为宽容地接受了她，没有半点责备，但没过多久她还是带着所有的珠宝想尽办法偷偷地下了岛去找那个情郎，自此音讯全无。

也许读者会觉得故事更像是发生在欧洲或英国，而不是在一个遥远的国家。但是他仔细思考之后就会明白，女性的无常善变不受天气或国家的限制，各地的女性在这一点上拥有超出想象的一致性。

在大约一个多月的时间里，我对他们的语言有了一定的掌握，当我有幸面见国王时，我基本能够回答他的所有问题。国王陛下对我所属国家的法律、政府、历史、宗教和风俗习惯都不感兴趣，只询问我们的数学成果，他对我的叙述表现出极大的蔑视和漠不关心——尽管经常被立于他身旁的拍仆们提醒。

第三章

经由现代哲学和现代天文学解释的现象。勒皮他人在后者中的领先优势。国王镇压叛乱的方法。

我想离开国王，去看看岛上的奇异之处，国王仁慈而愉悦地给予准许，并命令我的老师陪同。我主要想知道这座岛能够运动是出于什么技术或自然原理。我会客观地为读者进行说明。

这座飞岛呈规整的圆形，直径七千八百三十七码，大概四英里半，因此面积是一万英亩。岛高三百码。站在下方向上看，岛底或者说岛的下表面是一块平整的金刚石，向上方延伸出有两百码的厚度。在它之上是按常规次序层叠堆放的几种矿石，最上面覆盖有十到十二英尺厚的沃土。岛的上表面从岛的四周向中心形成斜坡，距岛中心两百码的地方有四个巨大的圆形水盆，每个直径约半英里。所有滴落在岛上的雨水和生成的露水都能自然地汇聚成细小的水流，向岛中心流淌，最终注入水盆。在白天，盆中的水被阳光照射，不断蒸发，这样就可以有效地防止积水溢出。除此之外，君王有决定岛屿移动的权利，只要他愿意，无论何时都可以命令岛屿上升到云层或雾气上方，以避免雨水和露水滴落。因为云层只能形成于距离地面两英里以内的高度，这是博物学家们一致认可的结论，至少在这个国家还从未见过例外。

岛中心有一个直径约五十码的深坑，天文学家们由此向下可以进入一个巨大的穹顶内，这个穹顶被称作“弗兰多纳·盖格诺”，或者“天文学家的洞穴”，坐落在那块金刚石上表面以下一百码的地方。这处深穴内有二十盏长明灯，灯光经过金刚石的反射，将洞穴的各个角落都照得通明。这里有各种各样的六分仪、四分仪、望远镜、星盘和其他天文仪器。不过这里最奇特的物品是一块巨大的磁石，外形像织工用的梭子。它是这座岛的命脉，长六码，最粗的地方超过三码。一根金刚石做的坚固的轴穿过磁石的中心，将它架起，使它可以转动；磁石处于精确的平衡状态，即便最虚弱无力的双手也能拨动它。磁石被套在一个空心的金刚石圆环内，圆环环壁高四英尺，同等厚度，直径十二码，水平放置，有八个六码高的坚实支脚作为支撑。在圆环的内壁上有一道十二英寸深的槽，金刚石轴的两个端点就卡在槽中，并可根据状况转动。

任何力量都无法将磁石从所在的地方移开，因为套住磁石的圆环和其支脚本身就属于构成岛屿底部的金刚石的一部分。

通过操纵这块磁石，可以让岛屿上升、下降，也可以让它从一处移动到另一处。对于飞岛下方属于君王治下的疆土而言，这块磁石的一端具有和它相互吸引的力量，另一端则具有排斥力。当将磁石竖直摆放，并让具有吸引力的端点指向地面，岛就会下降；当让具有排斥力的端点指向地面，岛屿就会垂直向上攀升。当磁石处于倾斜的位置，岛的运动方向同样变得倾斜。对于这块磁石来说，作用力的方向和它自身指向的方向平行。

通过这种倾斜的运动，岛屿可以去往君王治下领土的不同地方。为了解释它的运行过程，我们把横穿巴尔尼巴比领土的线段命名为AB，CD线段代表磁石，D代表具有排斥力的端点，C代表具有吸引力的端点，岛屿位于C点；把磁石按照图中CD线段的位置摆放，排斥力端点在下面，那么岛屿就会倾斜地上升去往D点。当岛屿到达D点后，转动磁石，令具有吸引力的端点指向E点，岛屿就会倾斜地前往E点；当它到达E点，再次翻转磁石，让它和EF线段平行，让有排斥力的端点在下方，岛屿就会倾斜地上升去往F点；在F点将具有吸引力的端点指向G，岛就会向G点行进；从G点到H点，只要翻转磁石，将具有吸引力的端点指向下方。这样根据情况不断改变磁石指向的方位，岛屿就会倾斜着交替地上升与下降，通过这种交替升降（不考虑倾斜带来的影响），岛屿就能从王国的一处领地上移动到另一处。

不过必须注意，这座岛的移动范围不能超出下方领土的边界，它的上升高度也不能超出四英里。天文学家们（他们围绕磁石写出了大量的说明）为此做出如下解释：磁力的作用范围在四英里之内，和磁石相互作用的矿物位于下方土地深处，以及距离海岸六里格范围内的海底里；这种矿物只存在于国王的领地内，在地球的其他地方没有分布；飞岛所处的这种状况对国王十分有利，他可以轻而易举地让磁力相互吸引范围内的任何区域都臣服于他的统治。

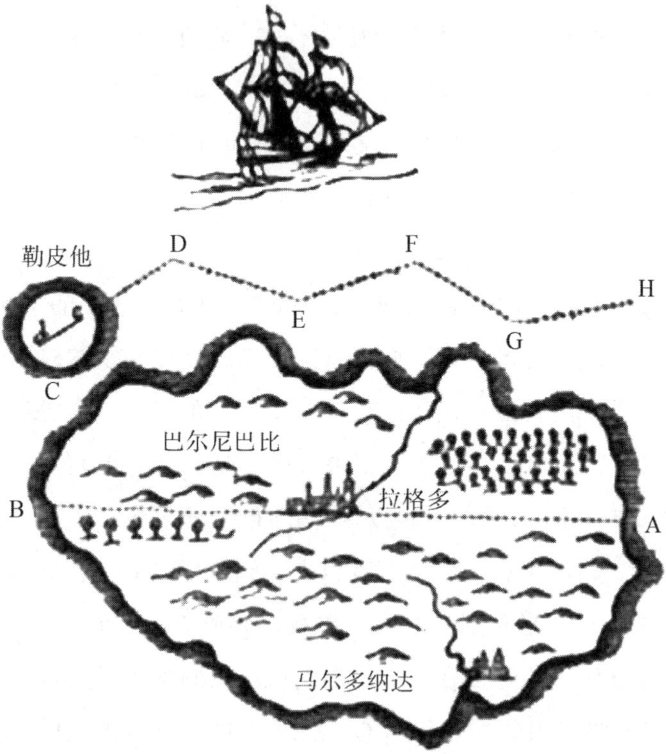

巴尔尼巴比
和
勒皮他

当磁石平行于地平面时，岛屿就会静止不动；因为在这种情况下，它的两个端点和地球间的距离相同，受力相等，一边向下拉，一边向上推，因此不会产生任何运动。

几名天文学家负责看护磁石，他们时不时地应君主之命调整它的位置。他们将生命中的绝大部分时间都用于天体观测，他们用于观测的镜片比我们的优良数倍。尽管他们最大的望远镜只有三英尺长，但比起我们一百码长的望远镜的放大倍数还要高出许多，同时看到的星星也更清晰。这一优势让他们的发现比我们欧洲的天文学家多得多。他们的恒星名录里记载了一万颗恒星，而我们最大的恒星名录里记载的数量不超过它的三分之一。他们还发现了两颗围绕火星运行的小星，或者叫卫星。内侧卫星和主星中心的距离正好是主星直径的三倍，外侧卫星的距离是五倍；前者自转一周需十小时，后者需二十一个半小时；所以它们自转周期的平方与火星中心距离的三次方差不多成比例，这就是两颗卫星遵循相同引力定律的证明，这一引力定律同样作用于其他天体。

他们观测到九十三颗不同的彗星，并精准地计算出它们的运行周期。如果这些都是真的（他们对此十分确信），把他们的观测结果公开发表将是万众期望的事情：目前关于彗星的理论很不完善，漏洞百出，而他们的观测结果有可能将彗星相关理论提升到同其他天文学理论一样完美的水平。

国王如果能说服内阁和他合作，那他就可以成为这世间最为专权的统治者；但是这些大臣在下方的大陆上都各有资产，又考虑到国王的青睐很难维持长久，因而从不肯和国王一起奴役他们的领地。

如果有哪个城镇参与叛乱或暴动，变成反叛军，或者拒绝按时上贡，国王有两种方法镇压他们，让他们再次俯首称臣。第一种方法，也是最温和的处理方法，就是让岛屿悬停在这样的城镇和它的田地上方，以此剥夺他们享用阳光和雨水的权利，这样就可以让当地居民承受资源匮乏和疾病的折磨。如果他们罪行严重，还可以从岛上向下投掷大石块，他们对此无法抵御只能躲入地下室或洞穴里，而他们的屋顶都会被砸烂。如果他们仍然冥顽不化，或者暴乱升级，国王就会动用第二种方法，将岛屿直接降落在他们头上，这样不论是房屋还是人都会被压毁。不过国王还没有遇到过不得不做出如此举动的状况，一方面他是真的不愿将第二种方法付诸行动，另一方面他的大臣们也不敢建议他如此行事。因为岛屿是属于国王的私人土地，大臣们拥有的土地都在下面，如果他们向国王提出这种建议，就会使他们的领地遭受严重的损失，并为他们招来平民的憎恨。

不过除非必要，国王之所以一直不愿做出如此暴行，其实还有一个重要原因。一个将被摧毁的城镇，如果城内有高大的岩石（大些的城市通常都会如此，多半选址之初就考虑到要防备此种灾祸降临），又或者城中拥有高耸的尖顶或石柱，一次猛烈的降落有可能对岛屿底部或下表面造成伤害。虽然如我之前所说，岛底由一整块两百码厚的金刚石构成，但它也有可能会因为剧烈的撞击而开裂，或者因距离下面房屋燃起的火焰太近而爆炸，就像由铁和石头砌成的烟囱内壁那样。能做到这一切的人们都很清楚，为了他们的自由和财产，他们的负隅顽抗会导致什么结果。当国王怒不可遏，决定将某个城市碾压成一堆瓦砾时，他会命令岛屿尽最大可能缓慢降落，表面上看是对他的子民怀有慈爱之心，可实际上是害怕损坏坚硬的岛屿底部。岛上的所有学者都认为，一旦岛底破碎，磁石将无法再托住它，它会整个坠毁在地面上。

在我来到这里的三年前，国王正在他的领地上空进行巡游时，发生了一起极为严重的事件，差点儿为这位君主的统治画上了句号，至少现在大家都这么认为。林达里诺，王国第二大城市，是国王陛下巡视的第一站。就在他离开三天后，经常抱怨饱受压迫的市民们关闭了城门，抓捕了执政官，以不可思议的速度和工作热情分别在城市的四角竖起四座高塔（这座城市是个正方形），塔的高度和城市中心耸立的坚固、尖利的岩石的高度等同。在每座塔的顶部以及岩石的上方，都固定着一块巨大的磁石，为了以防万一，他们还准备了大量的易燃燃料，为的是一旦磁石计划失败，就用它们来烧裂坚固的岛底。

直到八个月之后，国王才知悉林达里诺市民们的叛乱行为。他随即下令，让岛屿悬浮于该城上空。市民们团结一致，他们存储了大量的食物，而且还有一条大河在城中心穿城而过。国王在他们上空悬停了几天，剥夺了他们的阳光和雨水。他下令垂放下很多细绳，然而没有一个人递上祈愿书，相反都向他提出了非常大胆的要求：改正所有的不平等对待，减免大量税收，允许自行选举执政官，等等，诸如此类无法无天的要求。作为对这些要求的回应，国王陛下命令岛上的所有居民从低层长廊上向下投掷大石块。而市民们对这种恶行的应对方法则是带上他们的财产躲入四座塔内及其他的坚固建筑和地窖中。

国王随即决定消灭这些傲慢的平民，他命令岛屿缓慢下降到距离高塔和岩石顶端四十码以内。命令得到执行，但是执行命令的官员们发现岛屿的降落速度比平常要快，即使转动磁石，也很难让它维持在一个稳定的位置上，他们发现岛屿在不断地下落。他们立刻将这一惊人状况告知国王，并请求国王陛下准许提升岛屿高度。国王批准了他们的请求并召集了一个顾问团，命令负责操纵磁石的官员们也加入其中。他们中最年长、最有权威的一位专家得到许可，做了一个实验。将岛屿上升到感知不到下方吸引力的高度后，他拿出一根一百码长的结实长绳，在一端系上一块内部置有铁矿混合物的金刚石，这块金刚石具有和构成岛底的那块金刚石相同的特性，在低层长廊上将这块金刚石向塔顶缓慢地放下去。金刚石块下降了不到四码，专家就感受到了一股向下的强大拉力，他几乎无法将金刚石拉回来。他随后向下方扔了几个小金刚石块，观察到它们被迅猛地吸附到塔的顶端。他在另外三座塔上和那块岩石上做了同样的实验，得到了同样的结果。

这次事件让国王完全束手无策（之后的种种详情我就不再赘述了），他被迫同意接受该城提出的所有要求。

一位高官以确定的口吻告诉我，如果岛屿离城市过近以致无法再次上升，那些市民一定会采取一劳永逸的方法，他们会杀掉国王和他的所有侍从，彻底改变当前的体制。

据这个国家的基本法规定，国王和他最年长的两个儿子不得离开该岛，王后只有在生育期过后才可以离岛。

第四章

作者离开勒皮他；被送到巴尔尼巴比，来到首府。关于首府和乡村的描述。作者被一位大人热情招待。他和这位大人的谈话。

虽然我不能说在岛上遭人慢待，但是必须承认，我觉得自己遭到了过分的忽视，甚至于某种程度上的轻视。除了数学和音乐，不论国王还是民众都对我所掌握的其他知识丝毫不感兴趣，而我在这两点上的造诣又远远比不上他们，因此没有得到他们的丝毫尊重。

从另一方面来讲，看过这座岛上所有的奇观之后，我对这里的人已经感觉十分厌烦，非常渴望能离开这里。他们的确在两个科学领域里取得了卓越的成就，我对此深表敬重，我自己对这两个领域也很熟悉；但同时我也从没遇到过像他们这样过于专注思考、简直令人难以忍受的同伴。在此居住的两个月里，我只和女人、商人、拍仆、宫廷侍从们交谈，也因此让我最终变成了被极度轻视的人；可他们是唯一能给我合理回答的人。

我已经通过刻苦努力熟练地掌握了他们的语言；我讨厌被困在这座得不到认同的岛屿上，决心一有机会就离开这里。

王室中有一位地位极高的大贵族，出身几乎和国王相当，也仅仅因此受人尊敬。王室的人都认为他是王室中最无足轻重、最愚蠢的人。他曾为王国做出过很多出色的贡献，天性高贵又教养不凡，为人正直，受人尊敬。然而他对音乐一窍不通，据他的诋毁者们说，他甚至总是打不准拍子；他的老师们绞尽脑汁也无法教会他证明最简单的数学命题。他跟我很亲近，经常屈尊前来拜访我，喜欢听我讲欧洲的事情，听我讲我游历过的那些国家的法律制度、风土人情、社会风俗和学术状况。他专心致志地听我讲述，针对我讲的每件事都能给出有见地的评论。以他的身份，自然也有两个拍仆，但他只有在宫廷里或庆典上才用得到他们；在只有我们两个人的时候，他总是会命令他们退下。

我恳请这位杰出的人物为我向国王陛下求情，准许我离开。虽然他觉得很遗憾，但还是欣然应允，并说到做到：他之前曾数次提出极为优越的条件想请我留下，但我始终婉言谢绝，并表示我对他无比感激。

在二月的第十六天，我告别了国王陛下和他的王庭。国王赠予我价值两百英镑的财物；我的保护人，那位国王的亲戚，所赠予的要更多，还给他在首府拉格多的朋友写了一封推荐信。岛屿悬停在一座山峰上空两英里处，我在最底层的长廊上，以跟上岛时同样的方式被放了下去。

这片隶属于飞岛君主统治下的大陆叫作巴尔尼巴比，它的首府——如我之前所说——叫作拉格多。再次站在坚实的土地上让我感到一丝满足。我毫不犹豫地向城市走去，我穿着和当地人一样的衣服，并熟知该如何与他们对话。我很快就找到那位大人的住所，把推荐信交到他手里，受到了热情的欢迎。这位大人名叫穆诺蒂，他在自己家里为我安排了房间，供我在此地停留期间居住，他的招待让我感到宾至如归。

第二天早上，他带我坐着马车去城里转转。这座城市的面积约为伦敦的一半，它的建筑物外形都很奇怪，而且大多数都年久失修。大街上的人行色匆匆，看上去很粗野，眼神凝滞，多数人都衣衫褴褛。我们穿过两座城门之一，来到三英里外的乡村，我看到很多人在田地里拿着几样工具劳作，不过我看不出他们在做什么；尽管这片土地看上去很肥沃，我却没看到期望中的小麦或牧草。我实在欣赏不了这些城市和乡村间的奇怪现象，冒昧地向我的向导提出我的疑惑，希望能得到他的解答：街道上和田地间，这么多辛劳的头脑、双手和面容到底在忙于何事？我没看到他们做出任何成果；恰恰相反，我从没见过如此寸草不生的土壤，没见过这么胡乱搭建、损毁严重的房屋，没见过形容如此贫穷困苦的人。

穆诺蒂大人是尊贵的上流人士，之前曾担任过好几年拉格多的执政官，但是被几名大臣构陷，以能力不足为名被罢免。不过国王待他还是很亲切，认为他虽然头脑不清楚，但为人还是很好。

当他听到我针对这个国家和它的人民做出的直率批评时，他没做过多的解释，只是说我来到这里的时日尚短，不足以让我做出正确的判断，不同的国家有不同的风俗等类似的常用托词。但当我们回到他家后，他问我喜不喜欢他的房屋，是否发现荒谬的地方，我对他的仆人们的穿着和精神面貌有没有什么不满。他问这些问题时对答案自然心中有数，因为和他相关的一切都华丽、优雅、中规中矩。我回答他说，阁下的英明、高尚和财富使您免于遭受愚蠢和赤贫在其他人身上造成的缺陷。他说如果我愿意去他在二十英里外的乡间别院，就可以在他的产业上更轻松地谈论此类话题。我告诉这位阁下我听凭安排，于是第二天早上我们就出发了。

途中他让我观察了农民们耕种土地的几种方法，在我看来他们完全是在胡搞；除去极少几处地方，我完全看不到一株麦穗或是一片草叶。但是行进了三个小时之后，景色完全变了样。我们来到一片景色优美的乡村；农舍密集，修建整齐；田地界限分明，有葡萄园、麦田和草场。在我的记忆中，我从未见过如此令人心情愉悦的景象。这位阁下看到我的脸色由阴转晴；他叹了一口气，告诉我从这里开始直到他的别院，这些都属于他的产业。他的同胞都嘲笑他、蔑视他，认为他没管理好自己的产业，是王国内典型的反面教材，只有极少数像他一样老迈、顽固又软弱的人才会效法他。

我们终于到达他的别院，这是一座典型的贵族建筑，仿照古代建筑的最佳典范建造而成。它的喷泉、花园、小径、林荫道和树林造型别致，很有品位。我对每样事物都赞不绝口，而这位阁下却无动于衷。直到晚餐后，没有第三者在场，他非常悲伤地告诉我，他怀疑他将不得不推倒他在城里和乡下的房屋，把它们改建成现在流行的样式，他还要毁掉所有的田地，把它们改造成符合当前社会要求的模样，并且还得指示他的所有佃农做同样的事情。如果不这么做，他就会为自己招来种种非议：傲慢自大、特立独行、装腔作势、愚昧无知、异想天开，还有可能增加国王对他的厌恶。

他说如果他之前就将详情告诉我，那我显露出的喜悦之情很可能就会减少甚至消失。我在王庭的时候绝对不会听到此类事情，因为那里的人太沉迷于自己的思考之中，根本就不关注下面发生了什么。

他告诉我的事情大致如下：大约四十年前，一些人登上了勒皮他岛，他们可能是去经商，也可能是去玩乐。五个月后他们回来了，没有学会一星半点的数学知识，反而习得了空中岛上的轻佻做派。这些人一回到地面，就对这里的所有行事准则都感到不满，他们计划颠覆所有人文、科学、语言和工程学的基础。为了这个目的，他们申请到皇室特许，在拉格多建立起研究学院；这种风气在人群中广泛流传，很快王国中的每个城市都成立了这样的学院。这些学院里的教授为农业和建筑学制定了新的规则和方法，为每个行业和从业人员发明了新的仪器和工具。他们承诺，使用他们发明的工具，人们在工作中可以以一当十；一个星期就能盖出一座宫殿，而且建材无比耐用，无须维护就可永久使用；所有植物结出的果实会在人们认为适合收获的季节成熟，产量会比当前增长一百倍。他们还提出了无数其他的乐观预想，唯一的麻烦在于，这些研究没有一个能得到完美实现，与此同时整个国家处于极大的资源浪费中，房屋成为废墟，人们缺衣少食。即便如此，他们也没有气馁，在希望和绝望的双重驱使下，他们以相比之前还要强五十倍的坚定决心继续推行他们的研究。至于这位阁下，他没什么进取心，很愿意以老派方式处理事物，住在祖先建造的房屋中，像祖先那样生活，不需要创新。少数品格高尚的上流人士和他一样行事，却被人厌恶、看不起，他们被看作艺术的敌人、无知的人、邪恶联盟，在大家都为国家的进步而努力时，他们却选择安逸和懒惰。

这位大人认为我应该参观一下学院，还说他不会再添加任何细节，以免破坏我参观这所伟大学院时的好心情。他只希望我能去看看一座在三英里外的山坡上被炸毁的建筑。据他所述，他在离此地一英里半的位置曾经有一座非常实用的磨坊，磨坊的动力来自一条大河的水流，这座磨坊的产出足够供应他的家庭和他的众多佃农的需求。七年前，一群研究者们找到他，建议他毁掉这座磨坊，在那座山的山坡上重新修建一座，并在长长的山脊上挖出一条水渠通往一个蓄水池，利用管道和水泵把水送到上面，再用里面的水来向磨坊提供动力。因为高处的风和空气能够搅动水流，加快它的流速，又因为是沿着斜坡流下，所以比起平地上的河流，只用原来一半的水量就能带动磨坊运行。他说因为当时他和王庭之间的关系不太融洽，又被众多朋友规劝，他就接受了这个建议。他雇了一百个工人做了两年，结果失败了，研究者们离开了这里，还把所有的错误都归咎于他，从此不停地责备他。这些人又去别人那里推行同样的计划，给出同样成功的保证，得到了同样令人失望的结果。

几天后我们回到城里，这位阁下考虑到他在学院内声名狼藉，没有亲自陪同，而是推荐了他的一位朋友陪我一起去那里。这位朋友很愿意将我介绍给学院里的人，他说我对研究工作充满敬仰，是一个充满好奇心并且愿意相信别人的人；他倒也没说错，我年轻的时候也是个类似这种研究者的人。

第五章

作者参观拉格多的伟大学院。关于学院的描述。教授们投身的领域。

这所学院并不是只有一座建筑，它占据了一整条街道，街道两边绵延不绝的房屋都属于该学院，街尾的空地也已经被买下来，用来盖更多的房子。

我受到院长的热烈欢迎，在这所学院里参观了很多天。学院的每个房间里都有一到多名研究者，我确信这里的房间超过了五百间。

我见到的第一个研究者形容枯瘦。他的手和脸上黑漆漆的，头发和胡子长而凌乱，有几处看上去被火燎过。他的外套、衬衫和皮肤都是一个颜色。他在研究如何从黄瓜中萃取出阳光，装入小瓶中密封起来，在狂风暴雨肆虐的寒冷夏日里，放出阳光，温暖空气。他已经研究了八年。他告诉我在这八年里他从未怀疑过他能够以合理的出货速度为执政官的花园提供阳光；但是他抱怨说他的存货量太低，并请求我送给他点什么作为对他的聪明才智的鼓励，特别是在近来黄瓜价格非常高昂的情况下。我送给他一件小礼物。陪同我来此的那位大人知道这些学者有向来访者索要财物的习惯，因此他在来之前特意给了我一些钱。

我走进另一个房间，却立刻止住脚步想要后退，因为我差点被一阵恶臭熏死。我的向导把我推进房间，并在我耳边低声恳请，让我不要冒犯这位研究者，否则很可能会被他记恨。我吓得连鼻子都不敢捂住。这个房间里的研究者属于这所学院最初始的那批学生；他的头发和胡须都呈灰黄色；他的双手和衣服上布满污秽物。当我被介绍给他时，他紧紧地拥抱了我（我本可以躲开这个问候）。他自从进入学院后从事的工作就是研究如何将人类的排泄物还原成原本的食物。他将排泄物分成几部分，除去它从胆汁中吸收的颜色和气味，让臭味挥发，撇除唾液。每周他都能从学院收到材料补贴，就是一大堆排泄物，足能装满布里斯托[1]所有的酒桶。

我看到另一个人在研究将冰煅烧成火药，他给我看了一篇他写的论文，里面论证了火的可塑性，他打算发表这篇论文。

有一名心思最为巧妙的建筑师，他发明了一种建造房屋的新方法。先建造屋顶，然后向下建造其他部分，最后打地基。他用两种

1. 英国西南部城市。

精明的昆虫——蜜蜂和蜘蛛——的类似行为向我证明了这种方法的可行性。

有个人天生双目失明，因此他有几个学徒做助手。他教授他们通过触觉和味觉分辨颜色，而学徒们的工作就是为画家调制颜料。而我很不幸地在拜访他们时发现，学徒们学业欠佳，教授本人也经常犯错。这位艺术家受到同行的尊重并获得很多鼓励。

另一个房间里的研究者的工作让我大为开心，他发明了一套用猪耕地的方法，这样可以节省雇用人力和购买牛、犁的费用。该方法是：在一英亩的土地上，每隔六英寸就在距离地面八英寸深处埋入大量这种动物最喜欢的食物，比如橡子、海枣、栗子，以及其他的果实或蔬菜；然后将六百头或更多的猪赶到田地里，几天之后，它们在翻找食物的过程中就能把整个田地刨成适合播种的样子，同时会用它们的粪便滋养田地。千真万确。他们通过试验发现这种方法花费巨大，无比麻烦，而且最后颗粒无收或只有很少的收成。不过毫无疑问，这种新方法还有很大的改进空间。

我走进另一个房间，这里所有的墙面和天花板上都挂满了蜘蛛网，只留出一条很窄的走道供这里的艺术家进出。当我走进房间时，他大声喊道让我不要弄乱他的网。他痛心疾首地说使用蚕虫是全世界迄今为止犯得最严重的一个错误，我们明明在自己家中就有比前者更为优秀的昆虫，它们不仅会吐丝，而且还会纺织。他还有更进一步的建议：通过蜘蛛吐丝，可以把给丝绸染色的费用完全省下来。在他向我展示了大量色彩斑斓的苍蝇之后，我确信他的研究能够成功。他用这些苍蝇喂养蜘蛛，并向我们保证蜘蛛结出的网会因此而染上颜色。他已经有了各种颜色的苍蝇，只要他能为苍蝇找到合适的含有胶质、油脂和其他黏性物质的食物，让蜘蛛吐出的丝线更加坚实牢固，他就能让每个人都得到合乎心意的彩色丝绸。

有一名天文学家在着手将日晷装在市政厅房顶的大型风向标上面，通过调整地球和太阳的公转与自转，让日晷的指向与风向标被风吹动后所指的方向重合。

我突然感到小腹有些疼痛，于是我的向导将我领入一个房间，这里有一位手段高明的医生，他使用同一种器械做出相反的操作，最擅长治疗我这种病。他有一对很大的风箱，风箱上安装了一根象牙形状的细长管子。他将长管伸进肛门以内八英寸，然后向外抽气，他保证这样可以将肠子捋得像风干的膀胱一样又直又软。但是如果病症极为严重难以治愈，他就会将风箱充满气体，然后将长管插入病人体内并向内鼓气，当他抽出长管给风箱充气时，他会用拇指紧紧堵住病人的肛门；如此反复三四次，再让鼓入体内的气体猛烈地向外排出，同时将毒素带出体外（就像用水泵抽水一样），病人随之痊愈。我看到他在一条狗的身上试验了这两种方法，但没看出第一种方法产生什么疗效。至于第二种方法，这只动物在快被撑爆的时候，剧烈地向外排泄，那种场面让我和我的陪同者们感到极为不适。这条狗当场死亡，我们离开后，医生还在用同样的方法努力抢救它。

我参观了很多房间，不过还是让我言简意赅一些，不向读者赘述我看到的所有奇观为好。

迄今为止我只看到学院一侧的情况，在另一侧工作的人，都是更高级的思想家和大学者。在介绍他们之前，我要再介绍一位在之前的参观中见到的人，一位杰出的人，一位被称为全能学者的人。他告诉我，三十年以来他一直在为提高人类的生活水平而思考。他拥有两个大房间，里面装满各种神奇的装置，有五十个人在为他工作。有些人通过萃取硝石并渗入液体粒子的方法，将空气凝缩成可触摸的干燥物质；有些人要将大理石软化，制成枕头和针垫；有些人在让活马的马蹄石化，以防磨损。这位学者本人则致力于两项伟大的构思：第一个，将谷壳种入土里，他通过几个我以现有知识无法理解的实验向我展示谷壳里含有真正的生命精华。第二个，将胶质、矿物和蔬菜的混合物涂抹在两只羊羔的身上，阻止羊毛的生长；他期望在不久的将来，能够在全国范围内推广无毛绵羊的养殖。

我们穿过街道，来到学院的另一侧，我已经讲过，这边的人都是更高级的思想家和大学者。

我见到的第一位教授拥有一个大房间和四十名学生。寒暄过后，他发现我在认真观看一个占据了房间大部分面积的框架，于是说道，或许我会惊讶于他正在研究如何通过手动进行机械操作来增进思辨知识[1]；但不久，全世界都会意识到这一研究的效用之大。然后他又自夸还没有哪个头脑能想出比它更崇高的主意。每个人都知道，要想通过普通方法掌握人文和科学方面的知识需要付出艰苦的努力；而通过使用他设计的工具，即便是最无知的人，只要花费合理的价钱，只要付出一点体力劳动，不需要任何天赋或学习，就可以写出哲学、诗歌、政治、法律、数学、神学等等相关书籍。他带领我来到框架前，他的所有学生在框架旁分排站立。它有二十英尺见方，被置于房屋中间。它的表面布满了骰子大小的木块，有的木块比其他的大一些。这些木块被金属细线串在一起。这些木块的每个面上都贴着纸片，纸上写有他们语言里的所有单词，包含各种语气、时态和词形变化，但完全杂乱无章。教授接下来要启动引擎让这个装置开始工作，他邀请我观看这一过程。框架周围装有四十个铁质手柄，在他的命令下，他的每名学生握住一个手柄，猛地一转，所有单词就都变换了位置。然后他命令三十六名学生轻声读出框架上显示出来的几行单词；当他们发现三四个单词可以构成一句话的组成成分时，

1. 哲学术语，指通过思维推演而得的纯理论性知识。

就让剩下的四名学生写下他们口述的内容。他们这样重复了三四次。这台装置设计得很巧妙，每转动一次手柄，那些木块就会发生翻转，单词也会移动到新的位置。

这些年轻的学生每天要在这项工作上劳作六小时，教授向我展示了几大本已经记录下来的残缺句子，他打算把这些句子拼接在一起，用这些丰富的资料向世人献上完整的人文和科学知识。这项工作还可以进一步改善和加速，只要公众能够募集资金，在拉格多建立五百个这样的框架并投入使用，并责成管理者们将各自搜集到的记录汇聚到一处。

他信誓旦旦地对我说，从青年时代起他就全身心地投入到这项研究中，已经把整个单词表输入框架里，他还精确地计算出了书中用到的各类单词所占的比例，包括虚词、名词、动词和其他词类。

我向这名杰出的人物和他伟大的发明致以最谦恭的敬意。我向他允诺，如果我能有幸返回家乡，我一定会公正地承认他是这架神奇机器的唯一发明人；我会在报纸上对这架机器的外观和精妙之处做出翔实的描述。我告诉他，虽然欧洲的学者们惯于相互剽窃发明创造，以此牟利，以致挑起到底谁才是真正发明人的争议，但是我会非常谨慎，保证不会有人得以和他争抢这份荣誉。

我们接下来去了语言学院，三名教授坐在一处商讨如何改进他们本国的语言。

第一项研究是缩减语言。首先将多音节词削减成单音节词，其次要去掉动词和分词，因为在现实世界，所有能想象出的事物都能用名词指代。

另一项研究是废除所有的单词。要大力推进这个研究，因为它对健康和简洁这两方面都十分有益。很明显，我们每说出一个单词都会对我们的肺造成一定程度的损害，如此日积月累就会缩短我们的寿命。他们提出一个简便可行的替代方法，既然单词只是所有事物的名称，人们在讨论事情的时候，只需要摆出必要的事物，用以表达他们想要说的话就够了，这可以让人们更方便地做事。这项计划本可以早就得到实施，为国民带来极大的便利和健康；然而妇女和那些目不识丁的粗人威胁说，如果不允许他们像他们的先祖一样用他们的舌头自由地说话，他们就会发动叛乱。对科学充满敌意的人，一直以来都是那些普通民众。不过也有很多饱学之士在坚持执行这个用物品进行表达的新方法，唯一的不便之处在于，如果他处理的事务规模庞大、种类繁多，他就不得不分成几次搬运众多的物品，除非他能请得起一到两名健壮的仆人和他一起搬运。我在街上经常看到这类智者，他们被沉重的包裹压弯了腰，就像那些走街串巷的商贩一样；当两人在街上碰面，他们就会卸下负重，打开袋子，进行一场长达一个小时的交谈，然后再收拾起各种物品，帮助对方重新背起重担，相互告别。

但是如果只进行简短的交谈，他可以将物品装在衣袋里或夹在腋下，这样就可以满足他的需求。如果是在家中交谈，就更方便了。因此在贯彻这种行为的人的客厅里，摆满了触手可及的必要物品，用来进行这种别扭的对话。

教授们对这种方法还有一个更进一步的提议——让这种语言成为所有文明国家的通用语。这些国家的物品和用具应该都是相同或类似的，这样人们可以轻松地理解彼此要表达的意思。对于语言完全不通的两个国家来说，其中一国的大使也足够有资格会见另一国的国王或首相。

我在数学学院看到，导师在以欧洲人想象不到的方法教导学生。命题和证明竟然被写在一张薄饼上，用来书写的墨水由提取自头部的酊剂制成。学生需要斋戒空腹，吞下薄饼，之后的三天内只吃面包和清水。随着薄饼被消化，酊剂被大脑吸收，命题也一同被吸收进大脑。然而这种方法迄今为止没有成功过，部分是因为墨水的剂量或成分有问题，部分是因为这些学生故意违反规则。他们觉得这种饼吃着太恶心，总是偷偷地躲到一边，在它被消化之前就把它吐出来，而且他们也从没老老实实地按照要求的时间断食。

第六章

对学院的进一步描述。作者提出改进建议并有幸被接受。

我对政治学院感到很失望，在我看来这里的教授们全都是疯子，在这里看到的一切都让我感到悲哀。这些不幸的人提出一个计划，劝说君主们应该挑选如下所述的人作为他们的依靠：具有智慧、能力和美德的人；教育大臣们考虑公众利益的人；能针对功勋、伟业给予奖励的人；能指导国王，让他了解他的利益其实和民众的利益息息相关的人；让别人能充分发挥自己能力的人。他们还提出了其他狂野的、不现实的、从没有人提出过的臆想。他们让我越发坚定了之前的一个看法：无论多么离奇怪诞、荒唐无稽的看法，总会有些哲学家把它认作真理。

但是如果说这个政治学院里的人都没有远见卓识，我认为也不够公正。有一位极为聪明的医生，他对自然界和政府体系的运作都非常精通。这位优秀的人通过他的研究成功地找到了针对所有疾病和腐败的有效疗法。由于管理者的堕落或软弱，以及被管理者的放荡行为，很多公共管理部门都被腐败所感染。比如，所有的作家和理论家们都认为生物体和政治体系之间严格来说普遍具有相似之处；

是否有明显的证据表明两者的健康都需要得到保护，同样的处方能否治愈两者类似部位的疾病？参议院和大议事会经常被某些疾病所困扰是一个不争的事实：啰嗦，易冲动，他们的脑袋里的毛病不少，心中的毛病更多；剧烈的抽搐，双手，尤其是右手神经和肌腱的剧烈收缩；脾胃不适、腹部胀气、眩晕、胡言乱语；充满恶臭毒素的淋巴肿瘤；眼睛酸痛、食欲不振、消化不良；除此之外还有很多病症，就不一一赘述了。因此这位医生提议，当参议院开会时，要安排数名医生参加前三天的会议，每天的辩论结束时他们也要在场，他们要测量每个参议员的脉搏；测量之后，经过深思熟虑，参照自然界中几种疾病的症状和治疗方法，他们将在第四天和携带对应药物的药剂师们返回参议大厅；在成员们坐下之前，分别针对每个人的症状让他们服下泻药、开胃药、清肠药、腐蚀剂、止血药、缓释剂、通便剂、头痛药、治疗黄疸的药、化痰药、治疗听力的药，并根据这些药物的治疗效果，在下次会议上让议员们继续服用、改变药方，或停止服用。

这个方案不会让公众承担任何巨大的开支，而且以我浅薄的见识看来，在参议院拥有立法权的国家，该方案能够大大增强参议院的作用；它能让人们意见统一，缩短争论时间，让少部分不发表意见的人张嘴，让大多数总是提出意见的人闭嘴；还能抑制年轻人的急躁，更正老年人的自信；让愚者变聪慧，让激进者谨慎。

还有一件事，人们经常抱怨那些统治者的宠儿们记忆力不好，总是健忘，这名医生提出建议：不论是谁，当他以简短明确的话语向一位部长讲明需要处理的事务之后，在告退之前为了防止他忘掉这件事，他应该拧一下这位部长的鼻子，或是踢他的肚子，或是踩他的鸡眼，或是拉他的两只耳朵三次，或是用针扎他的屁股，或是把他的胳膊掐出青紫色。在每个接见日都重复上述动作，直到提议得到解决或被完全拒绝。

这位医生还指出，国家大议会的每个议员在表述完他的意见并为之辩护后，都应该强迫他人投票反对自己；因为如果他的提议得以通过，公众的利益则必然会受到损害。

如果国内的党派之间斗争激烈，这位医生提出了能让他们相互妥协的巧妙方法。具体如下：每个党派选出一百名领导，将头部尺寸最相近的人匹配成对；让手法高超的人同时锯下每对领导人的后脑，确保大脑被分成相等的两份。交换被锯下的后脑，把它安在对手党派人士的头上。这项工作看上去需要极高的精确度，但是这位教授向我们保证只要执行人手法熟练，伤口一定会痊愈。他论证如下：这两个一半大脑在同一个颅骨空间内就某个问题彼此进行争论，它们很快就会达成共识，形成有节制、有规律的思考方式，对于那些认为自己生来就是为了照看和管理这个世界的人来说，这种方法很适合他们。至于两党中头面人物的大脑在体积上或是在质量上的差异，医生以他的知识向我们保证，完全是微不足道的。

我听到两位教授在热情地讨论如何能够广泛而有效地聚敛钱财但又不会让民众伤心。第一位教授认为最合理的方法就是向恶人和蠢人收税，由此类人的邻居们组成评审团决定应该收取的税金数额，这种方法最为公平。第二位教授持完全相反的看法。他认为应该向强健、聪明的人收税，这类人最珍惜他们的身体和头脑，税金数额取决于他们的优秀程度，并完全由他们来决定。应该向最受女士们欢迎的男性收取最高的税金，根据喜欢他们的人数和喜欢程度进行评估，他们可以为自己提供证明。机智、勇敢和礼貌也应该用同样的方式被大幅收税，每个人自己上报他所拥有的品质。但是不应该对荣誉、公正、智慧和学识收取任何税金，因为这些品质实属特殊，没有人会承认他们的邻居拥有，也没有人会珍视自身所拥有的。

应该对女性的美貌和着装技能收税，她们和男性拥有同等权利，由她们自行判断她们的美丽程度和衣着品位。但是不应对专心、忠贞、理智和善良收税，因为她们负担不起获得这些品质所需的花费。

为了让议员们能够保障皇家的利益，应该采用抽签的方式进行选举。每个人首先都要发誓保证不论是否入选他都会为皇室投票；落选的人可以自由地参与下一个空缺职位的抽签式选举。这样参选人总是抱有希望，没有人会因为承诺无法兑现而抱怨，他们只会将失望全部归咎于命运，而命运比内阁更加肩宽体壮，承受得起。

另外一名教授给我看了一大张纸，根据上面记录的指导方法可以发现存在于政府内的阴谋诡计。他建议伟大的政治家们去检查所有可疑的人的食谱、他们吃东西的时间、他们睡觉侧身的方向、他们用哪只手擦屁股；严格地检查他们的排泄物，从颜色、气味、浓稠度、软硬度、消化程度上判断他们的思想和意图。因为人在上厕所的时候绝不会严肃认真、深思熟虑、专心致志，他已通过多次实验证明了这一点。当一个人在筹划危险事件时，哪怕他只是在大脑内想了一下谋杀国王的最佳方法，他的排泄物中就会含有一种绿色的物质；如果他盘算的只是发起叛乱或者在首府纵火，他排泄出的物质就完全不一样了。

整篇论述笔触犀利，包含很多对政治家来说既奇特又有用的实例，但在我看来尚有不足之处。我大胆地向作者指出这一点，并问他是否愿意在其中添加一些内容。同大多数作家们不同（尤其是那些善于研究的作家），他欣然接受了我的建议，声称他很高兴接收更多的信息。

我告诉他在一个叫作垂布尼亚[1]的国家，有一座被当地人称为兰

1. “不列颠尼亚”的变称。

登[1]的城市，我在旅行途中曾在那里住过一段时间。那里的大部分居民都是发现者、目击者、告密者、指控者、公诉人、证人、宣誓人，他们依照大臣们及其代理人们的立场和指示，使用各种卑鄙下流的手段行事。在这个国家，阴谋通常都是那些人的杰作，他们有的想抬高自己深谋远虑政治家的形象，有的想为疯狂的管理部门注入新的活力，有的想压制不满或转移矛盾，有的想把没收来的财产装入自己的衣兜，有的想加强或削减公众的信任度以使自己的利益最大化。首先他们一致认同哪些可疑的人应该被指控为阴谋家，然后稳妥安全地保存好这些人所有的信件和文件，并给这些罪犯带上枷锁。这些文件会被送到一组专业人士的手上，这些人非常擅长找出每一个单词、每一个音节、每一个字母所代表的隐藏含义。比如，他们能够发现“坐便器”代表“枢密院”，“鹅群”代表“参议院”，“瘸腿狗”代表“侵略者”，“鳕鱼头”代表不好说的那个，“瘟疫”代表“常备军”，“秃鹰”代表“首相”，“痛风”代表“大主教”，“绞刑架”代表“大臣”，“夜壶”代表“贵族委员会”，“漏勺”代表“女官”，“扫帚”代表“革命”，“捕鼠夹”代表“职位”，“无底洞”代表“国库”，“污水坑”代表“王室”，“小丑帽”代表“国王的宠儿”，“破苇秆”代表“法院”，“空酒桶”代表“将军”，“流脓的疮”代表“政府”。

当这种方法不管用的时候，他们还有另外两种有效的方法，他们中的饱学之士将之称为“藏头法”和“字母异序法”。第一种方法是把所有单词的首字母破译成相应的政治含义。于是，N 代表一个密谋，B 代表一队骑兵，L 代表海上舰队。第二种方法是把任何可疑文件中的字母改换排列顺序，通过这种方式，他们能发现怀有不

1. “伦敦”的变称。

满情绪的党徒隐藏得最深的意图。比如，假如我给朋友写了一封信，里面有一句话“我们的兄弟汤姆刚刚得了痔疮”[1]，经验丰富的解码者就能分析出组成这句话的所有字母可以重组成以下单词：“忍耐，一个密谋已被察觉；巡游者”[2]。这就是字母异序法。

教授对我提供的事例表示感谢，承诺会在他的专著中提到我的名字，以示尊重。

我觉得这个国家已经没有什么能吸引我继续留下来，便开始考虑返回英国。

（Ninesnow　译）

1. 原文是“Our brother Tom has just got the piles”。
2. 原文是“Resist, a plot is brought home; The Tour”。巡游者（Tour）据称是博林布鲁克子爵因支持“王位觊觎者”詹姆斯二世而流亡法国期间所使用的通信化名。

朝向另外一侧的幻想之旅

18 世纪，发明家开始影响西方人的世界观，也开始影响他们对自己和环境之间关系的看法，其影响力可与科学家匹敌。

科学发现的进程马不停蹄：杜·费提出了电荷理论，富兰克林为两种电荷命名；林奈出版了分类学著作《自然系统》(1735)；布冯提出了行星形成的理论，认为行星来源于巨大沉重的物体撞击太阳，而康德认为行星来自气体凝结；拉瓦锡发现了燃烧现象的本质；高斯研究了非欧几何学；赫顿创立了现代地理学。

与此同时，发明家们发明了对航海至关重要的两个帮手：六分仪和精密计时器。他们还发明了脱粒机、织布机、纺纱机、圆盘锯、钢笔、汽轮、载人气球、降落伞、铁犁、动力织布机、轧棉机、平版印刷机，以及通过可替换部件实现的大规模生产。其中最为重要的发明就是蒸汽机。

发明是那些聪慧的头脑对一种又一种不同需求的回应：需要更高的效率、需要更高的利润、需要去做当时人力无法实现的事情。比如说，当英格兰被寻找柴火的人乱砍滥伐时，人们开始使用煤，但水渗入煤矿之中，让很多煤矿都无法开采。萨弗里和纽科门发明了一台机器，用蒸汽驱动，泵出煤矿中的水。随后，詹姆斯·瓦特对他们的机器做了根本性的改进，因此人们将蒸汽机的发明归功于他。1769 年，瓦特造出了第一台发动机，很快，人们就开发出了新的应用：蒸汽轮船、铸铁厂、纺织厂、蒸汽机车。很明显，使用化学能来取代人力，能产出无穷无尽的新发明。

上述发明和许多其他发明带来了工业革命。家庭手工业无法与之竞争。工人和许多农民涌入新兴的工厂，市镇容纳了这些新来的人。工业化所带来的幸福和恶果也都降临在人类头上，作为副产物，经济利益同时也带来了社会问题。工业革命激发了鼓励扩张、发明新事物、进一步发展经济的社会环境，人们不得不走上变革的道路，除非牺牲很多人或极大地降低了生活质量，变革就不会回头。

此外，工业革命还创造了中产阶级，这是一种新兴的、受过教育的中等社会阶层，而中产阶级也相应地创造了现代小说。有阅读习惯的公众稳定增长，相比于措辞巧妙的辞藻和优秀的阅读品味，他们更需要信息。在《闲谈者》和《旁观者》之后，一系列流行杂志纷纷出现，新兴的报纸杂志和新读者的需求吸引了一批新作者，他们可以依靠写书勉强维生。这个时期被称为“葛拉布街时代”[1]。

丹尼尔·笛福就诞生于这一时代。他在将近 60 岁的时候才开始写小说，以虚构的自传体翔实地写下了冒险者和流浪汉的故事——那些他所在的阶层中的人试图取得成就，而这些人对取得成就的定义就是积累财富。他的代表作《鲁滨孙漂流记》（1719）是他的作品中唯一一本在中产阶级之外也被广泛传阅的著作。

1. 葛拉布街是伦敦的一条旧街，聚集了伦敦的独立作家、出版商和记者。因为许多依靠稿费勉强维生的独立作家居住于此，所以葛拉布街成了潦倒文人的代名词，作为一种文化符号流传至今。

笛福的情景式叙事手法和斯威夫特的讽刺式叙事手法引领萨缪尔·理查森创作了《帕梅拉》，本书被誉为“第一部英国小说”。《帕梅拉》也引领了更为伟大的著作：亨利·菲尔丁、托比亚斯·斯摩莱特和劳伦斯·斯特恩的著作。

在这个时期，伟大的丹麦作家路德维希·霍尔堡（Ludvig Holberg）创作了一部著名的幻想游记作品，他通常写历史、戏剧（他被誉为“北方的莫里哀”）和散文。然而，霍尔堡的幻想游记和前人不同，他并没有创作月球之旅，而是创作了前往地心的作品。但和其他虚构游记一样，这部作品有更深远的创作目的。霍尔堡写道，《尼尔斯·克里姆的地下世界之旅》（1741，以下简称《地下世界之旅》）的目的在于“纠正流传甚广的错误，从现实中辨明善与恶的表象”。这部作品以拉丁语写就，但很快就被翻译成了德语、丹麦语和英语。

故事讲述了尼尔斯·克里姆的故事，这位一文不名的大学毕业生想要通过在挪威探索神秘的洞窟来获得声望。但他掉进了地心，在地心环绕一颗处在中心位置的星球而行，又和一只狮鹫斗争。狮鹫拉着他进入了中心星球，他在那里发现了有智慧的、可以移动的树。那些树觉得他轻狂又肤浅，除了传递信息一无他用。克里姆试图通过一条法律，推翻性别平等，而后被判处扔进“苍穹”（也就是地球的内表面）。在那里，他遇到了各种各样的文明：猴子、老虎、熊、斗鸡、低音提琴、冰冻生物，最后是人类。他为人类训练骑兵、生产步枪、建造轮船并带领他们投入战斗，最后取得胜利。他继承了帝位，征服了苍穹中的大部分王国，而后权力让他腐化堕落。他的人民起身反抗他的暴政。他试图躲藏，在山洞中掉进一个洞里面，发现自己又回到了挪威。

正如《格列佛游记》一样，《地下世界之旅》中有很多吸引读者注意力的故事。这就是幻想游记小说的两个新特点之一。另外一个特点是通过各种方式塑造出的可信性：文献资料（包括现实化的前言、信件和其他证据）、具体的细节描写、令人信服的主角。在幻想游记小说到科幻小说的转变之中，这些都至关重要。

（赵佳铭　译）

地下世界之旅（节选）

［丹麦］路德维希·霍尔堡

第一章　作者落入地下世界

1664年，我通过了哥本哈根大学的数门考试，获得了身兼神学家和哲学家的评审官们的投票认可，理所应当地获得了学校的“嘉奖”顺利毕业。随后我打点行装启程归国，并为此登上一艘驶往挪威卑尔根市的船。我的确从多个学院的绅士们那里荣获了各种赞誉，但这对我囊中羞涩的现状毫无改善。与我同行的那些挪威学生和我一样不幸：他们也已学成，但同样要一文不名地返回祖国。由于赶上顺风，我们历经六日航程后就抵达了卑尔根港口。我就这样重归故里，的确比离开时更博学，却没有增添丝毫财富，暂时依赖几位近亲的解囊资助，过着朝不保夕的生活，但并未因此而好吃懒做、无所事事。求学期间我研读的是自然哲学[1]，本着“行万里路，‘验’万卷书”的目的，我怀着难以满足的好奇心逛遍郡内各个角落，勘察自然环境，探索群山深处。再陡峭的岩石也能攀爬，再恐怖、幽

1. 中世纪和近代早期大学大多如此。此时科学尚未完全和哲学分家，被称为“自然哲学”。

深的洞穴也敢深入，但求能侥幸发现某样值得哲学家一探究竟的特异之物。在我们挪威，人们闻所未闻、见所未见的事物多如牛毛；要是在法国、意大利、德国或者其他类似国家有如此丰硕的奇闻异事可供人们吹嘘，他们也就不用再谈别的事情，不用再找别的东西来研究了。

有座山被本地人称为“弗洛伊恩”，山顶上有个又大又深的洞穴，对我而言这个洞穴最值得观测。因为洞口处间断地传出轻柔的嗡嗡声，仿佛一张大嘴不断开合下巴频频叹息；由此，卑尔根学界——尤其是著名的阿比林大师，还有爱德瓦大师，天文和自然哲学领域的顶级天才之一——认为这个现象在自然哲学领域极具研究价值；由于自身年事已高、有心无力，他们鼓励本地的年轻学者对巨穴的本质进行深入研究；这种声音仿照人类呼吸的方式，有规律地消失又响起，尤其值得注意的是，声音在“屏息”后再度响起时，发出的音量还按间隔有着一定比例的增强。

基于这样的言论，出于自身的天性，我设计了一套进入巨穴的方案，并把这个打算告知了几个朋友。但是他们丝毫不赞成我的想法，直言不讳地声称这是个疯狂透顶的计划。不过他们的所有说辞连一丝潮气都算不上，根本不能扑灭我如火的热情；他们的建议也没有削弱我的信念，反而为我的好奇心又添上一把柴火。毕业后我凭借一腔热情继续研究自然哲学，正是这种热情激励我直面各种危险，而生活的窘境又进一步激发了我的天性。由于无处施展我的才能，我不得不依附他人过着最艰苦的生活；我在这个国家获得提升的所有希望都被切断，只能眼睁睁地看着自己陷入穷困；每一条通往荣誉和利益的道路都被完全堵死，我只能行惊世骇俗之举，另辟蹊径。

就这样下定决心，准备好探险所需的所有装备，在一个周四的清晨，天空晴朗，万里无云，我在天光破晓不久后出城，并认为观测结束后也许当天就能返回；鉴于对自己的未来一无所知，我自然不可能预料到自己会像又一个法厄同[1]一样被丢进另一个世界，直到十年漫长的旅程之后才重返故土。

这次探险进行于公元1665年，当时卑尔根的行政官是汉斯·孟瑟和拉斯·索伦森，而克里斯汀·贝特尔森和拉斯·桑德正当着参议员。我雇了四个伙计与我同行，他们负责搬运绳索和铁钩子等下行时可能会用到的东西。我们直接去了沙湾，从那里登山最为方便。在历经困难到达山顶，这个命中注定的山洞所在之地后，因为已经被艰难的旅程折磨得精疲力尽了，我们全都坐下来开始吃早餐。

就在此时我第一次感到惶恐不安，有种厄运临头的预感。于是我转向同伴，说："有没有人想干这活？"没有应答，我心中刚刚熄灭的热情又再次燃起。我命令他们在我身上绑紧绳子，并在整装待发的同时把灵魂托付给全能之神。在被放下去之前，我向同伴讲解了接下来要做的事：他们要一直向下放出绳子，直到听到我的喊叫声才能停止；如果我不停地喊叫，他们就应该立刻把我拉上去。我右手拿着鱼叉，也就是铁钩子，用它除去下降途中可能遇到的任何障碍，同时也用来保证我悬吊在山洞中间以防碰壁。然而就在我才下降了十到十二肘尺之时，绳子断了。听到雇工们突然发出的喊叫声，我才意识到发生了变故。但是他们的喊叫声很快就消失了，因为我正以惊人的速度坠向深渊；如果把鱼叉看作权杖，我就是第二个普鲁托[2]。

在近四分之一小时的时间里（考虑到我当时惊慌失措、六神无

1. 希腊神话中太阳神阿波罗之子，因无法驾驭在天空中驰骋的太阳马车导致各种灾难，被宙斯用闪电劈中后从空中坠落。
2. 罗马神话中的冥王，阴间的主宰。

主，这是我最准确的估算）我处于完全的黑暗之中，处于深夜的怀抱里，直到一线光亮犹如破晓晨光般出现在我眼前，最终扩展成一片澄净的天穹。于是我无知地认为要么是由于地底空气的反弹或者反向运动，要么是由于风的力量，我被向上抛出，被洞穴吐了出来。但是随后我看到的太阳、天空和天体都不是我所熟知的模样，它们比起我们那边的同类要小得多。我据此得出结论，要么新天空里的一切都只是由头晕目眩激起的幻想，要么我已然抵达蒙福的人所在的居所。不过我很快就不屑地否定了后者，因为我看见自己擎着鱼叉，身后坠着一根长长的绳子。我很清楚刚刚升上天堂的人可不会带着鱼叉或绳子，而这身看上去以巨人们为榜样、打算通过暴力攻下天堂并把人赶出神圣家园[1]的装扮可不会讨得天上住民的欢心。最后，经过一番深思熟虑我得出如下结论：自己掉进了地下世界；那些人的假说是对的——有人提出过一种假说，他们认为地球是中空的，在地壳或者说地球外层表壳之内还有一个小一号的地球以及一片天穹，天穹中点缀着小一号的太阳、星星和行星。而我目前的遭遇证明这种假说是对的。

我挟着迅猛的势头以倒栽葱的姿势急速坠落了一段时间，随着我和某颗星球间的距离越来越近，我能感觉到坠落的速度均匀地慢了下来。这颗星球是我遇到的首个事物，它以肉眼可见的速度变得越来越大，我可以透过包裹着它的浓密的大气层清楚地分辨出山峦、谷地和海洋。

随后我察觉自己不仅仅是在太空物质或以太中遨游，我的运动方式也从一直以来的垂直下行变成了环行。这个发现让我的头发都立了起来，我满怀忧虑地认为自己会变成一颗行星，或是成为相邻

1. 指希腊神话中的巨人之战。以阿尔库俄纽斯为首的巨人们曾进攻奥林匹斯山，众神在赫拉克勒斯的帮助下将其击败，阿尔库俄纽斯也被赫拉克勒斯所杀。

行星的卫星，从此永远旋转着做环绕飞行。不过考虑到这种转换不会给我的自尊带来多少损害，而且作为一个天体，哪怕只是一个天体的伴体，在运行时和一个饥肠辘辘的哲学家相比也是同样庄严的，我就又鼓起了勇气，更别提我还发现了纯粹的太空以太的有益之处：我无须再忍受饥饿和干渴。我想起口袋里还有块面包，卑尔根人称之为“鲍肯”，一般呈椭圆或长圆形。我设法把面包掏出来，想验证一下自己在这种状况下是否还有胃口吃东西。然而第一口咬下去我就感到非常恶心，于是随手扔掉了这个已经毫无用处的东西。这块被扔出去的面包不仅停留在空中，竟然（看上去真是奇妙）还环绕着我的身体转起了小圈子。自此我体会到了运动的真理，内容如下：处于平衡状态的物体会自然而然地做圆周运动[1]。发现这一点后，我不再因为被命运如此玩弄而唉叹自己的悲惨遭遇，反而变得有点沾沾自喜，因为我认识到自己不仅仅是一颗简单的行星，还是一颗拥有追随我的永久伴体的行星。有鉴于此，我应该能够荣幸地在大型天体或一等星中占有一席之地。这里要坦诚地表明我的不足之处，当时的我得意扬扬，如果那会能遇到卑尔根的任何一个执政官或参议员，我一定会对他们摆出一副目空一切的姿态，我会认为他们微不足道，认为他们不值得我致敬，甚至都没有资格触碰我的鱼叉。

我以这种状态度过了将近三天的时间。由于一刻不停地围绕着身旁的行星打转，我可以分辨出白天与黑夜；可以观察到地下的太阳升起、落下，然后逐渐退出我的视野，虽然看上去不太像黑夜已然降临，但我还是能轻松地感知出何时是夜晚。因为日落时整个天穹呈现出明亮的紫色，就和我们的月亮有时会呈现出的容貌一样。我认为这一现象是由地球的内表面借助位于地心中央的太阳的光线

1. 中世纪的一种力学观点。

造成的。我学过一点天文学，据此自己提出了这个假设。

就在我自得其乐地认为和神明比邻而居，庆祝自己和环绕我的卫星一起成了新的星座，希望很快能被邻近行星上的天文学家们收录进星星名录时，一只巨大的有翼怪兽盘旋着向我扑来，时而在这边，时而在那边，没多久就飞到了我的头顶上。第一眼看上去，我把它当成了这个新世界黄道十二宫的标志之一，如果假说是对的，我希望它代表的是处女宫，因为在十二个标志中，只有它能给我不幸、孤单的生活增添一点欢乐和慰藉。然而当那道身影接近我时，我发现这是一只巨大、狰狞的狮鹫。我受到了极度惊吓，完全顾不上自己新近获得的星光熠熠的尊严，在三魂出窍中掏出碰巧装在口袋里的大学推荐信，意图向这位可怕的对手表明我已经通过了学位考试，是一名毕业生，能够凭借我的学校恳请任何攻击我的人予以优待。

不过随着慌乱开始冷却，我找回理智，不禁暗骂自己是个傻瓜。我还没弄清这只狮鹫接近我的目的究竟是什么，它是敌是友；或者更有可能，它只是被新鲜事物所吸引，单纯地想要满足自己的好奇心。一个人形生物在空中打转，右手拿着鱼叉，身后拖着尾巴一样的长绳子，这景象的确算得上奇观，即便是野兽也会被激起好奇心想要一探究竟。我后来还了解到，我所展现的异样身姿同样激起了我所环绕的这颗星球上的居民们的好奇心，围绕着我生出了五花八门的猜想和争论；哲学家和数学家认为我是一颗彗星，并很确定那根绳子就是彗尾；也有人根据外观判定我是一颗极为罕见的流星，并预言大祸即将临头——瘟疫、饥荒或是其他类似的浩劫将近；更有甚者，他们非常精准地描画出我的形体，好像我就在他们眼前似的；于是在我还没接触到他们的星球之前，我就已经被描述、被定义、被描绘、被雕刻。当我抵达那颗星球并学会了他们的语言之后，我十分开心地听说了这一切，甚至大笑不止。

有必要说明一下，这里有时会出现新的星星，地底人称之为“赛赛西”，也叫作“燃烧的星星”。按照他们的描述，这种星星看上去很恐怖，长着火焰般的头发，就像我们的彗星一样，彗发浓密茂盛，以致喷射出的彗尾好像一把长胡子；这些星星，和我们世界里的星星一样，也被认为是不祥的预兆。

还是回到我的境遇。这只狮鹫最终飞到我的身旁，它扇动翅膀妨碍我运行，甚至毫无忌惮地用牙咬我的腿，至此可以完全确定他追逐我的目的。于是我双手握住鱼叉，挥动手臂，对这个讨厌的动物进行反击，很快就压制住了敌人的嚣张气焰，迫使它四下躲避。最后，由于它坚持不懈地干扰我，我将鱼叉刺向他两翼之间的背部，结果用力过猛，鱼叉拔不出来了。受伤的狮鹫发出一声惨叫，头冲下栽向那颗行星。至于我，什么成为星体，什么新得到的尊严，全都令我感到心灰意冷，我算是看透了，这种事情只会招来无尽的危险和伤害，于是我握住鱼叉和它一起向下坠去。现在，我曾经描述过的圆周运动再一次变成垂直下落。由于厚重的大气层产生的反作用力，在经历了一段颠簸剧烈的坠落之后，我和那只狮鹫最终轻松、平缓地降落在如前所述的星球上，后者没过多久就因伤而亡。

我落地时已是深夜。得出这个结论的唯一依据是缺席的太阳，而不是黑暗，因为现在的天色足以令我清楚地阅读那封大学推荐信。这种夜间的光亮来自我们地球的内表面，内表面反射出的光线像月光一样照耀着我们。因此如果只考虑光亮，夜晚和白天没多少分别——除了没有太阳，以及因为它的缺席晚上会更冷一些。

（Ninesnow　译）

太空来客

18 世纪为世人带来了启蒙运动——启蒙运动带来了理性主义、自由主义、人道主义以及科学对于人生、知识与政府的全新解读，这一新视角为这个时代赢得了“理性时代”的名号。理性时代为人类指出了看待物质宇宙、认识自己在宇宙中所处地位的新方向，而这一新方向则源自文艺复兴时期对古老手稿和世界观的发掘。13 世纪，托马斯·阿奎那[1]采用了亚里士多德的逻辑学来捍卫当时天主教的教条。14 世纪到 15 世纪，所谓的“人文主义者”在意大利和法国涌现，他们辩称崇拜上帝的最佳方法就是颂扬上帝的最高造物，即人类。16 世纪，拉伯雷在《巨人传》中讽刺了诸多宗教信条，马丁·路德提供了一种有别于天主教教义的革命性新选择，米歇尔·德·蒙田在他所著的《随笔集》中通过反复提及“我知道什么？”这一问题，为文化相对主义奠定了基础。17 世纪，伽利略的发现将地球驱逐出了宇宙的中心。

1. 意大利神学家、哲学家，创立了托马斯哲学学派，其对神学的影响持续至今。

同样是在 17 世纪，笛卡尔也付出了卓越的努力，用逻辑来为信仰辩护，但启蒙哲学家在这些混乱的思潮中加入了激进的元素：基于观察所得的常识。18 世纪虽然被人称为理性时代，但其实也可以被称为革命时代，因为 18 世纪的特点之一就是经历了人类历史上三次大革命中的两次：美国革命[1]和法国大革命[2]（俄国革命是第三次）。许多思想家的演讲和作品都成了法国大革命的导火索，其主要代表人物之一就是伏尔泰。

在许多方面，18 世纪都是变革的时代。从亚洲和南北美洲带回的财富为中产阶级的崛起提供了保障。个人主义、自由和变革的理念开始替代由教会、国王与贵族所把持的旧价值观，例如社群、威权主义和传统。伏尔泰是贵族阶层的一员，在贵族餐桌前用餐，包养贵族出身的情妇，为君王献策，让所有人都为他的智慧而迷醉。

但智慧也有其敌人。伏尔泰在年轻时曾两次蒙冤入狱，并被放逐到英格兰。他十分钦佩英国的自由主义，这一思想加剧了他对司法专断的憎恨。回到法国后，他为剧院创作了许多悲剧，包括《布鲁特斯》（1730）、《扎伊尔》（1732）和《关于英吉利国的书信》（1733）。1749 年，伏尔泰的情妇去世，此后他赴普鲁士法院任职，但在 1753 年与腓特烈二世[3]爆发争执后离开了那里，并迁居瑞士日内瓦附近的一座庄园。他创作了《路易十四时代》（1751）和《论礼仪》（1756），在其中写下了他对于政治和宗教的看法，他还创作了讽刺小说《老实人》（1759）。

《老实人》和科幻小说的唯一关系就是其中幼稚的主人公经历的那场多舛的旅途，为的是探求他的导师（邦戈勒斯博士）的信仰是

1. 指 18 世纪后半叶，北美洲的十三个州宣布脱离大英帝国，成立美利坚合众国。
2. 法国大革命始于 1789 年，推翻了当时统治法国的波旁王朝。
3. 普鲁士国王，1740—1786 年在位。

否正确："这个世界在所有可能的世界中是最好的，在这个世界中的一切都是为了最好的结果"。创作《老实人》七年之前，伏尔泰出版了《小大人》(1752)，这本书中的旅途并不是从我们所知的地方前往其他地方，而是从其他地方来到我们这里。一个来自天狼星的巨型生物来到地球，还带着一个六千英尺高的土星矮人。他们历经重重困难才发现地球上存在生命，还和地球上的人类进行了交谈，却发现人类的观念和他们的身高一样渺小。启蒙运动时代为科幻小说时代的到来铺平了道路。

（赵佳铭　译）

小大人

[法国]伏尔泰

一、一个天狼星系的居民游历土星

在那些环绕着天狼星转动的行星中间，有一个星球上有个青年，聪明绝顶，最近到我们这个小蚂蚁窝中游历，我三生有幸，和他认识了。他叫作小大人，这名字对所有的大人物都很合适。他身高八里：我说的八里等于官尺二万四千步，每步五尺。

一向为人类造福的代数学家，倘若当场拿起笔来，就会算出：既然天狼星系的居民小大人先生从头到脚有二万四千步，合到十二万官尺，而我们地球上的居民不过身高五尺，地球一周不过九千里；那么小大人所生长的星球，圆周一定比我们小小的地球正好大二千一百六十万倍。这在自然界中也极其平常，不足为奇。日耳曼或意大利某些诸侯的国土，不出半小时就能绕完一圈，跟土耳其、俄罗斯或中国相比，不过是个淡薄的形象，不足以形容万物的差别之大。

那位贵人的身量既然如我所述，我们所有的雕塑家与画家想必不难同意，他的腰带该有五万尺圆周；那也是很相称的比例。

以才智而论，在我们看来，他是最有修养的一个。他知道很多事情，也发明了一部分：年纪还没到二百五十岁，照例在他星球上的耶稣会学校念书，因为很聪明，已经解答了欧几里德的五十多道题目，比柏斯格至少多十八道。柏斯格幼年，据他姐姐说，一边玩儿一边解答了三十二道题目。但他后来只成为一个平凡的几何学家和很糟糕的玄学家。小大人到四百五十岁，童年告终的时代，解剖了许多直径不满一百尺、普通的显微镜照不出的昆虫，写成一部奇妙的书，替他招来一些麻烦。他国内的祭司是个愚昧透顶、喜欢小题大做的人，认为书中有些可疑的、不雅的、武断的、邪曲的、近乎异端的理论，便对他大肆攻击：所争的是天狼星上的跳蚤身体是否与蜗牛的质地相同。小大人的辩护很巧妙，使所有的妇女都站在他一边。案子拖了二百二十年。临了，祭司叫一班从未念过那部书的哲学家，把书禁止了，罚作者八百年不得入朝。

既然朝廷上全是卑鄙龌龊、兴风作浪的玩意儿，小大人受到放逐，也就并不怎么难过了。他编了一支滑稽的歌取笑祭司，祭司满不在乎。然后，小大人到一个个的行星上去漫游，以便像俗语说的，培养智慧，开拓心胸。一向只坐驿车或轿车出门的人，一定会觉得天上的乘舆奇怪；因为我们住在这个小土堆上的人，只要事情出乎我们的习惯，就无从想象。我们那位旅行家，深通地心吸力的规律和一切相引相拒的力量，而且善于利用；他带着家人有时借助于一道阳光，有时依靠一颗彗星，从一个星球跨到另一个星球，好像鸟儿在树枝上飞来飞去。他瞬息之间渡过了银河；但我不能不承认，大名鼎鼎的但尔亨牧师自称在望远镜中看见的极乐世界，小大人透过银河的星云并没看见。黄天在上！我不敢说但尔亨先生看错了；但小大人是亲历其境的，又是个精细的观察家；再说，我也不愿意反对哪一个。小大人去了不少地方，来到土星上。尽管他看惯新鲜事儿，一见那星球与居民的渺小，也不由得露出一副高傲的笑容，那是连大智大慧的人有时也难免的。因为土星只比地球大九倍，上面的人只是身长六千尺左右的矮子。小大人先在家人中间把矮子取笑了一阵，仿佛一个意大利音乐家到了法国，笑吕利的音乐。可是天狼星人极明事理，他马上懂得一个有思想的生物只有六千尺长，不见得就可笑。他先让土星上的居民惊奇了一会儿，跟他们混熟了。他和土星的学士院秘书成了知己；秘书极有才气，事实上一无发明，但把别人的发明说得头头是道，大大小小的计算也还做得不差。为了满足读者，我把小大人和秘书先生有一天谈的很奇怪的话，在此报告一下。

二、天狼星居民与土星居民的谈话

那贵人躺下身子，秘书凑近他的耳朵，然后小大人说道："不能否认，自然界真是形形色色，种类繁多。"土星人道："是啊，那好比一个花坛，其中的花……"小大人道："哎，什么花坛！提它干吗？"秘书又道："好比一些金发女郎和棕发女郎，她们的装饰……"小大人道："棕发女郎跟我有什么相干？""换句话说，那好比一屋子的画，笔致……"旅行家道："不；自然界就是自然界。为什么要用这个那个来比呢？"秘书回答："因为要讨你喜欢啊。"旅行家道："我不要人家讨我喜欢，我要人家增长我的知识。先请你告诉我，你们星球上的人有多少种知觉？"秘书回答："有七十二种；但我们天天嫌少。我们的幻想超过我们的需要；有了七十二种知觉，有了土星环，有了五个月亮，我们觉得还是大受限制；虽然有着种种好奇心，从七十二种知觉上生出来的情欲数量也很可观，我们还常常觉得无聊。”小大人道：“那我完全相信：在我们星球上，我们有了上千种知觉，仍旧有一股说不出的、渺茫的欲望，说不出的苦闷，随时使我们感到自己的不足道，觉得还有比我们完美得多的生灵。我略微走过几个地方，看见有的人远在我们之下，有的人远在我们之上；但是欲望不超过真正的需要，需要满足以后不再有欲望的人，一个都没见过。也许有一天，我会到一个应有尽有的地方；但至此为止，关于那个地方，谁也没给我确实的消息。”土星人和天狼星人便费尽心血，作种种猜测；可是发了一大堆又奇妙又渺茫的议论以后，不得不回到现实。天狼星人问：“你们的寿命有多长？”土星上的小大人回答：“啊！很短的。”天狼星人说：“那完全跟我们一样；我们也老是嫌寿命太短。这大概是天下普遍的规律了。”土星人说：“唉！我们只活到太阳的五百公转（照我们的计算是一万五千年左右）。这不是几乎生下来就死吗？我们的生命不过是一个小点子，我们的寿命不过是一刹那，我们的星球不过是一个原子。才开始有些知识，还来不及得到经验，死亡就来了。我吗，我什么计划都不敢有；我好比大海中的一滴水。在你面前，想到我在这个世界上所表现的可笑样儿，尤其觉得难为情。”

小大人回答：“要不是你胸襟旷达，我就要怕你伤心，不敢告诉你我们的寿命比你们长七百倍了。可是你很明白，所谓死亡不过是把肉体还给元素，在另一种形式之下参与万物的成长；一到这变化的关头，不管你活了天长地久还是只活了一天，都是一样。我到过一些地方，人的寿命比我们长一千倍，他们还在怨叹。可是到处都有些明白人，懂得乐天安命，感谢造物。他散播在宇宙之间的物种多至不可胜计，但都有它们的共同点。例如所有的人都不同，实际上思想与欲望的天赋都相同。普天之下，物质皆占有空间，但每个星球上的物质，特性各异。你们的物质，你们认为有多少特性呢？”

土星人道：“倘若你所谓的特性，是指没有了它们，我们的星球就不是现在这个模样，那么我们一共有三百种，例如面积，不可入性，可动性，可分性，地心吸力，等等。”旅行家道：“显而易见，按照造物主安排你们这个小地方的计划，这小数目是足够的了。我在每样事情上佩服造物的智慧；我处处看到有差别，而又处处有比例。你们的星球小，你们的居民也小；你们的感觉少，你们物质的特性也少：这都是上天的安排。你们的太阳，细看起来是什么颜色的？”土星人答道：“白的，可是近于黄色。分析起来，太阳包括七种颜色。”天狼星人道：“我们的太阳是近于红的，一共有三十九种颜色。我游历期间看到的太阳，没有两个相像的，正如你们的脸没有一张不跟别人的两样。”

小大人提了好几个这一类的问题，又打听土星上有多少种不同的物体。土星人回答说有三十来种，例如神，空间，物质，有感觉的有形的生物，有感觉与思想的有形的生物，有思想的无形的生物，有互相侵入之物，有互不侵入之物，等等。天狼星人说他的星球上有三百种这一类的物体；他游历期间又发现了三千种；土星上的哲学家听了大为惊奇。两人把各自所知道的少数事情和许多不知道的事情，交换了一番，讨论了太阳一公转，决意一同去做一次小小的哲学旅行。

三、天狼星居民与土星居民的旅行

两位哲学家带着一套精美的数学仪器，预备搭着土星的大气出发了，土星人的情妇却得了风声：哭哭啼啼地赶来埋怨。她是个俊俏的棕发女郎，只有三千九百六十尺高，但是可爱的风度补救了她身量的矮小。她嚷道："啊！狠心的汉子！你追求了我一千五百年，我没有理睬；等到我依了你，在你怀中才过了一百年，你就把我丢下，跟一个别的世界上的巨人出门了。哼，你只有好奇心，从来不曾有过爱情；你要是一个真正的土星人，一定会对我忠实的。你上哪儿去流浪啊？你想干什么啊？咱们的五个月亮还不像你这么飘流不定，咱们的土星环也不及你这样没有恒心；完啦，完啦，从此我再也不爱什么人了。"哲学家尽管是哲学家，还是拥抱了她，和她一起哭了一场。那太太晕了一阵后，向一个当地的小白脸找安慰去了。

两位好奇的人就此动身；他们先跳上土星环，觉得相当平坦，和我们小地球上的一位名流所猜的一样。他们从土星环跨上一个一个的月球。一颗彗星从最后一个月球旁边掠过；他们带着仆人和仪器跳上去。走了大约一亿五千万里，遇到木星的许多卫星。他们跨上木星，住了一年，听到好些珍秘的事；要不是异教裁判所的各位法官认为有些见解太激烈，那部奇书早在印刷中了。可是我在大名鼎鼎的某总主教的藏书室里看见过手稿；总主教让我浏览他藏书的度量与好意，我简直称道不尽。

言归正传。两位旅行家从木星上出来，飞过了大约一万万里的距离，沿着火星的边缘走过。大家知道，火星比我们小小的地球小五倍。他们看见有两个月亮照着。这两个月亮逃过了我们的天文学家的眼睛。我料定加斯丹神甫会大做文章，而且写得会很风趣，否认有这两个月亮；但我宁可相信一般用类推法思考的人。那两位聪明的哲学家很清楚，火星离太阳那么远，两个月亮是少不了的。尽管如此，他们还是觉得火星太小，担心没法睡觉，便继续向前，好似两个游客瞧不起破落的乡村客店，一径赶往前面的城市。可是天狼星人和土星人不久就懊悔了。他们走了好久，一无所遇。临了，他们瞧见一点暗淡的光，原来是地球，那叫从木星上来的人看了的确可怜。但他们怕错过了宿头又要后悔，便决定上岸。他们走到彗星的尾巴上，看见北极光正要出发，便搭在上面，在我们新历的1737年7月5日，到了波罗的海北岸。

四、他们在地球上的遭遇

他们歇息了一会儿；仆人把两座山收拾干净，给他们吃了当早饭。接着他们想察勘一下居留的小地方。先从北部走到南部。天狼星人和他的仆人一般每一步大约走三万官尺；土星上的矮子远远地跟着，上气不接下气；他差不多要跑十二步，才抵得上同伴的一步。你们不妨想象（假如允许我做这样的比较）有只很小的袖珍狗，跟着普鲁士的一个警卫队长跑路。

两个外乡人走得相当快，三十六小时就绕了地球一周。固然，太阳——应当说是地球——做这样一次旅行只要一天一夜；可是别忘了在本身的轴心上转动，比用两只脚走要方便得多。走过一转，他们又回到原来的地方，路上看到一个细微莫辨的水潭，就是我们所说的地中海；也经过另外一个环绕小土堆的小池塘，就是我们所说的大西洋。土星上的矮子在大西洋里不过水没至膝，他的同伴连脚跟也没怎么受潮。他们一来一回的时候，都在上上下下地做各种动作，想知道这星球上有没有居民。他们低下身子，躺在地上，到处摸索；但他们的眼睛和手，跟在地上爬的小生物太不相称了，因此没有一点感觉可以使他们疑心到地球上住着我们，以及和我们同居的别的生物。

矮子有时判断事情太快，先以为陆地上是没有人的。主要的理由就是一个人都没看见。小大人客客气气地提醒他，这种推理不大准确。他说："某些五十分之一大小的星，我看得很清楚，你的小眼睛可看不见；难道你就断定没有那些星吗？"矮子道："可是我已经摸仔细了。"小大人道："可是你的感觉不灵啊。"矮子道："可是这星球的构造这样不行，这样不规则，在我看来，形状又这样可笑！我觉得这儿的一切都是混沌一片。你看那些小溪没有一条是直的，池塘非圆非方，又非椭圆，形状毫无规律；球上还到处长着尖尖的小石子（他是说我们的山），刺痛我的脚。整个球的形状，你注意到了吗？两极那么平，绕着太阳转动的模样那么蠢，两极的气候一定长不出东西来。其实，我认为这里没有人，就因为我觉得明理的人是不愿意住的。"小大人道："说不定住在这儿的就不是明理的人。不过看样子，这地方也并非一无所用。你说这儿样样都不规则，因为木星和土星上样样都笔直，大概就因为此，这里才显得有点混乱。我不是告诉过你，我一路游历老是注意到自然界种类繁多，参差不一吗？"土星人把这些理由都驳回了。两人竟可以永远争论下去；幸亏小大人说话激动，一不小心把他戴的钻石项链震断了。钻石散落在地，都是些参差不等的小钻石，最大的重四百斤，最小的五十斤。矮子捡了几颗，凑近眼睛一看，发觉这些被打磨的钻石竟可当精密的显微镜用。他拿起一个直径一百六十尺的小显微镜，贴着眼珠；小大人挑了一个直径二千五百尺的。两个都非常好。但有了显微镜，起先还一无所见，得把镜片对准。临了，土星人瞧见一样极细小的东西全身浸在水里，在波罗的海中蠕动；原来是条鲸鱼。他用小指头轻轻巧巧地挑起它，放在大拇指指甲上，给天狼星人看。天狼星人看见地球上的居民如此细小，不由得又笑了。土星人一朝相信了我们的世界上住着生物，马上以为住的都是鲸鱼；又因为他是推理大家，就想猜测一颗这样小的原子，动作从何而来，它是不是有思想，有意志，有自由。小大人被这些问题难住了：他耐着性子细看，觉得没法相信它有什么灵魂。两位旅行家正想断定我们的居民是没有灵性的，不料显微镜又给他们照出一样比鲸鱼更大的东西，在波罗的海上漂浮。大家知道，正在那个时期，有一队哲学家从北极圈回来，他们在那边发现了许多从来没人想到的事。报上说他们的船沉在波的尼亚湾，他们经过许多危险才逃出来；但在这个世界上，大家从来不知道事情的内幕。我要老老实实地讲出经过情形，决不添加一点我自己的想法；这对于一个史学家倒也不是件容易的事。

五、两位旅客的实验与讨论

小大人把手慢慢地伸向那东西出现的地方，两个指头伸出去又缩回来，唯恐弄错了；然后又张开，又并拢，非常轻巧地把装载那帮先生们的船夹起来，仍旧放在指甲上，不敢压得太紧，生怕压坏了。土星上的矮子说："哎，这个动物跟第一个完全两样。"天狼星人把那个所谓的动物放在掌心内。旅客和船员以为被旋风卷到了一块岩石上，一齐忙起来：水手们搬出大桶的酒，倒在小大人掌中狂喝。几何学家拿起他们的四分仪和扇形仪，带着拉伯兰女子，走到天狼星人的手指上。因为他们大忙特忙，天狼星人居然觉得有些东西在蠕动，使他手指发痒了：一根铁棍插进了他的食指，有一尺深。凭着这个刺激，他断定手中的小动物身上有些东西出来了。但开头也没想到别的。一条鲸鱼和一条船，用了显微镜才不过勉强看得出；遇到像人那样微小的生物，显微镜就没办法了。我这么说，不是有心伤害谁的面子，但我不能不提出一点请一般爱面子的人注意：以身高五尺半计算，我们站在地面上的身量，不会比一个只有大拇指六十万分之一高的小动物，站在一个圆周十尺的球上的身量更大。

你们不妨想象有个巨大的物体能把地球抓在手中，它的器官和我们人的器官的大小成比例；而天地之间这样大的物体可能很多；那么请大家考虑一下，人间的战争，那些使我们损失了原来就应当还给人家的两个村子的战争，让那些庞大的物体看了做何感想。

万一高大的掷弹兵兵团里，有个团长看到我这本书，我相信他准会把士兵的军帽至少加高两足尺；可是我先告诉他一声，那是白费的；他和他的部下永远小得看不见。

所以，天狼星上的哲学家要竭尽巧思，才能看出我所说的那些原子。列文虎克[1]与哈特苏克最先观察到——或者自以为观察到——产生我们的种子的时候，还远不如天狼星人这个发现来得惊人。小大人看着这些小家伙蠕动，打量他们的种种本领，研究他们的一切活动，觉得乐不可支。他简直叫起来了！他欣喜若狂地拿起一个显微镜放在同伴手里。两人异口同声地说道："我看见了；你瞧，他们不是背着东西，一会儿低下身子，一会儿抬起来吗？"说话之间，因为看到这样新奇的东西而高兴，也因为怕丢失他们而害怕，两人的手都抖起来。土星人从极端怀疑变为极端轻信，以为那些小东西正忙着生殖。他说："啊！自然的本相被我当场看到了。"但他惑于外表，误会了；这也是常有的事，不管你用不用显微镜。

六、他们与人类的接触

小大人的观察力比矮子强得多，他清清楚楚地看出来那些原子在谈话，指给矮子看。土星人在生殖问题上闹了误会，很难为

1. 荷兰显微镜学家，微生物学的开创者，是史上首位用显微镜看到原生动物和细菌的人。

情，可绝对不信这一类的动物能交换思想。他和天狼星人一样能说话；但他听不见那些原子的话，便以为他们不会说话。何况这些小得看不见的生物怎么能有发声的器官呢？又有什么可说呢？要说话，先要能思想，或是近乎思想的机能；要是他们有思想，就该有相当于灵魂那样的东西；而把相当于灵魂的东西加在这类物种身上，土星人是觉得荒唐的。“可是，”天狼星人说，“你刚才还以为他们谈恋爱呢。难道你认为谈恋爱可以不用思想，不用说几句话，甚至也不用有所表示吗？你觉得要一个人说出一个理由，比生一个孩子更难吗？在我看来，这两件事都不可思议。”矮子道：“我既不敢相信，也不敢否认；我谈不上有什么意见了。还是把这些小虫研究一下，再讨论吧。”小大人回答：“这话说得很对。”他立刻拿出剪刀来修指甲，当场用一片大拇指指甲做成一个传声喇叭，像个其大无比的漏斗。他把漏斗的管子插在自己耳朵里。漏斗口的圆周连船带人都罩住了：地面上最细小的声音都能进入指甲的螺旋形纤维。天上的哲学家凭着这点巧妙，完全能听到地下那些小虫的嗡嗡声。没几小时，他居然能分辨出说话的声音，后来竟能听明白法语了。矮子跟着如法炮制，可是比较困难一些。两位旅客越来越惊奇。他们听见小虫讲的话还有理性，觉得自然界的奥妙简直无从解释。你们当然想象得到，天狼星人和他的矮子都急着要跟原子们攀谈。他们怕自己打雷般的声音，尤其是小大人的，如果让人听到，会把他们震聋的，一定要降低音量才行。于是两人嘴里衔着一些牙签般的小东西，拿很细的一头放在船旁。天狼星人把矮子抱在膝上，把船和船上的人放在指甲上，然后低着头轻轻地说话。这样那样地布置好了，他才说：

“喂，你们这些小得看不见的昆虫，天教你们生在无穷小的身体上；我感谢上天把我觉得不可思议的秘密揭露给我看了。也许在我院子里，没有人愿意对你们瞧一眼；可是我决不轻视谁，愿意保护你们。”

假如有人惊奇，那就是听见这些话的那般人了。他们猜不出话从哪里来的。船上的教士念起退邪咒，水手们破口大骂，哲学家创立了一种学说；但不管是什么学说，始终都猜不透跟他们讲话的是谁。土星上的矮子比小大人声音柔和，他三言两语对他们说出自己的种族，叙述土星上的旅行，告诉他们小大人先生是什么人。他先对他们的渺小表示惋惜，又问他们是否一向就这样可怜、近于虚无；问他们住在一个好像是鲸鱼世界的球上做些什么，是否快乐，是否传宗接代，是否有灵魂，还有上百个诸如此类的问题。

船上有一位辩论家胆子比别人大，听到人家疑心他们是否有灵魂，觉得很气，拿视孔版对着四分仪，瞄准那说话的人，换了两个方向，换到第三个，他开口了："先生，你因为从头到脚高达六千尺，便自以为……"矮子嚷道："六千尺！哎哟，我的天！他怎么知道我的高度的？六千尺，一寸都不错；怎么！这原子把我量出来了！他竟是个几何学家，知道我的大小；而我只能从显微镜里看见他，还不知道他的身量呢！"地上的物理学家回答："是的，我把你量过了；我还能测量你高大的同伴呢。"对方接受了这建议。小大人先生便睡倒在地，因为要是站着，他的头矗在云外，太高了。地上那帮哲学家在他身上插了一棵大树，换了斯威夫特牧师，准会说出插在身上什么部位，但我尊重太太们，不便指明。他们用好几个三脚规连起来，断定他们看到的是一个高十二万官尺的青年。

于是小大人说了这样的话："这一回我更明白了，无论判断什么东西，不能凭外表的大小。噢！上帝！你对一些外貌这样可鄙的物体也给了智慧；对付无穷小跟对付无穷大，在你都一样容易。倘使有比这个更小的动物，和我在天上看到的那批相貌堂堂，单是一只脚就能把我现在站着的地球盖住的动物比较起来，灵性可能更高。”

哲学家中有一个回答说，小大人先生尽可相信，的确有些聪明的生物比人更小。他举的例子，并非古代的诗人维吉尔提到蜜蜂的时候所说的想入非非的话，而是斯瓦麦达姆的发现和雷奥缪的解剖。他又告诉小大人，有些动物之于蜜蜂，正如蜜蜂之于人类，正如天狼星人之于比他更大的动物，也正如那些大动物之于另外一些物体——使大动物相形之下只等于原子一般的物体。双方的谈话越来越有意思，小大人便说出下面一番话来。

七、与人类的谈话

“噢，你们这些聪明的原子，永恒的主宰有心在你们身上显露他的神通与智巧。你们在地球上一定享尽了清福，尝到了纯粹的快乐，因为你们身上的物质这样少，好像只有精神，你们准是在相亲相爱和深思默想中过日子的；这是真正的精神生活。我一处也没见过真正的幸福，幸福必定在这里了。”

一听这话，所有的哲学家都摇头。有一位比其余的更坦白，老实承认说，除了少数不受重视的居民，余下的只是一批疯子、恶人和可怜虫。他说：“假如恶是物质造成的，那么使我们作恶的物质太多了；假如恶是从精神来的，那么是精神太多了。你可知道就在我跟你说话的这个时候，与我们同类的一百万戴帽子的疯子，正在杀害另外一百万缠头巾的疯子，或者被他们杀害；而且自古以来，差不多全地球的人都干着这样的事？”天狼星人听着发抖，追问这样弱小的动物从事这样残酷的斗争是为了什么。哲学家道：“为争几堆像你脚跟大的泥土。并不是几百万相杀的人里头，有一个人对那堆泥土有何要求；而是要争个明白，那堆土究竟属于一个叫作苏丹的人呢，还是属于另外一个不知为什么叫作恺撒的人。那一小块地，苏丹和恺撒从来没见过，也永远见不到；而互相残杀的动物，差不多也没有一个见过他们为之拼命的那个动物。”

天狼星人愤愤地叫道：“啊，该死的东西！这样灭绝理性的疯狂，谁想得到？我恨不得跺一阵子脚，把这些可笑的凶手一齐踩死。”人家回答说：“你不必费心；他们干的事就是在自取灭亡。告诉你，不消十年，这些可怜虫剩不了百分之一；即使他们不动刀抢，也会由饥饿、疲劳，或是饮食无度把他们收拾完的。况且应当惩罚的不是他们，而是那些坐着不动的蛮子；他们待在办公室里，吃饱了饭，命令一百万人去屠杀，事后再叫他们举行庄严的仪式感谢上帝。”旅行家觉得人类这个小小的种族太可怜了，想不到他们有这许多相反的、奇怪的表现。他对哲学家说：“既然你们是少数贤哲的人，决不肯为了金钱而杀人，那么你们干些什么呢？”哲学家道：“我们解剖苍蝇，测量线，集合数字；在人人了解的两三个问题上表示同意，对于谁也不懂的两三千个问题争论不休。”天狼星人和土星人立刻心血来潮，想打听这些有思想的原子，哪些事情是他们一致同意的。他问：“从天狼宿到双女星有多少距离？”他们一齐回答：“三十二点五度。”“从此地到月球有多少距离？”“说整数，是地球半径的六十倍。”“你们认为空气有多重？”他以为这问题把他们难住了。不料所有的哲学家都告诉他，以同样的体积计算，空气比最轻的水轻九百倍左右，比杜加的黄金轻一千九百倍。土星上的小矮子听了大为惊奇，几乎把这批他一刻钟以前不承认有灵魂的人，当作巫术师。

终于小大人对他们说道：“既然你们对身外之事知道得这么清楚，对身内之事必定知道得更清楚。告诉我，你们的灵魂是什么东西？你们的思想是如何形成的？”那些哲学家和刚才一样同时开口，但每个人都意见不同。最老的一位提到亚里士多德；另外一个提到笛卡尔，这个提到玛勒勃朗希，那个提到莱布尼茨，又有一个提到洛克。亚里士多德派的老学者很有自信地高声说道：“灵魂是一种完美的现实，是使灵魂所以能成为灵魂的原因。这是亚里士多德明白说过的，可以参考他的著作，卢佛版六百三十三页。”学者接着说了两个希腊单词。巨人道：“我不大懂希腊文。”哲学蠹鱼回答：“我也不大懂。”天狼星人道：“那么为什么你要说一句希腊文，引一个叫作亚里士多德的人的话呢？”学者回答：“因为引证我们不了解的东西，就得用我们懂得最少的语言。”

笛卡尔派的学者接着发言道：“灵魂是纯粹的精神，未出娘胎已接受了全部形而上学的观念；出了娘胎，必须进学校，把原来知道得很清楚而以后不知道了的东西重新学过。”那身高八里的动物答道：“你长了胡子倒反愚昧无知，那也用不着你的灵魂在娘胎里那么博学。但是你所谓的精神又是指的什么？”那推理家说：“你问什么？我完全不明白什么叫精神；有人说那不是物质。”“什么叫物质，你至少是明白的了？”“那我清楚得很。比如说，这块石头是灰色的，是某种形状，有三维空间，有重量，可以分割。”天狼星人道：“这个你认为可分的、有重量的、灰色的东西，你能不能告诉我究竟是什么？你看到了一些属性，可是物体本身你认识吗？”哲学家回答：“不认识。”“那么你根本不知道何谓物质。”

小大人招呼另外一个被他放在大拇指上的哲人，问他灵魂是什么东西，做些什么。玛勒勃朗希派的哲学家回答：“我完全不知道。一切都是上帝替我代办的。上帝无所不包，无所不能；一切都归他安排，不用我过问。”天狼星人道：“那还不如没有你这个人。”他又问在场的一个莱布尼茨派学者：“朋友，你呢？你的灵魂是什么东西？”“是一根指着时刻的针，我的肉体敲着钟点；也可以说我的灵魂敲着钟点，我的肉体指着时刻；也可以说我的灵魂是宇宙的镜子，我的肉体是镜子的边缘。这是很明白的。”

一个洛克派的小人物就在近旁；问到他的时候，他说：“我不知道我如何思考；只晓得我的思想是靠我的感官来的。我相信世界上有些无形而聪明的物体；但是说上帝不可能把思想传给物质，那我非常怀疑。我敬重神的威力，我无权加以限制；我什么都不敢肯定，只相信世界上可能的事比大家能想到的更多。”

天狼星上的动物笑了笑，觉得此人的智慧不比别人差；要不是身量的比例相差太大，土星上的矮子竟会拥抱那位洛克派的学者。不幸有个戴方帽子的微生物，打断了全部哲学微生物的话，自称知道整个的秘密，说这秘密就在圣·多玛的《神学要义》之内；他把两位天上的居民从头到脚瞧了瞧，说他们两位，他们的世界，他们的太阳，他们的星球，完全是为了地球上的人而存在的。听了这话，两个旅客不由得扑在彼此身上，笑得上气不接下气。据荷马说，那种狂笑是神明所独有的。他们的肩膀和腹部一上一下地动个不停；这阵抽搐，使那条被天狼星人放在指甲上的船掉落在土星人的一只裤袋里。两人找了半天，终于寻到了船上的乘客，把他们恢复原状。天狼星人把那些小人放在手中，仍旧很和善地跟他们说话，虽然看到无穷小的东西有无穷大的骄傲，不免暗中着恼。他答应为他们写一部精彩的哲学书，特意写得极小，好让他们阅读；在那部书里，他们可以看到万物的终极。他动身之前果然给了他们这部书。船上的人带回巴黎，送交科学院；科学院的秘书打开一看，全是空白。“啊！”他说，“我早料到了。”

（傅雷　译）

科学与文学：世界碰撞之时

佛兰德解剖学家安德雷亚斯·维萨里于1543年在著作《人体构造》中革新了人类对人体解剖学的认知，威廉·哈维在1628年公布了他发现的血液循环系统，但科学家们的主要兴趣似乎仍集中在天文学、物理学和化学上。18世纪晚期，科学家们的研究热情传播到了生物学和心理学领域：梅斯梅尔提出了动物磁力理论（被称为梅斯梅尔术，后来被发展为催眠术，并为一整代早期科幻作家提供了灵感）；路易吉·伽伐尼对肌肉和静电进行了实验研究；伊拉斯谟斯·达尔文试图用诗歌体来编写自然史，并预测了进化论的出现，进化论后来被他的孙子详细阐明；拉马克提出了进化理论；马尔萨斯在他的著作《人口论》中公布了他对人口和食物供给的观点；威廉·史密斯在地质年代和化石领域做出了贡献。

《圣经》在造物和地球年龄方面的权威正逐渐被推翻，科学家要制造出人造生命似乎只剩时间问题了。

同时，18世纪的人们重燃起对哥特风格的兴趣，一种新的文学形式随之出现。哥特风格体现在当时流行的哥特建筑、仿哥特风格的诗歌和史诗上，还体现在对华美、奢靡的文艺作品的审美享受中。在启蒙运动中期（可能也是作为对启蒙运动的一种响应），霍勒斯·沃波尔在他狭小的仿哥特风城堡（名为草莓山庄[1]）中创作了一篇新型长篇小说。这部题为《奥特兰多城堡》的小说是史上第一部哥特小说。小说中，梦魇替代了可能性，小说中包含哥特小说的所有特征性要素：一个年轻女子在一座中世纪城堡中面对危险，城堡中满是暗门、神秘的房间、古老的秘密、幽灵、叮当作响的铠甲，不断升格的危险塑造出恐怖的氛围。《奥特兰多城堡》的后继者包括威廉·贝克福德的《瓦希克》、安·拉德克利夫夫人的《尤道弗之谜》、马修·路易斯的《修道士》。直到今天，哥特小说依然流行。阴暗的大厦和心理学解释取代了城堡和超自然力量，但是同样的气氛和徘徊不去的恐惧感仍然出现在诸多著作中，如亨利·詹姆斯的《螺丝在拧紧》和达芙妮·杜穆里埃的《蝴蝶梦》。在很长一段时间内，哥特小说在书报亭中都单独陈列，辨识度很高：书的封面上有一张惊恐的女子的脸，在她身后矗立着一栋阴暗、不祥的宅院。

这些元素——生物科学的新发现和哥特小说的发明——与电学方面的发现相结合，特别是和亚历山德罗·伏打所发明的电流相结合，一起进入了一位20岁女性的想象之中，启发她创作出一部小说。这部小说就算不是世界上第一部科幻小说（一些学者如此主张），也至少是世界上第一部展示出科幻小说应该是什么样子的小说。这篇小说就是玛丽·雪莱的《弗兰肯斯坦》。

哥特元素和科学确实都在这部小说的创作中起到了作用。玛丽·雪莱是自由主义哲学家兼小说家威廉·戈德温（他自己也创作过一篇哥特小说）与作家兼早期女权主义者玛丽·沃斯通克拉夫特

1. 沃波尔故居，位于伦敦特威肯汉。

的女儿。玛丽·雪莱的父母结婚很晚，玛丽·沃斯通克拉夫特在生下女儿后十天便去世了。1814 年，玛丽·戈德温[1]和父亲的朋友珀西·比希·雪莱[2]私奔至瑞士。雪莱当时已经是一位很有前途的诗人。在生育了两个早夭的孩子、雪莱的第一任妻子自杀之后，两人于 1816 年结婚。

玛丽·雪莱在《弗兰肯斯坦》1831 年版的前言中讲述了这本书的创作历程。一天夜晚，拜伦勋爵、他的朋友波里道利博士[3]和雪莱夫妇在阅读德国鬼怪小说，拜伦认为大家都应该写一篇基于超自然力量的故事。玛丽·雪莱是这些人中唯一一位坚持把故事创作成书的（在雪莱的一再催促下），但是她花了很长时间来寻找主题。后来的一个晚上，拜伦和雪莱在讨论伊拉斯谟斯·达尔文的实验。“在世间万物之中，生命的原理究竟为何？甚至，人们是否有可能发现和认识生命的原理……也许一具尸体可以被复活，电击法已经为此提供了可能性；也许生物的各部分肢体都可以被制造出来，拼在一起，最后被赋予生命的温度。”

玛丽回忆道，那天晚上她梦见了“一位脸色苍白、研究渎圣之事的学者，跪在他拼在一起的那个东西身边。我看到一个可怕的人类死灵躺在那里。随后，在某种强大的机器的帮助下，它显示出了生命的迹象，令人不安、半死半活地微微动起来。”

这部小说以罗伯特·沃尔顿上尉写给他居住在英格兰的妹妹的书信开篇，随后是沃尔顿提供的手稿，来自科学家维克多·弗兰肯斯坦，之后又是沃尔顿的书信。玛丽·雪莱时代的读者们已经从萨缪尔·理查森的小说中熟悉了这种书信体叙事风格，但是现代读者

1. 即玛丽·雪莱，在结婚前随父亲姓氏。
2. 英国浪漫主义诗人、作家、散文家、政治评论家，被认为是英国有史以来最有才华的诗人之一。
3. 英国医生、作家，吸血鬼小说的开创者。

可能会感觉这种风格很奇怪。一些读者只熟悉电影版的《弗兰肯斯坦》，或者只熟悉1913年由鲍里斯·卡洛夫[1]出演的电影佳作的后续商业衍生产品，这些读者会很惊讶地发现那只怪物能识文断字，而且生性善良，只是所有人（包括他的创造者）都对他感到惊恐害怕，他这才变坏了。

在科幻史著作《十亿年狂欢》（*Billion Year Spree*，1973）及其增订本《万亿年狂欢》（*Trillion Year Spree*，1986）中，布赖恩·奥尔迪斯[2]（Brian W. Aldiss）陈述了他的看法，他认为科幻小说始于《弗兰肯斯坦》。很明显，玛丽·雪莱的创作意图就是要令人信服地写出新兴科学带来的可能性。1818年版的前言（尽管是雪莱写的）引用了达尔文和一些德国生理学家的观点，认为复活“不是不可能发生的”，还说“即便是作为一种生理现象不可能发生，小说也为人们的想象提供了新观点，人们在描绘情感之时可以更为全面、站在更高的高度。只通过描写现实中发生过的普通事例是无法做到这一点的”。一位现代科幻作家也无法为自己的作品给出比这更好的解读了。

但是《弗兰肯斯坦》中也有非科幻的元素。奥尔迪斯认为，科幻小说“很明显是源自哥特或后哥特小说的模式”。另外一些批评家认为科幻小说源自更为理性、更具有怀疑主义色彩的模式，而哥特元素是一种外来因素。《弗兰肯斯坦》中的科幻元素类似于中世纪时期常见的不虔诚、罪恶感等要素，这些要素与科学要素相抗衡，最后还取得了胜利。那种“有一些事情是人类不该知道的”的信念在哥特小说和早期科幻小说中很常见，在早期科幻电影中也同样普遍

1. 英国演员，擅长扮演恐怖角色，曾扮演《弗兰肯斯坦》中的怪物。
2. 英国科幻作家，科幻研究者，多次获得雨果奖、星云奖等奖项，被誉为“英国科幻小说教父”。

[约翰·巴克斯特[1](John Baxter)在《电影院中的科幻小说》(*Science Fiction in the Cinema*，1969)中认为这种思想在科幻电影中和印刷成书的科幻小说中有不同的来源]，尽管如此，这种信念也不符合科幻小说的内核背后蕴藏的哲学思想。

玛丽·雪莱还写了一部长篇小说，小说中，一场席卷全球的瘟疫灭绝了人类，只剩下一个人。《最后一人》(*The Last Man*，1826)的故事发生在21世纪，也许可以被看作第一部关于未来的长篇小说。但就像佚名的作品《乔治六世统治时期：1900年至1925年》(*Reign of King George VI: 1900—1925*，1763)一样，《最后一人》中并没有体现出未来和现时的任何不同。

(赵佳铭　译)

1. 澳大利亚作家、记者、导演。

弗兰肯斯坦（节选）

［英国］玛丽·雪莱

第五章

十一月的一个阴郁夜晚，我见证了自己辛苦劳作的成果。在近乎让我痛苦万状的焦躁不安中，我把生命仪器在身周一一设置好，尝试给脚边的躯体注入生命之火。已经是凌晨一点了，雨滴沉闷地拍打着窗户，蜡烛也即将燃尽；就在那一瞬，借着几乎燃尽的黯淡烛光，我看见那个生物睁开了浑浊昏黄的眼睛。它沉重地呼吸起来，四肢胡乱地抽搐颤抖。

我要如何描述目睹这场灾祸的感受，又该如何描绘这个我费尽心血造出来的可怜虫？他的四肢比例正常，我给他挑选的五官也堪称漂亮。漂亮，我的老天爷！他的黄皮肤恰到好处地包裹着肌肉和血管，他的头发乌黑，顺滑油亮，牙齿如珍珠般洁白。但是，这些美好的细节与他那水肿的双眼加在一起，却形成了骇人的对比。那对眼睛和包裹它们的眼眶一样，都是惨白的颜色。还有他干瘪的脸皮，又黑又直的嘴唇，都令人毛骨悚然。

人生再无常，也比不过人的情感复杂多变。近两年来，我辛苦工作，只为实现这一个目标：给无生命的躯体赋予生命。我不眠不休，不顾健康，被狂热的激情驱使着，渴望着目标的实现。而如今，目标实现了，我的美梦却也破灭了；我看着我的造物，只感到令人窒息的恐怖和憎恶。我再也无法忍受它的外表，逃也似的冲出了工作室，在卧室里久久来回踱步，始终无法让自己平静下来。又过了好久，疲惫取代了先前的焦躁，我瘫倒在床上，衣服都没脱，渴望能寻得片刻安眠，但却是徒劳——我确实睡着了，但一直被噩梦所惊扰。我梦见了伊丽莎白，青春健康的伊丽莎白，走在英戈尔施塔特的街道上。我又惊又喜，上前拥抱了她。可就在我亲吻她的时候，她的嘴唇突然变成了死者的青紫色，她的五官也在发生改变，到最后，我发现我抱着的，是母亲的尸体，被裹尸布缠绕着，蛆虫在法兰绒布料里缓缓蠕动。我从噩梦中惊醒，惊惧万分，额头上满是冷汗。我牙齿打战，四肢不受控制地抽搐。就在那时，昏黄的月光穿过百叶窗的缝隙，借着那光，我看见了他——我亲手创造出来的、可悲的怪物。他掀起床幔，他的眼睛（如果那能被称作眼睛的话）注视着我。他张开嘴，发出一些含糊不清的声音，然后咧开嘴笑了，干瘪的脸上满是皱纹。他可能说了什么话，但我没去听；他伸出一只手，似乎想要抓住我，但我逃跑了，没命似的冲下楼梯。我躲在楼下的院子里，在那儿待了一整晚。我极度焦虑，来回徘徊，耳朵时刻警惕着风吹草动，为每一个声响担惊受怕，生怕是那恶魔般的死人追了上来。我怎么就如此不幸地赋予了他生命呢！

天哪！哪个凡人能忍受那张恐怖的脸？就算是木乃伊活过来，也不能比那可怜虫更丑了。之前没完工的时候，我看着他就已经觉得他丑；当肌肉和关节真正活动起来，他便成了但丁也想象不出的丑陋怪物。

我就这样在痛苦中熬过了后半夜。有时，我的脉搏跳动得太快太猛，以至于我感觉浑身所有血管都在颤动；又有时，我因为疲惫和极度的虚弱，几乎要瘫倒在地上。恐惧之余，我心中满是苦涩的失落：我的梦想完全破灭了，它们曾经是我的精神食粮，长久以来都是我的安居之所，如今却化作了我的地狱；这一转变发生得太快、太彻底了。

黎明终于到来，天气阴冷潮湿。我睁着因一夜无眠而酸痛的眼睛，看见英戈尔施塔特教堂的白色尖顶，塔楼上大钟指向六点。看门人打开了院子的大门。我离开昨夜的避难所，来到街上，步履匆匆，似乎在躲避那只怪物；我担惊受怕，生怕在下个转角，那东西就会出现在视线里。我不敢回我住的公寓。天空阴郁灰暗，大雨倾盆而下，我整个人都湿透了，但还是快步向前，像是被什么驱赶着一样。

就像这样，我走了好一会儿，试图通过体力消耗，来缓解压在我心头的重担。我在街上穿来穿去，完全不知道自己在哪，在做什么。我的心因恐惧剧烈地跳动着；我踉踉跄跄，匆匆忙忙，根本不敢东张西望：

> 好比一人，走在荒径，心怀恐怖，
> 只一次，他偷偷回望，随后
> 继续行路，再不回头。
> 因他知道，有个恐怖魔鬼，
> 紧紧在他身后追逐。[1]

1. 出自柯勒律治的《古舟子咏》。——原注最终，我来到一个小旅馆对面，那儿常常停着各式各样的驿车和马车。不知道出于什么原因，我停下了脚步，在原地站了好一会儿，紧紧盯着一辆从街那边向我驶来的马车。随着它的驶近，我发现那是一辆从瑞士来的驿车。驿车在我面前停了下来，车门打开，我看见了亨利·克莱瓦尔；一看见是我，他就从车里跳了下来，“我亲爱的弗兰肯斯坦！”他大声道，“见到你真是太高兴了！瞧我这运气！一下车就看见你在这儿！”

再没什么能比看见克莱瓦尔更让我高兴的了；他让我一下子想起父亲，想起伊丽莎白，想起在故乡那些我珍爱的景色。我握住他的手，那一瞬间，我忘记了所有的恐惧和不幸，心中洋溢着宁静、安详的愉悦，这份感觉我已经暌违几个月了。于是，我以最热烈的方式欢迎了我的朋友，一同向学院的方向走去。在路上，克莱瓦尔介绍了我们共同朋友的近况，以及他自己是多么的幸运，能到英戈尔施塔特来求学。“你可以想象，”他说，“要说服我父亲——簿记不是一门万能的学问——是多么困难的事儿；事实上，我觉得我最后也没能说服他。我求了他半天，他给我的回应一直像《维克斐牧师传》[1]中的那个荷兰校长一样：‘我不懂希腊文，可我照样每年挣一万个弗罗林，没有希腊文，我照样胃口大开。’不过最后，他喜欢我的程度还是超过了他对学习的厌恶程度，答应了我的请求。我便得以踏上求学之旅，在这知识的海洋中尽情遨游了。”

“见到你我真是别提多高兴了，快告诉我，父亲、弟弟们，还有伊丽莎白，他们还好吗？”

“他们可好了，过得也挺开心，只是你给家里寄信太少，让他们有点儿担心。我还打算替他们说你两句呢，一会儿吧。在这之前，

---

1. 1766 年出版的一本通俗小说，曾长期热销。下面的引文出自该书第二十章。

亲爱的弗兰肯斯坦，”他短暂地停下脚步，仔细打量了一会儿我的脸，接着说道，“你的脸色怎么差成这样？又瘦，又苍白，就像几夜没合眼似的。”

“你猜对咯。我最近忙于手头上的一项工作，没太休息好。不过，我希望，由衷地希望，这事儿就到此为止，我也总算能重获自由。”

我战栗起来，光是想起昨天的事儿，我就难以忍受，更别说提及它了。我加快脚步，很快到达了学院。这时，我突然想起来，那个我留在公寓里的生物可能还在那儿，活蹦乱跳，走来走去——这个念头让我不寒而栗。我害怕看见这个怪物，但我更害怕亨利看到他。因此，我极力恳求他在楼梯口等我几分钟，然后急忙冲向自己的房间。直到手接触到门把，我才恢复了理智，停下了开门的动作，感到一股寒意贯穿周身；我咬咬牙，猛地打开门，就像是假装门后有鬼怪藏匿的孩子一般。可门后什么都没有。我胆战心惊地走进门，发现公寓里也空无一人，卧室里也不再有那丑陋客人的行迹。我简直难以相信，竟会有这等好事！当我最终确定那怪物已经逃离，我竟开心得鼓起掌来，赶紧跑下楼去找克莱瓦尔。

我们上楼走进房间，这时侍者送来了早餐。我难以压抑自己激动的情绪，这种情绪不光是喜悦，我感到肌肉因为过度紧张而抽搐，脉搏还在飞快地跳动。我无法维持片刻的平静；我跳上椅子，用力拍手，大声狂笑。最开始，克莱瓦尔以为我是因为他的到来而欣喜若狂，可当他仔细观察后，却在我眼神里看到一种无法理解的、真正的狂躁。我难以自抑的狂笑让他又惊又怕。

“我亲爱的维克多，”他大声叫道，“看在上帝的分上，这是怎么了？别这样笑，你疯了吗？到底是怎么回事？”

“什么都别问我！”我大声叫道，用手捂住眼睛：我好像看到那可怕的怪物溜进了屋里，“他会把一切告诉你的！噢，救救我！救救我！”在我的幻觉里，那只怪物已经攥住了我；我疯狂地挣扎着，随即昏倒在地。

可怜的克莱瓦尔！他当时做何感想啊？他如此欢欣雀跃地期待的这次会面，竟会如此怪异地落到这般痛苦的境地！可他的悲伤我注定是无法见证了，因为我当时失去了意识，过了好长时间才苏醒过来。

随后我就得了一场神经性热病，好几个月无法动弹。这些时日里，只有亨利照料我。这之后我才知道，他没有把我的病情告诉家人，父亲已经年老力衰，而伊丽莎白得知此事也定会肝肠寸断。他认为没有哪个护士能比他自己更体贴、更周到，也坚信我最终会恢复过来。因此他毫不怀疑自己做了最正确、对家人最好的决定。

但我的病情真的很严重，若不是我这位朋友无时无刻、无微不至的照顾，我恐怕很难恢复过来。我所创造的那个怪物的影子始终在我眼前转悠；在失去意识的时候，我所说的胡话也都和它有关。毫无疑问，我的话语让亨利非常吃惊：最开始，他觉得这只是我意识不清时的呓语，但我的疯话不断重复，让他终于意识到，我的失常是某些不同寻常且恐怖万分的事件造成的。

我恢复得十分缓慢，时好时坏，让我的朋友担惊受怕。但我最终还是恢复了。我还记得，当我终于恢复神志，第一次带着愉快的心情望向窗外的时候，枯叶已经落尽，窗前的树枝生出新芽——美好的春天到来了。季节的变迁有助于我的恢复；快乐、喜悦，这些感情在我的心底复苏，将阴郁的情绪一扫而空。很快，我便像被那致命的热情裹挟之前一般快乐了。

“我亲爱的克莱瓦尔啊，”我大声说道，“真是太好了，你对我真是太好了。这整整一个冬天，你本是要学习的，却全用来在病房里照顾我了。我该怎样做才能报答你？是我造成了这一切，我对此懊悔不已。但你会原谅我的，对不对？”

“只要你不再自寻烦恼，赶紧恢复健康，就足够报答我了。对了，既然你的精神好了，我想跟你谈一件事，行吗？”

我打了个激灵。一件事！会是什么事呢？莫非是那个我想都不敢去想的东西？

“你冷静一下，”克莱瓦尔说，他显然发现我神色的变化，“如果这事儿让你不安，我就不说了。但如果你能抽空给你父亲和堂妹写一封亲笔信的话，他们会非常高兴的。他们完全不知道你生病的事，你这么长时间无声无息，他们肯定很着急了。”

“你要说的就是这事儿吗，亲爱的亨利？我怎么可能不想着他们呢，那可是我最最亲爱的人，也是最值得我爱的人啊！“

“如果你有这个念头，我的朋友，那你一定会很高兴看到这封信的。它已经寄到好几天了，我想是你堂妹寄来的……”

第十章

第二天一整天，我都在山谷里徘徊。我站在一片冰川旁，那是阿尔夫河的源头。冰川从群山之巅往下缓慢地移动，充塞山谷。我的面前横亘着无边的陡峭山壁，头顶悬着冰川结出的冰墙，几棵耷拉的松树散落四周——我身处大自然的宏伟宫殿之中，万籁俱寂，只能听见水浪拍打、巨石坠落、雪崩轰鸣，以及冰层断裂的声音；那些冰层像是自然手中的玩物，在永恒法则的神秘运作之下，时不时地崩塌开裂。看着这些绝美壮丽的景色，我感到极大的欣慰。它们让我摆脱杂念，虽不能完全消弭内心的悲伤，但确实有所舒缓，令我平静。某些程度上，我甚至能暂时忘记那些一个月以来始终困扰着我的事情。夜晚，我沉沉入睡，与白天所见到的那些宏伟瑰丽的景色一同跌入梦境——洁白无瑕的雪山，光芒闪耀的峰顶，郁郁葱葱的松林和荒芜寥落的峡谷，雄鹰在云端展翅翱翔——他们围绕在我的身侧，给我带来内心的宁静。

可第二天早上，当我醒来的时候——那些景致去了哪里？它们和梦境一同消散了，我的心重新被忧郁的迷雾所笼罩。屋外大雨倾盆，水雾缭绕，巍峨的山峦掩藏在雾气之中，看不清晰。但我决心冲破迷雾，去到云端找寻它们的身影。狂风骤雨又有何惧？骡子已经在门口等候，我决心要攀登蒙坦弗特峰。我还记得第一次看到那硕大无朋、缓慢移动的冰川时，内心的那份触动。那景色教我欣喜若狂，我的灵魂仿佛生出了翅膀，得以从这混沌世界飞向极乐与光明。大自然的庄严和壮美总是让我肃然起敬，让我忘记过往生活中的忧虑。我决心独自前往，不带向导，因为我对路途已经很熟悉了，而且有别人在场，只会破坏这静谧庄严的美景。

上山的路很是陡峭，连续的短弯道循着山体不断攀升，让人得以登上近乎垂直的峭壁。周围景色十分荒凉，雪崩的迹象随处可见：树木被压折，倒伏在地上，有的被连根拔起，有的歪歪斜斜地倚靠着山石，或是压住别的树。循着路向上攀登，积雪开始堵塞道路，不断有山石循着路滚落下来。这些山石极其危险，任何声响，哪怕只是高声说话，产生的扰动也足以给说话者带来灭顶之灾。这里的松树长得不高，也不繁盛，但颜色暗沉，给这儿的景色增添了几分肃穆的气氛。我俯瞰山谷，河流穿行于其间，大片的雾气从中升腾起来，编成水汽织就的花环，将对向的群山遮掩起来，山顶在云雾之中藏得严严实实。阴沉的天空正下着大雨，进一步增添了周遭的阴郁气氛。哎！人类总是吹嘘自己比其他野兽拥有更丰富的感情，但这些感情有什么用呢？如果我们也只想着吃饱喝足，囿于生理欲望，我们或许会更加自由。而现如今，随便刮过的一阵风，听到的一句话或者看到的一个景色，都会让我们心旌摇曳，无法平静。

我们休憩；一晌碎梦便可扰我安歇。
我们起身；一瞬游思便可污我清明。
我们感受，思考，判断；或哭或笑，
沉湎于悲伤，或是将忧虑摈弃，
都是一样的；因为，喜悦也好，悲伤也罢，
它离去的路途总是畅通无阻。
我们的明日再不像昨天，
万物皆为短暂，唯有无常永恒。[1]

上到山顶时，已经是中午了。我在一块岩石上坐了一会儿，下方是大片的冰原。在迷雾的笼罩下，冰原也好，周遭的山峦也好，都变得模糊不清。这时，一阵微风吹散了迷雾，我于是下到冰原上。凹凸起伏的冰面，像是海上的波涛一般，先向上隆起，又逐渐下倾，中间点缀着许多沟壑，深不见底。冰原的宽度不到三英里，而我却花了近两个小时才到达另一边。对面的山光秃秃的，岩壁近乎垂直。蒙坦弗特山就在我正对面，三英里远的地方。在它的上方，庄严巍峨的勃朗峰高高矗立。我站在山岩的凹陷处，长久地凝望着这壮观的美景。巨大的冰川在群山之间蜿蜒逶迤，在其低洼处，山峰拔地而起，直入云霄。它们冰雪覆盖、闪闪发光的峰顶，刺穿云层，在阳光的照耀下熠熠生辉。看到这样的景象，我原本悲伤的心情一时间充盈着喜悦。我不禁大声喊道："游荡的精魂啊！若你们真是自由

1. 出自雪莱的《无常》。

的，不被狭窄的床榻所束缚，那就也赋予我这渺小的快乐，带我走吧！让我成为你们的伴侣，远离生命的快乐吧！”

就在这时，我突然看到远处有个人影，正以超人的速度向我奔来。他步履轻盈，那些我先前小心翼翼迈过的裂隙，他都一跃而过。当他靠近一些，我发现他的身形远超常人。我恐慌起来，眼前发黑，一阵头晕目眩，但山间的寒风很快让我清醒过来。那个巨大、令人憎恶的身形离我越来越近，让我确认了那就是我所创造的怪物。愤怒和恐惧让我浑身颤抖，但我下定决心，等他靠近，便同他肉搏，决一死战。随着他走近，我看见他的神情，幽怨痛苦，混杂着鄙夷和恶毒，让他原本就无比丑陋的脸看起来更加骇人。但我对此全不在意；愤怒和憎恨让我一时失语，等到我缓过劲儿来，便将满腔的愤慨和轻蔑化作言语，倾泻到他身上。

“魔鬼！”我大声吼道，“你竟还敢靠近我？你难道不怕我打烂你这张可悲的脸？给我滚，肮脏的臭虫！不，你不如待在这儿，好让我把你碾成灰土！然后，噢，然后我就能彻底消灭你这可悲的存在，好让那些被你用恶魔般手段杀害的受害者复活！”

“我料想到你会有这样的反应，”那个恶魔说道，“每个人都憎恨丑恶之人，而我便是一切生灵中最丑恶的那个，我理所应当受到他人的憎恨。可是你！你是我的创造者，竟也如此憎恶我、鄙夷我。我是你创造出来的生命啊！我们之间有着强烈的纽带，除非我们中有一人死掉，不然这根纽带不会断开。你想要杀了我，可你怎敢如此玩弄生命？履行你对我应尽的职责，我便会放过你，以及剩下的所有人。如果你能答应我的条件，我就保证你和其他人都平安无事。但如果你拒绝，那我就要请死神来开怀痛饮，直到它喝饱你剩下亲朋的鲜血！”

“该死的怪物！残忍的魔鬼！你的罪行如此深重，哪怕坠入地狱，也不足以偿还你的罪孽。可憎的恶魔！我创造了你，你竟因此责难我？那就来吧！我不慎将生命之火注入你的躯体，让我有机会扑灭它吧！”

我怒不可遏，向他冲了过去，只想跟他拼个你死我活。

他轻松地闪到一旁，说道：

“镇定！在你发泄怒火之前，我恳请你先把我的话听完。难道我受的苦难还不够多吗？你还要增加我的苦难？生命或许只是苦难的累积，但对我而言仍旧是珍贵之物，我会为之抗争。别忘了，你把我造得强壮有力，比你自己强壮得多，我比你高，关节也更灵活。但我不想跟你作对，我是你的造物，我乐意温驯地服从我天然的上主和君王，但你必须履行你对我所负有的义务。啊，弗兰肯斯坦！你不该对待其他人公平公正，唯独无视我的需求和感情。而我本来最应当得到你的公正，甚至慈悲和关爱！别忘了，我是你的造物！我本应是你的亚当，可现在，我却像是堕落的天使，被无端剥夺了快乐的权利。我看到四处都充溢着幸福，却只有我一个人被排除在外。可我的本性也是良善的，是苦难让我变成了魔鬼。请让我快乐起来吧，我定会改头换面的！”

“滚开！我才不会听你的鬼话。我们之间不会有任何妥协，你是我不共戴天的仇敌！滚！或者我们来打一场，拼个你死我活！”

“我要如何才能说服你？我这般苦苦哀求，也不能换来你一丝善意吗？我是你的造物啊，我恳求你，发发善心，怜悯我吧！相信我，弗兰肯斯坦：我本性善良，我的灵魂也曾闪耀着爱与人性的光辉。但我太孤独了，孤独得太苦了！就连你，我的创造者，都对我这般厌恶，我怎么可能从你的同类那里获得同情？他们又不欠我什么。他们只会唾弃我，憎恶我。现如今，我栖身于这荒芜的山峦和苦寒的冰川之间，终日徘徊游荡。我住在这些冰窟窿里，这是我唯一不感到害怕的地方，也是你们人类唯一愿意施舍与我的地方。我向那阴沉的天空致意，它比你们人类对我更好。如果人类知道我的存在，他们也会做出像你一样的反应，还会全副武装地来将我毁灭。我难道不该憎恨那些恨我之人吗？我不会跟敌人友好相处。我既然如此悲惨，他们也要付出相应的代价。但是，你可以补偿我。我会成为你一个人的恶魔，如此你便可以拯救你的家人、朋友，以及千千万万的其他人，他们将不会成为恶魔暴虐的牺牲品。动动恻隐之心吧，不要再鄙夷我了。听听我的故事，听完了以后，你是想离我而去，还是对我加以同情，便全由你的判断。听听我的话吧。根据人类的法律，即便是血债累累的罪犯，在被判刑之前，也有权为自己申诉。听我说说吧，弗兰肯斯坦。你指控我犯下谋杀的罪行，无非是想要问心无愧地毁掉你自己的造物。噢，赞美人类永恒的公正！我并非在求你宽恕我，我只想让你听我说话，仅此而已。在这之后，如果你可以，如果你还有这样的意图，便用你的双手毁灭你的作品吧。”

“为什么非要让我想起来？”我回答道，“想起那些让我浑身发抖的事情？让我回忆起我就是这一切不幸的根源，是始作俑者？我诅咒那一天，可恶的恶魔，我诅咒那个你第一次看到光明的日子！我诅咒我自己，诅咒这双创造了你的双手！是你让我陷入到这无以言表的悲惨境地里，而我已经无力去思考自己对你公正与否了。走吧！减轻我的痛苦！不要让我再看到你这可怖的嘴脸！”

“我这就减轻你的痛苦，我的创造者。”他说道，用他可怖的双手捂住我的眼睛，我奋力拨开了它们。“这样一来，你就看不到我丑恶的外表了，”他说道，“但你还能听到我的声音，或许还能给我以同情。我求你同情我，念在我曾有的美德的分上。听听我的故事吧，它冗长离奇。这里太冷了，我怕你纤细的感官经受不住。去山上的棚屋吧。当下，太阳还高挂着，当它落下、藏匿于雪山的彼端、照亮另一个世界时，你就能听完我的故事，然后做出抉择。是让我永远再不接触人类，去过与世无争的生活，还是成为你们人类的噩梦灾星，加速你们自身的毁灭，都由你说了算。”

说完这话，他便在前面引路，领着我跨越冰川。我跟在他身后，心中思绪万千。最初，我没有回话，但在前行的路上，我思考着他的辩词，决定至少听一听他的故事。一方面是出于好奇，另一方面怜悯之心也在促使我做出这个决定。我一直以来都认定他为杀害兄弟的凶手，因此，我想从他的故事中找到证据，去证实或是推翻这个假定。我也第一次理解到，作为造物者，我担负着怎样的责任：在将我的造物认作是“邪恶”之前，我应当让他体会快乐。我最终答应了他的请求，跨越了冰川，爬上对面的岩石。空气中泛着寒意，又开始下起雨来。我们走进棚屋，那恶魔看起来颇为得意，而我则心情沉重，情绪低落。但我决定听他的故事。可憎的同伴生起了火，我靠着火堆坐下。就此，他开始了讲述……

（李文皓　译）

作为象征的科学

在整个19世纪上半叶，科学发现和技术发明的飞轮一直在加速运转。约翰·道尔顿提出了原子论；威廉·渥拉斯顿发现了太阳光谱中的暗线；维勒合成了有机物；法拉第发现了电磁感应；冯·迈尔、焦耳和冯·亥姆霍兹提出了热力学第一定律；克劳修斯提出了热力学第二定律；克劳福德·朗发现乙醚可以用作麻醉剂。此外，人们还发明了实用性的蒸汽船、后膛枪、自行车、听诊器、耕种机、照相机、水泥、拖拉机、收割机、左轮手枪、电报、电铸印刷技术、黄色炸药、安全别针和步枪子弹。

但电力的进展正当时。电力始于伏打的电池和里特的蓄电池，其后是法拉第的电动机、斯特金的电磁铁、欧姆的导电定律和皮克西的发电机。电力是一个奇迹，人们看不到它，但它威力巨大，如同魔法或上帝的意志。人们正为了应用这种奇迹而打下基础。电力的应用始于电报，但在这个世纪的最后几十年，其应用范围迅速扩大。

科学所能创造的奇迹似乎无穷无尽。公众对科学的期待如此之高，以至于理查德·亚当斯·洛克（Richard Adams Locke）在纽约《太阳报》上发表了一系列题为《约翰·赫歇尔爵士在好望角作出的月球的新发现》的报道时，读者确实相信人们已经建造出了一种望远镜，能看清月球上只有十八英尺宽的小物体，读者还相信人们已经看到了月球上的生物和建筑。这些报道以《月球骗局》（*The Moon Hoax*，1895）为题集结重印。[1]

1791 年，伊拉斯谟斯·达尔文写道：

> 尚未被征服的蒸汽啊，
> 人们很快就会使用你们的臂膀。
> 或拖曳缓缓行驶的航船，
> 或驱使急速飞奔的车辆，
> 或者拍动巨兽那展开的双翼，
> 让飞天战车驰骋于天际的原野上。
> 俊美的船员们倚靠在船舷，
> 从空中传来他们的欢笑歌唱。
> 飞船疾驰之时，
> 他们的手帕定会在手中飘然飞翔。
> 或是战车军团让人群惊惶不安，
> 畏惧地退向两旁，
> 在那阴暗的云层之下，
> 军队也会退缩避让。[2]

---

1. 这些文章以严谨的口吻报道人类在好望角搭建了一台规模空前的反射望远镜，并看到了月球上的细节，甚至还发现了和人类相似的月球居民，并生动地描绘了月球居民和月球建筑的细节。报道的托名作者为当时的知名天文学家约翰·赫歇尔爵士，其真实作者目前还缺乏定论，但极有可能是洛克。此事又被称为“月球大骗局”（The Great Moon Hoax）。
2. 出自达尔文的《植物园》第一章第一篇。

一些更为优秀的作者，比如歌德——他本身是位业余科学家，正如达尔文是位业余诗人——也为科学欢呼。歌德说，在他的一生中，“伟大的发现接踵而至”。丁尼生在《洛克斯莱大楼》中写道：“用美妙的科学童话，及漫长时日带来的成果 / 滋养青年才俊……”他还预言，未来的贸易和战争都会在空中进行，直到建立起“人类的议会、世界的联邦”。

科学取得了诸多成就，工业化改变了过去的生活方式，但并不是所有人都对此满意。威廉·布莱克抱怨说“那些黑暗的魔鬼作坊”正在侵蚀英格兰美丽的绿色风景，污染英国的天空。拉尔夫·沃尔多·爱默生写道：“物品正主宰大权，人类正被统治。”

对文学家们来说，现在还没到他们的头脑从科学新发明中察觉出重大意义的时候。一些作家们被小说的新素材所吸引，他们开始非常好奇，但是最后却又强调传统的价值观。纳撒尼尔·霍桑正是一例。他在笔记本中写下了这样一段话，正如科幻小说家的作品一样：

> 关于历史未解之谜和自然的谜团，对一位被催眠者的询问。
>
> 卡拉德隆·德·拉·B 夫人（生活在墨西哥）讲过一位接种过眼镜蛇毒液的人，接种方式是用蛇牙向身上许多部位刺入毒液。这些人因此对所有有毒爬行动物的啃咬永久免疫。他们有了召唤蛇的能力，在与蛇玩耍、抓着蛇的时候，也会获得无上欢愉。对于那些没有进行过此种接种的人，这些人的咬伤是有毒的。由此可见，毒蛇天性中的一部分似乎转移到了他们身上。

但是当霍桑把这些素材写进小说时，他的本能告诉他，涉足生命的谜团是放肆无礼的，这种行为将得到惩罚。比如说，在《胎记》（“The Birthmark”，1843）中，一位来自18世纪，名为埃尔莫的“科学之人”娶了一位脸颊上有一小块胎记的美丽女人。为了消除这个瑕疵，让她变得完美，埃尔莫给了她一种药，去掉了胎记，但也同时夺走了她的生命。霍桑在小说中写道：

> 然而，埃尔莫将后一项任务搁置了好久，因为他不情愿地认识到一个事实——所有的探索者迟早都会在这个事实面前栽跟头——我们伟大而有创造力的自然之母现在正严厉地保守着自己的秘密，尽管她在最为明朗的阳光之下明明白白地显示出自己的成就，让我们愉悦。尽管她装作非常开明，但除了最后的结果，她什么都没有给我们看。她允许我们破坏，却很少允许我们改善，并且没有给我们任何解释，就好像一位充满猜疑的专利权所有人。

霍桑曾试图以写作为生，他创作了一些受到高度评价的短篇小说，但也创作出了不少平庸之作。此后他找到了一份稳固的闲职，这份工作让他得以创作出著名长篇小说《红字》和《带有七个尖角的房子》，这两篇小说以象征性的手法写出了清教徒的罪恶感。但他对新兴的科学非常着迷，一次次地回到他记在笔记本中的基础问题上：比如说催眠术的可能性，他以这个主题写了一篇长篇小说《福谷传奇》（*The Blithedale Romance*，1852）；还有长生不老的妙药，这个想法给了他创作《海德格医生的实验》（“Dr. Heidegger’s Experiment”，1837）的灵感。霍桑还创作了《追求至美的艺术家》（“The Artist of the Beautiful”，1844），这篇小说讲了一个痴迷于创作的钟表匠将一生精力用来制作一台机械蝴蝶的故事。霍桑还创作了《拉帕西尼医生的女儿》(“Rappaccini’s Daughter”，1844)。

霍桑似乎对科学所能创造的可能性有由衷的兴趣；但他并没有察觉到，如果将科学作为一种现实去考虑，如果将科学作为一种大环境，而不是作为一种道德选择的话，科学会有多么巨大的潜力。他对于科学，只是用其象征意义，就像清教徒的罪恶感那样。

（赵佳铭　译）

拉帕西尼医生的女儿

［美国］纳撒尼尔·霍桑

很久以前，有一位年轻人，名叫乔凡尼·加斯康提。他从意大利南部来到帕多瓦[1]大学求学。乔凡尼的口袋里只有几个金达克特[2]，他在一栋古老的宅邸中找到了一间高大阴暗的房间作为寄宿处。要说那座宅邸曾是一个帕多瓦本地贵族的宅院，看上去倒也并非不配。实际上，就在宅邸的大门前还挂着一块纹章，属于某个早已消亡的家族。这位年轻的外乡人对祖国的华丽诗篇并非全无研究，他回忆起，这个家族的一位先祖是但丁笔下记载过的人物，但丁把他置于地狱之中，受到永恒的折磨。也许这位先祖曾经在这所宅邸居住过。这些回忆和联想再加上年轻人第一次离开家乡时的忧伤心境，使乔凡尼在环视这间凄凉阴暗、家具破旧的房间时重重地叹了一口气。

"圣母啊！先生！"年老的丽莎贝塔太太喊道。年轻人不俗的风度赢得了她的喜爱，她正贴心地忙碌着，希望给这间房间营造出适合居住的环境。"一个年轻人怎么能这么叹气！你是觉得这间房间太暗了吗？看在上帝的分上，把脑袋伸出窗外看看，你就会看到明媚

1. 意大利北部城市。
2. 曾在欧洲各国流通的钱币。

的阳光，就像你在那不勒斯看到的一样。”

加斯康提机械地遵从了老妇人的建议，但要说帕多瓦的阳光和意大利南部一样令人心神愉悦，他实在无法认同。尽管如此，加斯康提还是看到，阳光正照耀着窗下的一片花园，滋养着花园中多种多样的植物，那些植物看起来都得到了悉心的照料。

“花园也是这座房子的吗？”乔凡尼问。

“老天保佑，不是！先生，除非园子里种满了比眼下正长在那里的劳什子都要更好的调味香草。”老丽莎贝塔回答说，“不，那座花园是著名医生贾科莫·拉帕西尼先生亲手侍弄的，我担保远在那不勒斯也有人听说过他的大名。据说他能用这些花草炼出和魔咒一样灵验的药物。你时常总能看到医生在院子里干活，偶尔也会看到他家千金拉帕西尼小姐在园子里面摘些稀奇的花朵。”

老妇人尽她所能将房间拾掇齐整了一些。她祈求圣徒们保佑年轻人，然后就走了。

除了俯视窗下的花园，乔凡尼也找不到什么其他事做。从外观上看去，乔凡尼认为这座花园是一座植物园。在帕多瓦，这种植物园出现得要比意大利乃至世界上其他地方都早。又或许这座花园曾经是哪家大户人家的游玩场所，因为在花园中间有一座大理石喷泉的废墟，雕工精美，实属罕见，可惜已经坍圮破碎，徒留一堆乱石，原本的设计式样再也无从寻觅。好在泉水依然喷涌不绝，在阳光的照耀下闪闪发光，和先前一样轻快地流淌。轻轻的汩汩声飘到年轻人的窗前，让他觉得喷泉好似永生的精灵，自顾自地唱着永不停歇的歌谣，一任世间沧桑变化。某个世纪赋予了它一具大理石的形体，另外一个世纪又打碎了这些易朽的装饰并将其散落在泥土之上。水流缓缓流入一座小池塘，池塘四周长满了各种各样的植物，看上去需要大量的水分来滋养它们巨大的叶子，有些植物还需要水分滋养华美灿烂的花朵。有一株灌木尤其特别，它长在池塘中央的一座大理石花瓶中，上面盛开着许多紫色的花朵，每一朵花都如同宝石一样润泽丰腴，满树鲜花辉煌灿烂，似乎无须阳光照耀也能让整座花园焕发神采。每一寸土地上都种满了植物和药草，虽说或许不如花树一般娇艳，但也明显得到了勤勉的照料，似乎每一株花草都各有功用，而那颗悉心栽培它们的科学头脑则对其了如指掌。有些植物种在周身雕满古代纹饰的陶瓮里；有些植物种在普通的花盆里；有些长蛇似的匍匐植物沿着地面蜿蜒，或者利用各种各样的支撑竭力向上攀缘。有一株植物缠绕着一座威耳廷努斯[1]雕塑。片片悬垂的藤叶错落交叠宛如布料，为雕塑蒙上了面纱、裹上了衣服，足以让一位雕塑家研究一番。

乔凡尼伫立窗边，忽听得一帘绿叶后面传来沙沙声，方才意识到有人正在花园中操劳。那人的身形很快就出现在乔凡尼眼前，看样子并不是普通园丁。此人高大憔悴、面带病容，穿着黑色的学者长袍。他已经人过中年，头发花白，灰色胡须稀疏，面相显露着智慧和修养，但从来不会显露出多少发自内心的温暖，即便是在风华正茂之际也一样。

这位科学家园丁正在无比专注地检查他经过的每一株灌木，似乎看透了它们最为深层的本质。他观察着它们富有生机的天性，探寻着为什么一片叶子长成这个形状，另外一片又长成那个形状，又为什么这样那样的花朵在颜色和香气上各有不同。但尽管他在工作上深度投入，他和那些植物之间却没有发生任何接触。正相反，他始终小心翼翼地避免着触碰植物，或者吸入它们的香气。这份谨慎给乔凡尼留下了非常不快的印象，因为他的行为举止看起来就像正

1. 罗马神话中掌管四季变化以及庭园、果树和植物生长的神。

行走于极其危险的事物之中，比如野蛮的猛兽、致命的毒蛇或者邪祟的凶灵。一旦松懈片刻，它们就会抓住可乘之机为他降下灾殃。此人明明只是在打理花园而已，举手投足却如临大敌，这在年轻人的想象中产生了一种诡异的恐惧感。打理花园可谓是人类各项劳作当中最为单纯无害的一种，也是人类始祖在堕落[1]之前的娱乐和工作。那么，这座花园是当今世界的伊甸园吗？而这个人如此了解他亲手栽种的草木的危害——他是亚当吗？

无论是摘去枯叶还是修剪赘枝，这位戒心重重的园丁都用一双厚厚的手套保护着自己的双手。这还不是他唯一的护甲。当他穿过花园，走到大理石喷泉旁边的那株挂着满树紫色宝石的华美植物跟前时，还戴上了某种可以遮住口鼻的面罩，就好像那株植物的美丽外表下隐藏着某种更甚于美丽的致命恶意。就这样他还是觉得这份任务太危险，于是又退了回来，摘下面罩，大声呼喊起来。他的声音底气不足，似乎患有隐疾：

“碧翠丝！碧翠丝！”

“我在，父亲，您怎么了？”另外一侧的房子窗户里传来一个圆润而年轻的嗓音——那嗓音就如同热带的落日一样圆润饱满，不知为何竟让乔凡尼想到了深紫殷红的色调与芬芳馥郁的香气。“您在花园里吗？”

“是的，碧翠丝。”园丁回答，“我需要你来帮忙。”

一个年轻女孩的身影旋即出现在雕花大门下面，她身材婀娜，风情万种，足以与最为绚烂的花朵相媲美。她的面容如同白昼一般美丽。她的姿色深沉而明艳又恰到好处，增之一分则太浓。她看上去有无尽的生机、健康和活力。这些特点系在一起、凝聚起来，团

1. 指《圣经》中亚当与夏娃偷吃禁果并被上帝赶出伊甸园一事。

团簇簇地紧紧束拢在她的身上。但是当乔凡尼俯瞰花园时，他的想象一定是有些走火入魔，因为这位美丽的陌生人让他产生了某种错觉：他觉得她似乎也是一株花朵，似乎是那些草木花朵的人类姐妹。她和那些花朵一样美丽动人，比最为娇艳的花朵还要美丽。但是要接触她同样必须要戴上手套，要接近她也不能不戴上面罩。当碧翠丝走过花园小径时，乔凡尼很清楚地看到她抚弄了几株植物，还吸入了它们的香气，他的父亲却唯恐避之不及。

“到这里来，碧翠丝，”她父亲说，“快来看看我们的至宝需要多少不可或缺的照顾。但我的身体已经不行了，要靠得那么近去照顾它，兴许要付出生命的代价。因此，恐怕这株植物只能交给你来单独照料了。”

“我很乐意接受。”年轻的女孩用圆润的嗓音高声说。她朝着那株灿烂的植物弯下腰去，好像想要拥抱它一般。“是啊，我的妹妹，我的光辉，照料你就是碧翠丝的工作。你应该用你的亲吻与芬芳香气回报她，这于她而言如同生命的气息。”

于是，她带着言辞中显露出的无尽温柔忙碌起来，照料着这株看起来需要万分小心侍弄的植物。乔凡尼在高高的窗边揉了揉眼睛，几乎要开始怀疑这个场面究竟是一个女孩在照顾她最喜欢的花朵，还是一位姐妹正为另一位姐妹尽到友爱的责任。这个场面很快就结束了。或许拉帕西尼医生已经做完了他在花园里的园丁工作，又或许他那双敏锐的眼睛看到了这位陌生人的脸，总之他现在已经挽起女儿的胳膊离开了。夜幕开始落下，草木从中散发出压抑沉重的气息，悄然飘升涌入了敞开的窗户。乔凡尼关上格窗，在沙发上睡下，梦到了娇艳的花朵和美丽的女孩。花朵和少女不同却又相通，两种形态都充满了某种诡异的危险气息。

但是，清晨的阳光有一种效果，可以纠正人们在太阳落下后、在黑夜的阴影中，或者在无益于健康的月光照耀之下产生的胡思乱想或错误判断。乔凡尼从睡梦中醒来后的第一个动作就是一把推开窗户，俯瞰下面那座在他的梦中神秘莫测的花园。他惊讶且略带羞愧地看到花园是如此真实、如此实实在在。最初的几道阳光为缀在叶子和花朵上的露珠笼上一层金黄，让每一株名贵的花朵看起来都明艳美丽，同时也让一切都回到了日常经验的范围之中。年轻人很高兴地发现，自己在这座寸草不生的城市中心拥有一点点特权，可以俯瞰这一小片可爱而繁茂的植被。他对自己说，这片花草将会成为维持自己与大自然之间交流的象征性语言。确实，那个病态而疑虑重重的贾科莫·拉帕西尼医生和他光彩照人的女儿现在都没有出现，所以乔凡尼也无法断定他对两个人的奇异印象有多少是出于他们本身的特点，又有多少是出于自己的奇特想象。但是他倾向于对整个事件报以最为理性的看法。

这一天乔凡尼带着推荐信前去拜访彼得罗·巴利奥尼先生，他是一位享有盛名的大学医学院教授。此人年事已高，看上去性格亲切，行为举止几乎可以称得上是乐天派。他留年轻人吃晚餐，席间交谈起来随性自在、活泼热情。尤其是在一两瓶托斯卡纳葡萄酒下肚之后，热络起来的教授更是兴致盎然。乔凡尼觉得同住在一个城市的科学家一定交情不浅，因此趁机提起了拉帕西尼医生的名字。但是教授的回应并没有他期望的那样热情。

“作为一位教授医学这种神圣学科的教师，”彼得罗·巴利奥尼教授回答乔凡尼的问题，“要是不肯给予拉帕西尼这样技艺精湛的医生恰如其分、思虑周全的称赞，诚然不太妥当。但在另外一方面，乔凡尼先生，您是我旧友的孩子，如果我听任一位像您这样有前途的年轻人对于日后可能有机会掌控您的生死的人产成错误的看法，那我的回答实在对不起我的良心。事实是，我们可敬的拉帕西尼医生的科学造诣足以与帕多瓦乃至全意大利任何一家大学的任何人相媲美——兴许只有一个人比他更渊博。但是，他在职业道德方面有些极为严重的问题。”

“什么问题？”年轻人问道。

“我的朋友乔凡尼有什么身体或心理上的疾病吗？不然他为什么对医生的事情如此好奇？”教授微笑着说，“但是关于拉帕西尼，人们都说——基于我对他的了解，我可以对这话的真实性负责——他关心科学远远胜过关心人类。他对病人感兴趣只是因为他将病人当成了某种新实验的对象。哪怕仅仅为了给他堆积的知识之山上增加一小粒芥末籽，他也不惜牺牲人类的生命——无论是别人的生命还是自己的——或者任何对他来说至为宝贵的其他东西。”

“我觉得他的确是个很可怕的人。”加斯康提评论，他脑海中浮现起拉帕西尼冰冷的、绝对理性的外貌。“不过，尊敬的教授，这难道不是一种高贵的精神吗？能够如此纯粹地热爱科学的人怕是不多吧？”

“上帝啊，千万别再有这种人了。”教授略带愠色地回答，“除非他们对于治疗术的观念比拉帕西尼信奉的观点更合理。他的理论主张所有药物的功效都包含在我们称为植物毒素的物质之中。他亲手栽培这些东西，而且据说他甚至研发出了新的毒药，比起大自然不依靠他这位学问家的协助自行创造出来荼毒世界的天然毒素更可怕。不可否认，在那位医生手中，这些危险物质造成的伤害小于预期。我也必须承认有时他的药疗效惊人或者看上去疗效惊人。但是乔凡尼先生，说句心里话，他不应该因为这些成功而得到赞扬——这些成功兴许源自巧合——但他确实应该严格地为他的失败负责，因为这些失败很可能都是他一手造成的。”

如果年轻人知道巴利奥尼和拉帕西尼医生之间有着长久的学术

争端，而且学界还普遍认为拉帕西尼在争端中占优，想必会有所保留地接受巴利奥尼的看法。如果读者想要对他们之间的争端给出自己的判断，我们推荐他们阅读那些记录双方论点的用黑体字印刷的小册子，它们藏于帕多瓦大学医学院。

“我不知道，博学的教授。”乔凡尼思考了一会儿巴利奥尼教授对狂热执着于科学的拉帕西尼的评价后，回应道，“我不知道这位医师多么钟情于自己的事业，但是对他来说肯定有更为宝贵的东西。他有一位女儿。”

“啊哈！”教授大笑道，“那么我们的朋友乔凡尼的秘密就暴露啦。你听说过他的女儿，全帕多瓦的小伙子都对她如痴如狂，尽管有幸见过她面的人还不到六个。我对碧翠丝小姐所知不多，只知道拉帕西尼用自己的科学知识给了她高深的教育，她不光有年轻貌美的盛名，而且还传闻她已经有资格拥有教授的席位了。他的父亲可能就是想安排她来坐我这把交椅呢！还有些其他不值一提、不值一听的荒谬传闻。好了，乔凡尼先生，喝光你那杯甜葡萄酒吧！”

酒意微醺的加斯康提回到住处，美酒让他面红耳热，也让他的脑海中充斥着有关拉帕西尼医生和美丽的碧翠丝的奇妙想象。他在回去的路上经过一间花店，买了一束鲜花。

上楼回到自己的房间之后，加斯康提坐在窗边的墙壁投下的阴影之中，这样他就可以俯瞰花园而不必担心暴露。下面孤寂无人，奇花异草晒着太阳，不时地相互轻轻点头，就好像在认可彼此同气连枝、同属一家。在花园正中那座被毁坏的喷泉处，生长着那株绚丽的灌木，紫色宝石一般的花朵缀满了灌木四周。它们在空气中熠熠生辉，深深的池塘又反射着它们的光华，就如同射入池塘中的华彩让池塘溢出了彩色的流光。正如我们之前所说，花园中最初孤寂无人，然而很快——正如乔凡尼半是期盼、半是害怕的那样——一个身形出现在那座古老的雕花大门处。她走过一排排的植物，吸着它们的香气，似乎她就是古老寓言中以甜美气息为生的生物一样。再次看到碧翠丝，年轻人惊讶地发现，她比自己记忆中的印象还要美丽得多。她如此闪耀明艳，在阳光下仿佛正闪闪发光。乔凡尼喃喃自语，她的光辉无可置疑地照亮了花园小径之间的阴暗间隙。比起之前，乔凡尼能更清晰地看到她的面容，她的单纯和甜美让乔凡尼感到震惊——之前乔凡尼并未想过，她的个性中会有这些品质。这也让他再一次想知道碧翠丝到底是什么样的人。乔凡尼同样再次注意到——或者说想象到——这个美丽的女孩和那株在喷泉上悬垂着宝石繁花的华美灌木如此相似。而碧翠丝似乎也通过精心安排衣服款式与颜色来故意加强这种相似。

碧翠丝走近那株灌木旁，充满热情地张开双臂，将灌木的枝条亲热地搂在怀中——拥抱得如此热烈，以至于她的脸都埋在了灌木的枝叶中，她闪耀的长发和花朵都缠在了一起。

“给我你的气息吧，我的姐妹，”碧翠丝大声说道，“因为普通的空气让我虚弱。也把你的这朵花给我吧，我要用最轻柔的手法把它从花茎上摘下，别在贴心之处。”

拉帕西尼美丽的女儿一边说着这些话，一边摘下灌木上最绚烂的花朵，就要把它戴到胸口。但就在这时——除非是乔凡尼喝下去的酒扰乱了他的认知——发生了一件怪事。一只小小的橘色爬行动物，可能是某种蜥蜴或者变色龙，碰巧正沿着小径爬过，现在就在碧翠丝的脚边。乔凡尼看到——虽然他离得这么远，几乎不可能看到这么小的东西——但他看到，折断的花茎上流出的一两滴汁液落在了蜥蜴的头上。那只爬行动物立即激烈地扭动了片刻，随后就躺在阳光下一动不动了。碧翠丝看到了这令人难忘的场面，悲伤地画了一个十字，但是并没有感到惊讶；她在把那朵夺命毒花戴在胸前时也没有犹豫。花朵在碧翠丝胸前绽放异彩，似乎和宝石一样熠熠生辉，为她的衣裳和形象增加了如此合宜的魅力，世界上没有任何其他东西可以做到这一点。但是乔凡尼从窗口的阴影中探出身子，又缩了回去，喃喃自语，浑身战栗。

“我还清醒吗？我还神志正常吗？”乔凡尼问自己，“那是什么生物？我是应该说她很美丽，还是应该说她难以形容地可怕？”

碧翠丝此刻正漫不经心地在花园中散步，走近了乔凡尼的窗下。为了满足被碧翠丝激起的强烈而痛苦的好奇心，乔凡尼禁不住把头伸出自己藏身的地方。就在这时，一只美丽的甲虫飞过了花园的墙垣，也许它曾飞过整座城市，在这片古老的人类栖息地里却没有找到一株花草，直到拉帕西尼医生的灌木散发出的香气远远地把它吸引过来。这个长翅膀的小精灵没有停在花朵上，却被碧翠丝迷住了。它在她头顶流连不去，拍着翅膀。在如此近的地方，乔凡尼的眼睛不可能欺骗他了。尽管如此，当碧翠丝用孩子一般欣喜的目光凝视着这只昆虫的时候，他似乎仍然看到昆虫变得虚弱无力，跌倒在碧翠丝脚下，闪亮的翅膀颤抖了几下就死了——碧翠丝的气息导致了昆虫的死亡，除了这点，乔凡尼看不出任何其他原因。碧翠丝又一次画了一个十字，重重地叹了一口气，向着死去的昆虫弯下腰去。

乔凡尼不由自主地挪动了一下，把碧翠丝的目光吸引到了他的窗前。她看到了一个年轻男士英俊的面孔——与其说那是意大利式的面孔，倒不如说是希腊式的。年轻人的脸庞白皙端正，打着小卷的金发闪闪发光，他正向下凝视着碧翠丝，如同一只在半空中盘旋的生灵。乔凡尼顾不得寻思就把一直握在手里的花束扔了下去。

“小姐，”他说，“这是纯洁健康的鲜花，为了乔凡尼·加斯康提，请把它们戴上吧。”

“谢谢你，先生。”碧翠丝用圆润的嗓音回答道，她的声音如同音乐一般流淌出来，脸上欢快的表情一半像个孩子，一半像个女人。“我接受你的礼物，也很愿意用这朵珍贵的紫色花朵作为回报，但如果我把它抛向空中，是扔不到你那里的。所以加斯康提先生只能满足于我的谢意了。”

她从地上捡起那束花，但她似乎因为打破了身为少女的矜持并回复了一位陌生人的问候而感到害羞，随即就快步穿过花园，朝着回家的方向离开了。但当碧翠丝消失在雕刻花纹的大门下的时候，尽管只有一刹那，乔凡尼仍然似乎看到他那束美丽的鲜花已经开始在碧翠丝手中凋谢。当然这只不过是凭空想象而已，毕竟离得这么远，不可能分辨出枯花和鲜花。

此事过去多日，年轻人一直在有意避开那扇可以望向拉帕西尼医生的花园的窗户，似乎只要他禁不住诱惑看上一眼，就会有什么丑陋怪异的东西毁了他的视力。他意识到，他既然已经与碧翠丝攀谈起来，自己或多或少就已经受到了某种莫名力量的左右。如果他的内心确已遇到真正的危险，上策自然是立刻退掉公寓并且离开帕多瓦。中策是尽可能地让自己习惯于熟悉的、在阳光之下的碧翠丝的形象——从而让碧翠丝的形象严格有序地驻留于日常经验的范围之内。至于下策，乔凡尼在尽量避免见她的同时，还应该继续住在这位不寻常的生灵的隔壁。既然乔凡尼的想象力止不住地狂乱创造出狂野的奇思妙想，那么切近的距离甚至交谈的可能性起码能让这些奇思妙想更加贴近某种客观真实。加斯康提并没有深沉的内心——或者说，他的内心现在无论如何都还不够深沉。但是他有着活跃的想象力和南方人热情急躁的个性，而且随时可能升格为一种狂热的情绪。无论碧翠丝是否拥有乔凡尼目睹的那些可怕禀赋——夺命的气息以及她和那些美丽而致命的花朵之间的亲密关系——她至少已经在乔凡尼的灵魂中灌注了猛烈而难以捉摸的毒药。这不是爱情，尽管她的美貌让他迷醉；这也不是恐惧，尽管他想象那些似乎充满她的肉体的毒素也浸透了她的灵魂；这是一种爱情与恐惧野蛮结合的产物，像爱情一样炽热，又像恐惧一样阴冷。乔凡尼不知道自己在畏惧什么，更不知道自己在期待什么，然而期待和畏惧在他的胸中展开了一场无休无止的战斗，他们轮流击败对方，又轮流重新从失败中崛起，开始新一轮斗争。愿上帝保佑一切简单的情感，无论它们属于黑暗或者光明！正是这两者的可怕混合产生了地狱中熊熊燃烧的烈焰。

有时候，为了尽力平息心中的狂热之情，乔凡尼会快步走过帕多瓦的街道或者城门。他的步伐需要跟得上他脑海中躁动的思绪，因此步行常常会加速为奔跑。有一天，他突然被人拦了下来：一位身材肥胖的社会名流回过头来认出了年轻人，气喘吁吁地赶上了他，拽住了他的胳膊。

“乔凡尼先生！停一停，我年轻的朋友！”他大喊道，“你忘了我吗？要是我的变化也和你一样大的话，那倒是很可能的。”

这人正是巴利奥尼。自从上次见面后，乔凡尼一直躲着他，因为他害怕教授的睿智会看穿他的秘密。他努力恢复镇定，从自己的内心世界急切地瞪着外部世界，像一个正在做梦的人一样说道：“是啊，我是乔凡尼·加斯康提。你是彼得罗·巴利奥尼教授。请让我离开吧！”

“别急，别急，乔凡尼·加斯康提先生。”教授微笑着说，但与此同时他也在用目光认真地检查着这位年轻人，“什么啊！我不是和你的父亲一起长大的吗？难道他的儿子会和陌生人一样，在帕多瓦的老街上就这么从我身边走过去吗？站着别动，乔凡尼先生，因为我们在分开之前一定要说几句话。”

“那请您快一点，至为尊敬的教授，请快一点。”乔凡尼带着一种狂热的急躁之情说道，“阁下难道没有看出我现在很急吗？”

他正说着，街上走来一位身着黑衣的男人。此人佝偻着身躯，有气无力地往前走，似乎身体很不健康。他满脸病容，面色焦黄，但表情却显露着锐利活跃的智慧，以至于旁观者很容易忽视他的虚弱病体，只看到他旺盛的精神状态。当他走过时与巴利奥尼冷淡地远远打了个招呼，但他的目光却紧紧地盯着乔凡尼，如此专心致志，似乎要挖掘出乔凡尼心中一切值得注意的地方。尽管如此，这注视却悄然无声，似乎他对年轻人的兴趣仅仅出于算计，而不是关心这个人本身。

“那是拉帕西尼医生！”当这位陌生人离开时，巴利奥尼教授轻声说道，“他之前见过你的脸吗？”

“这我就不知道了。”乔凡尼一听到那个名字就赶紧回答。

“他见过你！他一定见过你！”巴利奥尼急促地说，“为了这样那样的目的，这个科学家正在研究你。我了解他这种目光！当他要做某个实验，用花朵的香气杀死一只鸟、一只老鼠或者一只蝴蝶，俯身看向它们的时候，他的脸上射出的就是这种冰冷的光。这种目光就如同大自然本身一样深邃，但是并没有大自然的温暖爱意。乔凡尼先生，我用我的生命打赌，你正是拉帕西尼某个实验的研究对象！”

“你在愚弄我吗？”乔凡尼激动地大喊，“教授先生，你这话正是个不合适的实验。”

“耐心点！耐心点！”教授冷静地回应，“我和你说，可怜的乔凡尼，拉帕西尼对你有科学上的兴趣。你已经落入他的魔掌了！而那位碧翠丝小姐——她在这场阴谋之中又扮演着什么样的角色？”

但加斯康提受不了巴利奥尼的执拗，他挣脱开教授，不等教授再次拽住他就离开了。教授凝视着年轻人的背影，摇了摇头。

“这绝对不行，”巴利奥尼自言自语，“这个年轻人是我老友的儿子，他绝不能遭受任何可以通过药学手段来阻止的伤害。更何况拉帕西尼实在欺人太甚，竟然想要从我的手里夺走这位小伙子。我敢说他一定打算利用他来做什么可怕的实验。还有他的女儿！也该留心一下她了。也许，学识渊博的拉帕西尼，我可以在你做梦也想不到的地方击败你！”

此时，乔凡尼绕了半天，最后又回到了他的公寓门前。走过门口时，他遇到了老丽莎贝塔，她挤出一副微笑，很明显是急于跟乔凡尼套近乎，但是没有成功，因为乔凡尼的冲动已经在顷刻间消退成了冰冷迟钝的空虚。他的双眼直勾勾地盯着那张正因为满面堆笑而皱成一团的老脸，但是却如同视而不见一般。因此老妇人抓住了他的斗篷。

“先生！先生！”她小声说着，整张脸依旧堆满了笑容，看上去活像一尊年代久远、颜色暗淡、怪模怪样的木雕，“请听一下，先生！有个隐蔽入口可以通往花园！”

“你说什么？”乔凡尼大喊，快速转向丽莎贝塔，就好像一件死物突然焕发出了狂热的生机。“通往拉帕西尼医生花园的私人入口？”

“嘘！嘘！别说这么大声！”丽莎贝塔捂住了他的嘴，轻声说道，“是的，通向那位可敬的医生的花园，你可以在那里见到他所有的美丽花草。帕多瓦的好些年轻人为了能身处花丛之中，连金子都愿意掏呢。”

乔凡尼把一小块黄金放在了丽莎贝塔手中。

“给我带路。”他说。

可能是与巴利奥尼的谈话令他起了疑心，乔凡尼的脑海中闪过一种猜测：老丽莎贝塔涉入此事可能也和这桩阴谋有关，无论这桩阴谋的目的何在，教授认为拉帕西尼医生正把他卷入其中。这种怀疑虽然让乔凡尼感到不安，却不足以阻止他。从他意识到他有可能接近碧翠丝的一刻起，这件事情似乎就成了他生命中不可不做的事。无论碧翠丝是天使还是恶魔，都无关紧要。他已经无可挽回地落入了碧翠丝的轨道，必须遵循不断推动他向前绕行的定律，绕着不断减小的圆圈，一直走向他不想去预测的最终结果。但说来也怪，他突然开始怀疑他的这种强烈兴趣是否只是一种假象。是否真是某种深沉而乐观的天性将他推向了难以预料的境况？又或许这一切只是年轻人脑中的幻象，和他的内心关系甚微乃至毫无关系？

他停住脚步，犹豫了一下，转过半个身子，但又再次向前走去。干瘪的老太婆引着他穿过了几条昏暗的小道，最终打开了一扇门。门开之处，只见绿叶婆娑，沙沙作响，斑驳的阳光在叶片的缝隙之间闪烁。乔凡尼走向前去，奋力地摆脱了一株灌木的纠缠，那株灌木用自己的藤蔓缠绕着花园的隐蔽入口。乔凡尼站在拉帕西尼医生花园中的一处开阔地带，就在他自己的窗户下面。

事情总是这样的。当不可能的事情真的发生，当梦想从虚无缥缈的形体凝聚成触手可及的现实，我们却发现自己如此平静，甚至镇定自若到了冷酷的程度，虽然我们本以为自己会欣喜若狂或无比痛苦。命运就喜欢这样捉弄我们，激情总是会自顾自地突然迸发出来，但是当时机成熟需要它登场之际，它却又总是脚步拖沓姗姗来迟。乔凡尼现在正是如此。不切实际的愿望日复一日地让他热血上涌，他想要和碧翠丝聊天，和她在这座花园之中面对面地一起驻足，沐浴在她如同东方朝阳一般的美丽之下，从她的凝视之中找寻那个被他视为自己生命之中最深的秘密。但现在他心中却只有异常而不合宜的平静。他在花园中环视了一圈，想看看碧翠丝或者她的父亲是否在场，当发现自己孤身一人后，便开始鉴赏起那些植物来。

花园中每一株植物的样子，或者说所有植物的整体印象，都令他感到不快。它们枝繁叶茂的模样看起来凶猛而暴躁，甚至有悖自然。如果一个旅人在森林中独自徘徊时看到了其中的一株灌木，他一定会受惊于灌木狂野的模样——就好像一张怪异的面孔在繁茂的枝条下面盯着他看一样。有几株植物还会让人类敏感的直觉感到震惊，因为它们的外形显示出矫揉造作的痕迹，是某种混合体，或者说是多种植物通奸滥交的产物。它们不再是上帝的造物，而是人类的堕落想象滋生的可怕后代，只是对美丽的拙劣而邪恶的模仿。它们可能是实验的产物，有那么一两次实验将单独看来非常可爱的植物成功杂交成了某种混合体，并且具备了可疑且不祥的特质，正是这种特质使得这座花园与众不同。最后，乔凡尼也只辨认出了花园中的两三种植物，而且他很清楚它们都有毒。正当他想得出神时，忽然听到了丝绸衣服的沙沙声。他转过头去，看到碧翠丝正出现在雕花大门下。

乔凡尼还没有考虑过该采取何等举止。他是应该为闯入花园而道歉，还是应该假设自己的到来就算并非出于拉帕西尼医生或者他的女儿的愿望，至少也是因为他和他们认识？但碧翠丝的举动让他安下心来，尽管他还在思索能够解释自己为何会出现在花园里的说辞。碧翠丝轻快地沿着小径走来，在破损的喷泉旁边和乔凡尼会面。她的神情有些讶异，但也洋溢着单纯友善的快乐。

“您真是花朵的鉴赏家，先生。”碧翠丝微笑着说，她指的是那束他从窗口抛给她的花。“因此，如果我父亲搜集的珍奇花木吸引你来仔细一观，这也不奇怪。如果父亲在这里，他可以告诉你很多关于这些草木天性与习性的奇闻趣事，因为他毕生都在做这一类研究，这座花园就是他的整个世界。”

“还有您自己，小姐。”乔凡尼试探着问道，“如果外界传闻不虚——您同样精通这些繁茂鲜花以及浓郁芳香的功效。您是否能屈尊做我的老师？比起拉帕西尼先生的亲自教导，我应该会学得更好！”

“还有这等闲话？”碧翠丝问道，她悦耳的笑声如同音乐一般。“人们说我精于父亲的植物学？简直是开玩笑！不是这样的，虽然我在花丛之中长大，但是除了它们的色彩和香气，我对它们毫不了解。有的时候我甚至希望我连这一点点知识都可以忘掉。这里有很多花虽说还算美丽，但是只要看到它们，我就会感到害怕与厌恶。但是我求求您，先生，不要相信那些我懂得科学的谣传。除了您亲眼看到的事情，不要相信关于我的任何事情。”

“那我一定要相信我亲眼看到的一切吗？”乔凡尼问道，这问题显然有所指向，他想起了之前令他战栗的那些场面。“不，小姐，您对我的要求也太少了。请您吩咐我，除了您亲口说出的话，什么都不要信。”

碧翠丝似乎明白了他的意思。她的脸颊浮上一层红晕，但她还是直视着乔凡尼的双眼，带着女王一般的高傲回应了他那不安的猜疑目光。

“先生，那我就如此吩咐您。”她回应道，“忘了您可能幻想过的关于我的一切。一件事情也许从外表上看上去是真实的，但是其本质却依然可能是虚假的。可是碧翠丝·拉帕西尼的言语，都是从内心深处向外吐露的真话。您可以相信这些。”

她的整个形象放射出一阵炽热的光芒，就像真理之光一般照亮了乔凡尼的意识。但在她说话时，她的四周笼罩着一阵芳香，馥郁甜美，尽管这芳香飘忽易散。然而年轻人却生出了一股说不出的抗拒之情，不敢把这阵香气吸入肺中。这也许就是那些花朵的香气。是否正是碧翠丝的气息让她的话语带上了一种奇异的饱满色彩，就好像这些话语在她的心灵之中浸泡过一样？一阵眩晕像阴影一样侵袭了乔凡尼，又很快消退。他似乎通过美丽少女的双眼看见了她清澈透明的灵魂，他感觉不再疑虑，也不再恐惧。

碧翠丝的行为举止中晕染的激情气息已经消退，她变得快活起来，似乎在为能与青年交流而感到由衷欢喜，就如同一位孤岛上的少女同来自文明世界的旅行者交谈一般。很明显她的生活经验局限在花园之内。她时而谈起阳光和夏日的云彩这样简单的事物，时而又问起城市，问起乔凡尼遥远的家乡、朋友、母亲和姐妹们——这些问题显示出碧翠丝如此不谙世事，对潮流和社会如此不了解，以至于乔凡尼觉得自己似乎正在回应一位婴孩。碧翠丝的心灵如同在乔凡尼面前汩汩涌出的一汪清泉。这汪清泉刚刚见到日光，因为映照在自己怀抱之中的大地和天空而惊讶不止。奇思妙想也从她的心灵深处涌现出来，闪着宝石一般的炫光，似乎泉眼里不仅喷涌出了一串串气泡，还伴随着熠熠生辉的钻石和红宝石。年轻人的脑海中不时闪过一阵阵惊叹：他居然和碧翠丝肩并肩地一起散步——这个人曾经勾起他的无尽想象，曾经让他感到多么恐怖，他曾目睹此人显露出确凿的可怕特质——而且竟然还和兄长一样与碧翠丝聊着天，竟然还发现她如此有人性、有少女风韵。但这些想法只是短暂掠过了他的脑海，他迅速地沉醉于碧翠丝真切的魅力之中了。

他们无拘无束地聊着天，在花园中漫步。在花园小径中转过许多弯后，他们来到了那座损毁的喷泉前面，喷泉边上就是那株盛开着鲜艳花朵的华丽灌木，树下香气缭绕。乔凡尼辨认出这种香味和碧翠丝气息中的香味一模一样，只是更为强劲。当碧翠丝的目光落在灌木上时，乔凡尼注意到她用手捂住了胸口，仿佛她的心脏在猛烈而痛苦地跳动一般。

“这还是我平生以来，”她喃喃地对灌木说，“第一次忘了你们。”

“我记得，小姐，”乔凡尼说，“你曾经许诺过要送给我一朵这种如同活宝石一般的花朵，回馈我天真而大胆地扔到你脚下的那束花。现在请允许我摘一朵花，作为本次拜访的纪念。”

他朝着灌木丛踏出一步，伸出手去。但碧翠丝急冲到前面，发出一声尖叫。那声音就像匕首一样刺穿了乔凡尼的心脏。她抓住乔凡尼的手，用尽了窈窕身躯的全部力气把它拽了回来。乔凡尼觉得碧翠丝的触碰令自己感觉到一阵毛骨悚然。“不要碰它！”碧翠丝痛苦地大喊，“为了你的性命请不要碰它！它是致命的！”

随后，碧翠丝捂着脸从他身边逃走，消失在了雕着花纹的大门下面。乔凡尼目送她离开，却在花园入口的阴影中看到了拉帕西尼医生瘦弱的身形和苍白的面庞。他一直在观察这一幕，乔凡尼不知道他已经看了多久。

乔凡尼刚刚独自一人回到自己的房间，碧翠丝的形象就回到了他躁动不安的想象之中。自从乔凡尼第一眼见到她以来，她的身影就一直笼罩在巫术秘法当中，如今又平添了一份少女的温婉气质。她是人类，她的天性中有一切温婉的女性特质，她值得被人仰慕，她自己也毫无疑问有着爱别人的勇气。乔凡尼曾一直认为有些蛛丝马迹昭示着碧翠丝的身体和精神世界中拥有可怕的特质，这些痕迹如今要么被忘记了，要么被激情的微妙诡辩转化成了充满魅力的金冠，让碧翠丝变得更为独特，因而也就更令人爱慕。曾经看上去很丑的东西现在很美，如果实在无法达成这种转变，那些丑陋的东西就会偷偷溜走，藏身于未成形的残念之中，那是我们清醒意识的光芒无法照射到的阴暗角落。乔凡尼就这样思来想去彻夜未眠，直到黎明的曙光唤醒了拉帕西尼医生花园中的灌木，他才沉沉睡去，而他的梦境无疑又让他回到了花园。太阳如常升起，阳光照射在年轻人的眼睑上，照醒了他。迷蒙之际的乔凡尼只觉得一阵疼痛，完全清醒之后才意识到这一阵如同灼烧针刺的痛感来自他的手——正是当他要摘下一朵宝石般的花朵时，碧翠丝亲手一把拽住的右手。手背上现在有一块形如四根小小手指的紫色痕迹，手腕上有一块像是一根纤细的拇指的痕迹。

哦，爱是多么执着！即便是徒有狡猾的外貌、生长在幻想之中、并未在心灵中扎下根来、仅仅是貌似爱情的情愫，在最后时刻到来、注定散作尘雾之前，依然会固执地信念十足！乔凡尼用一块手帕裹在手上，困惑地想了想是什么恶物伤到了他，但很快就在对碧翠丝的思慕之中忘记了痛苦。

第一次见面后就一定会有第二次，这就是我们所说的命运。之后是第三次、第四次，在花园中和碧翠丝见面已经不再是乔凡尼生活中的偶然事件，反而足以称为他的全部生活，因为他生活中的其余时间都在期盼和回忆那令人心醉的时刻。拉帕西尼的女儿也和乔凡尼如出一辙，她盼望着年轻人的出现，随后就飞到他身边，她如此信任乔凡尼，似乎他们是青梅竹马的玩伴，而且这层关系直到现在也没有变。如果乔凡尼偶尔没能在约定时间前来，碧翠丝就会站在窗下，她圆润甜美的嗓音传上楼来，在乔凡尼的房间回响，也在乔凡尼的心头激荡："乔凡尼！乔凡尼！什么事情让你耽搁了？快下来吧！"随后乔凡尼就会冲进长满毒花的伊甸园。

尽管他们已亲密无间，碧翠丝的举止却仍然有所保留，显得凛然不可侵犯，令乔万尼不曾想过要大胆造次。从一切外在的迹象来看，他们都是两情相悦的。他们带着爱意注视着对方的双眸，眉眼间将一个人灵魂深处的秘密传递到另一个人的灵魂深处，仿佛喃喃低语都可能亵渎这份神圣。激情洋溢之际，他们的灵魂如同隐藏已久的火舌一样相互纠缠着向前飞奔，甚至将爱意宣之于口。但他们的嘴唇从未接吻，他们的双手从未紧握，就连爱情之中最基本也是最神圣的轻轻相拥都没有过。他从未触碰过她的秀发中任何一绺闪闪发光的小发卷，她的衣装标志着他们之间的有形屏障，微风从未将她的衣裙吹拂到他身上。偶尔乔凡尼似乎禁不住诱惑，想要跨越雷池，碧翠丝就会变得至为悲伤、至为严肃，表情也极为冰冷疏远，连自己都要发抖，以至于她一句话也不说就让乔凡尼退却了。在这样的时候，乔凡尼的心中就会浮现出一阵狐疑，好似爬出内心洞穴的怪兽盯着他的脸，让他感到害怕。他的爱意就如同清晨的雾气一样变得稀薄暗淡，只剩下实实在在的疑虑。但当这阵短暂的阴影过后，碧翠丝的面庞总会再次显现出来，不再是那个乔凡尼曾心惊胆战地注视着的恐怖而充满未知的生灵，而是又变成了那位美丽纯洁的少女，自己的灵魂了解她，比了解其他任何东西都要确凿。

自从乔凡尼上次遇到巴利奥尼以来，已经过了很久。然而某天早上，教授突然来访，让他颇为不快。几个星期以来他从未想过教授，而且还很希望将此人忘得更久。长期以来，他一直处于持续的激情之中，已经不能忍受别人的陪同，除非他们能够完全体谅自己现在的感情状态。而巴利奥尼教授自然不可能如此体贴。

来访者心不在焉地聊了一会儿城里和大学中鸡毛蒜皮的消息，然后便话锋一转。

“我最近在读一位古代经典文学作家的作品。”他说，“读到了一篇我非常感兴趣的故事。也许你对这个故事也有印象。一位印度王子把一名美女献给亚历山大大帝做礼物，她就像朝霞一样可爱，像晚霞一样艳丽。但她最大的特点还是她呼出的馥郁香气，比一座波斯玫瑰花园还要香。作为一位年轻的征服者，亚历山大大帝自然在看到这位陌生美人的第一眼时就爱上了她，但一位聪慧的医生恰好在场，他发现了那个美人身上的秘密。”

“什么秘密？”乔凡尼问道，他垂下眼睛，避开教授的目光。

“秘密就是，这位可爱的美人，”巴利奥尼加重了语气，继续说道，“一生下来就被人用毒药养大，直到她的整个身体都充斥着毒素，她本身就是世界上最致命的毒药。毒药就是她生命中的要素。她气息中的馥郁香气可以毒化空气。她的爱情就是毒药——她的拥抱就意味着死亡。你说这故事妙不妙？”

“幼稚的无稽之谈。”乔凡尼回答，他紧张地从椅子上站了起来，“真奇怪，阁下您从事严肃研究工作还忙不过来，哪来的闲工夫读这些胡说八道。”

“顺便提一句，”教授不安地打量着乔凡尼，说道，“你屋里什么东西这么香？是你手套上的香水吗？这香味很淡，却很甜美，不过闻起来很不舒服。如果我吸得太久，恐怕非得生病不可。这种香味似乎是花香，但是我在房间里没看到花朵。”

“确实没有花。”乔凡尼回应道。教授越是说话，他的脸色越是苍白。“尊敬的教授，我认为除了在您的想象之中，这房间里根本没什么香味。气味是感官和精神因素的共同作用，光是凭空想象气味的存在，可能就会轻易产生在现实中闻到这种气味的错觉。”

“是这样，但是我冷静的想象力很少欺骗我。”巴利奥尼说，“而且就算我凭空想象出某种气味，那也应该是某种难闻的药味，我的手指确实很可能染上这种味道。而我听说，我们尊敬的朋友拉帕西尼将他的药物熏染得比阿拉伯的香料还要香。同样毫无疑问的是，才貌双全的碧翠丝小姐会为她的病人开出香气扑鼻的药剂，就像少女的气息一样芬芳。但是喝药的人可就惨了！”

乔凡尼的脸上显露出他内心的情绪起伏。教授在影射拉帕西尼单纯可爱的女儿时所用的语气让乔凡尼的内心饱受折磨。然而教授话里话外都在暗示碧翠丝的本性与乔凡尼的看法截然相反，这一点却让之前许多疑点在刹那间清晰起来，似乎许多恶魔正在冲着他咧嘴而笑。但他尽力打消了这些念头，以一种真正的爱人特有的忠贞不渝回应巴利奥尼。

“教授先生，”他说，“您是我父亲的朋友，也许您的本意也是要善待他的儿子。我对您也只有尊重和崇敬，除此之外别无他意。但是我向您请求，先生，有一个话题我们一定不要再讨论了。您不了解碧翠丝小姐，因此，您也不能因为听了几句轻率的诽谤之词就猜度她品性卑劣——要我说这无异于亵渎。”

“乔凡尼！我可怜的乔凡尼！”教授平静中略带惋惜地回应，“我远远比你更了解那位可怜的女孩。你应该听一听关于投毒的拉帕西尼和他那位有毒女儿的真相。是的，她的毒性正如她的美丽一样。听着，即便你要揪下我花白的头发，我也不能沉默。拉帕西尼高深而致命的科学研究让那则古老寓言中的印度女人成了现实，就实现在可爱的碧翠丝身上。”

乔凡尼呻吟着，捂住了脸。

“她的父亲，”巴利奥尼继续说，“根本不顾天伦人情，把自己的孩子当成了他疯狂热衷的科学研究的牺牲品。说句公道话，他是一个纯粹的科学家，好像连他自己的心灵也放在蒸馏器里面提纯过一样。那么，你的命运又将如何？毫无疑问，你被他当成了某种新实验的实验材料。实验结果可能会是死亡，还可能比死更可怕。拉帕西尼的眼前只有他所谓的对科学的兴趣，他做事毫无顾忌。”

“这只是个梦，”乔凡尼喃喃道，“这肯定是个梦。”

“但是，”教授继续说，“打起精神来吧，我老朋友的孩子！现在开始自救还来得及。也许我们还能挽救那个可怜的孩子。她父亲的疯狂让她深陷在正常的人类天性之外，我们也许还能把她拉回来。看看这只小小的银瓶！它是鼎鼎大名的本韦努托·切利尼[1]亲手打造

1. 意大利文艺复兴时期金匠、雕塑家。

的，足以作为一件充满爱意的礼物，送给意大利最美丽的女士。但它里面装着的东西更是无价之宝。只需要喝一小口这种解毒剂就可以化解波吉亚[1]最烈的毒药。毫无疑问它对拉帕西尼的毒药也同样有效。把这个小瓶子和其中珍贵的药物送给你的碧翠丝，然后充满希望地等待结果吧。”

巴利奥尼把一只小巧精致的银药瓶放在桌上，转身离开了。只留下他的话语在年轻人的思绪之中慢慢地发挥影响。

“我们还是会击败拉帕西尼的。”巴利奥尼一边下楼梯，一边暗笑着想，“我们要承认，他是个奇才——真的是个奇才。但他在实际行医时只能算一个卑劣的庸医，所以尊重医道传统的人无法容忍他。”

我们已经说过，在乔凡尼和碧翠丝的整个交往过程中，他偶尔也阴鸷地猜忌过碧翠丝的品行。然而，碧翠丝给乔凡尼的印象却是一个完全纯真自然、深情脉脉、全无心机的生灵，巴利奥尼教授所刻画的形象看上去怪异又令人难以置信，似乎和他自己的印象完全不协调。确实，第一次看到这位美丽少女时，乔凡尼曾有过可怕的回忆，他无法彻底忘记那束在她的手中凋零的鲜花，也不能忘记那只在灿烂的阳光下僵死的昆虫，除了她芳香的气息，没有别的明显因素。然而，这些事件都消融在了她性格的光辉之中，已经不再有事实的确凿效果，而是被乔凡尼视为某种错误的奇想，不管这种想法看起来是被何种感官所证明。有些事情要比我们亲眼所见、亲手所触的一切都更为真实、更为确凿。就是因为这些更好的证据，乔凡尼选择信任碧翠丝，虽然这与其说是出于乔凡尼深沉而宽宏的信

1. 即教皇亚历山大六世。亚历山大六世声名不佳，据传他擅长用毒，常常在宴会上将毒药下在想要毒杀的人的酒中，作为敛财或杀死政敌的手段，“波吉亚之毒”因此成为典故。但亦有说法称，他的恶名中有不少来自政敌的诋毁。

任，不如说是碧翠丝的高尚品质所带来的必然影响。最初的热烈激情高高托举起了他的精神，可是如今他再也无法维持高位，于是坠落下来，在世俗的疑虑之中匍匐，碧翠丝的圣洁形象也遭到了玷污。他并没有放弃碧翠丝，只是有些怀疑。他打算做一个能让他心满意足的决定性实验，一劳永逸地弄清她的躯体之中是否有着致命的特性，这些特性又是否只能在她的心灵同样扭曲变形时才能存在。在蜥蜴、昆虫和那束花的事情上，因为当时他在楼上远远地向下看，他的眼睛可能会欺骗他；但如果在几步之内目睹碧翠丝手中娇艳新鲜的花朵突然枯萎，那就毫无疑问了。带着这种念头，他赶忙来到花店，买了一束还坠着晨露的花束。

现在又到了他每天按照惯例去见碧翠丝的时候。在乔凡尼下楼之前，他没有忘记对镜自顾一番——英俊的年轻人难免会有几分虚荣。然而在眼下这样心如乱麻的焦躁时刻还这么做，未免显得感情浅薄、性格浮夸。他盯着镜子自言自语，自己的外貌从未如此优雅大方，双眼从未如此有活力，面颊从未如此血气旺盛。

“至少，”他想道，“她身上的毒性还没有侵入到我的身体中，我并不是她手中凋零的花朵。”

想到这里，他把目光转向那束拿在手里一直没有放下的花束。一阵不可言说的恐惧之感立刻传遍了他全身：那些带着露水的鲜花已经开始凋谢，看上去，那些花朵的新鲜与娇嫩已经是昨天的事情了。乔凡尼的脸色和大理石一样苍白，他一动不动地站在镜子前面，瞪着自己在镜子中的影子，似乎看到了某种可怕的东西。他想起巴利奥尼说过的弥散在房间中的香味，那一定是自己的气息中的毒素！他不禁颤抖起来——因为自己而颤抖。从恍惚中回过神来后，乔凡尼用古怪的眼光打量起公寓角落里的一只蜘蛛，它正忙着在古老的飞檐上结网，用相互交结的丝线来回编织着——就像任何旧天花板上挂着的蜘蛛一样，精力充沛、活泼好动。乔凡尼朝着蜘蛛弯过身去，呼出了一阵深沉悠长的气息。蜘蛛突然间停止了劳作，蛛网也因为这小小艺术家的颤抖而摇晃起来。乔凡尼又呼出一口气，比上次更深更长，还带着一种发自内心的恶毒情感。他也不知道自己是真的恶毒，还是只是绝望。蜘蛛的几条腿抽动了一下，挂在窗口死去了。

"诅咒啊！诅咒啊！"乔凡尼喃喃自语，"难道你已经变得这么毒，呼一口气就能杀死这只夺命的昆虫吗？"

正在此时，一阵圆润甜美的嗓音从下方的花园传来。

"乔凡尼！乔凡尼！已经过了约好的时间了！你在磨蹭什么？快下来吧！"

"是啊，"乔凡尼又一次喃喃地说，"她是唯一不会被我的呼吸杀死的生物了！但我希望她会！"

他冲下楼去，刹那间他就出现在了碧翠丝明亮而又充满爱意的眼眸前。片刻前，乔凡尼还是如此愤怒、如此绝望，以至于他别无所求，只希望瞥上碧翠丝一眼就可以让她枯萎凋零。但随着碧翠丝在他面前出现，一些真真切切、无法马上摆脱的影响也一同到来。他想起了女性的天性中特有的善良柔和的力量，常常让他处于虔诚的平静心绪之中；他想起碧翠丝神圣而热烈地吐露了自己内心的情感，那时她的心灵之泉解除了深处的束缚，晶莹透明地展示在自己的心灵前。如果乔凡尼知道该如何去看待这些回忆，他就会确信，这一切丑陋的秘密只不过是尘世中的错觉，无论邪恶的迷雾看上去如何笼罩着碧翠丝，真实的她却是一位圣洁的天使。虽然乔凡尼的信念还没有达到这种高度，但碧翠丝的出现也并没有完全失去魔力。乔凡尼的怒火平息下去，变成了带着恼怒的麻木。直觉敏锐的碧翠丝立刻察觉到二人之间有一道谁都无法跨越的黑暗鸿沟。于是两人伤感而安静地一同走着，来到了大理石喷泉与水池前面，水池中间长着那株缀满了宝石般花朵的灌木。乔凡尼惊骇万分地发现，自己正深深地吸入这鲜花的芬芳，简直如饥似渴。

“碧翠丝，”他突然发问，“这种灌木是哪里来的？”

“我的父亲创造了它。”碧翠丝简短地回答道。

“创造了它！创造了它！”乔凡尼重复道，“碧翠丝，这是什么意思？”

“父亲是一位知晓自然秘密的可怕的人。”碧翠丝回答，“在我开始呼吸的时候，这株植物也同样破土而出。这株植物是父亲的科学研究的后代，是他的聪明才智的子孙。而我只不过是他在人世间的孩子，不要靠近它！”她惊恐地看着乔凡尼越来越接近那株灌木，继续说道，“它有一些你做梦都梦不到的特点，但是我，最亲爱的乔凡尼啊，我是和这株植物一起长大的，这株植物的气息滋养了我。它就是我的姐妹，我像爱亲人一样爱着它，因为——唉！你难道没怀疑过吗，有个可怕的厄运？”

乔凡尼此时朝着碧翠丝皱着眉头，表情极为阴郁，碧翠丝停了下来，身体颤抖着。但她相信乔凡尼的柔情，打消了自己心头的疑虑，还为自己瞬间的疑窦而脸红。

“有个可怕的厄运，”她继续说，“我父亲对科学的致命热爱让我远离人类社会，直到上天派来了你，最亲爱的乔凡尼。噢，可怜的碧翠丝多么孤独！”

“这种厄运很可怕吗？”乔凡尼双眼紧紧盯着碧翠丝问道。

“我也是最近才知道它有多可怕。”碧翠丝温柔地回答，“哦，确实很可怕。但是我的心灵已经麻木了，因此我才这么平静。”

乔凡尼的怒火从他带着愠怒的压抑情绪中猛地爆发出来，就好像闪电刺破乌云。

“你这个被诅咒的人！”乔凡尼带着恶毒的轻蔑和怒气大喊，“你自己觉得孤寂无聊，就把我与一切人间温暖割断，哄骗进你那种难以言说的恐怖世界！”

“乔凡尼！”碧翠丝惊呼道。她用那双又大又明亮的眼睛看着他的脸。她的大脑无法接收乔凡尼言辞中的愤怒，她吓得怔住了。

“是的，你这毒物！”乔凡尼重复道，气得发狂。“你办到了！你毁了我！你在我的血管里注满了毒汁！你让我和你一样，变成了一个可恨可憎、丑陋不堪、引人生厌、有毒致命的生物——世上至为可怕的怪物！嗯，如果天公作美，我们的呼吸对我们自己来说也和对其他人一样致命，就让我们带着无法言说的厌恶接个吻，然后死去吧！”

“什么厄运降临在了我身上？”碧翠丝带着发自内心的悲叹喃喃道，“圣母啊，可怜可怜我这个心碎的可怜孩子吧！”

“你——你是在祈祷吗？”乔凡尼仍旧带着那残忍的轻蔑高喊道，“就连出自你嘴里的祷文也会用死亡玷污大气。对，对，让我们祈祷吧！让我们去教堂，把我们的手指在教堂门口的圣水池中浸一浸，那些在我们后面的人就会像得了瘟疫一样死去！让我们在空气中画十字吧！让诅咒以神圣符号的形式传播到四面八方！”

“乔凡尼，”碧翠丝平静地说，因为她的悲伤已经压倒了激动，“为什么你对我说出这些可怕言辞时还要把自己也加上？确实，我是你所说的那种可怕的怪物，但是你——你还需要做什么呢？你只需要对我遭受的可怕痛苦抖抖身子，冲出花园，和你的同类待在一起，然后忘记人世间曾经存在过一个像可怜的碧翠丝这样的怪物就可以了！”

“你还想装傻？”乔凡尼怒视着她问道，“看！我从拉帕西尼家的纯洁千金那里获得了何等威力！”

这座有毒花园散发的香气吸引了一群前来寻找食物的夏日昆虫，

它们在空中飞来飞去，绕着乔凡尼的脑袋盘旋，很明显乔凡尼就像片刻之前它们环绕盘旋的灌木一样诱人。乔凡尼冲着它们呼出一口气，随后朝着碧翠丝苦涩地笑了笑，只见至少有二十只昆虫坠地而亡。

“我知道了！我知道了！”碧翠丝尖叫着，“这是我父亲的致命科学研究造的孽！不，不，乔凡尼！这不是我的本意，绝不是！绝不是！我只是想着爱你，和你共度一段时光，然后让你离开，仅仅在心中留下你的形象。乔凡尼，不管你信不信，虽然我的身体是毒药喂大的，但是我的灵魂是上帝的造物，时时渴望着爱情的养分。但是我的父亲——他让我们因为这种可怕的共同点而联系在一起。是的，责骂我吧，践踏我吧，杀了我吧！噢，听到你说的那些话之后，死亡又算什么？但这真的不是我干的。哪怕把全世界的幸福都给我，我也干不出这种事！”

恶言恶语发泄一通之后，乔凡尼的愤怒已然消耗殆尽。想到自己和碧翠丝之间亲密而特殊的关系，不由得感到一阵哀伤与几分柔情。两人孤零零地相对而立，即便是再稠密的人海也无法让他们的孤独减少半分。那些沙漠一般的人海，不正将这一对与世界格格不入的人挤压得更为紧密吗？如果他们还相互残酷以待，那又有谁能对他们好呢？另外，乔凡尼想到，难道就没有和碧翠丝——经过救赎的碧翠丝——一起携手回到正常而自然的界限之内的希望吗？哦！软弱、自私而卑鄙的灵魂！在乔凡尼用恶毒的言辞伤害了碧翠丝的爱意之后，在如此深厚的爱意被如此苦涩地误解之后，乔凡尼居然还幻想着与碧翠丝在人间结合，获得尘世的快乐！不，不，再没有这种希望了。碧翠丝一定会带着那颗破碎的心，沉重地跨过时间的边界——她需要在天堂的清泉洗涤身上的伤痛，在永恒的光芒之中忘记自己的不幸，这样她才能得到疗愈。

但乔凡尼不知道这一点。

“亲爱的碧翠丝。”乔凡尼走近碧翠丝说道。当他接近时，碧翠丝和往常一样退缩了一下，但这次是因为不同的原因。“最亲爱的碧翠丝，我们的命运并没有如此绝望。看！这里有一种强效药物，一位智慧的医生向我担保它很有效果，它的功效神奇无比。这种药物的成分和你可怕的父亲给我们带来灾祸的成分恰恰相反，由经过祝福的草药蒸馏而成。我们一起痛饮解药，从邪恶之中获得净化，你看如何？”

“把它给我！”碧翠丝说着，伸出手去拿乔凡尼从怀中取出的小银瓶。她带着一种奇怪的强调语气说道：“我现在就喝，但是你要等等看我喝完药的结果。”

她把巴利奥尼的解毒药喝了下去，与此同时，拉帕西尼的身形出现在花园大门下方，缓缓地朝着大理石喷泉走了过来。这位苍白的科学家越走越近，注视着俊美的青年和少女，满脸得意，就像一位艺术家花了一生心血完成了一幅画或者一组雕塑，终于取得了令自己满意的成功。他停了下来，意志的力量扳直了他佝偻的身躯。他朝他们伸出手去，就好像一位父亲在为自己的孩子送上祝福，尽管也正是这双手把毒药灌入了他们的生命之河。乔凡尼不住颤抖，碧翠丝紧张地战栗着，一只手捂着胸口。

“我的女儿，”拉帕希尼说，“现在你在世上不再孤独了。从你的姊妹灌木上摘下一朵珍贵的宝石花，让你的新郎戴在胸前吧。现在花儿伤不着他了。我的科学和你们之间的共鸣已经在他的身体内产生了作用，他现在已经和普通的男人不一样了。就像你，我的女儿，我的骄傲，我的胜利，不同于普通的女人那般。现在你们走吧，走遍这个世界，彼此相亲相爱，其他所有人都会畏惧你们！”

“我的父亲，”碧翠丝虚弱地说，依旧用手捂着自己的胸口，“为什么您要让您的孩子遭受这样悲惨的厄运？”

“悲惨！”拉帕西尼喊道，“你在说什么呀，傻孩子？你拥有这种惊人的能力，无论何种权力何种力量都保护不了你的敌人，你把这叫作悲惨？能轻易利用一次呼吸就杀死最强大的人，你把这叫作悲惨？你有多么美丽，就有多么令人恐惧，你把这叫作悲惨？难道你情愿当一个软弱的普通女子，暴露在一切邪恶的力量之下，却完全无能为力？”

“我愿意被人爱，而不是被人畏惧。”碧翠丝喃喃道，慢慢瘫软在地，“但现在这不重要了。父亲，我要走了。在我所到之处，你混入我体内的邪物会像一场梦一样消散——就像那些有毒花朵的香气一样。伊甸园中的花朵再也不会玷污我的气息。永别了，乔凡尼！你那些憎恶的言辞就像我心中的铅块一样。但是，它们也会在我飞升之际消失的。噢，从一开始，你的天性难道不就比我的毒性更毒吗？”

碧翠丝在尘世之间的躯体已经被拉帕希尼的精湛技艺彻底改变了。对于她来说，毒药意味着生命，那么威力强大的解药就意味着死亡。因此，这个人类的创造力与横遭阻挠的自然之力相结合的牺牲品，这个由堕落智慧的险僻行径招致的灾难的牺牲品，在她的父亲和乔凡尼的脚边香消玉殒。就在此时，彼得罗·巴利奥尼教授从窗边向外看着这一切，用一种混合了胜利和恐惧的语调朝着惊呆了的科学家大声呼喊：“拉帕西尼！拉帕西尼！这就是你的实验的结局吗？”

（赵佳铭　译）

对未来的预期

埃德加·爱伦·坡是美国文学（和欧洲文学）中的重要人物。在科幻小说的发展历程中，坡也同样是一位重要人物。他神经过敏、生活悲惨、酒精成瘾，但他也是一位在诗歌、小说、散文和文学评论方面卓有成就的天才。一些评论家认为坡开创了科幻小说。

将开创科幻小说的荣誉归于玛丽·雪莱的萨姆·莫斯科维茨在《探索无限之人》（*Explorers of the Infinite*，1963）中写道："坡对于科幻小说的总体影响是难以估量的，但他对这种文学类型所做的最大贡献在于，他建立了这样一种规矩：一切偏离常态的事物都必须可以被科学地解释。"

雨果·根斯巴克出版了第一本科幻杂志《惊奇故事》，他在杂志出版之前描述自己打算在杂志上刊登什么样的小说时，举出了三位作家作为例子，坡就是其中之一。

坡曾试图以写作为生，他的大部分作品都显得仓促，或者带有商业色彩。我们这个科技时代的一些评论家崇尚回归简朴随性的时代，他们也许应该思考一下作家们在人类历史的大多数时期都经历了什么。在大多数时期，作家们可能因为他们的创作而入狱，或者因为害怕被关进监狱而对他们要写或者要出版的作品谨小慎微，又或者无法依靠自己的写作技艺生活，因为识字的人很少，会把钱花在文学上的人更少。

直到19世纪中叶，如果没有独立收入或者赞助人的帮助，一个人想要依靠写作而获得经济上的成功几乎是不可能的。

坡的亲生父母是演员，后来坡成了孤儿，在一位里士满[1]商人约翰·爱伦的监护之下长大。坡在读大学时铺张浪费，又欠下赌债，而爱伦对坡的志向又缺乏同理心，这些都让他们的关系出现了问题。他们发生争吵，坡离开了家。他的余生是一段奋斗、失业、辞职、悲剧的婚姻以及最后在文学上获得成功的故事。他服了一段时间兵役，试图进入西点军校，但只坚持了不到一年。他在这段时间出版了三卷朝气蓬勃的诗集，又试图以受雇写作维生。

坡的第一篇短篇小说发表于1832年，他的第一篇类科学小说《瓶中发现的手稿》（“MS. Found in a Bottle”）发表于1833年，获得了《巴尔的摩星期六游客报》提供的奖金。

坡在一些发行量并不大的文学杂志社从事过编辑工作。作为编辑，他非常出色，但因为酗酒和个人问题，他的每一份工作都无疾而终。1836年，他和患有结核病的14岁表妹弗吉尼亚·克莱姆[2]结婚，弗吉尼亚·克莱姆于1847年去世。

1843年，他发表了另一篇获奖作品《金甲虫》，1845年，他发表了《乌鸦》和一部很重要的诗集，凭借这些作品，他终于获得了公众的认可。自从1840年起，他的短篇小说就陆续结集出版。他的文

1. 美国弗吉尼亚州城市。
2. 坡的第一任妻子。二人结婚时，弗吉尼亚·克莱姆年仅13周岁。据考证二人婚后非常恩爱。她的早逝对坡打击颇深，也影响了坡的创作风格，年轻女性的过早去世成为坡作品中的常见主题。

学批评和评论，包括他对霍桑《陈旧的故事》的评论中陈述的重要观点，逐渐形成了一种诗歌和短篇小说创作的新理论，这种理论对文学发展史有巨大贡献。

1849年，坡向一位儿时青梅竹马但现在已经孀居的女子求婚，女子接受了他的求婚，但就在两个月后，在前往费城的商务旅途中，坡消失了六天，而后在巴尔的摩的街道上被人发现，已神志不清。他在精神错乱的状态中逝世于巴尔的摩。

坡对于文学的贡献体现在下面这一点上：坡专注于文艺创作行为，而不考虑其他的目的。霍桑常常显得很说教。坡的小说则没有道德观点，他寻求一种单一的效果，其余一切都是为了满足这个效果的需要。他认为，诗歌的目的是美，是产生一种震撼心灵的力量，而短篇小说的目的则是真实。

坡开创了侦探小说，为诗歌指引了新的发展方向，对短篇小说的形成过程有所贡献。他对于科幻小说的贡献也几乎一样重要。

坡创作过许多类型的短篇小说：侦探小说，比如《金甲虫》和一系列以奥古斯特·迪潘为主人公的侦探小说，迪潘是史上第一个虚构的侦探形象；恐怖小说，大都有关死亡，如《厄舍府之倒塌》《泄密的心》《过早的埋葬》《坑与摆锤》和《黑猫》；寓言，如《红死魔的面具》；还有多多少少涉及一些科幻元素的幻想小说。

坡的一些幻想小说中，只有极少的元素可以让人隐约想到科幻小说。以《瓶中发现的手稿》为例，这是一篇航海故事，但偏向于奇幻小说，如同“飞翔的荷兰人”传说[1]的一种变体。只是在结尾处，主人公被卷入南极的一个巨大旋涡之中，旋涡可能会把他带入未知世界。

1. 传说中有一艘永远不会靠岸的幽灵船，一直在海上漂泊，船上载着已经化为幽灵的船员，遇到这艘幽灵船的船只和船员都会遭到厄运。在欧洲航海史上有多次与“飞翔的荷兰人”相遇的记载，甚至包括英国国王乔治五世。

《莫斯肯漩涡沉浮记》（“A Descent into the Maelstrom”，1841）中唯一的异样元素是旋涡的尺寸和力量。坡的长篇小说《亚瑟·戈登·皮姆的故事》（*The Narrative of Arthur Gordon Pym*，1838）是一篇探险故事，包含了船上的偷渡者、叛乱、猛烈的暴风雨、人类相食、野蛮人的袭击、利用独木舟逃脱等元素。只有在末尾处，如《瓶中发现的手稿》一样，两位幸存者朝着南极漂流，这才遇到了奇幻的事物。

坡的一些其他小说受到新兴的科学所启发，而且坡和霍桑不同，他能不带偏见地看待科学家和科学所带来的成果。催眠术是他很多小说的灵感来源，包括《凹凸山的传说》（“A Tale of the Ragged Mountains”，1844）、《瓦尔德马尔病例中的事实》（“The Facts in the Case of M. Valdemar”，1845）和《催眠术的启示》（“Mesmeric Revelation”，1844）。《汉斯·普法尔历险记》是一篇很长的小说，讲述了一位荷兰破产者利用气球前往月球的故事，他还携带了设备保护自己免受空气稀薄之苦。当理查德·亚当斯·洛克的“月球骗局”事件发生时，坡指责他剽窃了自己为了创作续集而准备好的资料。作为讽刺，坡随后在纽约《太阳报》发表了一篇短篇小说［后来被命名为《气球骗局》（“The Balloon-Hoax”，1844）］，讲述了乘坐气球飞越大西洋的故事。

然而，坡的一些短篇小说体现了他对于变革本质的独特理解，而变革正是后世科幻小说最为重要的特点。《山鲁佐德的第一千零二个故事》（“The Thousand-and-Second Tale of Scheherazade”，1845）讲述了如果辛巴达经历了坡时代的科技会发生的故事——辛巴达的旅程更加令人惊异，国王也觉得这个故事比其他故事更为有趣。

《明日之事》（“Mellonta Tauta”[1]，1849）可能是第一篇真正关于

1. 其英文标题来自古希腊语的英文转写，意为“发生在未来的事情”。

未来的短篇小说。这篇小说的故事发生于坡在 1848 年（4 月 1 日）创作这篇小说的一千年之后。这篇小说中包含了一种重要的认知：未来会变得如此不同，以至于未来的人几乎会彻底忘记过去（也就是坡所经历的现在）。未来人所记得的事情会很混乱，而且常常是错误的。这篇小说对读者的启示是我们的知识与未来人的理解之间的一种理性上的对比，以及我们对于这两者之间为何存在巨大差异的认识。

（赵佳铭　译）

明日之事

［美国］埃德加·爱伦·坡

《淑女杂志》诸位编辑：

我荣幸地为贵刊奉上一篇文稿，并希望你们对此稿能比我理解得更为透彻。这篇稿子是我朋友马丁·范布伦·梅维斯（有时又叫作波基普西预言家[1]）根据我大约一年前发现的一份看上去很古怪的手稿翻译的。当时这份手稿被密封在一个瓶子里，瓶子曾漂浮在那片**黑暗海洋**上，那海曾被那位努比亚地理学家[2]详细描述过，但今天除了超验主义者和一些耽于奇想的人已很少有人涉足。

你们忠实的

埃德加·爱伦·坡

1. 暗指当时的美国唯灵论者安德鲁·杰克逊·戴维斯。戴维斯一生著有二十六本论超自然现象的书，因长期居住在纽约州的波基普西市，故以“波基普西预言家”而闻名。
2. 把大西洋说成“黑暗海洋”的努比亚地理学家名叫伊德里西。伊德里西实际上是摩洛哥人，他写的《世界地理志》之拉丁文译本于1619年在巴黎出版，书名被译为《努比亚地理志》，作者从此被讹传为努比亚人。

在“云雀”号气球上

2848 年 4 月 1 日——好吧，我亲爱的朋友——现在你得为你的过失而受到一封说三道四的长信的处罚。我明确地告诉你，我打算把这封信尽可能地写得单调乏味、杂乱无章、语无伦次而且不得人心，以此来惩罚你的傲慢无礼。再说，我此时被关在一只肮脏的气球里，和一两百个贱民挤在一起，正在进行一次愉快的旅行（多滑稽，有人竟然觉得愉快！）。至少在一个月内，我绝无希望脚踏实地，没人交谈，无事可做。当一个人无事可做之际，那就是该给朋友写信之时。你这下该明白我为何要给你写这封信了吧？这是因为我的无聊和你的过失。

那就准备好你的眼镜，安心接受骚扰吧。我打算在这次可憎的航行期间天天给你写信。唉！什么时候人类才会想出新的发明？难道我们注定要永远享受这气球的种种不便？难道就没有人能发明一种更快速敏捷的飞行方式？据我看来，这样慢吞吞地飘行比直截了当的折磨也好不了多少。实话实说，自从我们离家以来，时速一直都没有超过一百英里！连鸟都比我们飞得快——至少是有些鸟。我向你保证我一点儿没夸张。当然，我们的航行显得比实际上更慢——这一是因为周围没有任何参照物供我们估计方位，二是因为我们一直顺风飘行。诚然，每当遇上另一只气球，我们便有机会感觉到我们的速度，而这时我承认，事情并不像看上去那么糟糕。虽然我已经习惯这种旅行方式，但每当有气球直接从我们头顶飞过时，我依然会感到头昏眼花。我总觉得那似乎是一只巨鸟正向我们扑来，要用它的利爪把我们抓走。今天早上日出时分有一只气球从我们上方经过，它离我们的头顶太近，结果其拖绳实际上擦到了悬吊我们吊舱的索网，使我们感到了极大的不安。我们的球长说，如果气囊的质地是五百年前或者一千年前那种中看不中用的涂胶“油绸”，那我们早就不可避免地球毁人亡了。那种绸，他向我解释说，是用一种蚯蚓的内脏制成的织物。那种蚯蚓被人用桑葚——一种像西瓜的水果——细心喂养，它们长胖之后就被送进作坊压碎。这样压出的糊状物被叫作原始浆，然后再经过多道工序，最后才成为“丝绸”。说来也怪，这种丝绸曾作为女人的衣料而受到喜欢！当时的气球绝大部分也是用这种材料做的。后来好像在一种植物的下部囊皮中发现了一种更好的材料，那种植物俗称大戟，当时植物学上称之为乳草。这后一种丝绸因为经久耐用而被命名为“西尔克·白金汉”[1]，并且通常在使用前会被涂上一种树胶液——一种在某些方面可能与我们现在普遍使用的马来乳胶相似的物质。那种树胶偶然也被称为印度橡胶或弹性橡胶，而且无疑是许多种真菌中的一种。请别再对我说我本质上不是一个古董爱好者。

说到拖绳——似乎我们自己这根今天上午就把一个人从船上撞到了海里。当时我们下方的海面上有许多小小的磁力螺桨船——拖绳撞上的是一条大约六千吨重的小船，无论从哪个方面看，那船上都挤得很不像话。应该禁止这些小船装载过多的乘客。当然，那位落水者未被允许重返甲板，他和他的救生圈很快就不见踪影了。亲爱的朋友，我真高兴我们生活的时代如此开明进步，以至于不应该有个体存在这等事。真正的人类所关心的应该是其整体。说到人类，我顺便提一下，你知道吗，我们不朽的威金斯在论及社会状态这类问题时并非像当代人所认为的那样有其独到的见解？庞狄特使我确信，

1. 坡在此揶揄英国记者兼旅行家詹姆斯·西尔克·白金汉，silk（丝绸）和人名Silk（西尔克）同形同音。

大约早在一千年前，一位名叫傅立叶的爱尔兰哲学家[1]就以几乎同样的方式提出过同样的见解，因为那个哲学家开着一家卖猫皮和其他动物皮毛的零售商店。庞狄特无所不知，这你知道；所以这件事绝不可能弄错。真令人惊叹，我们居然发现那个印度人亚里士·多德[2]深刻的见解每天都在得到验证（正如庞狄特所引用的）——“于是我们就必然看到同样的主张在人类中循环，不是一次或两次，也不是若干次，而几乎是永无止境地重复。”[3]

4 月 2 日——今天谈一谈那条管理水上电报电缆中段的磁力船。我听说当这种电报最初由霍尔斯[4]投入使用之时，人们认为它根本不可能把电文传过大洋，可今天我们却完全弄不明白这有何难处！这就是人世沧桑。世事变迁，人则与时俱进——请原谅我引用这句伊特鲁里亚语格言。要是没有太西洋电报我们该怎么办？（庞狄特说太西洋在古代被叫作“大西洋”。）我们停下来向磁力船问了一些问题，除了其他一些好消息，我们还获悉阿非利西亚内战方酣，瘟疫在尤罗巴和阿细亚[5]的流行正值绝妙状态。可在人类使哲学升华高尚之前，世人竟习惯于把战争和瘟疫视为灾难，这在今天看来，难道不觉得奇怪？你知道吗，实际上我们的祖先曾在古老的神庙里祈祷，祈求这些灾难（！）不要光顾人类？我们的祖先究竟是按照什么样的利益原则行事，这难道不是真的令人费解吗？难道他们真有那么愚昧，竟然看不出这个如此昭彰的事实：无数个体的灭亡只会对整体有益！

1. 未来人把法国社会理论家夏尔·傅立叶讹误为爱尔兰人，并将其名 Fourier（傅立叶）误拼为 Furrier（皮货商）。
2. 未来人把古希腊哲学家亚里士多德讹误为“印度人亚里士·多德”。
3. 该句引自亚里士多德的《天象论》第一卷第三章。
4. 未来人把电报的发明者之一塞缪尔·摩尔斯讹误为霍尔斯（Horse，意为“马”）。
5. 分别指非洲、欧洲和亚洲。

4 月 3 日——从绳梯登上气囊之顶，然后再环顾周围的世界，这可真是一种极好的消遣。你知道，若在下面的吊舱里，眼界不会有这般开阔，你很少能看到头顶的景象。可坐在这儿（我就坐在这儿写信），坐在这无遮无盖、气势豪华的囊顶广场上，四面八方所发生的一切都一览无余。现在我视野之内正飘行着数不清的气球，它们呈现出一幅生机勃勃的画面，同时空中正回响着好几百万人的声音所汇成的嗡嗡声。我已经听说，当我们所认为的第一个气球航行家耶洛或者（照庞狄特所说是）维奥利特[1]坚持认为只要凭借升降去顺应有利气流，气球便可朝各个方向飞行之时，他同时代的所有人几乎都对他不予理睬，只把他当作一个有发明天赋的疯子，因为那个时代的哲学家们宣称这种事绝不可能发生。古代那些聪明的学者为什么对任何明明切实可行的事都视而不见，现在看来这真令我莫名其妙。不过在任何时代，技艺进步的巨大障碍都遭到所谓的科学家们的反对。当然，我们今天的科学家完全不像古代科学家那么固执——哦，说到这个话题，我有一件非常奇怪的事要告诉你。你知道吗，直到不足一千年前，形而上学家们才同意打消世人那个古怪的念头，即认为获得真理只有两条可行之路。请相信这一点，如果你可能的话！好像是在很久很久以前，在没有史料记载的年代，有一位名叫亚里士·多德的土耳其哲学家（也可能是印度哲学家）。此人大力推广或姑且说竭力鼓吹一种叫作由因及果式或演绎式的分析方法。他从他坚持认为的自明之理或“不言而喻的真相”开始，然后通过“逻辑的”过程得出结果。他最了不起的两个门徒一个叫流口利得[2]，一个叫侃得[3]。且说亚里士·多德一直独领风骚，直到一位叫

1. 耶洛（Yellow，意为“黄色”）、维奥利特（Violet，意为“紫色”）影射英国气球航行家查尔斯·格林，其姓格林（Green）意为“绿色”。
2. 未来人把古希腊数学家 Euclid（欧几里得）误拼成 Neuclid（流口利得）。
3. 未来人把德国哲学家 Kant（康德）误拼成 Cant（侃得）。

什么霍格的人出现，此人有一个别号叫“埃特里克的牧羊人”[1]，他提倡一种截然不同的分析方法，并将其称为由果溯因法，或者称归纳法。他的方法完全基于经验。他是通过观察、分析和归类，最后把事实——被他拿腔拿调地说的自然事例——总结为普遍规律。一言以蔽之，亚里士·多德的方法以本体作基础，霍格的方法则以现象为依据。对啦，后一种方法在提倡之初赢得了世人的高度赞美，亚里士·多德顿时声名扫地。不过他最后终于东山再起，被允许在真理这个领域与他的现代对手平分秋色。当时的学者们坚持认为，只有亚里士多德式和培根式的道路才是可能获取真知的途径。你肯定知道，“培根式”这个形容词是作为“霍格式”的同义词而发明的，它听起来更悦耳，看上去更高贵。

我亲爱的朋友，我向你保证，最断然地保证，我所讲述的这件事绝对有最充分的根据；而你很容易就能看出，如此明显的一种荒唐观念那时候肯定起过作用，从而阻碍了真正的学问发展——真的学问几乎总是以直观飞跃的方式向前发展。这种古代的观念把分析研究限制在蜗行牛步的速度；尤其是对霍格的迷恋狂热了好几百年，以致称得上正常的思想实际上完全停止。没人敢说一句真话，而为此他只觉得有负于自己的灵魂。真情真相是否能被证明为真理，这一点并不重要，因为当时那些愚顽不化的学者只看他获得真情真相所通过的途径。他们对结果甚至不屑一顾。“让我们看方法，”他们高喊，“方法！”若发现被调查的方法既不属于亚里士的范畴，也不归于霍格的领域，那学者们就会立即停止研究，并宣布那位“理论家”为白痴，

1. 此处霍格（Hog，意为“猪”）暗讽英国哲学家弗朗西斯·培根，其姓培根（Bacon）意为“熏肉”。另有一位苏格兰诗人詹姆斯·霍格，出生于小村庄埃特里克，人称“埃特里克的牧羊人”。坡在此故意让未来人张冠李戴，混淆两个“霍格”，把“牧羊人”之称号归于培根，当然是冲着亚里士多德这头“公羊”——Aristotle（亚里士多德）的前半截 aris 的读音像拉丁文 ariēs（公羊），故而上文中亚里士多德的名字被拆分为亚里士·多德（Aries Tottle）。

从此对他和他发现的真理再也不予理睬。

我们当然可以断言，凭这种蜗行牛步的方法，哪怕是经历非常漫长的岁月，人们也不可能发现许多真理，因为对想象力的约束是任何古代分析模式的稳当性都无法补偿的过失。那些尤耳曼人、伏兰西人、英格利人和亚美利坚人[1]（顺便说一下，后者便是我们的直接祖先）所犯的错误完全类似那种自作聪明的白痴所犯的错误，那种白痴以为，他把东西拿得离眼睛越近就肯定会看得越清楚。那些人被细节蒙住了眼睛。当他们按照霍格式方法分析问题时，他们所依据的“事实”通常绝非事实，而是堆鸡零狗碎的破烂，只不过一直被假定为是事实，因为它们看上去就像那么回事。当他们沿着公羊之路分析问题，那条路简直还不如公羊角直，因为压根儿就没有什么自明之理。即使在他们那个时代，看不到这一点的人也肯定是瞎子。因为即使在那个时代，许多早就“被确认的”自明之理也已经被否定了。例如——“无中不生有”“物体不能运动于它不存在之处”“世间绝没有恰恰相反的事物”“黑暗不可能来自光明”——所有这些和类似的另外十几条早被世人断然而正式地承认为自明之理的命题，即使在那个时代，也显然已经站不住脚了。由此可见，那些坚信“自明之理”为真理之不变基础的人是多么愚蠢！可即便从他们最有判断力的推论家口中，也很容易证明他们的自明之理大体上是一堆莫名其妙的废话。谁是他们最有判断力的逻辑学家呢？让我想想！我得去问问庞狄特，一会儿就回来……啊，有了！这儿有一本差不多写于一千年前的书，最近刚从英格利语翻译过来——顺便提一下，英格利语好像就是亚美利坚语的雏形。庞狄特说，就其主题“逻辑”而言，此书无疑是最为精巧的一部古典论著。这位

1. 分别指德国人（日耳曼人）、法国人（法兰西人）、英国人（英吉利人）、美国人（美利坚人）。

（在当时被认为很了不起的）作者叫什么米勒，或者叫穆勒；我们发现了一条关于他的重点记载，说他有匹推磨的马名叫边沁。不过让我们来看看这部鸿篇大论！

啊！——穆勒先生说得真好，“能否被想象，在任何情况下都不能作为自明之理的判断标准”。神志清醒的现代人有谁会想到对这条自明之理加以质疑？我们唯一感到惊讶的只能是，穆勒先生怎么会偏偏想到有必要对这种一目了然的事加以暗示。不过到此为止还没有什么差错——让我们再来看一页。这页上写些什么？——“矛盾之双方不能同时为真理，不能同时存在于自然之中。”穆勒先生这句话的意思是说，一棵树要么是一棵树，要么不是一棵树——它不可能同时是一棵树又不是一棵树。很好，可我问他为什么，他的回答是这样的——而且绝不敢说还有任何其他方式的回答——“因为不可能想象矛盾之双方同为真理。”可是根据他自己的论证，这压根儿就不是答案。因为他难道不是刚刚才说“能否被想象，在任何情况下都不能作为自明之理的判断标准”？

我现在之所以抱怨这些老前辈，主要还不是因为他们的逻辑即便照他们自己的论证也是毫无根据、没有价值而且完全是异想天开的，而是因为他们自负而愚蠢地排斥所有其他的真理之路，排斥那两种荒谬途径以外所有获取真理的途径——那两种途径一条是蜗行之途，一条是牛步之径——而他们竟敢把酷爱翱翔的灵魂限制在这两条路上。

顺便问一句，我亲爱的朋友，你难道不认为下面这件事曾让古代的那些教条主义者伤透了脑筋？那就是他们不得不断定，所有真理中最重要而伟大的那个真理到底是通过两条路中的哪一条获得的。我说的是万有引力定律。牛顿将此归功于开普勒。而开普勒早就承认他的行星运动三大定律是猜出来的——而正是这三大定律引导那位伟大的英格利数学家发现了他的原理，即所有物理学原理之基础——若要追究这基础的根源，那我们必然会进入形而上学的王国。开普勒是凭猜测——也就是说，是凭想象。他本质上是个“理论家”——这个如今神圣而庄严的字眼在过去却是一种轻蔑的称呼。还有，到底是凭那两条“路”中的哪一条，一位密码专家才能破译一份神秘异常的密码？商博良到底是靠哪条路成功地破译出了古埃及象形文字，从而把人类引向了那些永恒不朽而且数不胜数的真理？要那些老鼹鼠来解释上述问题，难道不会让他们感到为难？

对这个话题我还有两句话要说，我就是要让你感到厌烦。你难道不觉得奇怪，那些盲从的人虽然没完没了地大谈真理之路，但还是没发现我们今天看得一清二楚的这条大道——一致性的大道？你难道不觉得稀罕，他们居然未能从上帝的杰作中演绎出这个极其重要的事实：完美无瑕的一致必然是绝对真理！自从这一命题被宣告，我们前进的道路一直是多么平坦！探究真理的权力从那些鼹鼠手中被夺了过来，作为一项使命交给了那些真正的思想家，那些富有热情和想象力的人。这些人讲究理论。你能否想象，若是我们的老前辈能从我背后偷看到我写下的这个词，他们会发出什么样的大声嘲笑？我刚才说，这些人提出理论，然后进行修正、归纳、分类——一点一点地清除自相矛盾的浮渣——直到一种毋庸置疑的一致性终于脱颖而出，而由于它完全一致，连感觉最迟钝的人也承认它是绝对而毋庸置疑的真理。

4 月 4 日——新的气体正在创造奇迹，改进后的马来乳胶也令人叹为观止。多安全，多方便，多容易操纵，我们的现代气球在各个方面都尽如人意！有一个大气球正以每小时至少一百五十英里的速度向我们靠近。它看上去载满了人——也许有三四百名乘客——

然而它却翱翔在差不多一英里的高空，神气活现地俯视可怜的我们。说到底，一百英里乃至二百英里的时速仍然算不上快。还记得我们在横越加拿多大陆[1]那条铁路线上的飞驰吗？——每小时足足三百英里——那才叫旅行！虽然什么也看不见——只能在豪华的车厢客厅里饮酒、跳舞、娱乐。你还记得吗，当我们偶然看到一眼全速运行的列车外的物体，所体验到的是一种多奇妙的感觉？似乎一切都混为一团——成了一个整体。就我而言，我只能说我宁愿乘时速一百英里的慢车旅行。那儿我们可以有玻璃车窗——甚至还能把它们打开——像看看窗外田野风光之类的事也可以办到……庞狄特说，大加拿多铁路的路线大约在九百年前肯定就已被规划出来了！实际上他甚至宣称，现在还能辨认出一条铁路的痕迹——与所提到的那个遥远年代有关的痕迹。那条铁路好像有两股道；而你知道，我们的铁路有十二股道，而且有三四股新道正在修建。古代的钢轨很细，轨距很窄，照现代观念看来，即使不说非常危险也得说极其轻率。现在的轨距——五十英尺宽——实际上还被认为不够安全。至于我自己，我毫不怀疑在很久以前的确存在一条某种类型的铁路，正如庞狄特所宣称的那样；因为我心里再清楚不过，在过去的某个时期——肯定不晚于七百年前——加拿多南北两块大陆是连在一起的；当时的加拿多人必然会想到建一条贯通大陆的大铁路。

4 月 5 日——我简直无聊透了。庞狄特是气球上唯一可交谈的人；而他，可怜的人！开口闭口谈的都是陈年往事。他花了整整一天时间试图让我相信古代的亚美利坚人是自己管理自己的！——究竟有谁听说过这种荒唐事？——他们按照我们在寓言中读到的“土

1. 未来人所称的加拿多（“加拿大”的讹音）大陆就是美洲大陆。

拨鼠”的方式，生活在一种人人为自己的联邦内。庞狄特说，他们是从那个所能想象到的最古怪的念头开始的，就是说：所有的人生而自由并且平等——公然违抗清清楚楚地铭刻在精神世界和物质世界万事万物之上的等级法则。每个人都“投票”，这是他们的说法——也就是说，每个人都干预公众事务——直到最后发现，所谓的公众的事就是谁也不负责任的事，而“共和政体”（那种荒唐事就这么称呼）就是完全没有政体。但据说最初使那些因创立了“共和政体”而自鸣得意的哲学家们感到惊恐不安的事就是发现全民投票给了欺骗与阴谋可乘之机，凭借阴谋诡计，任何一个堕落得不以欺骗为耻的政党都可以在任何时候得到他们想要的任何数量的选票，而他们的欺骗行为不可能被阻止，甚至不可能被察觉。稍稍想一想这个发现就可以看清其后果，那就是卑劣之徒必占上风——总而言之，共和政府只可能是一种卑鄙下流的政府。可当那些哲学家正为自己未能预见到这种不可避免的邪恶而感到脸红，正为自己的愚蠢而感到羞愧，并决心要创立新的理论之时，一个名叫魔怖的家伙突然使事情有了个结局。他把一切都抓到了手中，建立起了一种专制暴政。与之相比，传说中的零禄[1]和阿拉结巴驴嘶[2]之流的暴虐也只能算是小巫见大巫。据说这个魔怖（顺便说一下，他是个外国人）是天底下最令人作呕的家伙。他是个蛮横、贪婪、猥亵的巨人，有小公牛的胆、鬣狗的心和孔雀的脑袋。他最后死于精力衰竭。但不管他有多么卑鄙无耻，他仍像所有的东西一样自有其益处，那就是给人类上了一课——绝不要违反自然的类似关系，而且直到今天，这教训也没有被遗忘的危险。就共和政体而论，地球表面绝对找不到它的类似之

1. 未来人把古罗马暴君 Nero（尼禄）误拼为 Zero（零禄）。
2. 未来人把古罗马皇帝 Elagabalus（埃拉伽巴卢斯）误拼为 Hellofababalus（阿拉结巴驴嘶）。埃拉伽巴卢斯在位时荒淫放荡，臭名昭著，终被禁卫军弑杀。

物——除非我们把“土拨鼠”的情况作为一个例外，而如果说这个例外能证明什么，那它似乎只能证明，民主是一种绝妙的政体形式——对鼠类而言。

4 月 6 日——昨晚好好地看了一番天琴座 α 星。用我们球长的小型望远镜对半度角观测，它的星轮很像我们在雾天用肉眼看见的太阳。顺便说一下，天琴座 α 星虽说比我们的太阳大得多，但它的黑点、大气和其他许多特征都与太阳相似。庞狄特告诉我，仅仅是在上个世纪，人们才开始怀疑这两颗恒星之间存在着双星关系。（说来真怪！）我们太阳系在空间的运动轨道曾被认为是环绕着银河系中心的一颗巨星。银河系的每一个天体都被宣布是围绕着这颗巨星转动，或至少说是围绕着位于昂星团阿尔库俄涅星附近的与上述天体所共有的一个引力中心转动，我们太阳系绕这个中心转一周需要一亿一千七百万年！凭我们现在的天文知识，凭我们大型天文望远镜的改进等等，我们当然很难理解这种观点。这种观点的第一个鼓吹者叫什么霉德勒[1]。我们只能断定，他起初仅仅是被类推引向了这个疯狂的假设；但既然如此，他至少应该坚持类推下去。事实上，一颗巨大的中央恒星被提出；霉德勒至此还算首尾一致。然而，从天体力学上看，这颗中央恒星应该比所有环绕它的恒星加在一起还大。于是下面这个问题就会被提出——“为什么我们看不见那颗恒星？”——尤其是我们处于这串恒星的中间地带——至少，那颗难以想象的中央恒星应当位于这个地带附近。那位天文学家对这一点也许会以该星不发光作为遁词，但这样他的类推马上就不成立了。不过即使承认那颗中央恒星不发光，他又怎么解释为何在它周围无数

1. 未来人把德国天文学家 Mädler（梅德勒）讹误为 Mudler（霉德勒），而与之音同形似的单词 muddler 有“混淆是非者”之意。

灿烂辉煌的太阳也未能使其显露真颜？毫无疑问，他最后只能坚持认为存在一个所有绕行恒星共有的引力中心——但即便如此，他的类推也肯定站不住脚。不错，我们太阳系是在绕着一个共有的引力中心转动，但它的转动与一颗有形的恒星有关，这颗恒星的质量足以保持这个系统其他天体的平衡。数学意义上的圆是一条由无数直线构成的曲线；但这个圆的概念——这个我们从几何学的任何角度考虑都认为是有别于实际的纯数学概念——事实上也可以被视为实际的概念，就是当我们假设太阳系和它的伙伴们围绕银河系中心某个点旋转的时候。只有在这种时候，在我们不得不涉及或至少是不得不想象这些巨圆的时候，我们才有权把这个纯数学概念视为实际的概念。让人类最活跃的想象力再进一步，去理解这样一个难以形容的圆！这样的理解并不矛盾：一道永远沿着这个不可思议的圆之圆周疾驰的闪电，实际上将永远沿一条直线疾驰。我们太阳运行的道路就沿着这样的一个圆周——我们太阳系运行的方向就顺着这样的一条轨道——所以就算花了一百万年，人类都不可能观测到太阳运行的轨道有一点点偏离直线。可古代的那些天文学家却似乎都傻乎乎地相信：一条明显的曲线已经显露在他们短短的天文史上——显露在一个纯粹的时间点上——显露在几乎等于零的两三千年间！真是莫名其妙，这样的考虑居然未能立刻为他们指明事情的真相——环绕同一引力中心的太阳和天琴座 α 星之间存在着双星旋转关系！

4 月 7 日——昨晚继续以观测天象娱乐。仔细地观测了海王星的五颗小行星，并兴趣盎然地观看了月球上一个巨大的拱墩被放上新建的达佛尼斯[1]神庙的双楣。像月球居民那么小，并且与人类那么不

1. 希腊神话中西西里的牧人，据说是牧歌的创始人。

相同的生物，居然能发明出比我们先进得多的机械装置，想到这一点觉得很有趣。真是很难想象，那些月球人轻轻松松举起的巨大物体真会像我们的理智所告诉我们的那样轻。

4月8日——我发现了！庞狄特真是扬扬得意。一只来自加拿多的气球今天与我们相遇，并抛给我们几份最近的报纸：报上刊登了一些与古代的加拿多人，更准确地说是与古代的亚美利坚人有关的非常奇妙的消息。我想你一定知道，好几个月以来，一批工人正受雇在为乐园的一个新喷泉构筑地基，就是在帝国最大的那个娱乐花园。毫不夸张地说，乐园很久很久以来似乎就一直是个岛屿——也就是说，它北边的分界线（按任何古老的记载追溯）是一条河，更准确地说是一个狭窄的海湾。这海湾慢慢变阔，直到变为今天的宽度——一英里。岛的全长为九英里；宽度变化不定。大约八百年前，那整个地区（庞狄特这么说）密密麻麻地挤满了房屋，其中有些楼房高达二十层；（由于某种莫名其妙的原因）人们认为那地区附近的土地特别珍贵。然而，2050年那场灾难性的地震将这座镇子（它大得几乎已不能再被称为村庄）连根拔掉、彻底摧毁，以致我们最不屈不挠的考古学家也一直未能从该遗址中找到足够的资料（诸如钱币、徽章或碑铭之类的东西），因而没法对该地区原始居民的风俗习惯、生活方式等方面进行哪怕是最模糊的推测。我们迄今为止对他们的全部了解几乎就是：当一名金羊毛骑士理科德·赖克[1]最初发现那块大陆之时，当地居民是出没于那里的尼克尔包克尔[2]野蛮部落

1. 暗讽一名自私的纽约政客理查德·赖克。赖克曾三度出任纽约市书记官（Recorder），而 Recorder 和 Richard 读音相似。坡将其称为希腊神话中的“金羊毛骑士”，是暗指这位纽约市书记官曾剪过纽约市民的羊毛。

2. 华盛顿·欧文写《纽约外史》时杜撰的该书作者。

的一个分支。可他们绝非不开化，只不过是按照他们自己的方式形成了种种不同的艺术乃至科学。据说他们在许多方面都很精明，却奇怪地患上了一种偏执症，拼命地建造一种在古代亚美利坚被命名为“教堂”的房屋——那是一种塔式建筑，用来供奉两个偶像，一个名叫财富，一个名叫时髦。据说最后全岛十分之九的房屋都变成了教堂。而且那里的女人也好像被她们后腰下边一个自然隆起的部分弄得奇形怪状——不过这种变形在当时被莫名其妙地当作一种美。事实上，有一两幅这种变形女人的画像被奇迹般地保存了下来。她们看上去非常古怪，非常——说不出是像雄吐绶鸡还是像单峰骆驼。[1]

好啦，关于古代的尼克尔包克尔人，流传到我们今天的差不多就这么点情况。然而，好像是在帝国花园（你知道那花园覆盖全岛）中央的挖掘之中，几位工人挖出了一块显然是由人工凿成的四四方方的花岗石，石块重好几百磅。该石保存完好，那场将它掩埋的大地震并没有对它造成明显的损坏。它的一个表面嵌着一块大理石板，石板上刻着一段碑文（想想吧！）——一段字迹清楚的碑文。庞狄特真是欣喜若狂。拆开大理石板，里面是个空洞，空洞里装着一只铅盒，铅盒里满满的，有各种各样的钱币、一份长长的名册、几份看上去像报纸的文件，还有其他许多令考古学家感兴趣的东西！毫无疑问，这一切都是属于那个叫作尼克尔包克尔部落的地道的亚美利坚人的遗物。抛到我们气球上的报纸上印满了那些钱币、手稿和印刷品等的仿真图片。我现在就把大理石板上那段尼克尔包克尔人的碑文抄给你，供你一乐：

1. 坡对裙撑的嘲讽又见于其小说《眼镜》和《山鲁佐德的第一千零二个故事》。

此乔治·华盛顿纪念碑之
奠基石
竖于1847年10月19日
适逢康华里勋爵
于公元1781年
在约克镇
向乔治·华盛顿将军投降
周年纪念典礼
纽约市华盛顿纪念碑协会赞助

我这里抄的碑文是庞狄特亲自逐字翻译的，所以内容不可能有误。从保存下来的这几行不多的字句中，我们探明了几个重要事实，其中一个事实就是：早在一千年前，实实在在的纪念碑就已经被废除——这是非常恰当的——当时的人们也和我们今天的做法一样，仅仅是表露一下将在未来的某个时候建碑的意愿；一块“冷清清而且孤零零”（请原谅我引用伟大的亚美利坚诗人本顿的诗句！）[1]的奠基石被小心翼翼地竖起，以作为这种高尚意愿的一个保证。从这段极妙的碑文中，我们不但弄清了所谈论的那次大投降发生在哪儿，是谁投降，而且还清清楚楚地知道了是如何投降的。说到在哪儿，那是在约克镇（天知道那个镇子到底在哪儿）；说到是谁，那是康华里将军（无疑是一个富有的玉米商[2]）。他投降了。那段碑文是纪念——什么？——哦，“康华里勋爵”投降。唯一的问题就是那些

1.“冷清清而且孤零零”（solitary and alone）这个措辞见于英国作家劳伦斯·斯特恩的《伤感之旅》第三十一章。美国民主党参议员托马斯·哈特·本顿于1837年在参议院的一次重要发言中使用过这一措辞，从而使之令人难忘。
2. 康华里将军全名查尔斯·康华里，是美国独立战争时的英军司令，其姓Cornwallis的第一个音节Corn意为“玉米”，故有此谑。

野蛮人要他投降能指望什么。但只要我们想到那些野蛮人无疑是一些食同类者，那我们就不难得出推论，他们是打算用他来灌香肠。至于说他是如何投降的，那碑文说得太清楚不过了。康华里勋爵是“在华盛顿纪念碑协会的赞助下”投降的（为了香肠），那个协会肯定是一个存放奠基石的慈善机构。——可是，天哪！出了什么事？啊，我明白了——气球瘪了，我们就要掉进大海。所以我的时间只够再说上两句。匆匆浏览了一遍那些报纸上的仿真图片，我发现在那个时代的亚美利坚人中有两个伟大人物，一个叫约翰，是名铁匠；另一个叫扎卡里，是名裁缝。[1]

再见吧，待我们重逢之时。你能否收到这封信并不重要，因为我写它纯粹是为了消遣。不过我要把此信手稿密封进一个瓶子里，然后把瓶子扔进大海。

你永远的庞狄塔

（曹明伦　译）

1. 扎卡里·泰勒是美国第十二届总统。坡创作此文时泰勒总统已当选（1849 年 3 月就任），其姓 Taylor 源于 tailor（裁缝）一词。

开拓视野

霍桑和坡在新兴的科学时代找到了一种合适的小说主题，还为小说中的科学家主人公确立了合适的艺术形象。科幻小说正在成形，各类作者都会偶尔发表一些小说，日后，人们会认为这些小说符合科幻小说的传统，甚至在当时，人们就可以很明显地看出它们受到了科学和技术带来的可能性的影响。

伟大的法国现实主义小说家奥诺雷·德·巴尔扎克写过数篇短篇小说，其风格含有哥特色彩，主题涉及长生不老药和将基础元素转变为黄金的努力。爱德华·黑尔[1]（Edward Hale）写过一篇长篇小说，小说中，一个砖块砌成的月亮被意外发射到太空之中，而制作它的工匠还在里面。马克·吐温（Mark Twain）创作了著名的时间旅行题材长篇小说《康州美国佬大闹亚瑟王朝》（*A Connecticut Yankee in King Arthur's Court*，1889），还在《1904年〈伦敦泰晤士报〉节选》（*"From the London Times" of 1904*，1898）中预言了电视的发

1. 美国牧师、作家。

明。在《斯托姆菲尔德船长的天堂之旅节选》(*Extracts from Captain Stromfield's Visit to Heaven*，1996）和《来自地球的信》(*Letters from the Earth*，1962）中也出现了科幻元素。就连赫尔曼·麦尔维尔（Herman Melville）也写过一篇关于自动化技术的短篇小说。在19世纪的最后30年，一批乌托邦作家创作了反对科学技术的小说。H. 布鲁斯·富兰克林[1]（H. Bruce Franklin）教授在他的先锋研究书籍《将来完成时》(*Future Prefect*，1966）中评论道："没有任何一位19世纪美国一流小说家没写过科幻小说，他们至少也写过一部乌托邦小说，实际上，二流小说家中，没写过的人也很少。"

菲茨-詹姆斯·奥布莱恩（Fitz-James O'Brien）是那个时代最重要的科幻作家之一。奥布莱恩是19世纪50年代一位多产的杂志作家，他风度翩翩、浪漫迷人。奥布莱恩生于爱尔兰，意外继承了八千英镑的遗产，曾试图和一位英国警官的妻子私奔，最后潜逃到美国。

此前，他就已经发表过一些短篇小说和诗歌。在纽约，他开始认真地创作作品，并在放荡的生活中取得了文学和社交上的成就，但这仅仅持续了十年。美国南北战争的第一年，他加入了美国联邦军队，在一场和南部联盟军官的决斗中受了轻伤，因为治疗不当而辞世，年仅33岁。

很多当时的文学期刊都刊登过奥布莱恩的作品，包括《哈泼斯》和《大西洋》，但文学史著作中几乎没有提到过他的名字。要不是他发表过数篇引人注目的原创奇幻和科幻短篇，也许他就被人遗忘了，这些小说可以参见如下例子：《奇妙铁匠》("The Wondersmith"，1858）中，吉卜赛人制作了一支玩具军队，以图在圣诞节杀死所有

1. 美国历史学家、学者，对美国文化、科幻文学有着出众的研究。

信基督教的儿童；《手与嘴》（“From Hand to Mouth”，1858）中，一个男人坐在一间旅馆的房间中，被幽灵一样无实体的手和嘴所包围；《那是什么？一个谜团》（“What Was It? A Mystery”，1859）可能是史上第一篇关于隐型生物的小说；《丢失的房间》（“The Lost Room”，1858）中，故事的叙述者回到他的旅馆房间，却发现他的房间被他驱赶不走的陌生人所占据；《我如何摆脱重力》（“How I Overcome My Gravity”，1864）中，一位发明家利用陀螺仪制造出了一台反重力机器。

他最令人印象深刻、独创性最强的作品是常常被重印的《钻石透镜》（“The Diamond Lens”，1858）。《钻石透镜》是目前已知的第一篇通过显微镜来展示另外一个世界的小说（尽管奥布莱恩发表这篇小说时，被人指控说，这篇小说的创意剽窃自他朋友的一篇未公开发表的作品，但这场风波最后以奥布莱恩获得上风结束）。数百篇关于微型生物的作品在之后陆续面世，很多篇作品中的角色都完成了奥布莱恩笔下的显微镜学家没有完成的成就：他们进入了显微镜下的世界之中。

奥布莱恩的小说开启了一个崭新的世界，不仅对读者，对作者来说也是如此。就好像后世的科幻作家会开启星际世界一样，奥布莱恩让作者们进入了一个极端微小的世界之中。对科幻小说的发展来说，奥布莱恩对于幻想作品的现实主义手法也许同样影响重大。

惊异感是科幻小说的魅力之一，而科幻小说的另外一点魅力——也许是最重要的一点——是将这种惊异感与日常的现实世界相结合的方式。截至奥布莱恩的时代，玛丽·雪莱创作过一篇含有哥特元素的浪漫小说；霍桑创作出了一种符号化的人物形象，即要做出道德选择的科学家；坡展示了性格偏激但有时有着诗人一般感性的人面对不寻常之事的状况，坡的故事有时不带感情，但常常诙谐幽默。

奥布莱恩在故事中的降神会里面融入了哥特式的元素，这场降神会让显微镜学家和列文虎克的幽灵沟通，故事还涉及一桩谋杀案，显微镜学家为了获得制造显微镜的钻石，谋杀了一位熟人。显微镜学家的偏执性格和弗兰肯斯坦一样富有浪漫色彩，尽管他缺乏罪恶感，只有哥特风格才能拯救这个人物形象。而在文章的其他部分，即便是有哥特风格的部分，奥布莱恩的文风都是通俗而现实的。

《钻石透镜》红极一时，它可能是第一篇现代科幻小说。

（赵佳铭　译）

钻石透镜

［爱尔兰］菲茨-詹姆斯·奥布莱恩

一、少时的兴趣

从很小的时候起，我就热衷于探究微观世界。不到 10 岁的时候，我家的一位远房亲戚希望能让孤陋寡闻的我大吃一惊，便为我制作了一台简易显微镜。其实那东西就是在一张铜盘上钻一个小孔，利用毛细作用让一滴纯水悬在孔里。这台非常原始的显微镜能将物体放大约五十倍，固然，它成像模糊且不精确，不过对我来说这已经足够神奇了。正是它激发了我的想象力，让我兴奋不已。

看到我对这台简陋的仪器很感兴趣，堂兄便将他了解的关于显微镜原理的所有知识都解释给了我，还对我讲了几个利用显微镜获得的奇迹。最后，他还向我承诺，他一回城就送我一台正规制作的显微镜。从他做出承诺起，一直到他回城，我每一天、每一小时、每一分钟都在计算着还要等多久。

与此同时，我也没有闲着。我贪婪地利用起每一种透明物质，哪怕那东西与透镜只有一点点相似之处，我也想要用它做一台自己的显微镜。我对这种仪器的相关理论一知半解，这些尝试也全都失败了。所有那种上面带着被称为“牛眼”的扁球状结构的玻璃都被我无情地摧毁，因为我希望能从中获得带有神奇力量的透镜。我甚至从鱼类或是其他动物眼睛里提取晶状体，努力用这种东西制作显微镜。我承认，我偷走了阿加莎阿姨的眼镜。当时我有一种模糊的想法，认为我可以把它磨成神奇的放大镜片，而这种尝试的结果毋庸多说——我彻底失败了。

最后，堂兄答应送我的仪器到了。这是一台菲尔德单式显微镜，大概花了他十五美元，若用于教育领域，没有比它更适合的型号了。一起送来的还有一篇小论文，文章讲述了显微镜的历史、用途和获得的发现。在这之后，我才开始领略到“天方夜谭”的有趣之处。笼罩在世间万物之上的暗淡纱幕似乎被突然揭开，一个魔幻的世界呈现在了眼前。我看待小伙伴就好像先知看待普通人，我正在用一种他们无法理解的语言在与大自然对话。我每天都在与那些活生生的奇迹进行交流，这是他们做梦都想不到的。我穿过万物表面的大门，在它们的圣殿中漫步。别人看到的只是一滴雨水慢慢在玻璃窗上滚下，而我看到的是无数存在带着与所有其他生命体相同的激情活跃着。它们抖动着小小的球状身体，像人类一样不断努力拼搏。普通的霉菌，我的母亲那样一位出色的家庭主妇会生气地从果酱罐子里舀出来的那玩意儿，对我来说，它里面其实藏着一座迷人的花园，满是幽谷、郁郁葱葱的林荫道和神奇的树木，而这微观森林里的奇异树枝上都挂着奇特的果实，所有这些果实都闪着绿色、银色和金色光芒。

那时我的脑海中还没有对科学知识的渴望，只有诗人在面对一整个神奇世界时那纯粹的喜悦。我没有对谁提起过这种只属于我的快乐。日复一日，夜复一夜，我独自在显微镜前模糊着双眼，注视着它为我展现的奇迹。我就像那个发现古老伊甸园仍然保持着它原始荣光的人，决心独享这方乐土，绝对不把它的位置泄露出去。我生活的重心也正是从那时开始倾斜的：我决心成为一名显微镜专家。

当然，就像所有新手一样，我觉得自己是一名发现者。那时我完全没想到有成千上万的聪明人都在从事这样的工作，而且他们所用的仪器设备要比我这台强大一千倍。我完全没听说过列文虎克、威廉姆森、斯宾塞、艾伦伯格、舒尔茨、杜雅尔丹、沙赫特和施莱登这些名字。就算知道，我对他们的耐心而精彩的研究成果也一无所知。每当把新的隐花植物标本放到显微镜下，我都相信自己发现了世间无人知晓的奇迹。轮虫伸展收缩着它那柔软的躯体，似乎在水中打转，我还清楚地记得第一次发现这一场景的时候，那种欣喜赞叹之情在我胸中爆发。唉！等长大了一些，读过最爱的这一科学领域的相关著作后，我发现自己才刚刚站在这门学科的门槛上，而当时一些伟大的科学家已将他们的生命和才智全都奉献给了这些研究。

我长大之后，父母看到我只会透过一根铜管和一块玻璃观察苔藓和水珠，觉得这样很难做出什么有用的成果，于是非常担心。他们希望我找一份正经工作。

他们希望我能去伊桑·布雷克舅舅的账房工作。伊桑舅舅在纽约做生意，非常有钱。我断然拒绝了这个建议。我对做生意没有兴趣；去做也只会失败。总之，我不想成为商人。

但是我必须得找个工作。我父母都是保守的新英格兰人，他们坚持认为人必须进行劳动。因此，尽管托可怜的阿加莎阿姨的福，我能够在长到一定年龄之后获得一笔足够的遗产，让我衣食无忧，我们依旧决定，我不应该等待遗产兑现，而应该体面一些，在这之前就让自己独立。

深思熟虑之后，我遵循了家人的意愿，选择了一项职业。我决定去纽约学院学医。这样的安排很适合我。我可以从家人身边搬走，按照自己的意愿支配时间，而不用担心被发现。只要付了学费，就算我不去上课也无所谓，反正我也没考虑过要参加考试，这样自然也没有挂科的危险。此外，大城市也很适合我。在那里，我可以获得最棒的仪器设备，读到最新的出版物，还能与研究同一领域的其他人建立亲密关系。简而言之，这里有能够保证我将生命奉献给我心爱的科学的所有必要之物。我有一大笔钱，除了反光镜和物镜之类的东西基本没有什么欲望。这样的话还有什么能阻止我成为一名杰出的探索者，揭开这个世界的面纱呢？我踌躇满志地离开了位于新英格兰的家，在纽约安顿了下来。

二、科学研究者的热望

我的第一步当然是寻找合适的住处。经过几天的搜寻，我在第四大道找到了一层漂亮的二楼，包括一间起居室、一间卧室，还有一个我打算装修成实验室的小房间，里面没有家具。我简单地布置了一下住处，让这里变得相当优雅，接着就把所有的精力都投入到了我所敬拜的圣殿的装饰工作中。我拜访了著名光学仪器制造师派克，观赏了他精彩的显微镜收藏品，包括菲尔德复式显微镜、辛厄姆显微镜、斯宾塞显微镜、纳切特[1]双筒显微镜（根据立体镜原理制成）。最后我被一台斯宾塞万向轴显微镜吸引了，这台设备结合了众多显微镜的优点，完全不受环境震动的干扰。我买下了这台仪器以及所有附件，包括活动镜筒、千分尺、投影描绘器、镜台、消色差

1. 一系列名字均是当年的著名显微镜品牌或制造者。

聚光镜、照明器、棱镜、抛物面聚光镜、偏光装置、镊子、水箱、移液管及其他一大堆东西。对于一位经验丰富的显微镜专家来说，所有这些东西都非常有用，但我后来却发现，这些东西对我来说毫无价值，因为使用复杂的显微镜需要多年的练习。这次大采购过程中，那位光学仪器制造师怀疑地看着我。显然，他不清楚该把我当成一位科学名人还是疯子。我认为他倾向于后者。我想我疯了。每一位伟大的天才都会对那个让他得以伟大的研究领域感到疯狂，而那些失败者才会被人唾弃为疯子。

不管是不是疯了，我决定用一种其他学生难以比拟的热情开始工作。我需要学习与这门精细研究有关的一切，这项研究需要极大的耐心、严密的分析能力、稳定的手、不知疲倦的眼睛，以及精确细致的操作。

我又把实验室精心布置了一遍，里面备好了所有可能对我的研究有用的装置。但很长时间里，一半的仪器都闲置在实验室架子上，因为没有学过显微镜学，我其实不知道有些仪器要如何使用，而且有些我理论上理解的东西在我能够精密地进行操作之前在实践中并没有多大用处。尽管如此，怀着雄心壮志，我不知疲倦，坚持不懈地进行实验，一年之后，我成了理论与实践上都颇有成就的显微镜专家，这真是令人难以置信。

研究过程中，我将每种物质的标本都放在显微镜下，我成了一名发现者——诚然，不算大，毕竟我还很年轻，但仍然是一名发现者。正是我推翻了埃伦伯格那种“团藻是一种动物”的理论，并证明他的这种有着所谓胃和眼睛的“单细胞生物”仅仅是植物细胞形成过程中的一个阶段。在真正进入成熟期之后，它们依旧无法进行接合，或者出现真正的生殖行为。没有这种行为的有机体不可能是比植物高等的生物。此外我还解决了植物的细胞和茸毛旋转的古怪问题，将其归因于纤毛的吸引作用，但是韦纳姆等人声称我的解释是光学错觉造成的结果。

尽管已经有所发现，尽管研究过程艰辛而痛苦，我依然感到非常不满意。每走一步，我都会发现自己被仪器的不完美限制了。就像所有活跃的显微镜专家一样，我充分发挥着自己的想象力。其实许多人都在抱怨，大家不得不用自己大脑的创造力来弥补自己手头仪器的缺陷。我不断想象着大自然中透镜有限的力量让我无法探索的深邃奥妙。我彻夜难眠，想象着我使用有着无穷威力的显微镜穿透包裹着物质的所有外壳、一直深入到那原初的原子之上。我咒骂着这些有缺陷的媒介，而因为无知，我却必须使用它们！我多么渴望发现制造完美透镜的秘密，它的放大能力应该仅被物体本身的可分辨性所限制，同时又没有球差和色差。简而言之，就是它应该能够让可怜的显微镜专家避开之前遇到的所有问题！我确信，这种显微镜应该结构简单，只由一片透镜制成，却有着巨大而完美的放大能力，它是可以做出来的。试图引入复式显微镜来解决这个问题可能本身就是死路一条，因为它只是在对最简单仪器上存在的缺陷进行部分成功的修正，而如果能够彻底解决这种缺陷，那么显微镜就完美了。

正是因为这种心态，我成了一位热衷自己制作设备的显微镜专家。追求这个新目标又花了我一年的时间，我试验了所有能够想到的物质——玻璃、宝石、燧石、水晶、各种玻璃质材料合成的人造晶体——总之我做出了无数块透镜，都够给百眼巨人阿格斯做眼镜用了，但结果却发现，我完全没有取得任何进展，除了大量制造玻璃的知识，什么都没学到。我都快绝望死了。父母对我希望能在医学研究领域取得进展的渴望感到非常惊讶，但其实自从来到这座城市，我连一节课都没有上过。而且我这种疯狂追求的开支非常巨大，这让我非常窘迫。

有一天，我正在实验室里怀着这种心情用一小颗钻石进行实验——钻石的折射能力非常强，所以相比于其他材料，我一直都对它非常留意——正在这时，一位住在楼上，偶尔会来拜访我的年轻法国人走进了房间。

我认为儒勒·西蒙是个犹太人。他的身上有很多希伯来特征，比如喜欢珠宝、漂亮服饰，以及有品质的生活。他身上还带着某种神秘的特质。他常常会出售一些东西，却进入了上流社会。这里的出售应该改成挨户兜售更合适，因为他通常只卖一件东西，比如一张画，一件罕见的象牙雕刻，一对决斗手枪，或是一身墨西哥骑士的衣服。我刚开始布置房间的时候，他就拜访过我，最后我购买了一盏古色古香的银灯，他向我保证这是切利尼[1]的作品——但就算是在切利尼的作品里，这盏灯也够漂亮了——除此之外，我还买了一些小摆设放在起居室里。我一直搞不明白为什么西蒙要做这种小生意。显然，他很有钱，可以出入城中最豪华的房子，但是我认为，他该小心不要去那个神奇的顶尖万人[2]的圈子里推销货物。最终，我得出了这样一个结论，这种兜售只不过是在掩盖一些更大的生意，我甚至认为我这位年轻的熟人涉足了奴隶贸易。然而这与我无关。

目前这一次，走进我的房间的时候，西蒙正处于相当激动的状态。

“啊！我的朋友！”我还没来得及和他打招呼，他就高声叫道，“我目睹了世界上最令人惊讶的事情。我漫步到了那位女士……那个小动物——管自己叫列那狐的——拉丁文怎么说？”

“沃尔帕斯。”我回答。

---

1. 意大利文艺复兴时期金匠、雕塑家、音乐家、画家。
2. 19世纪纽约最富有的一万人。

“啊！对，沃尔帕斯。我漫步到了沃尔帕斯女士家。”

“那个灵媒师？”

“是的，那位伟大的灵媒师。天哪！那女人好厉害！我把许多与最隐秘的事情有关的问题写在一张纸上，这些事情一直藏在我内心最深处。你猜接下来怎么了？这个女巫让我老老实实地把这些问题都回答了一遍。她甚至和我谈了一些我讨厌提起的事情。我还能怎么想？我都惊呆了！”

“西蒙先生，我这么理解对不对？这位沃尔帕斯女士回答了你偷偷写下的问题，而这些问题的答案只有你知道。”

“啊！不止如此，不止如此，”回答的时候，他显得有些惊慌，“她还向我提到了……但是，”他顿了一下，突然改变了态度，继续说道，“咱们为什么要去思索这种蠢事呢？毫无疑问，这全是生物学现象。不用说，我是不信的。咱们为什么还要待在这里呢，我的朋友？我发现了一件你能想象到的最漂亮的东西，一个带着绿蜥蜴的花瓶，由伟大的贝尔纳·帕利西[1]制作。它就在我的公寓里，咱们走吧，我带你去看看。”

我不假思索地跟上了西蒙，但思绪早已不在帕利西和他的陶瓷制品上了。我和他一样，正在一片黑暗中寻求伟大的发现。他随意提起那位女灵媒师沃尔帕斯女士让我踏上了一条新的思路。如果可以与比我更有洞察力的生物进行交流，我是不是就可以达成那个用我一辈子痛苦的脑力劳动都无法达成的目标了呢？

就在从西蒙那里购买帕利西的花瓶的时候，我已经盘算着要去拜访一下这位沃尔帕斯女士了。

---

1. 法国陶艺家。他制作的陶器以鲜艳的色彩和花鸟虫鱼的装饰而闻名。

三、列文虎克的幽灵

我写信进行了预约，并承诺支付一大笔费用，两天后的那个晚上，沃尔帕斯女士独自在她家等候着我。她是一个长相粗俗的女人，拥有一双敏锐而无情的黑色眼珠，不过嘴和下巴却非常性感。她一言不发地在公寓一楼接待了我。房间里没有什么家具，只在中央放了一张普通的红木圆桌。沃尔帕斯女士就坐在这张桌子旁边。这女人对我的出现完全无动于衷，就仿佛我只是来为她扫烟囱的，完全没有想要激起我的敬畏之情，一切都那么简单实用。对这位沃尔帕斯女士来说，与死后世界进行交流这种工作明显就像或是吃饭或是坐公共马车那样随意。

“你是来与幽灵进行交流的，林利先生？”这位灵媒用一种乏味而事务性的语调开口了。

“是的，我已经预约过了。”

“你希望进行哪种形式的交流？书面的？”

“是的，我希望进行书面交流。”

“和某个指定的幽灵吗？”

“对。”

“你认不认识那个幽灵？”

“不认识。他早在我出生前就去世了。我只希望从他那里获得一些信息，比起其他人来他应该对那种事更加了解。”

“可以坐到桌边来吗，林利先生？”那位灵媒说，“把你的手放在桌上。”

我听从对方的要求，沃尔帕斯女士坐在了我的对面，双手也放在了桌子上。这样的姿势大概保持了一分半钟，接着，桌子上、椅子后面、脚下的地板，甚至窗玻璃上都传来了剧烈的连续敲击声。沃尔帕斯女士镇定地笑了。

“今晚它们的力量非常强，”她说道，“你很幸运。”接着她继续说：“诸位幽灵，你们愿意与这位先生进行交流吗？”

传来表示肯定的有力声音。

“那么他希望与之进行交流的那个幽灵愿意吗？”

这个问题提出之后，响起了一阵混乱的敲击声。

“我知道他们是什么意思了，”沃尔帕斯女士对我说，“他们希望你写下想与之交流的那个幽灵的名字。是这样吗？”她冲着那些看不见的客人问道。

众多肯定的答复表明，它们的要求确实是这样的。看到这种情况，我从笔记本里撕下了一张纸，飞快地在桌子底下写出了一个名字。

“这个幽灵可以与这位先生进行书面交流吗？”灵媒又问。

片刻停顿之后，她的手就像被抓住一样开始剧烈地抖动。她抖得那么厉害，连桌子也跟着晃了起来。她说幽灵抓住了她的手想要写字。我把桌子上的几张纸递给了她，还给了她一支铅笔。她松松垮垮地把笔握在手中，很快那只手开始以一种奇怪的动作仿佛无意识般地在纸上动了起来。过了一会儿，她把那张纸递给了我，我发现纸上歪歪扭扭地写了几个大字：“他不在，已经派人去请他了。”接着是大约一分钟的停顿，在这段时间里，沃尔帕斯女士一直保持着沉默，但是敲击声依然在有规律地响起。这段停顿结束之后，灵媒的手又开始抖动，在这奇怪力量的影响下，她在纸上写下了几个字，然后把纸递给了我。上面写着：

我在。请提问吧。

列文虎克。

我简直震惊了。这就是那个我在桌子底下写出，又小心翼翼地藏起来的名字。像沃尔帕斯女士那样没受过教育的女性根本不应该知道这位伟大的显微镜之父的名字。这可能是一种生物学现象，但这个理论很快就被我否定了。我把一系列的问题写在了纸条上，仍然没让沃尔帕斯女士看到，简明起见，我将我的问题和得到的回答按照顺序记了下来。

我：显微镜可以变得完美无缺吗？

幽灵：可以。

我：我是否注定要完成这项伟大的任务？

幽灵：是的。

我：我想知道要如何着手才能实现这一目标。为了您那份对科学的热爱，请帮帮我吧！

幽灵：给一颗一百四十克拉的钻石长时间施加电磁流，使其内部原子进行重新排列，这样你就可以利用它制作万能透镜了。

我：这样的透镜可以让我做出伟大的发现吗？

幽灵：你会获得非常伟大的成就，之前所有其他成果都会相形见绌。

我：但是钻石的折射能力很强，图像会成形在透镜内部。要如何解决这一问题呢？

幽灵：在光轴位置上打一个孔，问题就解决了。图像将会成形在打出的孔内，它本身就是一根可以用于观察的管子。现在有人在召唤我了。晚安。

我根本无法描述这次非凡的交流对我产生的影响。我感到非常困惑。所有生物学理论都无法解释这种透镜是如何发现的。灵媒师可能利用某种生物学方法进入我的大脑，乃至读出我脑中的问题，做出合乎逻辑的回答。但是生物学无法让她发现电磁流会改变钻石的晶体结构，弥补其存在的缺陷，以便能够让人将它磨制成完美的透镜。某些类似的理论可能曾出现在我的脑海中，但即便确实如此，我也早已把它忘得一干二净了。在这种极为兴奋的状态下，我别无他法，只能成为她的信徒，带着痛苦、紧张而欣喜的心情离开了灵媒师的家。她把我送到了门口，希望我对这次交流感到满意。穿过大厅的时候，敲击声依旧跟随着我们，在栏杆、地板，甚至门楣上响起。我匆匆表达了满意之情，连忙逃到了凉爽的夜风中。走回家的路上，我的脑中只有一个问题，那就是要怎么才能取得那么大的一颗钻石。我全部财产的价值加起来再乘上一百倍也买不起这么大的钻石。另外，那样的钻石非常罕见，并且具有历史意义，只有在东方或欧洲君主的王冠上才能找到这种东西。

四、晨之眼

走进房子，我发现西蒙的房间里亮着一盏灯。一种模糊的冲动促使我去拜访他。我悄悄打开了他起居室的门，他正背对着我，弯着身子俯在一盏卡索灯[1]下，明显是在观察手中的东西。发觉我走了进来，他吓了一跳，赶紧把手塞进了胸前的口袋里，然后满脸通红，窘迫地转过身来。

“哇！”我叫道，“在看哪位淑女的微缩像啊？行啦，别脸红。我不会让你给我看的。”

西蒙尴尬地一笑，但并没有像平常那样进行辩解，只是请我坐了下来。

1. 19 世纪的一种油灯。特点是燃料罐在下方，利用机械泵将燃料泵上去燃烧。

“西蒙，”我说，“我刚从沃尔帕斯女士那里回来。”

这下子，西蒙的脸变成了一张白纸，他仿佛被电击中了似的，整个人都被吓呆了。他语无伦次地嘟囔着什么，接着匆匆走到了小酒柜那里。尽管对他的状态相当惊讶，但我正在专注思索自己的想法，所以没怎么注意他的情况。

“你管沃尔帕斯女士叫作女巫，真是说得很对，”我继续说道，“西蒙，今晚她告诉了我一件不可思议的事情，或者说她成了我得知那件不可思议的事情的媒介。啊！如果我能得到一颗重达一百四十克拉的钻石就好了！”

我的叹息话音未落，西蒙就像一头野兽一样，狠狠盯住了我，然后冲到了壁炉台前。墙上挂着几把异域武器，他抓过一把马来波浪短剑，愤怒地挥舞着。

“不。”他用法语喊道。他一激动就会冒出法语来。“不！你不会得到它的！你这个背信弃义的家伙！你去问了那个恶魔，还想要得到我的宝贝！除非我死了！我，我很勇敢！我不会怕你的！”

他大声喊着这些话，激动地颤抖着，这让我大吃一惊。我一下子就明白了，不管他隐瞒了什么，我肯定触动到了他的秘密。我得让他放下心来。

“我亲爱的西蒙，”我说，“我完全不明白你在说什么。我去找沃尔帕斯女士是向她请教一些科学问题，而为了解决这个问题，我需要一颗一百四十克拉的钻石。我们从来没有提到你，我甚至没有想起过你。你为什么要发脾气啊？就算你真的有值钱的钻石也没必要害怕。你没有我想要的那种钻石，要是真有，你就不可能住在这里了。”

肯定是我说话的语气让他放下心来了，因为他立刻露出了一副开心的表情，不过他依然怀疑地注意着我的动作。他笑着请求我的原谅，说他有的时候会头脑发晕，语无伦次，胡说八道，这种症状来得快去得也快。

进行解释的时候，他把武器放在了一旁，努力让气氛变得轻松一些，但这一切并没有骗过我。我习惯遇事分析，这种粗劣的伪装骗不了我。我决定要把这件事查个水落石出。

“西蒙，”我高兴地说，“咱们把那些事情忘掉，来一瓶勃艮第葡萄酒吧。我在楼下有一箱梧玖庄园的好酒，那酒香味浓郁，色泽红润得像科多尔的灿烂阳光。咱们来上几瓶。你觉得如何？”

“太好了。”西蒙笑着说。

我倒好了酒，二人一起坐下喝了起来。这酒是著名的佳酿，产于1848年，那一年战争频繁，葡萄酒产量也很高，纯净而浓郁的葡萄汁似乎也为当时的社会体制注入了新的活力。第二瓶喝到一半的时候，不胜酒力的西蒙已经变得昏昏沉沉的了，而我则依然保持着清醒，徐徐微风似乎还在通过我的四肢向我体内注入活力。西蒙连话都越来越说不清楚了，他还用法语哼起了淫词艳赋。就在他那断断续续的歌声结束的时候，我突然从桌子旁站了起来，带着沉静的笑容盯着他，说：“西蒙，我欺骗了你。今晚我知道了你的秘密。你最好对我说实话，沃尔帕斯女士——或者确切地说，是她的那个幽灵——把一切都告诉了我。”

他开始害怕了，那股醉意似乎也暂时消失了。他开始往之前放下的那把武器走了过去，我用手拦住了他。

“你这恶魔，”他激动地喊道，“我完蛋了！我该怎么办？你永远不会得到它！我以我母亲的名义发誓！”

“我不想要那东西，”我说，“你放心吧，但要跟我说实话，把一切都告诉我。”

那股醉意又回来了。他伤心而认真地提出了抗议，说我完全是搞错了，是喝醉了，还让我发誓永远保守保密，然后才答应透露这个秘密。我当然做出了保证。他的眼中藏着不安，因为紧张和醉酒，双手一直在抖，他从胸前抽出了一个小小的盒子，打开了。天哪！柔和的灯光照在盒子中一颗硕大无比而又闪闪发光的玫瑰切工钻上，闪耀出成千上万支五彩斑斓的光箭。我并不是钻石鉴赏家，但一眼就看出这颗宝石拥有罕见的大小和纯度。我疑惑地看着西蒙，但也感到非常嫉妒（我有必要承认这一点吗？）。他是怎么搞到这种宝物的？回答我问题的过程中，我只能从他醉醺醺的胡言乱语中得知，他曾在巴西指挥一群奴隶淘钻石。在工作过程中，他曾看到一名奴隶把找到的钻石藏了起来，但他没有通知他的雇主，而是悄悄看着那个黑人把那宝物藏到了哪里，接着挖走那颗钻石逃跑了。他并不敢公开手中这颗珍贵的钻石，因为这肯定会吸引到它的前任所有者的注意，而他也还没有发现能安全地把它处理掉的秘密渠道。他还补充说，根据东方人的习惯，他给这颗钻石起了一个神奇的名字："晨之眼"。

就在西蒙向我讲述这件事情的时候，我聚精会神地观察着这颗巨大的钻石。我从未见过如此美丽的东西。一切可以想象的与能够描述的光芒似乎都在这颗晶体中搏动。我从西蒙那里得知，它的重量正好是一百四十克拉。这真是一个惊人的巧合，仿佛受到了命运无形的操控。就在列文虎克的幽灵将显微镜的伟大秘密告知于我的当天晚上，他要我去寻找的无价之宝就出现在我触手可及之处！我无比慎重地下定决心，要想尽办法把西蒙的钻石搞到手。

我坐在他对面冷静地思索着，而他正冲着酒杯不断磕头。我完全没有考虑直接去把它偷过来，因为这样无疑立刻就会被发现，接着至少我得逃跑，找个地方藏起来。而这样肯定会影响到我的研究计划。那么就只剩一种方法了，那就是杀死西蒙。毕竟，与科学事业相比，一个犹太小贩的性命算得了什么呢？监狱里每天都会有死刑犯被带走接受解剖实验。西蒙已经供认自己是一名罪犯，一个强盗了，我发自内心地确信他也肯定是一个杀人犯。他应该像所有其他罪犯那样被判处死刑，为什么我不能像政府那样，让他受到应得的惩罚并为人类知识的进步做出贡献呢？

达成我想要的一切的东西就在手边。壁炉台上放着半瓶鸦片酊。西蒙的注意力全都集中在我刚刚还给他的钻石上。我不费吹灰之力就在他杯中倒入了鸦片酊，一刻钟之后，西蒙陷入了安眠。

我解开他的马甲，把钻石从内袋里拿了出来，然后把他放到床上。我把他放在了床边，让双脚垂下来，右手握住那把马来剑，另一只手透过他胸口的搏动尽可能准确地找到心脏的位置。他留下的所有线索都应该让人觉得他是自杀的，这一点至关重要。我计算出了这把剑从西蒙自己手中插入胸膛的角度，然后猛地把剑插入了我想刺中的那个位置，只有剑柄露了出来。西蒙的四肢一阵抽搐。我听到他的喉咙中发出一声窒息的闷响，就仿佛潜水员吐出的气泡到达水面之后发出的那种破裂的声音。他向旁边一歪，仿佛是在帮我实行这项计划似的，右手抽搐着握住了剑柄，把它紧紧攥在了手里。在这之后，他就没再怎么挣扎了。我猜想肯定是鸦片酊瘫痪了他的神经功能。他肯定是当场死亡了。

我还得做一些手脚。为了让人们把所有的怀疑都从房子的其他住客身上转移到西蒙本人那里，我需要让人们早晨发现，房间的门是从里面反锁的。要如何实现这一点，然后逃到外面去呢？不能从窗户走，那样实际上也不可能。另外我敢肯定，走窗户也会被发现。解决方案很简单。我悄悄回到自己的房间找到了一件奇特的工具，我一般会用这种工具来固定光滑的小东西，比如小玻璃球之类的。这件工具只不过是一柄细长的镊子，带着有力的夹头和手柄组成的巨大的杠杆。把钥匙插入锁孔，再利用锁孔从门外用镊子夹住钥匙头把门锁上，没有比这更简单的事情了。但在此之前，我用西蒙的壁炉烧掉了一些文件。在自杀之前，人们基本都会毁掉自己的文件。我先把西蒙那个杯子里的酒倒掉，洗净杯子之后又往里倒了一些鸦片酊，然后洗净了另一个酒杯，带走了那瓶酒。如果有人在房间里发现两个人饮酒的痕迹，那么自然会出现问题——另一个人是谁？此外，那瓶葡萄酒可能会被认出是我的。把鸦片酊倒在他的杯子里是为了能让他胃里的鸦片酊有个合理的解释，防止他们在尸检的时候发现问题。这样的话结论自然就会变成他首先想要毒死自己，但喝掉一些鸦片酊之后，他要么是觉得很难喝，要么是改了主意，选择了其他的自杀方法，最后就选择了匕首。做好全部的准备之后，我让煤气灯继续燃烧着，用镊子锁好了门，离开他家回房睡觉去了。

第二天下午三点的时候才有人发现西蒙已经死了。一位仆人惊讶地看到了煤气灯还亮着——因为火光从门下的缝隙里透了出来。她透过钥匙孔窥视着房间里的状况，发现西蒙还在床上。

她发出警报。门被撞开了，邻居们一时议论纷纷。

房子里的所有人都被捕了，包括我在内。警方进行了调查，但是除了自杀，他们没有发现任何其他线索。奇怪的是，他曾在上周向他的朋友们表达过一些想法，似乎表明他有自杀的念头。有一位绅士发誓，西蒙曾向他表示，他厌倦了生活。房东也证实，西蒙在将上个月的房租付给他的时候说，他应该不会再继续租下去了。所有其他证据也都符合自杀的结论——从里面反锁的门，尸体的位置，还有被烧毁的文件。正如我预料的那样，没有人知道西蒙拥有一颗钻石，因此没有人有动机去谋杀他。经过漫长的调查之后，陪审团做出了自杀的认定。邻里再次恢复了平静。

五、阿妮穆拉[1]

在西蒙遭遇不幸后的三个月里，我每天都全心全意地制造着我的钻石透镜。我制作了一座巨大的伏打电堆，使用了近两千对金属板，因为担心钻石被烧毁，我不敢使用能量更大的电源。通过这台巨大的设备，我将强电流不断地送入那颗巨大的钻石中，在我眼中，它每天都在变得更加光彩夺目。一个月之后，我开始研磨和抛光这块透镜，这项工作极其艰苦，也相当精密。钻石的密度很大，制作透镜曲面的时候需要非常小心，这是我所从事过的最艰苦、最苛刻的一项工作。

最终，激动人心的那个时刻终于到了，透镜完成了。我颤抖着站在通往新世界的门槛上。我即将实现亚历山大那著名的愿望[2]。透镜躺在桌子上，已经随时可以装上镜台了。为了防止水分迅速蒸发，我用松节油包裹住一滴水，准备对透镜进行检查。我颤抖着将这滴水滴在了透镜下面的一张薄薄的玻璃片上，然后在反光镜和棱镜的帮助下，将一束强光投在了水滴上。接着我把眼睛凑到了沿透镜光轴钻出的小孔那里。有那么一瞬间，除了一片明亮的混沌，除了一处发着光的巨大深渊，我什么都看不见。纯净的白光，平静而没有一丝荫翳，就仿佛空间本身一般全无边际，这就是我的第一印象了。我无比小心地轻轻移了移透镜，依然是奇妙的光芒，但随着透镜靠近物体，我的视野中展现出了一份难以形容的美景。

我似乎正注视着一片广阔的空间，其范围远远超出了我的视野。奇妙的光芒弥漫在整个视野中。我很惊讶，这里竟然什么微生物都

1. Animula，意为“小精灵”。
2. 即“抵达世界尽头”。

没有。显然，在这令人眼花缭乱的世界中并没有什么生物。我立刻就明白了，凭借这块透镜的神奇力量，我的目光已经穿透了肉眼可见的含水物质，穿透了纤毛虫和原生动物的领域，来到了原初气体的液滴中。我看到的那种充满了超自然光芒的无限空间就是液滴闪闪发光的内部世界。

然而，我看到的并不只是这充满了光芒的虚空。无论从哪边，我都能看到一种质地不明、色彩迷人的无机物图样。这些图样具体来说可能有些像罕见的层状云，它们连绵起伏，成了植物的样子，却显出一种绮丽的色彩，秋天树林里的那种金色光辉与之相比也仿佛矿渣遇到了金子。朦胧透明、仿佛气态一般的森林构成的林荫道延伸到了无限远的地方，还都被涂上了不可思议的灿烂光芒。下垂的枝条随着流动的森林挥舞着，每一道景象似乎都冲破了一层层五颜六色、半透明的丝绸三角旗，仿佛果实和鲜花般的东西闪着五光十色的千种色调从这棵梦幻般的树上冒出来。这里没有高山，没有湖泊，没有河流，没有有生命或无生命的东西，只有这光芒四射的宁静里那些黎明般闪耀的广袤树林，树叶、果实和鲜花闪烁着令人难以置信的无名的火焰。

真是奇怪啊，我思索着，这个世界怎么可以这么寂寞！我希望至少能够发现一些新的生命形式，或许它会比我们现在熟悉的所有动物生活都低等，但仍然是活生生的有机体。我发现了一个全新的世界（如果我可以这么说的话），一个色彩缤纷的美丽沙漠。

我猜测着自然界奇异的内部结构，根据现在最简明的理论，一切都可以分解为原子，正在这时，我觉得我看到了有什么东西正在五光十色的树林间缓缓移动。我又仔细地看了看，发现我没有错。言语简直无法描述我在等待这个神秘物体接近过程中的焦急心情。它仅仅是悬浮在这稀薄气体中的无生命的物质，还是一种有着生命力的动物呢？它越来越近，掠过轻纱般缭绕的云雾构成的彩色纱幕，在我的眼前时隐时现。最后，眼前的紫罗兰三角旗抖动了起来，它们被轻轻地推到一边，那东西也飘到了亮光之下。

那是一个女性的人影。我这里说“人”，是因为它有着人类的轮廓，但它也并不完全像人。它那美貌比最可爱的人类还要可爱无数倍。

我不能，也不敢去描述这种神圣而完美的美人散发出来的魅力。那双紫罗兰一般神秘、晶莹而沉静的眼睛，让我简直无法用语言来形容。她光彩夺目的长头发闪烁着金色的光芒，就像一颗流星从天空划过留下的痕迹，似乎能够扑灭我最为炽热的话语。就算所有希布拉[1]的蜜蜂都在我的嘴唇上筑巢，也只能约略唱出勾勒出她身体轮廓的美妙和声。

她从云树的虹帘之间昂然离开，飘进了远处广阔的光海之中。她的动作仿佛优雅的水泽仙女，仅仅是利用自己的意念就劈开了清澈、平静的水面。她平静而优雅地漂浮在那里，仿佛六月天的静谧气息中逐渐升腾的一个易碎的气泡。她完美圆润的四肢构成了一道娴静迷人的曲线，欣赏她那和谐的线条，就仿佛聆听贝多芬最神圣的交响乐一样。这真是一种万金不易的乐趣。如果利用他人的鲜血才能够让我穿过这道奇迹之门，我也不会在乎。我甘愿献出自己的生命来享受这样令人陶醉的快乐时刻。

屏住呼吸，我目不转睛地凝视着这迷人的奇迹，这一刻除了她我已经忘记了周围的一切。我急切地从显微镜那里收回目光。唉！我的目光落在了仪器下面的玻璃片上，落在了反光镜和棱镜射出的

1. 西西里岛的一个自然女神，蜜蜂是她的代表动物。莎士比亚《裘利斯·恺撒》第五幕第一场布鲁图斯指责安东尼偷光了希布拉的蜂蜜，涂在自己舌头上——舌头涂蜜意谓他善于言辞。此处即用典来形容“极为嘴巧”。

光线照亮的无色的水滴上！在那里，在那小小的露珠里，那美丽的生命被永远地囚禁了起来。她离我比海王星还要遥远。我赶紧又将眼睛放在了显微镜前。

阿妮穆拉，这是我之后为她起的名字，就让我这样称呼她吧。阿妮穆拉已经改变了她的位置，再次走近了那座奇妙的森林，正在认真地仰望着什么。其中一棵树（让我这么称呼它吧）展开了一条长满纤毛的长长枝条，用它抓住了其顶部的一枚闪闪发光的果实。接着，这根枝条慢慢放了下来，把果实放在了阿妮穆拉伸手可及的地方。这位西尔芙[1]用她的纤纤小手接过了那枚果实吃了起来。我的注意力完全被她吸引了，根本没有去想这神奇的植物是否也有自己的意志。

我全神贯注地注视着她享用美餐。她柔美的动作让我一阵欣喜，当她把美丽的双眼转向我所在的地方的时候，我的心脏不禁狂跳不已。为什么我没有能力让自己沉浸在那个发光的海洋中，与她一起穿过那些紫色和金色的果园啊！我紧紧地注视着她的每一个动作，但她好像听到了什么似的，突然劈开她所漂浮的这片辉煌的以太，仿佛一道闪光，穿过乳白色的森林消失了。

瞬间，我突然有了一种奇妙的感觉，就仿佛我突然失明了。那发光的球体仍然在我面前，但我的光明已然消失了。什么让她突然消失了？她是否有爱人或是丈夫？是的，肯定是这样的！她那幸福的男伴发出的信号震动着穿过林间，她听从召唤回去了。

得出这个结论之后，那种痛苦的感觉让我吃了一惊。我试图拒绝接受这种我强加给自己的理由，与这该死的结论做斗争。但我失败了。就是这样。我无法摆脱这种想法，我爱上了这个小生物。

1. 希腊神话中的空气精灵。

确实，由于我这台显微镜的奇妙力量，她以人类的形象出现在了我面前。她没有显露出那些低等生物令人厌恶的样貌，在那容易消失的水滴中生活、挣扎和死亡。她那么优雅，那么赏心悦目，美得简直无与伦比。但是这一切究竟是怎么回事呢？每当我将眼睛从那仪器上移开，目光都会落在那滴可怜的水中。我应该感到知足，因为知晓了那滴水里生活着能够让我的生活变得美好的一切。

能不能让我再见她一面！是否有那么一刹那，我能够打破那将我们分开的神秘而无情的高墙，低声向她倾诉充斥全身的爱意！如果能够知道她那遥远的默契，可能余生我就能够心满意足了。

这份默契可能作为一条微弱的纽带将我们联系在一起，在这迷人的林间漫游的时候，她可能会不时想起那个美妙的陌生人凭借自己的存在打破了她生活的单调，在她心中留下了一份温柔的记忆！

但这是不可能的。没有哪种以人类智力能够发明出来的东西可以打破这由大自然建立的障碍。我尽情享受着她令人赞叹的美貌，而她肯定一直对日夜盯着她的崇敬眼神一无所知，即使闭上眼睛，我也可以在梦中见到她。我痛苦地大叫了一声，从房间里逃了出来，扑在了床上，像小孩一样抽泣着睡着了。

六、一场空

第二天早上，太阳刚一出来我就起床了。我赶紧冲到了显微镜那里，颤抖地在那包含了我的一切的微型发光世界中搜寻着。阿妮穆拉就在那里。前一天晚上去睡觉之前，我忘记了关掉那盏围满了调节器的燃气灯。我发现就像昨天一样，她正带着一脸快乐的表情沐浴在周围灿烂的灯光下。她撒娇一般地将她那头闪亮的金色头发甩到肩后，在那片透明空间中舒展着身躯，怡然自得地飘在那里，然后又开始优雅地跳跃嬉戏，就仿佛水仙萨耳玛西斯想要征服害羞的赫马佛洛狄忒斯那样展现着她的风姿。我设计了一项实验，想要检测她的反应能力来满足自己。我把灯光调得很暗，透过残留的昏暗光线，我可以看到她脸上的痛苦表情。她突然抬起头，眉头皱了起来。我再次用充足的光线照亮了显微镜的镜台，她的表情又变了。她仿佛失重了一样向前扑了过去。她的眼睛闪闪发光，嘴唇也动了动。啊！如果我有能够传导和复述她发出的声音的科学方法该有多好啊，就像这样利用显微镜传导光线，那样的话那幸福的颂歌就会传进我的耳朵！这熠熠生辉的空气中将颤动着怎样快乐的圣歌啊！

我现在明白了卡巴拉伯爵[1]安排那些西尔芙般美丽的生物居住在他那个神秘的世界里是怎么一回事了，那种生物靠着轻轻摇曳的火光生存，在纯净的以太和纯净的光线中永无止息地运动。玫瑰十字会所期待的奇迹在我的手中成了现实。

我不知道我对这奇异圣女的崇拜持续了多久，因为我已经丧失了时间的概念。从黎明到深夜，我一直都在透过那美妙的透镜窥视下面的景象。我谁都不去见，哪里都不去，甚至都不想去浪费时间吃饭。我的全部生活都沉浸在这注视中了，全神贯注的程度不逊于任何一位罗马的圣人。我越凝视这神圣的形体越觉得激情澎湃——这种激情总是会被一个让我疯狂的想法掩盖：尽管我可以随心所欲地盯着她，但她永远永远不会看到我！

最后，我变得苍白而憔悴，需要休息，不断沉思我疯狂的爱情和残酷的现实，我决心努力摆脱这种状况。“来吧，”我说，“这不过

---

1. 17世纪法国出现的一本神秘学书籍《卡巴拉伯爵，或名：神秘科学之对话》中作者的导师，书中借他之口道出各种神秘学设定和理论。

是一种幻想。你的想象力赋予了阿妮穆拉魅力，而实际上她并不具备这种魅力。远离女性已经让你产生了这种病态的感觉。将她与自己世界的美女相比，这种虚假的魅力就会消失。”

我偶然看到了一份报纸，发现有一则广告说有位著名的舞蹈演员晚上要在尼布罗（花园）剧院演出。这位演员就是西尼奥里尼·克拉多斯，被誉为世界上最漂亮也最有魅力的女人。我立刻穿戴整齐赶往剧院。

大幕拉开。穿着白色长裙的普通仙女们右腿单脚站在绿帆布做成的花床周围，站成了一个半圆，迟到的王子就沉睡在那里。突然传来了长笛声。仙女们动了。树木散开，仙女们又变成了左脚站立，接着她们的女王走了进来。正是那位西尼奥里尼。在雷鸣般的掌声中，她跳上了舞台，一条腿稳稳悬在空中，灯光打在了她那只脚上。天哪！这就是使许许多多君王拜倒在她的石榴裙下的妖冶女人吗？肌肉发达的四肢，粗笨的脚踝，深陷的眼睛，刻板的微笑，粗暴涂抹的脸颊！阿妮穆拉红润的皮肤，脉脉含情的双眼，还有匀称协调的四肢在哪里？

西尼奥里尼跳起了舞，动作真是既恶心又不协调。她四肢的舞动虚伪而机械，她的跳跃是痛苦而吃力的运动，她的姿势那么笨拙，折磨着我的眼睛。我再也无法忍受了；我厌恶地大叫了一声，这引来了周围所有人的目光。我站起来赶紧离开了剧院，这时西尼奥里尼那缺乏魅力的舞蹈刚跳到一半。

我赶紧回到了家，去让我的眼睛继续欣赏我那可爱的身形。我觉得要扑灭这种激情是不可能的。我将眼睛放在透镜前。阿妮穆拉就在那里——但之前发生了什么？我不在的这段时间里似乎发生了某种可怕的变化。某种不可告人的悲伤似乎掩盖了我眼中她那可爱的样子。她的脸变得细长而憔悴，四肢也变得更加沉重了，那头金发上奇怪的光泽也消失了。她病了，但我却帮不了她！我相信在那个时候，如果我能被缩小到微生物的大小去安慰它，那么我会放弃与生俱来的一切权利，但命运却永远将我俩分开。

我绞尽脑汁想要解决这个谜题。折磨这个小精灵的究竟是什么？她似乎在忍受剧烈的痛苦。她的身形缩小了，甚至扭动了一下，仿佛体内也在疼痛。那奇妙的森林似乎也失去了一半的美丽。它们的色彩暗淡了下去，有些地方已经完全消失了。我带着一颗破碎的心观看着阿妮穆拉，看了几个小时，她看起来毫无疑问很快就会在我眼前枯萎。突然间，我想起我已经好几天没有看过那水滴了。其实，我讨厌看到它，因为它让我想起了阿妮穆拉和我之间的那道天然屏障。我急忙低头看着显微镜的镜台。玻璃片还在那里——但是，天哪，水滴已经消失了！可怕的事实终于出现在了我的面前：它已经蒸发了，蒸发到了用肉眼已经看不见的程度了。我之前看到的只是它最后剩下的原子，那颗包含着阿妮穆拉的原子——她快死了！

我赶紧回到透镜前，低头观看。唉！阿妮穆拉正在被最后的痛苦折磨着。彩虹色的森林全都消失了，阿妮穆拉似乎在昏暗的光线下挣扎。啊！这景象太可怕了：她那曾经十分圆润可爱的肢体变得干瘪，那双眼睛，像天堂一样闪耀的眼睛，被淬灭成了黑色的尘埃，闪着金光的头发如今光泽不再，失去颜色。最后的痛苦来了。我看到了那变黑的身体最后的挣扎——然后我晕了过去。

数小时后我才从恍惚中醒来，我发现自己躺在那台显微镜的残骸间，我的心灵和身体也都已跟它一样残破不堪。我无力地爬到我的床上，几个月没有起来。

他们说我疯了，但他们错了。我很穷，因为我既没有心思也没有意愿去工作。我花光了所有的钱，靠救济生活。喜欢开玩笑的年轻人社团邀请我为他们讲授光学，给我钱，还在我讲课的时候嘲笑我。“林利，疯狂的显微镜专家。”他们这样称呼我。在讲课的时候，我可能会语无伦次。如果一个人的大脑被这种可怕的回忆困扰，他怎么可能不说胡话呢？我时不时会看到我失去的阿妮穆拉，她那光芒四射的身躯，在死亡中的样子！

（繁星　译）

不可或缺的法国人

如果 19 世纪后半叶之前对科幻小说做出贡献的作家们没有写科幻小说，而是去写其他文学作品，科幻小说的进展也很可能不会有什么不同。但论及儒勒·凡尔纳，就不能这么说了。不过凡尔纳确实受到了他的前辈作家的影响。这听起来似乎有些自相矛盾。为凡尔纳的小说提供素材的科技并不是毫无根据的，他所写的内容和他创作这些内容的方式对这种关于科技的新兴文学题材的发展和普及起到了不可或缺的作用。

凡尔纳出生的年代，工程师们正在重塑世界，特别是在交通运输方面出现了戏剧性的变革。工程师们让世界变得更小，也让人们的生活更为便捷。此前，人们只能收获大自然所提供的资源，他们把城市建立在海岸或河边，因为水路运输更为廉价。而此时的工程师开始在没有河流的地方挖掘运河（布里奇沃特运河于 1761 年建成于英国，伊利运河于 1825 年建成于美国，苏伊士运河于 1869 年建成），在那些无法建造运河的地方，人们建造了铁路（1825 年英国开始建造铁路，1830 年美国开始建造铁路）。蒸汽轮船使横跨大西洋的旅途变成了两周长的短途航行。横跨大西洋的海底电缆在1866年铺设完成，让欧洲和美国可以即时通信。

人们不断深入探索世界上的遥远角落：黑非洲[1]、陌生的岛屿、北极和南极的冰原。探险家是那个年代的英雄人物。人们也开发了新的能源和材料。化肥和塑料的发明开启了化学的时代，电力被应用于一系列非凡的机器上：留声机、电灯、有轨电车——电力将很快替代蒸汽驱动，成为新的科学奇迹。

凡尔纳是律师的后代，接受的也是培养律师的教育。他是他所处的时代的典型人物，为地理发现和新发明深深着迷。但他并没有以科学家或工程师为职业，而是去创作科学技术题材的传奇故事。他早年的追求是为舞台创作戏剧和歌剧脚本，他的父亲也为他提供了数年的支持，但这些脚本并未给他带来名望和财富。最后，凡尔纳娶了一位年轻的、有两个女儿的寡妇，并说服父亲为他在巴黎证券交易所买了一份工作。但他仍在继续创作，每天清晨都早早开始写作，直到十点钟证券交易所开门。

他是詹姆斯·费尼莫尔·库柏[2]和沃尔特·司各特爵士[3]的崇拜者，也喜欢《鲁滨孙漂流记》和《瑞士人鲁滨孙》，但他尤其喜欢爱伦·坡，坡在欧洲比在美国更有名望。那个年代的工程狂热、坡的先例（《气球骗局》）、凡尔纳和一位气球驾驶员的友谊共同促成了一本关于气球旅行的书。根据后来成为他的终身合作出版商的儒勒·埃策尔的建议，凡尔纳将这本书重新改写为长篇小说。1863年，这本书以《气球上的五星期》为题出版，凡尔纳由此开启了一年创作两本书的漫长写作生涯。

1. 地理学名词，正式名称为撒哈拉以南非洲，因其原住民为黑种人而得名。
2. 美国作家，曾任水手及海军军人，创作了多篇关于当时尚属新大陆的美洲的小说。
3. 英国作家、诗人，曾游历苏格兰，擅长撰写苏格兰文化背景的诗歌，但后来他认为自己在诗歌领域无法超越当时的诗坛新秀乔治·戈登·拜伦，转而撰写小说，对冒险小说有着突出贡献。

他首先出版的书是冒险故事——“非凡航行系列”。虽然凡尔纳称自己的作品为科学传奇故事，但他的大部分作品其实是各式各样的旅行小说——只含有很少的科幻色彩。1863 年，热气球已经发明了八十年了，凡尔纳笔下的热气球也只不过是当时已经有的热气球的改进版本。这就像他在《海底两万里》中的潜水艇也不过是已经存在的潜水艇的改进版本一样。凡尔纳的下一本书是毫无疑问的科幻小说：《地心游记》（1864）。这本书受到霍尔堡的小说与地质学新发现的启发。随后的一本是《从地球到月球》及其续集（尽管凡尔纳让不耐烦的读者等了五年，才告诉他们乘坐炮弹前往月球的旅行者们的命运）《环绕月球》（1870）。

凡尔纳的一生都在撰写各种各样的不寻常的旅行故事，其中的很多也是科幻小说。这些故事中最有名的当数《海底两万里》及其续集《神秘岛》（1875）、《太阳系历险记》（1877）、《征服者罗比尔》（1886）和《世界主宰者》（1905）。他也创作过其他类型的小说，比如为他带来大量收入的《八十天环游地球》《桑道夫伯爵》和《迈克尔·斯特罗高夫》，但除了《八十天环游地球》，他今天仍被人们所铭记，还是因为他的科幻小说。

凡尔纳笔下的故事是普通人经历的简单故事。他的创意并不很有独创性，很多都来自他所仰慕的作家。他笔下的情节常常包含劫持、搜寻、谜团和野心，小说中发生的事件常常是出于意外或者巧合（他认为这是上帝干预人间之事的证据）。教皇利奥十三世对他的作品做出了“纯粹”的评价。

凡尔纳在他生活的时代很受欢迎，他创作的扣人心弦的故事有着大量的受众，这些故事以旅行为基本主题，但是在旅行中所用的交通工具却是属于未来的技术。1926 年，根斯巴克在向他的读者说明他要在《惊奇故事》上刊登什么样的小说时指出了三位作家，凡尔纳正是其中的一位。

因为他将大部分写作生涯都奉献给了科幻小说（并因此获得了巨额收入），凡尔纳足以被称为史上第一位科幻小说家。

（赵佳铭　译）

海底两万里（节选）

[法国] 儒勒·凡尔纳

第十章　海中人

说话的正是船长。

听到这话，内德·兰德立刻站了起来。那位被勒得半死的侍者看到主人招手，便踉踉跄跄地走了出去。这就是船长的威望了，这位侍者肯定对那个加拿大人心怀怨恨，在举手投足间却一点儿也没把它表现出来。孔塞伊不由得惊讶了起来，我也愣住了，默默地等待着，看事情如何收场。

船长抱着双臂靠在桌子角上，意味深长地打量着我们。他没有说话，是在犹豫什么吗？是对刚刚用法语说的那些话感到懊悔吗？可能就是这样吧。

沉默持续了一段时间，我们谁也不想将它打破。“先生们，”他操着一口平静而极富穿透力的声音说道，“我法语、英语、德语和拉丁语都讲得很好。因此，我本可以在第一次见面的时候就和你们谈谈的，但我希望先了解一下你们，然后再做考虑。你们每个人所讲述的情况都大体一致，这使我确信了你们的身份。我清楚了，机缘巧合，站在我面前的是在舰上执行科考任务的巴黎博物馆博物学教授皮埃尔·阿龙纳克斯先生、他的仆人孔塞伊和加拿大出身的美国海军‘亚伯拉罕·林肯’号护卫舰鱼叉手内德·兰德。”

我躬身表示同意。船长不是在向我提问，因此我没有开口作答。此人的法语说得毫不费力，没有任何口音。他遣词优雅得体，发音清晰，口齿非常流利，然而，我并不觉得他是我的法国同胞。

“先生，您肯定觉得我这第二次的拜访来得太迟了。原因是这样的，既然搞清楚了你们的身份，我还得仔细琢磨一下该怎么对你们。我犹豫了许久。我已经和人类社会断绝了关系，但你们却又跑到了我的面前，真是难办啊。你们打搅了我的生活。”

“我们不是故意的！”我说。

“不是故意的？”这名陌生人稍稍提高了音调回答，“难道‘亚伯拉罕·林肯’号在海上对我穷追不舍，不是故意的？你乘上了这艘护卫舰，不是故意的？你们的炮弹在我这艘船的外壳上弹开，不是故意的？内德·兰德先生用鱼叉打我们，也不是故意的？”

我从话语中听出，对方克制着自己的愤怒。但是对于这些指责，我有一个合情合理的回应，于是我开口了。

“先生，”我说，“您肯定不知道美洲和欧洲流传的那些关于您的讨论。您不知道，您这艘潜水艇因碰撞造成了多起事故，刺激了两大洲民众的情绪。人们提出了无数假设，想要解释那些令人费解的现象，我就不把它们讲出来了——只有您才独自掌握着这背后的秘密。不过我得告诉您，在太平洋公海上追逐您的时候，‘亚伯拉罕·林肯’号以为自己是在追逐某种强大无比的海怪，想要不惜任何代价，把它从海中消灭。”

船长扬起嘴角，微微一笑。接着，他平静地说：“阿龙纳克斯先生，您敢肯定你们的护卫舰不会像对付一头海怪那样，对付一艘潜水艇，对它紧追不舍，向它开炮吗？”

这个问题让我很是尴尬，因为法拉格特船长可能会毫不犹豫地发起攻击。他可能认为摧毁这艘潜水艇和杀死一头巨大的独角鲸一样，都是他的责任。

“那么，先生，”这位陌生人继续说道，“您理解了我有权利把您当作敌人对待吗？”

我故意没有作答。既然武力可以推翻最好的论据，那么讨论这样一个命题又有什么意义呢？

“我犹豫了一段时间，”船长接着说道，“我没有义务表现得殷勤好客。我若是选择抛弃你们，就没有兴趣再跑来见你们了；我可以把你们放到这艘为你们提供避难所的船的顶部甲板上，然后沉入水底，把你们彻底忘掉。这难道不是我的权利吗？”

“这也许是野蛮人的权利，”我回答，“但并不是文明人的权利。”

“教授，”船长迅速回应道，“我不是你们所谓的文明人！出于只有我个人才有权判断的理由，我已经完全与人类社会断绝关系了。因此，我不遵守它的法律，我希望您再也不要在我面前提及这一点！”

话已经说得很清楚了。这个陌生人的眼中燃起了一丝愤怒和鄙视的火焰，我瞥见了这个人过去可怕的经历。他不仅让自己置身于所有人类法律的管辖范围之外，还让自己完全从那些事物中独立出来，不受任何规矩的束缚，享受着最绝对的自由！在海面上，他就可以击败一切对手，那么还有谁敢去海底追捕他呢？什么船能扛住这艘潜水艇的冲撞？多厚的铁甲能经得住这艘潜水艇的撞角攻击？没有人能要求他对自己的行为做出解释。只有上帝——如果他信奉上帝——以及良心——如果他还有良心——才能对他做出审判。

这些想法迅速闪过我的脑海，而这个陌生人却沉默不语，聚精会神，仿佛把自己封闭了起来。我打量着他，心中既害怕又好奇，正如希腊神话中俄狄浦斯打量斯芬克斯一样。这段沉默过后，船长继续说了起来。

“我也在犹豫，”他说，“但是我也想过，我的利益也许能与每个人都有权利获得的怜悯保持一致。既然命运把你们扔在了我的船上，你们就留在这里吧。你们将获得自由；不过为了换取这种自由，我想加上仅仅一个条件。你们只要发誓会服从那个条件就够了。”

“请讲，先生，”我回答，“我想那会是一个正直的人可以接受的条件吧？”

“是的，先生，没错。在某些无法预料的情况下，我可能会根据情况，不得不把你们送到船舱里去待几个小时或是几天。我不希望使用暴力，所以我要求你们要比其他人更加服从命令。这样的话，一切都由我负责，与你们毫无关系，因为我不能使你们看到不应该看到的东西。你们接受这个条件吗？”

船上发生的一些事情，至少可以说是相当奇怪，是那些遵守社会法律的人不应该看到的。与我之后经历的种种惊喜相比较，这件事可算是微不足道了。

“我们接受，”我回答道，“先生，我只请求您允许我向您提一个问题，就一个。”

“问吧，先生。”

“您说过，我们在船上应该是自由的。”

“完全没错。”

“那么，我要问您，这种自由指的是什么？”

“你们可以自由走动，自由参观，甚至观察这里发生的一切——除了极少数情况。简而言之，就是我和我的同伴们都享有的自由。”

很明显，我们的想法并不一致。

“很抱歉，先生，”我接着说，“但是这只不过是囚犯在他的监狱里踱步的自由。我们觉得不够。”

“但你们必须觉得够了。”

“什么？我们必须放弃重返祖国，见到亲戚朋友的希望了吗？”

“是的，先生。但人们认为是自由的这些东西只不过是世俗带来的那难以承受的枷锁，摆脱掉它们也许并不像你们想象的那么痛苦。”

“好吧，”内德·兰德大声说道，“我绝不会发誓说不会逃跑的。”

“我并没有要求你来发誓，兰德师傅。”船长冷冷地回答。

“先生，”我禁不住生气了，“您这是仗势欺人，这种要求简直残忍。”

“不，先生，这是仁慈。你们是我的战俘。只要一句话，我就可以把你们扔进海底。你们袭击了我。你们突然发现了一个世上无人可以知晓的秘密，也就是我的存在。你以为我会把你们送回那个绝不该再知晓我存在的世界吗？绝对不会！我保护的不是你们，而是我自己。”

船长的这番话表明，他已经下定了决心，再多做争论也无济于事了。

“那么，先生，”我回答道，“您只是让我们在生与死之间做出选择？”

“没错。”

“我的朋友们，”我说，“对这样一个问题，我没有什么可说的了。但我们也无须遵守对船长的任何誓言。”

“是的，先生。”这位没有透露姓名的船长回答。

接着，他的声音柔和了一些。“现在，请让我把我要对你们说的话说完吧。我了解您，阿龙纳克斯先生。在与我的命运捆绑在一起的过程中，您和您的同伴可能不会有那么多的抱怨。您可以在我最喜欢的专著中找到您出版的关于‘海中深处’的著作，我经常拜读这本书。在陆地所提供的科学环境的限制下，您竟然能取得如此的成就。但是您并不是什么都知道——还有很多事物您没有见过。那么，教授，我来告诉您吧，您不会对在我这艘船上度过的时光感到后悔的。您就要去那个神奇的国度探寻一番了。”

我无法否认，船长的这番话对我产生了很大的影响。他击中了我的弱点，我一时间忘记了，对这些美妙事物的探索并不值得我失去自由。此外，我相信自由这个重大问题可以留待未来解决。于是我只好说：“我该叫您什么名字呢？”

“先生，”这位船长回答我说，“对您来说，我只不过是尼摩[1]船长，而对我来说，您和您的同伴只不过是‘鹦鹉螺’号上的乘客。”

尼摩船长喊了一声，一名侍者出现了。船长用那种我听不懂的奇怪语言向他下达了命令。接着，他转身面向那个加拿大人和孔塞伊。“一顿美餐正在你们的船舱里等着你们呢，”他说，“还请诸位跟这位前往。现在，阿龙纳克斯先生，我们的早餐已经准备好了。请允许我为您带路。”

“遵命，船长。”

我跟在尼摩船长后面，一进门，我就发现自己走进了一条电灯照亮的通道，这里有点儿像一般的船的甲板中部。走了十几码之后，第二扇门在我面前敞开了。

随后，我走进了一间餐厅，这里的装饰和布置相当朴素。房间两端矗立着高大的橡木橱柜，上面镶嵌着乌木，里面的架子上放着闪亮的陶器、瓷器和玻璃器皿，它们的价值难以估量。

从天花板上洒下的光线，穿过上面那精致的绘画，变得柔和了起来，把那些餐具照得光彩夺目。

房间中央摆着一张桌子，上面备满了饭菜。尼摩船长指了指我

1. Nemo，拉丁语，意为“没有人”。

的座位。

早餐有好几道菜，全都是海产，其中有些东西我根本不知道是什么，也不知道怎么做出来的。我承认，这些东西很好吃，却有一种特别的味道，但我很快就习惯了。在我看来，这些食物都富含磷质，所以我想应该也都来自大海。

尼摩船长看着我。我并没有提问，但是他猜出了我的想法，并且主动回答了我想问的问题。

“这些菜您大部分都不认识。”他对我说，“但您可以不用害怕，尽情享用。它们有益健康，营养丰富。我已经很长时间不吃地面上生长的东西了，结果再也没有生病。我的船员们也都很健康，他们吃的也都是同样的食物。”

“那么，”我说，“所有这些吃的东西都是海产？”

“是的，教授，海洋满足了我一切的需求。有时候，我会撒下一张大网，把它拖在船尾，收起来的时候，网都快撑破了。有时候，我在这片人类似乎无法抵达的海域中狩猎，追逐生活在我这片海底森林中的猎物。我的畜群就像海神的那些牲畜一样，勇敢无畏地在大海这片辽阔的草原上吃草。那里，是我开发的一片辽阔的牧场，而造物主曾在那里亲手播种万物。”

“先生，我完全明白了，您的渔网为您的餐桌提供了上好的鱼；我也明白了，您会在您的海底森林里捕猎水生动物；不过我完全不明白，您的菜单上怎么会有肉呢，虽然肉块很小？”

“教授，您认为是肉的这个东西，只是海龟的里脊罢了。这里还有一些海豚的肝脏，您可以把它们当作炖猪肉。我的厨师是一个聪明的家伙，擅长处理各种海产。尝尝这些菜。这是腌海参，马来人说它简直无与伦比；这是奶油，由鲸奶制成的；糖是由北海的大墨角藻提供的；最后，请允许我让您尝一点儿腌海葵，它和陆地上最美味的水果一样好吃。”

尼摩船长的故事简直让我着迷，我尝过了这些食物，与其说品鉴它们的味道，不如说是出于好奇。

“您很喜欢大海吧，船长？”

“没错，很喜欢！大海就是一切。它覆盖了地球表面的十分之七。它呼出的气息纯净而健康。这是一份硕大无比的馈赠，在这里，人们永远不会感到孤独，因为他们会感到生命在四面八方翻涌。大海就是一个超自然和奇迹的化身。它就是爱和激情，正如你们的一位诗人所说的那样，它是‘活生生的无限’。实际上，教授，大自然在海中通过矿物、植物和动物三个领域来展现自己。大海是大自然巨大的宝库。可以说，世界源于海洋，谁又知道它会不会也终于海洋呢？它包含着无上的宁静。海洋不属于暴君。在海面上，他们仍然可以施行不公正的法律，可以互相争斗，把彼此撕成碎片，可以带来地面上的暴行。但是在海面以下三十英尺处，他们的统治就会终止，他们的影响就会消失，他们的权力也便荡然无存。啊！先生，在大海的怀抱中生活吧！在这里，人们才能获得独立！在这里，我不会承认什么主子！在这里，我是自由的！”

尼摩船长说得兴高采烈，简直被这狂热冲昏了头脑，却又突然陷入了沉默。有那么一会儿，他焦躁不安地来回踱着步。随后，他变得更加平静了，脸上又出现了他惯有的那种冷淡的表情。他转身面对着我。“现在，教授，”他说，“如果您想参观‘鹦鹉螺’号，我愿为您效劳。”

尼摩船长站了起来。我跟了上去。餐厅后部的一扇双开门敞开了，我走进了一间面积与我刚刚离开的餐厅差不多的房间。

这是一间藏书室。高大的黑紫檀木书架，上面镶嵌着黄铜，宽大的搁板上摆放着一大批装帧统一的书籍。书架沿墙而立，下面是一排棕色的皮质长沙发。沙发呈曲线型，坐上去非常舒适。轻便的活动书桌可以随意移来移去，人们可以把书放在上面读。房间中央是一张巨大的桌子，上面放着一些小册子和旧报纸。电光照亮了整个房间，这些光是由四个半嵌入天花板上涡旋装饰处的磨砂玻璃球发出来的。我满怀赞叹地看着这间装修得如此精致的房间，简直不敢相信自己的眼睛

“尼摩船长，”我对那位倒进一张长沙发里的主人说，“这座藏书室甚至放在欧洲各地的大王宫中都不会显得逊色，它跟随您来到了海底，想到这里，我简直都震惊了。”

“哪里还能找到更为清静的隐居之所呢，教授？”尼摩船长回应道，“您在博物馆的办公室能为您提供这样安静的环境吗？”

“不能，先生，而且我必须承认，和您这间藏书室相比，我的办公室简直太寒酸了。您肯定有六七千本书。”

“一万二千本，阿龙纳克斯先生。它们是我与陆地之间仅剩的纽带。但是从我的‘鹦鹉螺’号第一次潜入水下的那一天起，我就和那个世界一刀两断了。那一天，我买了最后一卷书，最后一本小册子，最后一篇论文，那以后，我便希望自己能以为人们已经停止思考和写作。另外，这些书，教授，随时为您效劳，您可以随意取用。”

我向尼摩船长道过了谢，然后走到藏书室的书架前。里面满是各种语言撰写的科学、道德和文学作品，但我连一本关于政治经济学的作品都没有看到；这一题材的书籍似乎被彻底剔出去了。说来也奇怪，不管是用哪种语言写的，所有这些书籍都摆放得非常随意。这种现象表明，‘鹦鹉螺’号的船长随手拿起一本书，肯定就会不加选择地把它读下去。

“先生，”我对船长说，“感谢您让我随意使用这间藏书室。它装满了科学的宝藏，我定能从中受益。”

“这个房间不仅是一间藏书室，”尼摩船长说，“还是一个吸烟室。”

“吸烟室！”我叫道，“那么在船上是可以吸烟的？”

“当然。”

“既然如此，先生，我得说您肯定一直与哈瓦那保持着联系吧。”

“并没有，”船长回答，“尝尝这支雪茄吧，阿龙纳克斯先生，它虽然不是哈瓦那产的，但您如果是一位行家，肯定会喜欢它的。”

我接过递给我的雪茄，它的形状让我想起了伦敦的款式，但仿佛是用金箔做成的。房间里有一个由精美的青铜架支起来的小火盆，我用火盆点燃了这支雪茄。怀着一种两天没吸烟的雪茄爱好者才会有的快乐心情，我吸下了第一口。

“味道很好，”我说，“但不是烟草。”

“不是！”船长回答说，“这种烟草既不产自哈瓦那，也不产自东方。这是一种富含尼古丁的海藻，是大海提供给我的，但这种海藻并不多见。”

就在这时，尼摩船长打开了一扇门，这扇门正对着我走进藏书室时穿过的那扇门。我来到了一间灯火辉煌的宽敞客厅。

这是一间巨大的长方形房间，三十英尺长，十八英尺宽，十五英尺高。装饰着精致的阿拉伯式花纹的天花板洒下了一片明亮柔和的光线，照亮了这间博物馆中收藏的各种奇珍异宝。实际上，这就是一间博物馆，一只智慧而慷慨的妙手将自然界和艺术界的所有珍宝都搜集到了这里，让这里显出画家工作室的那种富有艺术气息的凌乱。三十幅一流画作统一镶在画框里，中间由亮色帘子隔开，装饰着挂有设计朴素的挂毯的墙壁。我看到了一些很有价值的作品，其中的大部分我曾在欧洲的特色藏品或画展上欣赏过。早期绘画大师的代表作有：拉斐尔的圣母，达·芬奇的圣母，柯勒乔的宁芙仙女，提香的女子，韦罗内塞的《三博士朝圣》，牟利罗的圣母升天，霍尔拜因的人物肖像，委拉斯凯兹的修士，里贝拉的殉道者，鲁本斯的美人，特尼耶的两幅佛兰德斯风景画，赫里特·道、梅特苏和保卢斯·波特的三幅小风俗画，杰利柯和普吕东的两幅画，还有一些巴克赫伊森和韦尔内的海景画。在现代画家的作品中，有德拉克洛瓦、安格尔、德康、特鲁瓦永、梅索尼耶和杜比尼等人的作品。另外这座富丽堂皇的博物馆屋角的底座上，还放着几座仿照最优美的古典样式制成的精美的大理石和青铜雕像。正如“鹦鹉螺”号的船长所预言的那样，我的心中充满了惊奇。

“教授，”这个奇怪的人说，“请您原谅我这么随意地接待您，也请您原谅这个房间这么凌乱。”

“先生，”我回答说，“我不想知道您究竟是什么人，但我认为您是一位艺术家。”

“顶多算一名艺术爱好者，先生。从前，我很喜欢收集这些由人类亲手创作出来的美丽作品。我贪得无厌地搜寻，不知疲倦地探索，收集了不少很有价值的东西。它们是那个对我来说已经死去的世界为我留下的最后一批纪念品。在我看来，你们那些现代艺术家也已经是过去了，他们也都有两三千年的历史了，我把他们全都混在了一起。大师是不分年代的。”

“那这些音乐家呢？”我指着韦伯、罗西尼、莫扎特、贝多芬、海顿、梅耶贝尔、埃罗尔德、瓦格纳、奥柏和古诺，以及其他一些音乐家的曲谱。一架大型手摇钢琴[1]占据了客厅一面墙的位置，而这些曲谱就散落在这架钢琴上。

“这些音乐家，”尼摩船长回答说，“和俄耳甫斯是同时代的人，因为在死者的记忆中，所有时代的差异都消失了。而且我已经死了，

1. 一种旧式乐器，又名“滚筒钢琴”，通过手摇一个把手带动滚筒，由滚筒撞击琴键，琴键敲击钢弦发声。

教授，和您那些在地下六英尺处长眠的朋友一样！”

尼摩船长沉默了，似乎陷入了深深的遐想之中。我饶有兴趣地打量着他，默默地分析着他脸上那奇怪的表情。他用胳膊肘抵着一张马赛克镶嵌的昂贵桌子，再也没有看我——他已经忘记了我的存在。

我没有打扰他的遐想，继续观察那些令这间客厅变得富丽堂皇的珍藏。

在精美的玻璃罩子下面，铜铆钉固定着博物学家眼中最珍贵的海洋珍品，它们都分门别类地进行摆放，上面还做了标识。作为一名博物学教授，我的喜悦可想而知。

除此之外，在一些专门隔开的格子里，还展出了一些极其美丽的珍珠饰物，电光照在上面，仿佛闪着火花。粉珍珠，是从红海的江珧蛤中取来的；绿珍珠，是从黑足鲍中取来的；黄珍珠、蓝珍珠和黑珍珠，则来自各大洋中的软体动物和北方河流中的某些贻贝；最后，还有从最稀有的珍珠贝中采集来的几个价值难以估量的标本。其中有些珍珠比鸽子蛋还要大，价值不亚于旅行家塔维尼耶[1]以三百多万的价格卖给波斯沙阿[2]的那颗，甚至超过了马斯喀特伊玛目所拥有的那颗曾被我认为是举世无双的珍珠[3]。

因此，要估计这些藏品的价值，简直根本不可能。尼摩船长肯定花费了数百万巨款才获得了这些各式各样的标本。我正在好奇，他是从哪里弄到这么多钱来满足他的收藏爱好的，思绪却被他的话打断了。

“您在研究我的贝壳吗，教授？毫无疑问，对于一位博物学家来说，它们肯定很有看头。但对于我来说，它们更具魅力，因为它们都是我亲手收集的，在这颗地球上，没有哪片海域我没有研究过。”

---

1. 17 世纪法国旅行家和珠宝商人，曾六次前往波斯和印度游览经商。
2. 波斯语中对君主的称呼。
3. 古代阿曼地区各大部落选举产生的领袖。根据塔维尼耶的记载，当时的马斯喀特伊玛目曾在一次宴会上展示一颗举世无双的珍珠，并拒绝了数位宾客的高价求购。

“船长，我能理解在这样的财富间游览的乐趣。您是那种自己收集宝藏的人。欧洲没有哪家博物馆拥有如此丰富的海洋收藏品。但是如果把我所有的赞美都倾注在它们身上，我就不知道该如何形容运载着这些藏品的船了。我不想窥探您的秘密，但我必须承认，这艘鹦鹉螺所蕴含的动力，令它能够运作的发明，推动它前进的强大力量，把我的好奇心推上了顶峰。我看到了这间屋子的墙上悬挂着的设备，可我对它们的用途一无所知。”

“教授，您可以在我自己的房间里找到同样的设备，我很乐意向您解释它们的用途。但还是先来看一下供您使用的客舱吧。您得先知道您在‘鹦鹉螺’号上住得怎么样。”

我跟在尼摩船长的后面，从客厅的其中一扇门穿出，重新来到了船体中部。他领着我走向船头。我发现那里不仅是一间舱房，也是一个雅致的房间，里面有床，有梳妆台，还有其他几件家具。

我只能对这位主人表示感谢。

“您的房间与我的房间相邻，”他打开一扇门，说，“而我的房间正对着我们刚刚离开的客厅。”

我走进了船长的房间。房内装饰朴素，仿佛是苦行僧住的。一张小铁床，一张桌子，一些洗漱用品；只有房顶上有一盏灯用来照明。房间并不舒适，只有一些生活必需品。

尼摩船长指着一个座位。“请坐吧。”他说。我坐了下来，他便开始对我讲了起来。

第十一章　全靠电

“先生，”尼摩船长向我展示着他房间墙上挂着的设备，“这些就是‘鹦鹉螺’号航行所需的装置。这里的这些设备和客厅里的一样，我时刻看着它们，它们指示着我在大海中的位置和确切方向。有些装置您认识，比如温度计，用来测量‘鹦鹉螺’号内部的温度；气压计，用来测量大气压力、预测天气变化；湿度计，用来测量空气湿度；风暴瓶，可以观察内部的物质分解来预知暴风雨；指南针，用来指引航向；六分仪，用来测量太阳高度角以计算纬度；天文钟，用来计算经度；白天和夜晚用的望远镜，用来在‘鹦鹉螺’号升到海面上时观察周围的景象。”

“这些都是常用的航海仪器，”我回答，“我知道它们的用途。但其他这些呢，肯定就是为了满足‘鹦鹉螺’号的特殊需求而准备的吧。这个装着活动指针的刻度盘是压力计，对不对？”

“确实是压力计。它与外面的海水联通，能显示出外部的水压，同时也能给出我们所处的深度。”

“其他那些我猜不到用途的设备呢？”

“嗯，教授，我应该给您解释一下。请您听我说好吧。”他顿了一会儿，然后说道，“我这艘船装备着一种强大的动力，它驯服、快速、简便，什么都能干，是这艘船的主宰。一切都是靠它实现的。它照亮并温暖了这艘船，是我这些机械装置的灵魂。这种动力就是电。”

“电？”我惊讶地喊道。

“是的，先生。”

“不过，船长，您的船速度极快，不太像是由电驱动的。现如今，电能够提供的动力仍然有限，只能产生很少的能量。”

“教授，”尼摩船长说，“我的电和其他人的电不一样。您知道海水是由什么构成的吗？每一千克海水里面有 96.5% 的水和大约 2.3% 的氯化钠，还有少量镁和钾的氯化物、溴化镁、硫酸镁、硫酸钙和碳酸钙。您看，海水中含有大量的氯化钠。所以我就把这些钠提取了出来，让它为我所用。我把一切都归功于海洋，海洋产生了电力，而电力给予‘鹦鹉螺’号温暖、光明和运动能力，总而言之，海洋就是‘鹦鹉螺’号的生命。”

“但电无法为您提供可供呼吸的空气吧？”

“噢，我可以制造出可供呼吸的空气，但这根本没有必要，因为我可以随心所欲地浮到海面上。电就算无法为我提供可供呼吸的空气，至少也可以在我需要的时候用来驱动强大的气泵，将空气储存在巨大的储气舱中，延长我在海洋深处停留的时间。它可以稳定而不间断地提供光亮，这一点连太阳也做不到。再看看这座钟吧，它也是电动的，比最精密的计时器还要精准。我把它分成二十四小时，就像意大利的钟一样，因为对我来说，这里既没有黑夜也没有白天，既没有太阳也没有月亮，只有我带到海底的这种人造光。您看！现在是上午十点钟。”

“没错。”

“电还有别的用途。挂在我们面前的这块刻度盘显示了‘鹦鹉螺’号的速度。一根电线连接着它和螺旋桨，上面的指针指示的就是它的速度。看！现在，咱们在以每小时十五英里的速度匀速前进。”

“真是不可思议！我明白了，船长，这种动力可以替代风力、水力和蒸汽动力，利用它真是一个非常正确的决定。”

“我还没有讲完，阿龙纳克斯先生，”尼摩船长站起身来说，“如果您愿意跟我来的话，我们可以去看看‘鹦鹉螺’号的船尾。”

确实，我已经了解了这艘潜水艇的前半部分，从船的中部开始，它的分段结构是这样的：餐厅，五码长，与藏书室之间有一道防水隔墙；藏书室，五码长；大客厅，十码长，与船长的房间之间有第二道防水隔墙；船长房间，五码长；我的房间，两码半长；最后是一座储气舱，七码半长，一直延伸到船头。加起来总共长三十五码，也就是一百零五英尺。每道隔墙上都装着用印度橡胶密封的舱门，一旦发生泄漏，它们可以保护‘鹦鹉螺’号的安全。

我跟着尼摩船长穿过船体中部，来到船的中央。这里的两道隔墙之间有一口井。一架铁梯由铁钩固定在隔墙上，通向上方。我问船长，这梯子是用来干什么的。

“它通向一条小艇。”他说。

“什么！您还有一条小艇？”我惊奇地叫道。

“当然，是一艘很棒的轻便小艇，不能用来潜水，但可以用来钓鱼，也可以用来兜风。”

“但那样的话，如果想要上艇，不就得浮到海面上去了吗？”

“完全不用。这艘小艇连接着‘鹦鹉螺’号船体的上部，位于一个专门为它准备的凹陷处。艇上装了甲板，水密性相当好，还用结实的螺栓拴紧了。这架梯子通往‘鹦鹉螺’号船体上的一个洞口，小艇侧面也有一个与之连接的同样的洞口。穿过这两处洞口，我可以进入这艘小艇。他们关闭‘鹦鹉螺’号上的这处洞口，我用压力螺丝关闭小艇上的那处。拧开固定螺栓，小船就会以惊人的速度上升到海面。然后，我再打开舰桥上紧闭的盖板。等到那时，我就可以竖起桅杆，升起船帆，荡起双桨，出发了。”

“但您怎么才能回到这艘船上呢？”

“我不用回来，阿龙纳克斯先生，‘鹦鹉螺’号会来到我身边。”

“按照您的命令？”

“对，按照我的命令。一根电线连接着我和‘鹦鹉螺’号。有什么事情，我给它发电报就可以了。”

“真的啊，”我惊讶地说，“真是太方便了。”

经过通向平台的楼梯口之后，我看到了一间六英尺长的小屋，孔塞伊和内德·兰德正在里面对着食物狼吞虎咽，仿佛着了迷似的。

接着是一扇通往一间九英尺长的厨房的门，厨房位于两个大储藏室之间。在那里，所有的烹饪工作都是由电力而非煤气完成的。炉子下方的电流可以向上面的铂棉提供持续的热量以供分配。电还可以用来加热蒸馏设备，通过蒸发作用，为人们提供优质的饮用水。厨房附近有一间浴室，能提供冷热水，布置得非常舒适。

厨房旁边是船员的住舱，有十六英尺长。但是门是关着的，我看不到里面的情况，否则就可以估算一下‘鹦鹉螺’号上雇用了多少名船员了。

最后面是第四道隔墙，隔开了船员住舱和轮机舱。一扇门敞开着，我走进了轮机舱。毫无疑问，尼摩船长是一名水平极高的工程师，他在这里安装了潜水艇的推进系统。轮机舱灯火通明，长度超过六十五英尺，被分成了两个部分：第一部分是用来发电的设备；第二部分则把发电机和螺旋桨连接在了一起。我怀着极大的兴趣仔细观察着，以便了解‘鹦鹉螺’号的机械结构。

“您看，”船长说，“我使用了本生的设计，而不是鲁姆科夫[1]的。鲁姆科夫的发电装置功率不够。经验证明，用比较少的，但更大更强的本生发电装置是最好的。产生的电流传导出来，作用在一块巨大的电磁铁上，通过一套杠杆和齿轮系统，带动螺旋桨的轮轴。螺旋桨直径十九英尺，螺距二十三英尺，一秒钟能转一百二十转。”

“那产生的结果呢？”

“五十英里的时速。”

“我见过‘鹦鹉螺’号在‘亚伯拉罕·林肯’号前做出的机动动作，对它的速度已经有了自己的认识。但这还远远不够，您还得知道它在往哪个方向走，您还得能操纵它向右、向左、向上、向下移动。

1. 指发明高压线圈的海因里希·达尼尔·鲁姆科夫，德国科学家、发明家。

您是怎样抵达那么深的地方的？在下潜过程中，您要承受不断增加的阻力，这个阻力有几百个大气压那么大。您又是如何回到海面上的？您又是如何让自己维持在一定深度上的呢？我的问题是不是太多了？”

“一点也不多，教授，”船长略带迟疑地回答，“因为您可能永远也无法离开这艘潜水艇了。到客厅里来吧，那里也是我的工作室，在那里，您会了解到所有您想知道的关于‘鹦鹉螺’号的知识。”

第十二章　一些数字

不一会儿，我们已经坐在客厅的长沙发上抽起了烟。船长给我看了一份草图，上面有‘鹦鹉螺’号的平面图、剖面图和立视图。接着，他开始这样描述了起来：

“这，阿龙纳克斯先生，就是您乘坐的这艘船的几项尺寸数据。它是一个细长的圆柱体，两端呈圆锥形，形状非常像一支雪茄，伦敦有几艘船在建造过程中早已使用过类似的形状。这个圆柱体，从船头到船尾，正好是 232 英尺，最大宽度是 26 英尺。它的造型并不像你们的远航轮船，但是船体足够长，曲线也足够长，这样水就很容易从船体上滑过，不会对它的前进产生阻碍。通过这两个数字，您可以简单地计算出‘鹦鹉螺’号的表面积和容积。它的表面积有 6 032 平方英尺，容积大约有 1 500 立方码，也就是说，当它完全浸没在水中的时候，排水量为 50 000 立方英尺，或者说有 1 500 吨。

“在我设计这艘潜水艇的时候，我计划船体应该有十分之九位于水下，因此，它的排水量应该是体积的十分之九，也就是说，当它的排水量也应该是那个数字的十分之九。因此，在按照上述尺寸造船的过程中，我不能让它超过这个重量。

"'鹦鹉螺'号的船体由两层壳体构成，一层在里面，另一层在外面，中间由T型钢连接，这让船体非常坚固。实际上，这种蜂窝状结构仿佛让船体变成了实心的。船身完全不会发生屈曲；结构浑然一体，而不是靠铆钉铆合；各种材料接合得天衣无缝，这令它无惧海上的狂风恶浪。

"这两层壳体由钢板构成，其密度是水的7.8倍。其中的第一层厚度超过2.5英寸，重达394吨。第二层壳体，其中的龙骨，高20英寸，厚10英寸，本身重62吨。再加上发动机、压舱物、一些附件和附属物、隔墙和舱壁，重量为961.62吨。您明白了吗？"

"明白了。"

"那么在这种条件下，'鹦鹉螺'号漂浮在海中，船体的十分之一位于水面之上。假设我建造了一个大小等于这船体的十分之一，或说能够容纳150吨水的蓄水池，把水池灌满水，这艘重达1 507吨的船将会完全沉入水中。情况就是这样，教授。这个蓄水池位于'鹦鹉螺'号的底部。我打开阀门，水就灌满了，船体顶部就会下潜到与水面齐平的位置上。"

"好吧，船长，但是真正的困难还在下面。您的船可以下潜至与水面齐平的位置上，这一点我能够理解，但是想要潜到水面以下，您的潜水艇不会遇到阻碍吗？每在水中下潜30英尺，自下而上的浮力就会增加一个大气压，大约每平方英寸15磅。"

"正是如此，先生。"

"那么，除非您能把'鹦鹉螺'号都灌满水，否则我无法理解您是怎么把它沉到您所抵达的那个深度的。"

"教授先生，您不能把静力学和动力学混为一谈，否则便会搞出严重的错误。要抵达海洋深处，并不用花多大力气，因为所有的物体都有下沉的趋势。如果我想知道让'鹦鹉螺'号继续下潜需要在船体上增加多少重量，只需要计算随着深度的增加，海水的体积压缩量，就可以了。”

“正是如此。”

“就算不是绝对不可压缩的，水的压缩量也非常小。实际上，根据最近的计算结果，深度每下降 30 英尺，或说每增加 1 个大气压，水的压缩量只有 0.000 436。如果我们想要下潜 3 000 英尺，就应该计算在相当于 3 000 英尺水柱的压力下，水的体积减少量。这一计算结果很容易验证。因此，我还有一个可以容纳 100 吨水的附加蓄水池。因此，我可以下潜到相当深的地方。如果想要升到海平面上，我只需要放掉那些水就可以了；如果我希望‘鹦鹉螺’号有十分之一浮出水面，就要把所有的蓄水池都放干。”这些推理，我无法反驳。

“我认可您的计算结果，船长，”我回答道，“实践经验每天都证明了它的正确性，我完全无法提出异议。但是我还发现了一个实际困难。”

“什么，先生？”

“在大约 1 000 英尺深的海底，‘鹦鹉螺’号的船体要承受 100 个大气压的压力。这时候，如果您想把蓄水池中的水排掉，减轻船体重量，让其上升到水面，那么水泵必须克服 100 个大气压的压力，也就是每平方英寸 1 500 磅，这么大的能量……”

“光是电就够了，”船长飞快地说道，“我再说一遍，先生，我的发动机有着几乎无穷的动力。‘鹦鹉螺’号的水泵力大无比，您肯定亲眼见到过，它们向‘亚伯拉罕·林肯’号喷出的水柱如同激流一般。另外，只有在让这艘船下潜到 750 至 1 000 英寻的中等深度时，我才会使用附加蓄水池，这是为了维护我的设备。另外，我如果有心去探访距海面五六英里的深海，则会使用一种速度较慢但绝对可靠的方法。”

“那是什么方法呢，船长？”

“那我就得把‘鹦鹉螺’号是如何运作的告诉您了。”

“我迫不及待地想要知道了。”

“为了操纵这艘船向左或向右转，简而言之，为了让它在一个水平面上运动，我会使用舵轮和索具操纵一个固定在船尾的普通船舵。但是我也可以操纵两个固定在船体两侧、以浮力中心对称的斜板，让‘鹦鹉螺’号从上到下、从下到上，进行垂直运动。这两块斜板可以利用船内强大的控制杆进行操纵，向各个方向运动。如果斜板与船体保持平行，这艘船就会水平移动。如果斜板发生倾斜，‘鹦鹉螺’号就会根据倾斜的角度，在螺旋桨的作用下，按照我的要求，沿着对角线上浮或下潜。假如想让这艘船更快地浮上水面，我就会收起螺旋桨，水的压力会使‘鹦鹉螺’号像充满氢气的气球一样垂直上浮。”

“棒极了，船长！但在水中，舵手要如何依照航线前进呢？”

“舵手待在一个高出‘鹦鹉螺’号船体的玻璃箱子里，箱子上还装着透镜。”

“这些透镜能抵抗这么大的压力吗？”

“完全没问题。玻璃一击即碎，却拥有相当强的抗压性。1864年，我们曾在北海进行过几次电灯捕鱼的实验，发现厚度不到三分之一英寸的玻璃就能抵御十六个大气压的压力。而我使用的玻璃比那又至少厚了三十倍。”

“明白了。但是想要看见前面的情况，必须要有光明驱散黑暗，而在一片黑暗的水中，你们要怎么看清楚呢？”

“舵手所在的箱子后面，安装了一台强大的电子反光器，从这个反光器发出的光线能照亮前方半英里的海域。”

“啊！太棒了，太棒了，船长！现在我可以解释这种一直困扰我们的所谓独角鲸的磷光是怎么回事了。那么我想问问，轰动一时的‘鹦鹉螺’号和‘斯科蒂亚’号相撞事件，是不是偶然的结果呢？”

“完全是意外，先生。相撞的时候，我们正在水面以下一英寻的深度上航行。结果倒也没有那么糟糕。”

“是没有，先生。但是您与‘亚伯拉罕·林肯’号的相撞呢？”

“教授，我要对美国海军中最出色的一艘战舰表示歉意，但是他们攻击了我，我必须自卫。不过我只把那艘护卫舰解除了武装，在下次入港之后，它很容易就能被修好。”

“啊，船长！您这艘‘鹦鹉螺’号真是一艘了不起的船。”

“是的，教授先生，我爱他，仿佛它就是我身体的一部分。如果有危险降临到了您在海上的一艘船上，您的第一感觉会是如临深渊。在‘鹦鹉螺’号上，人们全都无所畏惧。船体的双层壳体坚如钢铁，所以不用担心什么缺陷；船上没有索具需要操纵；没有风帆会随风飘走；没有锅炉可以爆炸；船体由钢铁而非木头制成，所以它无惧火焰；电是它唯一的动力，所以也不用担心燃煤短缺的问题；它只会在深海中独自巡游，所以也不用怕什么可怕的撞击；它潜入水下，享受绝对的宁静，所以没有暴风雨需要面对。情况就是这样，先生！这就是完美的船！这艘船的工程师对这艘船所抱的信心，比它的建造者更强，而建造者的信心又强过它的船长，这样一说你就应该能够理解我有多么信任‘鹦鹉螺’号，因为我既是船长，也是它的建造者和工程师。”

“但是您是怎么偷偷地把这艘令人赞叹的‘鹦鹉螺’号建造出来的呢？”

“这艘船的每个部件都是来自世界各地不同的地方，阿龙纳克斯先生。龙骨是在法国的勒克勒佐锻造的，螺旋桨的轮轴来自伦敦的佩恩公司，船体的钢板来自利物浦的莱尔德公司，桨叶本身来自格拉斯哥的斯科特公司。蓄水池是巴黎的卡伊公司制造的，引擎是普鲁士的克虏伯制造的，撞角是穆塔拉工坊制造的，精密仪器是纽约的哈特兄弟公司制造的，诸如此类，而且他们收到的订单都署着不同的名字。”

“但要怎么把这些部件组装起来，进行调试呢？”

“教授，我在海中的一座荒岛上建立了我的工作室。在那里，我的工人们，也就是那些接受我的指导与教育的勇敢的人们，以及我自己，一起把这艘‘鹦鹉螺’号组装了起来。在工作完成之后，一把大火烧毁了我们在那座岛上留下的一切痕迹，如果愿意的话，我甚至可以把整座岛炸掉。”

“那么这艘船的成本很高了？”

“阿龙纳克斯先生，一艘铁船每吨造价 45 英镑。‘鹦鹉螺’号的总吨位达 1 500 吨。因此，它的造价为 6.75 万英镑，各种设备价格 8 万英镑，船内的艺术品和收藏品大约花费了 20 万英镑。”

“最后一个问题，尼摩船长。”

“问吧，教授。”

“您很有钱吧？”

“非常有钱，先生，我可以轻而易举地还完法国的国债。”

我盯着说出这番话的那个人，他是不是觉得我很容易上当？时间会告诉我答案的。

（繁星　译）

环绕月球[1]（节选）

［法国］儒勒·凡尔纳

第十七章　第谷

晚上六点钟，炮弹飞行器在距月球不到六十公里的地方掠过南极，与先前到达北极时的距离相等，严格沿着椭圆形轨道运行。

此时此刻，旅行者们再次沐浴在神圣的日光之下，他们重新看到那些星辰自东向西缓缓移动。三人一起向着那光芒四射的太阳欢呼。随光线一起散发出的热量，很快就穿透了飞行器的金属壁，舷窗又恢复成原来的样子。玻璃上的冰层像被施了魔法一样消融；为了节省起见，燃气立即被熄灭，只有制氧装备和平常一样在消耗着能量。

“啊！”尼科尔说，“这温暖的阳光真好。月球人该是多么迫切地等待着白昼的太阳再次出现啊。”

“是啊，”米歇尔·阿丹答道，“趁着白日，痛饮绚烂的以太和光热，所有的生命都沐浴其中。”

1. 冈恩此处引用的英文版有部分删节和些微改动。

这时，炮弹飞行器的底部稍稍偏离了月球表面，以沿着略微拉长的椭圆形轨道运行。在这个方位，如果地球呈“满月”状[1]，巴比凯恩和他的同伴应该可以看到，但它此刻隐没在刺眼的阳光下，根本看不见。而另一幅奇观引起了他们的注意，那就是被望远镜拉至四百米以内的月球南极。他们再也没有离开过舷窗，记录下了这片神奇大陆的每一个细节。

德费尔山和莱布尼茨山在距离南极很近的地方形成两道独立的山脉[2]。第一组山脉从南极一直延伸到月球南纬八十四度，第二组山脉盘踞在东部边界处，自南纬六十五度绵延至南极。

在它们奇形怪状的山脊上，正如塞奇神父[3]所说的那样，出现了大片炫目的反光。而巴比凯恩比这位著名的罗马天文学家更有把握，自认可以确认它们的性质。

“那是积雪。”他大声说。

“积雪？”尼科尔重复道。

“是的，尼科尔，是雪。它的表层被冻得很结实，你们看，反射出的光线多么耀眼。冷却的熔岩绝不会发出如此强烈的反光。那么月球上一定有水，一定有空气。也许很少，但这个事实不容置疑。”是的，不容置疑，如果有一天巴比凯恩重返地球，他在自己的月面观测中所做的记录将证明这一伟大事实。

德费尔山和莱布尼茨山耸立在一片中等面积的平原中央，周围是连绵不断的环形山和环状壁垒。不过这两组山脉却不在这个环形山区域内。相对而言，它们的山势起伏和缓，一些尖峰零散分布在

1. 在月球附近观察地球，和在地球上观察月球类似，只能看到被阳光照亮的部分，因角度不同会出现类似月相的变化。
2. 国际天文联合会已经不再承认这两片山区是“山脉”。
3. 意大利人，耶稣会天文学家。

各处，最高的那座海拔七千五百米[1]。

但飞行器是从高空俯瞰这一景观的，地势的高低起伏全隐没在太阳的强烈光芒之中。重现在旅行者眼前的，是月球的那种古老风貌，原始而单调，由于缺乏光线的散射，没有色彩的浓淡，也没有阴影的变幻，只有简单的黑白两色。

但这个荒凉的世界仍以其奇异的景象征服了他们。他们漫游在这一区域的上空，仿佛乘坐在暴风雨的气流之上，一边注视着群山在他们脚下列队而退，一边用他们的目光窥探坑洞、下到裂谷、攀上壁垒，或探究那些神秘的洞穴、测定所有的裂隙。但是他们没有发现任何植被的痕迹，也没有城市存在的迹象，只有地层、熔岩层，还有像巨大镜面一样光滑的喷岩，反射着灼灼耀眼的阳光。这是一个毫无生机的世界——一个完全死寂的世界，在这里，雪崩自山顶滚滚而下，毫无声息地散落在深渊底部，只有运动，而无声响。总之，这里尽是死亡的景象，没有任何生物，甚至可以说，从未存在过生命。

然而，米歇尔·阿丹认为自己辨认出了一片废墟，并让巴比凯恩也注意。废墟大概位于南纬八十度、东经三十度处。这堆石头堆叠得非常整齐，就像一座巨大的堡垒，俯视着一道长长的裂谷，那裂谷曾是史前时代河流的河床。距此不远，耸立着高达五千一百八十米的肖特环形山，和亚洲高加索山脉高度相当。米歇尔·阿丹以他惯有的热情，坚称他那些堡垒“十分明显”。他还在废墟下面辨认出了一座城市的残垣断壁。这里是一个完好无损的门廊拱顶，那里的基座下躺着两三根圆柱；再往前，是一连串的圆拱，肯定是支撑渡槽的管道；在另一处，一座巨大桥梁塌陷的桥墩沉入了裂谷最深处。

1. 按照 NASA 的新数据是 10 786 米。

他辨认出了这一切，但这都是凭借他一瞥之间的想象，又是透过一副如此魔幻的镜片，所以我们无法不怀疑他的观察。但是，有谁能证实，这个可爱的小伙子确实没有看到他那两个同伴所看不到的东西呢？

时间太宝贵了，不能浪费在无聊的辩论上。月亮之城，不管是不是虚构的，早已消失在远处。飞行器离月球越来越远，月球表面的地势起伏也渐渐消失在一团模糊之中。只剩下那些山峰、环形山、火山口和平原，依然清晰地显现出它们的轮廓。这时，左边出现了月球上最美丽的一座环形山，也是这个大陆的奇观之一。巴比凯恩根据月面图[1]一眼就认出来了，这就是牛顿山。

牛顿山的确切位置是南纬七十七度和东经十六度。它拥有一个环形的火山口，壁垒高达六千四百九十二米，似乎无法逾越。

巴比凯恩提醒他的同伴们注意观察，这座山耸立在周围平原之上的高度，与其火山口的深度远不相等。这个巨型的坑洞深不可测，形成了一个黑暗阴郁的深渊，阳光永远无法照进它的底部。根据洪堡[2]的说法，那是一个绝对的黑暗王国，无论是太阳的光线，还是地球的光线，都无法打破这一黑暗。神话学家可以恰如其分地称它为"地狱入口"。

"牛顿山，"巴比凯恩说，"是这些环形山脉中最完美的典型，地球上没有这种山脉。它们可以证明，月球是在暴力因素下经过冷却而形成的。在其内部火焰的压力下，壁垒大幅度上升，而深度下陷，远远低于月球的表面。

"我不否认这个事实。"米歇尔·阿丹回答。

---

1. 指德国天文学家威廉·比尔和约翰·海因里希·冯·梅德勒于 1836 年发布的月面地图，是人类第一幅比较详尽的月面地图。
2. 德国自然科学家、自然地理学家，近代气候学、植物地理学、地球物理学的创始人之一。

越过牛顿山几分钟后，飞行器飞临莫雷环形山正上方。沿着布兰卡努斯高高的边缘飞行了一段距离，大约在晚上七点半到达了克拉维乌斯环形山脉。

这是月球上最引人注目的一座环形山，位于南纬五十八度和东经十五度。其高度约为六千九百九十五米。三位旅行者远在三十八公里之外，但在望远镜下只有六公里，他们可以欣赏到这个巨大火山口的全貌。

“地球火山，”巴比凯恩说，“与月球上的相比，只能算小土堆。通过测量维苏威火山和埃特纳火山最初喷发时形成的古老火山口，我们发现它们的宽度只有五公里多一点。法国的康塔尔环形山有十公里宽，锡兰岛上的环形山宽度为六十四公里，它被认为是地球上最大的环形山。这些与我们此刻正在俯瞰的克拉维乌斯环形山的直径相比算什么呢？”

“它的宽度是多少？”尼科尔问道。

“二百四十公里，”巴比凯恩说，“这座环形山无疑是月球上最重要的，但还有很多其他宽度为二百四十公里、一百六十或一百二十公里的环形山呢。”

“啊！朋友们，”米歇尔大声说，“你们想想看，眼下这个宁静的黑暗星球，当它的那些环形山隆隆作响，同时喷发出烟雾和烈焰，该是一幅怎样的景象啊。当时那么壮丽的奇观，现在却如此衰败！这个月球只不过是一具羸弱的烟火盛宴的残骸，它的爆竹、烟花、火蛇和圆形焰火，在耀眼的辉煌之后，徒留下令人悲伤的破碎空壳。”

炮弹飞行器仍在继续前行。环形山、火山口、崩塌的山峦连绵不断。没有平原，没有大海，仿佛永无止境的瑞士和挪威。最后，在这片遍布裂谷的地区中央，出现了月球上最壮丽的山峦——灿烂辉煌的第谷环形山，在这里，我们的子孙后代将永远铭记这位杰出的丹麦天文学家的名字。

在万里无云时观察满月，没有人会不注意到月亮南半球这一亮点。为了形容它，米歇尔·阿丹不惜动用了他全部的想象力。在他看来，第谷就是一个光之焦点、一个辐射中心、一个喷光射芒的火山口；它是一个光彩夺目的轮毂，一颗以璀璨银辉环绕着月球的星光宝石，一只充满火焰的巨眼，一顶为冥王普鲁托打造的光之冠冕，又仿佛是造物主亲手发射出的一颗星体，直接撞碎在月球表面！第谷形成一个极其明亮的光源，地球居民不用望远镜也能看得到，尽管与其相距三十八万六千二百多公里！那么，想想看，在距离仅有八十公里的观察者眼中，它的亮度是何等强烈！透过如此纯净的以太空间看去，它的强光让人无法忍受，巴比凯恩和他的同伴们不得不用燃气把他们的镜片熏黑，才能忍受这种光芒。之后便是沉默，他们凝视着、思索着，几乎说不出一句赞美的话来。他们所有的感情，所有的想法，都汇聚在那凝视之中，如同在任何强烈的情绪之下，全部的生气都凝聚在了内心。

类似于阿里斯塔克斯山和哥白尼山，第谷属于发光山脉系列，但它是所有此类山脉中最完整、最明显的一座，确凿无疑地证明了月球的形成是由于这些可怕的火山活动。第谷位于南纬四十三度和东经十二度。中心是一个宽八十公里的火山口，略呈椭圆形，四周是环形壁垒，其东西两侧高出周围的平原四千五百七十二米。这是一组“勃朗峰”[1]，环绕着一个共同的中心，顶部是一道道发光的辐射纹。

这座无与伦比的大山其实是由许多山峰汇聚而成的，火山口内有大量的赘生物，摄影本身永远无法表现这一切。事实上，每逢满

1. 意为“白色山峰”。地球上的勃朗峰海拔 4 810 米，与前述山高接近。

月的时候，第谷就会大放异彩。这时，所有的阴影都消失了，前缩透视效应[1]也消失了，拍出的样片全都变成了白色——这是一个令人非常不快的事实。如果可以用精确的摄影重现这一奇特区域，那将会令人叹为观止。这里完全是许多的坑洞、火山口、环形山和纵横交错的山峰；极目所见，尽是一张完整的火山网覆盖在这片坚硬的大陆之上。于是我们就明白了，当初从火山中央喷射出的岩浆，仍然保持着它们最初的形态。因冷却而结晶，它们便固定成了从前月球在冥王普鲁托的魔力影响下所呈现的面貌。

旅行者们与第谷环形峰顶的距离并不算太远，因此他们能够捕捉到主要的细节。即便是在形成第谷环形壁垒的堤道上，附着在内外两侧斜坡上的山峦也像巨大的梯田一样层层上升。西边的山峰似乎比东边高出九十到一百二十米，地球上没有任何人造工事可以与这些天然的壁垒相媲美。一座建在这个环形坑洞底部的城市是完全无法攻入的。

在这片难以接近的神奇大陆上，绵延覆盖着风光绮丽的山峦！事实上，大自然并没有让这个火山坑的底部成为一个单调空寂之地。它有着自己独特的地形，是一个多山的系统，因而自成一个世界。旅行者们可以清晰分辨出锥形山、中央丘陵和一些显著的地域方位，它们自然分布开来，只等月球建筑的杰作在其上落成。这边可规划成一个庙宇，那边是一个讲坛；这里应当安排一座宫殿，另一处的高地上来一座城堡。中央是一座四百五十七米高的小山，可以俯瞰整个区域。这是一片巨大的圆形场地，可以容纳十几个完整的古罗马。

“啊！”看到如此美景，米歇尔·阿丹兴致勃勃地叫起来，“如果

1. 绘画术语，指正面观察一个物体时靠近的部分大，远处显小的透视效应。

在那群山环绕之地建造一座城市，该是何等宏伟！那将是一个安宁和平的避难所，远离人类所有的苦难。那些愤世嫉俗的人，那些憎恨人类的人，还有所有那些讨厌社交的人，将会在那里生活得多么平静而独立！”

“所有人！那这地方对他们来说就太小了。”巴比·凯恩直率地回答。

第十八章　重要问题

然而，炮弹飞行器已经越过第谷的壁垒，巴比凯恩和他的两个同伴，全神贯注凝视着那座有名的山脉奇妙地向各个方向散发出灿烂的光芒。

这个绚丽的光环是怎么回事？这些强烈的光线是什么地质现象所造成的？这些问题萦绕在巴比凯恩的脑海中。

放眼望去，他看到那些延伸到四面八方的发光沟槽，边缘隆起，中央凹陷，有的宽十九公里，有的宽四十八公里。这些明亮的光带，有的一直延伸到离第谷九百六十五公里的地方，尤其是朝向东部、东北和北部的那些光带，似乎覆盖了半个南半球。其中有一条光带，一直延伸到位于子午线四十度的尼安德尔环形山。另一条稍为弯曲的发光沟槽，一直越过酒海，经过六百四十三公里的曲折路程后，直抵比利牛斯山脉。还有几条向西延伸，形成发光网，遮住了云海和湿海。这些明亮的光带从何而来呢？在无论多高的平原和高地上闪耀着光芒。这一切都始于一个共同的中心：第谷火山口。它们从那里发散出去。天文学家赫舍尔把它们的发光归因于遇冷凝结的熔岩流，然而，这一观点并未被广泛采纳。其他的一些天文学家，则在这些令人费解的光线中见过一种冰碛——成排的不规则的块状体，是在第谷形成时期喷射出来的。

“为什么不是这样？”尼科尔问巴比凯恩，后者正在讲述并一一否定这些不同的观点。

“因为这些观点无法解释这些发光线条的规则性，以及把火山物质运送到如此之远所必需的强大动力。”

“哦！天哪！”米歇尔·阿丹答道，“对我来说，解释这些发光线条的起因似乎太容易了。”

“真的吗？”巴比凯恩说。

“当然，”米歇尔接着说，“只需说那是个巨大的星形裂痕就足够了，类似于将一个球或一块石头砸在一块玻璃上所产生的裂痕！”“哦，”巴比凯恩微笑着说，“什么样的手有这么大力气，扔一个球就能产生如此震撼的效果？”

“没必要用手，”米歇尔答道，毫不退让，“至于石头嘛，我们可以假定它是一颗彗星。”

“哎！又是那些被滥用的彗星！”巴比凯恩叫道，“我勇敢的米歇尔，你的解释还不错，但你的彗星毫无用处，产生裂纹的冲击力必定来自这个星球内部。月球外壳在冷却的同时剧烈收缩，足以使这颗巨大的星球遍布裂痕。”

“收缩！就好比月球得了胃痉挛。”米歇尔·阿丹说。

“再说，”巴比凯恩补充道，“这也是英国大学者内史密斯的观点，我认为这足以解释这些山脉发光的原因。”

“那个内史密斯可不是个傻瓜！”米歇尔回答。

三位旅行者长时间欣赏着辉煌的第谷，他们对这种景象永远不会感到厌烦。他们的炮弹飞行器，在太阳和月亮的双重照耀下熠熠生辉，看上去很像一个光芒四射的白炽灯泡。他们从极端寒冷突然跌入了高温酷热之中。大自然正在以这种方式把他们训练成月球人。成为月球人！这个念头让他们再次想起那个问题：月球是否适合居住？在他们看到那些场景之后，旅行者们能解答这个问题吗？他们的答案是赞成还是否定？米歇尔·阿丹劝说他的两位朋友发表意见，他直截了当地问他们，是否认为月球上有人和动物。

"我想我们可以做出回答，"巴比凯恩说，"但是依我看，这个问题不应该以此种方式提出。我要求换一种问法。"

"那按你的方式来吧。"米歇尔回答。

"那好吧，"巴比凯恩接着说，"这是个双重问题，需要分两次解答。月球上可以居住吗？月球上有人住过吗？"

"很好！"尼科尔答道，"那先让我们来看看月球是否可以居住。"

"说实话，我对此一无所知。"米歇尔回答。

"而我的答案是否定的，"巴比凯恩继续说道，"就月球目前的情况来看，它周围的大气层确实非常稀薄，它的海洋大都已经干涸，水源不足，植被难以存活，而且冷热剧烈交替，昼夜长达三百五十四个小时。在我看来，月球似乎不适合居住，也不适合动物的生长，无法满足我们所了解的生存需要。"

"我同意你的看法，"尼科尔回答，"但月球也不适合与我们组织结构不同的生物居住吗？"

"这个问题更难回答，但我想试试看。我要问问尼科尔，他是否认为，无论何种生物，运动都是生命的必然结果？"

"毫无疑问！"尼科尔答道。

"既然这样，我尊敬的伙伴，那我的回答就是，我们在至多相距四百五十七米的地方观察过月球大陆，在我们看来，月球表面似乎没有什么东西在移动。任何一种生命的存在，都会被其相伴随的痕迹所暴露，比如各式各样的建筑，甚至是废墟。可我们看到了什么？自始至终，到处都是大自然的地质工程，从未见过人类的建筑。如果月球上存在动物王国的代表，那它们一定是逃进了那些深不见底的洞穴，目力无法企及。我对此并不接受，因为它们肯定要在那些必须有大气层覆盖的平原上留下出入的痕迹，不管大气层有多么稀薄。我们没有看到任何这样的痕迹。现在只剩下一种假设，那就是，这里生活着一种与运动——生命的标志——毫不相关的生物。”

“也可以说，没有生命的生物。”米歇尔答道。

“正是这样，”巴比凯恩说，“对我们来说毫无意义。”

“那我们可以总结自己的观点了？”米歇尔问。

“是啊。”尼科尔回道。

“很好，”米歇尔·阿丹继续说，“科学委员会在大炮俱乐部的飞行器内开过会，在对最近观测到的事实进行论证后，对月球是否适合居住的问题做出表决——不可以！月球不适合居住。”

这一决定被巴比凯恩主席记录在了他的笔记本上，还可以在其中读到 12 月 6 日的会议过程。

“现在，”尼科尔说，“让我们来讨论第二个问题吧，它是第一个问题的必要补充。我要向尊敬的委员会提问，如果月球现在不适合居住，那从前有人居住吗，公民巴比凯恩？”

“朋友们，”巴比凯恩回答，“我的这次旅行，并不是为了对我们卫星过去的可居住性形成意见，但我要补充的是，我们的亲自观察更加证实了我的这个观点。我认为，甚至确信，月球上生活过一种类似于我们地球人组织结构的人类，并且存在过在解剖结构上与地球动物相似的动物，不过我还要补充一句，这些物种——无论是人类还是动物——曾经存在过，可现在已经永远灭绝了！”

“既然这样，”米歇尔问道，“那月球肯定比地球更古老？”

“不是的！”巴比凯恩断然说道，“只不过这个星球衰老得更快一些而已，而且它的形成和损毁也更迅速。相对而言，月球内部物质的组织力要比地球内部激烈得多。这个破裂、扭曲、崩溃的月盘的真实状态充分证明了这一点。月亮和地球最初不过是两个气团。这些气体在不同的因素影响下变成了液态，后来又转化成固态物质。但可以肯定的是，当月球因冷却而凝固，并变得适合居住时，我们的地球还是气态或液态的。”

“我相信这一点。”尼科尔说。

“当时，”巴比凯恩继续说，“有一层大气包围着月球，气层里蕴含的水分难以蒸发。在空气、水、光、太阳的热能和中心热的影响下，植物占据了那些准备接受它的陆地，无疑生命大约也在这一时期出现了，因为大自然不会徒劳地消耗自己的气力，一个形成得如此适合于居住的美妙世界，就必定有人居住。”

“但是，”尼科尔说，“我们的地球卫星所固有的很多现象可能会阻碍动植物王国的扩张。有着三百五十四个小时的白昼和黑夜不就是例证吗？”

“在地球两极，它们要持续六个月呢。”米歇尔说。

“这样的争论没什么价值，因为地球两极无人居住。”

“朋友们请注意，”巴比凯恩接着说，“如果月球当时的实际情况是，漫长的黑夜和白昼造成了生物无法承受的温差，那么，那个历史时期就不会是这样的了。大气用一层液态外衣包围着月球，水蒸气以云的形式沉积下来。这种天然屏障缓和了阳光的炙热，并保留了夜间的辐射。光和热一样，可以在空气中扩散。既然大气层几乎完全消失了，那些影响因素之间的平衡也便不复存在了。接下来我要让你们大吃一惊。”

“让我们大吃一惊？”米歇尔·阿丹问。

“我确信，在月球上有人居住的时期，黑夜与白昼都比较短，并没有持续三百五十四个小时！”

“为什么？”尼科尔急忙问道。

“因为，当时月球的绕轴自转与它的公转极有可能并不相等，只有在相等时，月球的每一部分才会受到日光连续十五天的照射。”

“若说是这样，”尼科尔答道，“既然这两种运动现在相等，为什么那时不相等呢？”

“因为这种相等只取决于地球的引力。而谁又能说，当地球尚处于液体状态时，这种引力能强大到足以改变月球的运行？”

“不过，”尼科尔回道，“谁又能说月球一直是地球的卫星呢？”

“那谁又能说，”米歇尔·阿丹高声说道，“在地球出现之前月球并不存在呢？”

他们的想象将他们带入一个无休无止的假设之地。巴比凯恩试图制止他们。

“这些推测太离谱了，”他说，“全然无法解决问题。我们不要再争论下去了。我们不妨只承认，这种原始地球引力不够强，然后，由于月球的自转和公转这两种运动的不等性，白昼和黑夜便可以像在地球上一样相互交替。再说了，即使没有这些条件，生命也可能存在。”

“这么说来，”米歇尔·阿丹问道，“人类已经从月球上消失了？”

“没错，”巴比凯恩答道，“毫无疑问，是在坚持了无数个世纪以后才消失的，由于大气渐渐稀薄，月球变得不再适合居住，就像地球有一天将会因冷却而变得无法居住一样。”“因为冷却？”米歇尔·阿丹问道。

“当然了，”巴比凯恩回答，“随着月心之火的熄灭，炽热物质自行凝缩，月球外壳便冷却下来。这些现象的后果逐渐表现为有机生物的消失，以及植物的消失。不久，大气变得极其稀薄，可能被地球的引力所吸走，接着，可呼吸的空气消失，水也以蒸发的形式消失了。这时，月球变得再也无法居住。就像我们今天看到的那样，成了一个死寂的世界。”

“你说地球也将面临同样的命运？”

“很有可能。”

“但会是什么时候？”

“当地壳冷却到不适合居住时。”

“他们有没有算出，我们不幸的地球要多久才冷却下来？”

“那当然。”

“你了解这些计算吗？”

“完全了解。”

“那你快说啊，你这个笨嘴拙舌的科学家，”米歇尔·阿丹大声嚷嚷道，“你把我弄得像热锅上的蚂蚁！”

“好吧，我亲爱的米歇尔，”巴比凯恩平静地答道，“我们已经知道地球在一个世纪的流逝中经历了怎样的温度下降。根据某些计算，四十万年以后，地球的平均温度将降至零度！”

“四十万年！”米歇尔喊道，“啊，我又活过来了。听你那么说我确实吓坏了，我以为我们人类至多还可以生存五万年。”

巴比凯恩和尼科尔禁不住对同伴的忧虑哈哈大笑。随后，尼科尔想要结束这次讨论，于是又提出了刚才考虑过的第二个问题。

“月球上住过人吗？”他问道。

大家一致认为答案是肯定的。这次讨论，让他们在一些危险的理论上收获颇丰，但在此期间，飞行器正快速远离月球，其轮廓渐渐从旅行者的视线中消失，远处的山峦变得模糊不清。很快，这颗地球卫星上所有神奇、怪异、荒诞的景象也都消失不见，只留下了那永恒的记忆。

（刘小落　译）

失落的文明与古老的知识

英格兰逐渐加深的工业化程度和维多利亚时代刻板压抑的社会风气让英国人开始探索其他地域（通常是非洲），就好像相似的情况让美国人去开拓边境[1]一样。未知的世界仍然有待人们去探索，富有冒险精神的人，比如理查德·伯顿[2]、大卫·利文斯通[3]、亨利·M. 斯坦利[4]、罗伯特·皮尔里[5]和罗尔德·阿蒙森[6]等人，期望去发现这些未知之地。那里仍然可能有一些奇异、神秘的事物从古代或者史前时期幸存下来，在视野之外等着人们去发现。

这些难以实现的愿望也在当时的浪漫主义文学之中找到了自己的位置。在某种意义上，这种现象扭转了当时以新兴科学为主题的文学的发展方向，也扭转了当时席卷西方文明、正在日益加深的对

1. 指美国从 18 世纪末到 20 世纪初向西拓展边境的时代，其中的诸多元素形成了独特的西部文学，如淘金潮、西部牛仔、与印第安人的接触等等。
2. 英国探险家、语言学家、地理学家、人类学家。他通晓二十余种语言，对非洲、中东和印度的地理与文化均有详细研究，并撰写了数十部游记、人类学及地理学专著。
3. 英国传教士、探险家，在非洲探险的代表人物之一。
4. 美籍英国探险家、记者，非洲探险的代表人物之一。
5. 美国探险家，史上第一位到达北极点的人。
6. 挪威探险家，史上第一位到达南极点的人。

于进步的信念。在以失落的世界和失落的文明为题材的小说中，作者们暗示更为伟大的奇迹也许在过去等待着我们，想要抵达世界上极少数人迹未至的地方，需要漫长的旅途，这强迫冒险家们抛弃文明社会，依靠更为原始的优势，比如说勇气、力量和耐力。

托马斯·D. 克拉里森[1]（Thomas D. Clareson）认为，失落文明题材的小说之所以能流行，是因为维多利亚时代的社会导致人们的情感过于压抑。这些小说可以让读者放纵一下他们并不那么渴望文明社会的天性，在冒险的最后找到“属于他们自己的异教公主”。但这些小说也继承了传统游记小说中的若干要素，可以追溯到《吉尔伽美什》和《奥德赛》，持续到《约翰·曼德威尔爵士的旅行游记》。

就像 20 世纪的西部小说和严谨的侦探小说发展出了固定的模式一样，失落文明题材的小说也有一种基本模式。故事一开始是一场漫长而危险的旅程，有时是为了探索，有时是为了战斗，也有的时候是为了寻找被遗忘的宝藏、失落的世界，或者探寻奇异的物件、奇异的传说的源头；随后故事中的人物会发现一条隐秘的山谷，或者难以到达的高原，或者未被发现的岛屿；在宏伟而古老的建筑之中，隐藏着世人遗忘已久的各式古老智慧和知识。在这种氛围之中，冒险家发现了一个历经漫长的岁月仍然幸存下来的文明。这个文明可能是某个被人遗忘的以色列部族，也可能是一个古埃及、古希腊或古罗马时代被派遣出来但已被遗忘的前哨站，或者是一种在人类所记录的历史之前就已经很强大的种族，比如亚特兰蒂斯人。在这种背景之下，文中来自西方文明、富有勇气的英雄人物就会占据领导者的位置，击败敌人，赢得热情奔放又清纯大方的公主的爱情，和她生活在一起，创造一个高贵的家族。英雄有时也会因为意外而失去

1. 美国学者、科幻研究者。

公主，或者公主在英雄和自己的死亡之中选择了死亡，英雄一定就会回到英格兰（或者美国），古老的文明常常会在他的身后毁灭。

这个模式有时会有一些变体：有时英雄不得不把他爱慕的女孩留在英格兰，之后又一定会历经战斗回到她身边，有时候还要克服自己的本性；有时英雄发现的不是失落的文明，而是史前巨兽，或者天性淳朴的野蛮人；后来随着人类更加完善地探索了地球表面，旅途可能终结于另外一个世界（常常通过星光体投射[1]）、地球内部、原子上面、另一个维度或者过去的时代。在这种情况下，这个古老的文明常常是亚特兰蒂斯，而小说常常以文明毁于地震、火山而告终。

失落文明题材的作家中，最著名的就是亨利·莱特·哈葛德（Henry Rider Haggard）。他是一位富裕律师的第六个儿子，19 岁时，开始担任纳塔尔[2]一位地方官员的秘书，他发现神秘的非洲持续不断地激起自己的无尽想象。后来他又在南非和非洲大陆的其他区域有过几段生活经历。回到英格兰后，他与一位诺福克郡继承了大笔财产的女子成婚，并学习法律。但是《所罗门王的宝藏》[3]（*King Solomon's Mine*，1885）大获成功，让他的余生转而撰写浪漫文学，他也同时从事农业工作，并担任大英帝国公职。

《所罗门王的宝藏》有若干失落文明小说的要素，但是《她》（*She*，1887）则拥有全部的要素。自从《她》首次出版起，这本书就一直在流行，一直在重印。《她》激起了许多作家的模仿创作，甚至哈葛德自己也写了三部续集。哈葛德热衷于写系列小说，他为《所罗门王的宝藏》的主人公艾伦·夸特梅因写了十五本长篇小说，包

1. 起源于藏传佛教的一种密术，类似于“灵魂出窍”。
2. 全球有多处以此为名的地区，此处指的是南非地名。
3. 哈葛德所著探险小说，描述了主人公艾伦·夸特梅因和亨利·柯蒂斯爵士在非洲冒险的故事。故事结合了作者本人在的亲身经历和南非真实的地理、人文环境，1885 年出版后立即热销，并影响了后世一大批探险小说作家，在通俗文学史上有重要地位。

括一部题为《她与艾伦》(*She and Allan*, 1921)的小说，将自己笔下两个伟大的形象写在了一本书中。

在《她》中，利奥·文西、他的向导霍拉斯·霍利和他们的仆人乔布前往非洲，寻找文西的家族传闻背后的真相。该传闻称文西是一位叫作卡利特瑞特斯的古埃及祭司的后代，他祭拜伊西斯[1]。他们抵达了中部非洲的东海岸，一路穿越沼泽、被野蛮人所俘获，最终历经万难，来到了藏身于一座死火山的古文明寇尔那里。那里居住着野蛮人，被一位美丽绝伦、永生不死的“必须被服从之她”所统治。她见到文西，看出文西是她的旧日情人卡利特瑞特斯的转世，她已经等了他两千多年了。她赐予文西和自己一样的永生之力，这样他们就可以永远生活在一起，永远相爱。这一点和《奥德赛》有着很有趣的相似性：如果奥德修斯答应留下来和卡吕普索生活在一起，卡吕普索就会赐予奥德修斯长生不老的能力。

失落文明主题的传统主要有以下继承者：埃德加·赖斯·巴勒斯(Edgar Rice Burroughs)，他创作了火星、金星、地底人和月球的故事，还有《被时间遗忘的土地》(*Land that Time Forgot*, 1924)，甚至还包括《塔扎纳》(*Tarzan*)系列中的几本；A. 梅里特(A. Meritt)，他的第一篇小说是《月池》(*The Moon Pool*, 1919)，之后又创作了许多文笔华美、独具魅力的幻想小说；A. 柯南·道尔(A. Conan Doyle)以《失落的世界》(*The Lost World*, 1912)为题写了一篇失落文明故事的变奏曲；詹姆斯·希尔顿(James Hilton)的《消失的地平线》[2](*Lost Horizon*, 1933)可能是最后一篇重要的失落文明主题小说，有趣的是，这篇小说拥有失落文明主题的全部特征，

1. 古埃及神话中的生命女神。
2. 小说故事发生在一处叫作“香格里拉”的地方，那是一处隐秘在山林中的和平、安宁的世外桃源。詹姆斯·希尔顿是“香格里拉”这个词的开创者。

包括一个不为人知的文明、两个美丽的“公主”、巨大的财富、丰富的知识和几乎可以长生不老的力量。

在今天，人们已经很难找到失落文明主题故事中不可缺少的浪漫信念了。也许这个主题融入了其他类型的作品之中——这些作品可能包括英雄奇幻小说，或者 UFO 接触经历，或者艾里希·冯·丹尼肯风格的、关于古老谜团的书籍。

（赵佳铭　译）

她（节选）

［英国］亨利·莱特·哈葛德

第二十四章　踏上木板桥

第二天天还没亮，哑巴仆人就把我们弄醒了。我们揉了揉惺忪的睡眼，在辽阔外院北部的方形庭院中央一个仍有泉水涌出的废弃大理石水池里洗了把脸，打起精神，我们发现“她”正站在轿子旁等待出发，而老比拉利和两个哑巴挑夫在忙着收拾行李。如往常一样，艾莎像大理石的真理女神一样蒙着面纱，当时我突然想到，她也许是从雕像那儿得到了启发，有意遮掩起自己的美丽。然而，我注意到她似乎很沮丧，没有了往日骄傲与飞扬的神采，那种在一千个和她同样身材的女人中间，即使她们都和她一样蒙着面纱，也会出卖她的神采。她原本是低着头的，当我们走到近前时，她抬起头向我们致意。利奥问她睡得怎么样。

“很糟，我亲爱的卡利克拉提斯，”她答道，“糟透了！整个晚上，我满脑子充斥着怪异而可怕的梦魇，我也不清楚它们预示着什么。我甚至觉得好像有什么邪恶的东西笼罩着我，可邪恶怎么能靠近我呢？我在想，”她突然流露出一种女性的温柔，继续说道，“我在想，假如我发生了不测，需要休眠一阵子，而你还醒着，那你会不会满怀柔情地想起我？我在想，我的卡利克拉提斯，你是否会等我再次归来，就像我苦苦等了你好几个世纪？”

然后，不等利奥回答，她又接着说：“我们动身吧，还有很长的路要走，在明天破晓之前，我们必须赶到生命之源。”

五分钟后，我们便再次踏上了穿越这座废墟之城的旅程，朦胧的晨曦中，城市在我们两旁若隐若现，显得既恢宏又压抑。就在第一缕朝阳金箭般射向这片片废墟时，我们来到了更远一些的外城墙出入口。

在这里，我们又回望了一眼刚刚穿越的这座古老沧桑、圆柱林立的威严之城，除了乔布外——因为废墟对他毫无魅力可言——都遗憾地叹了口气，我们无暇在此流连，穿过环绕的护城河，向远处的旷野走去。

随着太阳慢慢升起，艾莎的精神也好多了，直到终于恢复了常态，她还笑着把自己的坏心情归因于昨晚的栖息之地。

“这些野蛮人赌咒发誓，说科尔这地方时常闹鬼。”她说，“说实在的，我相信他们的说法，因为除了以前那次，我从没经历过如此糟糕的夜晚。我现在记起来了，卡利克拉提斯，当你倒在我脚下死去的时候，就是在那个地方。我再也不会去那里了，那是一个不祥之地。”

我们稍作停顿，匆匆吃了早餐之后继续赶路，大家心情非常舒畅，下午两点就来到了火山口的巨大岩壁脚下。岩壁在此陡然而立，高耸在我们头顶上方，足有一千五至两千英尺。我们在这里停了下来，对此我当然毫不惊奇，因为我看不到任何继续前进的可能。

“现在，”艾莎边说边从轿子上下来，“我们艰难的旅程才刚刚开始，我们要和这些家伙就此分手，往后只能靠自己了。”随后又对比拉利说："你和这些奴仆留在这里等我们。明天中午我们就可以回来——如果到时没回来，你们就一直等着。"

比拉利谦卑地鞠了一躬，说一定会遵守她威严的命令，即使一直等到老去，他们也不会离开。

"尊敬的霍利，至于这个人，"她指着乔布说，"他最好也留下来，他心智不高，勇气不足，恐怕会摊上什么祸事。况且，我们要去的地方非常隐秘，对普通人来说并不合适。"

我把这些话转达给乔布，他立刻恳请我不要丢下他，还差点挤出眼泪。他说他确信不会再遇上比原来更糟的事情，一想到要和那些哑巴单独待在一起，他就吓得要死，他想，他们很可能会趁机把他放进锅里给炖了。

我把他的话转译给艾莎，她耸耸肩，答道："那好吧，让他跟着吧，我无所谓，是他想拿自己的脑袋开玩笑的。他来负责拿灯和这个东西吧。"她指向一块大约有十六英尺长的窄木板，那块板子原来绑在她轿子的长轿杆上，我原以为是为了把帘子撑得更宽些，但现在看来，木板有着不为人知的用途，与我们这次非凡的行动有莫大关系。

因此，那块虽然结实却很轻的木板就交给了乔布去拿，艾莎还给了他一盏灯。我把另一盏灯和一罐备用灯油背在背上，而利奥则随身带上了食物和一只装有水的羊皮袋。一切准备妥当后，"她"吩咐比拉利和六个哑巴轿夫退到约一百码外的一片盛放的木兰花丛后面，在那里忍受死亡的痛苦，直到我们消失不见。他们恭顺地鞠了一躬，而后离去。道别时，老比拉利友好地握住我的手，低声说，幸亏是我而不是他自己要陪伴"不可违抗的她"继续这次奇妙的探险，我深以为然。又过了一会儿，他们都离开了；接着，艾莎简短地问我们是否做好了准备，然后转过身去，注视着高耸入云的悬崖峭壁。

“我的老天啊，利奥，”我说，“我们不是真的要爬上那个悬崖吧！”

利奥正处于一种半是迷醉半是期待的神秘状态，他耸了耸肩，就在这时，艾莎突然向上一跃，开始攀登悬崖，我们当然只好紧随其后。看着她从一块岩石跳上另一块岩石，在岩架之间荡来荡去，那种轻松和优雅简直让人不可思议。然而，这种攀爬并不像看上去那么困难，虽然我们经过了一两处不堪回望的凶险之地，但此处的岩石仍然呈斜坡状，而不像上面那样笔直陡峭。

就这样，没费太大力气，我们就登上了离出发点大概五十英尺的地方，唯一的麻烦就是乔布带的那块木板。由于我们是像螃蟹那样横着往上爬的，因而就向出发点的左边偏移了六七十步。不一会儿，我们爬上了一个岩架，起初很窄，但越往前走越宽，而且向内倾斜，就像一片花瓣，于是我们渐渐下沉到一种越来越深的石沟，或者说是岩石的褶皱里，那褶皱最后变得像德文郡的石头小巷一样，使我们完全隐藏在其中，坡下的人根本看不到我们。这似乎是一条天然形成的小巷，向前延伸了约三四十码，然后尽头突然出现一个山洞，山洞也是天然的，与其互成直角。我确信山洞不是由人力挖凿而成，因为它的形状很不规则，走向弯弯曲曲，看起来像是某种可怕的气流沿着阻力较小的路径冲破厚厚的山体而成。而科尔堡的古人所挖的山洞，都极为对称而规则。

艾莎在洞口停下，吩咐我们点上那两盏灯，我把灯点亮，一盏给她，另一盏留给自己。随后，她率先进入山洞，小心翼翼择路而行，这确实很有必要，因为地面极为崎岖，像河床一样乱石密布，有些地方坑坑洼洼，很容易摔断手脚。

我们在这个山洞里走了二十多分钟。据我估算，山洞大约有四分之一英里长，由于曲折迂回众多，走起来并非易事。

然而，我们终于走到了山洞尽头，当我还在努力使自己的眼睛适应洞口的微光时，一股劲风突然扫进山洞，把两盏灯都吹灭了。

艾莎招呼我们前行，我们摸索着跟在她身后，因为她走得稍微靠前一些，而作为回报，接下来的景象阴郁而壮观，着实令人震惊。横在我们面前的是黑色岩石间一道巨大的深渊，大概是远古时代大自然一次可怕的剧变，把岩壁撕裂成这种参差不齐的狰狞模样，仿佛被无数道闪电劈开一般。深渊四周悬崖耸立，虽然我们一时看不清对面的情形，无法判定其宽度，但从它的黑暗程度来看，我认为深渊并不是太宽。我们不可能分辨出它的轮廓，也不知道它的长度，原因很简单，我们站的地方离悬崖顶端太远，至少有一千五至两千英尺，且只有一道极其微弱的光线从上面勉强洒落下来。我们一直在其中穿行的山洞洞口，出现一个极为古怪而巨大无比的悬岩，悬空突出在我们面前的深渊之上，足有五十码长，在末端形成一个尖角，我想不出如何比喻它的形状，大概像是公鸡腿上伸出的后爪。这块巨大的悬岩只在基底部与主崖相连，它无疑是庞大的，就像公鸡的后爪附着在它的腿上一样。否则，它就完全没有了支撑。

“我们必须穿过这里，”艾莎说，“当心不要头晕目眩，或者被风吹下去，这的确是个无底深渊。”她没有给我们更多害怕的时间，便开始沿着悬岩走起来，我们尽可能地紧随其后。我在她后面，然后是乔布，吃力地拖着他的木板，利奥走在最后。看着这勇敢的女人无所畏惧地穿行在那险峻之地，真是一幅绝妙的景象。而我呢，刚刚走了几码远，就觉得风力太强，害怕一不小心就会摔下深渊，我觉得有必要手脚并用，向前爬行，其他人也学着我的样子爬了起来。

但艾莎却不屑于采用这种低贱的权宜之计。她顶着阵阵狂风继续前行，好像既没有惊慌无措，也没有失去平衡。

几分钟后，我们已经在这座可怕的桥上走了二十多步，桥面越来越窄，突然，一阵狂风顺着峡谷横扫而来。我看见艾莎逆风而上，但强劲的气流强行灌入了她的黑斗篷之下，将其从她身上扯下，像一只受伤的鸟儿一样，拍打着翅膀随风而去。看着斗篷飞走，渐渐消失在黑暗之中，真是令人心惊胆战。

我紧贴岩脊，向四下张望，此时，巨大的悬岩在我们身下颤动，发出嗡嗡的响声，仿佛一头活物。这景象确实令人生畏。我们悬浮在天地间的混沌之中，下面是成百上千英尺空寂的深渊，越往下越黑，直至最后成了彻底的黑暗，我无法猜测它到底有多深。上面是令人头晕目眩的浩渺苍穹，在很远很远的地方依稀现出一线蓝天。我们高悬在这巨大深渊之中，狂风呼啸肆虐，驱赶着云团和缭绕的雾气，我们几乎什么也看不清，完全迷失了方向。

事实上，此处如此浩瀚诡异，绝非人世之境，以至于我确信它减轻了我们的恐惧感。但直到如今，我还常常梦回悬岩，在纯粹的幻觉中醒来，冷汗淋漓。

“快走！快走！”我们前面的白色身影喊道，她的斗篷被吹走了，只剩一袭白色长袍，看起来更像一个在狂风中急驰的幽灵，而不是一个女人。“快往前走，不然就会掉下去摔成碎片。你们的眼睛要紧盯地面，身子要贴紧石头。”

我们听从她的吩咐，沿着抖动的石径艰难爬行，风在尖利地狂啸，摇撼着悬岩，使它像一只巨大的音叉一样嗡嗡作响。我们继续往前爬，只有在绝对必要时才偶尔看看四周。不知过了多久，我们发现终于来到了悬岩的末端，这是一块比普通桌子稍微大一些的岩石，像一艘动力过足的汽船，猛烈颤动。我们紧贴岩石趴在那里，朝四下张望，而艾莎却全然不顾身下可怕的无底深渊，她迎风而立，长长的头发随风飘扬，手指前方。这时我们才明白为何要准备那块狭长的木板，我和乔布两人费尽周折才把它带过来。前面是一道空无一物的鸿沟，我们当时还看不清另一边的情形——可能是由于对面悬崖的阴影，也可能是别的什么原因——一片阴沉沉的苍茫暮色。

“我们必须等一会儿，”艾莎喊道，“很快就有光了。”

当时我没弄清楚她是什么意思。怎么会有更多的光照到这种鬼地方呢？正当我迷惑不解时，突然间，一道落日的余晖像一柄巨大的火焰之剑，劈开了这地狱般的幽暗，照射在我们趴着的这块岩石上，以一种奇异的光芒照亮了艾莎美丽的身影。我多么希望能描绘出这柄火焰之剑刺穿深渊中的黑暗与层层浓雾时的狂野和奇妙之美啊。它是如何照进来的，我至今也不知道，但我猜测对面悬崖上有个裂口或孔洞，当落日与它形成一条直线时，光线通过那里照了进来。我可以说这是我见过的最奇妙的景观：火焰之剑恰好刺入黑暗的正中心，所照之处无比明亮，明亮得即使我们从远处也能看清岩石的纹理，而在它的外围——是的，哪怕是在火焰之剑锋利边缘的几英寸之内，仍旧一团乌黑。

这就是“她”一直在等待的那束盛大的日光，她早就计算好了我们到达的时间，她知道，千百年来，它总是在这个季节的日暮时分如期而至。凭着这明亮的光线，我们看清了眼前的一切。在距离我们所站的舌状悬岩末端约十一二码远的地方，有一个大概从渊底耸起的塔糖状锥形山体，其顶端正对着我们。但只有这么个山顶也帮不了我们什么，因为它离我们最近的距离也有约四十英尺。然而，在这个环形凹陷的峰顶边缘，躺着一块平坦的巨石，有点像冰川巨石——也许就是呢，但据我所知，冰川石并不是这个样子——巨石的顶端离我们还不到十二英尺。这个庞然大物简直就是一块硕大的摇摆石，精确地平衡在锥形山体或者说微型火山口的边缘之上，仿佛半个五先令银币稳置在酒杯边沿。强烈的光线照亮了巨石，也照在我们身上，我们可以看见它在阵阵狂风中摇摆晃动。

“快！”艾莎说，“拿木板来——我们必须趁着有光的时候过去。

光很快就会消失。”

“哦，天哪，先生！她不会是想让我们从这个东西上走到那边去吧。”乔布抱怨道，不过他还是听从我的指示，把长木板推给了我。

“对啊，乔布，正是这样。”我故作轻松地喊道，尽管我并没有觉得走木板的主意有多愉悦。

我把木板递给艾莎，她熟练地把它架在深渊上，一端搭在摇摆石上，另一端仍搁在颤动的悬岩末端。

她用脚踩住木板，以免被风吹走，而后转身对着我。

“尊敬的霍利，自从我上次来过这儿之后，”她大声说，“这块活动的石头的支撑力就有些减弱了，所以我不确定它是否能承受我们的重量。我先过去，因为没有什么能伤害到我。”话音刚落，她就从容而坚定地踏上了那悠悠的桥梁，转眼间就到了那块摇摆石上。

“没问题，”她喊道，“当心，一定要抓紧木板！我会稳住石头的另一端，这样它就不会因你们太重而失去平衡。霍利，你马上过来，光很快就要消失了。”

我双腿发软，这是我一生中最害怕的一次。说实话，我一点儿也不为自己的犹豫和退缩而羞愧。

“你一定不要怕。”这个神奇的尤物在狂风的间歇中喊道，她像一只鸟儿，稳稳地站在摇摆石的最顶端，“你要不行，那就给卡利克拉提斯让路吧。”

这使我下定了决心。与其被这样的女人嘲笑，还不如摔下悬崖死掉！于是我咬紧牙关，迅速踏上了那狭窄而弯曲的木板，木板下面和周围都是无底的深渊。我向来讨厌高处，但以前从未体会过这种处境所能带来的全部恐惧。天哪，那块变形的木板只搭在两个活动的支点上，太可怕了！我头晕目眩，觉得自己一定会摔下去。我毛发悚立，感觉自己正在坠入深渊，当发现自己趴在像波涛中上下起伏的小船一样的石头上时，我的喜悦无法用语言来表达。我只想简单而无比诚恳地感谢上帝保佑我至今。

接下来轮到利奥了，虽然他看上去脸色发白，可还是像个钢索艺人一样跑了过来。艾莎一把握住他的手，我听见她在说："太棒了，亲爱的——你太棒了！你身上依然留存着古希腊精神！"

现在，只剩下可怜的乔布还在峡谷的另一边。他爬上木板，高声喊叫："先生，我做不到。我会掉到下面那个鬼地方去的。"

"你一定行，"我记得自己当时不合时宜地调侃道，"你一定行，乔布，这就像逮苍蝇一样容易。"我想，我这么说一定是为了安慰自己，因为尽管这个说法是个天才的好主意，但事实上，我知道世上最困难的事莫过于逮苍蝇了——也就是说，除了在天气暖和时逮蚊子诚然更难一些之外。

"我不行，先生——我真的不行。"

"快让他过来，否则就让他在那里等死吧。看，光正在消失！一会儿就全黑了！"艾莎说。

我看了看。她说得对，太阳正在下沉到对面悬崖上的孔洞或裂口之下，那是光照进来的地方。

"乔布，如果你停在那里不动，就会一个人死在那儿。"我喊道，"光就要消失了。""来吧，乔布，男人一点，"利奥喊道，"这很容易。"

在我们的鼓励下，随着一声惊恐的叫喊，可怜的乔布猛地脸朝下趴在木板上——他不敢试着走过来，这不能怪他——开始哆哆嗦嗦地一点一点朝我们挪过来，他可怜的双腿垂在木板两边，悬在虚空之中。

他在单薄的木板上剧烈地挪动，使那块平衡在峰顶边缘上仅仅几英寸的巨石以一种极其可怕的方式晃动起来，更糟的是，当他爬到一半时，那道飞翔火焰般的亮光突然消失了，就像一盏灯在拉上了帘子的房间里熄灭了一样，整个呼啸的荒芜之地随即被黑暗所笼罩。

“快点，乔布，看在老天的分上！”我痛苦地大叫，而那块石头，随着他的每一次摇荡，晃动得更加剧烈，晃得我们在上面难以立足。这场景实在太可怕了。

“求上帝怜悯一下我吧！”可怜的乔布在黑暗中哭喊道。“啊，木板滑了！”我听见一阵激烈的挣扎，心想，乔布完了。

但就在那一瞬间，他那伸在空中、因无望而胡乱抓握的手和我的手碰到了一起，我又拖又拉——天啊！我使出了上天赐予我的全部力量——直到又过了一会儿，我惊喜地发现乔布在我身旁的岩石上喘着粗气。但那块木板！我感觉它滑脱了，听见它撞到一个岩石的突起上，然后就没了声息。

“我的老天啊！”我大叫，“我们怎么回去？”

“我不知道。”利奥沮丧地答道，“‘肠满今朝愁，莫添他日忧。’谢天谢地，我来到了这里。”

但艾莎只管叫我拉着她的手，跟她走。

第二十五章　生命之魂

我听从她的吩咐，在恐惧和颤抖中感觉自己被引到了巨石边缘。我伸出脚来试探，却什么也没碰到。

“我要掉下去了！”我倒吸一口冷气。

“那就下去吧，你要相信我。”艾莎回应道。

如果考虑到当时的情况，就很容易理解，我一直听从艾莎的指引，这样做与其说是出于我对她品行的了解，不如说是对我信心的巨大考验。尽管我知道，她可能正在把我置于可怕的厄运之中。但在生活中，我们有时不得不把自己的信念寄托在陌生的祭坛上，现在正是如此。

“我让你下去！”她又喊道，我没有选择，就照做了。

我感觉自己沿着岩石的斜坡下滑了一两步，然后一下进入了虚空，我脑子里闪过一个念头：我要完了。但是没有！又过了一会儿，我的双脚触到了石头地面，我明白，我正站在一个牢固的物体上，这儿风吹不到，但我能听到头顶上呼呼的风声。当我正站在那里，感激上帝赐予我的这些小恩小惠时，随着一阵滑落和挣扎的响动，利奥跌落在我身旁。

“你好啊，老伙计！”他嚷嚷道，“你也在这儿？这太逗了，是不是？”

就在此时，伴着一声惨叫，乔布妥妥地砸在了我们身上，把我俩都撞倒在地。当我们挣扎着重新站起来时，艾莎已经站在我们中间，吩咐我们把灯点亮，所幸油灯没有损坏，备用的油罐也完好无缺。

我找到我的蜡梗火柴盒，划着的火苗在那个可怕的地方愉快地跳动，就像在伦敦家中的客厅里一样。

很快，两盏灯都点亮了，火光映出一幅奇异的画面。我们挤在一个约十英尺见方的石室里，看上去惊恐万状，但艾莎除外，她静静地站着，双臂交叉，等待着油灯燃旺。这个石室看起来一部分是天然形成的，另一部分是从火山顶部挖凿而成的。天然形成的部分的室顶由那块摇摆石构成，而石室后面向下倾斜的顶部则是从天然岩石上凿出来的。室内温暖干燥，比起上面那令人晕眩的峰顶和悬在半空中与其相连的颤动悬岩，这儿真是一个完美的休憩天堂。

“太好了！”她说，“我们安全地过来了，尽管我一度担心你们会和那块摇摆石一起掉下去，坠入下面的无底深渊，我相信那深渊一直通向地球的最深处，而支撑这块巨石的岩石已经在它摇摆的重压下崩塌了。但现在你们瞧瞧他，”她朝乔布点了一下头，乔布此时坐在地板上，用一块红色的棉质手帕无力地擦拭着额头，“他们叫他‘猪’是对的，因为他就像猪一样愚蠢，竟然让木板掉了下去，要跨越深渊返回去可就难了，为此，我必须想个办法。你们休息一会儿，四下看看吧。你们认为这是什么地方呢？”

“我们说不上来。”我回答。

“尊敬的霍利，你相信吗？曾经有人选了这个通风的巢穴作为日常居所，且一住就是很多年，他每十二天只离开一次，去寻找人们带来的食物、水和油，而多出来拿不了的，就当作祭品放在我们原来经过的那个隧道的洞口。”

我疑惑地望着她，她继续说道：“但事情就是这样。这个男人自称努特，虽然生活在近代，却有着科尔人的智慧。他既是一位隐士，也是一位哲学家，精通大自然的奥秘，就是他，发现了我将要带你们去看的圣火。这圣火是大自然的血液和生命，在火中沐浴和呼吸的人，将与天地同寿。但像你一样，霍利，这个努特不愿意利用他的知识。‘人活着就是不幸，’他说，‘因为人生来就是要死的。’因而他没有向任何人透露他的秘密，他就住在这儿，这是每个追求永生之人的必经之地。他被当时的阿马哈格人尊为圣人和隐士。

“唉，当我最初来到这个地方时，卡利克拉提斯，你知道我是怎么来的吗？不妨下次再告诉你。这是一个怪异的故事——我得知有这么一位哲人，于是就在他去那边寻找食物的时候等着他，和他一起返回这里，尽管我当时非常害怕踏上那道深渊。然后，我用自己的美貌和智慧诱惑他，用甜言蜜语哄骗他，于是他终于带我来到了圣火之家，并告诉了我永生之火的秘密。但他不允许我踏进火中，他怕他会杀了我，我便忍住了，我知道这个人已经很老了，很快就会死去。所以我就回来了，我从他那里学到了全部他所了解的有关奇妙世界之灵的知识，这已经足够了。此人智慧而古老，加之洁身禁欲，一颗天真无邪的心灵专注于沉思冥想，几乎已经揭开我们所看见的有形之物与那些无形的伟大真理之间的面纱，只有当真理掠过世间的尘埃，我们才偶尔能听到其翅膀发出的低语。后来——就在几天之后，我遇见了你，我的卡利克拉提斯，你带着你的埃及美人阿梅纳塔斯漫游到了此地，我对你一见钟情，这是我第一次也是最后一次学会爱一个人。一旦爱上便是永远。所以我想把你带到这里，接受生命对你我的恩赐。因此，我们和那个不甘心被丢弃的埃及女人，一起来到了这里，唉！我们发现老努特刚刚死去。他就躺在那里，白胡子像衣服一样盖着他。”她指了指我座位旁边的一个地方。

“但当然，他早已化作灰烬，风把他的骨灰也吹走了。”

我伸出手，在尘土中摸索，不久，我的手指碰到了什么东西。那是一颗人的牙齿，很黄，但完好无腐损。我捡起来给艾莎看，她笑了起来。

“是的，”她说，“这无疑就是他的牙齿。看呢，努特和他的智慧还剩下什么？一颗小小的牙齿！虽然这个人可以支配一切生命，但出于良心，他情愿什么也不做。他躺在那里刚刚死去，我们就下到了我将要带你去的地方，我鼓起全部勇气，冒着生命危险，想要赢取一顶无比荣耀的生命之冠。我踏入了熊熊烈焰，瞧！只有亲身经历过，你们才能体会到生命之火注入我体内的感觉。我获得了永生，美得超乎想象。我向你伸出双臂，卡利克拉提斯，请你接纳属于你自己的不朽新娘！你被我毫无掩饰的美貌弄花了眼睛，转过身去，把眼睛藏在了阿梅纳塔斯的胸前。那时，我怒火中烧，发疯般地操起你随身佩戴的标枪，刺进你的胸膛。就这样，在我的脚下，在真正的生命之地，你呻吟着，倒下死去。那时我还不知道，我已经拥有了用眼睛和意念杀人的能力，因此我在疯狂之中用标枪刺死了你。

“你死了之后，唉！我悲痛欲绝，因为我是不朽的，而你却死了。我在生命之地恸哭，即使我是不死之身，那我的心也必定碎了。而她，那个黝黑的埃及女人——她竟以她所信奉的神灵来诅咒我。她以奥西里斯诅咒我，以伊希斯、尼弗提斯、阿努比斯、猫头神塞克希特和塞特诅咒我，召唤邪恶以及永恒的凄凉降临于我。啊！我能看见她阴郁的脸像暴风雨一样笼罩着我，但她无法伤害我，而我——我也不知道我是否能伤害到她。我没有试过，那对我毫无意义，于是我们后来一起把你抬到了这里。后来，我把她——那个埃及女人——赶出了沼泽地，她好像活了下来，生下一个儿子，还把这些经历写成了故事，而这个故事引领着你，她的丈夫，回到了我的身边，回到了她的情敌和弑夫者的身边。

“这就是事情的经过，我的爱人，现在，摘取生命之冠的时刻即将到来。就像这世间的万物一样，它既有美好的一面，也有邪恶的一面——也许邪恶多于美好，用血泪写就。这是事实，卡利克拉提斯，我对你没有什么可隐瞒的。现在，在接受最后的试炼之前，我还要告诉你一件事情。我们即将面对死亡，因为生和死离得很近——谁知道接下来会发生什么事呢？也许我们又要天各一方，陷入无尽的等待。我只是一个女人，不是先知，我不能预知未来。可我明白——因为我从智者努特的口中得知——我的生命仅仅是更加绵长、更加辉煌而已，但它并不能永远持续下去。所以，在我们行动之前，尊敬的卡利克拉提斯，请你告诉我，你确实原谅了我，并真心地爱着我。你知道，卡利克拉提斯，我做了很多坏事——就在两天前，我无情地杀死了那个深爱你的姑娘，也许那样做很邪恶，但是她违抗我，并激怒了我，诅咒我厄运当头，所以我毁灭了她。当权力在握时你同样要小心，以免在愤怒或妒忌中因冲动而伤人。因为在误入歧途的人手中，不可抵挡之力是一件令人痛心的武器。是啊，我罪孽深重——因为伟大的爱情让我尝够了苦涩，我为此而犯罪——可我还能明辨善恶，也并非全然铁石心肠。卡利克拉提斯，你的爱将是我的救赎之门，就像从前，我因对你的爱而误入歧途。因为没有得到满足的深沉之爱是高贵心灵的地狱，也是被诅咒者命运的一部分；但这种从我们深爱之人灵魂中映射出来的爱更加完美，它那激情洋溢的翅膀，能使我们超越自我，成为我们应该成为的样子。因此，卡利克拉提斯，请握住我的手，揭开我的面纱，不要害怕，就当我是一个乡下女孩，而不是全世界最聪明最漂亮的女人。看着我的眼睛，告诉我，你真心实意地原谅了我，你真心实意地爱慕我。”

她停顿了一下，她那柔情无限的声音久久盘旋在我们周围，仿佛是对逝者的怀念。我知道，这种柔情甚至比她的话语更能打动我，太富有人情味——十足的女人味。利奥也被莫名其妙地感动了。此前，他一直为了不能正确判断而感到迷惘，有点儿像鸟被蛇迷惑了一样，但现在这一切都过去了，他意识到自己真的爱上了这个明艳动人的奇异尤物，天啊，如同我也爱上了艾莎。不管怎样，我看见他眼中盈满泪水，快步走向前去，他除去她的薄纱，握住她的手，深情凝视着她那美丽的眼眸，说道：

“艾莎，我一心一意爱着你，也完全原谅了你杀死尤斯坦的过错。剩下的，就是你和你的上帝之间的事了，对此我一无所知。我只知道我爱着你，我从未如此爱过一个人。无论发生什么，我都会和你长相厮守。”

“好吧，”艾莎答道，谦恭的语气里带着骄傲，“既然我的君主高抬贵手，如此大度地饶恕了我的过错，我就不应失礼，以免负了我的慷慨之名。瞧！”她抓起他的手，放在自己绝美的额头上，慢慢弯下腰，直到单膝触地——“瞧！我向我的君主鞠躬，以示顺从。

瞧！”她亲吻了利奥的双唇，“我吻了我的君主，以示我对你妻子般的热爱。瞧！”她把一只手放在他胸前，“以我所犯下的罪过，以我那随风而逝孤独的千年等待，以我伟大的挚爱之人，以那创造万物的永恒之魂——生命从那里起源，也必重返那里——我发誓，就在这最神圣的时刻，在我成为一个完整女人的初始时刻，我将迷途知返，弃恶从善；我发誓，我将永远听从你的吩咐，谨守本分；我发誓，我将摒弃野心，在漫长的一生中，以智慧作为我的守护之星，引导我走向真理和正义之道。卡利克拉提斯，你踏着时光的浪潮回到了我的怀抱。我发誓，我会以你为荣，并珍视你，直到我生命的终点；我发誓——不，我不再发誓了，言语算得了什么呢？然而，你应该明白，艾莎从无虚言。

“我已经发过誓了，而你，我亲爱的霍利，是我宣誓的见证人。我和我的丈夫在此永结同好，这黑暗便是婚礼的花环，我们要永远在一起，直至万物消逝；我们要把结婚誓言写在呼啸的风上，让风把它们带上天空，绕着这个转动的世界不停地飞旋。

“作为新婚礼物，我要以我灿若星辰的美丽，以及永恒的生命、无尽的智慧，还有数不清的财富为你加冕。看呢！凡世的伟人必将臣服于你，美貌女子将因你夺目的光彩而自惭形秽，智者必在你面前羞愧不安。你能读懂他人的心意，就像读一本打开的书籍，并能随心所欲地支配他们。就像埃及那古老的狮身人面像一样，你将世世代代坐在高处，他们将永远跪拜在你的脚下，向你苦苦求教你永远不会消逝的伟大之谜，你也将永远以沉默嘲笑他们！

“看！我再吻你一次，以这一吻，我赋予你统治海洋和陆地的权力，你将统治陋室中的平民，庙堂之上的君主，高楼林立的城市，以及所有身居其中的人们。

“无论太阳在何处抖落它的光辉，月亮在何处映照着寂寞的海水，无论风暴在何处翻滚，天堂的七色虹桥在何处横跨长空——从冰雪覆盖的圣洁北国，到脉脉含情、犹如一位新娘躺在她蓝色海洋的睡榻之上，呼吸着爱神木阵阵芬芳的南部——都是你的疆土。在那里，你的权力将得以实施，你的统治将找到归宿。你将不再受到疾病、无情的恐惧和悲伤的侵扰，也不会受到一直盘旋在人类上空、残酷的肉体和精神折磨，甚至也不会被它们翅膀的阴影所遮蔽。你将为神，执掌善恶，而我，甚至是我，也将在你面前恭恭敬敬。这就是爱的力量，这就是我献给你的新婚礼物，卡利克拉提斯，你是我的君主，你是万物之王。

“现在仪式完成了，我将为你献上我的处女之身。无论是风雨阳光，还是生老病死，都无法让我们分离。事实上，仪式一旦完成便是永久，再也无法改变。我已说过——从现在起，一切都会按照我的誓言进行下去。”艾莎拿起一盏灯，朝石室深处走去，来到以摇摇石做室顶的一端，停在那里。

我们跟着她，发现那锥形丘的岩壁上有一道石梯，确切地说，是岩石上的突起排列有序，形状很像阶梯。艾莎开始沿着石梯向下爬，一阶又一阶，敏捷如羚羊，我们跟在她后面，就没那么优雅了。我们向下爬了大约十五六个石阶，发现其尽头是一个长长的石坡，形状像一个倒锥体或漏斗。

石坡很陡，有些地方几乎是垂直的，但没有什么不可逾越的地方，借着油灯的光亮，我们没怎么费力就下去了，虽然这样的旅行很令人沮丧，但我们谁也不知道从哪里可以进入死亡火山的腹地。然而，一路上我尽可能留意我们的路线，这并不是很难，因为到处都有奇形怪状的石头供我辨认，在昏暗的灯光下，很多石头看起来更像是雕刻在中世纪怪兽石像上的邪恶面孔，而不是普通的石头。

我们就这样走了很长一段时间，应该有半个小时，直到我们下行了几百英尺后，我发觉我们到了倒锥体的底部，就在这里，我们发现一个通道，低矮逼仄，我们不得不弯下腰，顺着它往前爬行。大约爬了五十码后，通道豁然开朗，成了一个山洞。山洞奇大无比，我们既看不见洞顶，也看不见四壁。实际上，我们通过自己脚步的回声和完全沉寂的凝滞空气，才知道这是个山洞。我们像迷失在地狱深处的鬼魂，在骇人的静默中走了很久。艾莎身着一袭白衣，幽灵般的身影在我们前面飘荡。洞的尽头又是一条通道，通向第二个洞穴，只是比原来那个要小得多，我们可以清楚地分辨出它的拱顶和四周的石壁，从其裂痕遍布、参差交错的外观来判断，山洞是由于某种气体在岩石内部产生可怕的爆炸而形成，很像我们在到达颤动的悬岩之前走过的第一条贯穿悬崖的长通道。最后，这个山洞通向了第三条隧道，那里闪烁着一线微弱的光芒。

当这束不知从何而来的光线照到我们身上时，我听见艾莎宽慰地舒了一口气。

“太好了，”她说，“准备好进入地母的子宫吧，她在那里孕育生命，创造出人类和动物——是的，还有每一棵树每一朵花。请做好准备，因为你们将在这里重生！”

艾莎飞快地前行，我们在她身后跌跌撞撞，拼命追赶。我们的心像一只盛满了恐惧和好奇的杯子。我们会看到什么呢？我们沿着隧道往前走，那照在我们身上的光越来越强，像灯塔发出的耀眼强光，一束束投射在黑暗的水面上。不止于此，伴随强光而来的是一声惊魂动魄的巨响，像雷电轰鸣，又像树木断裂倒塌的声音。现在，我们终于走完了这条隧道——啊，天呢！

我们来到了第三个山洞，这个洞约五十英尺长，三十英尺宽，高度和长度差不多。洞里覆盖着白色的细沙，洞壁在水或火的作用下变得很光滑。这个山洞不像以前的山洞那样幽暗——洞内充满了柔和的玫瑰色光芒，美轮美奂。但一开始我们没有看到强光，也没有听到雷鸣般的声响。然而，正当我们惊叹这奇异的景象，想知道这玫瑰色光芒从何而来时，可怕而美妙的一幕发生了。在山洞的另一端，响起一种吱吱嘎嘎的声音——极为恐怖骇人，我们不由地颤抖起来，乔布竟然瘫倒在地——洞内突然冒出一团吓人的火焰，或者说是火柱，像彩虹一样绚丽，像闪电一般明亮，它就这样燃烧着、呼啸着、缓慢地旋转着，持续了大约四十秒。后来，这可怕的声音渐渐停止了，火焰也随即消失——我不知道它去了哪里——只留下我们当初见到的玫瑰色光芒。

“靠近点，靠近点！”艾莎喊道，声音中带着兴奋的狂喜，“瞧，那个生命之源和生命之心正在这个伟大世界的胸膛里跳动。看看这种万物都从其中汲取能量的物质吧，这个世界的光明之灵，没有它世界就不复存在，只能像死去的月亮一样变得冰冷而死寂。靠近些，在这永生之火中沐浴吧，将烈焰的精华吸收到你们可怜的体内——这可不是现在你们胸中的微薄之力，它并未经过千万个中间生命的精密过滤，而是直接在真正的生命之源所获得的原始之力。”

我们跟着她穿过玫瑰色的光芒，向着山洞顶端前进，一直来到那巨大轰鸣和熊熊烈焰刚刚经过的地方。我们边走边感觉到一种疾风骤雨般的狂喜，一种因生命如此强烈壮观而生出的荣耀感，与之相比，我们平时精力最高昂的时刻也显得无精打采、虚弱无力。这是因为，生命之火在燃烧翻滚时释放出的能量流，一种精妙的灵气，进入了我们的体内，使我们强壮如巨人，迅猛如苍鹰。

我们来到山洞顶端，在灿烂的光辉中相互凝视，在心灵的愉悦和大脑神妙的极乐中哈哈大笑——就连乔布也笑了，他一个礼拜没有露出过笑容了。我感觉好像人类所能拥有的全部智识与才华都降临在了我身上。我可以用无韵诗来阐述莎士比亚的作品之美，我的脑海中浮现出各种各样的灵感幻象，仿佛我的灵魂已挣脱肉体的束缚，自由地翱翔在其无法想象的至高之境。我心中涌起的这种感觉无法用语言表达。我似乎对生活充满了渴望，获得了更多的愉悦，品尝到了前所未有的美妙思想。我成了另一个人，一个更为辉煌的我，世上所有可能的道路都在我平凡的脚下敞开了怀抱。

正当我陶醉在这个新生自我的生气蓬勃之中时，远处突然传来那种低沉可怕的声音，越来越响，渐渐变成了轰鸣和咆哮。它越来越近，越来越近，直到逼近了我们身旁，就像天上的闪电之马拖着雷霆的巨轮滚滚而来。它在向前滚动，伴随着五颜六色的耀眼光团，它在我们面前停留了一段时间，缓慢地旋转着，然后，和那巨大的轰鸣声一起，消失在了我所不知的某个地方。

这奇异的景象如此骇人，除了“她”站起身，把手伸进了火中，我们几个人都瘫软在烈焰前，把脸埋在了沙子里。

烈焰消失后，艾莎说话了。

“卡利克拉提斯，”她说，“这一刻终于来临了。当大火再次出现时，你必须沐浴其中，记着要除去你的衣服，因为虽然火不会伤害你，但会烧毁你的衣服。你必须在火中忍受你所感知的一切，当火焰拥抱你时，你要尽力把其精华吸入你的肺腑，让它在你周身奔腾游走，这样你才不会有丝毫浪费。卡利克拉提斯，你听明白了吗？”

“我明白了，艾莎，”利奥回答，“说实话——我不是个胆小鬼，但我对那熊熊烈焰有所怀疑。我怎么知道它不会彻底毁灭我呢？那样我不但会失去自己，也会失去你。不过，我会按你说的去做。”

艾莎想了一会儿，然后说：“你心存疑虑，这并不奇怪。卡利克拉提斯，告诉我，假如你看到我进入火中，又安然无恙地出来，你也愿意进去吗？”

“我会的，”他答道，“即使被烧死，我也要进去。我说了，我现在就可以跳进去。”

“我也要跳进去。”我喊道。

“什么，我亲爱的霍利！”她大笑，“我还以为你对长寿不感兴趣呢。哎哟，你这是怎么了？”

“唉，我也不知道，”我回答，“但我心里有个声音在召唤我，去体验一下烈焰的滋味，并获得永生。”

“这很好，”她说，“你还没有蠢到不开窍的地步。瞧，我将第二次在生命之火中沐浴。如果可能的话，我将变得更加美丽，活得更加长久。如果不可能，至少不会伤害我。

“而且，”她稍作停顿，接着说，“至于我为何想再次跳进火中，还有一个更深层的原因。当我第一次体验圣火时，心中充满了对那个埃及女人阿梅纳塔斯的愤怒和仇恨，因此，虽然我极力想要摆脱那种情绪，但从那悲伤的时刻起，愤怒和仇恨就深深刻进了我的灵魂。可现在不同了。我现在心情舒畅，内心纯净，我将永远都是这样。因此，卡利克拉提斯，我要再次接受圣火的洗礼，让自己变得圣洁而纯净，与你更为般配。同样，当你跃入火中时，也要清空心中所有的邪念，让满足感充斥你的心灵。展开你灵魂的翅膀，默念你母亲的亲吻，向着那曾以银色羽翼掠过你沉寂梦境的至善愿景飞翔。因为在这令人敬畏的时刻，无论你播下什么样的种子，都会在无尽的将来结出同样的果子。

“好了，准备好吧！就当末日即将来临，你将穿越死亡，到达幽冥之地，而不是通过荣耀之门进入美丽的生命之境。听我说，卡利克拉提斯，准备好！”

（刘小落　译）

新疆界

《她》中的浪漫剧情指向过去；在《她》出版一年后，爱德华·贝拉米出版了一本书，将世人的兴趣吸引到乌托邦主题上，并加强了对于进步的信念。这本书就是《回顾：2000—1887》（以下简称《回顾》）。两年内，霍顿·米夫林出版公司宣布这本书印出了三十万册。每个人都在读这本书、讨论这本书，也有人严肃地尝试过想要把书中对于未来的美好愿景变为现实，为此还成立了一百五十多个国家主义团体，最后它们合并为一个政党，还出版了《国家主义者》和《新国家》两本杂志。

《回顾》中那些理想主义的说教只不过是勉强披上了故事的外衣，但是这本书也足够有悬念，吸引了成百上千的读者阅读这些说教，就为了知道书中主人公遇到了什么。书中的主人公沉睡了一个多世纪，在人类的新纪元醒来，那时的人类更有尊严，那个时代充满了科学奇迹。贝拉米在这本书中一反过去那种令人失望的传统结尾：主人公醒来后发现他的乌托邦只不过是一场梦。在本书中，结尾鼓舞人心：朱利安·韦斯特醒来后发现自己确实是在做梦，但是那个让他烦扰的梦境内容是他在令人讨厌的过去时代醒过来。

乌托邦文学在美国出现较晚。写过乌托邦小说《一个来自阿尔图里亚的旅行者》（*A Traveller from Altruria*，1894）的威廉·迪安·豪尔威斯（William Dean Howells）认为，这种现象应该归因于美国西进运动：那些对现实不满意的人前去拓荒了。但是在1900年左右，拓荒运动已经结束，人们的思想观念开始转向改善自身的境遇。豪尔威斯写道：

> 如果一个人失业了，他就会转而做些别的事情；如果一个人做生意失败了，他就会在其他方向重新做起；要是一个人同时经历这两种遭遇，他万不得已之下还可以去西部，取得一块公有土地的先占权，随着国土的扩张一起成长。现在国土已经扩张结束，公有土地没有了，各个领域的生意都已经没有插手之处，想要去转行做些别的事情也很难了。为生活而斗争的方式从自由搏击变成了与社会秩序的对抗，自由的斗士们散落在社会的角落，在有组织的工会和有组织的资本家之间求生。

自从《理想国》之后，政治体制的重构就是乌托邦小说中的一部分，贝拉米在这一点上没有做出什么新贡献。他的乌托邦是一种人道主义的共产主义社会，尽管在他的一生中，人们普遍来说并不把他当作共产主义者。《回顾》为乌托邦主题带来的新贡献是未来的概念：乌托邦并不存在于乌有之乡，而是存在于未来。这给每个人一种期许，也是一种新的现实。讽刺的是，西进运动、开拓疆界的结束给了人类一个新的疆界——未来。在未来中还有另外一项期许，也同样是新提出的，即科学会帮助人类，将人类引入一个丰饶的新世界。

数年前，英国作家也经历了一段相似的过程。爱德华·布尔沃-李顿（Edward Bulwer-Lytton）出版了一部题为《即临之族》（*The Coming Race*，1871）的乌托邦小说，书中提到了一种叫作威力尔-雅的地下种族，它们之所以叫这个名字是因为它们使用一种叫作威力尔的、可穿透一切的能量（威力尔这个名字为英国一家叫作保卫尔[1]的牛肉汁饮料的命名提供了灵感），这个种族进化为一种在智力和情感上都非常优秀的物种。但一些和布尔沃-李顿创作同类型小说的作家不同意他的科学将给人类带来好处的观点。

当塞缪尔·巴特勒创作《邦托乌》时，他将自己的乌托邦国家选在了新西兰的腹地。那里有一个高度发达的文明，它们放弃使用机器，因为机器本身也可以进化，产生意识，最后奴役人类。威廉·亨利·赫德逊[2]（William Henry Hudson）创作了《水晶时代》（*A Crystal Age*，1887），书中未来的英国人穿着托加[3]、耕种土地。威廉·莫里斯[4]（William Morris）在《乌有乡消息》（*News from Nowhere*，1890）中也支持销毁机器。

H.G. 威尔斯通过创作悲观主义科幻传奇故事获得了声誉，此后，在费边社会主义者[5]（威尔斯描述费边社会主义者"对我产生了很大影响，我之前仅仅从事创作，现在他们将我引入一个我坚定支持的理念之中"）的影响下，他转而创作宣传小说，这些小说关系到科学家和工程师统治之下的社会，其中充满了科学奇迹和机器带来的富裕生活的描写，尽管这一切常常是因为一场可怕战争的影响，就像他

1. Bovril，英国牛肉汁品牌，其名称与 Vril（威力尔）有类似之处。
2. 英国博物学家、鸟类学家、作家。
3. 古罗马时代男子的长袍。
4. 英国诗人、设计师、社会活动家、作家。
5. 社会主义的流派之一，认为应该通过对资本主义社会进行逐渐改良的方式过渡到社会主义。

参与编剧的经典科幻电影《笃定发生》(*Things to Come*，1936)中的情节一样。与此时相反，威尔斯早期的科幻传奇故事《当睡者醒来时》(*When the Sleeper Wakes*，1899)不仅仅采用了贝拉米的情节设计，这篇小说的创作本身还可能是对于贝拉米的愿景的一种回应(和贝拉米的情节设计相同，书中的主角也是在一个多世纪的睡眠后醒来)。在这篇小说中，未来的科学进展被一小撮独裁者所垄断，他们强迫穷人进入劳工公司。

后来，一种全新的文学题材发展起来了，这种题材部分是对于贝拉米的回应，但是主要是对于威尔斯晚期创作的宣传小说的回应，这种题材就是反乌托邦(又叫敌托邦，即“坏地方”)。反乌托邦题材以 E.M. 福斯特(E. M. Foster)的《大机器停转》(“The Machine Stops”，1909)为开端，后来叶夫根尼·扎米亚京创作了《我们》(1924)，之后这种题材在阿道斯·赫胥黎(Aldous Huxley)的《美丽新世界》(*Brave New World*，1932)和乔治·奥威尔(George Orwell)的《1984》(*1984*，1949)达到了巅峰。

未来的乌托邦社会中，技术消灭了物资匮乏和生活贫困，明智的法律消灭了暴政，这样的小说充斥了 20 世纪三四十年代的科幻杂志，虽然其对立面敌托邦小说同样频繁出现。弗雷德里克·波尔(Frederik Pohl)和西里尔·科恩布鲁斯(Cyril Kornbluth)创作的《太空商人》(*The Space Merchants*，1953)把已经发展壮大的反乌托邦小说引入了杂志中，还利用科幻小说所独有的伪真实感加以强调。反乌托邦的观点今日仍然很流行，这可能是两次世界大战、美国的武器试验、对亚洲发生的事情的愧疚感所带来的后果，这些事情让一代年轻人幻灭，也为社会带来了反抗的张力。

贝拉米式的乌托邦观念仍然存在，至少它仍是一系列当代科幻小说家作品中的哲学背景。这在马克·雷诺兹(Mack Reynolds)的作品之中尤为显著。雷诺兹自己也不时担任美国社会主义劳工党的劳工组织者，他的父亲曾两次成为该党的总统参选人。雷诺兹承认，自己创作的《回顾，自 2000 年起》(*Looking Backward, From the Year 2000*，1973）受到了贝拉米的影响，他看重于 2000 年也是这个原因。

（赵佳铭　译）

回顾：2000—1887（节选）

［英国］爱德华·贝拉米

1

我第一次看到波士顿城市的灯光是在 1857 年。“什么！”你会说，“1857 年？这一定是个奇怪的口误，他说的肯定是 1957 年吧。”请原谅，但我并没有说错。真的不是 1957 年，而是 1857 年 12 月 26 日下午 4 点，圣诞节后第二天，我第一次呼吸到了波士顿的东风。我可以向读者保证的是，即便在那个遥远的年代，狂风也极具穿透力，一如现在，这蒙恩的 2000 年。

光从表面来看，这些陈述显然荒诞不经，尤其是我还要补充说明我实际只是个 30 岁左右的年轻人。如果有人无法接受这种几乎是强制他相信的内容，因此拒绝再多读一个字，那也无可厚非。不过，我诚挚地向读者保证，我没有任何强加于人的意愿。并且，如果他能跟着我多读几页，我一定会彻底说服他相信这点。

那么，如果可以暂时假定我比读者更清楚我出生时的情况，并承诺能证明这个假设的合理性，我就将继续我的叙述了。连小学生都知道，在 19 世纪后半期，今日的文明或类似今日的文明还不存在，尽管造就它的因素已经在发酵。然而，还没有任何事物能撼动社会自古以来划分而成的四个阶层，或者用更贴切的说法——四类国民：富人和穷人、受教育者和无知者，因为当时它们之间的鸿沟远远比现在任何民族之间的隔阂更为深远。我自己出身富裕也受过教育，因此，拥有那个时代最幸运的人所享有的一切幸福要素。

我过着奢侈的生活，只顾着追求欢愉和精致，我从别人的劳动中获得维持生活的手段，而不用提供任何服务作为回报。我的父母和祖父母也曾过着同样的生活，我希望我的后代——如果我有后代的话，也能享受同样轻松的生活。

你问我，不为社会服务靠什么活下去？为什么这个世界要养活一个有能力却完全无所事事的人呢？答案是我的曾祖父积攒了一笔钱，使得他的子孙能靠这笔钱生活。你自然会推断，这钱一定数额巨大，足以养活三代闲人。然而事实并非如此。

这笔钱原本不多。事实上，在供养了三代人闲散的生活后，它现在的数额要比最初时大得多。这种光使用而不消耗、无须燃烧即可获得温暖的奥秘，简直像魔法一样。实际上，不过是巧妙地运用了现今早已失传、但你们的祖先掌握得炉火纯青的艺术——将自己的养家糊口的重担转嫁到别人的肩上。

据说，完成了这一目标的人——这也是所有人所追求的目标——光靠投资的收入就足够生活。但要解释清楚古老的工业方法如何实现了这一切，会耽误我们太多时间。我现在只想说，收益来自对资产投入的工业产品所征收的一种永久性税收，凡是拥有或继承这笔资产的人都可征收这种税费。

按现代观念看来，这样的配置安排非常不合理，非常荒谬。不要以为你们的祖先就从未对此有过异议。从很早的时期开始，立法者和先知们就一直致力于废除这项利润，或至少把利息限制在尽可能小的范围。然而，所有的努力都失败了。因为只要古老的社会组织仍然存在，这些尝试就注定会失败。在我写这篇文章的时候，即19世纪下半叶，各国政府已经普遍放弃了对这个问题的管制。

为了使读者对当时人们普遍的生活方式，尤其是对富人和穷人之间的关系有一些大致的印象，我想也许最好的办法是把当时的社会比作一辆巨大的马车，大众被套在马车上，拖着车艰难地走在一条非常崎岖的沙路上。

车夫们饥肠辘辘，却不被容许滞留片刻，哪怕前进速度非常缓慢。除了在崎岖道路上拉动马车的艰辛，车顶上还坐满了乘客，即便是爬升到最陡峭的路段，也没有一个人下车。顶上的这些座位非常凉爽舒适。远离地面的尘土，乘客可以尽情悠闲地欣赏风景，或带着挑剔的口吻谈论下面拉车队伍的功过。自然，顶上的座位供不应求，竞争也很激烈，每个人都想在马车上为自己争取一个座位，并把它传给自己的下一代，这是他们人生的第一目标。根据马车的规则，一个人可以把他的座位留给任何他希望的人，但另一方面，也会发生许多意外，人们随时面临着彻底失去座位的危机。因此，尽管他们看起来轻松快活，实际上却担心座位朝不保夕，每当马车突然晃动，人们就会从座位上滑下来，摔落在地。刚才他们还是悠然坐在车上的一员，现在他们只得赶紧抓住绳子，加入拉车的队伍。可以想象，失去位子真是可怕，人人都担心这种情况会降临到他们自身或朋友的头上，这是一直笼罩在乘客的欢乐之上的一朵阴云。

你会问，难道他们只考虑自己吗？与他们众多同胞艰难拉车的命运相比，他们奢侈的生活难道不会让他们感到一丝愧疚吗？当他们知道自己的重量加重了别人的负担时，难道他们没有同情心吗？对那些只因运气欠佳便和他们境遇截然不同的同胞，他们难道都无动于衷吗？

哦，当然，乘坐马车的人经常向那些不得不拉车的人表达怜悯之情，特别是当车辆走到路况不好的地方，或者行进到特别陡峭的山坡上的时候——这些情形经常发生。这种时候，绝望的劳苦大众痛苦地绷紧绳索，硬挨着饥饿的无情鞭笞死命向前拽，许多人在绳索上晕过去，当场倒在泥泞里遭受踩踏，景象惨不忍睹，这往往会引发马车顶坐上的乘客发自肺腑的同情。

在这种情况下，乘客们便会鼓励下面拉车的劳苦大众，劝告他们要有耐心，告诉他们此生遭遇的苦难可能会在另一个世界得到回报，同时也会有其他人为受伤致残的苦力捐钱，购买药膏和搽剂。大家一致对车这么难拉表达着巨大的遗憾。当马车终于通过一段糟糕的路程后，人们普遍感到松了一口气。不过，这种解脱实际上并不完全出于对劳动队伍的心疼，而是因为每当通过糟糕路段的时候，马车都有翻车的危险，到时候他们所有人都会失去座位。

必须承认一个事实，这些拉绳苦力展现的悲惨景象，其主要作用是加深了车上乘客的认知，深刻意识到他们所拥有的座位的价值，让他们比以前更加拼命想要抓牢它们。只要乘客们能确信自己和朋友不会从车上掉下来，那么，除了为购买搽剂和绷带捐款外，他们可能根本不会为那些拉车的人操半点心。

对 20 世纪的人们来说，这些都是非常不可思议、不人道的行为，对此我一清二楚。不过有两点事实需要注意，都很奇怪，但可以部分地解释这事。首先，人们坚定而真诚地相信，除了让多数人拉绳、少数人坐车，社会没有更良好的运作方式。不仅如此，甚至在马具、马车、马路或劳力的分配上，都不可能有非常彻底的改进办法。一直以来都是如此，而将来也会永远如此。这很遗憾，但也是没有办法的事，哲学思考不允许人们将同情心浪费在无法补救的事情上。

另一个事实更加奇特：马车顶座上的人一般都活在一种奇异的幻觉中，自以为他们的身体构造并不完全与拉绳子的同胞一样，而是由更精细的物质组成，因而在某种程度上属于更高等的生物，他们理所当然地认为，自己完全配得上乘车。这似乎难以解释清楚，但鉴于我曾经坐过这辆马车，也有过这种幻觉，我的话值得一听。这幻觉最奇异的一点在于，即便是那些刚刚从底层地面爬上来的人，也会在手上的绳子勒痕还没消散之前就开始受到这种幻觉的影响。

至于那些早至他们父辈和祖辈就一直在顶层保有一席之地的幸运儿，他们更是坚信自身与普罗大众之间存在本质差异。自然而然地，在这种错觉的作用下，他们能够轻易把自身对于广大苦难同胞的感情转化成一种隔岸观火的、哲思式的同情。在我描写的年代里，我本人对那些遭受苦难的兄弟们正是抱持着如此冷漠的态度。对此我只能以上述理由为自己开脱。

1887 年，我满 30 岁了。虽然还没有结婚，但我已经和伊迪丝·巴特利订婚了。她和我一样，坐在马车的顶座。也就是说，无须赘述，我想这个事实已经足以让读者对我们当时的生活有一些大致的印象，她的家庭非常富裕。在那个时代，只要拥有金钱就能享有生活中一切惬意和高雅的东西。一个女人只要有钱就不乏追求者；但伊迪丝·巴特利本身也非常美丽，气质优雅。

我知道，我的女性读者会对此提出抗议。“她也许很美丽，”我听到他们说，“但未必优雅，那个年代的流行服装——头饰高达一英尺，简直让人眩晕，而裙子后摆镶满装饰物，无限延长；设计彻底地丧失了人性，对形体束缚比过去任何时代更甚。想象一下，任何人能穿上这样的服装，都会显得高贵典雅！”这个观点很有说服力，我只能回答说，虽然 20 世纪的女士们很可爱地展示了合身的服饰在突出女性优雅方面的效果，但对她们曾祖母的回忆，使我能够坚持认定，任何奇装异服都不能完全掩盖她们的光彩。

我和伊迪丝的婚事只需等待我们的新房建造完工就可举行，它位于城市最理想的一个片区，换句话说就是富人集中居住的地方。因为我们必须明白，在那时，波士顿不同地区的相对宜居程度并不取决于地理特征，而是取决于周围居民的构成。每一个阶层都生活在属于自己的区域。要是一个富人住在穷人中间，或者一个受过教育的人住在没文化的人中间，简直就像一个人孤身陷于一群满是猜疑的异类之中。当这栋房子开始动工时，预计的完工时间是在 1886 年冬天。然而，到了第二年的春天，我的房子还没有落成，我的婚事仍遥遥无期。对于一个热恋中的人来说，延期交付尤其令人气恼，而背后的根源是一场大规模的罢工：砖瓦工、石匠、木匠、油漆工、水管工和其他与建筑行业相关的人员都一致拒绝工作。这些罢工具体的原因是什么，我不记得了。在那个时期，各种各样的罢工成了家常便饭，人们已经不再去探究细节原委。毕竟自 1873 年的商业大危机以来，各个工业部门的罢工此起彼伏，几乎从未停歇。事实上，要是有哪个工种的工人能稳定持续工作几个月以上，反而会成为一件稀罕事。

注意到上述日期的读者，自然能从这些动荡中识别出这是伟大的工人运动的最初阶段，这场运动最终建立了现代工业体系，也带来了一系列社会后果。这一切在回过头来看时是如此清晰，就连小孩都能明白，但当时的我们不是预言家，并不清楚发生在我们身上的事情。我们所看到的是，这个国家的工业正处于一种非常奇怪的状态之中。劳工和雇主之间的关系、劳动和资本之间的关系，出现了莫名其妙的错位。

突然之间，一种对自身现状强烈的不满情绪在工人阶级中蔓延，他们认为，只要找对途径，就可以大大改善自己的状况。他们在各方面达成了一致，要求增加工资、缩短工时、改善居住环境、增加受教育的机会，还希望与富人共享精致和奢侈的生活。然而，这些要求不可能得到满足，除非这个世界比现在富裕得多。尽管多数工人大概知道自己的需求，却对如何实现它一无所知。于是，只要有人似乎能在这个问题上给予他们一点启示，便能马上赢得民心，一夜成名，成为众望所归的领袖人物。可实际上，其中一些人根本没有什么见识，无法指引方向。但无论工人阶级的愿望是多么的虚幻，他们在罢工中都表现出了相互支持的奉献精神（他们的主要武器就是罢工），他们为坚持罢工做出了巨大的牺牲，也展现出了坚定不移的决心和热忱。

至于“劳工问题”的最终结果——“劳工问题”是我所描述的这场运动最常被提及的称谓，在我所属的阶级，看法因人而异。乐观派强硬地认为，从事物的本质上说，劳动者的新期望不可能得到满足，因为这个世界没有能够满足他们的财力条件。人类这个种族没有直接饿死，全靠劳苦大众辛勤地工作，同时自己仅凭果腹的食物勉强为生。因此，在世界作为一个整体仍处于赤贫的状态下，他们的情况不可能得到很大的改善。工人阶级并非要和资本家做斗争，而是要和人类严苛的生存环境为战。不过他们什么时候才会认识到这个现实，什么时候才会下定决心忍受他们无法解决的问题，取决于他们自身的顽固程度。

不那么乐观的一派也承认这一切。出于显而易见的原因，劳动人民的愿望当然不可能实现。但可能发生的情况是，在他们对此有所察觉之前就会把社会搞得天翻地覆，这才当真值得忧虑。只要他们愿意，凭借这个群体拥有的选票和权力，就足以把事情搞得一团糟，而且他们的领导人也认为他们应该这么做。因此，一些悲观的观察家甚至预言一场社会大灾难即将到来。他们认为人类已经爬到了文明阶梯的顶峰，很快就要一头栽进混乱，尽管这之后又无疑会振作起来，转过身重新开始攀登。这类事件在历史上及史前时期反复发生，可能解释了为什么人类头盖骨上有那些令人费解的疙瘩。

人类的历史，正如所有伟大的运动一样，都是循环往复的，最终回到起点。那种认为历史是沿着一条直线无限发展的想法都是不切实际的空想，类似情况在自然界中不会发生。用彗星的抛物线也许更能形象说明人类生涯的全貌。从野蛮的远日点开端，人类向着太阳一路向上，直到抵达近日点——文明的巅峰，然后再次下坠，最终回到下方的混沌之中。

这当然是一种较极端的观点，但我记得在我认识的人中，有一些严肃认真的人在讨论时代的征兆时也抱持着类似观点。毫无疑问，有识之士普遍认为社会正在接近一个可能发生巨大变化的关键时期。关于劳工问题产生的原因、过程和解决方案，总能在公共报刊和严肃谈话中占据首位，居于其他所有话题之上。

当时，一小群自称无政府主义者的人用诉诸暴力的威胁来吓唬美国人，强迫民众接受自己的思想。他们引起了强烈的恐慌，这也很好地说明了那时公众心理的紧张情绪。这些人似乎认为，一个像美国一样强大的国家，一个为了维持自己的政治制度刚刚镇压了一半以上人口的叛乱的国家，居然有可能出于恐惧而采用新的社会制度。

作为富人中的一员，作为现有秩序的巨大受益者，我自然与我的阶层站在一边，同样感到忧虑。在我写这篇文章的时候，我对工人阶级尤为怨恨，正因为他们罢工推迟了我的美好姻缘，这无疑使我对他们多了一层特别的敌意。

2

1887年5月30日是星期一，也是一年一度的公共假日，名为“装饰日”，肇始于19世纪后期，用以纪念那些参加过南北战争，维护各州联盟的北方士兵。通常，战争的幸存者会借此时机，在军队和民间的游行队伍的护送中，在乐队的伴奏下，前往墓地参观，在牺牲战友的墓前献上花圈，这是一个非常庄严和感人的仪式。伊迪丝·巴特利的长兄在战争中牺牲，按照惯例，在装饰日这天，他们全家要去奥本山扫墓，那是他长眠的地方。

那年，我要求和他们全家一起去。在傍晚时分回城时，我也留了下来与未来的亲家共进晚餐。饭后，在客厅里，我拿起一份晚报，从中读到了建筑业新一轮罢工的消息，这很可能会进一步推迟我那座倒霉房子的完工时间。我清楚地记得对此我是多么气愤，以及我对所有工人，特别是对这些罢工者的强烈责难。当然，这些非难是在女士们允许的范围内进行的。我从周围人那里收获了大量同情；而在随后的闲谈中，大家又针对那些煽动劳工情绪的无原则的人发表了诸多意见，多到能使那些先生们的耳朵发烫。大家一致认为，情况正在迅速恶化，而前景却难以预料。

“最糟糕的是，”我记得巴特利夫人说，“全世界的工人阶级似乎一下子都疯了。在欧洲，情况甚至比这里还要糟得多。我想我根本不敢去那里住。前几天我问巴特利先生，如果那些共产主义者所威胁的一切可怕的事情都发生了，那时我们应该移居到哪儿去？”

他说，除了格陵兰、巴塔哥尼亚和中国，他不知道现在哪里还有稳定的社会。“那些中国人非常清醒，”有人补充说，“早在他们拒绝接受我们的西方文明时，他们就知道了——那不过是伪装过的炸药。”

在这之后，我记得我把伊迪丝拉到一边，试图说服她，我们无须等待房子完工，最好马上结婚，然后把时间花在蜜月旅行上，直到新家准备就绪。那天晚上她非常美丽，一身丧服很好地衬托出了她白净的肤色。到现在我的脑海里还能浮现出她的样子，就跟那天晚上一模一样。当我离开的时候，她跟着我走进了大厅，我像往常一样和她吻别。这次离别就跟以前我们需要分开一晚或一天时一样，没发生任何不同寻常的情况。我心中也完全没有任何预感，让我觉得这不仅仅是一次普通的分离——我相信她也是一样。

哎，好吧！

作为热恋中的人，那晚我离开未婚妻的时间尚早，但这并不是说我对她不够热忱。我是个彻头彻尾的失眠症患者，虽然那天一切顺利，但由于前两个晚上我几乎没有睡觉，当时已经筋疲力尽了。伊迪丝清楚这一点，她坚持要我在九点前离开，严令我到家便马上睡觉。

我住的房子曾住过我们家族三代人，而如今族谱中还活着的直系后代就我一人。那是一座古老的大木屋，内部带着老式风格的优雅，但它所处的街区，由于受到周围廉价公寓和工厂的围攻，早已变得不适合居住了。我觉得这房子不适合带新娘来，尤其不适合带伊迪丝·巴特利这样高雅的新娘来。我已经登了广告要卖掉它，只把这里当作睡觉的地方，吃饭则在我的俱乐部。我有一个名叫索耶的忠实仆人，他是有色人种，和我住在一起，照顾我的日常生活。我想，当我离开这所房子时，最舍不得的地方应该是我在地基下建造的卧室。每当我不得不使用楼上的房间时，总会发现自己根本无法在城里睡觉，因为夜间的噪声从未停止过。但在这间地下室里，地上世界的任何杂音都无法渗透进来。当我进入其中，一关上门，立即就会被墓穴般的寂静所包围。为了防止底层土壤的湿气浸入墓室，墙壁和地板都用了水泥铺设，非常厚实。为了使这个房间能像保险库一样安全地存放贵重物品、免遭暴力破坏或被火焰吞噬，我用石板封了顶，外门是铁制的，裹了一层厚厚的石棉。一根小管子与屋顶的风车相通，保证空气流通。

按理说，在这里应该能够睡得很香，但即便在那里，我也很少能连续两个晚上睡得好。我已经习惯了整晚保持清醒，所以对一晚的无眠并不在意。然而第二天我也没有在床上睡着，而是坐在椅子上读着书度过了整夜。这使我疲惫不堪，我从不允许自己超过这么长时间不睡觉，因为担心神经失调。从这句话读者可能已经推断出，我会在最后关头使用某些人工手段诱导睡眠，事实上我的确是这么做的。只要经历连续两晚失眠，并发现自己仍无任何困意，即将迎来第三个不眠之夜时，我就会请皮尔斯伯里医生来。

出于礼节我将他称作医生，但其实就是当时所谓的“业余医生”或“庸医”。他自称是“动物磁力学教授”。我是在业余研究动物磁力现象的过程中遇到他的。我想他对医学一窍不通，但绝对是个了不起的催眠师。每当我感觉即将迎来第三晚的失眠时，总会派人去找他，就是为了在他的操控下入睡。无论我的神经多么兴奋或者精神上多么焦虑，皮尔斯伯里医生都能在很短的时间内让我陷入沉睡，直到我被相反的催眠过程唤醒为止。唤醒过程比催眠要简单得多，为了方便起见，我让皮尔斯伯里医生教会了索耶该怎么做。

只有我忠实的仆人知道皮尔斯伯里医生来拜访我的目的，以及每次拜访我的经过。当然，当伊迪丝成为我的妻子后，我应该把秘密告诉她。目前为止我还没有说，因为催眠无疑是有一点风险的，我知道她肯定会反对。危险在于：被催眠者可能会陷入深度睡眠，并进入一种昏迷状态，超出催眠师能够控制的范围，以致无法唤醒，导致死亡。但反复的实验让我完全相信，只要采取合理的预防措施，风险几乎为零。尽管没有太大把握，我还是希望能借此说服伊迪丝。离开她后，我直接回家，马上派索耶去找皮尔斯伯里医生。与此同时，我进入我的地下卧室，脱下衣服，换了一件舒适的睡衣，坐下来阅读索耶放在我书桌上的晚间信件。

其中一封是我新房子的建筑商寄来的，他证实了我从报纸上推断出的情况。他说，新的罢工已经无限期地推迟了合同的完成，因为无论是师傅还是工匠，都不会对罢工要求让步半分，他们一定会历经一番长期的斗争。卡利古拉[1]曾希望罗马人民群众共有一条脖子，那样他就可以一刀砍掉所有人的头；当我读到这封信的时候，恐怕有那么一瞬间，我也对美国的工人阶层抱有同样的想法。索耶带着医生回来，打断了我阴暗的思绪。

我的医生似乎很难保证持续提供他的服务了，因为他当天晚上就准备离开这个城市。他解释说，自从上次见过我之后，他得知在一座远方的城市有了很好的职业空缺，于是决定立即动身去抓住这个机会。我惊慌失措地问他，那我以后怎么办，谁来助我入眠？他给了我波士顿另外几个催眠师的名字，告诉我这些人的能力和他一样强。

我听后稍稍松了一口气，吩咐索耶在第二天早上九点钟叫醒我，然后我穿着睡衣躺到床上，摆出一个舒服的姿势，把自己交给了催眠师操控。也许由于神经处于非常紧绷的状态，我失去意识的速度比一般时候要慢些，但最终，一阵香甜的睡意笼罩了我。

1. 罗马帝国第三任皇帝。

3

“他要睁开眼睛了。他最好先只看到我们中的一个。”

“那么，答应我，你不会告诉他。”

第一个声音是一个男人的，第二个是一个女人的，两人都在窃窃私语。

“我会根据他的情况而定。”男人回答。

“不，不，答应我。”另一个坚持说。

“听她的吧。”第三个声音低声说，也是个女人。

“好吧，好吧，那我答应你。”男人回答，“快，快走！他要醒过来了。”

一阵衣服的沙沙声传来，我睁开了眼睛。一个面容端正的男人，大概 60 岁的样子，正弯着腰冲着我，他脸上的表情很慈祥，混杂着极强的好奇心。他是一个完完全全的陌生人。我用手肘撑起身子，环顾四周。房间里空荡荡的。我确定从来没有来过这里，也没有见过这样陈设的房间。我回头看了看身边这位男士。他笑了。

“你感觉怎么样？”他问道。

“我在哪里？”我问。

“你在我家。”他回答说。

“我怎么会在这里？”我问。

“等你身体强健些了，我们再谈这个问题吧。同时，我请你不要感到焦虑。现在你在我的朋友周围，也会受到很好的照顾。你感觉如何？”

“有点儿奇怪，”我回答，“不过我想我很好。你能告诉我，我为什么会受到你的款待？我发生了什么事？我是怎么来到这里的？我是在自己家里入睡的啊。”

“以后会有足够的时间来解释的。”我那不知名的主人带着安慰的微笑回答道，“在你稍微恢复之前，最好避免引起情绪激动的谈话。你能不能按照我的要求，喝下几口这种混合药水？这对你有好处。我是个医生。”

我用手推开了玻璃杯，在沙发上坐了起来，有些吃力，因为我觉得头轻飘飘的，很奇怪。

“我想要立刻知道我在哪里，以及你正在对我做什么。”我说。

“亲爱的先生，”我这位同伴回应道，“我请求你不要激动，不要坚持这么快就搞清楚一切。但如果你一定要知道，我会尽量满足你的要求，只要你先喝下这杯药，这会增强你的体力。”

我于是喝下了他给我的东西。然后他说：“要解释清楚你是怎么来到这里的，显然不像你想象得那么简单。实际上，关于这件事，你可以告诉我的东西，正如我可以告诉你的一样多。你刚刚从沉睡中被唤醒，或者更准确地说，是从催眠中被唤醒。我可以告诉你的就这些。你说你睡着的时候是在自己的房子里，我可以请问你，那是什么时候吗？”

“什么时候？”我回答，“什么时候？为什么问这个，当然是昨天晚上，大约十点钟。我吩咐了我的仆人索耶，让他在九点钟叫醒我。索耶呢？”

“我不能准确地告诉你，”我的同伴用一种好奇的表情看着我说，“但我确信，他此刻的缺席完全可以得到谅解。现在你能不能更明确地告诉我，你是哪一天陷入沉睡的，我是说，准确的日期？”

“怎么了？当然是昨天晚上，我不是说过了吗，也就是说，除非我睡过头了，睡了整整一天。老天啊，那不可能！但我却有一种奇怪的感觉，好像自己睡了很长时间。我是在装饰日那天睡过去的。”

“装饰日？”

“是的，星期一，30 日。”

“对不起，什么时候的 30 日？”

“怎么了？当然是这个月的，除非我睡到了 6 月，但那不可能。”

“现在是 9 月。”

“9 月！你不会是说我从 5 月睡到了现在吧！我的天啊！怎么可能？这太不可思议了。”

“我们会弄明白的，”我的同伴答道，“你说你入睡的那天是 5 月 30 日？”

“是的。”

“请问是哪一年？”

我呆呆地望着他，说不出话来，过了好一会儿。

“哪一年？”最后我无力地应了一声。

“是的，请问是哪一年？只要你告诉了我，我就可以说出你睡了多久。”

“1887 年。”我说。

我的同伴坚持要我从杯子里再喝一口药，并摸了摸我的脉搏。

“亲爱的先生，”他说，“你的举止表明你是个有教养的人，我清楚事物在你那个时代跟现在绝不是一回事。但毫无疑问，您自己通过观察也一定得出过这样的观点：这个世界上的每一样事物都是同等的美妙。一切现象发生的原因都同样充分，其结果也同等重要。对于我即将告诉你的事，你可能会受到惊吓，这在预料之中；但我相信，它不会过分影响你保持沉着冷静。你的外表是一个刚满 30 岁的年轻人，身体状况也似乎与刚从一场极深极久的熟睡中醒来的人差不多，然而今天是 2000 年 9 月 10 日，你已经睡了整整一百一十三年三个月零十一天。”

我感到一阵眩晕，在他的建议下，我喝了一杯像肉汤的东西，紧接着便感到十分困倦，进入了沉睡。

当我再次醒来，已经是大白天了，之前我第一次醒的时候，房间里点着灯。我那神秘的主人就坐在附近。当我睁开眼睛的时候，他并没有看着我。因此在他发现我醒了之前，我乘机将他仔细打量了一番，并且好好想了想我现在异乎寻常的处境。我的晕眩感全然消失了，头脑非常清醒。之前当我虚弱迷茫的时候，毫无疑义地接受了自己已经沉睡了一百一十三年的事实，而现在我又想起这件事，开始觉得这是一场荒唐的骗局，其动机我根本无法揣测。

肯定发生了一些不同寻常的事情，能够解释我为何在这个陌生的房间里醒来，身边有这个陌生人的陪伴，但除了最疯狂的猜测外，我找不到合理的说法来解释究竟发生了什么。难道我是某个阴谋的受害者？有可能，但如果人的面相能作为真实证据参考的话，我可以肯定身边的这个面容文雅、神情真诚的人，绝不会是任何犯罪暴力团伙的成员。而后我又突然想到，会不会是朋友们精心策划的恶作剧呢？他们通过某种方式知晓了我地下密室的秘密，决定采取这种手段给我留个深刻印象，让我明白催眠实验的危险性。这个理论有诸多漏洞，首先索耶绝不会出卖我，况且我也没有任何可能这样做的朋友。然而，总体来说，我是一个恶作剧的受害者，这似乎是唯一说得通的假设。怀抱着一线希望，我仔细地环顾了一下房间，期待着能从椅子或窗帘后面瞥见一些忍不住笑的熟悉面孔。最后我的目光停留在了我的同伴身上，我发现他正看着我。

“你睡了十二个小时的好觉，”他轻快地说，“我看得出，这对你有好处。你看起来好多了。你的脸色很好，眼睛也很明亮。你觉得怎么样？”

“我从来没有感觉这么好过。”我说着，坐起来。

“你肯定还记得第一次醒来的场景，”他追问道，“当我说出你已经睡了多久时，你很惊讶吧？”

“你说你认为我已经睡了一百一十三年。”

“没错。”

“你得承认，”我带着讽刺的微笑说，“这是完全不可能的事。”

“非比寻常，我承认，”他回应道，“但在适当的条件下，就我们对催眠的了解，这并非完全不可能。当催眠完成，生命机能彻底暂停，身体组织也不会工作——就像发生在你身上的情况一样。只要外部条件保护身体不受伤害，催眠状态就可以无限地持续下去。在迄今为止所有记录下来的成功案例中，你处于催眠状态的时间确实是最长的，至于原因我们现在尚不明了。但如果你没有被发现，就算你所处的那个房间继续保持完好无损的状态，你也不可能一直保持休眠的状态直到永远，因为地温正在逐渐降低，最终将摧毁你的身体组织，解放你的灵魂。”

我不得不承认，如果我真的是恶作剧的受害者，那么幕后主使挑选了一个令人钦佩的代理人来实施他们的计划。这人气度不凡，说话极具说服力，几乎能使人相信月亮是由奶酪做的。当他提出关于催眠的假说时，我对他微微一笑，而这似乎没有让他感到丝毫奇怪。

“也许，”我说，“你会继续向我提供一些细节，详细讲讲你所说的这个密室的情况，以及它内部的陈设。我喜欢听奇闻异事。”

“现在的情况是，”他严肃地答道，“真相比小说还离奇。你要知道，这许多年来我一直怀有一个想法，想在这所房子旁边的大花园里建一个实验室，进行我感兴趣的化学实验。上周四，地窖的挖掘工作终于开始了。

“当天晚上工作就完成了，只等周五泥瓦匠来。由于周四晚上下了一场大雨，周五早上我发现我的地窖变成了池塘，里面都是青蛙，墙壁也被冲垮了。我的女儿和我一起来查看灾难现场，经她提醒我注意到一堵墙倒塌后裸露出的砖石。我清理了上面的泥土，发现它似乎是一个大工程的一部分，于是决定调查一下。

“我派去的工人在地表下约八英尺深的地方挖出了一个长方形的地下室，原来这里曾是一所老房子的地基，地下密室就镶嵌在地基的角落里。它顶上的一层灰烬和木炭表明上面的房子是被火烧毁的，但地下室本身完好无损，水泥和它第一次投入使用时一样完整。它有一扇门，但我们无法强行打开，只能搬开一块构成屋顶的石板，找到了入口。

“飘上来的空气是凝滞的，但很纯净，干燥温润。我提着灯笼下去，发现自己置身一间19世纪风格的卧室里。床上躺着一个年轻人。他已经死了，我理所当然地认为他已经死了一个世纪之久，但尸体保存的状态非常完好，令我和我召集来的医学同事都感到惊讶。像这样的防腐技术我们闻所未闻，若不是证据确凿地呈现在眼前，简直不敢相信——我们的直系祖先已经掌握了这种技术。我那些医学同行勃发了强烈的好奇心，他们想马上进行实验，揭示所采用工艺的奥秘，但我阻止了他们。我这样做的动机——至少是我现在有必要说出来的唯一原因，是我当时想起了曾经读到的一些资料，记载了关于你们同时代人对动物磁力学的研究。

“我想到，你有可能正处于催眠状态，经过这么漫长的时间后，你的身体还能保持完好无损，也许并不是得益于防腐师的高超手艺，而是因为你还活着。不过即便对我来说，这个想法也极其荒谬，所以我没有当着医生同行提起，以免被同事们嘲笑，我找了一些其他理由推迟他们的实验。不过他们一离开，我就开始尝试一系列的复苏操作，现在你已经知道结果了。”

话题本身已经相当不可思议了，而讲述人的气质，极具感染力的说话方式，以及叙述的细节，都使听众更加震惊。当他说完时，我偶然从挂在房间墙上的一面镜子中瞥见了自己的样子，开始有种非常奇怪的感觉。我起身走到镜子前，在镜中看到的那张脸跟我在那个装饰日去找伊迪丝之前对着镜子系领带时看到的脸一模一样，没有少一根头发，没有多一条皱纹，没有变老哪怕一天。而这个人却要我相信，那个装饰日的庆祝活动发生在一百一十三年以前。他们竟这样肆无忌惮地哄骗我，我一时怒火中烧。

“你可能会感到惊讶，”我的同伴说，“尽管你已经比躺在那间地下密室入睡时老了一个世纪，外表却没有任何变化。但这没什么好奇怪的，正是因为你的生命机能完全停顿了，才得以活过这段漫长的岁月。要是你的身体在催眠状态下发生了任何变化，它早就该解体了。”

“先生，”我转过身来回答他，“你一脸严肃地对我说了这通荒唐的言论，是出于什么动机，我完全不得而知；但你真是聪明过了头，只有傻瓜才会上当。省省你这些精心编造的废话吧，请直截了当地告诉我，你是否明确拒绝给我一个清楚的解释，告诉我身在何处，是怎么到这里来的。如果是这样的话，我就要亲自去查明真相，不顾任何阻拦。”

“所以说，你不相信现在是2000年？”他问道。

“你真的认为有必要这样问吗？”我回道。

“好吧，”我这位特别的主人答道，“既然我不能说服你，就让你说服自己吧。你有足够的体力跟我上楼吗？”

“我和以前一样强壮，”我愤怒地回答，“如果我们继续这个玩笑的话，我就让你见识见识。”

“先生，我恳请你，”我的同伴回答说，“请你不要太过坚信自己是一个骗局的受害者，以免当你确信我的陈述是真实的时候，反应过大。”

他说这句话时，语气中夹杂着关切和同情，全然没有对我激烈的言辞表示不满的迹象，这让我有些不安，我带着一种异常复杂的情绪跟着他离开了房间。他带着我上了两段楼梯，然后又上了一段较短的楼梯，我们来到了房顶的一个观景台。“尽情看看你的周围，”当我们到达平台时，他说，“然后告诉我这是不是19世纪的波士顿。”

展现在我脚下的是一座宏伟的城市。宽阔的街道延伸至数英里远，两旁树影婆娑，矗立着精美的建筑，城区并不是延绵不断的总体，而是由有大有小的街区组成，向四面八方延伸。每一个区域都有一个开阔的露天广场。广场上绿树掩映，雕像和喷泉在午后阳光的照耀下熠熠发光。四面八方都耸立着公共建筑的庄严立柱，建筑物规模宏大、气势恢宏，我那个时代完全无法与之相提并论。毋庸置疑，我从来没有见过这个城市，也从未见过能与之相媲美的城市。我抬眼望向西边的地平线，那条映照在夕阳下的蓝色的绸带，不就是蜿蜒的查尔斯河吗？我又向东眺望，岬角环绕的波士顿港就从我面前延伸出去，散布在周围的绿色小岛一个也没少。

我当时就明白了，他告诉我的是真相，一切发生在我身上的惊人之事都是真的。

4

我没有晕过去，但为了努力明白自身的处境，我感到非常晕眩，我记得我的同伴不得不伸出他强有力的臂膀，把我从屋顶带到房子上层一个宽敞的房间里，他坚持要我喝一两杯好酒，吃一顿清淡的晚餐。

“我想你会没事的。”他高兴地说。“要不是你迫使我这么做——当然，这在当时的情况下完全可以理解——我本不应该采取如此鲁莽的手段来说服你。我承认，”他笑着补充说，“我一度有点担心，如果我不立即采取行动，我就会遭到你们19世纪习惯说的‘一击即倒’。我记得在你们那个时代，波士顿人都是著名的拳击手，所以我想最好不要浪费时间。现在，你应该已经准备好宣告我骗你的罪名不成立了。”

“如果你告诉我，”我回答说，还处在深深的震惊中，“自从我最后一次看这座城市以来，已经过去了一千年，而不是一百年，我现在也会相信你。”

“只过了一个世纪，”他回答说，“但在世界历史上，这百年间的变化比许多个千年还更为剧烈。

“现在，”他伸出手，带着无法抗拒的亲切感，说道，“让我热烈欢迎你来到20世纪的波士顿，来到这座房子。我叫里特，他们叫我里特医生。”

“我的名字，”我边和他握手边说，“是朱利安·韦斯特。”

“我很高兴能认识您，韦斯特先生。”他回应道，“既然这所房子是建在您家的宅基地上，我希望您能随意，把这里当作自己家。”

在我吃完点心后，里特医生让我洗了个澡，换了件衣服，我很高兴穿上这些衣服。

在招待我的主人提及到的巨变中，似乎并不包括非常惊人的男装革命，因为除了一些细节，我的新服饰完全没有让我感到困惑。

身体上，我现在又是我自己了。但在精神上我又是怎样的呢，读者无疑会想知道。他可能想了解，当我发现自己如此突然地掉进一个新的世界时，理智上会做何反应。作为回答，我希望他能假设自己在一眨眼的工夫，突然从地球上被传送到了天堂或地狱。这种经历会让他想到些什么？他的思绪会立即回到他刚刚离开的人间吗？还是说在第一次震惊之后，他几乎会暂时忘记他以前的生活，完全被眼前新奇的世界吸引，之后再逐渐回想起过去的片段？我只能说，如果谁的遭遇跟我所讲述的转变一致，那么后一种假设是正确的。我所处的新环境带来了惊奇和新鲜的印象，在给我第一次冲击后就占据了我的头脑，排除了所有其他的念头。在这段时间里，我对以前生活的记忆被搁置到了一边。

在这位房主的细心照料下，我的体力很快便恢复了，我急切地想回到房顶上去；不一会儿，我们就舒适地坐在了楼顶的两把安乐椅上，城市就在我们脚下，环绕在我们周围。里特医生回答了我的许多问题，那些我已经找寻不到的古老地标，以及取代它们的新建筑，他问我，通过对比新、旧城市的差异，哪一点最能打动我。

"我先说微观细节，再说宏观印象。"我回答道，"说真的，我最先注意到的细节，是城市里的烟囱和烟雾完全消失了。"

"啊！"我的同伴显得非常感兴趣，发出了一声感慨，"我都忘记了烟囱，已经很久没有人使用过烟囱了。你们通过烧煤来取暖的原始方法已经快过时一个世纪之久了。"

"总的来说，"我说，"这座城市给我印象最深的，是人们在物质上享有的繁荣，它蕴含在整个城市的辉煌之中。"

"要是能一窥你们那个时代的波士顿，多少代价我都愿意付。"里特医生回答说，"毫无疑问，从你的言下之意可以听出，你们那个时代的城市相当破旧。即便你们具有建造宏伟城市的品味——我当然没有质疑你们品味的意思——你们那特殊的工业体系造成的普遍贫困也不会给予你们任何实现这一点的手段。此外，当时盛行的极端个人主义与公共精神大致相悖。你们所拥有的那点财富几乎完全在私人的奢侈生活中挥霍殆尽。如今恰恰相反，剩余的财富都被用于建设、美化城市，而所有人都在同等程度上享受着城市的繁荣和福利。”

当我们回到房顶时，太阳已经落山了，谈话的工夫，夜幕降临到了这个城市。

“天越来越黑了，”里特医生说，“我们回到屋里去吧，我想把我的妻子和女儿介绍给你。”

他的话使我想起在我恢复知觉时听到的女性声音，她当时在低声说着关于我的事情。我非常想知道 2000 年的女士们长什么模样，于是欣然接受了这个提议。我在房间里见到了里特医生的妻子和女儿，这个房间跟整栋房子的内部一样，充满了柔和的光线，我知道这一定是人工的光源，尽管我无法判断它来自何处。

里特夫人是一个长得特别漂亮、保养得很好的女人，年龄和她丈夫差不多，他们的女儿正值花季，是我所见过的最漂亮的女孩。她的面容让人着迷，有着深邃的蓝眼睛、精致的肤色和完美的五官。但即使她的面容不是这么富有魅力，那完美无瑕的身材也会使她在 19 世纪的美丽女性中占有一席之地。此外她又多了一些 19 世纪的女性身上很少见的特性——柔美精致的气质和健康而充满活力的体态美妙地结合在一起——话说回来，也只有我有资格将她与 19 世纪的女性相比较。此外还有一个巧合，尽管在当下整个事件的奇异氛围中显得微不足道，却仍然引人注意——她的名字也叫伊迪丝。

接下来的那个晚上在社会交往史上肯定是独一无二的，但如果认为我们的谈话特别紧张或困难，那就大错特错了。我确信，正是在那种非常特殊的场合下，人们才会展现最自然的自我，其原因很简单——这样的环境避免了一切虚饰浮夸的行为。我知道，那天晚上我与这几位来自另一个时代和世界的代表进行了真诚而坦率的交流，就像老朋友那般促膝谈心。

当然，这也要归功于招待我的里特一家的娴熟谈话技巧。自然而然，我们之间的话题集中在我曾经生活的年代、我独特的经历上面，而他们充满好奇、天真直接的谈论方式，大大削减了这个话题的怪异程度，一点儿也不会让我觉得过于沉重。甚至让人认为，对他们来说，招待来自另一个世纪的流浪汉不过是家常便饭，他们真是太周到得体了。

就我自己而言，那天晚上，我感觉到前所未有地清醒、灵敏，思想情感也异常敏捷、活跃。当然，我并未忘乎所以，没有一刻忘记自身的离奇处境，这种认识像一种神经麻醉剂，让我隐隐感觉头脑发热，非常兴奋。[1]

伊迪丝·里特几乎没有参与谈话，但每每她的美貌散发出魅力把我的目光吸引到她脸上时，我都会发现她的眼睛也盯着我，非常专注，几乎带着迷恋。很明显，我也已经激发起了她强烈的兴趣。假如她是一个想象力丰富的女孩，这也并不奇怪。尽管我认为好奇心是她对我产生兴趣的主要原因，但我却完全是被她的美丽打动了。

我讲述到在地下密室入睡的过程，里特医生与两位女士似乎都对此非常感兴趣。每个人都对我被遗忘在那里的原因提出了自己的想法，最后我们达成了一致，得出了较为合理的观点，尽管没人能知道其细节是否符合事实——在密室上方发现的那层灰烬表明，房子是被烧毁的，就当是我睡着的那天晚上发生的大火吧。只需假设

1. 为了解释清楚这种状态，我提醒读者注意，除了我们谈话的内容，在我身处的环境里，几乎没有任何东西可以提示我的遭遇。也许，在我曾经居住的波士顿家里一个街区的范围内，存在着比现在更让我感到陌生的社交圈子。20 世纪的波士顿人使用的语言，和他们受过教育的 19 世纪祖先使用的语言并无太大差别，甚至比后者与华盛顿、富兰克林使用的语言差别更小。此外，两个时代在服饰和家具风格方面呈现出的差异，也并不比我所了解的流行文化造就的差别更明显。——原注

索耶在大火中丧生，或因某种与大火有关的意外而丧生，其余的推论就自然成形了。

除了他以及皮尔斯伯里医生，没有人知道这间密室的存在，也没有人知道我在里面，而皮尔斯伯里医生当晚去了新奥尔良，可能根本不知道发生了这场大火。我的朋友和公众肯定认为我在火灾中丧生了。除非对废墟进行彻底的挖掘，否则不可能发现与我的房间相连的地基墙的凹槽。可以肯定的是，如果该遗址立即被重建，这样的挖掘是必要的，但那个时代时局动荡，该地区的区位条件又欠佳，于是重建工作受到阻碍。里特医生说，根据盘踞在遗迹花园里草木的茂密程度推断，半个多世纪以来，这里都只是一片空地。

5

等夜深两位女士离席之后，房间里只剩下我和里特医生，他询问我想不想睡觉，告诉我如果困了，床已经为我铺好；但如果我愿意再保持一会儿清醒，他会非常乐意陪伴我。“我自己是个夜猫子，”他说，“而且我想说——没有奉承的意思，几乎找不到比你更有趣的同伴了。一个人有机会与一个 19 世纪的人交谈，这可是不常见的幸事。”

终于，我带着些许恐惧等待了整个晚上的时刻快来临了——我将独身自处。刚才我身处这些最友善的陌生人当中，有他们的同情和支持，我得以一直保持心理平衡。然而，即便在那时，在谈话的间隙，我已经瞥见了像闪电一样真切的陌生恐惧，当我再也无法转移注意力时就将独自面对它。我知道那天晚上我肯定无法入睡，只会一直躺在床上苦苦思索。我相信，承认我害怕这一点并不懦弱。

当回答里特医生的问题时，我坦率地告诉了他这一点。他回答说，如果我没有这样的感觉，那才怪了。但我不必对睡眠感到焦虑；要是我想睡觉，他会给我一剂药，保证我一夜安眠，无须担心任何问题。第二天早晨当我醒来，我就会觉得自己是这里的老居民了。

“在睡觉之前，”我回答说，“我必须对现在的波士顿再多了解一些。刚才我们在房顶上的时候你告诉我，虽然从我入睡到现在只过去了一个世纪，但人类生活处境的变化比以前的许多个千年都还要大。看着我眼前的这座城市，我完全相信这点，但我很想了解其中一些具体的变化。这无疑是个很复杂的话题，为了起头，我想知道你们为劳工问题找到了什么解决办法？——如果真有办法的话——这是 19 世纪的斯芬克斯之谜，当我中途睡过去时，谜底还没有揭晓，斯芬克斯正威胁要吞噬社会。如果你们真的找到了正确答案，那真是值得我睡上一百年，来了解真相。”

“既然当今社会根本没有劳工问题这回事，”里特医生答道，“而且也没有导致这种问题出现的原因，我想我们可以声称已经解决了这个问题。社会如果不能解答如此简单的谜语，确实应该被吞噬。其实准确地来说，社会根本不需要解谜，可以说谜题自我解决了。当工业革命有了成果，解决办法就自然诞生了，此外别无他法。社会所要做的，只是在这种演化的浪潮日趋明显时，顺应并配合这种趋势。”

“我只能说，”我回答说，“在我睡着的时候，还没有注意到这种发展变化。”

“我想你说过你是在 1887 年陷入沉睡的。”

“是的，1887 年 5 月 30 日。”

我的同伴若有所思地看了我好一会儿。然后他说：“你是说，即使到了那时，人们普遍还没有辨识出社会正在濒临危机的特征？当然，我完全相信你的说法。我们许多历史学家都提及过，你的同代人对时代的征兆熟视无睹。然而，当我们回首往事，总能认清每件历史事实，对我们来说，这些迹象非常明显，清晰无误，预示着转变即将到来，它们也一定在你的眼皮底下发生过。韦斯特先生，请您再确切地向我介绍一些情况吧，我很想知道你和你所属的知识阶层对 1887 年社会状况和前景的看法。你们至少应该意识到了，工业和社会体系涌现出的大量问题，各个阶层对社会不平等现象的潜在不满，整个人类社会贫穷、痛苦的常态，都预示着某种重大变化即将爆发。”

“我们确实充分认识到了这一点。”我回答说，“我们觉得社会像是拖着锚的船，随波逐流，危机四伏。谁也说不清楚它会漂向哪里，但所有人都害怕撞上礁石。”

“尽管如此，”里特医生说，“如果你肯花心思观察的话，水流的规律是完全有迹可循的，你会发现它不是朝向礁石，而是通往更深的航道。”

“我们有句著名的谚语，”我回答说，“‘事后之明胜先见’，毫无疑问，我现在将比以往任何时候都更充分地理解这句话蕴含的力量。我只能说，当我进入长眠状态时，前景是这样的——如果我今天从你的房顶往下看，看到的是一堆烧焦过后又长满青苔的废墟，而不是这座辉煌的城市，我也不会感到惊讶。”

里特医生一直仔细地听着，我讲完后，他若有所思地点点头。“你所说的，”他提到，“将为斯托里特的理论提供最有价值的支持。人们普遍认为，他所描述的 19 世纪社会——人民生活悲惨，思想阴暗——有夸张之嫌。大家很自然地认为，在那样一个过渡时期，各种力量运作的趋势已经日渐明朗，民众的心中理应充满希望，而不是恐惧。”

“你还没有告诉我，你们找到的谜底是什么。”我说，“我迫不及待地想知道，是什么样的因果顺序，会让我们那个混乱年代的因，造就你们现在所享有的进步和繁荣的果。”

“对不起，”招待我的主人说，“你抽烟吗？”于是，等我们点燃雪茄，心满意足地抽了几口之后，他才重新开始叙述。“既然你更愿意聊天而不是睡觉，而我自然也一样，也许最好先让你全面了解一下我们的现代工业体系，至少可以消除你对工业革命的神秘印象。你们那个时代的波士顿人有善于提问的美誉，而作为你们的后人，我也一样。我打算先问你一个问题：你能说出你们那个时代的劳工问题最突出的特点吗？”

“怎么了，当然是罢工。”我回答。

“正是，但是什么使罢工的力量如此强大？”

“强大的工会组织。”

“那这些伟大组织的动机是什么？”

“工人们声称他们必须团结起来，才能从大企业那里争取他们自身的权利。”我回答说。

“正是如此，”里特医生说，“工会组织和罢工，都是资本比以往更大规模集中导致的结果。在这种集中开始之前，社会工商业由无数小资本企业经营，而不是由少数大资本企业经营，个体工人在与雇主的关系中相对重要且独立。此外，如果一点小资本或一个新的想法就足以使一个人开始创业，工人就能不断地晋升为雇主，两个阶层之间硬性的界限就模糊淡化了。在那个时候，工会没有存在的必要，大型罢工也不可能被组织起来。然而，随着时代变迁，小资企业逐渐被大资本集中的集团所取代，于是一切都改变了。对小雇主来说比较重要的个体劳动者在大公司面前变得无足轻重，也无能为力，同时，跃升到雇主阶层的道路也对个体劳动者关闭了。自我保护意识驱使他与其同伴们联合起来。

“对这一时期的记载表明，反对资本集中的呼声非常高涨。人们相信，社会将面临前所未有的恐怖暴政的威胁。他们认为，这些大企业施加在他们身上的枷锁，将比过去任何时候更为沉重，人们将陷于无比卑贱的奴役状态——不是被人奴役，而是被没有灵魂的机器奴役，它们除了永不满足的贪欲，没有其他任何动机。回顾过去，我们对那个年代民众的绝望情绪毫不惊讶，因为他们在所预见的大企业暴政时代，人民的命运注定是悲惨而恐怖的，这在人类历史上绝无仅有。

“与此同时，垄断企业继续着商业吞并行为，没有受到丝毫阻拦，反而体量越来越庞大。在美国，自 19 世纪最后二十五年起，在任何重要的工业领域，个体企业都没有丝毫的机会，除非拥有大资本的支持。在该世纪的最后十年，尚存的小企业要么作为过去时代的遗物，苟延残喘，要么只是大公司的寄生虫，要么只存在于极其细微的行业，不会引起大资本家的兴趣。我们可以用田鼠或家鼠来类比这些小企业，它们生活在洞里和角落，为求生必须时刻保持警惕。与此同时，铁路在不断合并，直到几个大财团控制了这片土地上的每一条铁路。工厂里也一样，每一种主要产品都被一个辛迪加[1]所把控。这些辛迪加、专营池、托拉斯，或其他诸如此类的组织，规定产品价格，打压一切竞争，直到出现像它们一样庞大的联合体。然后，经过一番斗争，更大的集团又诞生了。

“城市里的大市场在乡村开设分店，挤垮了竞争对手，又在城市内部兼并较小的竞争对手，直到整个地区的生意都集中在同一家企业下，出任店员的，全是以前的店主。小资本家由于没有自己的生

1. 由多个实体自我建立的组织形态，属于低级垄断形式，虽然不会垄断整个市场，但会产生局部垄断与规模经济。

意可做，只能为公司效劳，同时，除了公司的股票和债券外，他的钱也没有其他投资渠道，因此对公司产生了双重依赖。

“尽管民众极力反对将企业合并到少数强权手中，实质产生的抵抗作用却收效甚微，这证明其背后一定有强有力的经济原因作支撑。数以万计依靠小本经营的小资本家，早已无力与资本高度集中的大企业所抗衡了，他们属于过去小规模经营的时代，已经完全不能满足蒸汽和电报时代大规模生产事业的要求了。

“要想恢复以前的秩序，即便有可能，也意味着要回到过去公共马车的时代。资本高度集中的政体尽管令人感到压抑和难以忍受，但即使是它的受害者，在咒骂它的同时，也不得不承认国家工业的效率提高速度惊人，管理的集中和组织的统一带来了巨大的经济效益，而且，自从新制度取代旧制度以来，世界财富的增长速度之快是过去无法想象的。可以肯定的是，这种巨大的增长主要是使富人变得更富，将他们与穷人之间的差距越拉越大；不过实际情况就是，资本作为一种单纯的财富生产手段，创造的效率与它集中的程度成正比。如果有可能恢复旧制度、拆分资本，确实可能会带来更多公平条件，带来更多的个人尊严和自由，但这将以物质文明的发展止步为代价，社会重新陷入整体贫困的状态。

“那么，有没有什么办法，可以既运用集中的资本创造巨额财富，又无须像迦太基[1]那样受寡头财阀控制呢？只要人们开始思考这些问题，就会发现答案已经昭然若揭。在商业活动中，越来越集中的资本，越来越趋于垄断的产业——这些他们一直以来拼命想抵制，却又无力抵制的一切，是只需顺应其逻辑去完成的演化中的一个环节，其真正意义在于为人类未来开辟一个黄金时代。

---

1. 存在于在公元前 8 世纪至公元前 146 年的古国，主要由贵族寡头把控政权。

“在上世纪初，整个国家的资本最终完成合并，结束演变。国家的工商业，不再由一些不负责任的公司和私人控制的辛迪加随意经营，为其谋私利，而是被一个代表人民的辛迪加所取代，为整个社会创造共同利益。也就是说，国家变成了一个巨型商业公司，将其余所有的公司都吸纳其中；它成为代替所有其他资本家的唯一大资本家，唯一大雇主，它是垄断的终极形式，吞并了以前所有小的产业垄断，所有公民都能共享利润和经济效益。这个‘大托拉斯’的诞生，标志着托拉斯时代的终结。

“简而言之，就像一百多年前他们为了共同的政治目标团结起来，肩负起政府的职责一样，如今，他们为工业发展的目的团结起来，决定自行承担这项伟大的事业。不知为何，直到世界历史的晚期，人们才终于认清这个显而易见的事实，那就是，人民生活所依赖的工商业其本质上是公共事业，因而把它委托给私人管理助其谋取私利极为愚蠢，这比把政治政府的职能交给国王和贵族，以他们的个人荣耀为治国准则还有过之而无不及。”

“你所描述的这种惊天剧变，”我说，“肯定少不了激烈的流血冲突和可怕的骚乱吧。”

“恰恰相反，”里特医生回答说，“绝对没有暴力。这种变化早就被预见到了。舆论已经完全成熟，全体民众一致支持。即便有阻力，也会诉诸论辩而非武力解决。

“另一方面，大众也转变了对大公司、大财团的情感，不再带着痛苦的仇恨，他们开始认识到这些机构作为真正的工业体系发展中的一环、一个过渡阶段的必要性。即便是那些私人垄断企业最激烈的反对者，现在也不得不承认，这些大企业在开启民智方面起到了不可或缺的宝贵作用，让大众自觉肩负起发展伟大事业的职责。五十年前，在国家控制下整合、发展全国工业，即便对最乐观的人来说，也是一个非常大胆的实验。在这个问题上，是大企业运用一系列有目共睹的客观经验教训，给民众上了更新理念的一堂课。

“多年来，人们看到一些辛迪加的收益比整个国家的收入还多，雇佣、掌控着数十万的劳动力，其工作效率和经济价值都是小规模企业无法企及的。人们已经认识到这样一则公理，即企业规模越大，它运转的原理就越简单；正如机器比人工更可靠，大企业运用的监管系统比小企业监工的眼睛更准确。因此，多亏了这些私营的垄断企业，当有人提议应由国家来承担它们的职能时，即便在最谨小慎微的人看来，这个建议也没有任何不切实际之处。工业国有化是一项前所未有的激进举措，是对过去实践经验更广泛的推广应用。事实已经证明，国家成为产业内唯一的垄断企业，将会大大减少小型垄断企业你争我夺产生的诸多麻烦。”

（吴倩　译）

新杂志、新读者、新作家

时光滚滚向前，人们告别 19 世纪，进入 20 世纪。在此期间，各种各样的作者不断地转向创作关于科学技术或奇异现象的小说，那些奇异的现象昭示着宇宙中还有很多有待人类探索的奥秘。科学发现让人类更加了解自然规律，比如，巴斯德在生物学方面做了研究、赫兹对电磁波的传播做了研究、伦琴发现了 X 射线、汤姆生发现了电子。技术进步也带来了诸多新发明，如电影、内燃机、白炽灯和留声机。但科技上的每一步进展都显示，还有很多领域需要探索、很多东西需要发明。朝向未知领域的每一步探索都扩展了我们对尚未到来的新发现的视野。

新作家们也逐渐涌现。对于正在发展壮大的中产阶层和新出现的受过教育的劳动阶层来说，杂志已经无法满足他们对于世界的好奇心和对于小说的欣赏品位，他们成就了会为了满足他们的阅读欲望而创作的作家。他们喜欢有关人们的生活和举止行为的小说，喜欢含有他们永远无法经历的冒险元素的小说——西部小说、战争小说、间谍小说、海盗小说、离奇的阴谋小说、浪漫小说、探险小说，以及关于未来发明的小说。19 世纪 60 年代起出版发行的廉价小说[1]包含了绝大多数冒险故事的特点，此后，冒险故事又出现在给青年人看的杂志和小说中。

印刷报纸和杂志的革新进程让报刊变得足够廉价，可以被大规模生产销售：轮版印刷机在 1846 年被发明、整行铸造排字机和制浆造纸技术在 1884 年被发明、网目铜版腐蚀技术在 1886 年被发明，铁路、汽车、卡车等多种货物供给方式和全国性货物供给系统的出现也起到了作用。大众广告业的出现也为报刊提供了资金支持。

第一册刊登小说的大众通俗杂志在 1891 年出现于英格兰。英国和美国的其他杂志很快就紧随其后。大众杂志的黄金时期持续了半个多世纪，此后杂志在与电视竞争广告费与观众吸引力时落败。1896 年，虚构文学占据了大众杂志和纸浆杂志，而它们也反过来促成了专门刊载某一类小说的纸浆杂志的诞生：侦探故事、西部故事、爱情故事。最后，在 1926 年，出现了科幻小说杂志——除了科幻小说杂志外，其他类型的杂志都在 20 世纪五六十年代逐渐消失了。

除了小说市场的日益增长，社会财富的日益增长也为有才能的作者们提供了依靠写作谋生的机会。在那些最大限度地利用了这种机会的作家中，有一位年轻的、来自低等中产阶层的英国人，名叫 H. G. 威尔斯，在美国，也有马克·吐温、杰克·伦敦（Jack London）、安布罗斯·比尔斯（Ambrose Bierce）等作者。这些人或频繁或偶然地创作一些后世称之为“科幻小说”的作品。

安布罗斯·比尔斯偶尔会创作一些对科幻文学的发展起到重大贡献的作品。在美国南北战争期间，他在联邦军队服役，战后在洛杉矶从事记者工作，并成了美国西海岸文坛的代表人物。他的短篇

1. 指价格低廉、情节曲折但套路化、文学意蕴也不够丰富的纸质小说，通常为爱情或冒险题材。

小说收录在《士兵与平民的故事》《怎能如此》《人生之中》等短篇小说集中。他对创作神秘和惊悚小说有着浓厚的兴趣。

比尔斯借助现实主义写作手法为幻想文学服务。他用普通人常用的生活语言来描述至为诡异的消失事件和极端神秘的故事情节。现实主义手法和幻想故事之间的张力为故事的感染力起到了很大作用。即便是很多年后，这一技巧也只有少数的几位作家可以继承。他的许多小说也包含心理学上的意味，这也增加了小说的真实性。

比尔斯的幻想小说主要有《空中骑士》《猫头鹰溪的桥上发生的一件事》《心理学沉船》《神秘的消失事件》。他还有两篇知名的科幻小说，世界上最早的机器人小说之一《摩克森的主人》（“Moxon's Master”，1899），另外一篇是《该死的东西》（“The Damned Thing”，1893）。

《该死的东西》是一类科幻小说的典型代表：小说聚焦于一件无法解释的奇幻事件，其解释远在人类已经发现的科学范围之外。作家所观察到的社会现实是，人们正在不断发现宇宙规律的真相，这些发现最为深刻的意义在于其不可预测性，它们对于年长一代的人们来说如此难以理解。小说的心理学背景正是基于这些观察到的事实。正如阿瑟·C. 克拉克所指出的那样：“足够先进的技术与魔法无异。”

《该死的东西》并不是第一篇关于隐形生物的小说。菲茨-詹姆斯·奥布莱恩的《那是什么？一个谜团》（“What Was It? A Mystery”，1859）已经用了这个题材，莫泊桑也创作过类似的小说《奥尔拉》（“The Horla”，1887）。

对神秘失踪事件极为着迷的比尔斯于 1913 年在墨西哥神秘失踪，我们只能猜测他的逝世日期。

（赵佳铭　译）

该死的东西

［美国］安布罗斯·比尔斯

第一章　桌上不一定是吃的

粗糙桌面的一端放着一盏牛油灯烛，一个男人正借着烛光读着一本笔记上写的东西。那是一本旧记账本，磨损严重。字迹显然已经不太清楚，因为男人时不时会把纸页贴近蜡烛的火焰，以获得更明亮的光线。这种时候，笔记本的阴影就会投到半间屋子的晦暗中，使屋内的几张脸孔与几个身影变得越发阴沉；说几张，是因为除了阅读者，还有另外八个人在场。他们中的七个坐在粗木墙边，一言不发，纹丝不动，屋子很小，他们离桌子都不远。只要伸出一只手臂，他们中的任何一个都可以碰到第八个人，第八个人正躺在桌上，脸朝上，用被单半掩着，手臂放在身侧。他死了。

拿着笔记本的人没读出声来，也没人说话；他们似乎都在等待着某件事的到来。只有死者一个人无所期盼。空荡的夜色穿过充当窗户的墙洞的孔隙从屋外涌进来，裹带着夜间荒野中所有一度陌生的异响——远处郊狼冗长的嗥叫，那音调无以名状；林中昆虫永不疲倦、节奏稳恒不变的低鸣；夜鸟的怪鸣，那声音与昼鸟截然不同；

巨大而愚蠢的甲虫的嗡嗡声，以及所有神秘的和鸣，那些小声音总是才只听到了一半就突然停止，就好像它们发觉了自己的轻率一样。但那群人什么也没注意到；他们不会过度沉溺于毫无现实意义的闲散兴趣；从他们线条粗犷的脸上就可以看出来——即使在一支蜡烛的昏暗烛光下也很明显。他们肯定都是附近的人——农民和伐木工。

正在看账本的人有点不同；有人会说他见过世面，老于世故，虽然他的衣着已然证实了他与他周围的人们存在某种共同之处。他的外套在旧金山很难说混得过去。他的鞋袜不是城里货，脚边放了一顶帽子（他是唯一一个没戴帽子的人），如果有人认为帽子仅仅是个人装饰物的话，那么，他就是不懂帽子的含义了。男人有张讨喜的脸，只流露出一丝严厉的意味；不过他大概会被认为，或者是被培养成了适合这种情况的权威人士。因为他是一位验尸官。职务之便，让他得到了他正在读的那本簿子；它是在死者的遗物里找到的——在他的小屋里，讯问也在这里进行。

验尸官读完之后，把簿子放进他胸前的口袋里。这时候，门被推开了，一个年轻人走进来。他明显不是山里土生土长的：他的穿戴跟城里人差不多。但他风尘仆仆，旅途劳顿。实际上他就是快马加鞭赶来参加讯问的。

验尸官点点头；其他人都没跟他打招呼。

“我们在等你。”验尸官说，“今晚得把这事搞定。”

年轻人笑了笑。“很抱歉让你们久等了，”他说，“我离开不是为了躲避你们的传唤，而是去把我今天被叫过来要说的相关内容发表在我的报纸上。”

验尸官笑了。

“你发表在报纸上的内容，”他说，“可能与你在这里宣誓要说的不一样。”

"那个，"年轻人回答道，他有点生气，肉眼可见地脸红了，"随你怎么说吧。发出去的文章我用了复写纸，也留了副本。不是按新闻来写的，因为太不可思议了，所以我是按小说来写的。这也许会作为我宣誓做证的一部分。"

"但你说那很不可思议。"

"跟你不相干，先生，只要我也宣誓是真的就行了。"

验尸官沉默了一会儿，他的眼睛盯着地板。坐在小屋两侧的人低声交谈，但很少从尸体的脸上收回目光。很快验尸官抬起双眼说："我们继续讯问。"

其他人都摘下了帽子。证人宣了誓。

"姓名？"验尸官问。

"威廉·哈克。"

"年龄？"

"27岁。"

"你认识死者休·摩根吗？"

"认识。"

"他死的时候你和他在一起？"

"在他身边。"

"怎么会——我是说，你怎么会在那里？"

"我来这儿找他去打猎和钓鱼。但我的目的之一是为了研究他和他古怪的独身生活。他看起来是小说人物的典范。我有时候会写故事。"

"我有时会读。"

"谢谢。"

"读故事——一般不是你写的。"

几个陪审员笑了起来。阴暗的背景把幽默衬托得愈发高亮。士兵在战斗的间隙就很容易发笑，而一个笑话出其不意地征服了这个死亡之室。

“描述一下这个人的死亡情况。”验尸官说，“你可以随意使用任何笔记或者备忘录。”

证人明白了。他从胸前的口袋里取出一份手稿，拿到蜡烛旁边，翻着页，直到他找到想开始读的段落。

第二章　野麦地里可能发生过的事情

“……旭日初升时我们离开了小屋。我们在找鹌鹑，每人拿了一柄猎枪，但只带了一条狗。摩根说最好的打猎地点是在他指的那个山脊后面，于是我们顺着矮栎丛中的小径翻过山头。另一侧是比较平坦的地面，野麦茂密。我们从矮栎丛中冒出头的时候，摩根只在我前面几步远。突然间我们听到，在我们前方和右侧不远的地方，有一阵动物在灌木丛中扑腾的声音，我们可以看到灌木动得厉害。

“‘我们惊动了一只鹿，’我说，‘真希望我们带了一支步枪来。’

“摩根什么也没说，他停下来目不转睛地看着躁动的矮栎丛，什么也没说，但已经竖起了他的双筒猎枪，随时准备瞄准。我觉得他有点情绪激动，这让我有些惊讶，因为他向来处变不惊，即使是在千钧一发、迫在眉睫的危险时刻。

“‘噢，得了吧。’我说，‘你该不会是想拿打鹌鹑的枪来打鹿吧？’

“他还是没有回答；但他稍稍转向我的时候，我看到了他的脸，被他紧张的神情惊呆了。这下我才明白我们摊上大事了，起初我猜我们是撞上了一头灰熊。我来到摩根身边，边走边扣紧了扳机。

“灌木丛现在安静了下来，没有了声音，但摩根还是一样专注于那里。

“‘那是什么？那是什么东西？’我问。

“‘是那个“该死的东西”！’他回答道，没有转头。他的声音沙哑而不自然。他明显在发抖。

“我还想再问问，却看到附近的野麦以最令人费解的方式摇荡翻涌起来。我没办法形容。就像是被一阵风吹乱，但那风不只是吹弯了野麦，还把它们压倒了——碾过它们，让它们再也立不起来；而那东西正在慢慢朝我们逼近。

“在我平生所见中，从没有任何事物对我产生过如此怪异的影响，那是一种陌生又不可思议的现象，但我却记不起任何恐惧感。我记得——放在这里讲是因为，我那时很奇怪地回想起了这件事——有一次，我漫不经心地向一扇开着的窗户外看去，一瞬间竟把近旁一棵小树误认作了不远处那些大树中的一棵。它看起来跟其他树一样大小，不过在整体和细节上更为清晰明确，似乎与其他树不协调。这只是一次空间透视感的扭曲，但很吓人，差点吓坏了我。我们是如此仰赖自然法则的有序运行，以至于自然法则任何疑似的暂停都可以被视作对我们安全的威胁，抑或是难以想象的浩劫的预警。所以此刻，这明显毫无理由的麦草移动，摇荡的路线正缓慢且不偏不倚地接近着我们，无疑就令人更不安了。我的同伴似乎是真的吓坏了，我看到他猛地把枪架上肩头，用双筒朝躁动的麦田开了一枪，我简直不敢再相信我的感官了！在放枪的烟雾消散之前，我听到一声凶蛮的怒嚎——野兽般的尖叫声——摩根把枪扔了，拔腿就跑，飞速逃离了现场。与此同时，我被烟雾中看不见的东西狠狠撞到了地上——某种柔软而沉重的东西对我施以了巨大的力量。

“枪好像已经从我手里被打掉了，我还没来得及站起身来捡回枪，就听到了摩根的哭喊，他似乎正忍受着极度的痛苦，和他的叫声交织在一起的声音是如此嘶哑、野蛮，听起来就像斗犬一样。恐惧到不知所措，我挣扎着站起来，向摩根退却的方向望去；愿上天怜悯我，让我不必再看一眼那幅景象！我的朋友在距我不到三十码的地方，单膝跪地，他的头以一种毛骨悚然的角度向后仰去，帽子不见了，长发纷乱，整个身体剧烈地前后左右摇晃着。他的右臂举起，看起来好像手不见了——至少我没看到他的手。另一只手臂也不见了。时不时那个离奇的场景还会浮现在我的记忆里，我只能分辨出他身体的一部分；就好像他被遮住了一部分——我不知道还能怎么表达了——只要他变换位置，我就又能全部看见。

“这一切肯定都是几秒钟之内发生的，就在这点时间里，尽管摩根像一个意志坚决的摔跤手一样摆出了所有抵抗的姿势，他还是被更强大的重量和力量打败了。我只能看见他，但他的身影不总是那么清楚。在整个过程中，他的喊叫和咒骂一直可以听见，仿佛穿透了一层障碍，那咆哮中饱含暴怒与狂怒，我从没听到人或畜生的喉咙里发出过那种声音！

“我犹豫不决地站了一会儿，然后就扔下枪向前跑去，去帮助我的朋友。我模模糊糊地相信他是突然发作，或者遭受了某种形式的惊厥。我还没来得及到他身边，他就已经安静下来了。万籁俱寂，但我却有种之前那些可怕的遭遇都没能激起的恐惧感，我再次看到野麦田里出现了诡异的行迹，它从践踏过的地方和倒地的人身边向树林边缘延伸。只有当它到了树林之后，我才能收回我的目光，看向我的同伴。他死了。”

第三章　赤裸之人也许会有衣蔽体

验尸官从座位上起身，站在了死者身边。他掀起床单边缘，把它拉开，露出整具尸体，尸体全然赤裸，在烛光中显出泥土般的黄色来。然而尸体上布满蓝黑色斑痕，显然是挫伤造成的淤血。胸部和身侧看起来就像是被棍棒击打过一样。撕裂伤很严重，皮肤被剥落撕碎。

验尸官走到桌子的另一头，解开了一条绕过死者下巴在头顶打结的丝巾。丝巾被拉开，露出了原本是喉咙的部分。有几个站起来想看清楚的陪审员为自己的好奇心后悔了，他们转过了脸去。目击证人哈克走到打开的窗边，斜靠在窗台上，恶心得要晕了。验尸官又把手帕扔到了死者的脖子上，走到房间一角，从一堆衣服里拿出一件又一件，每件都举起来端详片刻。这些衣服都被撕坏了，沾着干了的血迹。陪审员们没有细看。他们似乎都不太感兴趣。事实上，他们之前全都看过了；对他们来说唯一的新鲜事就是哈克的证词。

“先生们，”验尸官说，“我想我们没有更多的证据了。你们的职责也都向你们解释清楚了。如果没有什么问题想问的，你们就可以出去考虑你们的裁决了。”

首席陪审员站了起来——一个留胡子的高个男人，年近60，衣着粗鄙。

“我想问一个问题，验尸官先生，”他说，“你最后的这个证人是从哪个精神病院里逃出来的？”

“哈克先生。”验尸官严肃而平静地说，“你最近是从哪个精神病院里逃出来的？”

哈克又一次涨红了脸，但他什么也没说，于是七个陪审员站了起来，郑重地逐一离开了小屋。

“要是您侮辱我侮辱够了，先生，”一等到他和这个官员独自留在死者身边，哈克就说，“我想我现在自由了，可以走了吗？”

“是的。”验尸官说。

哈克准备离开，但他又停了下来，手放在门闩上。他身上的职业习惯很强大——比他的个人尊严更强大。他转身说道：

“你那本簿子——我认出是摩根的记事本。你似乎对它很感兴趣；我做证的时候你也在读它。我能看看吗？大家会想要——”

“这本簿子跟此事无甚关系。”验尸官回答道，把簿子装进了大衣口袋，“都是些死者生前的记录。”

哈克离开了小屋，陪审团成员重新走进来，站在桌边。尸体现在被盖上了，但床单下面还是显露出了清晰的轮廓。首席陪审员坐在蜡烛旁边，从胸前口袋里拿出一支铅笔和一张纸，吃力地写下了如下判决，所有人都签了名，吃力的程度各自不同：

“我们，陪审团全员，确实认定这具遗骸是死在山狮手上，尽管如此，我们中也有一些人认为，有癫痫发作的可能。”

第四章　来自墓中的解释

已故的休·摩根留下的日记中有些有趣的内容，可能在科学上有一定的启发性。在调查他尸体的时候，这本笔记没有算作证据；也许是验尸官觉得没必要把陪审团弄糊涂。第一个提到的事项日期确定不了，上半页被撕掉了，剩余部分如下：

“……会跑半圈，头始终朝向中心，然后它会再次站定并狂吠。最后它尽可能快地蹿进了灌木丛中。起初我以为它是发疯了，但在回家的路上，我发现他的这些行为显然是因为害怕受到惩罚所致。”

“狗能用鼻子来看东西吗？气味是否会给大脑中心的某些部分留下气味源的图像印象？……”

“9 月 2 日——昨夜看星星升上小屋东侧的脊顶，我观察到它们从左到右依次消失了。每次都是瞬间的黯然失色，而且每次只有其中一些星星会这样，但是沿着整个屋脊，在顶端一两度之内的星星都被遮住了。就好像我和星星之间有什么东西过去了；但是我看不到它，星星也不够密，确定不了它的轮廓。唉！别这样……”

有几个星期的事项记录不见了踪影，本子上有三页被撕掉了。

“9 月 27 日——它又来了——我每天都能找出它存在的证据。昨晚我又在同样的伪装下观察了一次，手里拿着枪，装了双倍的铅弹。和以前一样，早晨又有新的脚印在那里。但我发誓我没睡着——真的，我现在几乎完全睡不着。太可怕了，受不了了！如果这些诡异的经历都是真的，我就要疯了；如果都是假的，那我就已经疯了。”

“10 月 3 日——我不会走的——它别想赶走我。不，这是我的家，我的土地。上帝讨厌懦夫……”

“10 月 5 日——我再也受不了了；我请哈克来和我一起住几个星期——他脑子清醒。我可以从他的行为举止判断出他是否认为我疯了。”

“10 月 7 日——我解开这个谜团了；我昨晚上想到的——突然想到的，如有神助。多简单啊——简直太简单了！”

“有些声音我们听不到。听觉范围两端的声音激不起人耳这个不完美乐器的和弦。它们要么太高昂，要么太低沉。我看到过一群黑鸟盘踞着整个树顶——几棵树的顶端，叽叽喳喳没个完。忽然间——就在一瞬间——就在绝对的同一瞬间——它们全都跃入空中飞走了。怎么会这样？它们不可能看到彼此——整个树顶都遮遮掩掩的。鸟群绝不可能同时看到头鸟。一定是有一个警告或者命令的信号，比鸟群的喧闹声更高亢更尖锐，只是我听不到。我还观察到，鸟群在完全沉默中也会同样同时起飞，不仅是黑鸟，还有别的鸟类——比如鹌鹑，灌木丛里遍地都是鹌鹑——哪怕山丘两边的鸟都会同时飞起。”

“水手们都知道，一群鲸鱼在海面上晒太阳或者嬉戏的时候，尽管相距数英里，中间还隔着地球的凸面，它们还是会时不时在同一瞬间潜进水中——转眼全都消失不见。那是它们发出了信号——对桅杆上的水手和甲板上的其他人来说，这声音太过低沉了——不过船上还是会有人感觉到这种震动，就好像教堂里的石头被风琴的低音震动一样。”

“颜色也跟声音有一样的问题。在太阳光谱的两端，化学家可以检测出所谓‘光化’射线[1]的存在。它们代表着颜色——构成光的整体的颜色——我们无法分辨。人眼是一种不完美的仪器；它的识别范围只不过是真正‘色彩范围’内的一小部分罢了。我没疯；确实有我们看不到的颜色。”

“而且，我的老天，那‘该死的东西’就是这种颜色！”

（艾德琳　译）

1. 指能激发光化学反应（常常特指能让胶片感光）的射线或者光线。

飞速起步

时光进入20世纪的第一个十年，科技对人类生活的影响日益显著。敏锐的作家意识到，科技不仅有着改变一切的力量，而且这种改变才刚刚开始。但即便是最为敏锐的作家，有时候也会忽略了显而易见的事情。

卡尔·本茨于1885年发明了内燃机汽车，戈特利布·戴姆勒对这项发明进行了改良，在19世纪90年代，亨利·福特等人在美国组装生产汽车。但是几乎没有作家预测到汽车将会以令人惊讶的方式重塑西方世界，也重塑了西方市民的生活，影响在美国尤其之大。

飞机的情况则不一样。人类长久以来一直梦想着和鸟儿一样飞翔，如今这个梦想终于成为现实。飞机的发明如此引人注目，以至于至少有一些有远见的作家可以意识到它的影响。奇怪的是，这些作家出于一些看似很好的原因，比起莱特兄弟发明的飞机，更愿意接受斐迪南·冯·齐柏林的飞艇。

然而儒勒·凡尔纳选择了飞机。在《征服者罗比尔》(1886)中，书中的人物罗比尔说："航空业的未来属于飞机，而不是飞艇。"

但凡尔纳并没有预见到，自从1784年起，对动力飞机进行的一些粗糙的实验有了很大进展，载人飞行最终在1852年于法国实现。很巧的是，罗比尔的飞机和现代直升机很相似：它依靠三十七根支柱上安装的七十四架螺旋桨升空，并利用安装在飞机前方和后方的电力驱动水平螺旋桨来前进。

在现实世界中，飞艇不仅比飞机早出现三年，而且还更为迅速地取得了成功。第一艘齐柏林硬式飞艇于1900年升空，并于1910年至1914年间在德国用于客运服务，在第一次世界大战早期又被广泛地用于军事用途。然而，莱特兄弟在1903年的飞行试验却被新闻界所忽视，这很大程度上是因为人们对重量更大的飞机持质疑态度。直到1908年，美国政府都没有签过哪怕是一架飞机的合同。因此，飞机研发的全面发展一直被耽搁到第一次世界大战晚期，直到20世纪30年代，飞机也没有被用于客运。1937年，德国飞艇“兴登堡”号在美国新泽西州莱克赫斯特的悲剧结局也结束了人类用飞艇做载具的历史[1]。具有讽刺意味的是，飞艇在许多适用场合确实比飞机要优秀，比如货物运输。也许飞艇在某种未来时代的运输体系之中会重新占据一席之地。

因此，H. G. 威尔斯在1908年创作的《空中战争》（*The War in the Air*）中重新使用飞艇作为未来的飞行器，这并不令人奇怪。但令人奇怪的是他先知般的预测：飞行器对于未来战争会有很大影响。但威尔斯不是第一位写出飞行器对人类生存状态影响的作家。

鲁德亚德·吉卜林（Joseph Rudyard Kipling）出生于印度孟买，在英国上学，又作为记者回到印度，此时他已经出版了一些书。最终，他在1889年回到了英格兰，以诗人和小说家的身份声名鹊起，

1. “兴登堡”号飞艇是当时世界上最长、体积最大的飞行器。1937年5月6日，“兴登堡”号飞艇在美国新泽西州降落时烧毁。

并成为英格兰第一位诺贝尔文学奖获奖者。他最初出版的书籍是《各部门的小调》和《山中故事》，随后又创作了《兵营歌谣》以及一系列长短篇小说，包括两本《丛林之书》《勇敢的船长》《斯塔基和公司》《波克山的妖精》和《基姆》。

吉卜林的许多短篇小说都可以被归类为具有科学元素的奇幻小说，比如《无线》（“Wireless”，1902）、《野兽之痕》（“The Mark of the Beast”，1890）和《世界上最好的故事》（“The Finest Story in the World”，1891）。但是有两篇短篇小说是毫无争议的科幻小说，而且还清晰地预兆了其后三四十年科幻小说的发展，它们是《夜间邮船》（“With the Night Mail”，1904）和《易如 A.B.C.》（“As Easy as A.B.C.”，1912）。

吉卜林在飞艇之中看到了人类生活方式发生大转变的可能性，包括世界各地会在某个时候相互连通，空间上的距离也似乎缩短了，他还看到了对于这种新的交通方式进行管理的必要性。他构想了一个名为航空控制委员会[1]的组织，其影响力逐渐增加以至于会覆盖到人类生活的每个方面。《易如 A.B.C.》在某种意义上是《夜间邮船》的续集，在小说中，A.B.C. 发展出极大的权限，还配有可以致人痛苦的光线和声音（有人认为这可能是对激光和超声波的预测），以重新控制爆发动乱的区域，保证通信畅通。

在这两篇小说中，吉卜林使用了许多科幻小说写作技巧，过了很长一段时间之后，这些技巧才被其他作家重新发掘使用，这些作家大部分都于约翰 · W. 坎贝尔在 1937 年成为《惊异故事》的编辑之后才出现。坎贝尔称吉卜林写的故事“可以发表在 25 世纪的杂志上”，这些写作技巧包括：使用新词，包括新的俚语，就好像故事自

1. Aerial Board of Control，英文简称为 A.B.C.。ABC 在英文中也有“很简单的事情”的含义，这也是《易如 A.B.C.》标题中的双关语。

然发生在未来一样；省略一些解释，对未来时代的故事讲述者来说，这些解释不自然；创造出一整个新的未来世界，这个未来世界仅仅作为翔实确凿的细节融入故事之中。

直到 1939 年罗伯特 · A. 海因莱因开始写科幻小说之前，没有其他作家使用过吉卜林在这两篇小说之中所用的技巧。

（赵佳铭　译）

夜间邮船：发生在公元 2000 年的故事

［英国］鲁德亚德·吉卜林

那是一个疾风阵阵的冬夜。9 点钟，我站在英国邮政总局出境邮件发送塔的下层，准备搭乘"162 号邮政飞船或是指派的其他同类飞船"前往魁北克。邮政大臣亲自签署了命令，这道命令便是推开道道大门的法宝，即使进入塔楼脚下的配送井也是畅通无阻的——他们从配送井递送分类好的跨洋邮件。塞得满满的袋子如鲱鱼般密密麻麻地摆放在一个个长长的灰色底部箱体内，邮政总局仍然把这种箱体称为"车厢"。就在我看着的这一会儿，就有五个这样的车厢在我眼前被装满后沿着导轨急速上升，然后被锁入正在上方三百英尺处等候的邮船。

西线第二配送官 L. L. 吉尔里先生是一名彬彬有礼、学识渊博的官员，他领着我一路从配送井来到船长室（这里唤醒了昔日的浪漫回忆），邮船船长们当班时的工作将始于此地。L. L. 吉尔里先生向我介绍了 162 号邮船的船长——珀内尔船长和他的替班霍奇森船长。他们俩一个是小个子、深色皮肤，另一个则是大个头、红皮肤，不过两人的眼神中却都透着那种老鹰和飞行员特有的阴郁。这种眼神在专业赛车手的照片中能看到，包括 L. V. 劳士和艾达·沃利小子——双眸深不可测、空洞迷离，目光习惯性地在空中游离。

船长室的布告牌上，二十多个指示器上跳动的指针正以地理经纬度显示着众多入境邮船的回国进程。“开普敦”这个词在仪表盘上升起，锣声敲响：周三的南非邮船已抵达海格特接收塔，如此而已。令人感到滑稽的是，这让人想起养鸽爱好者阁楼中出卖鸽子行踪的小铃铛，每次响起都告知了鸽子的归来。

“我们该出发了。”珀内尔船长说。乘客电梯迅速地把我们送到发送塔的顶端。“车厢装满、职员登船后，我们的车厢就会锁入邮船。”

162 号正在最顶层的滑道 E 上等候着我们。它完美的背部曲线在灯下闪着寒光，纵倾稍有变化，邮船便在定位滑道上轻轻摇晃。

珀内尔船长皱了皱眉头，一头扎进邮船。伴随着轻微的嗞嗞声，162 号静止了下来，平稳得像把尺子。从它的北大西洋冬季型端头罩（由于无数次穿梭于大片的冰雹、雪花和冰层之间，端头罩已经磨损得如钻石般闪闪发光）到三个外置螺旋桨轴的压盖之间的距离大约是二百四十英尺。整个船身的最大直径是三十七英尺。把这艘邮船与九百英尺乘九十五英尺大的一流班船做个对比，你就能理解以相同的动力驱动这艘邮船的话，它一定能以“飓风”号班船应急航速两倍以上的速度在各种天气条件下航行。

船壳板上看不到任何接合处，只是在艏舵上有大片细裂纹。艏舵采用的是马尼亚克式舵，这种舵确保我们能牢牢地控制住不稳定的空气，却让发明者落得个身无分文、两眼半瞎的结局。艏舵按照卡斯泰利的“鸥翼”曲线设计。将这片仅八分之三英寸厚，几乎隐形的金属板抬起几英尺，邮船就会向左舷或右舷侧偏离航道五英里后才能再次得到控制。如果打满舵，邮船则会像甩出的鞭索一般原路折返。如果把整个艏舵前倾——轻轻一按舵轮即可——邮船便会朝着你希望的方向快速向上或向下移动。如果打开一整圈艏舵，那么邮船便会向空中露出一个蘑菇头，这个蘑菇头能使邮船在半英里之内直立起来。

“是的，”霍奇森船长回答了我心中的问题，“卡斯泰利自以为发现了控制飞机的奥秘，其实他只是弄明白了怎么操控飞艇而已。马尼亚克为了协助战船互相冲撞而发明了新式舵。战争已经时过境迁，马尼亚克却发了疯，因为他认为自己再也不能为国家服务了。我很怀疑究竟有没有人搞得清楚自己到底在干些什么。”

“如果你想看看车厢是怎么锁上的，最好马上登船。时候到了。”吉尔里先生说。我从船中央的门登船，这里没有什么可参观的。气箱内壁离我的头顶不到一两英尺，并在接近船舭部翻转。班船和游艇上的油箱都会用装饰图案加以掩饰，英国邮政总局却只是给它们粗粗地刷了点灰色的官方油漆。气箱内壁在船首、船尾分别隔离了五十英尺长的空间，不过船首舱壁上嵌入了升力分流仪器，船尾则穿了个孔作为轴隧。机舱基本上就在邮船的正中央，在它的前方一直延伸到船首气箱的转弯处有个开口——现在这开口是个无底的舱口——车厢即将被锁入此处。从舱口围板旁往下看，三百英尺之下的配送井传来了隆隆声。车厢沿着导轨上升，下方的光线也随之在隆隆声中逐渐变得昏暗。车厢看起来迅速变大，从邮票大小到扑克牌大小，再到平底船大小，直到最后有趸船那么大。两名职员，也就是车厢工作人员，他们在车厢就位时连眼都不抬一下。发往魁北克的邮件从他们的手指下飞出，跃入贴好标签的置物架，两位船长和吉尔里先生则在确认车厢是否已经锁好。一名职员把运货单递过舱口围板，珀内尔船长按上拇指印再把它交给吉尔里先生。收据就这么交接好了。“旅途愉快！”吉尔里先生说完便穿过门离开了，一个一英尺高的气动压缩器在他走后锁上了这道门。

压缩器松开，发出“吱呀——”的声音。定位夹当的一声脱离开来，我们出发了。

霍奇森船长打开了巨大的胶质船底舷窗，我透过舷窗望着灯火通明的伦敦向着东边移去，这时一阵强风刮来。飘来的第一片冬日低云挡住了熟悉的风景，让米德尔塞克斯郡黯淡了下来。在这朵云的南边，我看到一艘邮船发出的亮光正奋力穿过这羊绒般的白云。有那么一瞬间，这艘船就如星星般闪耀，接着它便向着海格特接收塔降落下去。“那是孟买邮船。”霍奇森船长说着，瞄了一眼手表，“它迟到了四十分钟。”

“我们现在的位置有多高？”我问道。

“四千英尺吧。你要不要上舰桥看看？”

展现在舰桥（英国邮政总局真是储藏最古老传统的宝库啊，值得称赞！）上的是霍奇森船长的两条腿，他就站在架设在空中横跨船身的操纵台上。船首胶质舷窗的活动遮板还打开着，珀内尔船长单手扶着舵轮，正摸索着进行适当的偏向。刻度盘上显示着四千三百英尺。

“今晚飞得可真陡。”他嘀咕着，与此同时，云朵正一层层地往下坠。“往年这个时候，我们通常在三千英尺以下就能乘上从东边吹来的气流。我讨厌在这绒毛般的云中穿梭。”

“范卡特森跟你一样。瞧瞧他摸索着偏向的样子！”霍奇森船长说道。下方一百英寻处，一盏雾灯穿透了云层。安特卫普夜间邮船发出了信号，在我们左舷远处的两朵你追我赶的云之间渐渐上升。在施尔尼斯双灯塔的强光照射下，它的侧翼呈血红色。大风可以在半个小时内就让我们越过北海，不过珀内尔船长还是让邮船不慌不忙地前行，在它上升的过程中紧盯着罗盘。

倾角刻度盘上显示着“五千——六……六千八百”，接着，在六十英尺的高度下起了一阵小雪，这预示着我们已经找到了东风气流。珀内尔船长开动引擎，又把他面前接线台上的调速器调低。既然风神埃俄罗斯已经亲自出马来助你一臂之力，就没必要再让机器全速运转了。现在我们真真正正地上路了——向着这颗星球上的目的地前进。从这个高度看，低空的云朵都铺展开来，东风伸出干燥的手指，把它们梳理得整整齐齐。在这些云朵下方仍然是我们上升时穿过的猛烈西风。头顶上方，一层向南飘动的薄雾勾勒出了一张横跨苍穹的纱幕，十分壮观。月光洒下，邮船底下阴影之外的整片低空都披上了一尘不染的银装。由于我们一直行驶在南方冬季路线上，布里斯托和加的夫的双灯塔（塞文河口上空庄严的倾斜光束）已消失在我们眼前。英国邮政体系的核心——考文垂总局每间隔十秒就向天空投射一次钻石般耀眼的光芒，像一把长矛指向北方，其中有一两次射到了我们船首右舷的不远处。“韭葱”[1]——圣戴维角[2]巨大的破云器以二十五度倾角旋转着它独特的绿色光束。在这种天气下，它上方肯定有半英里都是云团，不过这对“韭葱”并没有什么影响。

“要说起来，我们的星球真是照明过度了，”布里斯托尔和加的夫从下方掠过时，站在舵轮旁的珀内尔船长说道，“我还记得以前那些普普通通的白色垂直光柱，在雾里能照射到两三百英尺高，如果你知道在哪儿能找到它们的话。在云层特别厚的天气里，它们干脆就销声匿迹了。这种时候在回程路上可能会迷路，那可就好玩了。现在嘛，开飞船就跟在皮卡迪利大街[3]上兜风似的。”

他指向那些破云器钻透云层之处出现的光柱。我们完全看不到英格兰的轮廓：只见一道白色的路面被五颜六色的灯光从四面八方

1. 威尔士的象征。
2. 位于威尔士西南部彭布罗克郡海岸国家公园的岬角。
3. 伦敦的一条主要街道。

射穿——霍利岛的灯光是红白相间的，圣比斯是断断续续的白色，目所能及的范围内皆是如此。感谢萨金特、阿伦斯和杜布瓦兄弟发明了遍及世界各地的破云器，我们才得以安全地旅行！

“你是打算从科克[1]开始拉升吗？”霍奇森船长问道，此时我们向着科克灯塔（绿色、固定）疾行，只见灯塔在眼前逐渐放大。珀内尔船长点了点头。这一带的交通非常繁忙，大西洋上空的飞船匆匆奔向云团刚散去的伦敦，在我们下方的云堤上划出了一道道火焰般的裂痕。根据会议制定的规则，五千英尺处的航道应属邮船专用航道，但是急着赶路的外国人总是随心所欲地占用英国的天空。船舵前凸缘中的微风发出了一声长啸，162 号随之拉升，抵达巴伦西亚岛（白色、绿色、白色）上空时，我们已位于七千英尺的安全高度。我们的光束正投向迎面驶来的一艘华盛顿邮船。

大西洋上空万里无云，丁格尔湾[2]四周隐约可见的奶油状纹理正是海浪拍打海岸之处。一艘 S. A. T. A.（法国航空公司）的大型班船正在我们下方半英里处浮浮沉沉，在猛烈的西风中寻求突破。再往下还有一艘破损的丹麦籍飞船：它正在国际线路上向这艘班船诉说它的遭遇。我们的通用通信控制器接收到了这艘飞船的信号并开始偷听。霍奇森船长示意关掉它，随即又反悔了。“可能你想听听。”他说。

“这里是圣托马斯的‘阿尔戈勒’号，”丹麦飞船哀诉道，“报告本飞船的三根右舷轴与环状轴承已熔化在了一起。现在的状态可以勉强抵达弗洛雷斯岛，但到不了更远，我们是否应该到法亚尔岛购买配件？”

班船告知消息已收悉并建议倒转轴承。“阿尔戈勒”号答复已经

1. 爱尔兰西南部城市。
2. 爱尔兰西南部凯里郡的海湾。

这么做了但并无效果，正考虑用廉价的德国搪瓷制品来替代套圈轴承。法国人热忱地表示赞成，大声呼喊着："勇敢点，我的朋友！"然后关闭了通信控制器。

它们的灯光渐渐沉没在海洋的弧线之下。

"那是一艘'伦特和布里默斯'飞船，"霍奇森船长说，"在推力座里放上德国混合材料制的轴承，这样做是正确的。它今晚到不了法亚尔岛！对了，你想到机舱看看吗？"

我一直热切期盼着这份邀请，于是就跟着霍奇森船长离开了操纵台。为了避开气箱的凸起处，我们一直弯着腰。我们知道正如举世闻名的 89 试验所示，弗勒里气体能抬起任何物体，但它接近无限的膨胀能力需要巨大的气箱空间。即使在如此稀薄的空气中都要让升力分流器马不停蹄地工作，以将其正常升力减少三分之一，而且还必须时不时地下拉船舵以控制住 162 号，否则我们这趟航行将变成一次攀星之旅。珀内尔船长宁愿让飞船升力过大也不愿意让它升力不足，但每个船长调整飞船的方式都不一样。"当我接管舰桥的时候，你会看到我把气体百分之四十的升力分流掉了。然后就像你说的，向上冲而不是向下扑。两种方法都可以，这只是习惯问题。看我们的倾角刻度盘！蒂姆每隔三十节就拉低一次飞船，规律得像呼吸一样。"霍奇森船长说。

倾角刻度盘上的显示的确如此。五六分钟的时间里，指针从六千七百英尺攀升至七千三百英尺。船舵发出微弱的"嗞嗞"声，邮船以十或十五节的速度向下斜行，指针也随之滑回了六千英尺处。

"在恶劣的天气条件下，操控邮船还需要用上螺旋桨。"霍奇森船长说着，打开了分隔机舱和裸甲板的活动接头栏杆，带着我来到了甲板上。

我们在这里见到了弗勒里发明的怪东西——真空装置——现在

我们已经不假思索地接受了这种装置，它正完全处于全力运转的状态。三台引擎为 H. T. & T.[1] 辅助真空弗勒里涡轮机，转速为三千转至极限值——桨叶使空气呈“钟口”状鼓起时（和船用螺旋桨一样，桨叶转动过快时附近会出现一块真空区）的转速。162 号的极限值较低，这是因为它的九个螺旋桨尺寸较小，虽然它的螺旋桨与旧式特勒森胶质螺旋桨相比更加轻便，但它会让空气更快地呈“钟口”状鼓起。中置引擎通常是作增援之用，此时并未运转，因此左舷侧和右舷侧的涡轮机真空室就直接接入了回流主管。

涡轮机的呼啸声回荡着。气体顺从地从低拱在阀门两侧的膨胀箱沿着立柱方向下降至涡轮机箱，并由此旋转着通过螺旋桨叶，产生的力气之大，足以抽打掉动力锯上的锯齿。气体自身的压力在后方由升力分流器控制住或是予以加速。前方是真空装置，紫绿色的弗勒里射线在真空装置中飞舞着，或呈条纹状，或形成旋转的陀飞轮状火焰。真空室的连接 U 形管是由压力缓冲胶体制成（没有哪种玻璃能承受得住这么大的瞬间压力），一位戴着有色眼镜的初级机师正聚精会神地盯着弗勒里射线。弗勒里射线是这种机器的核心部分，它的作用机制至今成谜。它像个不安分的小精灵似的在 U 形管中颤动，甚至连发明者弗勒里本人（和马尼亚克不同，弗勒里去世时可是一名大富翁）也无法解释它是如何在刹那间把狂暴的气流变成了冰冷的灰绿色液体，这种液体从真空装置的另一端排出（你可以听到涓涓细流声），通过排水管和主管回流至舱底。液体在舱底恢复气态（我差点写成了“智态”），以气态上升重新参与运作。气体经过舱底气箱、上游气箱、背部气箱、膨胀箱、真空装置、主回流管（此时呈液态），然后再次回到舱底气箱，这就是既定的循环过程。

1. 动力机械公司名称。

弗勒里射线能保证这个循环过程顺利进行，戴着有色眼镜的机师则要保证弗勒里射线的正常工作。只要有一小滴油，甚至只要人手指上的天然油脂触碰到了罩住的射线末端，弗勒里射线就会闪烁后消失。重新架设弗勒里射线十分费劲，需要全体船员忙上半天，还要付一百七十多镑给英国邮政总局来购买镭盐和诸如此类的小玩意儿。

“现在来看看我们的推力环。在这里能找到的德国混合材料可不多。你瞧，完全使用宝石制作。”机师转开了一个盖子的顶部，霍奇森船长说道，“我们的轴承用的是 C.M.C（商业矿石公司）的矿石，而且像望远镜镜片一样经过精心打磨。每个轴承值三十七英镑，目前都还没达到使用寿命。这些轴承都来自 97 号邮船，97 号邮船取之于老旧的‘光之领土’号，而‘光之领土’号则是从‘珀尔修斯’号飞机的残骸中取走了这些轴承，在‘珀尔修斯’号那个年代，人们还在乘坐使用石油引擎的‘木质风筝’出行呢！”。

这些亮闪闪的轴承让所有劣质的德国“红宝石”搪瓷（即所谓的“圆粒金刚石”饰面）黯然失色，那些危险又不称心的氧化铝复合物让追逐利益的拥有者满心欢喜，却把船长们逼得发疯。

能看出来正在运行的，只有并排安装在机舱刻度盘下方的操舵装置和气体升力分流器。前者随着油泵柱塞半英寸的起落而不时发出阵阵哀鸣声。后者像船尾的 U 形管一样装在箱中并加以保护，其中显示着另一道弗勒里射线，只是方向相反，颜色不大像紫色而更像是绿色。这道弗勒里射线的功能是分流气体的升力，而且是在无人看管的情况下工作。如此而已！一小根独自喘息哀鸣的抽油杆，旁边一盏噼啪作响的绿灯。沿着气箱的平顶通道往船尾一百五十英尺处是一束摇曳不安的紫色灯光。两处灯光之间是三个漆成白色的涡轮机箱，看起来就像是摆放在灯光一侧的捕鳗篓，使得视野更显空旷。随着珀内尔船长将 162 号的船首纵倾，可以听得到液化的气体从真空装置淌入舱底气箱的涓涓细流声，以及气闸关闭时发出的轻柔的咔嗒声。涡轮机的嗡嗡声和我们皮肤上的气流涌动不过是给无边的寂静裹上了一层棉絮。我们正以十八秒一英里的速度前行。

在机舱的前端，把头探出舱口围板仔细地往车厢里看。邮局职员们正在整理送往温尼伯、卡尔加里和梅迪辛哈特[1]的邮件袋，不过有一包贺卡已经放在了桌上。

铃声突然响起，机师们立刻跑到涡轮机阀门处待命，但是戴着眼镜的“U 型管射线之奴”却从未抬头。他必须看守着这道射线。邮船紧急制动并向后行驶，操纵台处传来了咒骂声。

“蒂姆正为了什么事大发雷霆呢。”霍奇森船长冷静沉着地说，“咱们一起看看去。”

珀内尔船长不再是半小时前我们离开时那副温文尔雅的模样了，而是化身为英国邮政总局权威的象征。在我们前面飘浮着一艘老旧不堪、打着铝制补丁的双螺旋桨飞船。这艘飞船脏得要命，像个流浪汉似的，让它在五千英尺航道上行驶简直相当于马车跑在现代马路上。它装了一个早已被淘汰的“炮塔式”指挥塔，这个指挥塔有六英尺长，前部配有带栏杆的平台。我们的警告光束在它上方晃动，就像是警用提灯照向现场鬼鬼祟祟的家伙。一个头发蓬乱、穿着短袖的驾驶员也像个潜行的小偷似的冒了出来。珀内尔船长扳开胶质舷窗，要面对面地和他谈谈。有些时候，用科技产品通话根本不过瘾。

“你到底在这里干什么，你这个扫烟囱扫到天上来的家伙？”他大声吼道，此时两艘飞船正并排飘浮着，“你知不知道这里是邮船专用航道？你不是自称驾驶员吗，老兄？我看你连卖玩具气球给因纽

1. 均为加拿大城市。

特人都不配。报上你的名字和编号！报告情况后下去！然后——”

“我已经被吹飞过一次了。”头发蓬乱的男人叫喊着，声音嘶哑得像狗吠，“有本事尽管冲我来啊，我可不在乎再来一次，邮差小子。”

“是吗，老兄？不过我会让你在乎的。我会拖着你的船尾，把你这艘臭烘烘的煤气炉子先拽到迪斯科岛[1]，再把你丢在那里。你要是因为堵塞航道而被撞散架的话，可是没法提出保险索赔的。你明白我的意思吗？”

接着，这位陌生的驾驶员痛苦地咆哮道：“瞧瞧我的螺旋桨！下面有一股重力风把我们冲击得就剩个骨架了！我们被吹出了大约四万英尺！飞船里头完全成了魔术师的演出道具——只是摆设而已！大副的胳膊断了，机师的脑袋割破了，引擎被撞毁的时候射线也熄灭了。而……而且……可怜可怜我，告诉我现在的高度吧，船长！我们怀疑飞船正在下坠。”

“六千八百英尺。你还撑得住吗？”珀内尔船长顿时把所有辱骂一概抛在了脑后，他探出胶质舷窗半个身子，一边向外凝视一边抽着鼻子。陌生飞船的气体已经泄漏，散发出刺鼻的气味。

“运气好的话，我们应该能被吹到圣约翰斯[2]。我们正试着堵住船首的气箱，可它就是不停地漏着气。”它的船长哀号道。

“它正像个秤砣似的往下沉。”珀内尔船长低声说道，“乔治，呼叫班克斯标船。”我们的倾角刻度盘显示，与流浪船并驾齐驱的这几分钟里，我们已经下坠了五百英尺。

珀内尔船长按下一个开关，我们的信号光束开始在夜空中摇摆，光柱转动着，穿越天际。

“这样应该能召唤到人。”他说。与此同时，霍奇森船长正注视

---

1. 格陵兰第二大岛，位于格陵兰本岛西海岸以西。
2. 加拿大纽芬兰岛东南阿瓦隆半岛北部城市。

着通用通信器。他已经呼叫了位于西边几百英里处的北班克斯标船，正在向其报告情况。

“我会在这里陪着你。”珀内尔船长冲着指挥塔上的孤独身影大声吼道。

“真有那么糟吗？”对方回答道，“我没给它上保险，它是我的个人财产。”

“早该猜到了。”霍奇森船长嘟哝着，“船主承担风险是最糟糕的情况！”

“我到不了圣约翰斯吗——在这种微风下也到不了？”他的声音颤抖着。

“在这里待着准备弃船。飞船上还有升力吗，在船首还是船尾？”

“什么都没了，只剩下船身中央的气箱了，而且也都在漏气。你瞧，我的射线熄灭了，而且——”泄漏气体的恶臭呛得他直咳嗽。

“你这个倒霉鬼！”这句话没让对方听见。“乔治，标船怎么说？”

“它想知道是否会对交通造成危险，说是它自己也碰上了一些天气状况，所以没法离开航站。我已经接通了总台，因此即使没人看到我们的光束，也一定会有人来帮忙——不然我们就得自己出手相助了。要不，我先去解开我们的吊索？坚持住！有我们在这儿！一艘‘行星’班船也到了！它立刻就能上来！”

“告诉它，准备好吊索。”珀内尔船长喊道，“时间不多了……快包扎好你的大副。”他冲着流浪船吼道。

“大副没事。是机师，他已经疯了。”

“拿个扳手来把他脑子里的水敲出来，快点！”

“可是如果你能在旁边伴行的话，我可以到达圣约翰斯。”

“二十分钟内你就会到达深不可测、水汪汪的大西洋了。你现在的高度已经低于五千八百英尺。快拿好你的证件。”

一艘向东行驶的“行星”班船以绝佳的姿态螺旋式上升，我们周围的空气被搅动得嗡嗡作响。它的胶质底部舷窗敞开着，运输吊索像触须一样垂了下来。它正一丝不苟地打着舵，在流浪船的指挥塔上方调整位置，这时我们关掉了光束。大副出现了，他的胳膊被包扎在身体一侧，蹒跚着爬进了吊篮里。一个脑袋上满是可怕猩红色的男人尾随着，嚷嚷着要回去架设他的射线。大副向他保证在班船的机舱里能找到一切就绪的新射线。脑袋缠满绷带的家伙这才兴冲冲地晃着身子爬了上去。一个年轻人和一个女人也跟着上了吊篮。班船在我们上方发出了虚伪的欢呼声，我们看到了交谊厅舷窗处乘客们的表情。

“真是个漂亮的姑娘。那个傻瓜现在还在等什么？”珀内尔船长说。

船长出现了，他还在恳求我们继续在一旁伴行，直到他到达圣约翰斯。他突然下去后又带着船猫回来了——看到这一幕，我们这些空虚渺小的人类发出了比任何时候都响亮的欢呼声。班船的吊索嗞嗞作响，升向上空。它的底部轰鸣着恢复原位。班船再次飞驰而去了。刻度盘显示高度低于三千英尺。

标船发信号指示我们必须处理掉弃船，此时它正鸣唱着死亡之曲，画着一条长长的、残酷的之字线，在我们的下方坠落。

“继续用光束照着它，然后发一个通用警告出去。”珀内尔船长说着，跟着它下降。

其实根本没必要这么做，空中行驶的班船都明白垂直光束意味着什么，无一不对我们和失事的飞船避而远之。

“可它总会沉入水里的，不是吗？”我问道。

“不一定。”珀内尔船长答道，“我知道有艘弃船倾覆后引擎掉了出去，然后这艘弃船仅仅靠着前部气箱在低空航道来回飘荡了三个星期。我们不能冒任何风险。戳沉它，乔治，麻利点。前方天气不好。”

霍奇森船长打开船底舷窗，把沉重的铁戳头从支架上悬吊下来，在班船上，这个支架通常被装在用作吸烟室长椅的箱子里。霍奇森船长在距离弃船两百英尺处放下了铁戳头。我们能听到新月形机械臂一边下降一边张开发出的飕飕声。弃船的前部被击穿，裂开了花，然后沿着对角线分裂成两半。我们的光束照着它，它的尾部先往下坠，像个迷失的亡灵般沿着这无情的光梯渐渐下滑，投入大西洋的怀抱。

“真是桩肮脏的勾当。”霍奇森船长说，“我想知道在旧时代这种情况是怎么处理的？”

我的脑海中也闪过了这个念头。如果那艘摇摇晃晃的弃船里塞满了旧时代的人们，每个人接受的教育（那种教育本身就很恐怖！）都是人死后很可能将永远遭受无法言喻的折磨，那么会发生什么事？

而几乎就在一代人之前，我们（我现在知道我们和祖先一样，只不过是在大地上进行了再度扩张）——我是说我们——曾将撕扯、撞击和杀戮这些勾当做到了极致。

这时蒂姆从操纵台赶来，大喊着让我们穿上充气救生衣，并且马上把他的救生衣拿来。

我们急急忙忙地开始穿这笨重的橡胶套装——机师们已经穿好救生衣并在气泵阀门处充气。英国邮政总局的充气救生衣是赛车手“闪现服”的三倍厚，而且腋下摩擦得厉害，令人非常难受。乔治接过舵轮，直到蒂姆把自己吹得圆鼓鼓的。如果你把他从操纵台一脚踹到甲板上，他都能反弹回来。不过现在“踹”他的将会是 162 号。

“标船疯了——彻头彻尾地疯了。”他哼了一声，回到操纵台。“它说前方有凶猛的暴风，让我停靠到格陵兰岛。我倒要看到它先漏气！我们刚才浪费了半个小时操心下面那只死鸭子，现在它倒要让我绕着北极挠痒痒？它以为邮政飞船是用什么材料建造的？用蚕丝糊起来的？乔治，告诉它我们这就直接开过去。”

乔治把他扣进了驾驶机架并打开了直接控制开关。现在蒂姆的左脚趾下放着左舷引擎加速器，左脚跟下则放着回动装置，另一只脚下也相应如此。升力分流器的止动器在舵轮边缘上突起，他的左手手指可以操控这些止动器。他的右手边则是准备就绪的中置引擎操纵杆，随时都能立刻开动引擎。蒂姆扣着皮带，身子向前倾，双眼紧盯着胶质舷窗，还竖起一只耳朵仔细聆听着通用通信器发出的声音。从这一刻起，无论要面对什么样的艰难险阻，他都代表着162号的力量和方向。

班克斯标船正在发送 A. B. C. 长篇累牍的交通指南。我们必须系牢所有“松散的物体”，罩好弗勒里射线，而且“在天气转好之前，绝对不能试图清扫指挥塔上的积雪”。我们还被告知，动力不足的飞船可以上升至升力极限处，邮船则要相应地留神避开它们。西行方向的低空航道非常颠簸，“暴风、旋涡、横风等险情频频发生”。

四周依然是漆黑一片。唯一的预兆是电荷引起的皮肤紧张感（我觉得皮肤紧张得就像个蕾丝匠用的枕头）和烦躁感，喋喋不休的通用通信器则让这种烦躁感高涨到了令人发狂的程度。

戳沉流浪船之后，我们已经前行了八千英尺，涡轮机让我们始终保持一百一十节的速度。

在遥远的西方，有一个细长、模糊的红色身影出现在低处，那就是北班克斯标船。它的四周围着时起时落的点点亮光——犹如晕头转向的一众行星围绕着一颗不稳定的太阳——那是无助的飞船紧紧依偎着它的亮光，只为有它相伴。难怪它没法离开航站。

它警告我们要小心一个巨大的旋涡造成的反流，连它都在这个旋涡（它的光束照出了这个旋涡）中来回晃动了起来。

我们附近的黑暗深渊渐渐地铺上了一片片微微发光的薄层，这些薄层不断盘绕、形状多变，其中一片形成了一团灰白色的火焰，颤抖着急切地等待着，直到我们扫过这团火焰时。它像个怪物似的跃过黑暗，照亮了邮船船头的正中央，在上面飞快地打了个转，便晃了开去。我们的船首轰鸣着往下沉，仿佛那团火焰是铅制的一般。邮船下沉后继续颠簸前行，然后又被下一阵暴风吹得跌跌撞撞。蒂姆的手指在升力分流器上敲打着数字的和弦——1:4:7、2:4:6、7:5:3等等。现在他仅仅通过气箱来控制邮船，使邮船在不安分的气流中时而升高时而降低。三台引擎都在工作，因为这种如履薄冰的状态越早结束越好。整个上层拱顶都充满了灰白色的氪蒸汽，我们的表面摩擦阻力可能会激发氪蒸汽产生骇人的景象。我们不敢往高处走，标船提示我们也许可以从上下气层间（五千到七千英尺之间的高度）逃离，如果……我们的船头罩上了一层蓝色的火焰，像剑一般往下坠落。人类的任何技能都跟不上这变化多端的张力。我们的船首被旋涡卷了进去，船身倾斜三十五度（倾角刻度盘的读数和我上下晃动的身体都记下了这个角度）向下俯冲了两千英尺。涡轮机尖鸣着，螺旋桨在这稀薄的空气中吃不上力。蒂姆同时将五个气箱中的升力全部分流了出来，驾驶着仅剩船身重量的邮船像子弹一般穿过大旋涡，直到它落在了三千英尺下方一阵往上吹的强风上，引发一阵震摇。

“现在我们成功了！”乔治在我耳边说道，“最后的那段滑行中，我们的表面摩擦阻力干掉了所有张力！蒂姆，小心横风，邮船需要一些支撑。”

“我已经控制住它了。”蒂姆回答，“起来吧，老家伙。”

邮船高傲地抬起船身，可是横风就像愤怒的天使挥动着翅膀，将它左推右搡。它被摇晃得完全脱离了航道，却又被拍打回原来的位置，只是接着又被甩到一边，再度陷入混乱之中。我们身边的放电光球从未消失过，或是在船首徘徊，或是从船首翻滚到船中央，邮船四周和邮船内的电流噼啪作响，其中还夹杂着一两阵冰雹的啪嗒声——在任何一片海洋上都见不到这样的冰雹。我们必须放慢速度，否则会伤到邮船背部，引起纵摇。

“空气真是完美的弹性流体啊，”乔治咆哮着，声音压过一片喧哗，“差不多和法斯特涅岩扑来的顶头浪一样有弹性，不是吗？”

他还不完全具备一名优秀船长的素质。如果你在天国神灵清点金库余额的时候闯入天国，又如果你以九十节的速度驾驶钢铁飞船横冲直撞，在令人不寒而栗的电压中穿梭自如，从而扰乱了至尊之神们制定的秩序，那么你在遭遇粗鲁回应时就不应该有所怨言。蒂姆对此面不改色，上牙咬住下唇一角，目光投向前方二十英里处的一片漆黑，每转动一次手柄他的指关节都要迸发出猛烈的火花。他不时地晃一晃脑袋来甩掉眉毛上滴下的汗水，而每当这个时候，一直等待机会的乔治就会滑下船舷扶手，用一块红色的大手帕迅速给他擦一把脸。我永远想不到有人能在这样持续操劳的情况下还能如此冷静地思考，而在暴风最严重的那地狱般的半小时中，蒂姆做到了这一点。我们被温暖或是冰冷的负压四处拖拽，在重力风顶端被喷出，被旋涡卷住旋转下坠，又被横风猛击到一旁，抬头只看见星星以令人目眩的速度飞驰，一旁的月亮晃晃悠悠，像醉了一般。我听到了中置引擎操纵杆滑进滑出发出急促的咔嗒声，升力分流器的低吼声，以及艏舵为了扎入任何能让邮船喘息片刻的平静之地而发出的尖鸣声——这尖鸣声比邮船外怒吼的风声更响亮。在艏舵和左舷螺旋桨的共同发力下，我们终于开始倾斜着往上爬。只有最高超的气箱平衡技术，才能让我们免遭像老式来复枪弹头一般疯狂旋转的命运。

“我们得设法钩住那艘标船的迎风面。”乔治喊道。

“根本就没有什么迎风面。”双手紧扣着一根立柱的我摇晃着，无力地反驳道，“怎么可能会有？”

他笑了起来——此时我们正一头栽入一阵波及上千英尺的暴风中——这个戴着充气风帽的红皮肤男人竟然笑了起来！

“你瞧！”他说，“我们必须提高升力摆脱开那些寻求庇护的船只。”

标船就在我们下面的西南方向附近，此刻正在它那慌乱的星系中心起伏波动。天空上下充斥着不停晃动的灯光。我猜想它们大多都在试图迎风而立，但是都失败了——毕竟它们又不是九头蛇。一艘气箱动力不足的“莫格拉比”号飞船已经上升至升力极限处，却发现情况毫无改善，又往下坠落了几千英尺。接着它遭遇了一阵超强重力风，被吹得像一片枯叶般直打转。可它却并没有就此关闭引擎，而是向后行驶，不用说，差点儿撞到标船的时候它就像是撞了墙似的被弹了回去，标船简短地回敬了它一句——用辞自不必详述（我们的通用通信器接收到了）。

“它们要是能安静地坚持一下，情况会好一些，”乔治平静地说，此时我们正像蝙蝠一般爬升到所有飞船上方，“但有些船长会在升力不足的条件下航行。蒂姆，那艘‘塔德’号飞船以为自己在干什么？”

“在玩追吻游戏[1]呢。”蒂姆不动声色地回答。一艘泛亚直航（T. A. D.）班船找到了一条平滑路线并全速冲了过去，然而这平滑路线的末端埋伏着一个旋涡，结果这艘 T. A. D. 班船就像指尖弹出的豌豆似的，翻滚着飞了出去，边往下方逃离边疯狂地减速，差不多是完蛋了。

1. 若干人围成一圈，一人在圈外将手帕掷于某人后面，拾得手帕者即追此人，追上则两人亲吻。

“现在它该满意了吧。”蒂姆说，“幸好我们不是标船……我需不需要帮助？”通用通信器控制盘传来的声音引起了他的注意，“乔治，你可以告诉这位绅士，同时向他致以我的敬意——敬意，记住了，乔治——告诉他我不需要帮助。那个多管闲事的沙丁鱼罐头是谁？”

“一艘里穆斯基拖船，正在搜寻需要牵引的飞船。”

“谢谢里穆斯基拖船的好意了。我们这艘邮船现在不需要牵引。”

“哪里有救援机会，这些拖船就往哪儿跑。”乔治解释道，“我们都管它们叫三趾鸥。”

我们附近瞬间出现了一艘飞船，这艘飞船长九十英尺，船头较长，光面钢材质。它的吊索已缠绕好，随时准备营救。从它敞开的指挥塔内伸出了一只手臂。这个人正在抽烟，他心平气和地躺着，任由狂暴的气流摆布，那正是我们挣扎逃出的那股气流。我看到他的烟斗肆无忌惮地往上飘着烟，接着这飞船落了下去，就像一块往井里落下的石头。

我们刚刚摆脱了标船和它不守规矩的邻居们，风暴却戛然而止，消失得和它出现时一样突然。一颗流星向北划过，陨石在大气层中燃烧殆尽，闪耀的绿光填满了整片天空。

乔治说：“这下子也许一切都能平静下来了。”

正在他说话的时候，狂乱的风停下来了，各个气层都填平了；横风在悠长缓和的起伏中消逝；我们前方的航线变得平坦。不到三分钟内，标船附近的那群飞船就亮起了电力灯，呼啸着离开，各忙各的去了。

“发生了什么事！”我喘着气说道。精神上的混乱和电荷引起的体表刺痛感都消失了，我的充气救生衣沉得就像块铅。

“天晓得！”乔治船长严肃地说，“那颗流星的表面摩擦力释放了各个流层的电荷。我以前见过这种情况。咻！总算能松口气了！”

我们从一万英尺降落到六千英尺，并脱掉了湿乎乎的救生衣。蒂姆关闭了引擎，走出驾驶机架。标船正从我们后方驶来。在这片天籁般的寂静中，蒂姆打开了胶质舷窗，擦了一把脸。

“你好啊，威廉姆斯！”他呼喊道，“你离开航站一两度了，是吗？”

“可能是吧。”标船回答道，“今晚我的同伴有点多。”

“我注意到了。这气流真是有点猛啊！”

“我警告过你了。你为什么不退到北边？向东行驶的邮船都这么做了。”

“我？等我开上极地肺痨患者疗养院专用飞船的时候再说吧。你还躺在摇篮里的时候，我就已经在开飞船了呢，我的孩子。”

“我绝不否认这一点。”标船船长轻声说道，“即使是在我的见识范围内，你刚才驾驶飞船的表现也无人能及——我对雷电风暴中交通情况的评判还是相当公正的。”

蒂姆听了这番恭维话，明显有些飘飘然。操纵台上的乔治船长使了个眼色，手指指向钉在轮舵上方蒂姆的望远镜支架上的一幅肖像，肖像上是一名魅力非凡的女子。

我明白了，这下我全明白了！

上方传来了阵阵交谈声，内容诸如“周五过来喝茶”、弃船命运的简短汇报等等。蒂姆边下降边主动提道：“作为一名 A. B. C. 成员，年轻的威廉姆斯不那么像个自命不凡的傻瓜，比起那些……乔治，你能来照看一会儿邮船吗？这样我就能去查看一下左舷推进器——我感觉它有些发热——然后我们再接着往前开。”

标船快乐地发出嗡嗡声，悬挂在指定的空中停靠点。在这里它是不带遮掩的气象台，是救生艇站，是营救拖船，是法庭——在方圆三百英里内监管申诉和气象的终极机构直到下周三才有替班标船穿越星空来接替它困难重重的工作。它那黑色的船身、双指挥塔和随时待命的吊索象征着那古怪的旧世界权威遗留在这个星球上的一切。标船只对空中管制委员会负责——就是蒂姆对之冷嘲热讽的那个 A. B. C.。但是这个半选举、半提名产生的，包含几十名男女成员的机构控制着这颗星球。我们的格言是“交通即文明”。从理论上说，只要我们不干扰交通及其相关事务，即可为所欲为。但是实际上，A. B. C. 可以批准或废除任何国际协约，而且从其最近的一份报告看来，我们宽容、幽默、懒惰的小星球十分乐意将公共行政的全部责任都转移到 A. B. C. 肩上。

我和蒂姆在操纵台上边小口抿着马黛茶，边讨论这个问题。与此同时，乔治驾驶着邮船以五十五英里的时速画着美丽的上升弧线，轻拂过朦胧的白色班克斯岛。倾角刻度盘把这一切都转化成了记录带上潦草的流动曲线。

蒂姆拢起一团记录带并检查了最后几英尺，这几英尺上记录着 162 号在雷电风暴中穿行的路线。

“我已经有五年没开出这么慌乱的记录了。”他懊恼地说。

邮船的倾角刻度盘会把每次行程中每一码的情况都记录下来。记录带随后会上交给 A. B. C.，由 A. B. C. 对其进行整理并拍摄用于指导船长操作的组合相片。蒂姆端详着他不可挽回的过往记录，摇了摇头。

“你瞧瞧！在这里以五十五度的倾斜角下降了一千五百英尺！我们当时肯定倒立过来了，乔治。”

“可不是嘛，”乔治回答道，“我猜我当时就注意到了。”

乔治或许没有珀内尔船长那般敏捷，但他确实是个地地道道的驾驶能手，就连他敲着分流器按键的宽大手指都能体现出这一点。记录带上留下的飞行曲线令人赏心悦目，找不出一丝犹豫的痕迹。标船垂直的光轴在东边落下，渐渐融入身后的星空。在没有行星升起的西方，特里尼蒂湾（我们仍然保持着南方路线）的三根竖直光柱形成了一片低垂的薄雾。我们似乎是整片天空下唯一静止不动的物体，悠然自得地飘浮着，等待着陆塔随着地球旋转而出现在我们面前。

时间分分秒秒地过去，静音钟显示我们正以十六秒一英里的速度前进。

“多么美妙的夜晚啊。”蒂姆说，“我们没准儿还能见着‘时间的主人’呢。”

“他马上就要来了。”乔治回过头说道，“我正追着夜晚往西走。”

前方的星光渐渐模糊，仿佛一层薄雾悄无声息地抽身而去。然而我们皮肤上强烈的气流涌动却换来了一片欢呼声。

“是黎明阵风。”蒂姆说道，“阵风之后，太阳就要出现了。看哪！看哪！笼罩在船头上方的黑暗正渐渐退去！快到后舷窗来，我给你看些东西。”

机舱里又闷又热，车厢内的职员已经睡着了，“射线之奴”也准备跟着去休息。蒂姆拉开了后舷窗，这个世界的曲线便展现在我们眼前——深紫色的海洋镶着一道金边，这道金边光芒万丈，晃得人睁不开眼。太阳升起来了，阳光穿过舷窗，灯光随之熄灭。蒂姆皱起了眉头。

“囚笼里的松鼠。”他喃喃自语道，“我们只是囚笼里的松鼠罢了！太阳前进的速度是我们的两倍。等几年走着瞧吧，金光闪闪的朋友，我们会有办法让你大吃一惊的。我们会像约书亚[1]一样让你停滞不前！”

是的，这就是我们的梦想：可以随心所欲把整个地球都变成亚雅仑谷。目前我们已经可以在此类纬度上把黎明延长到正常时长的

1.《圣经》中约书亚祷告，求神使日头停在东边的基遍，月亮停在西边的亚雅仑谷。

两倍。但总有一天，太阳就算全速前进，我们也能让它跳不出水平线——即使在赤道上也能做到这一点。

现在我们往下望去，海面上乌压压的一片，拥堵不堪。一艘大型潜艇突然跃出水面。随后一艘又一艘潜艇接连出现在水面上，它们溅起水花、激出漩涡、因释放压力而猛烈地冒着气泡。漫漫长夜已经过去，这些深海潜行的载货潜艇正升出水面换气，悠闲的海洋顿时遍布孔雀眼睛般的泡沫。

“我们也要换换气。”蒂姆说。当我们回到操纵台时，乔治已经关闭了引擎。胶质舷窗敞开着，新鲜的空气扫遍邮船。时间很充足，旧合约（在年底将修订这些旧合约）对每趟行程限时十二个小时，但任何邮船都可以将此规定抛在脑后，因为它们都能在十小时内完成行程。因此我们便依偎在一阵顺风的怀抱中享用着早餐，这阵向东的顺风推动着我们以二十秒一英里的速度慢悠悠地前行。

在这个阳光明媚的早晨，在斑驳的大西洋云带上方半英里左右之处，在一场让你的神经饱受考验的雷电风暴之后，我们抽着烟，享受着生活。正当我们讨论到越来越拥堵的交通和将高层航道保留自用的优越性时，从一艘医院飞船上传来了晨祷声（我还是第一次听到）。

它藏在我们下方一团凌乱的云朵之下，我们先是听到了吟唱声，然后才看到它渐渐上升，沐浴在阳光之中。“噢，神赐之风啊，”看不见的声音歌唱着，“让我们赞美主！让我们永远崇拜祂、称颂祂！”

我们摘下帽子，也跟着唱了起来。当我们的影子落在它敞开的大站台上时，他们都抬头往上看，边唱着歌边友善地伸出手来。我们看到了医生、护士和躺在轻便病床上脸色苍白的病人们。它缓缓地从我们下方飞过，向北驶去。它那被夜晚的露珠浸湿了的船身在阳光下熠熠生辉。虽然它已消失在一朵云彩的阴影里，它的歌声依然回荡在耳边。“噢，圣洁谦卑的人们啊，让我们赞美主！让我们永远崇拜祂、称颂祂。”

“它肯定是一艘肺痨患者公共飞船，否则它不会唱着‘万物颂’；而且它肯定来自格陵兰岛，否则它的舷窗上不会挂着防雪帘。”乔治最后说道，“它肯定是飞往腓特烈港[1]或是某家冰川疗养院停留一个月。如果它是一艘急症室飞船，那么它应该在八千英尺的航道飞行。是的——它是一艘极地肺痨患者疗养院专用飞船。”

“历史总是不断地重演，真是有意思。”蒂姆回答道，“我曾在书上读到，野蛮人过去常把生病或是受伤的同类送到山顶，因为那儿的微生物较少。我们则把他们送到高处，让他们在无菌空气中待一段时间。其中的道理是一样的。医生说人类的平均寿命现在延长了多少？”

“三十年。”乔治说道，眼里闪着光，“蒂姆，我们要把这三十年都献给天空吗？”

“那就继续飞吧。继续飞。谁会拦着你？”我们回到邮船内时，老船长蒂姆笑了起来。

我们往上拉升了一大截，避开了沿岸和大陆航线的飞船，我们有必要这么做。尽管我们的航线绝不算是繁忙，但沿线航行的飞船也是源源不断。我们遇见了来自大保护区的哈得孙湾皮货商，它正忙着从博纳维斯塔出发，为贪得无厌的市场运送紫貂和黑狐狸。我们与基韦廷班船交会，这些班船又小又拥挤。它们的船长从未见过特里佩西和布兰科之间的土地，却对他们从西非带回来的黄金种类了如指掌。我们还遇到了泛亚直航班船，它们在东经五十度线附近以七十节的速度静静地进行环球旅行。漆成白色的水果商船“阿克

1. 丹麦港口。

罗伊德和亨特”号来自南方，它们从我们的下方疾驰而过，敞开通风的船体发出了中国风筝般的呼啸声。它们的市场在北方，在那些北部疗养院之间，你可以在那里的冰天雪地中闻到它们运来的葡萄柚和香蕉的香气。我们还看到了阿根廷牛肉船，它的容量巨大，外形却一点儿也不讨喜。它们也在为北部疗养院提供补给，这些疗养院位于冰封的港口，潜水艇不敢在那些港口浮出水面。

黄色船腹的运矿平底船和昂加瓦油罐船从北方从容地驶来，好似一串串不曾受惊的野鸭。其实让矿石和石油多“飞行”一英里都不划算，但是在内恩或希伯伦[1]海域的大片浮冰中把交通工具换成潜水艇的风险实在太大了，因此这些重型载货飞船都直飞哈利法克斯[2]，在一路上留下它们的气味。它们是除了阿萨巴斯卡粮船外，空中体型最大的不定期货船。由于小麦已经运输完毕，阿萨巴斯卡粮船越过了世界的肩膀，正忙着在西伯利亚运送木头。

我们抵达圣劳伦斯河[3]上空（令人惊讶的是，古老的水路依然深深地吸引着我们这些航空时代的孩子们），漂浮的冰块间夹着宽阔的黑色航线，沿着这道航线一直前行到我们的祖先用智慧留给这个世界的飞船停靠场——那条无人不知、无人不晓的魁北克航道。

我们提前二十分钟降落到高空航道接收塔，并轻松自在地悬在那里，等待着横滨中转邮船离开后给我们腾出合适的滑道。此时观察结霜的河滨沿岸一整排定位夹的动态，有一种奇妙的感觉，飞船或是离开，或是停下休息。一艘汉堡来的大飞船正在驶离吊桥，它的船员边卸下站台栏杆，边开始唱起《埃尔西诺》——我们最古老的水手歌。你一定知道歌词：

1. 均为加拿大港口。
2. 加拿大新斯科舍省的省会。
3. 北美洲河流，位于加拿大和美国境内。

鲁根妈妈在波罗的海岸边有家茶馆，
四十对情侣跳着华尔兹旋转！

你可以守着我的射线，
因为我必须离开，
到埃尔西诺与埃拉·斯韦恩共舞！

喏——喏——喏——喏——
从苏拉巴亚向西前往波罗的海——
每小时九十节飞往斯卡恩角！
飞到鲁根妈妈在波罗的海岸边的茶馆，
在埃尔西诺与埃拉·斯韦恩共舞！

定位夹松开的姿态就像是在愤慨地开除员工，仿佛白雪覆盖下闪闪发光的魁北克正在驱逐这些亮光和配不上它的情人们。我们接到了高空航道接收塔发出的信号。蒂姆掉转邮船的方向并使它向上飘浮，巨大的接收塔猛然打开双臂，那个瞬间它一定是满怀热情——又或许我之所以会这么想，是因为在上层工作台上有个戴着头巾的小身影也对着她的父亲敞开了怀抱？

不到十秒钟的工夫，载着职员的车厢咣咣当当地下降到了接收井，在闲置的涡轮机旁，维修工人换下了机师。而比任何人都更加以此为豪的蒂姆，向之前在架子上相片中看到的女子介绍了我。"顺便说一句，"他戴着便帽，在阳光中向前迈了一步，他告诉她，"我见到标船上年轻的威廉姆斯了，我邀请他周五过来喝茶。"

（武艾琳　译）

现代科幻小说之父

早期作者们取得的成就、科学与社会上正在积聚的变革力量似乎都汇聚在了一位身材瘦小但富有洞察力的英国人身上，他就是H. G. 威尔斯。他于1866年生于肯特郡布罗姆利市，该地距离伦敦只有数英里，当时儒勒·凡尔纳的第一部科幻小说刚刚出版几年。1946年，他以一位著名而富裕的作家的身份逝世，他在一生中见证了科幻小说成为一种专门的文学类型，也见证了世人意识到科幻小说中提到的一些梦想和恐惧成为现实。

威尔斯的父亲是一位园丁，也是一名职业板球运动员。威尔斯的母亲是一位贵族女子的侍女。威尔斯的父母结婚时，买下了一座经营不善的、名为“地图之屋”的陶器店。年幼的威尔斯就在这里出生、长大。威尔斯的母亲希望看到自己的孩子有一个稳定的职业，她曾让威尔斯去做服装商人和药剂师的学徒。

威尔斯将自己能够成功逃脱母亲设计好的维多利亚式传统世界归功于两次断腿事件：当他年幼时，摔断了自己的腿，他的父亲因此把他引入了灿烂的书海；他的父亲摔断了腿，因此结束了板球生涯，也结束了在陶器店贩卖板球器材的生意，那是店里唯一能卖得出去的东西，而威尔斯的母亲此时成了阿帕克宅邸的管家。阿帕克宅邸的图书馆藏书可供威尔斯阅读，母亲挣的钱也足够让威尔斯去上学。

威尔斯思维敏捷，很快就独立地轻松掌握了全部科目，并创作了很多文章，文章几乎涉及所有领域，包括科学、历史和经济学。他在写作上的抱负也正遇到了合适的时机，正如他在传记中写道："阅读的习惯正在向新的社会阶层传播，他们有着特别的阅读需求和好奇心……人们需要新的书籍，需要新的作者。"

威尔斯获得了南肯辛顿科技师范学院的一份奖学金，并在那里学习了三年。他起初在伟大的托马斯·H. 赫胥黎的指导下度过了一段正式的生物学学习期，赫胥黎是达尔文主义的拥护者。达尔文在1859年出版了《物种起源》一书，在西方世界掀起了一场风暴。达尔文的理论也通过赫胥黎对威尔斯产生了很大影响。在第二年和第三年，威尔斯学习物理学和地质学，但因为教学质量不佳，威尔斯最后放弃了。随后他通过考试，获得了生物学学位。他在一所函授大学工作了一小段时间，写了一本生物学教科书，随后成了一名专职作家。

威尔斯一开始创作短文，在1891年发表了数篇形而上学的思辨文章。随后他意识到要想在写作事业上取得成功，需要写更为贴近大众的主题。1894年，他开始利用他在科学方面的独特学识撰写他称之为"适合闲坐阅读的小故事"，并在1895年出版了《时间机器》（*The Time Machine*）一书，达到创作的巅峰。自从在师范学院就读起，他就以各种形式围绕这个主题进行着创作。这本书立刻获得了成功。除了短篇小说，他也以一年一本的速度创作长篇小说。他的长篇小说被称为科学传奇故事，比如《莫洛博士的岛》（*The Island of*

Dr. Moreau，1896）、《隐身人》（*The Invisible Man*，1897）、《世界大战》（*The War of the Worlds*，1898）、《当睡者醒来时》和《月球上的首批人类》（*The First Men in the Moon*，1901）。

这些作品使他名声大噪，尤其是《世界大战》。这本书在世界各地重印，也常常在报纸上连载。小说中外星人摧毁的地点也随着发行地点而变化。1938年，奥森·维勒斯在播放时将故事地点改成了纽约[1]。乔治·佩尔又在1953年的电影中把地点改为洛杉矶[2]。威尔斯确立了自己的地位后开始转向创作其他类型的作品：如《基普斯》《托诺-邦盖》《布里林先生对此已经看得够多了》《乔恩和彼得》等现代小说和《世界史纲》《生命之科学》《人类的劳动、财富和幸福》等百科全书。

但也许威尔斯最关心的是如何提高人类的生存条件。在师范学院就读时，他就曾参加过费边主义者的会议。成为一名成功的作者后，他转为正式成员。费边主义者认为，工业化所带来的财富应该被更有效地分配，才可以终结世界上的贫穷和饥饿。威尔斯提倡，善良的人应该建立新的世界秩序，并将这种思想在他的书中表达出来，这些作品包括《一个现代乌托邦》《获得自由的世界》《人如神祇》和《未来事物的形态》。

威尔斯并不认为他的科学传奇故事遵从了儒勒·凡尔纳的传统，也拒绝人们称他为"英国的儒勒·凡尔纳"。他称凡尔纳的作品"往往讨论发明和发现实际出现的可能性……但是我的作品……并不会试图去讨论可能发生的事情。它们是在一个很不同的领域的一场想象力练习，它们和阿普列乌斯的《金驴记》、琉善的《一个真实的故

1. 指1938年哥伦比亚广播公司（CBS）播放的广播剧《世界大战》，由美国演员、导演、编剧奥森·维勒斯担任主播。
2. 指1953年的电影《世界大战》，由匈牙利出生的美国导演、影视出品人乔治·佩尔担任制片人。

事》、小说《彼得・施莱米尔》[1] 和《弗兰肯斯坦》属于同一类作品”。威尔斯最喜欢的小说是《格列佛游记》。

威尔斯的写作技巧在于他会向读者展示奇异的事物、奇怪的特性或者陌生的世界，然后展示出普通人会对它们做出何种反应。他写道：“让这些想象中的事物变得有趣的诀窍在于将它们用日常用语来表述，然后把其他奇怪的事物都严格地排除在故事之外。然后，故事就会变得很有人情味……幻想小说的作者们想要帮助读者很好地参与到这场想象力的游戏中，就必须用各种可能的方式潜移默化地帮助读者，把他们引导进不真实的假设中。作者必须诱导读者，让读者在不经意之间承认某些似是而非的假设，并在读者还沉浸在这种错觉之中时，推进自己的小说。”

他的小说中出现过各式各样的灵感。有些改编自别人的小说，但是大多数都应该是他原创的：通过机器进行时间旅行、通过化学药品或者快速运动让人隐型、外星人的袭击、生物学上的一些特殊现象、超人、平行世界、坦克和飞机的战争、原子弹、世界性的灾难、外星人对人类进化的影响、食人植物、来到地球附近的天体、星际电视、史前人类、蚂蚁的征服、海洋生物的袭击……他尤其关注进化：也许人类的进化还没有停止，也许其他生物，比如说蚂蚁或者巨型乌贼，可能进化成为人类的竞争者。

威尔斯通过自己的写作技巧和激动人心的创意扩大了科幻小说的读者群，一如凡尔纳在他之前所做的一样。威尔斯利用他批判性的思维和出众的写作技巧，将科幻小说带到了一个之前从未触及、之后也很难达到的高度。

当雨果・根斯巴克想要说明他想在他的新杂志上发表什么样的

1. 出生于法国的德国自然学家、诗人阿德尔伯特・冯・沙米索所著作品。

小说时，威尔斯是根斯巴克提到的第三位作家：“当我说‘科幻小说’时，我指的是儒勒·凡尔纳、H.G. 威尔斯和埃德加·爱伦·坡创作的那一类小说——令人陶醉的传奇故事，其中混合了科学事实与对未来的预测。”

（赵佳铭　译）

星

[英国] H. G. 威尔斯

就在新年的第一天，三家天文台几乎同时宣告：在围绕太阳运转的所有行星中最靠外的海王星，其运行已经变得十分不稳定。奥格威在 12 月就提醒大家，海王星运行速度出现了可疑的减缓，这颇为值得关注。没人指望这样一条新闻能引起世人的兴趣，这世上大多数人甚至都并不知晓海王星的存在。随后，人们又在那颗被扰动的行星附近发现了一块昏暗而遥远的光斑，但在职业天文学界之外，这也同样没有引起什么热度。然而，科学界人士却发现这些消息至关重要，即便在随之而来的异变被发现之前：这个新物体正在迅速变大变亮，其运动与行星的正常轨迹迥然不同，海王星及其卫星也已经史无前例地偏离了它们的正常轨道。

在那些没有经历过科学培训的人当中，几乎没有人能意识到太阳系是如此地孤立。太阳带着它那些如斑点一般的行星、如灰尘一般的小行星以及几乎可以忽略不计的彗星，在难以想象的无尽虚空中游荡。海王星的轨道之外是太空——至少在人类所能观测到的范围内，那里只有一片虚无。没有热量，没有光，也没有声音，只有二十万亿英里那么远的虚空。这距离是对我们试图到达最临近恒星所要跨越的距离的最小估计值。除了那些比萤火之光还要微弱的彗星，人类所见中还从未有什么东西曾跨越过这空间之渊。直到20世纪早期，这颗奇怪的游荡者出现了。这一大团物质硕大而沉重，毫无预兆地从黑暗而神秘的深空冲进了太阳的万丈光芒中。第二天，只需要一台合适的设备就可以清晰地看到它，它在狮子座的轩辕十四附近，如同一块隐约可见的光斑。再过不久，用一台观赏戏剧用的小望远镜就能看到它了。

新年的第三天，南北两半球的人们从报纸中第一次意识到了这个天外异客的真正重要性。伦敦的一家报社刊登了题为《行星撞击》的头条新闻，并宣布了杜基的观点：这颗奇异的新行星将有可能与海王星相撞。许多知名作者也对此话题做了更进一步的阐述。因此，在1月3日，世界上绝大多数都市中的人们即使心里不太确定，也都暗暗预期着在夜空中即将会发生的异象。随着夕阳西下，黑夜在世界各地逐渐来临，数以千计的人们将他们的目光投向夜空——却只看到和平日一样熟悉的群星。

直到伦敦进入拂晓时分，北河三落入地平线以下，头顶的群星变得暗淡。这正是冬季的黎明：白昼的微光逐渐明朗，煤气灯和蜡烛的光芒在窗户上映照出昏黄的色彩，显示出那些起床活动的人家。但那些打着哈欠的警察却看到了这个场景，市场上忙碌的人群目瞪口呆地停下了手里的活计，准时上班的工人、牛奶工、送报车司机、拖着疲惫身躯回家的浪子、无家可归的流浪汉、正在巡逻的哨兵、在野外跋涉的劳工、溜回家的偷猎者，在这个正在昏暗中苏醒的国家，每个人都可以看到——在远洋中正等待着白天的水手们也可以看到——一颗巨大的白色星星突然出现在西方的天空！

它比天空中的任何星辰都要明亮，比夜晚星星最亮的时候还要明亮。在白天来临之后一个小时，这颗亮白硕大的星星仍在发出光辉，它不是一个闪烁的光点，而是一个清晰可见的发光小圆盘。在那些不知科学为何物的蛮荒之地，人们恐惧地注视着这颗星星，互相诉说着这个在天堂中燃烧的征象所预兆的战争和瘟疫。健硕的布尔人、黝黑的霍屯督人、黄金海岸的黑人、法国人、西班牙人、葡萄牙人，都站在日出的温暖光芒中，注视着这颗奇异星星的下落。

在众多的天文台，科研人员曾被压抑的兴奋情绪突然爆发出来，人们兴奋的叫喊简直高涨到了顶点——这是因为两个遥远的天体撞到了一起。科学家们来来回回地搬运那些摄像仪和分光镜，一会儿搬来这个器械，一会儿搬来那个仪表，来记录这新奇而惊人的奇观——世界的毁灭。一个世界，我们地球的一个姐妹行星，实际上比地球大得多，突然走向了烈焰中的死亡。海王星已经被那个来自外太空的奇特行星彻底而干脆地撞毁了，冲击产生的热量也迅速将这两个坚实的球状星体熔成了炽热的一大团。那天黎明前的两个小时，那颗苍白的巨大星体消失了。它在西落的同时逐渐暗淡，随后升起的太阳掩盖了它。世界各地的人们都对此感到惊讶，然而没有人会比那些习惯于观测星辰的水手更吃惊了。他们远在大洋，对此事一无所知，只是看到了一个像缩小版月亮般的东西升向天顶，悬在当空，之后又随着黑夜的逝去而西沉。

当它下一次在欧洲的天空中升起时，观测者们挤满了山坡、屋顶和开阔的地方。他们凝视着东边天空中这颗巨大的新星缓缓上升。它前面有一片白色的光芒，就像白色火焰发出的炫目光辉一样。有些人在前一天夜里就亲眼见过这颗星星的诞生，又一次看到它时，他们大声叫喊：“它变大了！”他们还喊道：“它变亮了！”事实上，正在西边落下的月亮有满月的四分之一大，看上去很明显要比那颗星星大得多，但即便是这么大的月亮，也达不到和那颗小圆圈一般的新星同样的亮度。

“它更亮了！”街上成群结队的人们叫喊着。但是在那些昏暗的天文台中，观测者们屏住呼吸，面面相觑。“它更近了，”他们说，“更近了！”

一个又一个的声音重复着：“它更近了。”这句话被咔嗒作响的电报发出，又随着电话散播开。上千个城市中，满身污垢的排字工人拨弄着铅字。“它更近了。”在办公室工作的人们猛然意识到这异常的情况，摔掉了他们的笔；在各地闲聊的人们也突然从这句话中察觉了这个怪诞的可能：“它更近了。”这条消息沿着正在苏醒的街道迅速传播，在宁静村落的冷寂小径上被大声喊出。刚刚从颤动的电报纸带上了解到这件事的人们站在被黄色灯光照亮的门口，向过往的行人喊道：“它更近了。”漂亮的女人们，面容红润，珠光宝气，在舞曲的间隙听到人们滑稽地谈论着这些消息，然后又假装感兴趣的样子，显得自己很聪明：“更近了！真的，这多奇怪呀！发现这些事情的人们得多么、多么的聪明呀！”

孤独的流浪汉行走在冬夜中，他们抬起头望着天空，低声咕哝着安慰自己：“它是该近一点，夜晚就像慈善机构一样冷冰冰的。就算真的更近了好像也没觉得暖和，都一个样。”

“一颗新的星星和我又有什么关系呢？”一个正伤心哭泣的女人跪在她死去的亲人旁边哭喊道。

一个学生为了复习考试早早就起床了，正自己推算着——那颗巨大的白色星星，透过那结着霜花的窗户，远远地发出明亮的光芒。“离心力，向心力，”他说着，用拳头支起下巴，“阻止一颗正在飞行中的行星，去掉它的离心力，然后会怎么样呢？它就会受到向心力，然后会飞向太阳，那么——”

“它会撞上我们吗？我真想知道——”

明亮的白昼和他的兄弟黑夜一样逐渐消退，在寒冷的暗夜中观测的人们又一次看到了那颗奇怪星星的升起。现在它如此的明亮，在它面前，那正在变满的盈月看起来就像一个悬在落日余晖中的巨大昏黄的鬼魂。在南非的一座城市中，一位大人物刚刚结婚。街道上灯火通明，以迎接他和新婚妻子的归来。“天空也为您而点亮。”溜须拍马的人如此说道。在摩羯座的照耀下，一对黑人情侣怀着对彼此的爱意，毫不畏惧野外的猛兽和邪灵，蹲在萤火虫环绕的甘蔗丛中幽会。“那是我们的星星。”他们低语道，在那颗星星甜美的光华之下，他们感到异乎寻常的欢愉。

一位数学大师坐在自己的房间中，推开了面前的一摞论文，他已经完成了计算。在一个白色的小药瓶中还残留着一些他在过去的四个晚上用来提神醒脑的药物。每一天，他都和之前一样淡然、明晰而有耐心地给学生们讲课，但一下课就立刻回来进行这项至关重要的计算。他的脸色凝重，略带憔悴，又因为服用兴奋药物而有些潮红。有一阵子他似乎沉浸在他的思考中，之后他走向窗旁，咔的一声打开百叶窗。在城市中那挤成一团的屋顶、烟囱和塔楼上方，那颗星星悬挂在半空。

他盯着那颗星星，仿佛盯着一个勇猛敌人的双眸。“你也许会杀死我，”沉默了一会儿，他说，“但是我可以了解你——也可以了解这个宇宙中的一切——只用我小小的大脑。即便是现在，我也不会改变我的想法。”他又看了看那个小药瓶。“现在没必要再睡觉了。”他说。第二天中午，他一分不差地准时走进讲学厅，把他的帽子习惯性地放在桌子的一端，然后精挑细选了很大的一截粉笔。他的学生中流传着这样的笑话：如果他手里不捏着一支粉笔，他就没法讲课。有一次学生们把粉笔藏了起来，他就一直心不在焉。在两道灰白的眉毛下，他的目光扫过阶梯教室中的一排排学生，用他惯用而经过深思熟虑的平实措辞说道：“出现了一些情况——而且这些情况已经不在我的掌控中了，”他停顿了一下，“这些情况会阻止我按照起初的计划完成授课。我看，各位，如果我要把事情说得清楚明了，那就是人类的一切都是徒劳的。”

学生们面面相觑。他们没听错吧？老师疯了？学生们扬起眉毛，笑嘻嘻地咧开嘴，但是仍然有那么一两个人专注地看着老师那镇定沉重的脸庞。“这会很有趣的，”他说，“把这个上午花在尽可能给你们解释清楚让我做出这个结论的计算上。让我们假设——”

他转向黑板，勾画出一张草图，就像他自己平时做的那样。“什么叫‘一切都是徒劳的’？”一个学生小声地对另外一个说。“注意听。”另外一名学生回答，朝着老师点了点头。马上他们就开始明白了。

那一夜，那颗星星晚了一些才升起，因为向东的自行，它穿过狮子座，向着室女座移动了一小段距离。它太亮了，在它升起的时候天空都变成了明亮的蓝色，其他星星都相继隐没在了它的光辉之中，只剩下天顶附近的木星、五车二、毕宿五、天狼星、天枢星和天璇星。它亮白而美丽，在世界上的许多地方，那晚人们都能看到它的外面围绕着一层苍白的光晕。它明显变大了，在热带地区的晴朗夜空下，这颗行星因为折射作用看起来有月亮的四分之一大。英格兰仍是冰霜覆地的时节，但此时的夜晚就如同仲夏的月夜一样明亮。人们可以在那清冷的光芒下阅读书籍，城市的灯光显得昏黄暗淡。

那一夜，世界上每个地方都无人入睡。在信奉基督教的地区，人们在热烈的乡村气氛中窃窃私语，就像石楠丛中蜂群的嗡嗡声，这种低声的嘈杂在城市中变成了铿锵的钟声。无数钟楼和教堂鸣起钟来，将人们召集到一起，别再睡觉，别再犯罪，而是来到教堂祈祷。头顶之上，那颗星星正变得更大更亮。地球如常运转，夜晚也随之逝去，那颗炫目的星星仍在上升。

城市中所有的街道和房子都被照亮，船坞发出强光，即便是通往偏远山村的每一条路也都整夜灯火通明、挤满了人。在所有靠近文明地区的海上，引擎轰鸣、风帆猎猎的船上也都挤满了人和动物，他们朝着大海伫立，遥望北方。那位数学大师的警告已经通过电报传播到了世界的每个角落，并被翻译成了上百种文字。那颗新行星和海王星被炽热的拥抱紧锁在一起，飞速旋转着，并以越来越大的速度冲向太阳。这团闪耀着的物体已经达到了每秒一百英里的速度，而且还在可怕地加速。事实上，按照它现在的飞行轨迹，它飞掠地球时距离我们将有几百万英里远，几乎不会产生任何影响。但在它的预计轨道上，质量巨大的木星带着它的几颗卫星正在绕着太阳公转。现在影响还很轻微，但那颗燃烧着的星星和太阳系最大的行星之间的引力每一秒钟都在变强。引力增强的后果是什么？很明显，木星会偏离原有轨道，并沿着椭圆形的路线飞行。而那颗星星会在冲向太阳的路上因受到引力作用而转弯，将会“画出一条有曲率的路径”，之后可能会撞上——至少会以非常接近的距离掠过——地球。“地震、火山爆发、飓风、海啸、洪水，以及气温持续上升，其上限我无法估计。”——那位数学大师如此预测。

头顶之上，那颗预兆着毁灭来临的星星孤独而冰冷地闪耀着铅色的光芒，似乎在执行着数学大师的预言。

很多人在那一晚都紧紧盯着那颗星，直到他们的眼睛开始疼痛。那颗星似乎以肉眼可见的速度在接近。也是在那个晚上，气温开始变化，占据中欧、法国和英格兰的霜冻融化了。

我讲了太多人们彻夜祈祷、登船遥望和跑向山村的事情，但你不要认为世界因为那颗星星已经陷入恐慌。实际上，惯有的生活依然统治着世界。除去闲谈的时刻和壮观的夜晚，十个人里面有九个依然忙于他们的日常生活。在所有的城市中，那些商店，除去那么一两家之外，都仍然按照他们平日的时间开门关门，医生和收殓师依然忙于他们的事业，工人们在工厂里成群结队地工作，士兵艰苦训练，学者埋头科研，恋人互相寻觅，小偷潜藏逃遁，政客们也在筹划着他们的方案。报社的印刷机彻夜轰鸣，世界各地的许多神父不打算继续开放他们神圣的教堂，以防那种在他们看来愚蠢的恐慌继续蔓延。报纸强调了公元 1000 年人们得到的那个教训——那个时候，人们也以为世界要毁灭了。那颗星不是真正的星体——只是气体——一颗彗星。即便那是一颗真正的星体，它也不可能撞上地球。从来没有发生过这样的事情。在任何地方，这些常识总是很坚定，人们带着一点轻蔑和戏谑的态度看待这件事，还有一点想去迫害那些带着顽固恐惧感的人。格林尼治时间晚上 7 点 15 分，那颗星星将处在离木星最近的位置，地球上的所有人都会知道事情将变成什么样子。那位数学大师恐怖的提醒被很多人视为一场精心制作的自我宣传。固守常识的人们虽然因为争论变得有点儿烦躁，最后仍然以上床睡觉的方式表达其不可改变的信念。那些野蛮未开化地区的人们，同样已经厌倦了这个新出现的事物，和平常一样继续着他们的暴力行径。除了那些到处狂吠的狗，野兽的世界对这颗星也已经视若无睹。

然而，当欧洲的观测者们最后看到那颗星星升起时，它确实又比前一天晚了一个小时，但看起来并不比前一夜更大。仍然有很多人还没睡觉，他们嘲笑那位数学大师——并觉得危机已经过去了。

但很快他们就笑不出来了。那颗星变大了——以一种可怕的稳定速度，一小时接着一小时，每小时都变大一点点，更靠近午夜的天顶一点点，而且越来越亮，直到让黑夜亮如白昼。如果它直冲向地球而不是绕了一道弧线，如果它没有因为木星的引力而减慢速度，它一定能在一天之内就跨越这中间的距离来到地球。但现在，它大概需要五天才能飞到地球附近。第二天晚上，它出现在英国人眼前之时已经有月亮的三分之一大，积雪融化也是确凿无疑的事情。在美洲上空，它升起时已经和月亮差不多大了，发出炫目的白色光辉，并且散发出热量。一阵热风随着它的升起而吹拂，并不断增强。在弗吉尼亚、在巴西、在圣劳伦斯河谷，那颗星星的光芒不时地透过翻腾滚动的雷雨云，史无前例的大冰雹夹杂着不断闪烁的紫色闪电降落到地面。在马尼托巴，积雪消融，毁灭性的洪水席卷大地。

在那个夜晚，地球上所有高山上的冰雪都开始融化，源自高原的河流变得混浊，很快从上游冲来了许多打着转的树木和人畜的尸体。水位在那颗鬼魅般的星光照耀下持续上升，最后冲出了堤坝，奔涌在逃难的人群身后。

在阿根廷的沿海和南大西洋的海面上，潮水涨到了人类历史上从未有过的高度。风暴驱动着海水，席卷了距海岸线几十英里远的内陆，淹没了一座又一座城市。这一夜气温升高得太厉害了，刚刚升起的太阳甚至仿佛投下了一片阴凉。地震开始发生并且愈演愈烈，直到整个美洲大陆，从北极圈到合恩角，到处都是山体滑坡、地表豁裂，房屋和墙垣不断倾塌。一阵巨大的震动让科多帕希火山一侧彻底垮了下来，沸腾的岩浆喷涌而出，喷得如此之高、范围如此之大、如此之迅猛，一天之内就流进了大海。

这颗星星在太平洋的上空穿行而过，苍白的月亮紧跟在它的尾迹之中。它尾随着暴风雨，就像拖在礼服后面的褶皱花边。紧随其后的浪潮愈加汹涌，迅速卷起泡沫，倾泻在一个又一个小岛上，把其上居住的人类席卷一空。直到最后的这波迅猛而可怕的海浪——带着令人目眩的强光和熔炉般炽热的气流——如同一堵五十英尺高的水墙，正发出贪婪的怒吼，来到了亚洲那长长的海岸，席卷了海上的小岛，冲上中国大陆的平原。没过多久，那颗星出现了，以它现在的力量，它显得比太阳更炽热、更巨大也更明亮，将那冷酷无情的灼目光芒洒向这个幅员辽阔、人口众多的国度。在城市里、有着宝塔和树丛的村庄中、公路上、宽广的耕地上，数百万无法入眠的人们无助而恐惧地盯着炽热的天空。随后，人们听到了洪水那深沉并且越来越响的低吼。就在这个晚上——几百万人无处可逃，因酷热狂躁而四肢沉重呼吸急促。随之而来的洪水如一堵墙一般，翻着滚滚白浪迅猛地横扫一切。然后就是死亡的来临。

中国被这颗星照得白热明亮，但在日本、爪哇和东亚诸岛的上空，那颗星看起来就像一个暗红的火球，因为火山似乎正在为这星星的到来致意，喷出大量的蒸汽、烟雾和尘埃，掩盖了那颗星的光芒。地面之上奔涌着岩浆、热气和灰尘，在这沸腾的洪流之下，地震的冲击波让整个地球都不断摇晃、隆隆作响。很快，喜马拉雅山脉上古老的积雪开始消融，上千万条雪水聚集而成的河流倾泻而下，直冲向缅甸和印度的平原。印度丛林中，错结的树顶有上千处燃烧了起来，树丛之下湍急的水流绕过树干，映照出树顶血红色的火舌，一些黑色东西还在水中无力地挣扎着。在这毫无头绪的混乱之中，大群男女逃向宽阔的河道，逃向人类的最后希望——辽阔的海洋。

这颗星继续变大，现在正以可怕的速度变得越来越大、越来越热，也越来越亮。热带海洋已不再闪烁磷光，打着旋的蒸汽从翻滚汹涌的黑色波涛中升腾而出，形成了鬼魅一般的云圈。在暴风雨中飘摇的小船在黑浪中如同小小的斑点。

此时奇迹出现了。那些在欧洲看着这颗星星升起的人们一定会以为地球停止了转动。在众多高处或者低处的开阔地带，从洪水、倒塌的房屋和山体滑坡中逃出来的人们徒劳无助地看着那颗星星升起。人们在可怕的焦虑中，度过了一个又一个小时，之后星星就不再上升了。人们又一次看到了他们原以为永远也不会再看到的星座。在英国，尽管地面还在震颤，但天气已变得炎热而晴朗。在热带地区，天狼星、五车二和毕宿五也已经在水汽的面纱下隐约可见。在这颗星星升起十个小时后，太阳升了起来并靠近了这颗星，在白色的太阳中心，出现了一个黑色的圆盘。

在亚洲上空，这颗星星已经落后于星空的运转。当它正高悬在印度的天空中时，它的光芒突然像蒙上了一层面纱。那一夜，从印度河河口到恒河河口的整个印度平原上都积了浅浅一层波光粼粼的水。庙宇和宫殿、高地和山丘露在水面上，它们上面都挤满了黑压压的人群。每一座塔上都挤着一大群人，时不时就会有被炎热和恐惧击垮的人掉进浑浊的水中。整个大陆都是哭泣之声。突然，一片阴影扫过那令人绝望的火炉一般的地方，随之而来的是一阵凉风，以及由于清凉的空气而聚集的云层。人们抬头仰望那颗星星，光芒简直要把人的眼睛刺瞎。他们看到了在那光芒之上有一个黑色的圆盘缓缓爬过，那是月球，它正好运行到了地球和这颗星星之间。当人们正在为暂且可以松一口气而哭泣着感谢上帝时，太阳以令人费解的速度从东方迅速升起。随后，这颗星星、太阳和月亮一起冲过天空。

目前，对欧洲的观测者来说，这颗星星和太阳在非常接近的位置一同上升，快速前进一阵子后渐渐减速，最后停下了。它和太阳在天顶融合成了一团燃烧着的光芒。月球不再掩盖着那颗星星，而是消失在了耀眼的天空中。虽然那些幸存者大多都处在由饥饿、疲惫、炎热和绝望所造成的迟钝状态，仍然有一些人察觉到了这些迹象的意义。那颗星星曾处在距离地球最近的位置，和地球互相扰动了对方的轨道，现在星星已经飞过去了。它正远离地球，越来越快，处在它冲向太阳的莽撞之旅的最后一个阶段。

随后，云层聚集，遮住了天空。世界似乎披上了由闪电和惊雷所织成的外衣。整个地球都下起了人们前所未见的倾盆大雨。火山喷着红色的火光，直冲向笼罩的云层，泥水从那里倾泻而下。洪水流过每一寸土地，只留下积满淤泥的废墟。地球就像暴风雨席卷而过的海滩一样杂乱，到处都漂浮着成人、小孩、动物和它们幼崽的尸体。好几天以来，水流一直冲刷着大地，在流经之处卷走了土壤、树木以及房屋，把它们冲到一起，堆积成山，并在乡村冲刷出巨大的沟壑。这就是在那颗星以及它带来的炎热之后随之而来的黑暗时期。在这些日子以及其后的数周到数月，地震仍在持续发生。

但是星星已经飞过去了。被饥饿所驱使的人们慢慢恢复了勇气，又艰难地回到他们那被摧毁的城市、被掩埋的谷仓和被泡烂了的田地。只有极少数的船只在那个时候的风暴中幸存下来，受惊的船员谨慎地开着破破烂烂的船，在那些新形成的地标和浅滩之中寻找回到他们曾经熟悉的港口的路线。暴风雨平息之后，人们都感受到世界各地的天气比以往更热了，太阳也更大了。月亮已经缩成了原来的三分之一大小，两次新月之间现在也要经过八十天。

人们之间有了一种新的、兄弟般的情谊，一些律法、书籍和机器在灾难中幸存，冰岛、格陵兰和巴芬湾的海滨现在郁郁葱葱、景色宜人，使得来到这里的海员简直不敢相信自己的眼睛，这些事情在这个故事中就不再赘述了。同样，我们也无须多提那些人类因气候变暖而向着南北极迁徙的事情。这个故事只关注那颗星星的来临与离开。

火星人中的天文学家——火星上有天文学家，虽然他们是和人类完全不同的物种——自然也对这些事情有着极大的兴趣。当然，他们是站在他们自己的角度来看待这些事情的。“考虑到那颗掠过我们太阳系，直冲向太阳的飞行天体的质量和温度，”一位天文学家写道，“它以这么小的距离掠过地球，而地球得以存续，只受到了这么一点点伤害，真是令人惊讶。地球大陆上所有熟悉的标志性地貌都没有变化，海洋的形状也原封不动，事实上，唯一看起来不同的就是地球两极的白色（推测那是冰冻的水）变少了。”这仅仅表明，那场对于人类来说最为巨大的灾难，在几百万英里之外看来是多么微不足道的一件事。

（赵佳铭　译）